Charles Richard Elrington

The Whole Works of the Most Rev. James Ussher

Vol. 2

SALZWASSER
VERLAG

Charles Richard Elrington

The Whole Works of the Most Rev. James Ussher

Vol. 2

1st Edition | ISBN: 978-3-75258-579-7

Place of Publication: Frankfurt am Main, Germany

Year of Publication: 2022

Salzwasser Verlag GmbH, Germany.

Reprint of the original, first published in 1864.

THE

WHOLE WORKS

OF THE

MOST REV. JAMES USSHER, D. D.

LORD ARCHBISHOP OF ARMAGH,

AND

PRIMATE OF ALL IRELAND.

VOLUME II.

THE WHOLE WORKS

OF THE

MOST REV. JAMES USSHER, D.D.,

LORD ARCHBISHOP OF ARMAGH, AND PRIMATE OF ALL IRELAND.

NOW FOR THE FIRST TIME COLLECTED,

WITH A LIFE OF THE AUTHOR,

AND

AN ACCOUNT OF HIS WRITINGS,

BY

CHARLES RICHARD ELRINGTON, D.D.

IN SEVENTEEN VOLUMES.

VOL. II.

DUBLIN

1864.

CONTENTS

OF

THE SECOND VOLUME.

GRAVISSIMÆ QUÆSTIONIS

DE

CHRISTIANARUM ECCLESIARUM,

IN OCCIDENTIS PRÆSERTIM PARTIBUS,

AB

APOSTOLICIS TEMPORIBUS

AD NOSTRAM USQUE ÆTATEM,

CONTINUA

SUCCESSIONE ET STATU

HISTORICA EXPLICATIO.

"Ecclesia videtur sicut Luna deficere, sed non deficit: obumbrari potest, deficere non potest."—*Ambros. Hexam.* lib. 4, c. 2.

LONDINI.

1613.

DE

CHRISTIANARUM ECCLESIARUM

SUCCESSIONE ET STATU.

SERENISSIMO AC POTENTISSIMO PRINCIPI

JACOBO,

DEI GRATIA,

MAGNÆ BRITANNIÆ, FRANCIÆ, ET HIBERNIÆ REGI,

CATHOLICÆ FIDEI DEFENSORI, ETC.

ROMANAM bestiam, quod tu minime omnium ignoras, Rex Serenissime, universam terram mirabundam post se traxisse, in divina B. Johannis traditum est Apocalypsi[a]. Nec id nescire potest, qui de Romanæ reipublicæ magnitudine Justi Lipsii *Admiranda*, et de Ecclesiæ Romanæ magnitudine Thomæ Stapletoni *Vere Admiranda* perlegerit, ac perlecta inter se contulerit. Et fuit sane tempus, quando trecentis[b] gentibus aut amplius, non nisi una legitima imperii Romanorum majestas præerat; religio quoque inter Christianos non nisi una fuerat. Sed postea mutatio successit, tum religionis tum imperii. Mutatum imperium et agnoscunt et admirantur ipsi Pontificii. "Non est inexpertum quod dico," ait Thomas[c]

[a] Apoc. cap. 13. ver. 3.

[b] Diodorus Tarsensis, lib. 6. de Fato: in Bibliotheca Photii.

[c] Walden. Doctrin. fid. tom. 1. lib. 2. art. 3. cap. 44. Dom. Soto in 4tum.

Waldensis, "sed cum attenditur, magnum mirum. Ubi jam est obedientia Cæsari debita, quam potenter olim exegit inter et super omnes, Latinos et Græcos; cui vix quarta pars obedit Europæ? Romanæ vero Ecclesiæ, ex parte Dei, sine diminutione obedit omnis orbis occiduus." Quanquam autem amoto illo, qui primis Christianismi temporibus rerum potiebatur, "revelandus[d] erat exlex ille;" nec, a Romano imperatore ablato sceptro, adventus Antichristi expectatio magis erat differenda, quam Christus novus post sceptrum ablatum a Juda fuit expectandus: clamant tamen Romanenses et dejerant, nullam in religione mutationem factam; testanturque "res[e] omnes et reculas, nullam in orbe religionem nisi suam, imis unquam radicibus insedisse." Antiquæ vero religionis restauratoribus novitatem exprobrant veteratores: eosque affirmant "seculis[f] omnino quindecim, non oppidum, non villam, non domum reperire imbutam doctrina sua." Et, quasi

Sentent. dist. 46. quæst. 1. Art. 1. In imperio postremo, nempe Romanorum, quod Propheta Dan. cap. 7. appellat terribilem atque admirabilem bestiam, feream et fortem nimis, et omnia conculcantem, [Christus] vicarium suum constituit; qui, ceu caput Ecclesiæ suæ, illic sederet, fidem suam docens et protegens. Unde quamvis vile Romanorum imperium jam cessaverit, non subinde finitus est mundus: quoniam temporale illud, ut in Sermone de Apostolis ait Leo Papa, in spirituale fuit commutatum. Unde idem Soto, ibid. Art. 2. locum 2 Thess. sic exponit. Sensus est, quod qui tenet imperium Romanorum et tenebit spirituale, teneat quousque in fine mundi ab eo tollatur.

[d] 2 Thess. cap. 2. ver. 7, 8. Vid. cap. 3. tractatus hujus, sec. 22.

[e] Campian. rat. 10. [f] Id. rat. 3.

res posita fuisset extra omnem controversiam, "constare[g] manifeste" asserunt, "neminem toto orbe mortalium ante Martinum Lutherum, hoc est ante annum Domini Christi 1517. extitisse, qui eam fidem teneret, quam Lutheri, Calvini, aut aliorum hæresiarcharum" quos appellant "discipuli, profitentur." Imo "ipsi," ait Bristous[h], "fateantur necesse est, Ecclesiam suam nunquam in orbe extitisse; nunquam, inquam, nullo omnino tempore, ante tempus hoc Nostrum." Horum[i] hominum impudentia, Rex potentissime, ad diligentiorem anteriorum temporum contemplationem me, alias ad antiquitatis studia satis propensum, impulit: indeque nata est hæc, quam jam supplex Majestati Tuæ offero, historia, utinam ea industria, quam vel rei gravitas vel Tuæ Celsitudinis respectus requirebat, elaborata. Argumentum certe dignum est, in quo summi viri diligentissimum ponant studium, et maximi antiquæ fidei Defensoris dignum patrocinio: et, quanquam nihil a me quidem in lucem proferri potuit, quod tanti Principis dignum esset lectione, hanc tamen scriptionem, qualiscunque ea esset, vel eo nomine Tibi

[g] Coster. Enchir. Controv. cap. 2. de Ecclesia. Omnibus retroactis seculis non fuisse omnino tres qui nobiscum in omnibus convenerint, ait Pars. part. 2, 3. Convers. Angl.

[h] Brist. postulat. 40. et Replic. ad Fulk. cap. 10. post. 40.

[i] Imprimis Brirelii in Cathol. Apolog. Regi ipsi dicata. Medit. Reg. Jacobi in Apoc. cap. 20.

non ingratam futuram augurabar, quod ex Tua[k] prodiisset Hibernia, unde

Sceptra per innumeros missa tueris avos.

Quam Te egregium antiquæ fidei præstiteris Defensorem, senserunt non ita pridem Romanæ Ecclesiæ Cardines, sensit ipsum novæ fidei Caput: tortus est misere Cardinalis Bellarminus; Pauli V. bullæ dissipatæ sunt. Non audet Tecum in arenam descendere papistarum Vice-Deus: cujus exemplo discant successores, quod ipsorum deinceps *nemo te impune lacesset.* Triumphasti profecto homines, magnificeque vicisti. Tui vero in Hiberniam nostram affectus singularis nec pauca possem indicia ostendere, nec obscura: sed de quibus satius duco nihil, quam pauca, proloqui. Illud tamen, absque animi ingratissimi crimine, taceri non potest: quod in Ultoniensi colonia constituenda, non modo nihil antiquorum redituum episcopis et pastoribus subtractum voluisti, (quod genus sacrilegii Celsitudo Tua serio execrata est) sed etiam Ecclesias atque scholas novis possessionibus et latifundiis dotasti; Dubliniensi vero nostræ Academiæ non modo prædia amplissima atque fundos, sed etiam annuum ex fisco Tuo stipendium, perpetuumque pecuniarum subsidium, munificentissime largitus es: id quod nos,

[k] Scotica progenies ab Hibernis.

qui tanto jam fruimur beneficio, πάντῃ καὶ πανταχοῦ ἀποδεχόμεθα[l]; et grata prosequetur memoria omnis posteritas. Unum adhuc superest, quod votis omnibus a Majestate Tua expetunt omnes boni: ut populo nostro pereunti propere succurrere, et peste pontificia misere laboranti, facere velis medicinam. "Nolunt quidam" (liceat enim iisdem Te compellare verbis, quibus ad antiquos imperatores[m] usus est olim scriptor[n] antiquus et Christianus) "et repugnant, et exitium suum prona cupiditate desiderant: sed subvenito miseris, liberato pereuntes. Ad hoc Tibi Deus summus commisit imperium, ut per Te vulneris istius plaga curetur. Facinoris eorum periculum scimus, erroris notæ sunt pœnæ: sed melius est ut liberes invitos, quam ut volentibus concedas exitium. Ægrotantes contraria delectant; et, cum corpus hominis adversa valetudo possederit, contra salutem suam a laborantibus perversa poscuntur. Capta mens laboris vitio morborum semper augmenta desiderat, et medelas artificum aspernata contemnit: respuit remedium Medicinæ, et in exitium suum prona animositate festinat. Tunc, si malum morbi fortius creverit, majora remedia

[l] Prorsus et ubique agnoscimus, Act. cap. 24. ver. 3.

[m] Constantium et Constantem, cap. 21. (pro Constantio tamen Constantinum legit Baron. ann. 337. not. 76.) qui in imperii occidentalis administratione patri Constantino Magno successerunt: post cujus mortem nobiliss. hunc commentarium (sic recte appellat, not. 74.) scriptum esse colligit, not. 75.

[n] Julius Firmicus Maternus, de errore Profan. Relig. cap. 17, et ult.

quæruntur; et pro salute hominis solicita fortius se medicina opponit. Asperi cibi, amari potus, nolentibus ingeruntur: et si convaluerit[o] malum, et ignis adhibetur et ferrum. Sic homo, recepta sanitate, et salute sibi reddita, quicquid ægrotantis corporis vitio invitus passus est, hoc totum pro utilitate sua factum esse stantis animi judicio confitetur. Sed et vobis, sacratissimi Imperatores, ad vindicandum et puniendum hoc malum necessitas imponitur, et hoc vobis Dei summi lege præcipitur, ut severitas vestra Idololatriæ facinus omnifariam persequatur, Deut. cap. 13." et addit, "Hæc vobis Deus summus, sacratissimi Imperatores, pro fide vestra reddidit præmia. His vos interim[p] remuneratos insignibus ad arcana venerandæ legis invitat." Tandem concludit, "Sic vobis feliciter cuncta provenient, victoria, opulentia, pax, copia, sanitas, et triumphi: ut, Divina Majestate protecti, orbem terræ felici gubernetis imperio." Ita Te diu nobis sospitem servet summus ille Deus, thronum Tuum in terris stabiliat, et regno TE in Cœlis beet sempiterno.

Serenissimæ Majestati Tuæ
Devotissimus Subditus,
JACOBUS USSERIUS
DUBLINIENSIS.

[o] Baron. leg. "invaluerit." [p] Baron. leg. "iterum."

LECTORI BENEVOLO S.

LITEM nobis intendunt hodie Pontificii, tum de antiquitate religionis nostræ, tum de perpetua ejusdem ad hæc usque tempora continuatione. Priorem caussam optimo cum successu aggressus est ὁ Μακαρίτης Johannes Juellus, Sarisburiensis ille nunquam satis laudatus episcopus: et primos sexcentos annos, temporis partem ut antiquissimam ita et optimam, magna sua cum laude nobis vindicavit. Reliqua est pars major et obscurior, 900. annorum spatium complexa: quo toto tempore clamant adversarii Ecclesiam nostram vel nusquam[a] omnino extitisse, vel "coactam[b] esse servire Diis alienis, adorare idola, sacrilegiis communicare." Hanc ego Spartam cum susciperem adornandam, operæ[c] pretium me facturum putabam, si non de Ecclesiarum tantum continua successione, sed etiam de communi illorum temporum statu dissererem; atque eadem, ut dicitur, fidelia duos dealbarem parietes. Ita autem in hac historia versatus sum, ut dedita opera meis verbis abstinuerim, ubi uti possem alienis: et, Nicolai Serarii[d] exemplo, "ipsorum, apud quos historiam invenissem, et nomina ederem, et verba redderem. Non est quidem," ut recte ille monet, "isto modo stylus uniusmodi et æquabilis: sed ad narrationis veritatem, et rerum quæ narrantur examen, multo videtur ea ratio accommodatior. Harum enim momenta quomodo expendantur, nisi qui et quales, a quibus illæ manant, fontes cognoscantur?" Et quanquam in rebus hostium

[a] "Et quam non reperit usquam esse putat nusquam." Intelligo quam scopuloso difficilique loco verser: non quia obscura est, et difficiles explicatus habet; sed quia ex adversariorum scriptis (suppressis eorum quorum res agitur monumentis) omnia haurire cogamur.

[b] Bellarm. de notis Eccles. cap. 5.

[c] Quod idcirco moneo; ne quis putet me (quod monuit Fabius) titulum operis subinde non legisse.

[d] Serar. Mogunt. Rer. lib. 1. cap. 1. sec. 2.

suorum (Berengarii, Waldensium, Wicclifii, et similium) explicandis ita gerere se soleant scriptores pontificii, ut ipsa malitiosius non posset loqui malitia: non tamen vel contumelias illas supprimere, vel pro hæreticorum, apostatarum, &c. odiosis nominibus alia leniora substituere volui; ne forte de mea in producendis authoribus fide conquererentur adversarii. Et ut ipsa authorum verba simpliciter proponerem, omissis etiam quæ inde deduci possent cònsectariis, remque integram æqui lectoris judicio relinquerem, authores mihi fuerunt graves viri (rati, hac ratione nullam reprehensionis ansam relictum iri calumniatoribus): quorum judicio et authoritati obtemperavi libens. Cum sextum caput scriberem, non pervenerat ad manus meas scriptum Raynerii contra Waldenses a Jacobo Gretsero nuper editum: putaveramque[e] (ut ipse aliquando Gretserus) alium fuisse authorem fragmenti a Fl. Illyrico et M. Frehero editi. Quoties igitur in eo capite vetus author Germanus citabitur, qui de Waldensium scripsit doctrina et moribus, toties meminerit lector, Raynerium intelligendum esse.

[e] Vid. infr. cap. 6. sec. 11.

IN PRIMA PARTE

TRACTATUS DE CHRISTIANARUM ECCLESIARUM SUCCESSIONE ET STATU, AGITUR DE MILLENARIO SATANÆ LIGATI, ET INITIIS SOLUTI.

CAP. I.—Prophetiæ in 20. Apocalypseos capitulo traditæ maxime recepta interpretatio proponitur. Ligatum dici Satanam, quando ab universali seductione procuranda est cohibitus. Ligationem eam ab ortu Evangelii, seu a Christi Servatoris incarnatione, seu ab anno Passionis Dominicæ, seu denique ab Hierosolymitano excidio et fine Judaicæ politiæ, inchoatam, per mille annorum spatium duravisse. Cujusmodi doctrinæ integritas ad Ecclesiæ constitutionem necessario requiratur. Ad specialem considerationem status Ecclesiæ facto transitu; primorum sex, a nato scilicet Christo usque ad natum Antichristum, seculorum status et inclinatio breviter perstringitur.

CAP. II.—De quatuor proximorum seculorum conditione, ab ortu videlicet, usque ad adultam ætatem Antichristi. Mysterium iniquitatis quousque non prævaluerit, in quæstionibus de cultu simulacrorum, Romani Pontificis omnipotentia, re sacramentaria et materia justificationis, ostenditur. De mysterii iniquitatis progressibus et incrementis; deque corruptissimo rerum statu, in decimo præcipue seculo.

CAP. III.—De anno ab incarnatione Domini millesimo, et rebus maxime memorabilibus ad eum spectantibus, ubi de pontificatu Silvestri II. morum insigni degeneratione: divinorum judiciorum et plagarum congerie insolita: formæ serpentis in aere exhibitæ, quasi solutionis antiqui serpentis indicii, ostento mirabili: adventus Antichristi expectatione: doctorum de soluto post annum millesimum Diabolo diversis sententiis. Satanæ in instauranda religione Ethnica, et Antichristianis superstitionibus confirmandis, variis conatibus.

CAP. IV.—De anno a Dominica Passione millesimo, ac rebus quæ circa eum contigerunt observatu dignissimis. Ubi de pontificatu Benedicti IX. et novi Cardinalium principatus institutione.

CAP. V.—De statu rerum post annum ab Hierosolymitano excidio millesimum. Ubi de pontificatu Gregorii VII. sive Hildebrandi, in quo ad suam ἀκμὴν pervenit Antichristus: ac doctorum de fundato per hoc tempus imperio pontificio et soluto Satana judiciis.

SECUNDA PARS

DE SOLUTIONIS SATANÆ CONTINUATIONE AGIT, AD ANNUM USQUE DOMINI 1370.

TRACTATUS DE CHRISTIANARUM ECCLESIARUM SUCCESSIONE ET STATU PARS TERTIA, DEO VOLENTE, SUBSEQUETUR : IN QUA AGENDUM,

CAP. XII.—De statu rerum ab initio pontificatus Gregorii XI. usque ad initium pontificatus Leonis X. id est, ab anno 1371. usque ad annum 1513. ubi de Johanne Wiccliffio, Lollardis, Waldensibus et Bohemis fratribus, qui in tertia periodo pontificiis bellum indixerunt: ac primum de Johanne Wiccliffio et statu religionis in Anglia dum ille viveret.

CAP. XIII.—De persecutionibus adversus eos, qui Lollardi et Wiccliffiani dicebantur, quæ in Anglia motæ sunt a morte Johannis Wiccliffii usque ad finem tertiæ hujus periodi.

CAP. XIV.—De Waldensibus et Bohemis fratribus, qui in tertia periodo pontificiis bellum indixerunt.

CAP. XV.—De nova ligatione Satanæ per Evangelii restaurationem sub medium secundi millenarii exiguo tempore fieri cœpta. Et de afflictarum Ecclesiarum reliquiis a clade Antichristi post diuturnam illam captivitatem Babylonicam, ad restitutam nostris temporibus libertatem Evangelii.

DE

ECCLESIARUM CHRISTIANARUM

SUCCESSIONE CONTINUA,

ET

STATU

NUNQUAM INTERRUPTO,

HYPOMNEMA.

CAPUT PRIMUM.

SUMMA.

I. Prophetiæ in 20. Apocalypseos capitulo traditæ maxime recepta interpretatio proponitur. Ligatum dici Satanam, quando ab universali seductione procuranda est cohibitus. Ligationem eam ab ortu Evangelii, seu a Christi Servatoris incarnatione, seu ab anno Passionis Dominicæ, seu denique ab Hierosolymitano excidio et fine Judaicæ politiæ inchoatam, per mille annorum spatium duravisse. 2. Cujusmodi doctrinæ integritas ad Ecclesiæ constitutionem necessario requiratur. 3. Ad specialem considerationem status Ecclesiæ facto transitu; primorum sex, a nato scilicet Christo usque ad natum Antichristum, seculorum status et inclinatio breviter perstringitur.

APOCALYPS. CAP. 20.[a]

1. *Et vidi Angelum descendentem e cælo, habentem clavem abyssi, et catenam magnam in manu sua.*
2. *Et apprehendit draconem, serpentem illum antiquum, qui est Diabolus et Satanas, et ligavit eum ad annos mille.*

[a] Vid. in Apoc. cap. 20. comm. Bullengeri, Brocardi, Fulconis Gifford, Francis du John, Broughton, &c. Abbat. de Antichristo, Pagnin.

3. *Conjecitque[b] eum in abyssum, quam occlusit et obsignavit super eum, ut non seduceret amplius gentes, donec complerentur mille illi anni: Nam postea oportet eum solvi ad exiguum tempus.*

NOBILISSIMA quæstio est, et, si quæ alia, multorum agitata scriptis atque sermonibus, quis Ecclesiæ Christianæ, jam inde ab ortu, status fuerit, quamdiu is integer steterit, quando collapsus, qua ratione denique restaurandus fuerit; et

Multos incertos certare hanc rem vidimus.[c]

Præstat vero in re tanta os Domini consulere: et ad ea[d] quæ servis suis palam fecit Jesus Christus animos attendere. Ea sibi revelata in hunc modum retulit divinus ille Theologus,

Ὅς ᾔδει τα τ' ἐόντα, τα τ' ἐσσόμενα, πρό τ' ἐόντα[e],

Apoc. cap. 20. ver. 1, 2, 3. Quandoquidem vero scriptores pontificii plerique omnes (quibuscum hic præcipue futurum nobis est negotium) in 20. Apocalypseos capitulo universalis Ecclesiæ statum, a primo usque ad extremum Christi Domini adventum, summatim comprehensum esse agnoscunt; suffragantibus etiam, tum ex nostrorum, tum ex veterum[f] numero, theologis quibusque probatissimis, operæ pretium erit, priusquam quæstionis propositæ explicationem aggrediar, in mysticæ hujus propheticæ (quæ, ut loquitur[g] Hieronymus[h], "tot habet sacramenta, quot verba") interpretationem inquirere. Qua in re veterum potissimum interpretum vestigia premenda mihi proposui:

[b] Dan. cap. 6. ver. 17. [c] Volcat. Sedig. [d] Apoc. cap. I. ver. I.
[e] Ἰλ. α. 70.

[f] Apocalypsis complectitur totum tempus a primo adventu Christi usque ad secundum. Aug. de Civ. Dei, lib. 20. cap. 8.

[g] Recte Hieronymus lib. 9. comm. in Es. cap. 30. Apocalypsis Johannis in superficie literæ medullata Ecclesiæ sacramenta contexit.

[h] Hieronym. Epist. ad Paulinum.

ne novitius interpres audiam, et (quod quibusdam olim magni nominis objectum memini, et utinam hodie in hujus operis expositoribus nimis verum non esset) ingenium[i] meum videar Ecclesiæ velle facere sacramenta.

2. Per Angelum igitur descendentem de cœlo, Dominum nostrum Jesum Christum accipiunt hic Augustinus, Primasius[a], atque[b] alii interpretes: et quadrant in eum aptissime sacri contextus omnes circumstantiæ. Nam et angelus ille est legatus a Patre missus[c] de quo Malachiæ tertio legimus: "Angelus fœderis, quo vos delectamini, ecce venturus est, ait Jehova exercituum." Idemque ille est, qui descendit de cœlo: "Nullus ascendit in cœlum, nisi qui descendit e cœlo, filius hominis qui est in cœlo[d]." Idem quoque se clavem habere inferorum attestatus est. "Fui[e] mortuus, et ecce vivo in secula seculorum, Amen, et habeo claves inferorum et mortis;" potestatem scilicet plenissimam, et imperium in mortem, infernum et totum regnum Diaboli, quam accepit a Patre: "Data est mihi omnis potestas in cœlo et in terra[f]." Hanc enim potestatem cum Hugone Cardinali in Apocalypseos capite vicesimo per clavem, et cum Baringuedo in Apocalypseos capite vicesimo per catenam intelligo: quanquam alii intelligunt catenas et claves spirituales prædicationis Evangelicæ, quibus in carcere conclusus Satan dici potest. Christus dicitur habere clavem abyssi; "quia potestatem habet claudendi Diabolo et impiis egressum ad opera prava, ut non tantum aliis noceant quantum vellent:" inquit Thomas, "ne scil. (ut paulo ante exponit idem) Diabolus per impios quantum vellet procedat ad pervertendum alios actu exteriori." "Habet clavem abyssi," inquit Richardus Victori-

[i] Hieron. Proleg. in 5. comm. Esai.

[a] August. lib. 20. de civ. Dei, cap. 7. Primas. lib. 5. comm. in Apoc. cap. 20.

[b] Haymo. lib. 7. comm. in Apoc. cap. 20. Anselm. Laudunensis in Gloss. interlineari. Ansbertus, Anselm. Cantuar. Ambrosius, Tichonius (vel quicunque author fuit Homil. 16. in Apoc. perperam tribut. Augustino) Beda, Baringuedus, Hug. Cardin. De Vienna, et Thomas in Apoc. cap. 20. Rupertus Tuitiensis lib. 11. comm. in Apoc. cap. 20. Ric. Victor. in Apoc. lib. 6. cap. 7. Dom. Soto in 4. Sentent. dist. 43. quæst. 2. art. 1. Alcasar in Apoc. 20. notat. 1. pag. 870.

[c] Joh. cap. 3. ver. 30, 37, 38.

[d] Joh. cap. 3. ver. 13.

[e] Apoc. cap. 1. ver. 18.

[f] Matt. cap. 28. ver. 18.

nus[g] "quia claudit secundum suum arbitrium hiatum totius mali." Hic ille est denique, "qui[h] mortalium visitans regionem fortior alligare voluit fortem: hoc peragens opere, quod promiserat prædicatione: *Nemo*, inquiens, *potest domum fortis intrare, et vasa ejus diripere, nisi prius alligaverit fortem*, id est, Diabolum[i]. Catena[k] est Dei increpatio et vinculum, quod non amplius potestatem adversus humanum genus habeat[l]." Catenam magnam, qua Diabolum ligasse describitur, *τὴν καθεκτικὴν αὐτοῦ τῆς πονηρίας ἐνέργειαν*, exponit Andreas Cæsareensis[m], recentiores[n] quoque in eandem sententiam "inevitabilem atque omnia constringentem divinæ majestatis potentiam." "Religavit enim Christus Diabolum non vinculis corporeis, sed vinculis potestatis suæ immensæ," ut scribit Baringuedus, cujus commentarii B. Ambrosio falso inscripti: "dum illum scilicet priori potestate privavit;" quemadmadum locum hunc recte Anselmus[o] uterque exposuit. Et Richardus S. Victoris[p], "Christus catenam magnam in manu habet, quia solus per potentiam suam sævitiam hostis antiqui ligare potest." Alia per hanc catenam intelligere malunt infractum robur pœnarum in omnia secula. Satanam enim in Tartarum detrusum, "catenis caliginis tradidit damnationi servatum[q]; judicioque magni illius diei vinculis æternis sub caligine reservavit.[r]"

3. Atque hæc de Angeli descriptione, quæ versu decimo continetur. Insequentibus duo tantum explicatione indigent. Primum; quid intelligendum sit per Satanæ "comprehensionem, vincula," et arctissimam custodiam: quid item per ejusdem "solutionem." Alterum; quando cœperit, et quamdiu duratura fuerit hæc Satanæ tum

g Apoc. lib. 6. cap. 7. h Primas. in hunc locum.

i Marc. cap. 3. ver. 27.

k De clave, catena, et sigillo vid. Lud. Alcas. comm. in Apoc. cap. 20. pag. 871, 872. De Satana colligato, eo quod non princeps dæmoniorum specialiter designetur, contra Riber. et Vieg. vid. eund. pag. 870.

l Ephr. Syr. in Tract. de pœnit. m Andr. Cæs. cap. 60. comm. in Apoc.

n Ambros. Ansbertus, Haymo, et Anselm. Cantuar. in Apoc. cap. 20.

o Anselm. Laudunens. in glossa intelineari. et Anselm. Cantuar. in Apoc. cap. 20. 2 Cor. cap. 4. ver. 4. Eph. cap. 2. ver. 2. Apoc. cap. 2. ver. 13. 1 Pet. cap. 5. ver. 8.

p Apoc. lib. 6. cap. 7. q 2 Pet. cap. 2. ver. 4 r Jud. ver. 6.

alligatio, tum solutio. Quod ad primum: "Nunquid catena ligabitur spiritus aliquando? ait Ephræm[a], Nunquid in abysso tradetur carceribus? Nunquid intellectuale animal, νοερὸν ζῶον (sic enim spiritualem Substantiam appellat) palpabile et tangibile erit?" Verum ut ex carceribus, atque tormentis quæ apud nos sunt, discamus invisibilia: ideo nominibus apud nos usitatis, et instrumentis ad ulciscendum ac puniendum aptis, locisque custodiæ atque incarcerationi deputatis, enarrationis gratia est usus. "Religavit ergo Christus Diabolum, non vinculis corporeis, sed vinculis potestatis suæ immensæ, dum illum toto tempore isto," quo sancta Ecclesia ab adventu ipsius Christi usque ad tempus Antichristi perfecte per justitiam reparatur ad gloriam, "antiqua potestate privavit:" ait Richardus Victorinus[b], vel "priorem potestatem diminuit," ut habet Hugo Cardinalis in Apocalypsin. "In eo Diabolum catenis dicitur alligasse" ait in hunc locum Primasius magistrum Augustinum secutus[c], "in quo ejus potestatem a seducendis hominibus, qui liberandi fuerant, cohibens refrænavit." "Potentia divinæ dispensationis" inquit in hunc locum Gregorius "astringitur, ne in quantum nocere valet effrænetur[d]." Similiter Ludovicus Alcasar[e] cum Augustino tenet; alligationem Dæmonis non esse ipsius detrusionem in inferos, sed potestatis illius cohibitionem. Nec putandum tamen ita in abysso conclusum esse Satanam, ut interea in mundo versari desierit, et nihil prorsus egerit. Nam et "Deus hujus seculi" mansit, et "egit in hominibus contumacibus," inter quos et thronum suum habuit, semperque "obambulat tanquam leo rugiens, quærens quem devoret." "Ecce missurus est Diabolus aliquot ex vobis in carcerem[f]." Sic "ejectus" dicitur "foras," et tamen regnare[g]. Qua igitur in re potestatem illius mille istis annis cohibitam esse dicemus? Gilbertus Genebrardus[h], libro quarto Chronographiæ suæ Satanam ligatum asserit, ne persecutionibus am-

[a] Tract. de Pœnit. [b] In Apoc. lib. 6. cap. 7. [c] Augus. de civit. Dei. lib. 20. cap. 17. op. tom. 7. pag. 582. [d] Greg. lib. 9. Mor. cap. 1. et lib. 35. cap. 20. [e] Alcas. in Apoc. cap. 20. notat. 1. pag. 870.

[f] Apoc. cap. 2. ver. 10. Vid. 2 Tim. cap. 1. ver. 10. Act. cap. 26. ver. 18.

[g] Joh. cap. 12. ver. 31. 2 Cor. cap. 4. ver. 4. [h] Genebrard. ad ann. Christi 1302. et Ferdinandus del Castillo in historia Dominici part. 2. cap. 1.

plius noceret Ecclesiæ: a Constantini videlicet Imperatoris temporibus, a quo sublatæ persecutiones, usque ad annum Domini 1300. quo Turcicum imperium in Ottomanno cœpit. Contra vero disputat[i] Benedictus Pererius[k] Jesuita: "Ipsam sectam Mahometanam per annos sexcentos ante istum Ottomannum, satis habuisse solutum Satanam: cujus nimirum incitatu et adjutorio Ecclesias Christi populosque Christianos, in Ægypto et Africa et in Hispania, vehementer afflixerit. Imo vero post Constantinum Magnum, et ante Mahometem legislatorem, nimis sane fuisse solutum Satanam, non solum ad vexandas Ecclesias et populos Christianos, sed etiam ad diripiendas et devastandas eorum provincias et regna: ut cernere licet in persecutione Hunnorum, Gothorum, Alanorum, Vandalorum, Persarum, per annos plures trecentis." Οὐκ ἠρέμησεν ὁ δράκων ὁ ἀποστάτης, τὸ παγχαλεπὸν ἀληθῶς καὶ θεομάχον θηρίον. οὔτε μὴν κατέληξε πώποτε τῆς ἐνούσης αὐτῷ δυστροπίας· ἀκατάπαυστον [ἀκαταγώνιστον] τὸν φθόνον τὸν κατὰ τῶν ἁγίων ἐκκλησιῶν ὠδίνων ἐν ἑαυτῷ, &c.[l] Sed quid amplius quærimus? Scriptura seipsam exponit, et auditorem errare non sinit, quum versu quarto hujus capitis vicesimi, ubi status Millenarii illius, in quo vinctus erat Satanas, describitur, expressa mentio fit "eorum qui securi percussi sunt propter testimonium Jesu, et propter sermonem Dei[m]:" ne a persecotionibus ciendis cohibitum fuisse putaremus. Quas quidem ita moderatus est Dominus, ut "Christiana fides," quemadmodum in sexti libri initio habet Paulus Orosius, "sævientibus undique adversum se gentibus, regibus, legibus, cædibus, crucibus ac mortibus, reprimi nullo modo potuerit, imo inter hæc, et per hæc creverit." Versu quoque tertio in hunc finem antiquus Serpens conjectus in abyssum et conclusus diserte dicitur, "UT NON SEDUCERET AMPLIUS GENTES, donec complerentur anni illi mille." Ut, licet in corpora sanctorum sævierit nonnunquam inimicus: manum tamen in

[i] Et Furbes in Apoc. pag. 223, 224, 225, 226. contr. Brightman. et Alcasar. in Apoc. pag. 878.

[k] Perer. de Antichrist. disputat. 23.

[l] Cyril. Alexandr. Epist. ad Synod. Antiochen. part. 3. Act. Concil. Ephesin. Labb. concil. tom. 3. pag. 1206. Chrys. in Gen. cap. 2. hom. 13.

[m] Vid. egregiam disputationem Alcasar. in Apoc. pag. 880.

animas mittere non sit datum, sicut de Jobo legimus, indeque in principio, ut habet in Ps. 147. Chrysostomus, quando "imperatores et reges omnes, et populi, et civitates, et Dæmonum phalanges, et ipsa Diaboli tyrannis, et alia innumerabilia invaserunt Ecclesiam: ipsa tamen crevit, et in tantam provecta est altitudinem, ut ipsos etiam cœlos superaverit." Nec totius orbis vires, ut contra Porphyrium scripsit Eusebius, contra pauculos homines ac pauperrimos Evangelii nuncios, quicquam efficere potuerunt[n]. Unde[o] Augustinus et Primasius non male colligunt, "ad hoc ligatum esse Diabolum, et inclusum in Abysso; ut jam non seducat gentes, ex quibus constat Ecclesia, quas antea seductas tenebat, antequam essent Ecclesiæ."

4. Quid igitur? An totos illos mille annos a seducendis gentibus Satanam feriatum putabimus, ut nihil interea hic moverit, aut damni quid dederit? Ne id quidem. Docuit enim jam nos tristis experientia "dormientibus hominibus supervenisse[a] inimicum hunc, et in agro Domini sevisse zizania inter triticum:" Nec unquam defuisse "ministros[b] illius, operarios dolosos, qui transfigurantes se tanquam essent ministri justitiæ, mentes hominum corrumperent a simplicitate, quæ est in Christo." Evidens est Dæmonem non compedibus irretiri, quo minus ullas gentes absolute decipiat. Quare verba isthæc respective (quod aiunt) accipienda sunt. Etsi "ejectus foras[c]" Satan mansit tamen "Deus[d] excæcans mentes insipientium," et propter ἄσπονδον odium machinatus est Ecclesiæ perpetuum interitum. Hinc nullum non movit lapidem, quo fidem Christianam vel ethnicorum persecutorum opera, quasi aperta vi, extingueret; vel subdolis hæreticorum artibus corrumperet, et sensim labefactaret. Singulis enim ætatibus et multas et veterrimas hæreses excitavit. Atque etiam bestiæ potestatem suam tradidisse dicitur[e]; ut Papæ scilicet clandestinis insidiis sub nomine Vicarii Christi, successoris Petri, et Ecclesiæ

n Euseb. lib. 10. cap. 1, 2.

o August. de civit. Dei lib. 20. cap. 7. Primas. in Apoc. cap. 20.

a Mat. cap. 13. ver. 25, 39.

b 2 Cor. cap. 11. ver. 3, 13, 15.

c Joh. cap. 12. ver. 31.

d 2 Cor. cap. 4. ver. 4.

e Apoc. cap. 13. ver. 12.

Catholicæ, perderet Ecclesiam Christi, si fieri potuisset. Et eo quidem usque invaluit, ut totus aliquando "ingemuerit orbis," teste Hieronymo Dial. contra Luciferianos, "et se Arrianum esse admiratus fuerit:" sed statim ex illa tyrannide dejectus est: nec ita duravit ut post in Antichristi imperio: ut Diocletiani triumphales titulos mittam, deletam superstitionem ubique Christianam blaspheme proclamantes. Verum inter has turbas invalescentibus persecutionum procellis, et postea diversis ingruentibus hæresibus, hæreticis tamen, ut inquit Augustinus, frustra circumlatrantibus, crevit pietas; neque potuit piorum animus a Christi Evangelio avelli. Non igitur simpliciter hic et absolute accipienda sunt verba Spiritus Sancti: sed modo quodam habita ratione temporum, quæ Satanæ et ligationem antegressa et solutionem subsecuta sunt. Dicitur enim in abyssum conjectus Diabolus, "ut non seduceret AMPLIUS gentes, tam libere scilicet sicut prius[f]." Ut intelligamus, alligato Diabolo[g] seducendi ademptam fuisse solitam potestatem. "Præteritis vero ætatibus sivit Deus omnes gentes suis ipsarum viis incedere[h]:" Nempe, "secundum seculum mundi hujus, secundum principem cui potestas est aeris, spiritum nunc agentem in hominibus contumaciæ[i]." Nam "ante Christi Dei et Servatoris nostri adventum," quando Ecclesia suis finibus exiguis sane continebatur, "toto passim terrarum orbe rerum potiebatur Satanas, colebaturque ab omnibus propemodum gentibus et nationibus. Ubique extabant delubra in illius honorem erecta, ubique aræ, ubique sacrificia. Posteaquam autem unigenitum Dei Verbum e cœlo descendit, ruit ille ut fulgur[k]: et, "quod ligatus sit, testatum nobis faciunt[l] ὁ τῆς εἰδωλολατρείας ἀφανισμὸς, καὶ τῶν εἰδωλικῶν ναῶν ἡ καθαίρεσις, καὶ τῶν ἐπιβωμίων λύθρων ἡ ἔκλειψις, καὶ ἡ παγκόσμιος τοῦ θείου θελήματος ἐπίγνωσις, Idololatriæ interitus, et templorum idololatricorum demo-

[f] Apoc. cap. 20. ver. 3. et Anselm. Cantuar. in hunc locum.

[g] Primasius. [h] Act. cap. 14. ver. 16. [i] Ephes. cap. 2. ver. 2.

[k] Author commentariorum, quæ Tito Bostrorum Episcopo tribuuntur, in illud Luc. cap. 10. ver. 18. Videbam Satanam veluti fulgur de cœlo cadentem.

[l] Andreas Cæsareensis, et Arethas, in cap. 20. Apoc.

litio, sacrificiorum quæ aris imponi solita erant defectio, et divinæ voluntatis passim per terrarum orbem cognitio." Cohibitum hic Satanam intelligimus non a quavis per hæreses particulares seductione, contrarium enim testatissimum facit experientia; sed ab universali ἀποϛασίᾳ procuranda; qualem postea procurasse dicitur ver. 8. et qualem, antequam ligaretur, in universo fere orbe procuratam ab eo constat; quando longe lateque per totum orbem terrarum pro suo arbitrio regnavit, atque infinitis cultuum idololatricorum formis, omnique genere blasphemiarum et scelerum pro sua libidine complevit: quod non potuerit ita potenter fallere mundum, non ita generaliter et in universum, ut prius et deinceps gentes seducere[m]. Fuerantque illo tempore "absque Christo, alienæ a Republica Israelis, extraneæ a fœderibus promissionis, spem non habentes;" denique plane ἄθεοι ἐν τῷ κόσμῳ, ut loquitur Apostolus[n] "absque Deo in mundo." Et "tum quidem ignorantes Deum serviebant iis, qui natura non sunt Dii[o]." "Quæ enim immolabant gentes, Dæmoniis immolabant, et non Deo," ut idem Apostolus[p] et "Dii gentium Dæmonia[q]." Latissime patebat Satanæ potestas: totumque terrarum orbem, præter paucos admodum ex Judæorum natione, reliquias populi populorum omnium paucissimi[r], ad idololatriam et superstitiones horrendas et turpissiman vitam pro suo arbitrio Princeps Mundi seduxerat, mundumque universum omni impietatis ac scelerum genere complevit: atque ita fere ab orbe condito solutus ambulavit per omnes gentes. Magnus tum revera princeps erat; et potenter regnabat. Sed ejus immanes idololatrias ex mundo abolevit Christus, et suum verbum regnumque latissime per orbem terrarum propagavit: Satanamque antiquo illo, quem in mundo obtinebat, principatu exutum, in vincula conjecit; ablata ei potestate, qua solebat orbem terrarum horrendis tenebris involvere. Ita prohibitus est a solitis imposturis, ut nullus ei aditus relinqueretur, ad solita caligine orbem terrarum involvendum: neve tanta illi vis esset, quanta

[m] Vid. Primas. in illud Apoc. cap. 20. "Et vidi sedes."

[n] Ephes. cap. 2. ver. 12.

[o] Gal. cap. 4. ver. 8.

[p] 1 Cor. cap. 10. ver. 20.

[q] Psal. 96. ver. 5.

[r] Deut. cap. 7. ver. 7.

prius in mundo fuit; neque pristinum regnum in homines pios et sanctos recuperare posset: quantumvis in mentibus infidelium excæcatis habitaverit, et hæreses subinde excitaverit. Ligatus igitur dicitur, quando plurimi homines ex omnibus gentibus ad æternam Christi hæreditatem assumerentur; nec totum simul orbem, aut maximam ejus partem, depopulari poterat. Ad maximam enim electorum multitudinem hoc referendum illius imposturis non seductam. "Draconem[s] serpentem antiquum, qui est Diabolus et Satanas, ligavit per annos mille, ne scilicet tanto impetu grassaretur in orbem, quanto illuc usque in gentes et synagogam sæviebat, sed sineret Evangelicam fidem propagari." Itaque in 12. hujus libri capitulo, cum quo præsentem locum cohærere existimat doctissimus scripturarum interpres Franc. Junius, dejectus dicitur "Draco ille magnus, serpens ille antiquus, qui vocatur Diabolus et Satanas, qui seducit totum terrarum orbem[t]." Hic vero apprehensus dicitur "Draco, serpens ille antiquus, qui Diabolus et Satanas:" Nimirum, "ὁ πλανῶν τὴν οἰκουμένην ὅλην, qui seducit orbem universum[v]." Sic enim etiam in hoc ipso loco legunt antiqua nonnulla exemplaria; quorum unum ex bibliotheca Regis Gallorum notavit Rob. Stephanus[x]: eandemque lectionem Biblia Complutensia et Regia exhibent; ac textus qui cum commentariis Arethæ Veronæ et Andreæ Cæsareensis Heidelbergæ (ex illustrissimi Electoris Palatini bibliotheca) editus est[y], retinet. Ut sic ligatum intelligamus Satanam, ne amplius "Orbem universum" per mille annos posset seducere. Id quod etiam ex comparatione solutionis illius intelligi poterit. Quum enim, expletis mille annis, solutus est e carcere suo, ver. 8. exiisse dicitur, "ut seduceret," non unam aliquam gentem, sed "gentes quæ sunt in quatuor angulis terræ." Tum videlicet Satanas quasi exibit ad seducendum: "quia comparatione illius seduc-

[s] Dominic. Soto in 4. Sentent. dist. 46. quæst. I. art. I.

[t] Apoc. cap. 12. ver. 9. ubi vid. Alcasar. pag. 648, 652, 653.

[v] Junius in Apoc. cap. 12. ver. 18. et cap. 20. ver. 1. confer. Luc. cap. 10. ver. 18, 19. et Joh. cap. 12. ver. 21.

[x] Apoc. cap. 20. ver. 2. Rob. Steph. in edit. Græca Novi Testam. an. 1550.

[y] a Frid. Sylburgio, an. 1596.

tionis ista quæ nunc agitur seductio esse denegatur;" ait in eum locum Haymo, et Ambrosius Ansbertus. "Seductio publica et universalis intelligitur, qualem post 1000 annos in Christiano orbe potentissime procuravit." Ex quibus omnibus intelligimus, ligatum dici Satanam, et in custodias inclusum, non ut omnino non seduceret; sed ne in omnes simul gentes, uti erat solitus, perversas atque impias religiones induceret; neve ita potenter, ut antea, tantoque cum successu in mundo grassaretur. Quando vero cœperit, et quamdiu duratura fuerit ligatio ista Satanæ atque arctissima custodia, jam perquirendum est.

5. Termini mille annorum fatalium constituuntur in ligatione et solutione Satanæ. Et cœpisse quidem illam ligationem ex iis quæ dicta sunt apparet; quando de pristino, quem in mundum obtinebat, principatu dejecto Satana, "eripuit nos Deus ex potestate tenebrarum, ac transtulit in regnum filii sui dilecti[a]," quem "constituit in lucem gentium, ut esset saluti usque ad extremitatem terræ[b]." Principe enim tenebrarum, eodemque "mundi hujus principe[c]," seculi hujus omnia longe lateque occupante, "tenebræ operuerunt terram, et caligo nationes[d]." Quando vero Ecclesiæ Lux advenit, et "gloria Jehovæ super eam orta est: accesserunt gentes ad lucem ejus, et reges ad splendorem exortus ipsius, filii ejus e longinquo advenerunt, et filiæ ejus ad latus tanquam a nutriciis apportatæ sunt[e]," irradiavit eos lumen Evangelii gloriæ Christi, i. e. lumen perspicuæ ac illustris prædicationis, qua annunciatur gloria Christi, qui est "Imago Dei[f]," *φῶς εἰς ἀποκάλυψιν ἐθνῶν*, ut cecinit sanctissimus Simeon[g]. "traditus in fœdus populi, in lucem gentium, ad aperiendum oculos cæcos, ad educendum claustro vinctum, e carcere sedentes in tenebris[h]." Atque a tempore hujus *εὐαγγελικῆς φωταγωγίας τῆς ἐν κόσμῳ δι' αὐτοῦ [χριϛοῦ] καὶ τῶν μαθητῶν αὐτοῦ γεγεννημένης*, loquitur Epiphanius[i], ab ortu Evangelii et Christianæ Ecclesiæ incunabulis,

[a] Col. cap. 1. ver. 13.
[b] Esai. cap. 49. ver. 6. Act. cap. 13. ver. 47.
[c] Joh. cap. 12. ver. 31.
[d] Esai. cap. 60. ver. 2.
[e] Esai. cap. 60. ver. 1, 3, 4.
[f] 2 Cor. cap. 4. ver. 4.
[g] Luc. cap. 2. ver. 32.
[h] Esai. cap. 42. ver. 6, 7.
[i] Epiphan. in fine Tom. 1. lib. 1. contr. hær.

Theologos[k] qui ante nostrum seculum claruerunt, tempus[l] vinculorum Satanæ magno consensu repetere animadverto. Chiliastas tamen ex veterum[m], ex recentiorum numero Nicolaum[n] de Lyra, et quorum ille sententiam commemorat deliros fraterculos, una cum Johanne[o] Episcopo Chemensi et Viterbiensi[q] nugatore, quorum jamdudum explosa ab omnibus sunt somnia, excipio.[p]

6. Ad particularem vero annum, a quo, tanquam ab Epocha, tempus ligationis Satanæ deduci posset, quod attinet: aliquantulam inter authores dissensionem esse video. Alii enim ἀπὸ τῆς ἐνσάρκου οἰκονομίας, ut appellant Græci, ab ipsa incarnatione Domini numerandum censent: inter quos e veteribus optimus Apocalypseos interpres Andreas Cæsareensis. χίλια ἔτη τοίνυν (ait ille) ὁ ἀπὸ τῆς

[k] Ephræm. in tract. de pœnit. Tichonium, vel quicunque autor fuit 16. hom. in Apoc. perperam tribut. August. Ambros. Ansbert. in Apoc. cap. 20. Gloss. Ordinar. ibid. Augustin. lib. 20. de Civ. Dei. cap. 7. et eum secutum Primasium in cap. 20. Apoc.

[l] In adventu Christi, qui sibi Ecclesiam et populum multum e gentibus elegerat, refrænata est Diaboli protervia; ut libere pro solito evagari non posset. Verum de adventu hic distinguendum est. Christi enim adventus (præter ultimum illum, quo venturus est ad judicandum vivos et mortuos) duplex in Scripturis invenitur. Prior in humilitate, quando "seipsum exinanivit, forma servi accepta, factus obediens usque ad mortem." Phil. cap. 2. ver. 7, 8. Atque ita etiam hic Angelum de cœlo descendentem, &c. (ut sec. 6.) et ligationem Diaboli factam a Christo in primo adventu, quando scilicet venit humilis, asserit Hug. Cardinalis in Apoc. cap. 20. Tichonius (vel quicunque autor fuit 16. hom. in Apoc.) Isti mille anni a Passione Domini aguntur. Similiter Thomas in Apoc. cap. 20. per mille annos designari notat, tempus a Passione Christi usque ad adventum Antichristi: et pag. 597. glossam in hunc finem citat. vid. sec. 7. Alter Christi adventus est, quando, peracta Passione, intravit in gloriam suam, Luc. cap. 24. ver. 26. acceptaque omni potestate in cœlo et terra, Matt. cap. 28. ver. 18, 19. ablegavit Apostolos suos in universum mundum, prædicaturos Evangelium non Judæo tantum, sed omni creaturæ. Marc. cap. 16. ver. 15. Tum enim potentissime cœpit Christus de Diabolis et impiis per orbem terrarum triumphare. vid. sec. 8.

[m] Item Prosperum, qui ab initio 70 hebdom. Daniel. (ap. Alcasar. pag. 876.) et Optatum in fronte hujus libri, qui a solutione vel initio captivitatis Babylonicæ, ut videtur, 1000 ann. ligati Satanæ inchoat; vel potius ab initio 70 hebd. a Josiæ temporibus, ut quibusdam antiquorum visum; de quibus vid. Euseb. Chronic. et Perer. dedicat.

[n] Lyra in Apoc. cap. 20. [o] Joh. Chemens. in libro cui titulus, Onus Ecclesiæ. [p] Joh. Annii. Viterbiens. in Glossa super Apocalypsin, ad Sixtum IV.

[q] Item Ubertinum Casalis apud Alcasar. in Apoc. pag. 875, 876, 878, 880. Aureolum ibid. pag. 876,

Κυρίου ἐνανθρωπήσεως χρόνος μέχρι τῆς τοῦ Ἀντιχρίστου ἐλεύσεως. "Mille anni tempus illud complectuntur, quod interfluit inter Christi incarnationem et Antichristi adventum." Atque ita hoc in loco "Angelum de cœlo descendentem," Christum de secreto Patris descendentem, et humiliantem se in carne, exposuit non minima pars[a] interpretum. "Angelus ille, quem cum clavi descendentem vidit Johannes, non alius quam ipse Christus fuit descendens in carne[b]." Ut tum apprehensus fuerit Satanas, cœptusque "ligari fortis ille, et domus ejus diripi[c]:" quando "invisit Deus et redemit populum suum; ut sine metu, e manu inimicorum nostrorum liberati, serviremus ipsi[d]" quando ἐπὶ γῆς εἰρήνη, ἐν ἀνθρώποις εὐδοκία, ut in "Natali Servatoris cecinit exercitus cœlestis[e], quando canere potuit sanctissimus Simeon: "viderunt oculi mei salutem tuam, quam parasti in oculis omnium populorum; φῶς εἰς ἀποκάλυψιν ἐθνῶν καὶ δόξαν λαοῦ σοῦ Ἰσραήλ[f]." Quod nec ipse Satan dissimulavit: si quæ fides aut authoritas oraculo illi tribuenda, quod Cæsari Augusto, provectiore jam ætate, de eo, qui sibi in Romani Imperii administratione successurus esset, Pythium Apollinem consulenti, editum fuerat[g] a Dæmone:

"Ἑβραῖος[h] κέλεταί με Θεὸς μακάρεσσιν ἀνάσσων,
Τόνδε δόμον προλιπεῖν καὶ ἀΐδην αὖθις ἱκέσθαι.
Λοιπὸν ἄπιθι σιγῶν ἐκ βωμῶν ἡμετεράων[i].

Me puer Hebræus jubet hoc discedere templo,
Rex divum et stygium rursum remeare sub orcum.
Tu tacitus nostra hæc jam nunc altaria linque.

7. Alii[a] ante passionem Domini tempus ligationis Satanæ inchoandum non existimant: freti authoritate verborum illo-

a Beda, Anselm. Laudunens. Haymo, lib. 7. comm. in Apoc. cap. 20. Anselm. Cantuar. Richardus Victorinus, in Apoc. lib. 6. cap. 7. Baringuedus, Thom. &c. in Apoc. cap. 20.

b Dom. Soto in 4 Sent. dist. 43. quæst. 2. art. 1.

c Matt. cap. 12. ver. 29.

d Luc. cap. 1. ver. 68, 71, 74.

e Luc. cap. 2. ver. 14.

f Luc. cap. 2. ver. 30, 31, 32.

g Suidas in voce Αὔγουστος. Nicephorus Callistus. lib. 1. hist. Eccles. cap. 17. Georg. Cedrenus in Annal. pag. 150. ex Eusebii Chron.

h Al. Παῖς Ἑβραῖος κέλεταί με θεοῖς. et al. Τὴν δέ.

i Deus hic scilicet angelus descendens e Cœlo, Joh. cap. 3. ver. 13.

a Vid. Casaub. resp. ad Baron.

rum quæ Johannis 12. a Christo habita leguntur. "Nunc[b] judicium adest mundi hujus; nunc princeps mundi hujus ejicietur[c] foras: Et ego, quum sublatus fuero a terra, omnes traham[d] ad meipsum." Quod quidem tum ad passionem Dominicam referri poterit, cujus vi dejectionem Diaboli, quæ in hoc loco Apocalypseos exponitur, factam agnoscit Andreas Cæsareensis, tum ad Evangelii, quæ illam subsecuta est, per orbem terrarum promulgationem, quo tanquam firmissimo vinculo ligatus est Satanas, atque ex tyrannide illa, qua gentes antea oppresserat, plane deturbatus. "Et adverte quomodo omnia trahat," ait B. Ambrosius[e], "Exaltatus est in cruce, et totus credidit mundus." Hinc interpretes nonnulli, inter quos Joachim, Thomas, Purveius, et Blasius Viegas Jesuita, a passione Christi mille[f] horum annorum initium deducunt: Tichonius[g], vel quicunque author fuit Homiliarum in Apocalypsim, quæ Augustino perperam tribuuntur, modo ad adventum, modo ad passionem, Domini refert. Augustinus[h] et eum secutus Primasius[i], ligationem Diaboli factam innuit, ex quo cœpit Ecclesia

[b] Joh. cap. 12. ver. 31, 32. vid. Alcasar. in Apoc. Pag. 648, 652, 653. "Vidi Satanam, ut fulgur decidentem. Ecce dedi vobis potestatem calcandi super omnem virtutem inimici." Luc. cap. 10. ver. 18, 19.

[c] Abolebitur a me per mortem meam, ut Heb. cap. 2. ver. 14, "morte sua abolevit eum qui mortis habebat imperium." i. e. Diabolum. Hos. cap. 13. ver. 14. "Ero mors tua, O mors." Adimetur ei imperium mortis, quod habebat, quoque electos misere torquebat. Piscat. vel potius: deturbabitur ex illa sua tyrannide, quæ tot gentes sibi subjecit; promulgato viz. per orbem terrarum Evangelio. Beza. Per hanc enim alius ipso fortior, nempe Christus Deus et Dominus, illum, qui potens alioqui habebatur, ligavit; nosque, spolia illius, de manibus ejus eripuit, illo ad abyssum condemnato et amandato. Andr. Cæsar. et eum secutus Arethas, cap. 60. Comm. Apoc.

[d] Omnes traham h. e. etiam Gentiles. Chrys. hom. 66. in 22. Joh. *πάντες γὰρ καὶ οἱ ἐξ ἐθνῶν πρὸς τὴν εἰς ἐμὲ ἑλκυσθήσονται*, quemadmodum dicti hujus rationem explicat Theophyl. in Joh. cap. 12.

[e] Sermon. 12. in Psalmum 118. *Totus mundus*, Judæi et Gentiles, ut dicit in sequentibus. Leo etiam in Serm. 8. de passione, extendit ad totum mundum, qui fidem Christi recepit. Vid. August. tract. 52. in Joh. Athanas. in Serm. de pass. Domini. part. 7. expos. in Apoc.

[f] Thomas in Apoc. cap. 20. per mille annos designari censet tempus a passione Christi usque ad adventum Antichristi. Sic etiam Aug. Greg. Primasius, Beda, Andreas Cæsar. Perer. in Dan. lib. 15. Ribera in Apoc. cap. 20. sec. 4. ab Alcas. citati in Apoc. cap. 20. pag. 876. qui adversus eos frigide satis disputat. pag. 879, 896.

[g] Tichon. hom. 16. in Apoc.

[h] In libro 20. de civitate Dei, cap. 8.

[i] In Apoc. cap. 20.

præter Judæam terram in nationes alias dilatari. A qua etiam sententia non multum abhorret Rupertus Abbas Tuitiensis.

8. "Dicat[a] ergo forte quis: Nunquid Christus, postquam morte superata victor in cœlum ascendit, iterum huc inde descendit? plane descendit[b]," inquit Rupertus; "sed invisibiliter. Descendit non ut prius passibili humilitate, sed impassibili, atque invisibili majestate. Descensum illum totus orbis audivit; descensus illius sonus in omnem terram exivit[c]; Certe et si non per circumscriptam humanitatis suæ formam descendit, at sine dubio per incircumscriptam divinitatem suam: per ipsum quem dabat Spiritum Sanctum, et per eos quos inspirabat Apostolos ad visitandas gentes descendit." Atque hunc adventum suum significavit ipse Dominus, ubi discipulis suis dixit: "Amen[d] dico vobis, nequaquam obieritis urbes Israelis, quin venerit Filius hominis[e]." Et alibi: "Amen[f] dico vobis, sunt quidam ex his qui hic adstant, qui nequaquam gustabunt mortem, usque dum viderint Filium hominis venientem in regnum suum:" sive ,ut Marcus expressit[g], "usque dum viderint regnum Dei venisse cum potentia." Cum quo etiam illud conjungendum censuerim, quod apud Lucam legimus; "Quum[h] vos videritis hæc fieri, agnoscite prope esse regnum Dei: Amen dico vobis, nequaquam præterierit hæc ætas, quousque hæc omnia facta fuerint." Ad urbis enim et templi excidium hoc refero: quemadmodum et illud[i] Matthæi. "Prædicabitur istud Evange-

[a] Rupertus lib. 11. Comm. in Apoc. cap. 20.

[b] Descensus hic non ex loci mutatione, sed ex Evangelii Cœlestis patefactione, æstimandus; quemadmodum idem Christus olim immorigeris in diebus Noe profectus prædicavit. 1 Pet. cap. 3. ver. 19. et post ascensionem veniens Evangelizavit palam illis, tum qui procul, tum qui prope, erant. Eph. cap. 2. ver. 17. per ministros suos, qui ipsius nomine legatione funguntur. 2 Cor. cap. 5. ver. 20. Hic igitur Christus de Cœlo descendens significatur, ad destruendum tenebrarum mundi principatum; ad liberandos eos, qui ad simulachra muta ignorantes ibant prout ducebantur, ait Rupertus Tuitiensis, lib. 11. Comm. in Apoc. cap. 20. Satanas a Christo, dum idololatriam expelleret, ligatus dicitur; a pontifice autem Romano, dum eam restitueret, solutus.

[c] Rom. cap. 10. ver. 18.

[d] Matt. cap. 10. ver. 23.

[e] Ex fortasse etiam Luc. cap. 18. ver. 8. collat cum Joh. cap. 16. ver, 8, 9, 11: "Filius hominis quando venerit, putas, inveniet fidem in terra."

[f] Matt. cap. 16. ver. 28.

[g] Marc. cap. 9. ver. 1.

[h] Luc. cap. 12. ver. 31, 32.

[i] Matt. cap. 24. ver. 14.

lium regni in toto terrarum orbe, ut sit testimonio omnibus gentibus: et tunc veniet finis." Nam, priusquam finis urbis advenit, "Mysterium[i], quod a temporibus seculorum tacitum fuit, factum est manifestum; et per Scripturas Propheticas, ex imperio æterni Dei, ad obedientiam fidei omnibus gentibus declaratum:" Evangelium illud regni, ex Christi mandato[k] " prædicatum est omni creaturæ[l] quæ sub cœlo est," " pervenitque[m] in totum mundum, et fructum pertulit:" quemadmodum Apostolicis literis non obscure edocemur. Apostoli recepta virtute Spiritus Sancti testes fuerunt Christo usque àd ultimas terras[n], " profecti[o] prædicarunt ubique Domino cooperante." " In omnem terram exivit sonus eorum[p], et in fines orbis terrarum verba eorum." " Nostri illi piscatores, ait Theodoretus[q], et publicani, sutorque ille noster, cunctis nationibus legem Evangelicam detulerunt: neque solum Romanos, et qui sub Romano vivunt imperio, sed Scythas quoque et Sauromatas, Indos præterea, Æthiopas, Persas, Seras, Hyrcanos, Cimmerios, Germanos et Britannos; utque semel dicatur, omne hominum genus, nationesque omnes induxerunt crucifixi leges accipere." Similiter Eusebius[r]: " Cœlesti (inquit ille) divinaque virtute et præsidio repente, nulla fere mora interposita, tanquam quoddam solis jubar, salutare Dei verbum universum terrarum orbem suo splendore collustravit: In omnem terram sonus divinorum Evangelistarum et Apostolorum exivit, et in fines orbis terræ verba eorum. Atque Ecclesia quidem Christi non aliter quam area, quæ, tempore messis, immenso frumenti numero compleri solet, infinita prope et innumerabili multitudine hominum, in cunctis civitatibus et vicis, veram religionem ac fidem amplectentium, subito referta est." Et eum secutus Nicephorus[s]. Christi regnum in primitiva et Apostolica Ecclesia initium habuit, a die viz. Pentecostes, quo primum lex et doctrina Evangelica per Apostolos magna libertate, et constantia et ardore, prædicari atque pervulgari cœpta est.

[i] Rom. cap. 16. ver. 25, 26.
[k] Marc. cap. 16. ver. 15.
[l] Col. cap. 1. ver. 23.
[m] Col. cap. 1. ver. 6.
[n] Act. cap. 1. ver. 8.
[o] Marc. cap. 16. ver. 20.
[p] Rom. cap. 10. ver. 18.
[q] De Cur. Græcar. affect. serm. 9. pag. 608.
[r] Hist. Eccles. lib. 2. cap. 3.
[s] Lib. 2. cap. 8.

9. Si igitur post nativitatem Servatoris nostri ligationem Satanæ inchoare placeat: Certe ab anno, vel Dominicæ passionis, vel Hierosolymitanæ cladis, erit deducenda. Alii ab incepta, paulo post passionem Domini ante excidium Hierosolymitanum; alii a consummata Apostolorum prædicatione tempus hoc deducendum putant. In altero enim Dei Filius "per mortem[a] abolevit eum, qui mortis imperium habet, hoc est, Diabolum;" atque "expoliata imperia[b] ac potestates traduxit palam, triumphans de illis." Dein triumphali curru conscenso, "ascendens[c] in sublime captivam duxit captivitatem," qua omnes homines concludebantur. Catenaque injecta constrinxit Diabolum, qui antea omnes gentes horribiliter captivas tenuit[d]. Ministros suos[e] in universum mundum ablegavit, qui gentes "converterent[f] a tenebris ad lucem, et a potestate Satanæ ad Deum." Collato etiam in hunc finem mirabili illo linguarum dono, quibus, ut Arnolfum[g] Ratisbonensem Monachum loquentem audias, "per universum orbem prædicarent et testificarentur dominicum triumphum, quo Diabolus victus et catenis malitiæ suæ constrictus, per totum mundum gemit et ululat apostatam civitatem, quondam per superbiam suam elevatam, modo per humilitatem Christi discipulorum dejectam; imo totam gentem Christianam clypeo divinæ munitionis disqueritur protectam." Et cum Apostoli, "secundum efficacitatem[h] Christi agentem in ipsis potenter, gentes[f] converterunt a tenebris ad lucem, et a potestate Satanæ ad Deum:" Arma habentes divinitus valida "ad subversionem[i] munitionum, quibus omnem sublimitatem, quæ sese extollit adversus cognitionem Dei, et in captivitatem redigant omnem cogitationem ad obediendum Christo:" dubitari non potest salutari hac prædicatione Evangelii Christi, "quæ potentia Dei est[k] ad salutem cuivis credenti," tan-

[a] Heb. cap. 2. ver. 14. [b] Col. cap. 2. ver. 15. [c] Eph. cap. 4. ver. 8.
[d] Confer. Heb. cap. 2. ver. 14, 15. cum 2 Tim. cap. 2. ver. 26.
[e] Marc. cap. 16. ver. 15. [f] Act. cap. 26. ver. 18.
[g] Arnolf. de S. Emmeriamnio lib. 2. tom. 2. Antiq. lect. Hen. Canisii, pag. 113.
[h] Col. cap. 1. ver. 29. [i] Cor. cap. 10. ver. 4, 5.
[k] Rom. cap. 1. ver. 6.

quam firmissimo vinculo ligatum esse Satanam, atque dejectum ex illa tyrannide, qua tot gentes antea sibi subjectas oppresserat. Tum desierunt homines consulere idola gentium: atque oracula defecerunt, quibus olim misere a Satana delusa est Gentilitas; quæque, Evangelii lumine tenebras illas dispellente, velut Dagon coram Arca Domini, conciderunt atque obmutuerunt plane[l]. In altero vero, peracta illa Apostolorum Christi legatione, ubi "dilatasset[m] Ecclesia locum tentorii sui, aulæa habitaculorum suorum extendisset, prolongasset funes suos, et clavos suos confirmasset:" Deus libello divortii Synagogæ Judæorum solenniter misso, "populum rebellem[n] et contradicentem, ad quem toto die manus suas expanderat," abdicavit; "inventus est ab iis, qui ipsum non quærebant; conspicuus factus est iis, qui de ipso non interrogabant; dixit, Ecce me, ecce me, ad gentem quæ non devocata est de nomine ejus." "Locumque sanctum[o] abominationi desolationis exposuit," et "gentibus conculcandum[p] tradidit, donec implerentur tempora gentium." Ad quam calamitatem etiam adventum Domini in sacris literis aliquando referri affirmat Oecumenius[q]: Chrysostomi quoque eam in rem citato testimonio, qui illud Christi de Johanne dictum, "Si[r] velim eum manere donec veniam, quid ad te?" sic exposuit, "τοῦτο δηλοῦν βούλεται τὸ ῥητὸν τὴν πανωλεθρίαν τῆς Ἱερουσαλήμ. Hoc dictum significare vult omnimodam eversionem Jerusalem." Atque tum demum, cultus cæremonialis et umbræ legales, quæ Christo mortuo mortuæ, una cum sepulto templo sepultæ sunt: nec velum templi tantum scissum, ut tum, sed sublatum prorsus, politia Judaica extincta, et intergerini parietis septo soluto inter gentem Judæorum et orbem reliquum, ex duobus facti sumus unum; "unum viz. ovile[s] sub pastore uno." Dilatavitque[m] Ecclesia locum tentorii sui, et aulæa habita-

[l] Vid. Plut. comm. inscrip. Cur oracula edi desierunt; et alia τεκμήρια ligati Satanæ, supra sec. 4. ex Andrea Cæsar. et Aretha notata.

[m] Esai. cap. 54. ver. 2.

[n] Esai. cap. 65. ver. 2. Rom. cap. 10. ver. 21. qui seipsum contumaciter ab eo abalienaverat.

[o] Dan. cap. 9. ver. 27. Matt. cap. 24. ver. 15.

[p] Luc. cap. 21. ver. 24.

[q] Oecumen. in Epis. Jacob. cap. 7. vid. Salmer. T. 11. pag. 256.

[r] Joh. cap. 21. ver. 22.

[s] Joh. cap. 10. ver. 16.

culorum suorum extendit, prolongavit funes suos, et clavos suos confirmavit: dextrorsum et sinistrorsum prorupit: Semen ejus gentes hæreditario jure possedit: conjunx et vindex ejus, Deus[t] totius terræ, non Judæorum tantum, vocatus est. Propagata est Ecclesia per totum orbem terrarum, atque ex Ecclesia singulari Judææ facta est Catholica sive universalis; et, Hierosolyma vetere sublata, floruit ἡ ἄνω Ἱερουσαλὴμ, sublimis illa et libera Hierusalem "quæ est mater[v] omnium nostrum:" Urbs illa dilecta inferorum portis nequicquam contra nitentibus, in æternum perstabit[x], ubi constitutus fuit mons domus Jehovæ in vertice aliorum montium, et elatus supra colles; et confluxerunt ad eum omnes gentes. Quoniam "Tzyone[y] prodiit doctrina, et verbum Jehovæ Jeruschalaimis." Quum vero, Ecclesia Judæorum eversa, in semen ejus, *i. e.* Ecclesiam Christianam apud gentes ministerio Apostolorum et discipulorum Christi collectam et Deo genitam, involare tentaret Satan[z], a Christo hic in abyssum detruditur, et catena magna manibus pedibusque vinctus detinetur.

10. Quænam e tribus his sententiis propius ad veritatem accedat scrupulosius perscrutari, ad præsens institutum nihil attinet: omninoque differentia, quæ intra septuaginta plus minus continetur annos, in spatii Millenarii consideratione merito a nobis negligenda videatur. Et nimis profecto diu in ligationis Satanæ initio constituendo hæsimus: tempus est ut quamdiu illa duratura fuerit, jam uno verbo expediamus. Id vero temporis, mille annorum spatio, semel atque iterum Spiritus Sanctus circumscribit. De quibus Tichonius: "isti[a] intelliguntur mille anni, qui ab adventu Domini nostri aguntur." Quanquam qui intra mille istos ab adventu Domini annos Ecclesiæ Doctores claruerunt, quod de illo temporis spatio statue-

[t] Rom. cap. 3. ver. 29. vid. Pless. [v] Gal. cap. 4. ver. 26.
[x] De qua postea hoc 20. cap. ver. 9. Vid. Henr. Wolphii Chronol.
[y] Esai, cap. 2. ver. 3. [z] Apoc. cap. 12. ver. 17, 18.
[a] Tichon. hom. 16. in Apoc.

runt, definitum nihil aut certum habuerunt. Alii[b] "per numerum millenarium, aut multum aut perfectum tempus significatum putarunt: alii inter decies centenos absolute coerceri, alii inter angustius spatium concludi censuerunt:" quid autem horum verius esset, "id soli Deo cognitum, qui novit quousque illius patientia, vitæque hujus usura, nobis commoda et utilis futura sit," ait Andreas Cæsareensis Episcopus. Et post eum Arethras: "mille[c] annos, aut eos qui interfluunt a Christi adventu usque ad Antichristi adventum, sive sint decies centum, sive etiam his pauciores, non nostrum est exacte cognoscere: quia nulli mortalium datum est cognoscere *tempora*[d] *vel momenta, quæ Pater posuit in sua potestate*." Nimirum, "omnes[e] Prophetæ priusquam habeant effectum, ænigmata et ambiguitates sunt hominibus: cum autem venerit tempus, et evenerit quod Prophetatum est; tuuc Prophetiæ habent liquidam et certam expositionem."

11. Quid vero nobis hac de re statuendum erit, quibus alterius millenarii sextum jam elapsum est seculum? Ego quidem, ut id arroganter præjudicare, aut ad arbitrium meum revocare nolim; ita si rogarer, quænam ex istis veterum opinionibus mihi maxime probanda videretur, eam proculdubio censerem præferendam, quæ per mille annos totidem simpliciter annos intelligendos esse putat. Aut certe, si cum Ribera[a] dicamus annos mille indefinite poni pro multis: spatium millenario minus, cum Augustino[b], potius quam majus, ad Antichristi adventum fuerit statuendum. Quia in hujusmodi locutione hyperbole subesse solet: ut cum Latini dicunt *sexcenta* hujusmodi. Mille istos annos "inter decies centenos absolute coerceri" ait Andreas Cæsareensis. Hæc enim sententia[c] ut simplicissima est, ita

[b] Andr. Cæs. comm. in Apoc. cap. 20. edit. Commelin.

[c] Areth. cap. 60. comm. Apoc. [d] Act. cap. 1. ver. 7.

[e] Irenæus, lib. 4. cap. 26. pag. 262. Procopius, præf. comm. in Genesin. Prophetia quidem parum primo aspectu clara est; ubi vero ad rem collata et eventum sortita fuerit, quem prædixit, tum demum perfecte inclarescit.

[a] In Apoc. cap. 2. sec. 39, 40.

[b] August de civ. lib. 20. cap. 7. apud Alcasar, initio pag. 873.

[c] Vid. quid ad hoc respondeat Alcasar. in Apoc. cap. 20. pag. 873. Millena-

cum eventu, qui prophetiarum optimus est interpres, apte congruit et cohæret. Nam quicquid tandem de genuina oraculi hujus interpretatione statuatur, de qua, per me quidem, liberum erit cuique judicium suum : si quis præteritorum temporum spatia a nostra memoria propter vetustatem remota, et, qui tum fuit, Ecclesiæ Christianæ statum ex literarum monumentis repetere voluerit: comperiet profecto, ante millesimum annum, neque ita potenter Satanæ nequitiam prævaluisse, nequa ita late Antichristianismi pestem sese diffudisse, ut quasi totum universitatis corpus oppresserit, atque Ecclesiam de statu omni dejecerit; et ex luce hominum in angulos compulerit. Mihi certe in ea quæ memoriæ sunt prodita studiosius inquirenti, persuasum hoc ipsum fuisse, etiam quum de hoc Apocalypseos loco nihil cogitarem, vere testari possum.

12. Quod ut non opinione solum, sed etiam ad veritatem plane persuadeatur: illud in primis intelligere oportet, ad veræ visibilis Ecclesiæ constitutionem illius requiri religionis professionem, quæ possit hominem sapientem reddere ad salutem, per fidem quæ est in Christo Jesu. Dogmatum vero quæ in Ecclesiis traduntur illud discrimen statuendum est: tanti aliqua esse momenti, ut illis Ecclesiæ et salutis nostræ contineatur fundamentum; esse vero alia quibus Ecclesia et salus nostra ita non innititur, ut si ab iis aberratum fuerit, salva res esse non possit, Hinc Apostolus in tertio capite prioris ad Corinthios epistolæ, inter fidei fundamentum, et alia fundamento superstructa accurate distinguit. Illud si deserueris, actum est de

rius tanquam infinitus plenitudinem rerum immensam significat et perfectionem. Summus enim est, et computationis varietatem concludit a monade velut fonte in decadem, hinc in hecatontadem, inde in ipsum numerorum mare quam Chiliadem appellamus, profluens. Est igitur denarii hic cubus, quippe decas, quæ monadibus constat, in se ducta centenarium constituit, figuram inquam quadratam, sed profunditate sive altitudine carentem ; in hanc autem ut surgat, solidaque reddatur, centenarius decade rursus multiplicandus erit, et millenarii acervus nascetur: numerorum velut numerus, limesque ultimus et perfectus. In longum enim hæc decas, in latum hæc hecatontas, in profundum hæc chilias extendetur. Plenitudinem istam sic infinitam boni scriptores passim usurte scilicet, periisti: illud si retinueris, "ligna quoque et fœnum et stipulam superædificaveris," jacturam quidem facturus es; sed operis, non salutis. "Si[a] cujus opus exustum fuerit, damnum faciet; ipse vero servabitur:" inquit Apostolus. "Nam et in libris sanctorum Doctorum, quos authentice legit Ecclesia," ut habet in commentariis ad illum locum sive Herveus monachus, sive Anselmus archiepiscopus, "nonnunquam inveniuntur quædam prava vel hæretica; nan tamen pro his vel libri vel autores damnantur[b]. Perlegat eorum libros prudens lector, et inveniet esse verum quod dico." Hæc ille.[c]

13. Atque inde est quod Augustinus[a] animarum originem tractaturus, quomodo ea quæstio ab aliis, in quibus vel maxime fides Christiana consisteret, secernenda esset, in ipso disputationis suæ vestibulo docendum esse censuit. "Neminem nasci ex Adam, nisi vinculo delicti et damnationis obstrictum, neminemque inde liberari, nisi renascendo per Christum, tam inconcusse tenere debemus, ut sciamus eum, qui hoc negaverit, nullo modo ad Christi fidem et ad eam, quæ per Christum datur pusillis et magnis, Dei gratiam pertinere. Unde si origo animæ lateat, dum

pant peculiariter: Virgilius de Iride, "Mille trahens varios adverso sole colores." Apud Aristoph. quoque χίλιαι πόλεις a Scholiaste πολλαὶ explicantur, numerusque finitus pro infinito positus est. Nec a S. literis hæc formula aliena: "Mille anni ante oculos tuos, tanquam dies hesterna quæ præteriit." Ps. 84. Hæc Erycius Puteanus in Proteum Parthenium, Thaumate P.

[a] 1 Cor. chap. 3. ver. 15.

[b] Contra hanc distinctionem vide Reginaldi Calvino-Turcismum, pag. 175. et seq. de qua nihil Sutlivius, ubi præcipuum argumentum, quod de fundamentalibus omnes nostri non conveniant. At Augustinus in epistola ad quodvult-Deum, ait, non idem videri omnibus de dogmate quopiam, sitne hæresis an non; nec tamen distinctio hæreticæ propositionis ab alia idcirco rejicienda: Sic ipsi pontificii distinguunt inter peccata venialia et mortalia, quoad particularia tamen sibipsis non conveniunt. Quædam dogmata sunt hæretica materialiter, nec tamen formaliter, si Serarium audimus, in Trihæresio pag. 118. ut igitur materialiter in quibusdam erraverint Wicliffius et Waldenses, illud tamen formaliter jure negare possumus. Quia Ecclesia tantum pontificia, quam audire non tenebantur, non vera contraria dogmata illis proposuit, vel obtrusit potius, non tam ex verbo Dei, quam ex authoritate sua.

[a] Aug. epist. 190. ad Optatum, op. tom. 2. pag. 700.

tamen redemptio clareat, periculum non est." De alterius vero generis quæstione cum homine Pelagiano disputaturus: "Alia," inquit[b], "sunt in quibus inter se aliquando etiam doctissimi atque optimi regulæ Catholicæ defensores, salva fidei compage non consonant, et alius alio de una re melius aliquid dicit et verius. Hoc autem unde nunc agimus, ad ipsa fidei pertinet fundamenta. Quisquis in Christiana fide vult labefactare quod scriptum est, *Per hominem*[c] *mors, et per hominem resurrectio mortuorum; Sicut enim in Adam omnes moriuntur, ita et in Christo omnes vivificabuntur*, totum quod in Christum credimus auferre molitur."

14. Sic nimirum in Hominis Opificio ostendit Gregorius Nyssenus, alia membra comparata esse "πρὸς τὸ ζῆν, ad vivendum, sive, ut viveremus, viz. τὰ ζωτικὰ μόρια (ut appellat) vitalia membra, ὧν ἄνευ συστῆναι τὴν ἀνθρωπίνην ζωὴν οὐκ ἐνδέχεται, absque quibus foret, homo non viveret, ὥσπερ θεμελίου τινὸς ὑποσπασθέντος ὅλον τὸ οἰκοδόμημα συγκατεσείσθη τῷ μέρει, perinde atque fundamento subruto, ædificium totum ad succussionem partis una quassari necesse est: Alia vero πρὸς τὸ εὖ ζῆν ad jucunde vivendum, viz. τὰ περὶ τὴν αἴσθησιν ὄργανα, sensuum instrumenta, ὅσα προσθήκη τις ἐστί τῶν ἀγαθῶν, καὶ φιλοτιμία τῆς φύσεως, τὸ εὖ ζῆν δι' ἐκείνων τῷ ἀνθρώπῳ χαριζομένης, quæ videlicet bonorum sint velut additamentum, profecta de benigna largitate naturæ, efficientis per hæc ut jucunde homo viveret. Τὰ γὰρ τοιαῦτα τὴν ζωὴν μὲν οὐ συνίστησιν, ἐπεὶ καὶ λιπόντων τινῶν πολλάκις, οὐδὲν ἧττον ἐν τῷ ζῆν ἐστιν ὁ ἄνθρωπος· ἀλλ' ἀμήχανον, δίχα τούτων τῶν ἐνεργειῶν τῶν κατὰ τὴν ζωὴν ἡδέων μετουσίαν ἔχειν. Nam in his," ut addit idem, "vita nostra non consistit, quando vivere homini licet, etiam plerisque horum amissis: sed fieri non potest ut absque horum actionibus rerum in hominis vita jucundarum voluptate fruamur." "Neque sane par est ut omnes divinæ legis quæstiunculas," ut recte monuit[b] Vincentius Lirinensis, confundamus cum fidei

[b] Aug. lib. 1. contra Julian. Pelagian. cap. 22. tom. 10. pag. 510.
[c] 1 Cor. cap. 15. ver. 21, 22.
[a] Greg. Nyss. de hom. opific. cap. ult. [b] in primo Commonitorio.

"regula, quæ pusillis magnisque in Ecclesia communis est," sicut ait[c] Augustinus; ita una omnino est sola "immobilis et irreformabilis," ut de Symbolo loquitur[d] Tertullianus; et "quam[e] si quis integram inviolatamque non servaverit, absque dubio in æternum peribit." Nam ut alia in re Philosophus[f] τὰ μικρὰ τῶν ἀτυχημάτων distinguenda a magnis illis arbitratur, quæ, ut inquit ille, θλίβει καὶ λυμαίνεται τὸ μακάριον, ita multo magis in erroribus qui circa fidem sunt, ista tenenda est differentia; nonnullos esse natura sua exitiabiles, et certum interitum secum afferre; αἱρέσεις ἀπωλείας appellat[g] Petrus: alios esse ejusmodi, qui neque fidei fundamentum exscindunt, neque piorum salutem intervertunt. Et quemadmodum in hominis natura, aliud est si quæras an vivat, aliud, an recte valeat; adeoque in ipso morbo, utrum vitales corporis partes, cor, hepar, cerebrum, an vero organicas afficiat: ita omnino in Ecclesiæ natura res se habet, ut alia sit quæstio[h] περὶ τῆς οὐσίας, alia περὶ τῆς εὐεξίας, utrum sit Ecclesia, et utrum integra ea sit atque omnibus numeris absoluta. Πρὸς τὸ καλῶς εἶναι[i] requiritur, ut totius veritatis quæ est secundum pietatem professio maneat incorrupta: sed simpliciter[k] πρὸς τὸ εἶναι, ut firmum retineatur fundamentum, et quæ ad salutem plane necessaria sunt doctrinæ Christianæ capita inviolata conserventur.

15. Hinc tria ista sponte deducuntur consectaria. Primum: non si in visibili aliqua Ecclesia errores demonstrari possunt, consequens esse, ut illa statim desinat esse vera Christi Ecclesia; modo errores sint ejusmodi, qui neque fidei fundamentum exscindunt, neque piorum salutem intervertunt. Nam, "siqua[a] est Ecclesia quæ fidem respuat, nec Apostolicæ prædicationis fundamenta possideat; ne quam labem perfidiæ possit aspergere, deserenda est." Alterum: in omnibus omnium locorum et temporum visibilibus Ecclesiis frustra quæri omnium doctrinarum, multoque minus ceremoniarum, quæ ad vestitum potius quam ad

[c] epist. 187. ad Dardanum. op. tom. 2. pag. 678. [d] de præscr. adv. Hæres. cap. 14. et de virgin. velandis. [e] Athanasius in Symbolo. [f] Aristot. Ethic. Nicomach. lib. 1. cap. 11. [g] 2 Pet. cap. 2. ver. 1. [h] de essentia, de bona habitudine. [i] ad "bene esse". [k] ad "esse."
[a] Ambros. lib. 6. comm. in Luc. cap. 9. tom. 1. pag. 1399.

substantiam pertinent, tanquam unorum vestimentorum quasi concentum consensumque; quando ille non nisi in præcipuis et quæ maximi sunt momenti religionis capitibus præstari possit, in regula fidei præcipue, quæ, ut paulo ante Tertullianus, "una omnino est, sola immobilis et irreformabilis." Tertium: quotiescunque de unius aut alterius Ecclesiæ, cum tertia aliqua in religionis negotio seu consensione seu dissensione movetur quæstio: delectum esse quendam habendum, neque tam numerandas esse doctrinas, in quibus vel consentiunt vel dissentiunt, quam appendendas momentoque suo ponderandas.

16. His ita positis, ad specialem considerationem status Ecclesiæ Christianæ accedendum est: quæ quidem duplici, quæ in libro Apocalypseos[a] proponitur, equi albi ingressione, et imperatoris illi insidentis, cujus nomen vocatur SERMO ille DEI, duplici victoria non incommode circumscribi posse videatur. De priore legimus Apocalypseos sexto capite "Aspexi, et ecce aderat equus[b] albus; et qui insidebat ei habebat arcum: et data est ei corona, et prodiit vincens, et ut vinceret." De priore, in 19. capite similiter scriptum est: "Vidi cœlum apertum, et ecce adfuit equus albus; et qui insidebat ei vocabatur fidelis et verax, et qui juste judicat et pugnat. Oculi autem ejus erant tanquam flamma ignis; et in capite ejus diademata multa" &c. Priorem victoriam de idololatria Ethnica; posteriorem de superstitione Antichristiana reportatum sentiunt[c] interpretes. Ad priorem refertur illa de qua egimus[d] Satanæ in abyssum conjectio, atque custodia post mille demum annos terminanda: posteriorem consequetur[e] omnium Ecclesiæ hostium πανωλεθρία, Satanæque cum iis in stagnum ignis conjectio nunquam finienda. Illa vero temporis circumscriptio et comprehensio, duobus quasi membris describi ac distingui potest: quorum alterum primum illum ligati Satanæ Millenarium; alterum quod temporis superfuerit reliquum a finita ligatione illa, temporaria us-

[a] Apoc. cap. 19. ver. 13.
[b] Papa albo equo inequitat ut repræsentet Christum. Apoc. cap. 6. ver. 2. et cap. 19. ver. 11. Significari hic Apostolicæ primitivæ Ecclesiæ statum, ait Pererius in Apoc. cap. 6. disp. 6.
[c] Victorinus, Tichonius, Andreas Cæsareensis, &c.
[d] Apoc cap. 20. ver. 2, 3.
[e] Apoc. cap. 19. ver. 20. et cap. 20. ver. 10.

que ad damnationem ejus ad carceres pérpetuos, et cruciatuum nullo unquam tempore terminandorum initia, complectatur.

17. Et membrum quidem illud prius ex decem compositum est seculis: quorum primum, ut Pererius[a] inquit, facileque concessuri sunt omnes, " fuit Ecclesiæ AUREUM plane seculum:" postremum vero, quemadmodum in Annalibus confirmat Cæsar[b] Baronius, FERREUM appellari consuevit. Ut temporum istorum status, ex diversis metallis conflato aliquo Colosso, cujusmodi in somniis Nebuchadnetzari de rebus post se futuris anxio obversatum legimus, non incommode possit adumbrari; sic quidem ut quæ metalli sunt pretiosioris, caput aureum, pectus et brachia argentea, temporibus[c] illis quæ natum Antichristum præcesserunt: quæ vilioris sunt materiæ, æneus venter atque latus, una cum cruribus et pedibus ferreis, illis quæ ortum Antichristi subsecuta sunt, tribuantur. Nam in istas duas periodos totum illum ligati Satanæ millenarium dispertire possumus: in quarum altera eminuerunt imprimis constantissimi illi martyres, qui Ethnicas superstitiones detestati, " securi[d] percussi sunt propter testimonium Jesu, et propter sermonem Dei:" in altera fidi illi confessores claruerunt, " qui non adorarunt bestiam neque imaginem ejus, nec acceperunt characterem[e] ejus in frontibus suis, aut in manibus suis," hoc est, Antichristi mancipia et stigmatiæ esse noluerunt, tam illiberalem et Christianis hominibus indignam servitutem aspernati. Pariter enim de utrisque a Spiritu Sancto, hujus

[a] Perer. in Apoc. cap. 6. disp. 6.

[b] Baron. Annal. tom. 10. ann. 900. sec. 1. et tom. 11. ann. 1001. sec. 7.

[c] Ab anno 390. cum concilium Nicenum falsare conati sunt Rom. pontif. vel. 410. quo capta a Gothis Roma: vel 450. i. e. Leonis I. temporibus, qui a Petro monarchiam suam repetit, usque ad ann. 605. tempus est, quod a conceptione usque ad nativitatem Antichristi intercessit. Ab ann. 605. usque ad 1000. (i. e. Sylvestri II.) 1033. (i. e. Benedicti IX.) vel 1074. (i. e. Greg. VII.) pueritiæ ejus tempus atque adolescentiæ usque ad virilem ætatem sc.

[d] Apoc. cap. 20. ver. 4.

[e] De Stigmate vid. egregiam annot. Alcas. in Apoc. pag. 702, 703. ex Vegetio et Lipsio. Milites Romanos stigma Imperatoris accipere solitos in manu distinguendos, etiam decollatos, ab iis qui non adorarunt bestiam. Vid. Alcas. in Apoc. p. 887, 888. 889. et Furbes. Apoc. cap. 20. 2.

millenarii statum describente, honorificam mentionem factam esse videmus.

18. Priorem periodum, quæ ab adventu Christi usque ad adventum Antichristi porrigitur, sex primorum quæ ab ortu Evangelii effluxerunt seculorum spatio definimus.* Eam ita dispertimus, ut priora tria auream, posteriora quasi argenteam Ecclesiæ ætatem nobis repræsentent. In priore etenim temporis intervallo Apostolorum manibus, sparso divini verbi semine, sanctorum cruore martyrum irrigato, " Aurea prima sata est ætas." Quanquam enim ante completum sexcentorum annorum terminum, non obscura Antichristianismi semina jacta reperiantur, quemadmodum Antichristum prius conceptum[a] quam natum esse oportuit, adeoque jam inde a principio " Mysterium iniquitatis" peragi cœperit: ut mirandum non sit, si seculis subsequentibus nonnulla doctrinæ pontificiæ zizania sensim et sine sensu succreverint, a veteribus[b] illis, aliud præsertim agentibus, minus animadversa: tamen si summam rei spectes, et quæ in religione maximi sunt ponderis, non illa papali trutina, sed veterum aurificum statera examinare placeat; omni asseveratione affirmare liceat, in universo terrarum orbe per illos totos sexcentos annos nullum omnino tale conspectum esse animal, cujusmodi illud est quod papistam appellamus. Quod cum aliis, tum a Johanne Juello[c], immortalis memoriæ viro, luculenter demonstratum est: ne quis nostram amplius hic operam desiderare necesse habeat.

19. Verum ut rem totam ab ultimo initio repetamus, atque inde ad conversionem status et inclinationem communium temporum deveniamus: illud notandum diligen-

[a] Antichristus ἐμβρύων. Glossa ordinaria in 2 Thess. cap. 2. Jam in ipsis initiis accessionis invenitur iniquitas, sed mystica, i. e. pietatis nomine palliata [ut velint haberi ministri Christi cum sint pseudo] vel occulta quædam iniquitas, alta, profunda, et numeris omnibus absoluta: nam eam esse vim hujus locutionis, ex Josepho recte observat Casaub. contra Baron. initio pag. 543.

[b] Errori a Nestorio et Theodoreto producto, negantibus Sp. S. a Filio procedere, primo non obsistebatur: quia aliis rebus occupati erant Patres, ait Bellarm. lib. 2. de Christo cap. 21. quod multo magis locum habuit in erroribus pontificiis intra ipsius Ecclesiæ finem exortis, et speciem pietatis præ se ferentibus.

[c] Juel. defens. 27. articulorum contra Hardingum.

ter, quod in Poessiaca responsione retulit Carolus Lotharingus Cardinalis: "de[a] quindecim a Christo seculis, primum vere esse aureum; reliqua quo longius abscederent, esse nequiora atque deteriora." Et seculo quidem illo vere aureo[b], calicibus contenta ligneis, ut scite olim Bonifacius[c] episcopus Moguntinus pronuntiavit, sacerdotibus Ecclesia fruebatur aureis; ejusque gloria fuit, quemadmodum in confutatione primatus Papæ, ante 140. annos scripta, habet Gregorius Heymburgensis, "non purpura, non divitiæ, non equus albus, non fastus, non dominatus: sed *Ecce*[d] *nos reliquimus omnia, et secuti sumus te, Domine*." Tum vero "florente Ecclesia, et nondum morbo laborante" ut Isidori[e] Pelusiotæ verbis utar, "τὰ θεῖα περὶ αὐτὴν ἐχόρευε χαρίσματα, τοῦ ἁγίου πνεύματος δημαγωγοῦντος, καὶ τῶν προεστώτων ἕκαστον κινοῦντος, καὶ οὐρανὸν τὴν ἐκκλησίαν ποιοῦντος. divinæ gratiæ circum eam velut chorum agebant, Sancto Spiritu res administrante, atque antistitum unumquemque incitante, ac Ecclesiam in Cœlum convertente." Meritoque istorum temporum Ecclesia VIRGO a veteribus appellata[f] est. Revera enim "παρθένος καθαρὰ καὶ ἀδιάφθορος ἔμεινεν ἡ Ἐκκλησία. Virgo integra atque incorrupta permansit Ecclesia:" ut habet vetustissimus author Hegesippus.

20. Quoties igitur de religionis veritate movetur controversia, quandoquidem constat "id[a] esse verum quodcunque primum; id esse adulterum, quodcunque

[a] P. Ramus in epist. ad Carolum Lotharingum, an. 1570.

[b] Et ut totum caput aureum, ita hic summus capitis illius vertex, ex auro fuit præstantissimo. Hic vertex nobis semper sublimis: hæc illa cynosura ad quam respiciendum nobis semper, et cursus dirigendus est.

[c] Concil. Tribur. cap. 18. Walafr. Strab. de reb. Eccles. cap. 24.

[d] Sperantes ex hoc non acquirere sedem temporalis eminentiæ, sed sedem judicantium 12 tribus Israel. Ista fuit Ecclesiæ hujus facies, quam suis temporibus desideravit Bernardus, epist. 237. quando ad Eugenium III. Pontif. scripsit. "Quis mihi det antequam moriar, videre Ecclesiam Dei sicut in diebus antiquis, quando Apostoli laxabant retia, non in capturam argenti vel auri, sed in capturam animarum."

[e] Isid. Pelus. lib. 3. epist. 408.

[f] Hegesippus apud Eusebium, lib. 3. hist. cap. 32. It. lib. 4. cap. 22. διὰ τοῦτο ἐκάλουν τὴν Ἐκκλησίαν παρθένον, οὔπω γὰρ ἔφθαρτο ἀκοαῖς ματαίαις. Quoniam Ecclesia nondum erat falsa perversæ doctrinæ inanitate corrupta, idcirco Virgo appellata fuit."

[a] Tertull. in lib. adversus Praxeam. cap. 2.

posterius;" "Id[b] verius quod prius, id prius quod et ab initio, ab initio quod ab Apostolis." Vereri prudentum reprehensionem non possumus, si ad primam hanc primitivam Ecclesiam, (sic enim primam et secundam primitivam quibusdam[c] visum est distinguere,) tanquam antiquissimam provocemus, et sententiam integræ atque incorruptæ Virginis, ut certissimam primævæ veritatis normam, amplectamur. Etsi enim qui proxime Apostolis successerunt, pietate cumprimis et sanctitate excelluisse negari non potest: certum tam est, "neque eorum qui præcesserunt virtutem assecutos, neque ita simplicem, ut magistri eorum, orationem consecutos esse;" quemadmodum recte a Nicephoro[d] notatum est. Ut, quod alia in re ab Homero est dictum,

Παῦροι γάρ τοι παῖδες ὁμοῖοι πατρὶ πέλονται[e]

"et ab Euripide——ἕνα γὰρ ἐν πολλοῖς ἴσως

Εὕροις ἂν, ὅϛις ἐϛι μὴ χείρων πατρός[f];

id huc accommodet Clemens Alexandrinus, Ὀλίγοι δὲ οἱ πατράσιν ὅμοιοι[g]. Pauci patribus fuere similes.

21. Et quamdiu quidem vixerunt Apostoli, ut historiæ mandavit Hegesippus[a], "si qui erant qui sinceram salutaris prædicationis regulam depravare studebant, in obscuris tenebrarum latebris delituerunt. Postquam autem sacer Apostolorum chorus diverso mortis genere vitam finiit, præteriitque illorum ætas, quibus a Christo donatum erat, ut auribus divinam ipsius sapientiam coram acciperent: tum primum falsa et veteratoria impii erroris conspiratio per fraudem[b] eorum, qui doctrinam a veritate penitus alienam disseminare laborarunt, initium cepit. Qui deinde, nullo jam ex Apostolis reliquo, nudato, ut aiunt, capite, sincero veritatis sermoni falsam et commentitiam

[b] Tertull. adv. Marcian. lib. 4. cap. 5.

[c] Joh. Scmeca, in glossa Decreti, cap. 5. distinct. 93.

[d] Niceph. lib. 4. hist. Eccles. cap. 1. et 33.

[e] Od. lib. 2. lin. 276. Pauci enim filii similes patri sunt.

[f] Heracl. lib. 328. Unum enim in multis forte reperias, qui non deterior est patre.

[g] Clem. Alex. lib. 1. Stromat.

[a] Heges. apud Euseb. lib. 3. hist. cap. 32. et Niceph. lib. 3. cap. 16.

[b] διὰ τῆς τῶν ἑτεροδιδασκάλων ἀπάτης.

doctrinam ex adverso opponere ausi sunt." Hinc ex una parte hæreticorum turmæ, ex altera philosophorum scholæ, Ecclesiam inermem jam et imparatam adortæ sunt. Defuerunt enim apud nostros, ut conqueritur Lactantius[c], " idonei peritique Doctores, qui acriter errores publicos redarguerent, qui causam omnem veritatis ornate copioseque defenderent. Provocavitque quosdam hæc ipsa penuria, ut auderent scribere contra ignotam sibi veritatem."

22. Accessit insuper et illud malum, quod ipsi Christiani, ubi primum erigere animos, et paulum respirare a metu cædis cœperunt, " præ nimia quadam licentia[a] in mollitiem delicatam et dissolutam segnitiem prolapsi sunt: pastores quoque, repulsa repudiataque pietatis regula, dissidio et contentione inter se exarserunt: quinetiam nullas alias res præterquam discordias, minas, æmulationem, inimicitias, et odium inter se mutuo adaugere studerunt, et, animis ambitionis[b] æstu incensis, tyrannorum more principatum obtinere laborarunt. Τότε δὴ τότε, κατὰ τὴν φάσκουσαν τοῦ Ἱερεμίου φωνὴν, ἐγνόφωσεν ἐν ὀργῇ αὐτοῦ Κύριος τὴν θυγατέρα Σιὼν. καὶ κατέῤῥιψεν ἐξ οὐρανοῦ εἰς γῆν δόξασμα Ἰσραήλ· tunc demum juxta illam Hieremiæ sententiam, obscuravit in ira sua Dominus filiam Sion, et dejecit de cœlo gloriam Israel:" ab hoc enim fonte et capite Diocletianææ persecutionis originem arcessit Eusebius: quemadmodum antea Decianæ Cyprianus. " Quia[c] traditam nobis divinitus disciplinam pax longa corruperat, jacentem fidem et pene dixerim dormientem, censura cœlestis erexit."

23. Verum multo magis post Constantiniana tempora apparuerunt longæ pacis mala. De quibus Baptista Mantuanus[a] Carmelita, Angelum ita vaticinantem inducit:

[c] Lactant. lib. 5. divin. instit. cap. 2.

[a] Euseb. lib. 8. hist. cap. 1.

[b] Ambitio dormit in sinu sacerdotum. Pseud. Cypr. de jejun. et tentat.

[c] Cypr. de lapsis. sec. 4.

[a] Mant. de vita Blasii, lib. 2.

Vox est blanda quies, pax delectabile nomen:
Plura tamen de pace fluent opprobria, damna,
Dedecora, ærumnæ, quam de crudelibus armis;
Degenerabit enim virtus antiqua, voluptas.
Inter opes et delicias delumbia reddet
Corpora, et amittet mens enervata vigorem.
O studia, O mores, O tempora sordida! cerno
Oblitos Christum populos, incredula corda
Conculcare fidem, scelus omne incurrere facto
Agmine, certatim fierique animantia bruta,
Et Romam in caulas atque in magalia versam.

"Romanam enim Ecclesiam, ut scripsit Giraldus noster Cambrensis, et eum secutus in Polychronico suo Ranulphus Cestrensis monachus[b], "quanto plus cœpit ditari, plus inde secularis adepta sollicitudinis et subjectionis quam spiritualis devotionis: plus exterioris assecuta est pompositatis, quam interioris, ut creditur, felicitatis. Proinde et hostis antiquus, facta per Constantinum Ecclesiis publica largitione, legitur publice in aere pronuntiasse: Hodie effusum est venenum in Ecclesiam Dei." Quod postremum de veneno fuso, ex eventu a posteris confictum, paulo aliter narrat Nauclerus[c]. Hinc Ecclesiæ statum Basilius[d] bello navali, Isidorus Pelusiota fæminæ quæ ex antiqua felicitate excidit, Gregorius putrescenti navi comparavit. Et hæc, a Constantino sc. imperatore usque ad Marcianum, sub quo concilium Chalcedonicum celebratum, tamen sunt illa tempora, quorum in disceptandis hodiernis controversiis potiorem rationem habendam esse censet Perronius Cardinalis[d] quam anteriorum seculorum. Ea in re longe aliter affectus quam fuit Carolus Cardinalis Lotharingius[f].

24. Agnovit hoc qui illo ipso vixit seculo, quo Ecclesiæ pax primum restituta, Hieronymus, scribens in vitis Patrum: "Ecclesia, ex quo crevit possessionibus, decrevit

[b] Ranulph. polychr. lib. 4. cap. 26. Henr. de Marlburghe in chronic.

[c] Vid. Felicem Malleolum (vulgo Hemmerlin) Tigurinum I. C. (qui claruit ann. 1454.) in lib. de nobilit. ad Albertum ducem Austriæ citat. a Magdeburgensibus cent. 4. col. 1442. ubi plura de veneno effuso in Ecclesiam, et eos secut. Goth. Arthus, parte 1. hist. Antichr. pag. 56, 57. Vid. item Felinum de Majoret. et obedient. col. 3. et Freheri notas in Constantini donationem.

[d] Lib. de Spiritu S. cap. 30. tom. 3. pag. 64. [e] in epist. ad Is. Casaub.

[f] vide supra sec. 19.

virtutibus." Et sic ille sane in vita Malchi: "Scribere," inquit, "disposui ab adventu Salvatoris usque ad nostri temporis fæcem[a], quomodo, et per quos, Christi Ecclesia nata fuit et adulta, persecutionibus creverit, Martyriis coronata sit: et postquam ad Christianos principes venit, potentia quidem et divitiis major, sed virtutibus minor facta sit." "Creverunt et opes et opum vitiosa[b] cupido." "Ex[c] quo autem in Ecclesiis, sicut in Romano imperio crevit avaritia, periit lex de sacerdote et visio de propheta." Hinc Isidorus Pelusiota a magistro suo Chrysostomo verba mutuatus: "Pacis quidem nomen ubique est; res autem ipsa nusquam. Verum Ecclesia fæminæ cuidam, quæ ex antiqua felicitate excidit, ac signa tantum habet, similis est. Ornamentorum enim suorum thecas et arculas habet; opibus autem spoliata est[d]." Hujus apostasiæ causam explicat idem initio Ep. 133. lib. 4. ubi in fine ait: "Quid igitur agendum hic? si fieri potest, corrigendum; si non, ἡσυχαστέον, tacendum." Et Cyrillus Hierosolymitanus[e]: "Antea quidem erant aperti hæretici; nunc autem occultis hæreticis Ecclesia repletur. Defecerunt enim homines a veritate, et pruriunt auribus: sermo persuasibilis, et omnes jucunde audiunt; sermo conversionis, et omnes avertuntur. Defecerunt plurimi a rectis sermonibus, et magis quod malum est expetunt, quam eligunt quod bonum est. Hæc est igitur defectio, et expectandus est ille inimicus: et jam aliqua ex parte cœpit præmittere suos præcursores, ut paratus deinde veniat ad ostium." Gregorius[f] denique Romanus episcopus, sub

[a] A qua conversione status et inclinatione communium temporum Gregorius Heymburgensis (in confutatione primatus Papæ, pag. 2.) *Ecclesiæ mixtæ*, seculi argentei tempus inchoat. Neque enim (opinor) quis nos, ut minus honorifice de tribus sequentibus seculis sentientes reprehendet, ubi ea metalli pretiosi nomine insignimus: si meminerit, de primo ex his atque præstantissimo (peritissimorum Doctorum, quos præcedentibus seculis defuisse conquestus est Lactantius, multitudine imprimis nobilitato) Hieronymum Fæcis appellationem usurpasse.

[b] "Furiosa" Ovid. Fast. lib. 1. ver. 211.

[c] Author libri de 7.ordinibus Eccles. tom. 5. oper. Hieron. pag. 103. script. temporibus Damasi vel Leonis I. potius.

[d] lib. 3. ep. 408. et imitatur hic Isidorus verba Chrysostomi de re alia loquentis. hom. 36. in 1 Cor. 14. tom. 10. pag. 339.

[e] Cyrill. Hieros. catech. 15. pag. 228.

[f] lib. 1. epist. 43. tom. 2. pag. 531.

sexti finem seculi, Ecclesiam "vetustam ac putrescentem navem" appellare non dubitavit, et "sentio," inquit, "quod, negligente me, crescit sentina vitiorum, et tempestate fortiter obviante, jam jamque putridæ naufragium tabulæ sonant." Cujus querimoniam excipiens, qui tertio post illum vixit seculo, Agobardus[g] Lugdunensis episcopus subjicit, "Heu, heu! si tunc jam putrescebat navis Ecclesiæ, et si ejus tabulæ jam putridæ erant; quid nunc est?"

25. Sane, "prioribus[a] illis, et multorum annorum flexu, pontifices martyrii sacra laurea contentos fuisse, quam omni diademate et sceptro potiorem habebant, reliquisque ornamentis ducebant superiorem, nemo ignorat. Prima illa ætate, gloria eorum erat ignominia; majestas, humilitas; felicitas, tyrannorum ira; quies, supplicium; vita, mors ipsa." Et "ante[b] Nicænum concilium, ad Romanam Ecclesiam parvum habitum esse respectum," agnoscit Æneas Sylvius ejusdem Ecclesiæ Cardinalis et propugnator acerrimus. Unde ad illorum temporum considerationem Fredericus Barbarossa imperator Hadrianum IV. pontificem, illum ex Anglia oriundum, in hunc modum revocat[c]:

> Cogitet antiquos primævi temporis annos,
> Præteritosque dies; et secula prisca revolvat:
> Num Petrus, aut Clemens, num cætera turba piorum
> Sceptra Latina dabat? Romanus tempore prisco
> Pauper erat præsul: regali munere crevit;
> Nec tamen ut fasces, et regni jura Latini
> Vel dare præsumat, vel cuiquam tollere possit.

26. Atque hic episcopos Romanum maxime et Alexandrinum rebus cessisse secundis, ejusque magnitudinem ex imperii ruina accrevisse liceat animadvertere: ita quidem ut uterque πέρα τῆς ἱερωσύνης, ἐπὶ δυναστείαν progressus sit, quemadmodum in Ecclesiastica historia notavit Socrates[a]. Et Romanæ sedis episcopos eousque pro-

[g] Agobard. de compar. regim. Eccles. et Polit. ad Ludovicum Imp. pag. 358.
[a] Florimondus Ræmondus in Fabula Joanne cap. 20.
[b] Æn. Sylvius ep. 288. [c] Guntheri Ligurin. lib. 6.
[a] Socrat. lib. 7. cap. 11.

gressos, author est homo a religione nostra alienus, Ammianus[b] Marcellinus, " ut procedant vehiculis insidentes, circumspecte vestiti, epulas curantes profusas, adeo ut eorum convivia regales superent mensas: qui esse poterant beati revera," inquit ille, " si magnitudine urbis despecta, quam vitiis opponunt, ad imitationem antistitum quorundam provincialium viverent: quos tenuitas edendi potandique parcissime, vilitas etiam indumentorum, et supercilia humum spectantia, perpetuo Numini verisque ejus cultoribus ut puros commendant et verecundos." Hinc Romanos episcopos τύφον seculi in Ecclesiam invehere voluisse, notarunt Africani patres[c]. Et notari in Romanis " arrogantiam et elationem quandam" affirmat B. Hieronymus[d]. " Duce stultitia et Romanæ civitatis jactantia:" inquit Author quæstionum Veteris et Novi Testamenti[e]. Sed et magno Basilio ista ὀφρὺς δυτικὴ, sic enim appellat[f], occidentale illud supercilium, usque adeo displicuit; ut de Romana Ecclesia severam hanc et gravem dixerit sententiam[g]: " Odi fastum illius Ecclesiæ."

27. Neque Romæ tantum veteris pontifices, sed novæ quoque eundem in modum rebus cessere secundis. Imo Constantinopolitani Patriarchæ id agebant, ut ipsos Ro-

[b] Amm. Marcell. lib. 27. cap. 3. Nam ut Apost. 2 Thess. cap. 2. "quum ille e medio sublatus fuerit," &c. ubi de Romani imperii potentia loquitur Apost. ait Hieronymus, lib. 9. comm. in Esai. cap. 30. (vid. Downam. de Antichr. pag. 28, 29. et Pererium in disput. de Antichristo) quamdiu enim Rom. imp. obtinuit, quomodo se ostendere potuit pontifex? (vid. concion. meam in Apoc. cap. 14) Constantinus 1. minuit vires imperii, limites vacuos dimittens; ut ostendit Zosimus (quæ causa cladis imperii). 2. Sedem imperii Constantinopolin transtulit, et imperium divisit (quæ causa potentiæ Rom. pont. ut ostendit Downam. pag. 33.) Franc. Guicciardinus, homo pontificius, hist. lib. 4. " Nemo negat, imperii Constantinopolim translatione ad pontificium potentiam, viam esse patefactam, ex eaque originem habuisse. Steuchus pro donat. Constantini tom. 10. cap. 4. pag. 7. part. ult. pag. 255, cap. 6. pag. 256. Sander. pag. 284. Genebrard. pag. 412. vid. infra cap. 3. sec. 22. Tum sub Alarico capta ipsa Roma expectabatur ab Hieronymo Antichr. et sedes tunc ei parabatur ab Innocentio et successoribus, &c. tum Leo Petri prærogativas inculcavit sub Totila.

[c] 20. pag. 288.

[d] Præf. comment. 2. in Epist ad Gal.

[e] Quæst. 101. tom. 3. op. Augustini App. pag. 92.

[f] Basil. Epist. 239. tom. 3. pag. 368.

[g] Baron. annal. tom. 4. ann. 372. sec. 32.

manos[a] nova[b] præsumptione atque superbia superarent: "Johanne," cui a jejuniis Nesteutæ cognomentum est inditum, "contra[c] Deum, contra pacem Ecclesiæ, in omnium despectu et injuria sacerdotum, modestiæ ac mensuræ suæ terminos excedente, et illicite in Synodo superbum ac pestiferum Oecumenici, hoc est, Universalis[d], sibi vocabulum usurpante."

28. Romanæ Ecclesiæ illo tempore præerat Pelagius, ejus nominis secundus: qui Johannem adhibita "districtissima," ut loquitur Gregorius[a], "increpatione" admonuit, "ut se a novo et temerario superstitionis nomine cohiberet." Fertur ejus nomine ad Constantinopolitanæ illius Synodi episcopos scripta epistola: in qua, inter alia[b], leguntur ista. "Adversarius noster Diabolus, qui contra humiles sæviens, sicut leo rugiens circuit quærens quem devoret, non jam, ut cernimus, caulas circuit: sed ita valide in quibusdam Ecclesiæ necessariis membris dentem figit, ut nulli sit dubium, quin nisi unanimiter, favente Domino, cunctorum provida pastorum turba concurrat, omne, quod adsit, citius ovile dilaniet. Perpenditis, fratres charissimi, quod e vicino subsequatur; cum et in sacerdotibus erumpunt tam perversa primordia. Quia enim juxta est ille de quo scriptum est; *Ipse[c] est Rex super universos filios superbiæ:* quod non sine gravi dolore discere compellor, frater et coepiscopus noster Johannes mandata Dominica, et Apostolica præcepta, regulasque patrum dispiciens, eum per elationem præcurrere conatur in nomine."

29. Habet eadem totidem fere verbis in literis ad Alexandrinum et Antiochenum patriarcham scriptis, Pelagii

[a] Greg. regist. lib. 5. tom. 2. p. 751. epist. 21.

[b] Jam diu conceptum parturiebat mundus Antichristum, quam in proximo futuram tempestatem Gregorium tanquam ex aliqua specula jam ante animo prospexisse videmus.

[c] Idem. lib. 9. epist. 69. tom. 2. pag. 914.

[d] Johannem ut sanctum virum (vid. Genebrard. et hist, miscell.) commendant Nicephorus Callstus, lib. 18. hist. eccles. cap. 34. apud Baron. tom. 8. ann. 596. sec. 1, 2. Isidor Hispalensis oper. pag. 357, 516. et Menæa Græcorum. Non verisimile igitur, ut fingunt pontificii, voluisse venditare se pro solo episcopo in universo orbe, se pro principali.

[a] Id. ibidem.

[b] Tom. 2. concil. edit. Binii pag. 693.

[c] Job, cap. 41. ver. 25.

successor Gregorius[a]: qui alibi etiam miserrimum horum temporum statum contemplans, in hanc prorumpit exclamationem. "O tempora, O mores! Ecce cuncta in Europæ partibus Barbarorum juri sunt tradita, destructæ urbes, eversa castra, depopulatæ provinciæ, nullus terram cultor inhabitat: sæviunt et dominantur quotidie in necem fidelium cultores idolorum: et tamen sacerdotes, qui in pavimento et cinere flentes jacere debuerunt, vanitatis sibi nomina expetunt, et novis ac prophanis vocabulis gloriantur." Et quasi jam in proximo futuram tempestatem tanquam ex aliqua specula ante prospexisset; de sequentibus temporibus ita vaticinatur. "Qui[c] post nos vixerint, deteriora tempora videbunt: ita ut in comparatione sui temporis felices nos æstiment dies habuisse." Item, "Omnia[d], quæ prædicta sunt, fiunt. Rex superbiæ prope est, et, quod dici nefas est, sacerdotum ei præparatur exercitus." Vel, ut pontificii legere maluerunt, "sacerdotum est præparatus exitus."

[a] Greg. regist. lib. 5. epist. 43. tom. 2. pag. 773.
[b] Id. lib. 5. epist. 20. tom. 2. pag. 748.
[c] Id. lib. 10. epist. 36. tom. 2. pag. 1066.
[d] Id. lib. 5. epist. 18. tom. 2. pag. 744.

CAP. II.

De quatuor proximorum seculorum conditione, ab ortu videlicet, usque ad adultam ætatem, Antichristi. Mysterium iniquitatis quousque non prævaluerit, in quæstionibus de cultu simulacrorum, Romani pontificis omnipotentia, re sacramentaria et materia justificationis, ostenditur. De Mysterii Iniquitatis progressibus et incrementis: deque corruptissimo rerum statu, in decimo præcipue seculo.

1. QUID? an "hoc ex semet ipso dixisse[a]" putabimus Gregorium? an "prophetasse" potius, "quod esset pontifex anni illius?" Certe quidem ne hac in re falsus esset ille vates, successores effecisse novimus; id Romanæ cathedræ vendicantes et arripientes avide, quod in Constantinopolitana tantopere detestatus est Gregorius. Phocas enim tyrannus, alter Zimri[b], occisor domini sui, "rogante papa Bonifacio, statuit sedem Romanæ Ecclesiæ caput esse omnium Ecclesiarum; quia Ecclesia Constantinopolitana primam se omnium Ecclesiarum scribebat:" ut narrant Beda[c], Paulus diaconus et alii historici. Vel ut Pomponius Lætus[d] referre maluit: "Urbem Romam totius salutaris vitæ caput esse sanxit; cum antea propter sedem principis Constantinopolis haberetur." Posteaque deinceps "effecta est meretrix urbs fidelis[e]:" et quæ veritatis fuerat discipula, (liceat enim mihi, inverso rerum statu, etiam Leonis[f] verba invertere) erroris denuo facta est magistra. Hic nempe est ille Phocas, de quo apud Anasta-

a Joh. cap. 11. ver. 51.

b 4. Reg. cap. 9. ver. 31. Antichristus primum revelatus in Bonifacio III. errores munivit priores: sed præcipua ejus tyrannis cœpit finiente Millennio. Fulk.

c Beda de 6. ætatibus mundi. Paul. Diacon. rer. Roman. lib. 18. et hist. Longobard. lib. 4. cap. 37. Anastasius Bibliothecarius, in vita Bonifacii III. Ado ætate 6. Regino. chron. lib. 1. Aimon. de gest. Francor. lib. 4. cap. 4. &c.

d Pomp. Læt. in Rom. hist. compendio.

e Esai. cap. 1. ver. 21.

f Leo serm. 80. de Petro et Paulo. tom. 1. pag. 336.

sium episcopum Nicænum et Georgium Cedrenum hujusmodi extat narratio. "Quidam[g] monachus in civitate Constantinopolitana, vir sanctus, et qui ad Deum magnam habebat fiduciam, cum Deo disceptabat dicens in simplicitate; Domine, cur eum fecisti imperatorem? Deinde cum permultis diebus hoc dixisset, vox ad eam venit a Deo dicens; quoniam non inveni pejorem." Addit Cedrenus; "illius ætate omnis generis mala in humanum genus quasi exundasse:" hisque notis hominem depingit, quod "vinosus esset, mulierosus, sanguinarius, in dicendo ferox, a miseratione alienus; moribus feris, HÆRETICUS." Quibus adjungere licet et alia a Theophilacto[h] Simocatta, qui ipsius Phocæ temporibus vixit, posita epitheta: "Tyrannus Calydonius, ferro[i] obtectus, homo semibarbarus, de Cyclopum genere, in modesta purpura centaurus petulantissimus, cui de ebrietatis regno erat certamen." Dignum profecto virum, qui Pontificiæ tyrannidis constituendæ princeps esset et architectus, atque edendo in lucem Antichristo quasi obstetricaretur.

2. Vix vero lucem in occidente aspexerat Antichristus, cum repente in oriente exortus est pseudo-propheta[a] Mahometes: cujus sectatores Sarraceni tam mirabiles habuerunt successus, ut tertio post excessum illius anno, Omaro dynastiam capessente, Ægyptum, Arabiam, Phœniciam, Palestinam, Syriam, Mesopotamiam, intra sexennii spatium occupaverint. Apertus hic, opertus ille, duo maxima antiqui serpentis organa, quibus usus est in labefactandis Ecclesiis Apostolorum opera fundatis. Et pari fere utraque incessu graduque sunt progressa, et augmentum ceperunt. Nec tamen quum primum emerserunt geminæ istæ voragines scopulique Ecclesiæ, pristinum statim imperium recuperare potuit Satanas, vel per hujus apertas inimicitias, vel per illius occultas insidias: Mille an-

[g] Anast. Nicæn. quæst. 15. Tomo 1. Biblioth. Patr. col. 52. edit. 2. Cedren. in histor iar. compendio.

[h] Simoc. in Dialogo præfixo Mauricianæ historiæ: et lib. 8. cap. 10.

[i] σιδήρῳ περίφρακτος, μιξοβάρβαρος ἄνθρωπος.

[a] Innocent. III. apud Bzovium ann. 1213. coll. 212. sec. 18. male Turcam putat esse bestiam Apoc. cujus numerus 666. ostendat durationem imperii ipsius, ubi pseudo-prophetam seipsum ostendit.

norum termino nondum completo, quando ex vinculis emittendus erat ipse, "ut seduceret gentes quæ sunt in quatuor angulis terræ." Quanquam enim "facta[b] esset meretrix Urbs fidelis," prostituissetque se "Babylon illa magna:" nondum tamen efficere potuit, ut "veneficiis suis seducerentur omnes gentes, et vino scortationis suæ inebriarentur incolæ terræ." Nec quando natum dicimus Antichristum, necesse est ita in prima illa sua ætatula prævaluisse existimemus, ut confestim omnes ad partes suas pertraxerit: nedum ut Christi Ecclesiam uno quasi momento subito evanuisse arbitremur, καθὼς[c] βλασφημούμεθα καὶ καθὼς φασί τινες ἡμᾶς λέγειν, nec Roma quidem uno ædificata est die: "suaque," ut inquit ille[d], "cuique parti ætatis tempestivitas danda est." Ut non cum primum vagiebat in cunis Antichristus, sed ubi ætatis maturitatem assecutus est, et Satanas solvi cœptus, universalis defectio fuerit expectanda. Nam hinc etiam Spiritus Sanctus in 20. hoc Apocalypseos capitulo, ubi mille annorum quibus ligatus fuit Satanas descriptio proponitur, expressam fieri voluit eorum mentionem, "qui non adorarunt bestiam, neque imaginem ejus, nec acceperunt characterem ejus in frontibus suis, aut in manibus suis:" Ne quis forte suspicaretur vel intra mille istos annos nullum ab Antichristo seducendum; vel statim post exortum Antichristi seducendos fuisse universos: quod tum demum fieri oportebat, quando completo mille fatalium termino, ex vinculis emittendus erat Satanas.

3. Interea temporis, ut errores præter modum crevisse non negaverim: ita ab ejusmodi corruptelis, quæ secum interitum afferunt, et dissolutionem Ecclesiæ, plurimas tum in Oriente, tum in Occidente, Ecclesias in Gallia, in Germania, in Britannis nostris, immunes permansisse, atque in maximi illis rebus momenti, in quibus summa salutis

[b] Apoc. cap. 20. ver. 7, 8. Esai. cap. 1. ver. 21. Apoc. cap. 17. ver. 5. & cap. 18. ver. 23.

[c] Sicut de nobis male loquuntur, et sicut quidam aiunt nos dicere, Rom. cap. 3. ver. 8.

[d] Tull. in Caton. major.

vertitur, a pontificiorum sententia dissensisse defendo. Id nimirum intelligo in sola Dei misericordia spem salutis posuisse atque in Christi solius meritis justificationem expectasse; divinum pectoris pontificii oraculum, et infinitam illam, quam sibi nunc papa vindicat, potestatem minime agnovisse; nefarios simulachrorum cultus, transubstantiationis monstrum, et quæ illud consequuntur, ἀρτολατρείαν ac quotidianam Filii Dei in Missæ sacrificio oblationem, et siqua sunt id genus alia, quæ inter Christum et Ecclesiam quasi divortium faciunt, ignorasse: Ut, licet pulchritudinem atque integram etiam valetudinem non retinuerint, vitam tamen nondum amiserint, nec castitatis jacturam fecerint.

4. Tum vero "ruere et retro sublapsa referri" res cœpit Christiana. Atque ut ab oriente incipiam[a]: anno Christianæ 754. Constantinopoli CCCXXXVIII. Episcoporum habita est synodus; qui aliis explosis imaginibus, verba sunt Bellarmini[b], "unicam" definiverunt esse "imaginem ab ipso Christo institutam; nimirum panem et vinum in Eucharistia, quæ repræsentant Christi corpus et sanguinem." Hujus concilii orthodoxæ de imaginibus, et corporis sanguinisque Dominici sacramento definitioni opposuit se synodus illa ληστρική, quæ Septimæ nomen usurpavit, pro imaginum cultu stabiliendo Niceæ coacta: de qua quid Ecclesiæ Britannicæ senserint, Anglorum historici, Simeon Dunelmensis, Rogerus Hovedenus,

[a] "Reduxit nos Christus a corruptrice dœmonum doctrina, nempe ab idolorum cultu et errore, et in spiritu et in veritate adorationem nobis dedit. Et sic in cœlos assumptus, sanctos illius discipulos et apostolos doctores ejuscemodi salutaris fidei reliquit, &c."

"Rursus, hujus decorem videre recusans, &c."

Ex concil. Constantinop. Iconomachorum, tom. 3. Concil. pag. 358. edit. Binii. Soluta hac synodo ann. 754. acclamavit populus: Hodie salus mundo, quandoquidem opera tua, O imperator, idolis liberati sumus; ut refert cum fremitu et indignatione idololatricus author Actorum Stephani junioris et sociorum, quæ edita sunt a Billio apud Damascenum, et habentur tom. 7. Surii Nov. 28. Anno 767. in synodo Gentiliacensi inter orientales et occidentales habita est disputatio de Trinitate, processione sc. Sp. S. a Filio, (not. tempus erroris et confer, Damasc.) et imaginibus de qua vid. Magdeburgens. centur. 8. Bellarm. tom. 1. pag. 355. Baron. Goldast.

[b] Bellarm. de Euchar. lib. 1. cap. 1. concil. Nicæn. II. Act. 6. in fine 3. tom. Vid. infra sec. 16. latrocinalis. anno 787.

Matthæus Florilegus, et Roffensis historiæ author, hunc in modum referunt. "Anno[c] ab incarnatione Domini 792. Carolus Rex Francorum misit synodalem[d] librum ad Britanniam, sibi a Constantinopoli directum, in quo libro, proh[e] dolor! multa inconvenientia, et veræ fidei contraria[f] reperta[g] sunt: maxime, quod pene omnium orientalium[h] doctorum, non minus quam trecentorum, vel eo amplius, episcoporum unanima assertione confirmatum[i] est[k], imagines adorari[l] debere: quod omnino Ecclesia Dei[m] execratur. Contra quod scripsit[n] Alcuinus[o] et epistolam ex authoritate divinarum scripturarum mirabiliter affirmatam[p]; illamque cum eodem libro[q] ex persona episcoporum et[r] principum[s] nostrorum regi Francorum attulit."

5. Britannicarum Ecclesiarum judicium suo etiam calculo Germaniæ et Galliæ episcopi conprobarunt: Concilio ea de re Francofurti juxta Mænum congregato; quo pseudosynodus Græcorum pro adorandis imaginibus habita, et falso Septima vocata, ab episcopis damnata est. Ut Walafridus Strabus, qui annalium Fuldensium a P. Pithæo et Marquo Frehero editorum author putatur, Egolismensis ille Monachus, qui Caroli Magni vitam descripsit, a Pithæo item editam, Ado Viennensis, et Regino Prumiensis, in historiis suis testes sunt exceptione omni majores. Quibus addere liceat et alia duo ex authoribus, qui proximo claruerunt seculo, de eadem pseudo-synodo insignia testimonia. Alterum Hincmari est Rhemensis archiepiscopi: cujus in

[c] Anno 792. Hoveden. Ann. Dom. 792. Rog. Wendover et Matt. Paris. Anno gratiæ 793. Matt. Westm. Ann. 793. hist. Roffens.

[d] *Librum synodalem* Matt. Paris. Matt. West. Roff. hist. verba *libro proh dolor multa inconvenientia et*, et quoque *non minus quam trecentorum vel eo amplius episcoporum*, desunt Rog. Wendov. Matt. Paris. Matt. West. et Roffens.

[e] Hen. Hoved. [f] *Multa reperta sunt obviantia: et eo.* Iidem.

[g] *reperiebantur.* Hoved. [h] *occidentalium.* Roffens. perperam.

[i] *est* (Roff. *esse*) *diffinitum.* Wendover. Paris. Westmon. Roffens.

[k] *fuerit.* Hoved. [l] *adorare.* Iidem. [m] *catholica.* Iidem.

[n] *Albinus scripsit.* Iidem.

[o] *Albinus.* Hoved. et interfuisse illum synodo Francofurtensi ann. 795. ex chronico P. Diaconi liquet, (in corpore Francicæ historiæ a Frehero edit. pag. 180. Unde videtur author fuisse librorum Carolinorum de imag.) et fine Actorum ipsius concilii ad calcem operum Alcuini nuper edit.

[p] *dictatam.* Wendover. Paris. Westm. Roffens. [q] *synodali libro, in.* Iidem. [r] *Ac.* Hoved.

[s] *Ac principum idem Albinus ad regem attulit Gallicanum.* Iidem.

libro contra Hincmarum alterum Laudunensem episcopum, quem ex bibliotheca D. Thuani brevi edendum expectamus, cap. 20. verba sunt ista: "Tempore, inquit,[a] Caroli Magni imperatoris, jussione Apostolicæ sedis, generalis synodus[b] in Francia, convocante præfato imperatore, celebrata, et secundum Scripturarum tramitem, traditionemque majorem, ipsa Græcorum pseudo-synodus destructa, et penitus abdicata est. De cujus destructione non modicum volumen, quod in Palatio adolescentulus legi, ab eodem imperatore Romam est per quosdam episcopos missum[c]." Et paulo post: "Auctoritate itaque hujus synodi nonnihil repressa est imaginum veneratio: sed tamen Hadrianus et alii pontifices in sua opinione perseverarunt, et mortuo Carolo suarum pupparum cultum vehementius promoverunt; adeo ut Ludovicus, Caroli filius, libro longe acriori insectatus sit imaginum cultum, quam Carolus."

6. Alterum est doctorum Ecclesiæ Gallicanæ, qui a Ludovico Pio Caroli Magni filio, occasione missæ ad se hac de causa a Michaele Balbo imperatore Constantinopolitano legationis, Parisiis convenire jussi, sic ad eum rescripserunt. "Eam synodum cum sanctæ memoriæ genitor vester coram se suisque perlegi fecisset, et multis in locis, ut dignum erat, reprehendisset, et quædam capitula quæ reprehensioni patebant præmotasset, eaque per Angilbertum Abbatem Hadriano papæ direxisset, ut illius judicio et auctoritate corrigerentur: ipse rursus favendo illis, qui ejus instinctu tam superstitiosa tamque incongrua testimonia memorato operi inseruerant, per singula capitula in illorum excusationem respondere quæ voluit, non tamen quæ decuit, conatus est. Talia quippe quædam sunt quæ in illorum objectionem opposuit, quæ, remota pontificali auctoritate, et veritati et auctoritati refragantur." Hæc illi, ad Ludovicum et Lotharium Augustos. Qui collecta

[a] Hincmar. Rhemens. in libro contra Hincmarum Laudunensem, cap. 20. in Goldast. imperial. decret. de cultu imag. pag. 82, 83.

[b] Contra Bellarmini cavillum de hujus synodi nomine. Vid. Paralipom. Abb. Urspergens. pag. 412. ex Ænea Sylvio.

[c] Deceptus est Goldastus, ut et Baron. ann. 794. sec. 41. quem fortasse simpliciter secutus est Goldastus, putans hæc Hincmari esse verba, cum sint Illirici.

a theologis his veterum patrum contra cultum imaginum testimonia ad Romanum pontificem per Hieremiam Senonensem et Jonam Aurelianensem episcopum transmiserunt: addito mandato, ut "patienter ac modeste cum eo de hac causa disputarent; ne nimis resistendo, eum in aliquem irrevocabilem pertinaciam incidere compellerent." Quemadmodum in ipsorum imperatorum epistola, quæ, cum aliis ejusdem argumenti imperialibus decretis, a doctissimo Goldasto edita habetur, videre licet[d].

7. Atque ita εἰκονοδουλείαν Britanniæ, Galliæ et Germaniæ reges simul, et episcopi communi animo ac voluntate propulsarunt et propulerunt[a]: atque una cum εἰκονοδουλείᾳ simul et Ἀντιχριστοδουλείαν. Qua tota in re illud vel maxime perpendendum: qui enim sententiam, quam a Romano pontifice una cum concilio sancitam esse persuasum habebant, sibi persuaderi nullo modo vellent. hoc ipso satis declararunt, et quid ipsi de summo atque infallibili controversiarum judice sentirent; et quanti ponderis Capitolini istius Jovis effata fuerint apud homines illius ævi; non tanti quidem profecto, ut ab illis, quod nunc sit, latum unguem non liceret abscedere. Quanquam enim principatum jam quendam obtineret, multoque quam par erat majorem authoritatem adeptus esset: adhuc tamen ad perniciem Ecclesiæ non erupit illa, tam insolenti ostentatione a posterioribus pontificibus venditata, Papalis Omnipotentia; neque huic imperio ita obedientes fuerunt homines, ut jura omnia ejus nutu atque arbitrio gubernari paterentur.

8. Quare sub exitum ipsius decimi seculi, quum Roma Petrus quidam Cardinalis in Gallias missus esset, ut

[d] Extat utrumque opus, tum Carolinum contra Nicænam synodum et imaginum ab illa confirmatum cultum, tum Hadrianæum pro iisdem Apologeticum: illud quidem ann. 1549. Parisiis, a Johanne Tilio (ut multi ferunt, vid. Epit. Bibliothecæ Gesnerian. a Jos. Simlero, et Jac. Frisio auct. in Carolo Magno) tunc Meldorum episcopo, hoc Coloniæ tertio conciliorum tomo a Laurentio Surio primo editum. vid. Turrian. de Eucharist. contra Volanum, pag. 133, 134. Decret. Imperial. de cultu imag. pag. 750.

[a] Videantur etiam testimonia Walafridi Strabi, Agobardi, et aliorum, contra cultum imaginum ap. Baron. ann. 794. sec. 40, 41, 42. et Pithæi præfat. in hist. Miscell.

delubrum in Turonensi diœcesi a Fulcone Andegavensi comite extructum dedicaret: illud factum universos Galliarum præsules detestatos narrat Glaber Rodulphus, "quoniam[b] nimium indecens videbatur, ut is, qui Apostolicam regebat sedem, Apostolicum primitus ac canonicum transgrederetur tenorem. Cum insuper multiplici sit antiquitus auctoritate roboratum, ut non quispiam episcoporum in alterius diœcesi istud præsumat exercere, nisi præsule, cujus fuerit, compellente seu permittente. Licet namque," inquit historicus, "pontifex Romanæ Ecclesiæ ob dignitatem Apostolicæ sedis cæteris in orbe constitutis reverentior habeatur; non tamen ei licet transgredi in aliquo canonici moderaminis tenorem. Sicut enim unusquisque orthodoxæ Ecclesiæ pontifex, ac sponsus propriæ sedis, uniformiter speciem gerit salvatoris; ita generaliter nulli convenit quippiam in alterius procaciter patrare episcopi diœcesi."

9. Quo vero tempore adversus Ludovicum Pium Augustum filiorum facta est conjuratio, quum undique sparsi essent rumores, Gregorium IV. papam adventare, ut imperatorem cum sectatoribus suis vinculo excommunicationis irretiret: qui ab imperatoris partibus stabant[a], episcopi ausi sunt asserere, "nullo modo se velle ejus voluntati succumbere, sed si excommunicaturus veniret, excommunicatus abiret, quum aliter se habeat antiquorum canonum auctoritas." Quod a vetere authore, qui[b] in ipsius Ludovici aula vixit, literis est proditum. Similiter et Guntharius Coloniensis ac Theutgaudus Trevirensis, archiepiscopi, a Nicolao I. pontifice depositi et communione privati, libere ad eum rescripserunt; "Tuam[c] pravam sententiam a zelo rectitudinis alienam, injustam et irrationabilem, canonicis legibus contrariam, nequaquam recipimus, imo cum omni cætu fraterno, quasi nefas atque maledictum frustra pro-

[b] Glab. Rodulph. hist. lib. 2. cap. 4.

[a] Vid. Agobardi responsum (in synopsi Papirii Massoni, ad calcem Agobardi) ad synodalem eorum epistolam. tom. 2. Monarch. Goldasti, pag. 38, 39, 40. ex operibus Agobardi, a pag. 359. ad 377. et in Biblioth. patrum edit. Colon. tom. 9.

[b] In Vita Ludovici Pii, a P. Pithæo edit.

[c] Annal. Francor. a Pithæo edit. ad. ann. 863.

latum contemnimus atque abjicimus, tibique anathematorum et religionis sacræ abjectorum et contemptorum fautori et communicatori revera communicare nolumus, contenti totius Ecclesiæ communione et fraterna societate, quam tu arroganter te super exaltans despicis, teque ab ea elationis tumore indignum faciens segregas. Igitur ex tua levitatis temeritate, propria tibimet sententia anathematis plagam inflixisti, exclamans, Qui apostolica præcepta non servat anathema sit; quæ multipliciter violare et violasse dignosceris, divinas leges simul et sacros canones calcans, et, quantum in te est, evacuans, prædecessorum tuorum pontificum Romanorum vestigia sequi nolens. Nunc ergo, qui fraudulentiam et calliditatem experti sumus, indignationem quoque tumidumque potentatum agnoscimus; nihil tibi tuæque superbiæ cedimus, qua nos ad vota nostrorum, quibus faves, inimicorum obruere festinabas: sciesque nos non tuos esse, ut te jactas et extollis, clericos; quos ut fratres et coepiscopos recognoscere, si elatio permitteret, debueras. Et hæc tibi nostri ordinis non inscii, nimium tua improbitate compulsi, respondemus: non quasi ad illatam nobis contumeliam provocati, sed contra tuam iniquitatem ecclesiastico zelo accensi; nec nostræ utilitatis[d] personam attendentes, sed omnem nostri ordinis universitatem, cui vim inferre conaris, præ oculis habentes."

10. De ejusdem pontificis tyrannide ab Italiæ quoque episcopis ad Ecclesias orientales missas esse literas, Photii Constantinopolitani antistitis ad patriarchales orientis sedes Encyclica ostendit. "Ex[a] partibus," inquit, "Italiæ synodica quædam epistola ad nos allata est, sexcenta continens mala et delicta, quæ adversus proprium ipsorum episcopum illi, qui Italiam incolunt, conqueruntur: sexcentas etiam obtestationes cum magna iræ Dei commininatione nobis adhibent, ne ipsos prætermittamus ita misere perditos, et tanta et adeo gravi tyrannide oppressos: sacerdotales præterea leges, et omnes ecclesiasticas regulas conculcatas narrant. Quæ jam diu quidem a mo-

[d] *vilitatis.*

[a] Baron. ann. 863. sec. 40. ex Ms. codice bibliothecæ Vallicellanæ.

nachis et presbyteris inde aufugientibus ad omnium aures devenerunt: inter quos Basilius fuit et Zosimus et Metrophanes, et cum ipsis alii multi, qui hujusmodi tyrannidem deplorabant, et ad Ecclesiarum defensionem nos vocabant multis cum lacrymis. Nunc vero, ut superius dixi, diversæ literæ diversorum inde venerunt, hujusmodi tragœdiæ et sexcentorum malorum plenæ; quarum exempla, juxta eorum preces et obtestationes, (ad universas enim patriarchales sedes illas dari cum horrendis obtestationibus rogarunt; ut ipsæmet literæ, cum legentur, manifestum vobis facient,) his nostris literis adjecimus, ut de his rebus etiam sancta universali synodo in Domino congregata, quæ placuerint Deo, communi sententia confirmentur, et magna pax Ecclesiæ Christi restituatur."

11. Defuncto Nicolao successit Hadrianus II[a]. Is Hincmaro Rhemensi archiepiscopo præcepit, ut regem suum, Carolum Calvum dictum, communione privaret, ni regno fratris sui Lotharii, filio ejus Ludovico cederet. De quo mandato quid et ecclesiastici et secularis ordinis viri, qui de diversis regni partibus Rhemis plurimi convenerant, sentirent, his ipsis verbis certiorem pontificem reddidit Hincmarus[b]. "Improperando dixerunt et dicunt: nunquam hujusmodi præceptionem ab illa sede ulli prædecessorum meorum missam fuisse; cum inter reges sacramentis etiam confœderatos, sed inter patrem et filios, ac inter fratres prœlia et seditiones eorum temporibus fuisse noscantur, &c. Nec etiam ab hæreticorum vel schismaticorum, sive tyrannorum imperatorum ac regum, quales fuerunt Constantius Arrianus, ac apostata Julianus, et Maximus tyrannus, præsentia et salutatione, sive collocutione, sedis apostolicæ pontifices, vel alii magnæ auctoritatis atque sanctitatis episcopi, cum locus et ratio ac caussa exegit, se subtraxisse leguntur.....Et dicunt secularem scripturam dicere, quia omne regnum seculi hujus bellis quæritur, victoriis propagatur, et non apostolici vel episcoporum excommunicationibus obtinetur: et scripturam divinam proponunt dicere: Quia Domini est regnum, per quem

[a] anno 870.

[b] L. Bochell. Decr. Eccl. Gallic. lib. 2. tit. 16. cap. 2. pag. 317.

reges regnant, et cui voluerit dat illud ministerio Angelorum et hominum....Et petite," inquiunt, "domnum apostolicum, ut quia rex et episcopus simul esse non potest, et sui antecessores ecclesiasticum ordinem, quod suum est, et non rempublicam, quod regnum est, disposuerint: non præcipiat nobis habere regem, qui nos in sic longinquis partibus adjuvare non possit contra subitaneos et frequentes paganorum impetus. Et nos Francos non jubeat servire, cui nolumus servire: quia istud jugum sui antecessores nostris antecessoribus non imposuerunt, et nos illud portare non possumus....Propterea si domnus apostolicus vult pacem quærere, sic pacem quærat, ut rixam non moveat: quia nos non credemus, ut aliter ad regnum Dei pervenire non possimus, si illum quem ipse commendat terrenum regem non habuerimus."

12. Idem Hadrianus in literis ad ipsum regem Carolum, hac usus est verborum formula[a]; "Volumus, et auctoritate apostolica jubemus, ipsum Hincmarum Laudunensem episcopum, vestra fretum potentia, ad limina sanctorum, nostramque venire clementiam." Rex dictum hoc insolens cum ferre non posset, videretque hoc modo "umbrosum seculi typhum," sic enim cum Aphricanis patribus loquitur, "induci in Ecclesiam;" ita demum ad pontificem rescripsit. "Valde mirati sumus, ubi hoc dictator epistolæ nobis per Actardum episcopum delatæ, scriptum invenerit, esse apostolica auctoritate præcipiendum, ut rex corrector iniquorum et districtor reorum, ac secundum leges ecclesiasticas atque mundanas ultor criminum, reum legaliter ac regulariter, pro excessibus suis damnatum, sua fretum potentia Romam dirigat....Unde, sicut vobis rescripsimus, et nunc iterum vobis scribere non piguit, sed exigente caussa necessarium est: quia reges Francorum, ex regio genere nati, non episcoporum vicedomini, sed terræ domini hactenus fuimus computati. Et, ut Leo ac Romana synodus scripsit, *reges et imperatores, quos terris divina potentia præcipit præesse, jus distinguendorum negotiorum episcopis sanctis juxta divalia constituta permiserunt*, non autem episcoporum villici extiterunt....Quis igitur hanc inversam legem Infernus evo-

[a] Constitut. Imperial. a Goldasto edit. pag. 24, 25.

muit? Quis Tartarus de suis abditis et tenebrosis cuniculis eructavit? Contra quam literis sacris ostensa nobis est via, quam sequamur, &c."

13. Addantur his Ottonis Magni et synodi Romanæ literæ[a], ad Johannem papam XII. quem XIII. appellat Platina, atque omnium, qui unquam ante se in pontificatu fuere, perniciocissimum et sceleratissimum fuisse notat. "Summo pontifici et universali papæ domino Johanni, Otto divinæ respectu clementiæ imperator Augustus, cum archiepiscopis Liguriæ, Tusciæ, Saxoniæ, Franciæ, in Domino salutem. Romam ob servitium Dei venientes, dum filios vestros, Romanos scilicet episcopos, cardinales, presbyteros, diaconos, et universam plebem de vestra absentia percontaremur, et quid causæ esset, quod nos Ecclesiæ vestræ vestrique defensores, videre noluissetis; talia de vobis tamque obscena protulerunt, ut, si de histrionibus dicerentur, vobis verecundiam ingererent. Quæ ne magnitudinem vestram omnia lateant, quædam vobis sub brevitate describimus, quum, si cuncta nominatim exprimere cuperemus, dies nobis non sufficeret unus. Noveritis itaque non a paucis, sed ab omnibus tam vestri quam alterius ordinis, vos homicidii, perjurii, sacrilegii, et ex propria cognatione, atque ex duabus sororibus, incesti crimine esse accusatos. Dicunt et aliud audito ipso horridum, Diaboli vos in amorem vinum bibisse: in ludo aleæ Jovis, Veneris, ceterorumque Dæmonum auxilium poposcisse. Oramus itaque paternitatem vestram obnixe, venire, atque ex his omnibus vos purgare non dissimuletis. Si forte vim temerariæ multitudinis formidatis, juramento vobis affirmamus, nihil fieri præter sanctorum canonum sanctionem. Data VIII. Idus Novembris."

14. Acceptis literis respondet pontifex μαλὰ λακονικῶς: "Johannes episcopus, servus servorum Dei, omnibus episcopis. Nos audivimus dicere, quod vos vultis alium papam facere. Si hæc facitis, excommunico vos de Deo omnipotenti, ut non habeatis licentiam ullum ordinare, et missam celebrare." Imperator et episcopi rescribunt: "Si ad synodum venire, et objecta purgare non differtis,

[a] anno 963. Luitprand. Ticin. hist. lib. 6. cap. 9, et 10.

auctoritati vestræ proculdubio obediemus. Sed si, quod absit, venire, et objecta vobis capitalia crimina purgare dissimulatis; quum præsertim vos venire nihil impediat, non maris navigatio, non corporis ægritudo, non itineris longitudo: tunc excommunicationem vestram parvi pendemus, eam potius in vos retorquebimus, quoniam quidem juste facere possumus[a]." Nec rescribunt tantum, sed etiam fuga judicium subterfugientem pontificatu pellunt, et Leonem VIII. in locum ejus substituunt.

15. Arnulphus[a] quoque episcopus Aurelianensis, in oratione ad patres Remensis synodi, ἀποτολμᾶ[b]. "Quid hunc," ait ille, "reverendi patres, in sublimi solio residentem, veste purpurea et aurea radiantem, quid hunc, inquam, esse censetis? Nimirum si charitate destituitur, solaque scientia inflatur et extollitur, Antichristus est, in templo Dei sedens, et se ostendens, tanquam sit Deus. Si autem nec charitate fundatur, nec scientia erigitur, in templo Dei, tanquam statua, tanquam idolum est, a quo responsa petere, marmora consulere est." Et post: "Cujus ministri Gallias occupaverunt, nosque totis viribus premunt, Antichristus instare videtur, et, ut Apostolus ait, Jam mysterium iniquitatis operatur tantum ut qui nunc tenet teneat, donec de medio fiat; ut ille perditionis filius reveletur, homo peccati, qui adversatur, et extollitur supra Dei nomen, Deique culturam. Quod jam in aperto fit, ut, Romana potentia conquassata, religione profligata, nomen Dei frequentibus perjuriis impune humilietur: ipsius divinæ religionis cultus etiam a summis sacerdotibus condemnatur. Ipsa insuper Roma jam pene sola a seipsa discedit, dum neque sibi neque aliis consulit, &c." Habentur ista in Actis Rhemensis synodi, Francofurti anno 1600. excusis, quibus subjiciuntur et Gerberti contra Romani pontificis potestatem, ad Siguinum Senonensem archiepiscopum scriptæ literæ: et ad Wilderodum Argentinensem episcopum pro synodo Rhemensi Apologia; in cujus fine ad Christum ita convertit sermonem. "Sed

[a] Ad hanc clausulam, et quod sequitur, excusandum, quod exagitatur a Baronio, de amiss. potestatis ecclesiasticæ in abutentibus. Confer similem locum Gregorii, P. citat. a Waltramo in Apolog. pro Henr. IV. pag. 63. edit. Goldast.

[a] anno 992. [b] utitur audacia. Synod. Rhemens. cap. 28.

una salus hominis, o Christe, tu es. Ipsa Romana, omnium Ecclesiarum hactenus habita mater, bonis maledicere, malis benedicere fertur, et quibus nec Ave dicendum est, communicare; tuamque legem zelantes damnare, abutens ligandi et solvendi potestate a te accepta: cum apud te non sententia sacerdotum, sed reorum vita quæratur; nec possit hominis esse, impium justificare, justumque damnare." Iste tamen Gerbertus postea Romanam Cathedram, cujus hostis extiterat infestissimus, imperatoris et populi Romani favore adeptus est. "Illud autem omnino possumus affirmare," inquit Baronius[c] "nullum hactenus in Petri sedem fuisse promotum, qui eandem sedem suis scriptis ita prosciderit, ut Gerbertus."

16. Ita videmus Romani pontificis effrenatæ cupiditati itum esse obviam, impotenti dominatui tam ab ecclesiasticis quam a politicis ordinibus reclamatum. Transubstantiationis vero gangrænam Ecclesias adhuc non depavisse, (id quod etiam Rob. Bellarminus et Jodocus Coccius agnoscunt[a] ultro) fidem facit non illa solum superius citata Constantinopolitani concilii definitio, sed etiam Rabani Mauri luculenta confessio. "Maluit[b] Dominus corporis et sanguinis sui sacramenta fidelium ore percipi, et in partem[c] eorum redigi, ut per visibile opus invisibilis ostenderetur effectus. Sicut enim cibus materialis forinsecus nutrit corpus et vegetat, ita etiam verbum Dei intus animam nutrit et roborat." Item: "Sacramentum in alimentum corporis redigitur, virtute autem sacramenti æterna vita adipiscitur." Quæ causa fuit, cur fulgentissimum[d] Germaniæ sidus ab authoribus pontificiis, Guilielmo Malmesburiensi, qui quarto, et Thoma Waldensi, qui sexto post scripsit seculo, in erraticarum stellarum numero fuerit

[c] ann. 999. sec. 2.

[a] Vid. sup. sec. 4. Bellarm. de sacram. Eucharist. lib. 1. cap. 1. Coccius in Thesaur. Catholic. tom. 2. pag. 601. eucharistiam appellabant veram imaginem naturalis carnis Domini. Sander de visibil. monarch. lib. 7. vid. Pless. de Missa, pag. 1582, 1583, 1617, 1618. imprimis Bilsoni dialog.

[b] Raban. de institut. clericorum, lib. 1. cap. 31. et de universo, sive de naturis rerum, lib. 5. cap. 11. MS.

[c] al. *pastum.*

[d] Baron. Annal. tom. 10. ann. 856. sec. 30. de Rabano.

repositum. Sic enim Guilielmus, in præfatione[e] Epitomes Amalarii de divinis officiis, ad fratrem Robertum: "Admonitum," inquit, "te volo, ut unum ex his qui de talibus disputaverunt fugiendum scias, Rabanum nomine[f]: qui in libro de officiis ecclesiasticis dicit sacramenta altaris proficere ad saginam corporis; ac pro hoc corruptioni, vel morbo, vel ætati[g], vel secessui[h], vel postremo morti[i] obnoxia. Quæ de Domini corpore dicere, credere, scribere, quanti sit periculi vides. Præterea libri ejus per se parum conducunt scientiæ, minimum accommodant doctrinæ, de aliorum quippe laboribus, aut ad literam, aut ad sententiam omnino usurpati. Duo libri voluminis illius ex Isidoro, et tertius ex Augustino de doctrina Christiana, et Pastorali Gregorii, ad verbum sunt transcripta, &c. fuit enim vir ille huic vitio peculiariter assiduus, quasi prorsus desperaret lectores suos memoriam non habere, qui possent ejus furta deprehendere." Rabanum secutus est discipulus et auditor ejus Walafridus Strabus: qui, de Sacræ Cœnæ institutione agens, Christum[k], ait, "corporis et sanguinis sui sacramenta in panis et vini SUBSTANTIA discipulis tradidisse, et ea in commemorationem sanctissimæ suæ passionis celebrare perdocuisse." Thomas Waldensis[l] cum Rabano conjungit ejusdem æqualem Heribaldum Altissiodorensem episcopum, eum nempe, cujus in 84. Lupi Ferrariensis epistola[m] fit mentio; et quem Carolo Calvo regi charum fuisse et intimum in Chronologia sua refert Robertus Altissiodorensis monachus: atque eo nomine utrumque damnat, quod eucharistiæ sacramentum cibum digerendum in humanam carnem, et secessui obnoxium esse asseruerit. Qua de re in antiquiore scriptore, quem ex D. Roberti Cottoni, viri et gradu dignitatis et reconditæ antiquitatis studiis

[e] MS. in bibliothec. Colleg. omnium Animarum Oxon. MS. D. Ward ait allegata a me verbatim convenire cumMS. in Coll. Ben. conjuncto cum Cassiodor. de ecclesiast. offic. not. 167.

[f] *nomino, qui.* [g] *ætate.* [h] *secessu.* [i] *morte.*

[k] Walafrid. de rebus ecclesiast. cap. 16.

[l] Thom. Wald. tom. 1. Doctrinal. Prolog. ad Martinum V. item tom. 2. de sacramentis cap. 19, et 61.

[m] Ibi Heribaldus; epist. vero 99. *Heribertus* perperam appellatur.

illustris, lectissima bibliotheca nacti sumus, ita legimus. "Et his quidem qui dixerunt secessui obnoxium, quod nunquam[n] antea est auditum, id est, Heribaldo Altissiodorensi episcopo qui turpiter proposuit, et Rabano Maguntino qui turpius assumpsit, turpissime vero conclusit, suus ad respondendum locus servetur."

17. Ita Rabanum nobilissimum sui temporis doctorem, cui, si Trithemium[a] audimus, "nec Italia similem, nec Germania peperit æqualem," maledictis insectatur obscurus iste author: cujus sententiam ut plenius intelligamus, addit etiam, eundem Rabanum in epistola ad Hegilmonem abbatem, et Ratrannum quendam libro composito ad Carolum regem, contra Paschasium Ratbertum Corbeiensem abbatem argumentatos esse, qui eandem esse carnem quæ de altari sumitur, et de virgine generatur, scripto libello defendit. Pontificii sublata hac, quæ cum ipsorum de sacramento eucharistiæ absurdo dogmate conciliari nullo modo poterat, ad Hegilmonem data epistola: ipsum Paschasii Ratberti a Rabano in ea epistola refutatum opusculum, ementito Rabani[b] titulo, venditarunt. Quod vero ad Ratrannum attinet, apud Sigebertum Gemblacensem[c] legimus, Bertramum scripsisse librum de corpore et sanguine Domini, et ad Carolum librum de prædestinatione. Cum vero in exemplaribus manuscriptis Gemblacensi et Viridis Vallis, ut a Suffrido Petro est annotatum, Ratrami eo in loco nomen occurrat exaratum; testeturque Flodoardus[d], Hincmarum Rhemensem præsulem scripsisse ad eundem Carolum regem de prædestinatione et libero arbitrio, (de eodem sc. argumento, et ad eundem Carolum ad quem scripsit iste Sigeberti vel Ratramus vel Bertramus,) contra Ratramnum monachum Corbeiensem; non alius hic videtur intelligendus Ratrannus, quam Bertramus ille, cujus de corpore et sanguine Domini libellus fertur ad Carolum

[n] Vid. Origen. comm. in 15. cap. Matthæi, op. tom. 3. pag. 499.

[a] Trithem. in script. eccles. catalog.

[b] Raban. de sacramento altaris, in multis codicib. MSS. et editione impressa Coloniæ, ann. 1551. ex biblioth. Cutberti Tunstalli. Vid. Thomam Waldens. tom. 2. de sacramentis, cap. 61. et Serar. in Mog. de Raban.

[c] de scriptis ecclesiasticis, capite 96.

[d] Flodoard. hist. eccl. Rhemens. lib. 3. cap. 15. et ex eo Baron. ann. 848. sec. 16.

Calvum scriptus, quem Magnum[c] appellat imperatorem. Ubi quærenti imperatori "utrum ipsum corpus quod de Maria natum est et passum, mortuum et sepultum, quodque ad dexteram Patris consideat, sit quod ore fidelium per sacramentorum mysterium in Ecclesia quotidie sumitur:" respondet Bertramus, discrimen inter utrumque esse tantum, "quantum est inter pignus et eam rem pro qua pignus traditur; quantum inter imaginem, et rem cujus est imago; et quantum inter speciem et veritatem." Quod Romani[d] inquisitores et patres Tridentini cum concoquere nullo modo possent: in indicem librorum prohibitorum, velut in Cœritum tabulas, authorem referendum judicarunt. Duacensis vero universitas cum remedium hoc paulo violentius esse cerneret, et quod causæ pontificiæ magis esset offuturum, quam futurum adjumento: ad solitas artes hic confugiendum, atque alio medicamento huic malo occurrendum censuit. Cujus judicium et Belgicis censoribus, qui Philippi II. et Ducis Albani auctoritate ac consilio Expurgatorium indicem concinnarunt, probatum est.

18. "Quum[a] igitur, inquiunt isti, in catholicis veteribus aliis plurimos feramus errores, et extenuemus, excusemus, excogitato commento," en papistarum fidem! "persæpe negemus, et commodum iis sensum affingamus, dum opponuntur in disputationibus, aut in conflictionibus cum adversariis: non videmus cur non eandem æquitatem et diligentem recognitionem mereatur Bertramus. Ne hæretici ogganniant nos antiquitatem pro ipsis facientem exurere et

[c] ut Sigebert. de script. ecclesiast. cap. 100. et eum secutus Trithem. in Hincmaro.

[d] in Indice librorum prohibit. Romano, edit. ann. 1559. et Tridentino. Ind. expurgator. Belgic. pag. 5. edit. Antuer. ann. 1571.

[a] Quod ad Bertramum, vid. Mayum in Brev. confutatione tomi primi Roman. falsificationum Guil. Crashawi, edit. ann. 1608. et Turrian. de eucharist. contra Volanum, pag. 133. et fin. 134. ubi illa verba notanda. "Cæterum Bertramum citare, quid aliud est, quam dicere hæresim Calvini non esse novam;" (neque ob aliud a nobis citatur, quam ut ostendamus viam istam quam vos appellatis hæresim non esse novam, sed olim ab iis, qui orthodoxi suis temporibus habebantur, assertum) pag. 135. huic opponit Turrianus Paschasium et Remigium.

prohibere: itaque mirum non esse pauca pro ipsis videri facere, &c." Quodnam igitur hic excogitatum est ab his commentum? Ubi in Bertramo legitur: "Quæ a se differunt, idem non sunt. Corpus Christi, quod mortuum est et resurrexit, et immortale factum jam non moritur, et mors illi ultra non dominabitur, æternum est, nec jam passibile. Hoc autem, quod in Ecclesia celebratur, temporale est, non æternum; corruptibile est, non incorruptum." Postremæ huic sententiæ commodum hunc sensum affingunt: ut intelligatur de "speciebus sacramenti corruptibilibus; aut de re ipsa et usu sacramenti, qui non contingit, nisi præsenti in seculo." Neque ipsis tamen explicatio hæc visa est satis commoda. "Non male aut inconsulte omittantur igitur omnia hæc;" inquiunt. Quanto vero facilius una litura libellum integrum delevissent? quam viam compendiariam in Indice[b] suo expurgatorio secuti censores Hispani, breviter rem totam confecerunt. "Deleatur tota epistola Udalrici, episcopi Augustani, de cælibatu cleri. Item totus liber Bertrami presbyteri de corpore et sanguine Domini penitus auferatur." Quibus quid aliud opponamus, quam quod olim adversus gentes scripsit Arnobius[c]? "Intercipere scripta, et publicatam velle submergere lectionem, non est deos defendere, sed veritatis testificationem timere." Nam quod "Nostros, proximis annis perniciosum Oecolampadii volumen adversus sacramentum corporis Christi invulgasse sub titulo Bertrami presbyteri, de corpore et sanguine Domini ad Carolum Magnum, et vice versa Carolostadii opus contra cultores imaginum, cum inscriptione Caroli Magni de cultu imaginum ad sextam synodum in oriente congregatam," affirmat Sixtus[d] Senensis: id omnem impudentiam superat; nec aliam requirit refutationem, quam ipsam antiquorum exemplarium, quæ multis ante natum Oecolampadium seculis sunt descripta, inspectionem[e]. Quorum unum notæ optimæ, in bibliotheca D. Jacobi Giloti Pa-

[b] Ind. expurg. Hisp. Card. Quirogæ, edit. Madriti ann. 1584. in fine literæ O.

[c] Arnob. advers. gentes lib. 3. pag. 104.

[d] Sixt. Sen. præfat. Biblioth. Sanct.

[e] nisi forte frontem perfricare placeat. Vid. Parson. Collat. cum May. confutat. falsificationum Crashawi.

risiensis senatoris se vidisse testatus est mihi vir summus et de republica literaria optime meritus, Isaacus Casaubonus.

19. Eandem cum Rabano et Bertramo veritatem tutatus est, qui iisdem temporibus apud Carolum Calvum in honore fuit et pretio, popularis noster Johannes[a] Scotus: cujus tractatus de eucharistia, quod aperte cum Metusiastarum hæresi pugnaret, anno demum 1050. in synodo Vercellensi[b] sub Leone IX. damnatus est. Scio quidem doctissimum illum virum, dum in vivis ipse esset, aliquorum et scriptis lacessitum et rumoribus infamatum; quod etiam in epistola[c] ad Carolum objectat papa Nicolaus: Sed nec illorum quenquam hac in causa litem ei invenio intendisse; ac apud alios sanctissimam ejus, et viventis, et mortui, fuisse existimationem non ignoro. De vivente, in præfatione præfixa interpretationi hierarchiæ Dionysianæ, quam in Latinam linguam princeps transtulit Johannes noster, ita scripsit ad eundem Carolum Anastasius Romanæ Ecclesiæ bibliothecarius. "Mirandum est quomodo vir ille barbarus, qui in finibus mundi positus, quanto ab hominibus conversatione, tanto credi potuit alterius linguæ dictione, longinquus, talia intellectu capere, in aliamque linguam transferre valuerit. Johannem innuo Scotigenam, virum quem auditu comperi per omnia sanctum. Sed hoc operatus est ille artifex Spiritus, qui hunc ardentem pariter et loquentem fecit." De mortuo testari potest, tum catalogus sanctorum in Anglia sepultorum, ex Anglo-Saxonum monumentis a Gotcelino Bertininiano monacho Cantuariensi temporibus Anselmi editus, in quo sanctus Adelmus, et Johannes sapiens, in loco qui dicitur Aldelmisbirig[d], notatur requiescere: tum epitaphium sepul-

[a] De Joh. Scoto, Bertramo et Berengario vid. Alan. de sacram. eucharist. lib. 1. pag. 335, ad 345. Greg. de Valent. Comm. theol. tom. 4. pag. 888, 889. Fr. Suarez. tom. 12. 2. 7. pag. 518.

[b] Lanfranc. de sacram. eucharist. contra Berengarium. Vincentius in Speculo historiali, lib. 24. cap. 42. et doctrinali, lib. 19. cap. 60. Hertman. Schedel. in Chron. ætat. 6. ad annum 874. Baptista Fulgos. de dict. et fact. memorab. lib. 1. cap. 1. &c. Pascitur in vivis livor, post fata quiescit.

[c] Rog. Hoveden. in priore parte Annalium, Matth. Westmonast. Flor. hist. ann. 883.

[d] MS. Aliis *Meldunum* et *Malmesburia*.

chro ejus impositum; cujus versus ab ejusdem loci monacho, Gulielmo Malmesburiensi, recitantur, "Scabri[e] quidem," ut notat ille, "et moderni temporis lima carentes, sed ab antiquo non adeo difformes."

Clauditur hoc tumulo sanctus sophista Johannes,
Qui ditatus erat jam vivens dogmate miro,
Martyrio tandem Christi conscendere regnum,
Quo, meruit, sancti regnant per secula cuncti.

20. Hanc vero de corpore et sanguine Domini quæstionem deinceps varie fuisse agitatam, ostendunt scripta adversaria Ratherii, qui[a] ex monacho Lobiensi, Veronensis primum, deinde Leodiensis Ecclesiæ factus est episcopus, temporibus Henrici Aucupis et filii ejus Ottonis Magni imperatoris, ac Herigeri abbatis Lobiensis, qui sub finem decimi seculi congessit[b] contra Ratherium, vel, ut alii habent codices, contra Ratbertum, multa Catholicorum patrum scripta de corpore et sanguine Domini; ut in scriptorum ecclesiasticorum catalogo refert Sigebertus. Hoc ipsum etiam Paschalis ostendit homilia, in Anglo-Saxonum ecclesiis olim publice legi solita: in qua sic scriptum invenimus "Sæpe exquisiverunt homines, et adhuc sæpe exquirunt, quomodo panis, ex tritici granis confectus et ignis calore coctus, in Christi corpus immutari possit; vel quo pacto vinum, ex multis uvis expressum, per unam benedictionem in Domini sanguinem convertatur." Quænam autem illis temporibus de ea quæstione apud Anglicanas Ecclesias recepta fuerit sententia, tum ex tota illa concione non obscure colligitur, tum ex illa parte, in qua inter naturale Christi corpus, et hostiam consecratam, variæ statuuntur differentiæ, apertum est et manifestum. "Multum," inquit author, "interest inter corpus in quo passus est

[e] Guil. Malmesb. de gestis reg. Angl. lib. 2. cap. 4. Vid. hic censuram Baronii in Annal. Cur ergo in Martyrologio Romano (non illo Baroniano, sed alio prius Antuerpiæ ann. 1586. excuso) ad IV. Idus Novembr. celebratur memoria S. Johannis Scoti, qui graphiis puerorum confossus Martyrii coronam adeptus est.

[a] Sigebert. de Eccles. script. cap. 128.

[b] Sigebert. de Eccles. script. cap. 138. et Trithem. de viris illustr. ord. Benedicti, cap. 63

Christus, et corpus quod in hostia consecratur. Corpus sane, in quo Christus passus est, ex Mariæ carne natum est, ac sanguine, ossibus, cute, nervis, membris humanis atque anima rationali est instructum: at spirituale ejus corpus, quam Hostiam appellamus, ex variis collectum est granis; sine sanguine, ossibus, membris et anima." Deinde: "Christi corpus, quod mortem est passum et a morte resurrexit, deinceps nunquam morietur; sed æternum est, et impassibile. Hostia vero illa temporaria est, non æterna: corruptibilis, et in varias partes distributa; dentibus confecta, et in ventrem transmissa." Denique: "Mysterium hoc pignus est et figura; Christi corpus est veritas ipsa."

21. Hanc homiliam ex variis scriptis Latinis in Anglo-Saxonicum Ælfricus transtulisse creditur; non ille[a] Ælfricus, qui Abendoniensis primum abbas, et Cantuariensis demum fuit archiepiscopus: quem Leofricum alibi dictum invenimus; cui, ex abbate S. Albani facto archiepiscopo Cantuariensi, successit in abbatia S. Albani frater ejus uterinus Alfricus. Ita Matthæus Parisiensis in historia abbatum S. Albani MS. in bibliotheca Cottoniana; nec alterius alicujus loci abbatem vel episcopum fuisse dicit: Sed alius, ex Malmesburiensi abbate Cridiensis factus episcopus; quem "peritum literarum," ut est apud Gulielmum Malmesburiensem in MS. Adelmi vita, "præsertimque elegantissimum interpretem non fallax tradit vetustas," et "virum in omnibus ecclesiasticis experientissimum officiis," in charta[b] Malmesburiensi cœnobio, anno 974. data, appellat rex Edgarus: "Virum in omnibus Ecclesiasticum" habet eadem charta apud Gulielmum Malmesburiensem[c]. Extat ab eo, Wulffini Shirburnensis episcopi nomine, ad clericos Saxonice scripta oratio; Sacerdotalis synodi inscriptionem præferens: in qua receptam de cœna Domini doctrinam sic exponit. "Hostia illa est Christi corpus, non corporaliter, sed spiritualiter. Non corpus in quo passus est: sed corpus de quo locutus est, quando panem et vinum, ea quæ passionem antecessit

[a] Gulielm. Malmeso. lib. 1. de gestis pontif. Anglor.
[b] Ingulph. Croyland. histor. pag. 503.
[c] in lib. 2. de gest. reg. Angl. pag. 32.

nocte, in hostiam consecravit; et de sacrato pane dixit, Hoc est corpus meum; rursumque de sacro vino, Hic est sanguis meus, qui pro multis effunditur in remissionem peccatorum." Extat et alius ejusdem sermo ad sacerdotes primum Latina, deinde Saxonica lingua Wulfstani Eboracensis archiepiscopi jussu editus: in quo eandem sententiam ita explicat. "Non sit tamen hoc sacrificium corpus ejus in quo passus est pro nobis, nec sanguis ejus quem pro nobis effudit: spiritualiter corpus ejus efficitur et sanguis: sicut manna quod de cœlo pluit, et aqua quæ de petra fluxit." Quæ verba ex codice manuscripto[d], a Wigorniensi Ecclesia ad Benedictini Collegii apud Cantabrigienses bibliothecam translato, perfida papistæ alicujus manu erasa, et notarunt alii, et ipsi vidimus: quod et supra in Rabani Pœnitentiali factum notavimus.

22. Nec multum dissimili artificio, ubi in Æthiopicarum Ecclesiarum universali canone scriptum habebatur, "Hic panis est corpus meum:" in Latina translatione, contra fidem Æthiopicorum exemplarium, quemadmodum in prima operis editione confirmat pontificius ipse Scholiastes, expunctum est nomen "panis[a]:" quod scilicet ad pontificiorum palatum minus faceret, qui in verbis institutionis pronomen[b] hoc non demonstrare panem contendunt, quippe qui probe nossent, disparata de se mutuo, aliter quam per tropum, prædicari nullo modo potuisse. Ex quibus omnibus liceat concludere, antiquioribus hisce temporibus inter panem Domini et panem Dominum distinctionem esse factam: qua posita transubstantiationis doctrinæ locus nullus relinquetur. Simul vero cum hoc transubstantiationis portento et insana corporalis præsentiæ hæresi illa Metusiastarum ἀρτολατρεία concidit, scortationis genus maxime horrendum, cujusmodi "ne inter gentes quidem nominatur;" nec non quotidiana Filii Dei in missæ sacrificio oblatio, quod unicum est pontificiorum Palladium. Non me quidem

[d] MS. Coll. Benedict. not. 107.

[a] Tom. 27. biblioth. Patr. pag. 632.

[b] Bellarm. de eucharist. lib. 1. cap. 10. in explicat. voc. HOC. Vid. lib. 4. cap. 3. Sic glossa de cons. dist. 2. Panis est in divinis. Hoc tamen est impossibile quod panis sit corpus Christi.

fugit, papistarum vulgus, missæ nomine alicubi reperto, statim exclamare ; idque verum quidem est, et missæ et sacrificii nomen apud horum temporum scriptores legi frequentissime: Sed sensu longe alio, quam Romanæ Ecclesiæ hodie ferat usus: Missarum[c] enim significatione solennes quasque vel preces vel etiam dies[d] comprehendi consuevisse certum est. De diebus testari possunt Caroli Magni et Ludovici Capitularia in quibus occurrunt ista. " Ut[e] absque ulla excusatione cito possit emendari, spatium usque ad Missam sancti Martini[f] dare decrevimus." Item ut[g] ubi pontes antiquitus fuerunt restituantur et renoventur, ita ut ad Missam Sancti Andreæ restaurati fiant." Et alibi[h]: " Quicunque post Missam Sancti Johannis latroni mansionem dederit, si Francus est, cum XII. similibus Francis juret, quod ipse latronem eum fuisse non scisset." De precibus testari potest Smaragdus abbas, regulæ Benedicti interpres: cujus ista sunt verba. " Orationes, *i. e.* Collectæ, quæ in fine cursus a sacerdote dicuntur, missæ, *i. e.* Deo transmissæ vocantur[i]." Cui adjungendus Isidori Hispalensis locus[k], " In quotidianis officiis vigiliarum, primum tres Psalmi canonici recitandi sunt, deinde tres missæ Psalmorum, quarta canticorum, quinta matutinorum officiorum. In Dominicis vero diebus, vel festivitatibus Martyrum, solennitatis causa, singulæ super

[c] Nam participatio cœnæ dicta hostia, et sacrificium, vid. Liturgiam Cassandri et Bertram. ex Fulgentio in libello de fide Ceolfridum apud Bedam, lib. 5. hist. cap. 22. Ubi nota. 1. panem et vinum offerri, non corpus et sanguinem. 2. sacrificium non propitiatorium esse, sed eucharisticum, in recordationem propitiatorii. 3. non per sacerdotem solum offerri, sed per totam Ecclesiam, ut agnum Exod. 12. Bedam in Psalm. 109. Liv. Canon. MS. in Bibliothec. Cottonian. Sacrificium non accipiendum de manu sacerdotis qui orationes, vel lectiones secundum ritum implere non potest. Raban. de Instit. lib. cap. 31. de Missa. Amalarium, lib. 3. cap. 19, et 15.

[d] Vid. Casaub. contra Baron. pag. 585, 586. et Bellarm. de Missa. lib. 1. cap. 1.

[e] Auseg. Capitular. lib. 2. cap. 18.

[f] Unde etiam adhuc apud Anglos, Martinmass, Michaelmass, Christmass, &c. *i. e.* dies Martini, Michaelis, Christi, &c.

[g] Capitular. lib. 2. cap. 20.

[h] Capitular. lib. 3. cap. 23.

[i] In antiquo libro Oxoniensis Ecclesiæ ex Joscelini adversariis a me transcript. una ministratio de carne ponitur pro ferculo, atque adeo in ling. Saxon. Messe-Priest potest esse a Ministring-Priest.

[k] In reg. Monach. cap. 6.

adjiciendæ sunt missæ." Et Leonis imperatoris in Tacticis, cap. 12. sec. 115. "Χρὴ εἴτε ἐν φοσσάτῳ διάγει τὸ βάνδον ἤτοι τὸ τάγμα, εἴτε καὶ καθ' ἑαυτὸ ὅπου δήποτε ἀπληκένει πρωίας εἰς αὐτὸν τὸν ὀρθρὸν πρὸ παντὸς πράγματος, καὶ εἰς ἑσπέραν ὁμοίως μετὰ τὸ δεῖπνον καὶ τὰς μίσας, τὸ τρισάγιον ψάλλεσθαι καὶ τὰ λοιπὰ κατὰ τὴν συνήθειαν· Par est autem sive in fossato versetur unumquodque bandum, sive cohors, sive alicubi castra ponat, mane cum prima luce ante alia omnia, et vesperi similiter post cœnam ac missas, τρισάγιον hymnum cani, cæteraque pro more." Unde etiam[l] Ἑσπεριναὶ μίσαι Vespertinæ Missæ apud eundem, cap. 11. sec. 18. cum quibus sacrificii oblationem conjunctam fuisse, adversarii[m], opinor, non dicent. Nam quod isti vulgo, missæ alicubi reperto nomine, sacrificium suum invenisse se putant, eoque magnopere exultant: id ipsum illis accidisse video quod Thrasylai Axoneo[n], qui omnes naves quæcunque in Piræum appellerent, suas esse putabat et in album suum referebat.

23. De justificatione et gratia, licet prius quam papismi virus plane sese prodidisset, incautius aliquando locuti sunt mediæ ætatis doctores: quemadmodum, Pelagianis nondum litigantibus securius locutum esse Johannem Chrysostomum notavit B. Augustinus[a]: Et similiter Hieronymus in apologia adversus Ruffinum[b]: "Antequam in Alexandria quasi dæmonium meridianum Arius nasceretur, innocenter quædam, et minus caute locuti sunt, et quæ non possint perversorum hominum calumniam declinare:" non tamen reliquerunt veritatem ἀμάρτυρον[c], sed ut homines Dei decuit, τὴν[d] καλὴν ὁμολογίαν ὡμολόγησαν. Ita venerabilis Beda, in Psalmi vicesimi quarti explicatione: "Ne memineris delicta; sed potius memento mei Domine, ut miserearis secundum misericordiam tuam, id est, te condignam, non secundum iram, me condignam. Tu, dico, ad quem pertinet; qui solus misereris, solus mederis, solus peccata dimittis. Et hoc non facias propter merita

[l] Vide Meursii glossarium Græcobarbarum, pag. 348.
[m] Vide Baron. ann. 34. sec. 61.
[n] Athenæi Dipnosophist. lib. 12. in fine. Ælian. Var. hist. lib. 4. cap. 25.
[a] Aug. contra Julian. Pelag. lib. 1. cap. 22. Op. tom. 10. pag. 511.
[b] Op. tom. 4. par. 2. pag. 411.
[c] expertem testimonii.
[d] bonam confessionem confessi sunt. 1. Tim. 6. 12.

mea, sed propter bonitatem, id est, suavitatem tuam." Et in Psalm. 31. "Beati quorum remissæ sunt iniquitates, &c. Instruit videlicet, ut nemo vel libertatem arbitrii, vel merita sua sufficere sibi ad beatitudinem credat; sed sola gratia Dei se salvari posse intelligat." Similiter in Psalmi 39. expositione ostendit, "nullum ad beatitudinem per liberum arbitrium aut per legale sacrificium, sed per solam gratiam posse contingere." Et in Psalm. 77. apertissime; "Per justitiam," inquit, "factorum nullus salvabitur, sed per solam justitiam fidei."

24. Bedam quoque secutus Alcuinus, in Psalmi 50[a]. enarratione. "Sordidare me potui, sed emundare nequeo, nisi tu Domine Jesu sancti sanguinis tui aspersione mundum me facias." Et in Psalm. 142. "Ad me unum cum respicio, nihil aliud in me nisi peccatum invenio. Tota liberatio mea tua est justitia." Item, "Dei miseratione, in nomine Salvatoris, non nostris meritis, vivificati sumus." Et[b] "Ille solus liberare potest de peccato, qui venit sine peccato, et factus est sacrificium pro peccato." Et in 1 Psalm. Pœnitential. "Salvum me fac, non meis meritis, sed tua misericordia." Idem Alcuinus (forte Rabanus: neque enim Alcuini tale opus extat)[c] "Homo jam non aliter salvari potest, nisi per gratiam Jesu Christi, videlicet sui Redemptoris." Item de S. Trinitate[d]. "Ut intelligant homines per eandem gratiam se justificari posse a peccatis, per quam factum est ut homo Christus nullum posset habere peccatum." Quo etiam referendum quod in scripto Carolino de imaginibus[e] legimus. "Arca fœderis secundum quosdam Dominum et Salvatorem nostrum, in quo solo fœdus pacis apud Patrem habemus, designat, &c. Cui propitiatorium superponitur, quia scilicet legalibus sive evangelicis præceptis, quæ in eo fundata sunt, supereminet misericordia ejusdem mediatoris, quam non ex operibus legis quæ perfecimus nos, neque volentes, neque currentes, sed ejus miseratione salvamur." His accedit author altercationis Synagogæ et Ecclesiæ: non Gilbertus abbas Westmonasteriensis, nec qui Augus-

[a] vel 51. secundum Hebr. Vide ipsa loca Alcuini.
[b] lib. 4. in Joh. cap. 8.
[c] in Ecclesiast. lib. 4. cap. 1.
[d] lib. 3. cap. 1.
[e] lib. 1. cap. 15.

tini nomen præfert, sed alter Johannis Scoti σύγχρονος Coloniæ, anno 1537. editus. Is, octavo operis sui capitulo, hac de re ita scribit. "Justitiam Dei dico, non qua Deus justus est; sed qua induit hominem, cum gratis justificat impium. Huic justitiæ testimonium perhihent Lex et Prophetæ. Lex quidem hoc ipso, quod jubendo et minando, et neminem justificando, satis indicat dono Dei justificari hominem, per Spiritum vivificantem. Prophetæ autem, quia id quod prædixerunt, Christi implevit adventus." Et[f] "Hinc manifeste cognoscimus, non justificari hominem præceptis bonæ vitæ, nisi per fidem Domini nostri: hoc est non litera, sed Spiritu; non lege operum, sed lege fidei; non factorum meritis, sed gratuita gratia." Similiter et Haymo[g], "Nos agentes pœnitentiam, sciamus nihil nos dignum dare posse ad placandum Deum, sed solummodo in sanguine immaculati et singularis agni nos posse salvari." Idem[h] "Ipse misericordia dicitur, quoniam dedit nobis remissionem peccatorum, et alia beneficia, per solam misericordiam suam." Et[i] "Nullus de meritis suis præsumat, sed omnem salvationem ex Christi meritis expectet." Et[k] "Præveniente gratia salvamur, et in subsequente justificamur." Item Ambrosius Ansbertus[l], "Gaudeamus et exultemus, et demus gloriam ei: quoniam venerunt nuptiæ agni, et uxor ejus præparavit se. In eo autem damus illi gloriam, quo nullis præcedentibus bonorum actum meritis, sed sola nos ejus misericordia, ad tantam dignitatem pervenisse fateamur[m]." Et paulo post: "Ipsa enim præcedit hominem, ut ei quo pergere debeat, iter ostendat: ipsa et subsequitur, ut ad id quod ostendit, etiam impellat in eisdem:" Smaragdus Abbas[n] "Lex jubere potest, juvare non potest." Et[o], "Necesse est sola fide Christi salvari credentem." Denique, ne plures accumulare necesse sit, author commentariorum in Marcum[p],

[f] Vide Pseudo-Cyprianum de duplici martyrio cap. 10.
[g] in 6 cap. Micheæ. [h] in Psalm. 84. [i] in Psalm. 131.
[k] lib. 10. in Apoc. cap. 22. [l] lib. 8. in Apoc. cap. 19.
[m] Sic Haymo lib. 7. in Apoc. cap. 22. in fine confer.
[n] in Joh. cap. 21. fol. 80. [o] ad Gal. cap. 3. fol. 146.
[p] In Marc. cap. 15. Hieronym.

qui Hieronymo perperam sunt adscripti: "Gratia, non meritis, salvati sumus a Deo."

25. Longum esset singula doctrinæ capita consectari: et pertinet ea consideratio ad particularem cujusque controversiæ historiam. Hic generalis tantum Synopsis status Ecclesiæ fuit proponenda. Præsenti enim instituto abunde satisfactum, si in maximis illis rebus, in quibus religionis pontificiæ artus sunt ac nervi, lupæ Babylonicæ veneficiis nondum, quod aliquando futurum, a Spiritu[a] sancto est prædictum, fascinatas fuisse Ecclesias evicerimus; atque impudicam nostri temporis Pseudo-Catholicorum impudentiam represserimus, quorum illa perpetua est cantilena; "Quæcunque[b] vel opera vel fragmenta supersunt eorum qui disjunctissimis terris Evangelium severunt, omnia nobis unam fidem exhihent, quam hodie Catholici profitemur." Sed ad institutam historiam a dogmaticis me revoco.

26. Ita ostenso quousque mysterium iniquitatis non prævaluerit: videamus jam quomodo vires acquisiverit eundo. Cum nondum adulta esset hæc pestis, ita versatus est in mundo Antichristus, ut animadversus non fuerit, etiam ab iis qui pessum euntis Ecclesiæ miserrimam inclinationem oculis lachrymantibus sunt intuiti. Quod satis testatum facit vel unica illa venerabilis Bedæ sententia. "Verum hæc sive modernis temporibus acta, seu futuris sub Antichristo crediderimus agenda, videat lector, nec sine lachrymis rem lachrymis dignam contempletur; quantum Ecclesiæ status ad pejora quotidie, vel, ut mitius dicam, ad infirmiora gerenda devolvatur[a]."

27. Tum vero Ecclesiarum expugnari cœpta est pudicitia; quando cum ligno et cum lapide adulterari cœperunt, et illam Deo invisam seu εἰδωλολατρείαν seu εἰκονοδουλείαν in Christianorum templa admiserunt: quæ revera fundi nostri calamitas, et malorum omnium, quibus labefactatus et convulsus est Ecclesiæ status, principium et quasi seminarium extitit. Quum enim filii perditissimi, qui "a

[a] Apoc. cap. 18. ver. 23. [b] Campian. rat. 10.

[a] lib. 4. Allegoricæ expositionis in Samuelem, cap. 2. pag. 395.

simulacris conversi fuerant ad Deum[a]," sese "avertissent retrorsum[b]," atque ad simulacra denuo reversi, "irritassent sculptilibus suis Sanctum Israelis, et vanitatibus suis provocassent[c]:" peccata peccatis ultus Deus Zelotes, "reliquit eos vanitati ratiocinationum suarum, et tradidit in mentem omnis judicii expertem[d]," adeoque humanis sensibus ita quodammodo exuit, ut, quod de idololatris olim pronunciavit Psaltes, "ipsis quas sibi fecerunt imaginibus plane similes evaserint[e]." Omnino enim truncos oportebat esse, non homines, qui animum inducere poterant, ut crustacei panis in ipsum Filii Dei substantiam factam metamorphosin sibi persuaderent, corruptibilem creaturam nescientes distinguere "ab incorruptibili Creatore, qui est benedictus in secula. Amen[f]." Atqui εἰκονόδουλοι illi erant qui hujusmodi μετουσίας τέρας, portentum post hominum memoriam immanissimum ac fœdissimum, in lucem primum extulerint: eademque opera ad ἀρτολατρείαν, maxime horrendum scortationis genus, cujusmodi ne inter gentes quidem nominatur, aditum patefecerint. Nam qui imaginum culturæ restiterunt, orthodoxos, quorum maximus, nequicquam reclamante Romano pontifice, erat numerus, tam in oriente quam in occidente, in nefandam istam hæresin minime consensisse, nec panem Domini cum pane Domino confudisse, ex horum temporum monumentis intelligimus. Et de orientalibus quidem hoc constat, ex Constantinopolitanæ synodi definitione, quæ in 6. sectione concilii Nicenii II. recitatur, ubi episcopi 338. aliis explosis imaginibus, affirmant "unicam esse imaginem, ab ipso Christo institutam; nimirum panem et vinum in eucharistia, quæ representant Christi corpus et sanguinem[g]."

28. Ab Iconodulorum partibus Romana stetit Ecclesia: ut Babylonem decuit, matrem illam scortationum et abominationum terræ. Quin et hinc Romanus pontifex causam libenter arripuit, ad imperatorium jugum a cervicibus suis dejiciendum: ut viveret deinceps αὐτόνομος,

[a] 1 Thess. cap. 1. ver. 9.
[b] Esai. cap. 1. ver. 4.
[c] Jerem. cap. 8. ver. 19.
[d] Rom. cap. 1. ver. 21, 28.
[e] Psalm. 115. ver. 8. et 135. ver. 18.
[f] Rom. 1. ver. 23, 25.
[g] ut supr. sec. 4, et 16.

vel, ut Apostolus loquitur, ἄνομος ὑπεραιρόμενος ἐπὶ πᾶν τὸ λεγόμενον θεὸν ἢ σέβασμα[a]. Hoc enim totum factum est, ut impleretur quod ibi est prædictum. Quum enim Leo Isaurus imperator imaginibus bellum indixisset, Gregorius junior Romanus episcopus, si Theophani[b] et aliis aliquot historicis[c] credimus, Romam cum tota Italia ab illius imperio recedere fecit. Caroli Magni temporibus Romam imperii fuisse subditam, ostendit Fr. Junius de translatione imperii[d]. Anno vero 973. Romam pontifici ab imperatore traditam notat Sigonius de regno Italiæ[e], quod conferendum cum donatione Ottonis[f] circa annum 1000. nam hujusmodi donationes supposititias esse confirmat Goldastus[g]. " Eidem etiam vectigalia, nescio qua authoritate, inquit[h] Marsilius Patavinus, sed bene qua temeritate, solenniter interdixit: Romæque congregans synodum, venerationem imaginum confirmavit: et violatores hujusmodi anathemate condemnavit." Constantinopoli postea contra Photium coacta est synodus, quam " octavam universalem qui illuc convenerant appellarunt:" in qua " de imaginibus adorandis," ita scribit Eginaldus, vel quicunque author fuit ad Aimonii Annales[i] adjecti supplementi, " aliter quam orthodoxi doctores antea definierant, statuerunt; quædam etiam pro favore Romani pontificis, qui eorum votis de imaginibus adorandis annuit, et quædam contra antiquos canones, et contra ipsam suam synodum [illam, viz. Constantinopolitanam, 338. episcoporum, de qua diximus, anno 754. contra imaginum cultum habitum] constituerunt; sicut qui eandem synodum legerit, patenter inveniet." Demum vero utriusque Romanæ in εἰκονοδουλείᾳ sancienda conspiratione facta, post longam de primatu concertationem, " facti sunt amici inter sese Pilatus et Herodes:" et illud[k] usurpari cœptum, ut ambo episcopi, Ro-

[a] 2 Thess. cap. 2. ver. 4. Nyssen. tract. 2. in Psalm. inscript. cap. 8. τότε ἀποκαλυφθήσεται ἄνομος. tunc revelabitur exlex ille. 2 Thess. cap. 2. ver. 8.

[b] Hist. Misc. lib. 21. [c] Cedren. Zonar. Sigebert. ad ann. 728, vel 729. Abb. Ursperg. ad ann. 718. [d] pag. 9, 10, 11. [e] Op. tom. 2. pag. 441.

[f] Genebrard. lib. 4. Chronograph. Vid. Baron. annot. in Martyrolog. Rom. Janua. cap. 10. [g] tom. ult. Const. imper. pag. 44, 393, 394.

[h] Mars. Patav. in tract. de translat. imperii, cap. 5. anno. 869.

[i] Annal. Francor. lib. 5. cap. 28.

[k] Onuphr. Panvin. annot. in Platin. in vita Bonifac.

manus scilicet et Constantinopolitanus, oecumenici et universales appellarentur; hic quidem universalis patriarcha, ille vero universalis[1] papa. Solo Romano pontifice papæ nomen, quod ante omnibus commune erat episcopis, retinente. Atque hic fuit litis finis inter hos duos, dividentibus invasoribus inter se spatia. Sed quoniam potestas impatiens consortis erat, non diu mansit hæc concordia.

29. Sed habuit præterea Romanus papa rationes alias, ad fines imperii sui tam temporalis, ut appellant, quam spiritualis propagandos comparatas: easque partim, quod[a] omnes norunt, Francorum regum potentia subnixas, partim etiam ex quæstuosissima falsorum chirographorum officina depromptas. Reliquum erat ut excusso imperatore pontifex in possessionem vacuam pedem poneret, atque eam in rem opera Johannis cujusdam diaconi, cognomento digitorum[b], suppositum est donationis[c] Constantinianæ commentum: quo posset orbi persuaderi, Constantinum Magnum imperatorem non solum Romanam urbem, sed etiam omnes Italiæ, seu occidentalium regionum provincias, loca et civitates Romano pontifici Silvestro, ac ejus successoribus perpetuo dono tradidisse. Quando enim verecundiæ fines semel transire statutum erat, bene et naviter oportebat esse impudentem. Ex eadem officina, nisi omnia me fallunt, exierunt veterum Romanorum episcoporum nomine, ad spiritualis potestatis plenitudinem confirmandam, ore durissimo confictæ, Decretales epistolæ: quas ex Hispania, unde ortus videtur "ipse doli fabricator Epeus[d]," Riculfum temporibus Caroli Magni Moguntinum

[1] De papæ nomine vid. Goropii Gotodanic. pag. 473.

[a] Vide Prognostic. fin. mund. pag. 51, 52, &c.

[b] Mutius. Sic enim in MS. haberi notat Baronius: non mutuis, ut est in edit. Goldasti, pag. 40. Muscus. Diaconus Cardinalis Rom. in regione secunda, ann. D. 735. Ciaconius, de Cardinalibus, tom. 1. pag. 514. De Johanne diacono Mutilato digitis, vide Acta Rhemensis synodi (tom. 3. 3. 14. pag. 60.) Johannes diaconus, author vitæ Gregorii, vixit post annum 863. meminit enim Theugandi et Guntharii, ap. Sur. mens. Mart. pag. 202. et scripsit epistolam quæ Ruffini fertur nomine in Pseudo-Clementis recognit. Vide opera Innocent. III. part. 1. pag. 96.

[c] Vide Ottonis III. Donationem Silvestro II. factam: cum epist. Gerberti, pag. 73. et Joh. Bodin. de repub. lib. I. cap. 9. ex actis Vaticanis.

[d] Æneid. 2. ver. 264.

archiepiscopum, virum erga sedem Romanam valde devotum, eo enim nomine a vetere[e] quodam authore commendatum invenimus, in Galliam primum attulisse, testis est, in libro contra Hincmarum Laudunensem, Hincmarus, Rhemensis archiepiscopus. Eas vero epistolas simul cum Pseudo-Constantini donatione atque aliis decretis Ecclesiasticis in unum volumen compingens, ad similitudinem epistolarum Pseudo-Clementis, (sed Decretales epistolæ citantur ante annum 863. Caroli Magni et Riculphi temporibus) vel ementito Isidori Hispalensis, vel vero Isidori Mercatoris nomine, merces illas putridas venditavit planus post natos homines nequissimus et improbissimus. Qui posteris tamen sic imposuit, "Ignaris scelerum tantorum, artisque Pelasgæ :" ut haud sciam an in hoc genere quidquam unquam prodierit simile, quod vel plures, nec insipientissimos illos, fefellerit, vel plus ad causæ pontificiæ firmamentum momenti attulerit[f].

30. Successerunt deinde "tempora, quibus," si Sigonium[a] audimus, "nulla alia tetriora, ac fœdiora fuisse, vel principum nequitia, vel populorum insania, in tota antiquitate reperiuntur." De quibus etiam Wernerus[b] Laerius[c], homo Carthusianus: "O tempus pessimum, in quo defecit

[e] citat. a P. Pithæo, in testimoniis quæ Capitulis ab Ansegiso et Benedicto collectis præfixit.

[f] Hic vero mecum considera quantulo tempore, quanta mutatio in Romana Ecclesia facta est. I. Romanos non habuisse dolosa ingenia ad fingendum, ut Græcos observabat olim Gregorius, dicens; "Codices Romanorum longe veriores esse quam Græcorum: quoniam," inquit, "Romani sicut non acumina, ita nec imposturas habent." II. Tum universalis episcopi nomen Romanus pontifex detestatus est. In illud nomen consentire erat Christum negare : sic enim Gregorius lib. 7. epist. 33. tom. 2. pag. 881. "Ego fidenter dico, quod quisquis se universalem sacerdotem vocat, vel vocari desiderat, in elatione sua Antichristum præcurrit, quia superbiendo se cæteris præponit." III. Tum Roma subdita imperatori, et Romanus ipse pontifex. IV. εἰκονοδουλεία tum rejecta. Jam vero in εἰκονοδουλείᾳ stabilienda, utriusque Romæ facta est conspiratio in synodo, viz. 7ma. et 8va. (et per eam Romani pontificis privilegiorum confirmatio facta est, ut supr. sec. 28.) O miseram et in brevi tam celerem, et tam variam Ecclesiæ commutationem.

[a] Carol. Sigon. initio lib. 6. de regno Italiæ. Op. tom. 2. pag. 355.

[b] Werner. Fascicul. tempor. ætat. 6. circ. ann. Chr. 894, et 874.

[c] Sic appellat Petreus in bibliothec. Carthus. pag. 295.

sanctus, et diminutæ sunt veritatis a filiis hominum." Item: "Charitas refriguit valde circa hæc tempora in omni statu, et iniquitas plus solito cœpit abundare. Jam enim gladius et hæreses ex magna parte cessarunt: sed ambitio, et avaritia (et cætera vitia) fræna laxantes, amplius quam illæ hæresium persecutiones Christianam fidem persequebantur." Ut locum hic illa habere posset querela, quam de suis temporibus postea Bernardus[d] usurpavit: "Olim prædictum est, et nunc tempus impletionis advenit: *Ecce*[e] *in pace amaritudo mea amarissima.* Amara prius in nece martyrum; amarior post in conflictu hæreticorum; amarissima nunc in moribus domesticorum. Non fugare, non fugere eos potest, ita invaluerunt et multiplicati sunt super numerum. Intestina et insanabilis est plaga Ecclesiæ: et ideo in pace amaritudo ejus amarissima. Sed in qua pace? Et pax est, et non est pax: pax a paganis, pax ab hæreticis, sed non profecto a filiis." Et sane nono primum hoc seculo atque decimo hæreticorum factum esse Interregnum, notavit in suo successionis hæreticorum catalogo Gabriel Prateolus. Ut non sine causa Magdeburgenses[f] historici monuisse videantur: "fugisse hæreticos, atque in prælatos ac monachos pontificios sese abdidisse." Sedulius Hibernius[g] in illud *Jam enim mysterium iniquitatis operatur* "Antichristus per sua membra agit, ut Johannes dicit: *Multi*[h] *Antichristi facti.* In his ergo mysterium iniquitatis operatur, qui falsis doctrinis ejus pervium faciunt iter, quos B. Johannes in mundum dicit exisse. Sicut enim Christus nunc per membra sua operatur, sic Antichristus." Nam par erat profecto, ut hæretici, qui tanquam devoti milites Antichristi copias sunt antegressi, summo imperatore cum stativis castris proxime accedente, retraherent sese; omnesque minutiores illæ atque angustiores hæreses apostasiæ, cui hactenus pararant viam, omnia longe lateque jam occupaturæ, concederent.

31. Sed decimum præcipue seculum ejusmodi fuit, ut

[d] Bernard. in Cantic. serm. 33. op. tom. 1. pag. 1397. item serm. ad clerum in concilio Rhemensi. [e] Esai. cap. 38. ver. 17. [f] Centur. 10. cap. 11.
[g] Sedulii collect. 2 Thess. cap. 2. fol. 89. [h] 1 Joh. cap. 2. ver. 18.

eo nullum, vel ipso Bellarmino[a] judice, indoctius aut infelicius extiterit: præcedentibus certe omnibus eo deterius, quo solutioni Satanæ propinquius. Quare et ejus historiam explicaturus Baronius non sine ampliore præfatione rem aggrediendam censuit. "En," inquit[b] ille, "incipit annus Redemptoris nongentesimus, quo et novum inchoatur seculum, quod sui asperitate ac boni sterilitate Ferreum[c], malique exundantis deformitate Plumbeum, atque inopia scriptorum appellari consuevit Obscurum. In cujus limine constituti, ob ea quæ pro foribus adeo flagitiosa nuper contigit aspexisse, antequam progrediamur ulterius, hic lectorem monendo, præfari aliquid necessarium duximus: ne quid scandali pusillus animo patiatur, si quando videre contigerit abominationem desolationis in templo, sed magis miretur, et cognoscat in ejus custodia divinam invigilare potentiam, cum non ut olim abominationem tantam secuta mox fuerit desolatio templi." Verum quam longe falsus opinione fuerit Baronius, quantaque abominationem hanc secuta fuerit desolatio, atque ἅλωσις plane Babylonica; deinceps ostendam, si prius tum ipsius Baronii, tum aliorum aliquot scriptorum testimonia, de decimi hujus seculi conditione deploratissima, proposuero.

32. Fuit enim tum perditorum temporum ea conditio, ut posset potenter agere iniquitatis mysterium, et Antichristo secure in mundo grassari licuerit; ita meriti sunt homines ut a Deo desererentur, et filio perditionis præda fierent[a]. Sic vero Baronius, "faciem[b] luridam Romanæ Ecclesiæ" describit: "Quæ tunc facies sanctæ Ecclesiæ Romanæ? quam fœdissima, cum Romæ dominarentur potentissimæ æque ac sordidissimæ meretrices? quarum arbitrio mutarentur sedes, darentur episcopi, et, quod auditu horrendum et infandum est, intruderentur in sedem Petri earum amasii pseudo-pontifices, qui non sint nisi ad consignanda tanta tempora in catalogo Romanorum pontificum scripti." Et paulo post: "Dormiebat tunc plane alto, ut apparet, sopore Christus in navi, cum, hisce flanti-

[a] Bellarm. de Rom. pontif. lib. 4. cap. 12.

[b] Baron. tom. 10. Annal. ann. 900. cap. 1.

[c] Confer cum Ovidiana ætatis Ferreæ descriptione: *de duro est ultima ferro, &c.*

[a] Vide 2 Thess. cap. 2. ver. 11.

[b] Baron. tom. 10. Annal. ann. 912. sec. 8.

bus validis ventis, navis ipsa fluctibus operiretur. Dormiebat, inquam, qui ista non videre dissimulans sineret sic fieri, dum non exurgeret vindex. Et, quod deterius videbatur, deerant qui Dominum sic dormientem clamoribus excitarent discipuli, stertentibus omnibus. Qualesnam reris delectos ab hisce monstris presbyteros et diaconos cardinales fuisse putandum: cum nihil tam naturæ insitum sit, quam unumquemque sibi similem generare?" Hæc et alia plura Baronius: quæ in epistola, sub finem hujus seculi ad Stephanum Romanæ Ecclesiæ diaconum scripta, Gerbertus uno verbo complexus est: "Romanorum[c] mores mundus perhorrescit." Arnolphus Lexoviensis episcopus in synodo Rhemensi, anno 992. "O lugenda Roma, quæ nostris majoribus clara patrum lumina protulisti: nostris temporibus monstrosas tenebras, futuro seculo famosas effudisti."

33. Succedat Baptistæ Platinæ[a] censura. "Sanctitate," ait ille, "et doctrina, quæ non nisi magnis laboribus consummataque virtute comparantur, Pontificium decus sine ullis opibus primo quidem auctum est inter tot hostes et obstinatos persecutores Christiani nominis: mox vero, ubi cum ipsis opibus lascivire cœpit Ecclesia Dei, versis ejus cultoribus a severitate ad lasciviam, peperit nobis tanta licentia peccandi, nullo principe flagitia hominum tum coercente, hæc portenta: a quibus ambitione et largitione sanctissima Petri sedes occupata est potius, quam possessa." Platinam quoque secutus Sabellicus[b]: "mirum est quanta omnium bonarum artium oblivio per id tempus mortalium animis obrepserit, ut ne in pontificibus quidem, cæterisque principibus, quicquam elucesceret, quod vitam juvare posset; non salubria instituta, non templorum refectiones, non ulla pietatis exempla, non liberalium artium affectationes, sed stupor et amentia quædam, oblivioque morum invaserat hominum animos." Et post: "Non possum non multum mirari, unde tragica hæc pontificum fluxerint exempla, quam dira pietatis oblivio eorum mentes irrepserit, ut neque personæ quam sustinebant ratio

[c] Gerbert. epist. 40.

[a] Platin. in Benedicto.

[b] Sabellic. Ennead. 9. lib. 1. tom. 2. pag. 476.

ab his ulla haberetur, neque loci quem tenerent: ut non immerito aliquis suspicaretur quicquid moderationis fuit et majestatis in illis, qui a Caroli, cognomento Magni, temporibus ad Gallici imperii exitum interfuit (interfuit enim ætas una) sedem tenuerunt, non tam sua sponte, quam regum, imperatorum, et in quorum tutela essent metu et reverentia, in officio manserint." Et alibi: "Mirum[c] dictu est, quam per id tempus degeneratum sit a veterum pontificum pietate. Illi suo sanguine pontificium decus auxerunt; hi auctum cædibus et rapinis prophanarunt: donariis illi templa ditarunt, hi sacrilegiis exuerunt: hi malis artibus rem bonam ambire, illi oblatam cunctanter et verecunde adire: ut difficile sit judicare, plus moderationis et innocentiæ in illis fuerit, an in iis qui postea secuti sunt impudentiæ et temeritatis. Sed utinam hæc mala una ætas vidisset."

34. Similiter et Genebrardus[a] in Chronographia: "Infelix dicitur hoc seculum, exhaustum hominibus ingenio et doctrina claris, sive etiam claris principibus et pontificibus; in quo nihil fere dignum memoria posteritatis gestum sit: unde ferunt[b] tunc repertum fuisse quoddam monstrum capite canino, et cæteris membris humanis, quod statum illius temporis mirifice referret. Hoc vero uno infelix," addit postea idem, "quod per annos fere 150, pontifices circiter 50 a virtute majorum prorsus defecerint, apotactici apostaticive potius, quam apostolici." Eundem in chronologia sua (nondum typis[c] excusa) secutus Robertus Bellarminus, nisi quod, mitius aliquanto sanctissimos suos dominos tractandos putarit: "Vide hic," inquit, "seculum infelix: in quo nulli scriptores illustres, nulla concilia, imperatores mali, pontifices non valde boni." Ubi pontifices, licet non valde bonos, imperatoribus quodammodo præfert: cum Wernerus[d] contra, monachus Carthusianus, pronunciare nihil sit veritus, et multo verius, "Sanctitatem papam dimisisse, et ad imperatores accessisse hoc tempore; sicut clare," inquit, "apparet."

[c] Id. Ennead. 9. lib. 2. tom. 2. pag. 488.

[a] Genebrard. Chron. lib. 4. in 10. seculi initio.

[b] Vid. Werner. fascic. temp. ætat. 6. circ. ann. 910.

[c] Typis illam excusam non videram, cum Londini primum ann. Dom. 1613. opus hoc in lucem emisi. At nunc in excusis libb. mutavit verba.

[d] Werner. fascic. temp. ætat. 6. circ. ann. 944.

35. De clericorum profanis moribus, in elegantissima illa Edgari regis ad Anglicanos episcopos oratione, quæ ab Alredo[a] abbate Rhievallense literis extat consignata, complura legimus. " Dicam, dicam," inquit ille, " quod boni lugent, mali rident; dicam dolens, si tamen dici potest, quomodo diffluant in commessationibus et ebrietatibus, in cubilibus et impudicitiis; ut jam domus clericorum putentur prostibula meretricum, conciliabulum histrionum. Ibi aleæ; ibi saltus et cantus: ibi usque ad medium noctis protractæ cum clamore et horrore vigiliæ. Sic, sic, patrimonia regum, eleemosynas principum, imo, quod magis est, illius pretiosi sanguinis pretium profligatis? Ad hoc igitur exhauserunt thesauros suos patres nostri? ad hoc fiscus regius detractis redditibus detumuit? ad hoc Ecclesiis Christi agros et possessiones regalis munificentia contulit; ut deliciis clericorum meretrices ornentur, luxuriosa convivia præparentur, canes et aves, ac talia ludicra comparentur? Æmulamini, o sacerdotes, æmulamini vias Domini et justitias Dei nostri. Tempus faciendi contra eos, qui dissipaverunt legem Dei. Ego Constantini, vos Petri gladium habetis in manibus. Jungamus dexteras, gladium gladio copulemus: ut ejiciantur extra castra leprosi; ut purgetur sanctuarium Domini, et ministrent in templo filii Levi, qui dixit patri et matri, Nescio vos, et fratribus suis, Ignoro illos. Agite quæso sollicite, ne pœniteat nos fecisse quod fecimus, dedisse quod dedimus; si viderimus illud non in Dei obsequio, sed in pessimorum luxuria, impunita libertate, consumi."

36. Per idem tempus " monachos in sacerdotum collegia venisse, et mox velut jure suo ubique gentium opes immodicas sibi comparare cœpisse," libro sexto historiæ Anglicæ notat Polydorus Virgilius: additque, " eandem divitiarum pestem sic reliquos pariter sacerdotes pervasisse, ut bona pars a prisca pietate patrum ad tyrannidem exercendam versa sit." qua de re ita conqueritur, qui hisce temporibus vixit, Ælfricus[a]: " His diebus tanta negli-

[a] Alred. Rhievall. in genealogia Davidis regis Scotiæ. MS.

[a] Ælfric. serm. ad sacerdotes. MS. in Biblioth. Colleg. Benedict. Cantabrig.

gentia est in sacerdotibus et episcopis, qui deberent esse columnæ Ecclesiæ, ut non attendant divinam scripturam, nec doceant discipulos qui sibi succedant; sicut legimus de sanctis viris, qui multos perfectos discipulos successores sibi reliquerunt: sed honores seculares et cupiditates vel avaritiam sectantes plus quam laici, mala exempla subditis præbentes, non audent de justitia loqui; quia justitiam nec faciunt nec diligunt." Quid plura? "Acciderat illi ætati," inquit Johannes Stella[b], sacerdos Venetus, "quod omnis virtus, tam in capite quam in membris, ex hominum ignavia consumpta fuerit." Hæc erant tempora; hi mores.

[b] Joh. Stella in vita Benedicti 4. Papæ, 122.

CAP. III.

De anno ab Incarnatione Domini millesimo[a], et rebus maxime memorabilibus ad eum spectantibus. Ubi de pontificatu Silvestri II. et doctorum, de soluto post annum millesimum Diabolo, diversis sententiis.

1. DAMNOSA quid non imminuit dies?
Ætas parentum, pejor avis, tulit
Hos nequiores, mox daturos
Progeniem vitiosiorem.[b]

Nam postquam actus est annus, qui ab ortu Christi secularis maximus fuit; pariter cum novo seculo novum quoque hominum genus exortum, his verbis narrat Wernerus. "Tempus[c] effœminatum incepit circa annos Domini 1000. in quo fides Christiana valde cœpit deficere et declinare a pristina virilitate, ut patet in prophetia sanctæ Hildegardis; et in multis regionibus christianitatis, nec sacramenta, nec ecclesiastici ritus servabantur. Erantque auguriis et maleficiis intendentes: et erat sacerdos sicut populus[d]." Similiter et Glaber Rodulphus, horum temporum author[e], conqueritur, circa annum millesimum plus solito "friguisse charitatem, ac superabundasse iniquitatem: ut ille antiquus Leviathan (serpentem illum antiquum, de quo in Apocalypsi Johan-

[a] De ann. 1000. vid. Bal. Act. Pontif. pag. 148.

[b] Horat. Carm. lib. 3. Od. 6.

[c] Werner. in fascic. temp.

[d] Vid. Hildegard. prophet. part. 3. vis. 1. cap. 7. Vincent. spec. hist. lib. 29. cap. 21. in veterib. editionib. Venet. ann. 1591. Anno ab incarnatione Domini 1173. quo magnum illud schisma inter Fridericum et papam Alexandrinum est sopitum, sancta Hildegardis de tempore muliebri prophetavit in hunc modum. Anno, inquit, post incarnationem Christi 1100. Apostolorum doctrina, et ardens justitia, quam in spiritualibus et christianis constituerat Deus, tardare et in hæsitationem verti cœpit. Sed hoc muliebre tempus non tamdiu durabit quantum usque huc perstitit.

[e] lib. 2. cap. 6.

nes, intelligit) fiduciam conceperit, quod inundatio Jordanis fluvios illaberetur illius; ut videlicet baptizatorum multitudo per avaritiæ appetitum viam veritatis deserens, demergeretur in interitum." Et in libri tertii initio: "Anno millesimo imminente, privatus est pene orbis universus, personisque religiosisque nobilibus." Extat de omnium ordinum corruptissimo statu, circa hujus seculi initiá, a Lupo episcopo ad Anglos habita oratio[f]: in qua adventum Antichristi et finem seculi (de quo statim plura) instare docuit. Extat et Guilielmi archiepiscopi Tyrensis gravissima querimonia: cujus partem aliquam[g] non pigebit subjicere.

2. "In occidente et in omni pene orbe terrarum, maxime inter eos qui fideles dicebantur, fides defecerat, et Domini timor erat de medio sublatus: perierat de rebus justitia; et, æquitate subacta, violentia dominabatur in populis. Fraus, dolus et circumventio late involverant universa. Virtus omnis locum dederat, et cesserat quasi inutilis, malitia subintrante. Videbatur sane mundus declinasse ad vesperam, et filii hominis adventus secundus fore vicinior. Nam multorum refrixerat charitas, et fides non inveniebatur super terram. Confusis ordinibus cuncta ferebantur; et in chaos pristinum mundus videbatur redire velle.—Fornicationum genus quodlibet, quasi res licita, passim et sine rubore exercebatur impune. Sed nec inter affines aut propinquos tuta erant matrimoniorum fœdera. Amica cœlestibus et Deo placens, quasi res vilis, jussa migrare erat continentia. Nec parsimoniæ aut sobrietati locus erat; ubi luxus, et ebrietas, et pernox alea præoccupaverant aditus, atque atria possidebant. Nec clerus a populo vita nobiliore differebat; sed, sicut in propheta[a] legitur, *Sicut*[b] *populus, ita et sacerdos.* Nam episcopi

[f] Anglo-sax. MS. in bibliotheca Cottoniana: et Collegii Benedictini apud Cantabrigienses n. 284. Vid. hist. archiepisc. Cantuar. D. Matthæo Parkero procurante, a Joh. Josselino collectam: edit. Hanov. ann. 1605. titul. Antiquitat. Britannic. pag. 89.

[g] Bell. Sacr. lib. 1. cap. 8.

[a] Hos. cap. 4. ver. 9. [b] Non est jam dicere, ut populus, sic sacerdos: quia nec sic populus ut sacerdos. Bernard. in convers. S. Pauli, serm. 1. op. tom. 1. pag. 962.

negligentes facti erant: canes muti, non valentes latrare, &c. Quid plura? ut in summa dicatur: Omne in præcipiti vitium stetit; et omnis caro corruperat viam suam. Nec pronos ad malum revocare poterant Domini comminantis in cœlo sursum ostenta, nec signa in terra deorsum. Erant enim pestilentiæ et fames, terroresque de cœlo, et terræ-motus magni per loca: et cetera quæ Dominus in Evangelio[c] diligenter enumerat. Sed obstinati in operibus mortuis, quasi sus in volutabro, et quasi jumenta putrescebant in stercore suo, pia Domini longanimitate abutentes: quasi quibus a Domino diceretur: *Percussi eos, et non doluerunt; curávi eos, et non sunt sanati*[d]."

3. Et ista sane universa ab authore hoc commemorata, ostenta cœlestia, pestem, famem, terræ-motus, circa annum tam a nativitate quam a passione Domini millesimum contigisse testantur historici. Refert Sigonius[a]; "annum humanæ salutis millesimum multis prodigiis, ac cœlestibus territamentis, fuisse insignem." Et Hector Boethius: "Millesimo[b]," inquit, "originis Christianæ anno, varia prodigia evenisse ferunt. Lapidibus in Albione et in Gallia pluisse: mare infinitam prope piscium multitudinem reliquisse in Buthquhaniæ littore, quibus morientibus teter pestilensque odor omnem cœli tractum, in mortalium perniciem, multa tabe infecit. Lunam non sine ingenti spectantium terrore sanguinolentam visam: frugesque secuta æstate cum multis animantibus, a sideris ardore longaque cœli intemperie, in toto pene Scotorum regno sunt absumptæ." Annum etiam primum supra millesimum, notat Hepidanus[c] Sangallensis cœnobita, fuisse "notabilem siccitate aeris nimia; multis pecoribus, multis quoque mortalibus siti extinctis. Tantum enim siccata esse cuncta Europæ flumina, ut pene nullum non esset vadosum." Eandemque, ut videtur, calamitatem describens Rupertus[d] Abbas Tuitiensis, "subsecuta," inquit, "postmodum sic-

[c] Matt. cap. 24. ver. 7.

[d] Jerem. cap. 5. ver. 3.

[a] Sigon. de regno Italiæ, lib. 7. op. tom. 2. pag. 468.

[b] Hect. Boeth. hist. Scotor. lib. 11. pag. 234.

[c] Hepidan. in rerum Alanannicarum Annal. a Goldasto edit.

[d] Rupert. in vita Hereberti Colon. archiep. cap. 11. tom. 2. Surii, Mart. 16.

citas peccata populorum vehementer arguebat: ut fere omnis herba præmortua, omnis ager exustus, non qualemcunque famem, sed famem mortiferam jam jamque minaretur. Denique cum siccitate pestilentia quoque sæviebat; multique moriebantur, multi adhuc ægra vix trahebant corpora[e]." Sabellicus[f]: "Inaudita fames Italiam biennio confecit, cometes visus in cœlo prodigiosa magnitudine et forma, terraque horrende mota est, multæque urbes eo motu concussæ." Wernerus[g]: "Luna in sanguinem versa apparuit, et terræ-motus magnus. Facula ardens, et fulgur instar turris, cecidit cum maximo splendore. Sequitur fames valida. In Lotharingia fonticulus aquæ in sanguinem versus est, et multa signa circa hæc tempora contigerunt. Mortalitas fuit maxima pene per totum orbem, ut sepelientium tædio adhuc vivi spiritum trahentes obruerentur cum mortuis. Siccitas magna et ardor sequitur." Glaber Rodulphus: "Facta[h] est fames prævalida quinquennio in universo Romano orbe, sic quidem ut nulla audiretur non inops regio, et indigens pane; multique exhausti inedia de populo perierunt. Tunc etiam per plura loca terrarum, non solum immundorum animalium et reptilium, verum etiam virorum ac mulierum, infantiumque carnes compulit fames horrida sumere in cibum, nulla vel parentum obstante necessitudine. Nam eousque devenerat hujus sævitia famis, ut jam adulti filii consumerent matres; ipsæque in parvulos, remota pietate materna, idem exercerent.

Hinc[i] gladius, pestisque fames, populantur ubique;
Nec tamen impietas hominum correcta pepercit.
Ac nisi magna Dei pietas protenderet iram,
Infernus hos terricrepo consumeret ore.

[e] ann. 1003. Aquæ in Flandria. vid. Hoveden. et Stow. ann. 1004. Lues in urbe Rom. Baron. ann. 1004. sec. 8, 9. ann. 1005. fames magna facta est. chronic. Augustens. Part. 2. pag. 344. Hermann. Contract. chronic. a Christ. Ursticio, et Henr. Canis. edit. et terræmotus: de quo Leo Ostiensis, lib. 2. chronic. Cassinens. cap. 25. ann. 1006. Fames et magna mortalitas tam graviter per totum pene orbem invaluit, ut sepelientium tædio vivi adhuc spiritum trahentes obruerentur cum mortuis. Sigebert. chronic. vid. Lambert. Schafnaburgens. ann. 1006. Baron. ann. 1006. sec. 4.

[f] Sabellic. Ennead. 9. lib. 2. tom. 2. pag. 494.

[g] Werner. fascic. temp. ætat. 6.

[h] Glab. Rodulph. lib. 2. cap. 9.

[i] Idem, in fine lib. 3.

4. Neque illud quidem prætermittendum, quod idem narrat historicus[a]. "Mense Decembrio vespere Sabbati ante diem Dominicæ nativitatis apparuit in aere portentum mirabile, species videlicet seu moles ipsa immensi draconis a septentrionali plaga egrediens, cum nimia coruscatione petebat austrum. Quod prodigium pene homines universos, qui videre infra Gallias, terruit." Videte vero rem inopinatam atque mirabilem : quam, a Sigeberto[b] et aliis historicis commemoratam, non sine stupore legi. "Anno Jesu Christi millesimo, secundum supputationem Dionysii, multa prodigia visa sunt. Terræ-motus factus est permaximus. Cometes apparuit XIX. Kalendas Januarii, circa horam nonam, aperto cœlo, quasi facula ardens cum longo tractu, fulguris instar, illabitur terris; tanto splendore, ut non modo qui in agris erant, sed etiam in tectis, irrupto lumine ferirentur. Qua cœli scissura sensim evanescente, interim visa est figura quasi serpentis, capite quidem crescente, cum cæruleis pedibus." An isto ostento ad Apocalypticæ prophetiæ complementum digitum intendere, et ad considerationem resignationis abyssi, contemplationemque solutionis antiqui serpentis, in mundo potenter deinde grassaturi, hominum mentes excitare Deus voluit? Aperto enim cœlo, illapsa in terras inusitati splendoris forma ignea, immensi serpentis specie succedente : Cui non statim obversetur ante oculos illud Apocalypseos? "Vidi[c] stellam e cœlo cecidisse in terram, et data est ei clavis putei abyssi: et aperuit puteum abyssi," &c.

5. Certe hisce ipsis temporibus revelationem Antichristi, quem Gregorius[a] "gladium," "sagittam Diaboli" alius[b] non inscite appellat, "promulgatam in Galliis, prædicatam Parisiis, vulgatam per orbem, creditam a compluribus;" in undecimi annalis initio affirmat Baronius[c]. Idque Abbonis Floriacensis testimonio confirmat, qui, in apolo-

[a] lib. 2. cap. 8.

[b] Sigebert. chron. ad ann. 1000. Guil. Nangiac. chron. MS. ann. 1000. Vincent. spec. hist. lib. 24. cap. 107. Antonin. chron. tit. 16. cap. 3. sec. 4. tom. 2. pag. 614. Naucler. chronograph. vol. 2. fol. 687. generat. 35. Christiano Massæo in chronico, &c. ann. 1000. die 14. Decemb.

[c] Apoc. cap. 9. ver. 1. cum cap. 20. ver. 2, 3.

[a] Gregor. moral. in Job lib. 34. cap. 17. op. tom. 1. pag. 1122.

[b] Origen. hom. 3. in Psal. 36. op. tom. 2. pag. 664.

[c] Baron. ann. 1001. sec. 1, 4.

getico ad Hugonem atque Robertum Francorum reges, ita scripsit. " De fine mundi coram populo sermonem in Ecclesia Parisiorum adolescentulus audivi, quod statim, finito mille annorum numero, Antichristus adveniret, et non longo post tempore universale judicium succederet." Neque nova fuit hæc opinio, et nunc primum nota: sed ab Hippolyti, Cyrilli et Chrysostomi ducta temporibus. Siquidem illi anno sexies millesimo et quingentesimo Dominum venturum ad judicium existimarunt: quemadmodum in rerum ecclesiasticarum theoria innuit Germanus Constantinopolitanus patriarcha[d]. Nam ab Adamo ad Christum annos 5500. statuunt Græci[e]: eamque supputationem sequuntur christiani Arabes[f], Maronitæ[g], et pleraque omnis Ecclesia orientis: atque adeo Æthiopes, qui in editione novi Testamenti anno 1548. ita notant. " In recto computo, quemadmodum computant omnes christiani: a creatione mundi, usque ad Christum, quinquaginta quinque centenarii annorum." Cum vero ex Apocalypsi didicissent, completo mille annorum numero, quo fere a tempore Dominicæ vel nativitatis, ut diximus, vel passionis deducebant, solvendum fuisse Satanam; atque cum solutione Satanæ regnum Antichristi, cum regno Antichristi mundi interitum, conjunctum fore augurarentur: inde factum est, ut alii Antichristi adventum et mundi finem retulerint ad annum a nato Christo millesimum, quem ab orbe condito 6500. numerant Græci, " alii[h] annos mille ab ascensione Domini usque ad ejus ultimum adventum compleri posse dixerint."

6. Verum ubi homines nullum hujusmodi comparere cernerent Antichristum, qualem ipsi apud animos informa-

[d] Hippolytus in libro de Antichristo, ut refert in loco citato Germanus C. P scripsit Antichristum anno mundi 6500. venturum. Sed Photius In Bibliotheca, pag. 271. annum mundi 6000, post Christum 500, assignat.

[e] Paul. Middleburg. Paulin. lib. 4. Anast. Sinaita, in Hexam. lib. 7. in Bibliothec. Patrum, tom. 9. pag. 886. Euthym. Panopl. tit. 23. sec. 4. Suidas in Adam. Hesychius in Christi natalem apud Anastasium Nicænum tom 1. Bibliothec. Patrum, ed. sec. Col. 140. fin. &c.

[f] Arab. commentar. in 10. cap. Genes. quem MS. habeo.

[g] Scalig. lib. 3. Canon. Isagog. cap. 1. et in notis ad computum Æthiopicum, lib. 7. de emendat. temp.

[h] August. lib. 18. de civit. Dei, cap. 53.

rant suos: "viderentque[a], jam lapso tempore, evanuisse quæ de mundi interitu fuerant constanti assertione prædicta, et passim credita: quasi tanto discrimine liberati, in[b] universo pene terrarum orbe (præcipue tamen in Italia, et Galliis) Ecclesiarum basilicas innovarunt." De quibus illud Hilarii[c] apte congruenterque usurpare possumus. "Cavete Antichristum. Male enim vos parietum amor cepit; male Ecclesiam Dei in tectis ædificiisque veneramini; male sub his pacis nomen ingeritis. Anne ambiguum est, in his Antichristum esse sessurum? Montes mihi et sylvæ, et lacus, et carceres, et voragines sunt tutiores: in his enim Prophetæ, aut manentes, aut demersi, Dei spiritu prophetabant." Hæc ille. Sed ignorabant miseri paratum a se locum illi perditionis filio, quem in templo Dei sessurum prædixerat Apostolus[d]: omnemque de Antichristo cogitationem, simul cum ea quæ de fine mundi injecta fuerat suspicione, deponebant. Unde anno decimo octavo supra millesimum, quum in partibus borealibus Luitici, Obotriti et Wari, facta apostasia, "cervicem[e] suam, suavi jugo Christi excussam, oneroso Diabolicæ dominationis ponderi sua sponte subdidissent;" et, Ecclesiis omnibus destructis, ethnicorum idolorum cultum reduxissent: Ditmarus, episcopus Mersepurgius, nequis illam de propinquo judicii die opinionem denuo conciperet, ista ratione persuadere conatus est. "Nullius fidelis cor ob hanc infelicitatem in aliquam desperationem veniat, vel diem judicii appropinquare dicat: quia, secundum veridici admonitionem Pauli, ante dissentionem et Antichristi execrabilem adventum non debet e talibus aliquis oriri sermo, nec inter Christicolas subita venire commotio." Neque vero tantum vulgus imperitorum, verum etiam subtilissimorum scholasticorum turba, hunc erravit errorem. E quibus unus, Richardus Victorinus, (ille, quem omnium expresse primum Christiferam virginem originalis noxæ expertem tenuisse refert ejusdem popularis Johannes[f] Major)

[a] Baron. annal. tom. 11. ann. 1003. sec. 12. [b] Glaber. Rodulph. hist. lib. 3. cap. 4. [c] Hilar. in lib. contra Auxentinm Arrianum, pag. 1269. [d] 2 Thess. cap. 2. ver. 4. [e] Ditmarus, chron. lib. 7.

in commentariis[g] ad caput vicesimum Apocalypseos: "Quantum, inquit, ad literam spectat, iste annorum millenarius jampridem est completus: sed quando Antichristus veniat, et Satanas solvatur, ignoramus?"

7. At eam ego ignorantiam non magis mirari soleo; quam si miserum Judæum audirem eundem loquentem in modum. Quantum ad literam spectat, septuaginta annorum septimanæ Danielis 9. a Deo præfinitæ jamdudum sunt completæ: sed quando Messias veniat, et regnum restituendum sit Israeli, ignoramus. Certe enim ut Judæi Christum quærebant, quum in medio eorum jam staret; et adhuc venturum expectant avidissime: ita qui magnæ illi adhærent meretrici, et "vino scortationis ejus facti sunt ebrii[a]," velut cæci palpantes in tenebris, ligna in sylvis et Babylonem in media Babylone non reperiunt. Indeque est quod Thomas Stapletonus, cum post mille annos Satanam solutum fuisse agnosceret, eum tamen in Berengarii discipulis, et Waldensibus, atque ubivis potius quam in Lerna pontificia, ubi vel maxime fuerat quærendus, pervestiget. "Undecimo," inquit[b], "seculo, ut vere jam post mille annos solutus Satanas videri queat, ut Johannes prædixit[c]; nempe ut ex hac parte mysterium iniquitatis operosius operaretur, et plenius conficeret; multa et varia hæreticorum turba exorta est."

8. In literis ad Alexandrum III. pontificem, quas ex Vaticana bibliotheca edidit Baronius[a], ante annos 440. ita scripsit legatus ejus Guilielmus Senonensis archiepiscopus. "Audiat, sanctissime pater, excellentia vestra patienter quod loquimur, quia in amaritudine moratur anima nostra, et tam devotus filius vester Christianissimus rex Francorum, quam tota Gallicana Ecclesia turbatur a scandalis, quæ in diebus apostolatus vestri manant ab Apostolica sede. Siquidem (ut nostrates aiunt) IBI SOLVITUR SATANAS IN PERNICIEM TOTIUS ECCLESIÆ;

[f] Joh. Major. Scotus lib. 3. de gestis Scotorum, cap. 12. fol. 50.
[g] Richard. S. Victoris, in Apoc. lib. 6. cap. 7.
[a] Apoc. cap. 17. ver. 1, 2. [b] Stapleton. spec. prav. op. tom. 2. pag. 419.
[c] Apoc. cap. 20.
[a] Baron. annal. tom. 12. ann. 1170. sec. 9.

iterato crucifigitur Christus, et qui manifestus sacrilegus est et homicida dimittitur." Et Stephanus Tornacensis, ad Johannem Pictaviensem episcopum. "Nescio,[b] pater, an completi sint illi mille anni quibus solvendus erat Satanas: ejus satellites ita solutos videmus, ut ligare incipiant servos Dei."

9. Nec defuerunt servi Christi, qui scorti Babylonici consuetudinem detestati, et a nefariis corruptelis ejus animo fuerunt aversissimo, et post annum millesimum solutum fuisse in papatu Satanam clare professi sunt: quemadmodum tum ipsorum tum adversariorum qui supersunt commentarii fidem faciunt. Ex adversariis Johannes Tissingtonus, monachus Franciscanus, in confessione, circa annum Domini 1380. a se edita, ita scriptum reliquit. "Hæretica sententia, quæ a somniis Berengarii excitatur (secundum viam illam, quam iste fraterculus hæresim appellat, ita nos servimus Deo patrum nostrorum), omnes doctores et Ecclesiæ patres secundi millenarii (nunc modo loquendi eorum utamur) id est, qui fuerunt infra trecentos et octoginta annos, aperte affirmat fuisse post solutionem Satanæ; proferens ex testimonio Apocalypsis, solutum fuisse Satanam post annos Domini mille: doctrinamque quam communiter[a] tenemus esse fidem Ecclesiæ de benedicta Eucharistia, astruit non esse rectam, sed errorem; imo hæresim ac lolium et zizania Satanæ jam soluti." Similiter etiam de Johanne Wiccliffio, Tissingtonum secutus, in fasciculo[b] zizaniorum Thomas Waldensis. "Refutavit omnes doctores de secundo millenario in materia de sacramento altaris; et dixit omnes illos errasse, præter Berengarium, et ipsum et suos complices: dixitque palam Satanam solutum, et potestatem habere in Magistro sententiarum, et in omnibus qui fidem catholicam prædicaverunt." Inter Wiccliffii quoque articulos[c] a pontificiis condemnatos recensetur iste, ex tertio de sermone Domini

[b] epist. 86. edit. cum epist. Gerberti, pag. 581.

[a] Tum enim cœpit esse sententia vulgi: Ut constat ex Berengario (apud Lanfrancum) et Leone IX. in epist.

[b] Wald. fascic. zizan. quem MS. habeo.

[c] in fasciculo zizaniorum Thomæ Waldeni: et fasciculo rerum expetendarum et fugiendar. Orthuini Gratii, et Thomæ Otterbourne chron. reg. Angliæ, ad ann. 1385.

libro desumptus: " A principio millenarii Diaboli usque hodie regnavit hæresis de hostia consecrata: ut legenti epistolas decretales patet cum suis glossatoribus et sectis pertinaciter consentientibus huic hæresi, postquam Diabolus ipsam introduxit."

10. Et hujusmodi sane pronuntiata passim in Wiccliffii operibus occurrunt. Sic enim ille[a] " Nec memini (inquit) aliquos de sanctis doctoribus, ante tempus quo diabolus est solutus, sic loqui de gratia: sed error Eucharistiæ post solutionem Satanæ, plures in hæreses alias captivavit. Ad tantum enim balbutiunt isti grossi Simoniaci, quod putant emi vel vendi gratiam sicut bos vel asinus posset emi. Et sic mercantur cum emptione veniæ et deletione peccati, cum Diabolus utitur errore scholastico, ad hæreses in moribus inducendas." Et capite 31. "Ideo ut Scriptura sacra sit magis appretiata et laudata, quæcunque veritas quam viator sensu non percipit, debet ex hac fide scripturæ esse deducta, saltem si requiritur a fidelibus esse credenda. Et tunc scriptura sacra foret in reverentia, et bullæ papales (sicut debent) forent postpositæ, et tam leges papales, quam doctorum novorum sententiæ, quæ sunt post solutionem Satanæ promulgatæ, forent in suis limitibus veneratæ. Quid rogo fideli et scriptis hujusmodi quibuscunque, nisi de quanto ex fonte scripturæ fideliter sunt exhaustæ?" Item in tractatu contra ordines fratrum[b]; "Deus bone, quid moveret Christum, omnipotentem, intelligentissimum et benevolentissimum, ut fidem hanc fratrum per mille annos occultaret, et nunquam doceret Apostolos suos et tot sanctos rectam fidem; sed istos hypocritas primum doceret, qui nunquam venerunt in Ecclesiam, donec impurus spiritus Satanas solutus est." Et in tractatu de blasphemia, veram de sacramento Eucharistiæ doctrinam per mille annos in Ecclesia retentam esse ait, " ad solutionem usque Satanæ."

11. Similiter et Guilielmus White, quem Thomas Waldensis cognomento Album appellat, circa annum Domini 1428. scripsit ac docuit; quod " legem[a] nubendi a Christo

[a] in Trialogo, lib. 3. cap. 7. [b] cap. 16.

[a] ex actis examinat. Guilielmi White, coram Guil. Norwicensi episc. ann.

libere cuilibet trium[b] statuum militantis Ecclesiæ ordinatam, papa, qui est Antichristus, cum suis consiliariis, qui sunt clerici Luciferi, in destructionem sacerdotii in Anglia infirmavit post solutionem Satanæ, id est, millesimum annum Christi." Et anonymus author, qui sub quindecimi seculi initia, pro translatione scripturarum Anglicana scripsit apologiam: "Jam Satanas," inquit, "secundum Prophetarum vaticinia, plus quadringentis annis solutus est: ut quomodo olim clerum legis veteris, ita nunc, sed multo majore cum malitia, nostrum clerum incoleret. Nam ut illi damnaverunt Christum; ita jam episcopi nostri legem Dei, quod in linguam nostram vernaculam traducta sit, damnant et incendunt." Denique post hos omnes Martinus Lutherus, in supputatione annorum mundi, ad millesimum salutis annum, ita annotat: "Finito isto millenario solvitur nunc Satan, et fit episcopus Romanus Antichristus, etiam vi gladii."

12. Nec illud etiam contemnendum est soluti Satanæ argumentum, a Glabro Rodulpho observatum: quod Diabolus religionem ethnicam, per quam olim mundum triumphaverat, ipso statim anno millesimo denuo introducere conatus est. Qua in re Vilgardi cujusdam opera, qui Ravennæ artem grammaticam professus est, usum fuisse narrat Glaber: "Is[a] enim cum ex scientia suæ artis cœpisset inflatus superbia stultior apparere, quadam nocte assumpsere dæmones poetarum species, Virgilii et Horatii atque Juvenalis: apparentesque illi, fallaces retulerunt grates, quoniam suorum dicta voluminum charius amplectens exerceret; seque illorum posteritatis felicem esse præconem: promiserunt ei insuper suæ gloriæ postmodum fore participem. Hisque dæmonum fallaciis depravatus, cœpit multa turgide docere fidei sacræ contraria: dictaque poetarum per omnia credenda esse asserebat. Ad ultimum vero hæreticus est repertus, atque a pontifice ipsius urbis Petro damnatus. Plures etiam per Italiam tempore

1428. a Johanne Excestre notario publico consignatis (quæ MS. habeo) et Tho. Walden. vol. 3. de sacram. cap. 66.

[b] Puta clericis, militibus, et cultoribus seu mechanicis. Walden.

[a] Glab. Rodulph. hist. lib. 2. cap. 12.

hujus pestiferi dogmatis reperti, quique ipsi aut gladiis aut incendiis perierunt. Ex Sardinia quoque insula, quæ his plurimum abundare solet, ipso tempore aliqui egressi, partem populi in Hispania corrumpentes, et ipsi a viris catholicis exterminati sunt. Quod præsagium Johannis prophetiæ congruit: quia dixit, Satanam solvendum, expletis mille annis." Ita Glaber.

13. Sed hac non successit, alia christianos inimicus adortus est via; nempe illi perditionis filio suam præbendo operam, cujus adventum futurum "ex efficacia[a] Satanæ, cum omni potentia, et signis, ac prodigiis mendacibus" Spiritus Sanctus prædixerat. Qua de re in congressu cum F. Johanne Brusierdo sub initia renascentis Evangelii non male pronuntiavit Thomas Bilnæus. "Hæc[b] mirabilia, quæ miracula vocant, indies in Ecclesia operata, virtute divina, uti putant, non fiunt: sed illusione potius diaboli, qui, sacra pagina attestante, quingentis jam annis peractis solutus est; juxta id quod scribitur in Apocalypsi, *Post mille annos solvetur Satanas.*" Nec aliunde profecta sunt vel falsa miracula, ad sanctorum edita reliquias, quarum multas, "candidato[c], ut diximus, in novatis ecclesiarum basilicis universo mundo," revelatas ferunt, anno octavo post millesimum: vel revelationum præstigiæ, quibus anniversaria illa, ad animas defunctorum apud inferos laborantium sublevandas instituta, parentalia in orbem christianum sunt inducta. Nam tempore Roberti Francorum regis, ut habet Ranulphus monachus Cestrensis, atque anno, ut quidem notat Henricus[d] Marleburgensis, millesimo: "venit quidam religiosus peregrinus de Hierosolymis in Siciliam, didicitque a quodam incluso, quod in Olla Vulcani,

[a] 2 Thess. cap. 2. ver. 9. [b] Ex scripto ipsius Brusierdi. Alexander Halensis par. 4. membro 4. art. 3. sol. 1. in sacramento apparet caro, interdum humana procuratione, interdum operatione diabolica. vid. Gerson. fol. 105, 106, 111, 112, &c. [c] Glab. Rodulph. lib. 3. cap. 6. et Ranulph. Higden in Polychron. lib. 6. cap. 15. [d] Henr. Marleb. in excerptis chron. MS. in biblioth. V. C. Guil. Camdeni, anno 993: vid. Glabr. Rodulph. lib. 2. cap. 7. vid. Balæi votar. part. 2. Joan. Stell. apud Barns pag. 167. Polydor. Virg. de invent. lib. 6. cap. 7, 8, 9. Baron. Martyrol. Jan. 1. vel 2. Nov. 2. Volaterr. lib. 2. Antonin. part. 2. tit. 15. cap. 15. Solin. cap. 11, et 12. Ortel. voc. Ollæ Vulcan. Rainold. contr. apocr. tom. 1. a col. 552. ad 556, 568, 573, 577, 578. vid. Jo. Trithem. chron. Hirsaug. ann. 1000.

(illa videlicet Gregorii[e] dialogistæ gehenna), flammas evomente, animæ defunctorum pro diversitate delictorum torquebantur: quarum voces et stridores crebro se audisse testabatur[f]."

14. "Sunt, inquit[a], vicina nobis loca, ex quibus gravissima flammarum furentium evomuntur incendia: in quibus etiam locis animæ reproborum diversa luunt pro meritorum qualitate tormenta. Ad quorum semper exaggeranda supplicia innumerabiles sunt dæmones deputati: qui intolerabiles eorum pœnas quotidie renovant, et eos ad rediviva supplicia indesinenter instaurant. Quos tamen ego frequenter audivi querulis lamentationibus ejulantes, et lachrymabili vociferatione deflentes, quod orationibus et eleemosynis quorundam, adversus eos infæderabiliter concertantium, frequenter ex eorum manibus eriperentur animæ damnatorum. Inter cætera de Cluniacensium cœtu permaximam et eorum abbate querimoniam faciunt, quia quam sæpe per eos sui juris vernaculos perdunt." Hoc cum audisset Odilo Cluniacensis abbas, ille monachorum Archangelus (ita enim appellat Fulbertus[b] Carnotensis), "constituit[c], ut in proxima feria post festum omnium sanctorum, haberetur memoria pro defunctis: qui ritus postmodum transiit in orbem terrarum." Videmus nempe, et quanto jam cum successu in orbe terrarum seducendo versatus fuerit Satanas; et quam verum illud, quod hisce temporibus scripsit Ditmarus episcopus Merseburgius. "Sæpe[d] contigit, quod in imagine mortuorum callidus homini apparet inimicus, hunc tentans modis deludere variis: et stulti quique sic esse autumant."

[e] Greg. in dialog. lib. 4. cap. 30. op. tom. 2. pag. 419.

[f] Similia, iis quæ Aristoteles op. tom. 1. pag. 1152. *περὶ θαυμασίων ἀκουσμάτων* narrat, de Lipara insula agens, quæ ignem ex pluribus crateribus olim evomebat; Diodoro et Strabone testibus. An Satanas solutionem suam ab hac impostura (vid. Sigebert. a Miræo edit. ad ann. 998.) auspicari, atque hujusmodi vocibus et stridoribus superstitiosos homines deludere voluerit, quærant alii. Ego Siculum istud purgatorium non minus firmis nixum fundamentis existimo, quam Patricianum apud nos in Hibernia, quod ex Claudiani carminibus exculpere quidam voluerunt. Vid. Messingham Florileg. Sanct. pag. 92.

[a] Petrus Damiani in vita Odilonis tom. 1. Surii, Jan. 1.

[b] Fulbert. epist. 66. fol. 67.

[c] Ranulph. in Polychr. Henr. Marleb. MS.

[d] Ditmar. Chron. lib. 5.

15. Nos vero, missis istis "vel[a] figmentis mendacium hominum, vel portentis fallacium spirituum," ad pontificem accedimus, qui anno a nativitate Domini millesimo Romanam sedem occupavit[b]. Fuit is Silvester II. qui diabolum e custodia, in quam a Christo datus fuerat, eduxit, ut mundum denuo seduceret: quemadmodum in libro de[c] solutione Satanæ affirmat Johannes Wiccliffius. Quo etiam Benno cardinalis, qui ab istis temporibus proxime abfuit, respexisse videtur, ita scribens. "Gerbertus[d] paulo post completum millenarium ascendens de abysso permissionis divinæ, quatuor annis sedit, mutato nomine dictus Silvester Secundus. Et per quæ multos decepit, per eadem dæmonum responsa deceptus, morte improvisa, Dei judicio, est interceptus." Nec observatu certe est indignum; quod cum mille fatalium annorum initium, vel ad incarnationem vel ad passionem et ascensionem Dominicam, vel denique ad excidium Hierosolymitanum et politiæ Judaicæ eversionem, rejiciendum esse dixerimus: quomodocunque caput illius epochæ constitueris, finis ejus Satanæque solutionis principium, trium pontificum, quos cum Satana pactionem fecisse et magicas artes exercuisse prodit Benno, initia proxime attingere deprehendatur.

16. Et de Silvestro quidem non Benno solus, sed magna cum eo historicorum turba id ipsum confirmat; ex quibus Baptista Platina, in ejus Vita: "Gerbertus ambitione et diabolica dominandi cupiditate impulsus, largitione primo quidem archiepiscopatum Rhemensem, inde Ravennatem adeptus, pontificatum postremo, majore conatu adjuvante diabolo, consecutus est; hac tamen lege, ut post mortem totus illius esset, cujus fraudibus tantam dignitatem adeptus erat." Nicolaus Lyranus[a] "per Alchimum," inquit, "qui Demetrio coronam auream et palmam obtulit, ut per hoc

[a] Aug. de unit. Eccles. op. tom. 9. pag. 372.

[b] Hermannus Contractus, in chron. ann. 1000. Romæ defuncto Gregorio papa, Silvester II. qui et Gerbertus primo Remorum, post Ravennarum archiepiscopus, seculari literaturæ nimium deditus, et ob hoc curioso imperatori admodum amatus, papa 143. ordinatus sedit annis 5.

[c] a Joh. Balæo citat. in imagine utriusque Ecclesiæ, ad cap. 20. Apoc.

[d] Benno in vita Hildebrandi.

[a] in morali glossa ad 2. Macc. cap. 14.

summum sacerdotium obtineret, significatur ambitiosus in tantum quod facit Diabolo sacrificium, ut per hoc promoveatur ad dignitatem: sicut refert[b] Guillermus in chronica de quodam, nomine Gebertus, qui per hoc ascendit ad archiepiscopatum Remensem, et postea ad Ravennensem, et post ad statum papalem. Unde factus fuit talis versus:

Scandit ab R, Gebertus ad R, post papa manens R:

et per triplicem R significatur, Remis, Ravenna, et Roma." Quo etiam referendum quod apud Æneam Sylvium, in commentariorum de gestis Basiliensis concilii libro primo, legimus. "Nec nos fugit Marcellinum jussu Cæsareo idolis thurificasse: alium vero, quod majus et horribilius est, diabolica fraude Romanum pontificatum ascendisse[c]."

17. Romæ quoque in templo S. Crucis in Hierusalem, ad dextram ingredientibus basilicam subterraneam S. Helenæ, hujusmodi visitur inscriptio; a Bernardino Carvaialo cardinale anno 1520. posita[a]. "Anno[b] Domini MIII tempore Ottonis III. Silvester papa II. qui fuerat antea ejusdem Ottonis præceptor, non satis rite forsan pontificatum adeptus, a SPIRITU præmonitus, qua die Hierusalem accederet, se fore moriturum; nesciens forte hoc sacellum esse Hierusalem secundum, sui pontificatus anno quinto, statuta die rem hic divinam faciens, ipsa die moritur." A Spiritu, inquit, præmonitus, non illo quidem Sancto, si historicis credendum, sed ejusmodi quo olim Pythias suas afflavit Apollo Loxias, hodieque Silvestri successores actos cernimus; *τοῦ πνεύματος νῦν ἐνεργοῦντος ἐν τοῖς υἱοῖς τῆς ἀπειθείας*[c]. Sic enim, quemadmodum

[b] Intelligit forte Guilielmum Malmesburiensem, aut illum, de quo Coccius tom. 1. pag. 907. col. 1.

[c] In indice expurgatorio a Jo. Man. Brasicheller. edit. Rom. pag. 702. jubentur deleri ea quæ habentur de Silvestr. II. in Zwingeri Theatro pag. 1332. col. 1. Ibid. pag. 704. de Zwingero pag. 1506. col. 1. tit. de beatitudine. Silvest. II. papa, dele totum pag. 1528. col. I. tit. dignitates acquire. Silvester II. dele sec. cum titulo. Ibid. pag. 720. de Indice volumin. 22. Zwingeri. Silvester secundus, dele magus 1332. 1528. Silvester secundus, dele, ad cadaveris sui miracula provocat, 1506.

[a] Positam a presbytero cardinali notat Alphonsus Ciaconius, in vita Silvestri II. pag. 281. quem vide pag. 1015, 1031, 1062.

[b] Laur. Schrader. monument. Ital. lib. 2. fol. 128.

[c] Eph. cap. 2. ver. 2.

"dignum suis meritis exitum invenerit Silvester;" inter alios narrat Benno. "Responsum a suo dæmone acceperat, se non moriturum, nisi prius in Hierusalem missa ab eo celebrata. Hac ambage, hac nominis æquivocatione delusus, dum civitatem Hierusalem prædictam sibi credit, Romæ, in ecclesia quæ Hierusalem vocatur, missam faciens in die stationis, ibidem miserabili et horrida morte præventus, inter ipsas mortis angustias, supplicat manus et linguam sibi abscindi, per quas sacrificando dæmonibus Deum inhonoravit."

18. Addit Martinus Polonus, qui fuit Gnesnensis archiepiscopus[a], et Innocentii papæ IV. pœnitentiarius. "Eum in Lateranensi Ecclesia sepultum esse, et in signum misericordiæ consecutæ sepulchrum ipsius, tam ex tumultuatu ossium, quam ex sudore præsagium est morituri papæ; sicut est in eodem sepulchro literis exaratum[b]." Quo ostento, num significaverit Deus misericordiam consequutum esse Silvestrum, ut affirmat ille: an diabolus potius significaverit, "cum[c] pontificibus successoribus eandem necessitudinem sibi esse, quæ cum Silvestro fuit," ut Barno nostro est visum; quærant alii. Ego cum Baptista Platina dico. "Verumne[d] hoc sit, an secus; ipsi pontifices viderint, ad quos pertinet." Tantum quæ ex Alberico monacho trium fontium, in magno chronico Belgico a Johanne Pistorio edito, recitantur, hic subjicio. "In dextero latere ecclesiæ Lateranensis, prope altare sanctorum Vincentii et Anastasii martyrum, sepultus jacet Gerbertus archiepiscopus, qui papa effectus, Silvester fuit appellatus. Quod autem tumba ejus guttas quasi lacrymarum emittat, quando papa aut magnus cardinalis moriturus est, satis probatum est et satis vulgatum. Dicitur etiam, quicunque tumbam

[a] et ex eo Bonifacius Simoneta lib. 5. cap. 50. Non Consentinum Gnesnensem archiepiscopum factum esse confirmat Bzovius, ann. 1278. sec. 32.

[b] Ita historia Joravalensis MS. Aliud tamen epitaphium, a Sergio pontifice positum, producitur a Baronio, ann. 999. sec. 7. ubi Silvestri commendationem certissime falsam nota, vel ipso Baronio teste; qui Gerbertum hunc ut impium depingit, ann. 991. sec. 6, 7. et ann. 999. sec. 2. quanquam non mirum si mulus mulum scabat, et Antichristum Antichristus laudet. Similes habent labra lactucas. Vid. hac de re Alex. Cook in Joannæ papissæ historia.

[c] Rob. Barns, in vita Silvestri II.

[d] Platin. in Silvestr. II.

ejus visitaverit, et Dominicam orationem dixerit, quoties hoc fecerit, indulgentiam obtinere aliquot dierum a summis pontificibus constitutam. Hæc Albericus[e]."

19. Erat iste Silvester, qui anno a nato Servatore millesimo, Romanam tenuit cathedram, vel, ut pontificiorum utar phrasi quibus Ecclesia[a] Romanorum imperium Romanorum est, imperium[b] Romanæ Ecclesiæ adeptus est, Baronii[c] judicio[d], homo astutus, et in gratiam se principum insinuandi maximus artifex: unus denique, ut Johannis Naucleri[e] censuram audias, "qui totum orbem fraude tectissime dissimulata coinquinavit, adeo ingenio, adeo multarum disciplinarum studio celebris." Nec vero arte solum celebris esse cupiit, sed etiam Marte. Castra enim habuisse, et " Cæsenam circumfusi exercitus obsidione vallasse," ex Petro Damiani in vita Mauri[f] didicimus. Quin et primus[g] hic inventus est, qui sanctæ (quam appellant) militiæ, quæ tot millium Christiani nominis professorum sanguine ac vulneribus postea stetit, classicum occinuerit: edita " ex[h] persona Hierosolymæ devastatæ ad universalem Ecclesiam sceptris regnorum imperantem," sic enim habet inscriptio, " epistola[i]."

20. Extat et sanguinaria Silvestri hujus constitutio, primogenito illius qui " homicida[a] erat ab initio" non indigna, occasione Grimoaldi episcopi a Widone Lemovicensi vicecomite in custodia detenti, Romæ sancita: " Ut omnis qui episcopum captivaret, equorum indomitorum ad colla pedibus ligatus, disrumperetur, et demum a feris laceraretur." Refert ex Ademaro monacho S. Martialis Lemovicensis, Papirius Massonus, De episcopis urbis libro quarto. Ad hunc etiam Stephanus primus Hungarorum princeps, quarto a patris obitu anno (si vitæ ejus scriptori

[e] Post mortem Silvestri sublatam Ecclesiæ pacem notat Baronius ann. 1003. sec. 1, et 11. contendentibus, viz. de pontificatu discipulis; ut tradit Benno.

[a] Turrian. in constitut. Clem. pag. 73.

[b] Alphons. Garsias Matamorus, de Academiis et doctis viris Hispaniæ.

[c] Vid. supr. cap. 2. sec. 15. de ejus inimicitiis in Romanam Ecclesiam.

[d] Baron. Annal. tom. 10. ann. 999. sec. 2.

[e] Naucler. chron. gener. 34.

[f] op. pag. 335.

[g] Baron. Annal. tom. 11. ann. 1003. sec. 6.

[h] Gerbert. epist. 28. pag. 10.

[i] Circ. ann. 1009. Hierosolyma a Turcis capta. vid. Blondum.

[a] Joh. cap. 8. ver. 44.

Chartuitio[b] credimus), id est, millesimo æræ christianæ anno, Astricum sive Anastasium Colocensem episcopum misit oraturum, "ut recens conversæ Pannoniæ largam benedictionem impertiret, Strigoniensem Ecclesiam sua authoritate metropolim constitueret, reliquos episcopatus sua benedictione muniret, et ipsum ducem regio diademate cohonestaret." Addit Gregorius VII. in epistola[c] ad Salomonem Hungarorum regem, ab eodem Stephano regnum Hungariæ Romanæ Ecclesiæ, "cum omni jure et potestate sua, oblatum esse, et devote traditum." Quod si verum sit, accedit amplius aliud soluti Satanæ argumentum, quod reges (terræ), novo jam exemplo, Romanæ bestiæ regna sua tradere animum induxerint.

21. Silvestri quoque temporibus, sanctionem[a] de imperatore a Germanis deligendo factam esse, ex Aquileiensis Ecclesiæ monumentis traditum est: (qua occasione plumas multas amisisse Aquilam, dicunt[b] quidam:) Eodemque petente, "vetera ab Ottone Pipini, Caroli, et Ludovici privilegia Romanæ Ecclesiæ renovata" affirmat Sigonius[c]. De quo etiam, in libro de privilegiis et juribus imperii, ita scribit Theodoricus Nihemius. "Hic Augustus (Otto III.), sede vacante, Silvestrum papam tertium, qui tunc fuit Ravennatensis archiepiscopus, sublimavit in papam. Cui

[b] Chartuit. in script. rer. Hung. pag. 271. Ant. Bonfin. rer. Hung. Decad. 2. lib. 1. pag. 174. [c] Greg. VII. lib. 2. epist. 13. tom. 3. concil. edit. Binii pag. 1148.

[a] Joh. Naucler. Chron. Gener. 34.

[b] Guilielm. Caxton in 6. chronicorum parte, fol. 70. col. 1. Circa annum Domini millesimum Gregorius et Otto III. electores imperii statuerunt: qui permanent usque hodie. Wernerus Rolewinke; vel quisquis author fuit libri de origine nobilitatis. Vid. Bellarm. de transl. imp. Rom. op. tom. 1. pag. 971, 972, 983. Alvarus Pelagius similiter ad ann. 1000. (Bellarm. tamen de Rom. pontif. pag. 998. eum citans. legit ann. Dom. 1003.) et ad Gregorii tempora refert, in quo notanda vitiosa chronologia, et vitiosior theologia. Sic enim ille, De planctu Ecclesiæ lib. 1. Art. 41. "Ista electio (imperatoris) usque modo perseverat: quæ incepit anno Domini 1030. et perseverabit quantum Romana Ecclesia permiserit; cujus est regna transferre, et principes de sua sede deponere; ut Hieremias testatur. Hierem. 1." Falso (inquit Blondus Flavius Forliviensis, decad. 2. lib. 3.) ex Aquileiensis Ecclesiæ monumentis traditum est, sanctionem de imperatore a Germanis deligendo hujus Silvestri temporibus factam esse; quumque secutus errorem Guilielmus, &c. anno 1004. Hoc tempore principes electores ab Joanne XIX. pontif. max. instituti sunt: quanquam hoc alii Gregorio V. tribuant. Leander Albertus in descript. Ital. pag. 194.

[c] Sigon. de regno Italiæ, op. tom. 2. pag. 467.

octo civitates in marchia Anconitanensi, quamdiu viveret, pro ejus statu papali tenendo decentius, commendavit: asserens indecens esse, quod papa magister seu pædagogus suis careret bonis temporalibus, de quibus honorifice vivere posset." Fertur et ipsius Ottonis[d] diploma; quo donatio, Silvestro facta, his verbis expressa continetur. "Sicut pro amore Sancti Petri dominum Silvestrum magistrum nostrum papam elegimus, et Deo volente ipsum serenissimum ordinavimus et creavimus; ita pro amore ipsius domini Silvestri papæ, Sancto Petro de publico nostro dona conferimus, ut habeat magister quod principi nostro Petro a parte sui disciputi offerat. Octo[e] igitur comitatus pro amore magistri nostri domini Silvestri papæ Sancto Petro offerimus et donamus, ut ad honorem Dei et S. Petri cum sua et nostra salute habeat et teneat, et ad incrementa sui apostolatus nostrique imperii ordinet. Hos autem sibi ad ordinandum concedimus; Pisaurum, Fanum, Senogalliam, Anconam, Fossabrum, Gallihesi[f], et Ausimum: ut nullus unquam ei et S. Petro audeat aliquam inquietationem facere, aut eum aliquo ingenio fatigare."

22. Habebat autem Otto, dictus Mirabilia Mundi[a], hoc tempore (Ditmaro[b] teste) "omnes regiones, quæ Romanos et Longobardos respiciebant, suæ dominationi fideliter subditas: Roma solum, quam præ cæteris diligebat ac semper excolebat, excepta." Hanc enim ab eo descivisse, cum ex aliis constat, tum ex Petro Damiani[c] in vita Romualdi abbatis: neque defectionis causas dissimulant historici. Notat Ditmarus[b], "Imperatorem antiquam Romanorum consuetudinem, jam ex parte magna deletam, suis cupientem renovare temporibus, multa fecisse, quæ diversi diverse accipiebant." "Romam profectus," inquit Baldericus[d], "in antiquo palatio, quod est in monte Aventino, versabatur: et sicuti juvenis tam viribus audax, quam genere potens, magnum quiddam immo et impossibile cogitans, virtutem

[d] edit. cum Gerberti epistolis, pag. 73, 74.

[e] Vid. Gerbert. epist. 158. pag. 70.

[f] Callium, Hesium.

[a] Otto Frising. chron. lib. 6. cap. 26.

[b] Ditmar. chron. lib. 4.

[c] Oper. pag. 346.

[d] Balderic. chron. Cameracens. et Atrebat. lib. 1. cap. 114.

Romani imperii ad potentiam veterum regum attollere conabatur. Mores etiam ecclesiasticos, quos avaritia Romanorum pravis commercationum usibus vitiabat, ad normam prioris gratiæ reformare æstimabat." Scribunt similiter Sigebertus[e] et Sigonius: Cum "jura regni et Ecclesiæ ad antiquum statum reformare imperator institueret; Romanos id inique passos, conjurationem adversus eum fecisse, atque, aliquot ex militibus ejus occisis, ipsum in Prætorio obsedisse." Affirmat Blondus[f], "certum esse Romanos, qui Ottonem, ob factam eo impellente de imperatoris electione sanctionem, oderant, cum ferro armatis munitum nequirent confodere, eum veneno interfecisse." Refert etiam in mari historiarum Johannes de Columna; cogitasse[g] "Ottonem Romæ suam, sicut antiquitus fuerat, sedem ponere: cumque in loco, in quo hactenus fuerat palatium Juliani apostatæ, incepisset novum palatium ac nobile construere, reclamantibus Romanis ab opere destitisse." Quale consilium transferendi ad urbem Romanam imperii ante annos 340. cepisse Constantem nepotem Heraclii, ex Theophanis, Zonaræ et Cedreni annalibus intelligimus. Quod autem hujusmodi conatus successu caruerint, id "non sine Dei numine factum" Genebrardus[h] autumat: "ut scilicet regnum Ecclesiæ a Daniele prædictum Romæ haberet sedem." Regnum Antichristi a Paulo et Johanne prædictum, si dixisset; rem ipsam divinasset. Cum enim ex urbis septicollis[i] septem regibus, summis videlicet magistratibus, qui regio præerant imperio, quinque ante Apostolorum tempora ceciderint (quorum nomina vel ex Tito Livio, in libri sexti initio, vel etiam ex Onuphrii Panvinii in primum Fastorum librum ad Antonium Augustinum præfatione licet repetere); sextus vero jam tum superfuerit, quem imperatorem fuisse non est dubium: sex illis capitibus collapsis, proximo loco Antichristum principem hab-

[e] Sigebert. in chron. ad ann. 1002. Sigon. de regno Italiæ lib. 7. op. tom. 2. pag. 469.
[f] Blond. decad. 2. lib. 3.
[g] Antonin. chron. tit. 16. cap. 3. sec. 4.
[h] Genebr. chronogr. lib. 3. circ. ann. Christ. 315.
[i] Apoc. cap. 17. ver. 9, 10.

itura erat magna Babylon: atque ita e medio sublato eo qui tum retinebat, revelandus demum erat " exlex ille, quem Dominus absumet spiritu oris sui, et evanescere faciet illustri adventu suo[k]."

[k] 2 Thess. cap. 2. ver. 7, 8.

CAP. IV.

De anno a Dominica passione millesimo, ac rebus quæ circa eum contigerunt observatu dignissimis; ubi de pontificatu Benedicti IX. et novi Cardinalium principatus institutione.

1. Ut vero Satanæ solutionem a Silvestri II. pontificatu et anno a Servatoris nostri nativitate millesimo inchoat Johannes Wiccliffius; ita discipulus ejus Johannes Purveius in commentariis ad caput 20. Apocalypseos, quæ anno 1528. sine authoris nomine sunt excusa, Antichristi regnum ab anno a passione Domini millesimo deducere maluit. Ad quam sententiam ipse quoque Wiccliffius accedere videtur, ita scribens[a]: "Mihi probabile videtur, quod post solutionem Satanæ, quæ facta fuit in secundo millenario post Christi ascensionem, Ecclesia a sequela Christi notabiliter deviavit." Et certe, ut olim Pharaoni in quiete iterati objecit Deus visum somnii; ita hic utrumque annum, tam a nativitate quam a passione Domini millesimum, repetitis prodigiis et plagis cognatis ac prope iisdem insignire voluisse videatur, animis quoque hominum ejusmodi extraordinariarum rerum expectatione anteoccupatis: ut ad attentiorem supervenientis calamitatis considerationem mundus suscitaretur, et significatio fieret, quod "stata esset hæc res a Deo ipso, et festinanter facturus esset illam Deus[b]."

2. Ita vero se rem habuisse, his verbis testatus est, qui tum vixit, Glaber Rodulphus, in libri quarti proœmio. "Post multiplicia prodigiorum signa, quæ tam ante quam post circa tamen annum Christi Domini millesimum in orbe terrarum contigere; plures fuisse constat sagaci mente viros industrios, qui non his minora, propinquante ejusdem Dominicæ passionis anno millesimo, fore prædixere: quod

[a] In 4. Trialogi sui libro, cap. 33.

[b] Gen. cap. 41. ver. 32.

utique evidentissime contigit." Tum capite quarto ejusdem libri, ingentem immanemque famem (illi quam circa annum a natali Christi millesimum proposuerat, parem certe, si non superiorem) "in universo terrarum orbe, peccatis hominum exigentibus per spatium trium annorum desævientem," longa oratione describit. "Sequenti," inquit, "tempore cœpit in universo orbe terrarum fames convalescere, ac interitus pene universi humani generis imminere. Nam temperies aeris sic intempestiva est effecta, ut nullius sationis proveniret tempus congruum, nec messioni præcipue ob inundantiam aquarum foret opportunum. Videbantur enim ipsa elementa inter se pugnam discordiæ agere; cum proculdubio vindictam exercerent humanæ insolentiæ: assiduis enim imbribus ita compluta erat universa tellus, ut in spatio trium annorum nulli reperirentur sulci utiles seminibus. Tempore quoque messis, herbæ agrestes, atque infelix lolium, totam operuerant superficiem agrorum. Modius quoque sementis ubi magis proficiebat, reddebat in messe sextarium; ipseque sextarius vix referebat pugillum. Cœperat enim primitus hæc sterilitas ultionis in partibus orientis; depopulando Græciam, devenit in Italiam: dehinc infusa per Gallias, transiit ad universos Anglorum populos. Tunc vero constricta tota gens indigentia victus: majores ac mediocres fame pallebant cum pauperibus: cessit enim raptus potentum universali inopiæ. Interea post esum bestiarum et volucrum, urgente fame acerrima, cœpere homines præripere in cibum morticina quæque ac dictu horrenda."

3. "Tunc rabida inedies compulit vorari ab hominibus humanas carnes: arripiebantur autem viantes a se prævalentibus, membratimque dividebantur. Multi quoque, de loco ad locum famem fugiendo pergentes, hospitiis recepti, noctuque jugulati, quibus suscepti sunt, in cibum fuerunt. Plerique vero, pomo ostenso vel ovo pueris, ad remota circumventos trucidatosque devoraverunt: corpora defunctorum in locis plurimis ab humo evulsa, nihilominus fami subvenerunt. Quæ denique rabiei insanies in tantum excrevit, ut tutius moraretur solitarium absque raptore genus pecudum quam hominum. Nam veluti tam in usum

devenire deberet carnes humanas comedi; quidam decoctas detulit venundandas in forum Trenorchii, ac si fuissent alicujus pecudis, &c. Tunc nihilominus e cadaveribus mortuorum passim, præ multitudine sepultura carentibus, lupi adescati post longum tempus prædam cepere ex hominibus. Et quoniam, ut diximus, sepeliri singulatim ob multitudinem non quibant, constructa in quibusdam locis a Deum timentibus quæ vulgo dicuntur carnaria, in quibus quingenti et eo amplius, seu quantum capere poterant, permixtim absque ordine projecta sunt seminuda, vel absque tegminibus defunctorum corpora. Quantus dolor tunc, quanta mæstitia, qui singultus, qui planctus, quæ lacrymæ a talia cernentibus datæ sunt, non valet stylus quispiam explicare characteribus. Æstimabatur enim ordo temporum et elementorum præterita ab initio moderans secula, in chaos decidisse perpetuum, atque humani generis interitum. Illud præterea stupore nimio permirabillimum, quoniam, in tam clandestina divinæ ultionis calamitate, rarisssime reperiebantur qui pro talibus contrito corde et humiliato corpore, ut expediebat, levarent corda cum manibus ad Dominum, sibique subveniendum interpellarent. Tunc nempe Esaianum illud elogium nostro impletum est tempore quod dixit, *Populus non est conversus ad percutientem se.* Erat enim in hominibus quædam duritia cordis cum hebetudine mentis."

4. Hæc, et alia plura, in eo loco Glaber; qui deinde capite nono eclipsin solis admodum terribilem, hoc anno factam, ita describit. " Anno Dominicæ passionis millesimo, die tertio Kalendarum Juliarum, sexta feria, luna vicesima octava, facta est eclipsis seu deliquium solis ab hora ejusdem diei sexta usque in octavam, nimium terribilis. Nam sol ipse factus est sapphirini coloris, gerens in superiori parte speciem lunæ a sua reilluminatione quartæ. Intuitus hominum in alterutrum velut mortuorum pallor conspiciebatur: res vero quæcunque sub aere crocei coloris esse cernebantur. Tunc corda humani generis stupor ac pavor tenuit immensus," &c. Dein, paucis interjectis, solitam de horum temporum malitia, ne ea superioribus illis hac quoque in re non fuisse similia existimare-

mus, subdit querelam : "passim in orbe, cum in ecclesiasticis, tum etiam in rebus secularibus, multa contra jus fasque patrata contigisse; pene nullius tutam fidem repertam esse; peccata terræ cœlos pulsasse, et sanguinem tetigisse sanguinem : pene in universis mortalium ordinibus insolentiam pullulasse, ac vigorem justæ severitatis tepuisse; impudentissima avaritia humana pectora invadente, periclitatam esse fidem in cunctis, exinde rapinas et incestus, litigia cæcarum cupiditatum, furta et adulteria immanissima processisse[a]." &c.

5. Solaris illius eclipsis meminit etiam in epitoma vitæ Roberti Francorum regis Helgaldus Floriacensis : "Die[a] passionis apostolorum sanctorum Petri et Pauli, sol ad similitudinem quartæ lunæ, subtractis radiis, fuscatus apparuit in toto mundo, hora diei sexta pallescens super homines: quorum visus ita obnubilavit, ut nullus alium recognosceret, donec quoddam recognoscendi transiret spatium." Lunaris vero eclipsis, cometæ, famis et aliorum judiciorum divinorum, alter historicus Floriacensis his[b] verbis : "Anno quo defunctus est rex Robertus, hora noctis tertia, eclipsis lunæ apparuit : cometes etiam septimo Idus Martii, hora decima noctis, ad longitudinem hastæ, ardens usque ad auroram, per trium dierum spatium visa est. Subsecuta est innumerabilis multitudo locustarum, omnia virentia depascens. Sequenti etiam anno, mense Julio, tantus grandinum imber cecidit, ut sata omnia, vineas, arbores, et omnes hominum labores attereret : post grandinem autem tanta cecidit tempestas, ut totam spem eorum quæ relicta erant, deleret. Extemplo per continuum triennium irremediabilis fames subsecuta est : ita ut vix humanis abstineretur carnibus; et ut mures, canes, et cætera immunda pro deliciis haberentur. Hæc lues maximam humani generis delevit partem[c]."

[a] Ann. 1033. Benedictus IX. ordinatur eclipsis solis III. Kal. Julii Hermann. Contract. et chron. Aug. part. 2. pag. 345. vid. Bunting. chron.

[a] Inter hist. Franc. a P. Pithæo edit. pag. 77.

[b] Ibid. pag. 85.

[c] In bibliotheca G. Crashavii habetur MS. ex libris S. Mariæ de Reding, abbreviatio gestorum regum Franciæ : cujus initium, Antenor et alii profugi ab excidio Trojæ, &c. desinens in morte Ludovici senioris, et coronatione filii ejus Ludovici, anno 1137. Ibi mors Roberti regis refertur ad ann. 1031. et parelia tum visa narrantur.

6. Conferamus cum his quæ ab orientalium rerum scriptoribus sunt notata. "Fame Cappadociam, Armeniam, et Paphlagoniam premente, locustis vero pene totum orientem infestantibus, multos coactos esse patria relicta novas sedes quæritare," refert Zonaras[a]: "quibus imperator Romanus auri largitionibus sublevatis persuaserit, ut ad sua reverterentur." Sed a Johanne Scyllitza Curopalata, et exscriptore ejus Georgio Cedreno, quæ circa annum a passione Domini millesimum contigerunt plenius sunt exposita: e quibus nonnulla, sed pro epocha annorum mundi substituta ea, quæ Europæis nostris notior est, æra Christiana (a Kalendis Januariis anni Juliani 46. deducta), visum est excerpere. Anno igitur Domini, ex supputatione nostra, 1032. "Julii[b] mensis die XXVIII. quæ fuit septimanæ sexta, hora noctis secunda, stella trajecit a meridie versus septentrionem, quæ terram totam fulgore illustravit. Pauloque post tristes nuncii de rebus Romanis allati sunt; Arabes in Mesopotamiam usque ad Melitenam grassari, Patzinacas Istro transmisso Mysiam infestare, Saracenos grassationibus et incendiis ora Illyrici vexanda usque ad Corcyram perrexisse. Hoc ipso anno fames simul ac pestis Cappadociam, Paphlagoniam, Armeniam, et Honoriadem ita afflixerunt, ut incolæ patriis relictis alias sibi quærerent sedes. Quibus imperator a Mesanactis in urbem rediens cum occurreret, neque ignoraret migrationis caussam, coegit eos domum redire, pecunia et aliis ad vitam necessariis rebus eos consolatus. Die Augusti XIII. qui fuit Dominicus, hora prima noctis, magnus fuit terræ motus. Anno Domini 1033. die Februarii XXVIII. stella a septentrione versus meridiem trajecit, cum sonitu ac fragore: et visa est usque ad XV. Martii superne habens arcum. Martii die sexta, quæ feria fuit tertia, terræ motus extitit[c]. Vita turpiter defuncto Azio (vel Azizio) Ægyptio, qui in Christianos sævierat, templumque Christo

[a] Joh. Zonar. annal. tom. 3. in Romano Argyr.

[b] Ex versione Guliel. Xylandri.

[c] Anno 1043. Turcæ, gens Sythica, primum in Asia visi. Onuphr. Anno 1048. ibidem prævalent. vid. Baron. ann. 1048. sec. 9. Anno 1063. Turcarum regni initium in Asia majore. Onuphr. Anno 1067. Cæsaream capiunt. Baron. ann. 1067. sec. 18. Saracenorum regnum factum est sub imperio Turcarum. Onuphr.

Hierosolymis dedicatum everterat, filius ejus, natus ex quadam Romana, captiva ejus, instaurationem liberam fecit. Ad eam rem suos misit imperator: sed eo morte prævento, successor Michael opus absolvit."

7. "Anno Domini 1034. die XVII. Februarii, terræmotus Syriæ urbes afflixit. Cum locustæ aliquandiu orientales essent depastæ provincias, coacti sunt incolæ liberos suos divendere, et in Thraciam migrare. Quibus imperator terna in singulos nomismata largitus est, et domum redire jussit. Interim locustas ventus vehemens corripuit, inque Hellespontum abjecit, ubi in littus ejectæ arenam operuerunt. Undecima hora sanctæ magnæ Dominicæ, grando impetu intolerabili delata, non frugiferas modo sterilesque arbores confregit, sed et domos dejecit, et templa ac segetes vitesque solo allisit. Itaque eo anno summa fuit sterilitas. Stella etiam Dominico, qui Pascha insequitur, die, hora noctis tertia trajecit, fulgore suo luminibus omnium aliarum stellarum officiens, ita ut multi opinarentur solem oriri. Examina locustarum, quæ per Hellesponti arenam in littore sitam dispersa periisse docuimus, sponte sua revixerunt, et omnia Hellesponti invaserunt: cumque provinciam Thracensem per integrum triennium populata essent, apud Pergamum perierunt. Eodem anno per quadraginta dies terra concussa, multi homines Hierosolymis perierunt, fanorum ac ædium ruinis oppressi. Mense Septembri, ignea columna apparuit versus ortum, vertice ad meridiem inclinante. Per eos ipsos dies et Saraceni Myra ceperunt; et Berrhœenses Chalepitæ præfectum ipsis ab imperatore missum expulerunt: et Pancratius Abasgus pacem cum Romanis factam rescidit, arcesque et castella pridem iis concessa recuperavit. Et Patzinacæ, Istrum transgressi, universam Mysiam usque ad Thessalonicam populati sunt: et Afrorum naves Cycladibus insulis non levia damna intulerunt."

8. Quemadmodum vero ad annum a nativitate Domini millesimum, ignea ex cœlo elapsa facula atque ingentis draconis figura subsecuta, quæsitum est an hoc ostento prophetiæ Apocalypticæ, et solutionis antiqui serpentis, considerationem animis hominum subjicere Deus voluerit: ita jam ad annum a passione ejusdem millesimum visis

nocturno tempore facibus cœlestibus, locustarumque innumerabili multitudine succedente, quod in occidente factum ex Floriacensi historico, in oriente ex scriptoribus Græcis audivimus: quæri similiter potest, num rerum ista visibili repræsentatione, novam hominibus occasionem oblatam Deus vellet de vaticinio illo identidem cogitandi; quo fuerat prædictum, stella e cœlo cadente, apertoque puteo abyssi, locustas[a] ex putei illius fumo in terram exituras. Quid quod draconem etiam portentosum in aere circa hæc tempora conspectum confirmat, qui se oculatum rei testem facit, Arnolfus monachus Ratisbonensis? Sic enim ille, in dialogo de rebus S. Emmerammi, narrationem stupendam profecto atque in omni memoria omnino inauditam proponit.

9. " Ante[a] aliquot annos in Pannonia constitutus, die quadam a tertia hora usque ad sextam diabolum vel draconem in aere suspensum vidi. Erat autem magnitudo ejus incredibilis, longitudo tanta, ut quasi unius milliarii spatio videretur esse protensus. Cujus caput cristatum, et instar montis elevatum, nec non corpus, juxta hoc quod Dominus ad beatum Job[b] de Leviathan loquitur, squammis horribilibus compactum, et ceu parmis vel scutis ferro munitis tectum: in lateribus et in tergo, quædam fuliginosa fædabat nigredo: ventris quoque inversione, et pariter corporis, in qua solo tenus jacere solebat, pallor subvenetus decolorabat, ad similitudinem sulphurei laris. Tractus vero ac incurvationes, atque extensiones ejus immanes; postremo, totius corporis motus, et particularis et totus, atque, ut breviter in id temporis adversantia concludam, omnia draconis molimina erant mortalibus in quantum Deus permisit noxia, tantoque noxiora quanto proximiora. Nam cum tempus esset æstivale, utpote

[a] Apoc. cap. 9. ver. 1, 2, 3. De locustis vid. Fulc. et Brightman. in Apoc. Babington in Exod. op. pag. 212. Authorem confutationis orationis Bellarm. de locustis. Tempus quo papa perfecte in Satana maturuerit ad generalem imposturam faciendum, non erit nisi transactis mille annis: quando fumus ejus putei obscurabit solem et aerem; et locustæ ejus habebunt dentes leoninos, loricas ferreas, alasque curruum, et equos ad bellum currentes. Broughton. in argument. Apoc. 20.

[a] Arnolf. de S. Emmerammo, lib. 2. tom. 2. antiq. lect. Henr. Canisii, pag. 98, 99. [b] Job 41.

sexta feria hebdomadæ post Pentecosten secundæ, ex gelu, quod draconi præ cæteris animantibus magis est naturale, adeo immutatus est aer, ut et febris multos invaderet, ac jumentorum non minimam partem frigus consumeret. Alas et crura vel pedes, quos pictores fingere solent, penitus nec habuit nec habere visus est; quippe cui squammæ et costæ sufficiunt pro deambulatione. Grossitudo pectoris erat parilis grossitudini capitis. Post hoc paulatim diminuebatur usque ad extrema caudæ, cujus extremitas pene adæquabat abietes magnas. Hunc tam ingentem hostem, aut Diabolum[c] aut Diaboli amicum, nolens Dominus diutius terrere populum fidelium, subito fecit ab aquilone moveri, et densitati nubium cum grandi impetu intermisceri. Quem cursu velocissimo super nos, ut transeuntem vidimus, sibiloque ejus pariter cum fistularum stridore non sine metu audivimus; mox nubes, quæ a mane usque in illam horam quasi stabant immobiles, in tantum commotæ et concitatæ sunt, ut tota illa die pariter et nocte non cessarent tonitrua seu coruscationes; imo perseverarent usque ad vesperam sequentis diei." Hæc ille.

10. Omnem fidem videbatur excedere, quod a Taxila Indorum rege miraculi loco Alexandro ostensum legimus, "Draconem quingentos pedes longum, cui ut vivo Liberi patris simulacro sacrificabant Indi. Quid vero ille ad nostrum hunc? cujus "longitudo tanta, ut quasi unius milliarii spatio videretur esse protensus." Itaque ex Arnolfo quærit, qui in hoc dialogo sermonem cum eo confert, Ammonitius: "Nunquid in illo tempore recordatus es aliquid horum, quæ beatus Johannes in Apocalypsi sua de dracone et bestia scribit?" Respondet ille: "Vere in memoriam venerunt hæc, maxime autem urgebat me recordatio scripturæ ejusdem Apocalypsis, in qua continetur: *Væ*[a] *vobis, quia draco venit ad vos cum ira magna, sciens quod modicum tempus habeat.* Quamvis enim scirem, per bestiam

[c] Πτανὸς ὄφις, Δαίμων ὕλας; Alatus draco, Dæmon terræ. Synesius hymno, 3. ver. 899. *ζῶον ὑπερφυὲς, Διονύσου ἄγαλμα, ᾧ Ἰνδοὶ ἔθυον, δράκων, μῆκος πεντάπλεθρον.* Maximus Tyrius, diss. 38. pag. 398.

[a] Apoc. cap. 12. ver. 12.

et draconem Antichristum et Diabolum designari; et diem universalis judicii minime tunc instare: tamen, ob insolitam rerum ostentationem turbatus, cogitavi multa et suspiravi, timidus pro morte mea sive aliorum qui mecum videbant ista terribilia." Nempe communem errabat monachus hic errorem: ac nihil minus cogitabat quam Romæ latibulum Antichristi repertum iri, in qua "surgebant[b] quotidie innumera ædificia ecclesiarum sive monasteriorum; e quibus viginti a sanctimonialibus, quadraginta a monachis, sexaginta a canonicis" possideri inaudierat. Nec sibi solum persuasit, cecidisse Babylonem in Roma; utpote "Christi fide ac multiplici veneratione sanctorum," sic enim loquitur, dotata, et "corporibus tot martyrum" ditata; sed etiam "illam civitatem rerum maximam" merito dici posse defendit: imo vero addit, "Hanc urbem intuentes undique collectas plurimas gentes assumere verba sacræ Scripturæ, et dicere: Omnipotens Roma, "*gloriosa*[c] *dicta sunt de te, quia civitas Dei es facta*." An ut impleretur alia scriptura, quæ dicit "*universam*[d] *terram mirabundam secutam esse bestiam?*" Hanc enim esse illam bestiam, cui inscriptum est nomen[e] blasphemiæ, si non cum Hieronymo[f] et Prospero[g] ex pervulgato illo ROMÆ ÆTERNÆ nomine[h], at saltem ex addito insolente hoc OMNIPOTENTIS ROMÆ titulo; quis ita obtusa est acie ut non possit animadvertere.

11. Proximo loco post Romam "rerum maximam," ob Dominici sepulcri religionem apud homines superstitiosos in honore fuerunt Hierosolyma. Ubi simul ac potestas tem-

[b] Arnolf. tom. 2. antiq. lect. H. Canis. pag. 113, 114.

[c] Psalm, 87. ver. 3. [d] Apoc. cap. 13. ver. 3. [e] ver. 1.

[f] Hieron. ad Algasam, quæst. 11. op. tom. 4. pag. 209.

[g] Prosp. de prædict. et promiss. Dei: in dimid. temp. cap. 7.

[h] Wolfgang. Lazius, in comment. reipubl. Rom. lib. 2. cap. 2. pag. 92. Joh. Filesacus, de Parœciar. orig. cap. 4. pag. 55. Philip. Berterius pithanon diatrib. 2. cap. 3. Vid. Fr. Jureti in Symmach. lib. 3. ep. 55. Nomen æternæ verbis Romanæ tribuitur in Gratiano, distinct. 97. cap. 2. et a Fr. Swertio in vita Joh. de Turrecremata (præfixa meditationib. ejus in Salvatoris nostri vitam, edit. Colon. ann. 1607. 8vo.) Romam urbem æternam evocatum, primo quidem Sacri Palatii magistrum, deinde cardinalem Eugenius IV. renunciavit. Abr. Bzovius annal. tom. 13. ann. 1299. sec. 25. Andr. Schottus præfat. in tom. annal. Rom. Steph. Vinandi Pighii.

pli instaurandi ab Ægyptio dominatore christianis primum data est (quod paulo superius ex Curopalata et Cedreno audivimus); statim "ex universo orbe tam innumerabilis multitudo cœpit confluere ad sepulcrum Salvatoris Hierosolymis, quantam nullus hominum prius sperare poterat. Primitus enim ordo inferioris plebis; deinde vero mediocres; post hæc permaximi quique reges et comites ac præsules: ad ultimum vero, quod nunquam contigerat, mulieres multæ nobiles cum pauperioribus illuc perrexere." Habet ista, initio sexti capitis libri quarti historiæ sui temporis, Glaber Rodulphus Cluniacensis monachus; ad finem ejusdem capitis porro subjungens: "Dum quidam de sollicitatoribus qui eo tempore habebantur consulti a pluribus fuissent, Quid tantus populorum concursus ad Hierosolymam designaret, olim seculo inauditus præterito? responsum est a quibusdam satis caute, non aliud portendere, quam adventum illius perditi Antichristi; qui circa finem seculi istius, divina testante authoritate, præstolatur affuturus[a]."

12. Nec nihil facit ad hujus temporis statum illustrandum, quod in capite præcedente ab eodem authore est propositum. "Tunc ergo primitus cœpere in Aquitaniæ partibus ab episcopis et abbatibus ceterisque viris sacræ religionis devotis ex universa plebe coadunari conciliorum conventus, ad quos etiam multa delata sunt corpora sanctorum, atque innumerabiles sanctarum apophoretæ reliquiarum: dehinc per Arelatensem provinciam, atque Lugdunensem, sicque per universam Burgundiam usque in ultimas Franciæ partes, per universos episcopatus indictum est, qualiter in certis locis a præsulibus magnatibusque totius patriæ de reformanda pace et sacræ fidei institutione, celebrarentur concilia. Quod etiam tota multitudo universæ plebis audiens, lætanter adiere maximi, mediocres, ac minimi: parati cuncti obedire quicquid præceptum fuisset a pastoribus Ecclesiæ; non minus videlicet quam si vox emissa de cœlo hominibus in terra loqueretur."

13. Cujusmodi vero sanctiones ab episcopis tum fuerint editæ, his verbis, in anni a passione Domini millesimi his-

[a] Etsi vero evanuerat opinio de Antichristo initio hujus seculi exhibendo, in fine tamen ejusdem ab aliis expectatum, ex hoc loco Glabri licet colligere.

toria, ostendit Sigebertus chronographus; Baldericum Cameracensis chronici authorem hic secutus[a]. Anno 1033. "Eclipsis solis facta est circa meridiem III. Kal. Julii. Hujusmodi decretum a Franciæ episcopis datum est servari subjectis sibi populis. Unus eorum dixit, cœlitus sibi delatas esse literas, quæ pacem monerent renovandam in terra. Quam rem mandavit ceteris, et hæc tradenda dedit populis. Arma quisquam non ferret, direpta non repeteret; et sui sanguinis vel cujuslibet proximi ultor minime existens, percussoribus cogeretur indulgere. Iejunium in pane et aqua omni sexta feria observarent, et in Sabbatho a carne et liquamine[b] abstinerent, soloque hoc contenti jejunio, in omnium peccatorum remissionem, nullam sibi scirent aliam adjiciendam pœnitentiam: et hæc se servare sacramento firmarent. Quod qui nollet, christianitate privaretur; et exeuntem de sæculo nullus visitaret, nec sepulturæ traderet. Alia quoque importabilia quam plura dedere mandata, quæ oneri visa sunt replicare. Hanc mandatorum novitatem cum multi, cupidi novarum rerum, libentius justo amplecterentur; Gerardus Cameracensis, qui solus Lothariensium appendebat ad parochiam Francorum, nullius hortatu potuit adduci ad hæc recipienda: sed singula capitula refellebat; dicens, genus hominum ab initio trifariam esse divisum, in oratoribus, pugnatoribus, agricultoribus; et unum duorum, et duos unius egere auxilio[c]. Ideo debere arma ferri, et rapinas reddi, per authoritatem legis et gratiæ: ultorem percussi, vel occisi, non exacerbari cogendo, sed secundum Evangelium ei reconciliari. Jejunium in sexta vel septima feria nec omnibus unum esse imponendum, quia non est omnibus una possibilitas; nec omnes hoc uno jejunio contentos esse, quia non est una omnibus pœnitendi qualitas. Hæc sacramento firmare, vel sacramenti violationem perjurio augere, non esse utile; his contradicentes excommunicari, infirmis visitationem, vel mortuis sepulturam negari, esse detesta-

[a] Balderic. chron. Camerac. et Atrebat. lib. 3. cap. 52. Vid. Jo. Naucler. chronograph. vol. 2. generat. 35.

[b] *pinguamine*. Balderic.

[c] Vid. supr. cap. 3. sec. 11.

bile: sufficere authentica Patrum decreta, et super his neglectis impositum congruentis pœnitentiæ modum."

14. Quod vero ad corpora sanctorum attinet, atque innumerabiles sanctarum apophoretas reliquiarum, de quibus a Glabro facta est mentio: quantum hic per prodigia mendacia christiani nominis professores ludificatus sit diabolus; vel unica illa historia, ab eodem authore in tertio quarti libri capite exposita, satis declarat. Quam, ut Divæ Hallensis et Aspricollis[a] νεωκόροις[b] gratificer, placet attexere. "Fuit homo plebeius, mangonum callidissimus, ignoti tamen nominis et patriæ; quoniam pro diversitatibus locorum quærens latebram ne agnosceretur, fraudulenter imponebat sibi vocabula vel de qua foret provincia. Custodiebat quoque e tumulis clancule ossa evellens a cineribus nuperrime defunctorum hominum; sicque, imposita in diversis Apophoretis, venditabat apud plurimos pro sanctorum martyrum seu confessorum reliquiis. Hic vero, post innumeras hujusce illusiones in Galliis patratas, perfuga venit ad loca Alpium, ubi persæpe brutæ gentes inhabitant, habentes in arduis plurima domicilia: ibi nempe se Stephanum nuncupavit, qui alias Petrus, alias Johannes, dictus fuerat. Illic ergo more solito noctu colligens a loco abjectissimo ignoti ossa hominis, quæ posuit in cassella[c] et feretro, dicebat sibi Angelica ostensione revelatum fuisse, quem fingebat esse sanctum martyrem nomine Justum. Mox quoque vulgus (ut se in talibus habere solet) ignavum, quicquid rusticanæ plebis fuit, totum ad hanc famam confluit: pœnitet insuper si non est sibi morbus quo curari deposcat. Tunc ducit debiles, confert munuscula, pervigil tenet excubias, præstolans repentina fore miracula; quæ, ut diximus, aliquoties permittuntur fieri a malignis spiritibus tentatorie, peccatis hominum præcedentibus: quod tunc proculdubio evidentissime claruit. Multimodæ quippe membrorum reformationes ibidem visæ sunt extitisse, ac insignia pendere oscillorum multiformia. Nec tamen Moriannæ, vel Coticæ, seu Gratinonæ urbium præsules, in quorum diœcesibus talia profanabantur, dili-

[a] Vid. an non sint una et eadem, aut utrum Aspricollis non sit Sichemensis.
[b] Æditiuis, cultoribus. Act. cap. 19. ver. 35. [c] *capsella.*

gentiam hujus inquirendæ rei adhibuere: quin potius, conciliabula statuentes in aliquibus nihil aliud nisi inepti lucri quæstum a plebe, simulque favorem fallaciæ, exigebant." Tandem, post alia multa interjecta, totam narrationem ita concludit Glaber. "Nos idcirco ista retulimus, ut a multiformis dæmonum, seu humanorum errorum, qui in orbe passim abundant, præcipue in fontibus seu arboribus, ab ægris incaute veneratis, caveatur."

15. Ad pontificem jam venio, qui anno a passione Christi millesimo Romanam conscendit cathedram. De eo Hermannus Contractus: "Anno 1033. Romæ defuncto Johanne, Benedictus IX. qui et Theophylactus papa CXLIX[a]. ordinatus, licet indignis tanto ordine moribus et factis, sedit annis plus duodecim. Per largitionem vero fuisse ordinatum, cum annos ad decem vel duodecim natus esset, confirmat, toties a nobis citatus testis, qui his ipsis temporibus vixit, Glaber Rodulphus. Is enim, in quinto quarti libri capite cum dixisset, "mediocres ac minores exemplo majorum ad immania fuisse flagitia devolutos; Quis enim unquam antea tantos incestus, tanta adulteria, tantas consanguinitatis illicitas permixtiones, tot concubinarum ludibria, tot malorum æmulationes audiverat?" subjungit: "Insuper ad cumulum tanti mali, cum non essent in populo, vel rari, qui cæteros corrigentes talia redarguerent, impletum est Prophetæ vaticinium, quod ait, *Et erit sicut populus sic sacerdos*. Præsertim cum tunc in seculari potestate, tum etiam in ecclesiastica religione, totius regiminis personæ constiterant in puerili ætate: Propter peccata enim populi contigit tunc illud Salomonicum, quod ait, *Væ tibi terræ*. Nam et ipse universalis papa Romanus, nepos scilicet duorum, Benedicti atque Johannis, qui ei præcesserant, puer ferme decennis, intercedente thesaurorum pecunia electus extitit a Romanis: a quibus exinde frequenter ejectus, ac inhoneste receptus, nulla potestate viguit. Et, ut jam superius taxavimus, cæteros tunc temporis Ecclesiarum prælatos, aurum potius vel argentum exaltabat quam meritum. Proh pudor! de his evidentissime Scriptura ait, imo os

[a] Infra sec. 19.

ipsius Dei: *Principes extiterunt, et non cognovi.*" Similiter etiam[b], "ubi notasset omnia ministeria ecclesiastica ita eo tempore habita esse venalia, quasi in foro secularia mercimonia;" vel, ut Henricus Cæsar ibidem loquitur, "omnes gradus ecclesiasticos, a maximo pontifice usque ad hostianum, oppressos fuisse per suæ damnationis pretium, ac juxta vocem Dominicam in cunctis grassatum esse spirituale latrocinium:" addit, "Romanam sedem præfato morbo pestifero per viginti quinque annorum spatia miserrime laborasse. Fuerat enim eidem sedi ordinatus quidam puer circiter annorum duodecim, contra jus fasque, quem scilicet sola pecunia auri et argenti plus commendavit, quam ætas aut sanctitas: et quoniam infelicem habuit introitum, infeliciorem persensit exitum."

16. Præter turpitudinem illius conversationis et vitæ a Glabro[a] notatam; studiorum insuper idololatriæ atque artium diabolicarum insimulat eum Benno cardinalis. Sic enim ille in vita Hildebrandi: quem in hisce studiis Theophylacti hujus et Laurentii Amalphitani archiepiscopi discipulum fuisse asserit. "Theophylactus, sacrificiis dæmoniorum deditus, in sylvis et montibus mulieres post se currere faciebat, quas magicis artibus ad sui amorem coegerat. Testantur hoc libelli ipsius inventi in domo ejus, postquam vitam male finiverat. Et hæc fabula adhuc rusticis Romanorum est notissima. Is dum ad Ecclesiam rediret de sylvarum secretis, ubique secum habens Laurentium principem maleficiorum, cum eo etiam publice de mathesi disputabat; et vulgus avidum novarum rerum novis divinationibus in sui admirationem excitabat. Nomen autem Laurentii apud simplices pro eo habebatur celebre, quia videbatur aliquando ex improviso prophetare. Et de complice et discipulo suo papa securus, gaudebat etiam publice in conventu episcoporum et cardinalium et senatorum auguria sua magnificare, et ad cantum avium subito auguria denuntiare, quid ipso die vel hesterno vel nudiustertius factum esset in oriente et occidente, in meridie, in septentrione, et in remotioribus vel extremis terrarum partibus; sive de bellis sive de morte principum."

[b] lib. 5. cap. 5.

[a] Glab. Rod. lib. 5. cap. 5.

17. Sed et in vendicanda sibi antichristiana illa potestate, coronam Romani imperii quibus collibitum esset conferendi, eosdem magistros habuisse Hildebrandum, ex eodem Bennone intelligimus. Defuncto enim Conrado Romanorum imperatore Augusto, " Theophylactus, qui et Benedictus nonus, habito consilio cum familiari suo Laurentio, et aliis suis complicibus, molitus est filium imperatoris Conradi Henricum imperatorem successione imperii exturbare et in Ecclesia schismata diversa seminare. Hoc enim est quod amplius exigitur a mundi principio, a tenebrarum principe. Misit igitur coronam Romani[a] imperii Petro regi Ungarico. Sed ad Petrum expugnandum direxit imperator Henricus ducem Lotharingiæ Godfridum, virum fidelem, et bello strenuum, et inter regni principes clarissimum. Qui primo conflictu Petrum bello captum, et omnes vicinas nationes, ne in eum aliquid præsumerent, deterruit; et ut digna factis tanti schismatis authori Theophylacto redderet, Romam venire disposuit. Quo audito, Theophylactus timore perterritus, vendidit papatum complici suo archipresbytero ecclesiæ S. Johannis de porta Latina, magistro Hildebrandi, acceptis ab eo libris mille quingentis." Hæc Benno.

18. Referunt etiam Polonicarum rerum scriptores, Benedictum[a] hunc, Polonici regni hæredem Casimirum, qui Cluniacensium ordinem ingressus ac diaconus factus fuerat, religione absolutum suis regem donasse, atque uxorem illi ducere et filios procreare concessisse: sed certis quibusdam in rem suam adjectis conditionibus; quæ a Johanne Longino canonico Cracoviensi, (Dlugossum Cromerus appellat) ita explicantur " Dona Apostolica exemplum non habentia, nec unquam alicui personæ aut regioni concessa, rata esse decernit; si illa lex a Polonorum legatis suscipienda et perpetuo servanda promittatur. Princeps

[a] Cum hoc versiculo, quem Hildebrando tribuit Albertus Stadensis, ann. 1076. fol. 137. *Petra dedit Romam Petro, tibi papa coronam.* Vid. Fascic. rer. expetend. ac fugiend. Orthuini Gratii, fol. 42. et Jo. Stumpfii historiam Germanicam de vita Henr. IV. lib. 1.

[a] Matthias Michoviensis, lib. 2. chron. Polon. cap. 13. Martin. Cromerus, de reb. Polon. lib. 4. Jo. Longinus in annalib. MS. a Baronio citat. tom. 11. annal. ann. 1041. sec. 11. et ann. 1045. sec. 1, 2.

Poloniæ Casimirus, dispensante summo pontifice, monasterio Cluniacensi exeat, habituque regula et gradu diaconatus abdicatus, solutus et liber, paternum et avitum regnum instauraturus illud resumat, nubendi, et in spem Poloniæ regni successores generandi, habens plenam potestatem. Sed tum Polonorum regiones ac regnum, in signum præstiti per Apostolicam, acceptique in magno necessitatis suæ articulo beneficii beato Petro et successoribus Romanis pontificibus de quolibet capite (nobilium capitibus circumscriptis) usualem nummum annis singulis solvere; cæsariem capitis et comam barbaro more non nutrire, sed auribus patentibus, sed instar religiosorum Latinarum nationum tonsuratum caput gestare; et in præcipuis Christi et Virginis matris ejus festivitatibus, panno linteo albo, in stolæ modum dependente, cervicem exornare perpetuo sit astrictum. Ut his tribus insignibus ex monacho et ex diacono, Apostolica concessione et benignitate, cum aliter concretum periculum dispelli non posset, Polonus regem sibi creatum et redditum recognoscens, tam in Deum, quam in religionem Christi, sit gratior atque devotior." Quomodo autem ab hoc ex monacho rege, rebus in Polonia compositis, pactum tributum exegerit Benedictus, alio in loco idem tradit historicus. "Misso," inquit, "speciali ad Casimirum Poloniæ regem nuntio, requirit illum, ut juxta legatorum Polonorum Apostolicam sedem, pro sui regis dispensatione plurimis instantiis flagitantium sponsionem ad suam subsecutam confirmationem, capitis census, de universis regni Poloniæ provinciis conquisitis et conquirendis, mandaret, pro beato Petro et suo successore Romano papa, collectoribus Apostolicis singulis annis exhiberi. Volens Casimirus rex Poloniæ parere pactis summo pontifici Benedicto, primum per legatos Polonorum, deinde pro se promissis, generalem omnium suarum provinciarum indicit conventum: in quo et pollicitatio, Apostolicæ sedi per legatos Polonorum facta, concordi omnium devotione et consensu decreta et innovata est; et universali mandato solutio unius usualis oboli de capite, tam civitates quam oppida vicosque et rura colentium, in duabus provinciis, videlicet Gnesnensi et Cracoviensi, ac diœcesibus eisdem subjectis, impetrata. Ab eo quoque tempore regnum Poloniæ factum est Romanæ Ecclesiæ; imo vicario Jesu Christi summo pontifici feudale et tributarium: nec unquam tributi prædicti solutionem passum est, quacunque occasione aut pacto, intermitti aut rescindi[b]."

19. Qualis vero per hæc tempora in Romana Ecclesia orta fuerit confusio, pontificatum administrante tricipite quodam Cerbero, his verbis alibi attingit idem author. "Multifaria tunc erat sedem Romanam ambientium, et de ea contendentium, collisio. Nam Sabinensis episcopus, qui se Silvestrum nominabat, et Johannes archipresbyter Sancti Johannis ante portam Latinam, qui et Gregorius Sextus, contra Benedictum nonum papatum usurpabant."

[b] Leander Albertus in descriptione Italiæ, pag. 667. commemorata morte Conradi imperatoris et successione filii Henrici II. (quæ incidit in ann. Dom. 1039. Benedicti papæ 6.) subdit. "Hoc tempore Mediolanensis Ecclesia, quæ ducentis amplius annis ejusmodi erat usa consuetudine, vel potius ambitiosa licentia, quoniam a Romani pontificis ditione se subduxerat, ut archiepiscopum arbitrio suo præter ullam alterius auctoritatem crearet, ad Romani pontificis jus et potestatem agnito superiorum temporum errore rediit, eumque uti militantis Ecclesiæ caput amplexa est, quemadmodum Merula prodit (vid. Greg. Merul. hist. vice-comitum Mediolanens. excus. Rom. et Corii hist. Mediolan.) Exemplum secutæ sunt totius propemodum occidentis Ecclesiæ. Missus ad hanc rem conficiendam Mediolanum erat vir doctissimus Petrus Damianus Ravennas, episcopus Ostiensis et Ecclesiæ Romanæ cardinalis, qui in literarum monumentis ipse testatur, Ecclesiam se Mediolanensem Ecclesiæ Romanæ veteri obedientiæ restituisse." Literas intelligit quæ extant apud Baron. ann. 1059. (8vo. Nicolai II. huc enim refert) sec. 46, 47. et apud Sigonium lib. 9. de regno Italiæ, eod. ann. op. tom. 2. pag. 540, 541. ubi nota conflictum Mediolanensium cum pontificis legatis post ann. 1039. Addit tamen Sigonius lib. eod. pag. 599. ann. Dom. 1095. "Ecclesiam Mediolanensem Romanæ post tot annos restitutam." De initio defectionis idem, lib. 5. pag. 298. ann. 844. Angilbertus Mediolanensis archiepiscopus ab Ecclesia Romana, parum comperta de causa descivit, tantumque exemplo in posterum valuit, ut non nisi post ducentos annos Ecclesia Mediolanensis ad Romanæ obedientiam auctoritatemque redierit. Interfuit hoc anno cum episcopis exteris certamini contra papalem autoritatem; apud Baron. ann. 844. sec. 9. Ubi etsi Anastasius papæ bibliothecarius magistro suo decernat victoriam; alios tamen eo usque valuisse videmus, ut episcopus Mediolanensis, antea illi subjectus, subjici diutius recusavit. Vid. Merulam et Corium. Sigonius lib. 7. ann. 973. pag. 447. ostendit reliquos episcopos in hoc secutos fuisse exemplum Mediolani. Leo et Albertus, Mediolani archiepiscopi tum in Italia primatum tenere videbantur, utpote Romano pontifici nondum subditi, &c. de temporibus antiquioribus.

Qua occasione eremitam[a] quendam ad imperatorem scripsisse ferunt,

Imperator Heinrice,
Omnipotentis vice,
Una Sunamitis
Nupsit tribus maritis.
Dissolve connubium,
Et triforme dubium.

Sed historiam hujus schismatis ab Ottone Frisingense[b], et eum secuto Gotfrido Viterbiense[c], plenius explicatam habemus. "Circa idem tempus," ait Otto, "pudenda confusio Ecclesiæ Dei in urbe Roma fuit: tribus ibi invasoribus, quorum unus Benedictus dicebatur, sedem illam simul occupantibus: atque ad majoris miseriæ cumulum divisis simul cum redditibus patriarchiis, uno ad sanctum Petrum, altero ad sanctam Mariam majorem, tertio, id est, Benedicto, in palatio Lateranensi sedente, flagitiosam et turpem vitam (ut egomet in urbe, Romanis tradentibus, audivi) duxere. Hunc miserrimum statum Ecclesiæ, religiosus quidam presbyter, Gratianus nomine, videns, zeloque pietatis matri suæ compatiendo animadvertens, præfatos viros adiit, eisque a sede sancta cedere pecunia persuasit; Benedicto redditibus Angliæ, quia majoris videbatur auctoritatis esse, relictis. Ob ea cives præfatum presbyterum, tanquam Ecclesiæ Dei liberatorem, in summum pontificem elegerunt; eumque mutato nomine Gregorium Septimum[d] vocaverunt." Waltramus[e] Naumburgensis episcopus, et Sigebertus[f] monachus Gemblacensis, rem ita narrant. "Benedictus simoniace papatu Romano invaso, cum esset rudis literarum, alterum ad vices ecclesiastici officii exequendas secum papam consecrari fecit. Quod cum multis non placeret, tertius superducitur, qui vices duorum expleret Romæ. Uno itaque contra duos, et duobus contra unum, de papatu altercantibus, rex Henricus Conradi

[a] Greg. Heymburgensis, in confutat. primat. papæ, part. 2.

[b] lib. 6. chron. cap. 32, 33.

[c] in 17. chronicorum suorum parte.

[d] *Sextum.*

[e] Waltram. de investitura episcoporum: cum aliis authorib. de jurib. imperii, pag. 716, 717.

[f] Sigeb. chron. ann. 1046. et 1047.

filius contra eos Romam vadit: et eis canonica et imperiali censura depositis, Suidgerum Babenbergensem episcopum papam fecit, qui et Clemens, Romanæ Ecclesiæ CXLVI[g]. vocatus est. Et vicissim ab eo rex Henricus in imperatorem benedictus est: jurantibus Romanis se, sine ejus consensu, ejusque successorum, nunquam papam electuros.

20. De morte hujus Benedicti apud authores altum est silentium: si Bennonem forte exceperis, qui Theophylactum in sylvis a Dæmone suffocatum asserit. De conditione vero quam post mortem subiit, apud Petrum[a] Damiani ex relatione Humberti episcopi Silvæ candidæ, extat narratio plane τερατώδης; quam quia monstrum hoc hominis satis belle nobis depingit, hic visum est attexere. "Vassus quidam dum iter ageret, accidit, ut juxta molendinum equo insidens pertransiret. Ecce repente monstrum immane conspexit: quo viso subitus eum terror invasit, et stupefactus intremuit. Videbatur autem monstrum illud in aures aselli caudamque desinere; cætera ursus erat. Cumque viator ad hoc portentum territus obrigesceret, fugamque præcipitem formidolosus iniret; informe prodigium humanæ vocis verba formavit: Noli, inquit, o vir, expavescere; hominem me olim fuisse, sicut et ipse nunc es, proculdubio crede: sed, quia bestialiter vixi, post vitæ finem bestiæ perferre speciem merui. Porro cum ille perquireret, Quis fuisset? Ego, ait ille, solo nomine Benedictus fui, qui nuper Apostolicæ sedis apicem indignus obtinui. Inquisitus autem, Quid jam retributionis haberet? Nunc quidem, inquit, usque ad diem judicii per dumosa atque squallentia, per sulphurea loca et fætorem exhalantia, atque incendiis conflagrata, rapior, pertrahor. Post extremum judicium, corpus meum simul et animam irrremediabilis cruciatus, et Gehennalis barathri me irrevocabilis olla deglutiet; ita ut nulla mihi recuperationis spes in posterum restet. Post hæc vero et hujusmodi verba, disparuit. Sed cum ego," inquit Petrus, "cur ille in hac

[g] CXLIX. supr. sec. 15.

[a] Petr. Damiani in opusculo de abdicatione episcopatus ad Nicolaum II. cap. 3. tom. 3. Op. pag. 572. Vid. Martinum Polonum in chron. Piatinam, Stellam, &c. in Bened. IX.

specie conspectus sit, indagare[b] quæro, non deesse mysterium ab eo quod visum est deprehendo. Nam quia miserabilis ille, ab ipso funesti pontificatus sui primordio usque ad finem vitæ, in luxuriæ cœno versatus est: non incongrue visus est et ab auribus incipere, et in caudam asini terminare. Asinus quippe luxuriosum est animal: sicut Propheta designat, cum de carnis immunditiæ deditis ait, *Ut*[c] *carnes asinorum carnes eorum*. Quod autem per cætera membra ursi tenebat speciem, vitam in omnibus docetur duxisse carnalem. Nam sicut a physicis traditur[d], ursa cum parit, non catulum, juxta consuetudinem bestiarum, sed frustum carnis effundit: mox quod effusum est, crebrius lingendo et lambendo, componit; sicque ad sui similitudinem lingua formante producit. Jure igitur, qui luxuriose et carnaliter vixit, in asini simul et ursi figura comparuit."

21. Hæc, si Humberto credimus, fuit visio; et hæc, si Petrum Damiani audire volumus, interpretatio ejus: Cujus utriusque fide authoribus relicta, priusquam ab hoc pontifice discedam, quem ut "ignavum et nullius pretii" Platina[a] et Stella, "probrosum et infamem" Volaterranus[b], "hominem nefarium" perstringit Baronius[c], hoc præterire non possum, quod a quibusdam scriptoribus annotatum invenio; ejus tempore cardinalium[d] nomen in pretio esse cœpisse. Nec parvam sane eo tempore cardinalium fuisse authoritatem, ex Polonicæ legationis historia, a Johanne Longino commemorata, intelligitur. Bohemorum enim duce Brzetislao de Gnesnensis templi spoliatione a Polonis apud Benedictum IX. postulato, quum pro Polonis pronunciasset pontifex, "Plerosque cardinalium," inquit Longinus, "nuntii Bohemorum ade-

[b] al. *indaginem*. [c] Ezech. cap. 23. ver. 20.

[d] Plin. lib. 8. cap. 36.

[a] Plat. et Stell. in Bened. IX. [b] Volater. Anthropolog. lib. 22. pag. 660.

[c] Baron. annal. tom. 2. ann. 1054. sec. 54.

[d] Genebrard. chronograph. lib. 4. Baleus de act. Rom. pontif. lib. 5. num. 87. Baron. ann. 1039. sec. 5. Jo. Carion in chronicorum libello edit. Paris. ann. 1543. (in 8vo.) fol. 102. (post historiam substituti Clementis II. al. Suindegeri tribus pontificibus) supra hæc tempora (inquit) cardinalium nomen in usu esse cœpit: unde æstimari potest, hanc ipsam dignitatem in Ecclesia vetustiorem non fuisse.

unt, pluribusque largitionibus et promissis illos sollicitant, ut suis consiliis et suffragiis decretum apostolicum de restituendis sanctuariis Ecclesiæ Gnesnensi rescindant; aut si rescindere non possent, respectibus aliquibus, executionem ejus suspendant. Inescati cardinales pretiis et precibus, cœptam in sacrilegium principemque severitatem et ipsi remittunt, et pontifici remittendum persuadent." De iisdem Leo IX. in epistola ad Michaelem et Leonem Acridanum " post[e] mille ac ferme viginti a passione Salvatoris nostri annos" scripta, ita meminit: " Sicut[f] cardo immobilis permanens, ducit et reducit ostium: sic Petrus, et sui successores, liberum de omni Ecclesia habent judicium, cum nemo debeat eorum dimovere statum (quia summa sedes a nemine judicatur): unde clerici ejus cardinales dicuntur, cardini utique illi, quo cetera moventur, vicinius adhærentes."

22. Accessit deinde, exacto a passione Servatoris anno supra millesimum vicesimo et sexto, Nicolai II. in Lateranensi concilio de Romani pontificis electione edita constitutio[a] qua cardinalibus episcopis, quod in electo episcopo ad apostolici culminis apicem provehendo metropolitani vice fungerentur, in eodem eligendo primæ partes sunt delatæ. Statutum enim ut, obeunte Romanæ Ecclesiæ universalis pontifice, imprimis cardinales episcopi diligentissime simul de electione tractarent, ipsi deinde cæteros cardinales adhiberent, sicque reliquus clerus et populus ad consensum novæ electionis accederet: salvo tamen imperatori debito honore et reverentia. Itaque altero post anno defuncto Nicolao, cum Hildebrandi opera Anselmus Lucensis, auctoritate vero Cæsaris Henrici Cadalous Parmensis episcopus, electus esset pontifex: contra ordinationem antipapæ a Cæsare constituti objicit cardinalitii

[e] Leo IX. epist. 1. cap. 5. [f] Ibid. cap. 32. tom. 3. conciliorum part. 2. pag. 1103. Binii.

[a] Gratian. distinct. 23. cap. 1. in nomine tom. 3. concil. part. 2. pag. 1130. edit. Binii. Ex hoc decreto, quo electio pontificis Romani imprimis cardinalibus permittitur, ipsum cardinalium nomen post celebrari magis atque magis cœptum. Sigon. de regno ad Italiæ, lib. 9. ann. 1059. Chronic. Reicherspergens. ad ann 1059.

collegii princeps Petrus[b] Damiani: "quod electio per episcoporum cardinalium fieri debeat principale judicium; secundo loco jure præbeat clerus assensum; tertio popularis favor attollat applausum; sicque suspendenda sit causa, usque dum regiæ celsitudinis consulatur auctoritas, nisi (sicut in Anselmi electione contigisse innuit) periculum fortassis immineat, quod rem quantocyus accelerare compellat." Et ipsum Cadaloum compellans, "Quid[c] tibi, inquit, de cardinalibus videtur episcopis? qui videlicet et Romanum pontificem principaliter eligunt, et quibusdam aliis prærogativis, non modo quorumlibet episcoporum, sed et patriarcharum, atque primatum jura transcendunt. Salvo quippe universalis Ecclesiæ sacramento, isti sunt oculi unius lapidis, id est, Romanæ Ecclesiæ, de quibus per Zachariam dicitur: *Ecce*[d], inquit, *lapis, quem dedi coram Jesu; super lapidem unum septem oculi sunt.* Ipsi lucernæ unius candelabri; de quibus ipse postmodum loquitur, dicens, *Vidi*[e], *et ecce candelabrum aureum totum, et lampas ejus super caput ipsius, et septem lucernæ super illud.* Ipsi sunt et candelabra, in quorum medio Jesus, juxta B. Johannis verba, discurrit, &c."

23. Tandem excluso a pontificis electione tum imperatore tum populo Romano, cum ad solos cardinales tota res rediisset; non episcoporum modo, sed presbyterorum etiam atque diaconorum cardinalium, novus exortus est principatus; atque hujusmodi verborum formula in eorum creatione a pontifice demum usurpata. "Estote[a] fratres nostri, et principes mundi;" quomodo ad veterem senatum scripsisse Probum imperatorem legimus[b]: "Recte atque ordine P. C. proximo superiore anno factum est ut vestra clementia orbi terrarum principem daret, et quidem de vobis qui et estis mundi principes." Et Pius II. pontifex primos a se creatos cardinales sic affatus esse dicitur: "Maxima[c], di-

[b] Damian. op. pag. 19.

[c] Ibid. pag. 17.

[d] Zachar. cap. 3. ver. 9.

[e] Zachar. cap. 4. ver. 2. Apoc. cap. 1. ver. 13. cap. 2. ver. 1.

[a] Aug. triumph. de potest. Eccles. quæst. 8. art. 4. Antonin. Summ. part. 3. tit. 21. cap. 1. sec. 2.

[b] Hist. Aug. Scrip. tom. 2. pag. 657.

[c] Sacrar. ceremoniar. Rom. Eccles. lib. 1. sec. 8. cap. 3. Jo. Baconthorp. in 4. sentent. prolog. quæst. 10. art. 4.

lectissimi filii, et excellentissima dignitate donati estis: ad collegium apostolicum vocati, consiliarii nostri et conjudices orbis terrarum eritis: inter causam et causam, inter sanguinem et sanguinem, inter lepram et lepram, discernere vos oportebit: successores apostolorum circa thronum sedebitis. Vos senatores urbis et REGUM similes eritis, veri mundi (sicut ostium domus habet cardines: sic Ecclesia Romana papam, qui est ostium Ecclesiæ; et cardinales, qui sunt cardo super quem fundatum est ostium Ecclesiæ) cardines, super quos militantis ostium Ecclesiæ volvendum ac regendum est." Parum erat Romano pontifici, quod ab hominibus coleretur ut apostolicus, vel etiam ut apostolus[c]; quo nomine in codicibus municipalis Anglorum juris passim appellatum invenimus: ni æmulum se ostenderet "Apostoli[d] et Pontificis professionis nostræ Christi Jesu." Petrus Damiani in epistola ad co-episcopos cardinales, explicans mysteria ecclesiæ Lateranensis, quæ Romani pontificis ecclesia[e] parochialis est, postquam dixisset, ecclesiam[f] "hanc culmen ac summitatem totius Christianæ religionis effectam, Ecclesiam esse Ecclesiarum, et sancta sanctorum; summam illam et universalem Ecclesiam, quæ omnem ambitum totius orbis amplectitur, omnes qui salvari appetunt in maternæ pietatis gremio confovet et tuetur," addit: "Hac Jesus, summus videlicet Pontifex, arce subnixus, totam in orbe terrarum Ecclesiam suam in sacramenti unitate confæderat, ut unus sacerdos, una merito credatur Ecclesia. Unde per prophetam dicitur: *Ecce*[g] *vir, oriens nomen ejus, et subter eum orietur, et ædificabit templum Domino. Et ipse exstruet templum et portabit gloriam, et sedebit et dominabitur super solio suo, et erit sacerdos super solio suo.*"

24. Apostolos instituerat Christus, eisque thronos promiserat, "in[a] quibus sedentes judicarent duodecim tribus Israel." Visum igitur et Antichristo novum collegium

[c] Plowden. comment. fol. 498. et Selden. Not. in Eadmerum, op. tom. 2. pag. 1631. [d] Heb. cap. 3. ver. 1. [e] Anton. sum. part. 3. tit. 21. cap. 2. sec. 6. [f] Petr. Damian. op. pag. 25. [g] Zach. cap. 6. ver 12, 13.
[a] Luc. cap. 22. ver. 30.

apostolicum constituere, apostolorum loco tradito cardinalibus antecessoribus apostolorum, sic enim appellat Manfredus[b], quia circa thronum ejus sedentes, orbis terrarum cum eo forent conjudices. Verum "exploravimus[c] eos, qui se dicunt apostolos esse, et non sunt; et comperimus eos mendaces." Comperimus ista "clarissima[d] Ecclesiæ lumina" non prius nostro effulsisse cœlo, quam, "stella[e] e cœlo cadente in terram," apertus est puteus abyssi, atque a fumo ejus sol et aer obscuratus. Comperimus novos istos mundi principes, non prius exortos, quam e carcere suo emissus est mundi princeps, id est, Diabolus. Comperimus hisce "basibus[f] templum Dei," non prius fuisse innixum, quam "in[g] templo Dei" tanquam Deus consedit homo ille peccati, filius ille perditionis. Comperimus denique ab istis, qui "in[h] Ecclesia catholica salvatoris nostri collegium apostolicum sub purpurea cruentaque veste imitari gloriantur," non prius "sacrosanctam[i] militantem Ecclesiam tanquam purpureo totam decoratam esse amictu" (sic enim loquitur Leo papa 10.) quam "purpurata[k] meretrix, coccinæ insidens bestiæ, vino scortationis suæ inebriavit incolas terræ."

25. Nam quod cardinalis Bellarminus, electione[a] pontificiæ "revocationem ad paucos, et eminentiam, quæ inde sequuta est cardinalium, tam recentem esse negat, ut nova dici possit; cum anni quingenti, vel sexcenti ab eo tempore numerentur:" sciat, hominum prudentum judicio id merito ac jure in religione censeri novum, cujus institutio Christi et Apostolorum temporibus est posterior; id vero omne novissimum et recentissimum, quod post Satanæ solutionem (cujus spatium, ut quingentorum fuerit anno-

[b] Manfr. in tract. de card. cap. 6. [c] Apoc. cap. 2. ver. 2.

[d] Pius V. constitut. 128. in bullario Rom. tom. 4. part. 3. pag. 86.

[e] Apoc. cap. 9. ver. 1, 2. [f] Cardinales templi Dei bases appellat Pius V. loco citato. Præcipuas Catholicæ Ecclesiæ columnias Leo X. in bullario Rom. tom. 3. part. 3. pag. 423. [g] 2 Thess. cap. 2. ver. 4.

[h] Isidor. Mosconius de majest. militantis Eccles. lib. 1. part. I. cap. 5. pag. 102. [i] Leo X. constitut. 8. in bullario Rom. tom. 3. part. 3. pag. 424.

[k] Apoc. cap. 17. ver. 2, 3, 4.

[a] Bellarm. apolog. contra præfat. monitor. R. Jacobi, cap. 4. op. tom. 7. pag. 723.

rum, exiguum tamen videtur non nobis tantum, sed etiam Spiritui[b] Sancto) in Ecclesiam est introductum. Quanquam enim non desint qui ipsos apostolos cardinalatus munere functos esse affirmant, atque[c] hac mirabili ratione (sic enim ipsi appellant nec injuria) institutionem eam divino jure niti defendunt; quod cardinales, papæ vicario Christi tanquam principi assistentes, apostolorum Christo assistentium personas repræsentent: vel si Cameracensem[d] cardinalem audire malumus, "Apostoli Petro tanquam papale officium gerenti, assistebant, tanquam cardinalatus ministerium exercentes; de quorum cardinalatu spiritualiter intelligi possit illud propheticum: *Domini*[e] *sunt cardines terræ, et posuit super eos orbem:*" tamen Bellarminus ab ultima antiquitate eminentiam suam cardinalitiam repetens, neque a Christo incipit neque ab apostolis: sed

Post evolutos mille demum consules[f],

id est, post emissum e carcere suo Satanam; quo spectat illa Wiccliffii nostri assertio: "Electio[g] papæ a cardinalibus per Diabolum est introducta." Et illa: "Quæ[h] major infidelitas, quam approbare electiones cardinalium, qui ex nobis indubie[i] sunt diaboli incarnati: quod si eligerent qualemcunque personam in papam, tunc ipse esset pater beatissimus, et immediatus Christi vicarius. Hæc autem hæresis loco sortis apostolorum, qua elegerunt Matthiam, per Diabolum introducta, ponit zizania ad catholicos in fide catholica discordandum. Medicina ergo foret, tales electiones, cum non sint apostolicæ, refutare." Neque vero ignoro istam Wiccliffii propositionem in Constantiensi concilio damnatam esse a factione pontificia: sed scio etiam, quod Cameracensis[k] cardinalis tacere non potuit, in

b Vid. infra cap. 6. sec. 1. in explicat. Apoc. cap. 20. ver. 3.

c Barbat. ind. 1. quæst. Basilica, num. 20, et 29. Isidor. Moscon. de majest. milit. Eccles. lib. 1. part. 1. cap. 5. pag. 104, 105.

d Petr. de Alliaco, in tract. de Ecclesiæ et cardinalium authoritate. parte, 1. operum Joh. Gerson. edit. Paris. ann. 1606. col. 899, 900.

e 1 Sam. cap. 2. ver. 8.

f Prudent.

g Wiccliff. art. 40. in concil. Constantiens. sess. 8.

h Wiccliff. in speculo militantis Ecclesiæ cap. 10. MS. in bibliotheca regia Westmonaster. Orthuin. Grat. fascic. rer. expetend. et fugiend. fol. 137. d. e.

i al. *dubio.*

k Petr. de Alliaco, in lib. de reformat. Eccles.

eodem concilio eorum opinionem aliquos resuscitare ausos esse, qui "statum cardinalium, utpote inutilem et damnosum, nec ab apostolis vel conciliis institutum, et sine causa rationabili usurpatum, tanquam onerosum Ecclesiæ, extirpandum esse dixerunt."

26. Et isti tamen sunt in quibus, si Romanæ sedis assentatoribus[a] credimus, "majestas reipublicæ christianæ residet; vicem gerentes apostolorum; orbis cardines; Ecclesiæ columnæ, capita, lumina; lucernæ ardentes; candelabra lucis, decoris, præstantiæ atque splendoris; stellæ fixæ in cœlo; patres conscripti in diademate principis; DIVI, venerabiles, reverendissimi, religiosissimi, item maximi, potentissimi;" seniores populi, senatores et patritii maximi, principes, REGES denique. Nec mirum sane cuiquam videri potest, si Romanus pontifex seipsum supra reges omnes efferens, etiam "membra sua" (sic enim appellantur cardinales; "adeo[b] papæ annexi, quod tanquam pars corporis ipsius, sanguinem de eorum corpore non minuunt inconsulto papa") supra principes omnes evexerit atque cardinalatus[c] celsitudinem ac splendorem dignitati REGIÆ comparaverit. Qua de re extat ineptissima cardinalis Bellarmini disputatio, in apologiæ adversus Serenissimi Regis nostri præfationem monitoriam editæ quarto capitulo, quod de comparatione regis et cardinalis est inscriptum. Quæ quoniam a doctissimo episcopo Wintoniensi, pro eo ac merebatur, est excepta, verbum non addam; sed Romanos hosce regulos, Nicolai Clemangii archidiaconi Baiocensis oratione salutatos tandem dimittam. "Cardinalium," ait ille[d], "qui papæ assident spiritus, verba tumentia, gestus, tam sunt insolentes; ut si artifex quisque vellet superbiæ simulacrum effingere, nulla congruentius ratione id facere posset, quam cardinalis effigiem oculis in-

[a] Isidor. Moscon. de majest. milit. Eccles. lib. 1. part. 1. cap. 5. pag. 113. Anast. Germonius, de sacrorum immunitatibus lib. 3. cap. 6 sec. 70.

[b] Gondis. a Villadiego, in tract. de orig. card. quæst. 5. num. 13. Isidor. Moscon. loc. citat. pag. 114, 139.

[c] Sixtus V. in constitut. de creatione cardinalium. in bullario Rom. tom. 4. part. 4. pag. 282. Joh. Francisc. Leo, in thesauro fori ecclesiastici, part. 1. cap. 2. sec. 2.

[d] Nic. Clemang. in lib. de corrupto Ecclesiæ statu, op. pag. 11. Vid. ejusd. lib. de Annatis pag. 92.

tuentium objectando; ex sortis tamen infimæ clericatu in hanc elationem, cum sedis apostolicæ pompatus incremento, pervenerunt: quippe quibus id olim erat negotii, ut efferendis mortuis, sepulturæque mandandis inservirent. Nunc vero phylacteria sua in tantum dilataverunt, ut non modo episcopos (quos episcopellos solent passim vocare) sed patriarchas, primates, sed archipræsules velut infra se positos despiciant; imo se jam ab illis supplicibus propemodum adorari sinant, quinetiam REGES ipsos æquiparare contendant.

CAP. V.

De statu rerum post annum ab Hierosolymitano excidio millesimum. Ubi de pontificatu Gregorii VII. sive Hildebrandi, in quo ad suam ἀκμὴν pervenit Antichristus: ac doctorum de fundato per hoc tempus imperio pontificio, et soluto Satana judiciis.

1. Post exactos ab Hierosolymitano excidio annos mille, a Turcis[a] captus est in prœlio imperator orientis Romanus Diogenes, Asia minor invasa, Antiochia occupata, Asiaticæ Ecclesiæ devastatæ, oriens denique subactus. Historiam, quia cum primis memorabilis est, ex Guilielmo Tyrensi archiepiscopo, qui eam[b] copiose descripsit, visum est apponere: "Regnante apud Græcos Romano, qui cognomentus est Diogenes, et cum omni prosperitate Constantinopolitanum administrante imperium, egressus est de finibus orientis, Persarum et Assyriorum satrapa potentissimus, Belpher nomine[c], infinitam incredularum nationum secum trahens multitudinem, quæ et nostram diceretur excedere, et universam terræ superficiem operiret. Ascendens ergo in curribus, et equis, tigridibus, et armentis, et magnifico nimis apparatu, fines ingressus est imperii, cuncta sibi subjiciens a suburbanis campestribus, usque ad urbes muratas et oppida munitissima. Non erat qui resisteret; non erat qui pro

[a] Onuphr. Panvin. fastor. lib. 4. Joh. Scyllitza curopalates in historiarum compendio. Joh. Zonaras annal. tom. 3. ann. epoch. christian. 70. Aug. 10. Templum incensum ann. 1071. Asia minor a Turcis invasa, et Antiochia capta: ut notat Onuphr. Panvin. lib. 4. fastor. Vid. Magdeburg. Cent. II. col. 704, 705. et Dav. Chytræum in Apoc. cap. 20. Ubi notat, circa hoc tempus Turcas præcipuas Ecclesias in Asia vastavisse; et Antiochiam, et Nicæam, et alias urbes occupasse. Anno 1073. X. Kal. Maii pontificatum iniit Hildebrandus. Joh. Zonaras in Alexio Comneno: "Turci, oriente subacto, ne insulis quidem abstinebant. Zachas enim Turcus, insula Chio ex improviso capta, et classe ibi ædificata, Lesbum, Samum, Rhodum, et plures alias insulas occupavit: unde tamen a Romana classe pulsus est."

[b] in 1. libro Belli Sacri cap. 9.

[c] Axan sive Asam sultanum appellat Joh. Scyllitza et Zonaras tom. 3.

salute, pro liberis et conjugibus, et (quod gravius est) pro libertate contendens, se opponeret. Interea nuntiatur imperatori gladius incumbens, vis major, et hostilis exercitus Christianum devastans imperium: qui, pro republica sollicitus, expeditiones convocat equitum, et peditum colligit copias, quantas imminens compellabat necessitas, et quantas universum imperium poterat ministrare. Quid plura? Congregatis legionibus et equitatu copioso, hostibus procedit obviam; et imperii penetralia jam tenenti, et ad interiora jam progresso, in manu forti, sed favore divino destitutus occurrit. Certatur utrinque acerrime, et copiis pene paribus, sed odiis majoribus, qualia sacrilegii dolor et zelus fidei solet suggerere. Quid multa? Perit christianus exercitus, fidelium prosternitur acies: sanguis, Christi redemptus sanguine, ab impiis effunditur; quodque miserabilius est, capitur imperator. Redit qui evaserat particulatim exercitus; confusionem, quæ acciderat, nuncians. Consternati sunt qui hoc audierunt, in gravia se dantes lamenta, et de vita et salute desperantes."

2. "Interea vir fidelis, sed magnificus, de tanto elatus successu, et de collata victoria factus sublimior, imperatorem sibi præcepit præsentari; et in contumeliam nominis et fidei Christianæ sedens in throno regio, eum mandat pedibus subjici; et scabelli vice, coram positis principibus, ascendens et descendens, corpore utitur imperiali: tandemque pro tanto obsequio eum libertati restituens, cum paucis ex suis magnatibus, qui cum eo capti fuerant, abire permisit. Hoc vero audientes principes imperii, alium sibi præficiunt: indignum arbitrantes ut, qui tam indigna in proprio pertulerat corpore, in sceptris ageret, et dignitate fungeretur Augustali: insuper privatum oculis, et ignominiose tractatum, vitam vix indulserunt agere privatam. Princeps autem supra nominatus, proposito libere satisfaciens suo, universas a Laodicea Syriæ usque ad Hellespontum, qui Constantinopoli præterlabitur, itinere dierum triginta in longitudine, decem vero vel quindecim in latitudine, occupavit regiones, cum suis civitatibus et municipiis, universo populo captivato. *Tradidit*[a] *eos Dominus*

[a] Psalm. 106. ver. 41.

in manus inimici, et dominati sunt eorum qui oderunt eos. Inter quas nobilis et eximia provinciarum multarum moderatrix, princeps civitas[b], principis apostolorum sedes prima, capta est; sed novissima; et facta est infidelibus serviens sub tributo. Sic igitur Cœlosyriam, utramque Ciliciam, Isauriam, Pamphyliam, Lyciam, Pisidiam, Lycaoniam, Cappadociam, Galatiam et utrumque Pontum, Bythiniam et Asiæ minoris partem, nobiles provincias et omni commoditate insignes, plebibus refertas fidelibus, infra modicum tempus in suam jurisdictionem recepit; captivans populos, Ecclesias dejiciens, et cultum Christianum furore persequens exterminato. Quod si copiam habuisset navium, ipsam urbem regiam procul omni dubio subjecisset. Tantam enim Græcis incusserat formidinem, ut vix regiæ civitatis se crederent mœnibus; et maris interpositi non satis tutum arbitrarentur præsidium."

3. Nec majorem Ecclesiis cladem in oriente attulit Turcarum furor et violentia, quam in occidente ecclesiastici ordinis negligentia et nequitia; quæ circa hæc tempora tanta fuit, ut literas ex inferno missas commenti sint quidam, in quibus " Satanas[a] et omne contubernium infernorum omni ecclesiastico cœtui gratias emisit: quod cum in nullo suis voluptatibus deessent, tantum numerum subditarum sibi animarum, suæ prædicationis incuria, paterentur ad inferna descendere, quantum nunquam secula retroacta viderunt[b]." Auxit malum dirum illud schisma, quod inter imperatorem et pontificem Romanum, inter antipapas et anticæsares, statim est secutum. "Cumque[c] prius infelix mundus, in maligno positus, vias sequeretur periculosas et inutiles; hujus schismatis occasione ad deteriora declivus, omnem Dei et hominum post tergum dederat reverentiam." Unde de horum dissensionibus scribens Sigebertus Gemblacensis, "Hinc[d]," ait, "in Ecclesia scandala, et in regno augescunt dissidia, dum alter ab altero dissidet;

[b] Antiochia. Vid. Sigebert. chron. ann. 1079.

[a] Rog. Wendover. et eum secutus Matt. Paris. in histor. ann. Dom. 1072.

[b] Gregorius VII. primus cecinit classicum belli Hierosolymitani. Gretser. in horto crucis, pag. 177.

[c] Guil. Tyrius, lib. 1. bell. sacr. cap. 13. Antonin. chron. tit. 16. cap. 1. sec. 21.

[d] Sigebert. chron. ann. 1088.

dum regnum et sacerdotium dissentit; dum alter alterum excommunicat, alter alterius excommunicationem, aut ex causæ aut ex personæ præjudicio, despicit: et dum alter in alterum excommunicandi auctoritate, magis ex suo libitu quam ex justitiæ respectu, abutitur, auctoritas illius, qui dedit potestatem ligandi ac solvendi, omnino despicitur. Nimirum, ut pace omnium bonorum dixerim, hæc sola novitas, ne dicam hæresis, necdum in mundo emerserat, ut sacerdotes illius, *qui*[e] *dicit regi apostata, et qui regnare facit hypocritam propter peccata populi*, doceant populum, quod malis regibus nullam debeant subjectionem, et licet ei sacramentum fidelitatis fecerint, nullam tamen fidelitatem debeant, nec perjuri dicantur qui contra regem senserint; imo qui regi paruerit, pro excommunicato habeatur, qui contra regem fecerit, a noxa injustitiæ et perjurii absolvatur." De eadem calamitate agens Onuphrius Panvinius[f]: "Hujusmodi," inquit, "rerum occasione perniciosissima seditio, et hæresis omnium pestilentissima Christianum populum hoc tempore maxime pervagata est: et orbis terrarum, si unquam, hac tempestate a cardine bellorum procellis jactatus est; et genus humanum undique armorum turbine involutum fuit, ita ut nullius schismatis tempore graviora Ecclesiam pericula, et calamitates passam fuisse legamus." Addit Johannes Aventinus[g]. "Falsi tum prophetæ, falsi apostoli, falsi sacerdotes emersere, qui simulata religione populum deceperunt; magna signa atque prodigia ediderunt; et in templo Dei sedere, atque extolli super omne id quod colitur, cœperunt: dumque suam potentiam dominationemque stabilire conantur, charitatem, simplicitatem christianam, extinxerunt. Plerique omnes boni, aperti, justi, ingenui, simplices, tum imperium Antichristi cœpisse, quod ea quæ Christus Servator noster tot annos ante nobis cantavit, evenisse eo tempore cernebant, memoriæ literarum prodidere."

4. Sed calamitosissimam hanc tempestatem nemo de-

[e] Job cap. 34. ver. 18, 30.

[f] Vita Greg. VII. ex lib. 4. Onuphr. Panv. in De varia creatione Rom. pont. a Jac. Gretsero edit. ad Calcem. 2. tom. defens. Bellarm. col. 273.

[g] Annal. Boiorum. lib. 5. pag. 591.

scribit copiosius, quam Waltramus Naumburgensis episcopus; vel quicunque author fuit apologetici operis de unitate Ecclesiæ, ex Fuldensi bibliotheca ab Ulrico Hutteno in lucem editi. "Inter[a] Hilbedrandum papam," ait ille, et inter regem Henricum, graves ortæ sunt atque inexorabiles discordiæ : papa plurimum annitente, ut rex deponeretur a regia potestate pariter et dignitate ; rege vero contranitente, ut defenderet se ab hostium suorum circumventione, qui pro parte ejusdem papæ certantes quærebant eum opprimere. Exinde divisa est Ecclesia, et divisa sunt Ecclesiæ sacerdotia, atque omnia scandalorum orta sunt genera : exinde crevit grave et diuturnum bellum, et non solum civile bellum, sed et plus quam civile bellum : et factæ sunt absque divino pariter et humano respectu vastationes Ecclesiarum, et cædes hominum : exinde etiam corruptæ sunt divinæ pariter et humanæ leges, sine quibus non subsistit vel Dei Ecclesia, vel imperii respublica; et exinde violata est fides et publica et catholica : exinde etiam illa crevit injustitia, ut pro veritate falsa testimonia, et pro fide catholica abundent perjuria, ut, postquam leges bello siluere coactæ, impleatur jam ista Domini sententia per Osee prophetam. *Non est veritas, et non est misericordia, et non scientia Dei in terra : maledictum, et mendacium, et homicidium, et furtum, et adulterium inundaverunt; et sanguis sanguinem tetigit.*" Item "Ecce[b], quidam episcopi secesserunt in partem Hildebrandi, habentes eam pluris pretii quam universitatem catholicæ Ecclesiæ Dei. Ex quo factum est, seminante inimico homine in agro Dominico multorum scandalorum zizania, ut in episcopiis eorum fierent non jam baptisteria, sed homicidia ; non sacri chrismatis consecratio, sed humani sanguinis effusio ; non alia quælibet Christi et Ecclesiæ sacramenta, quæ solent fieri per episcopos Dei, sed execramenta, quæ solent fieri per ministros Diaboli : qui, sicut Sanctus Cyprianus episcopus scribit, videns idola derelicta, et per nimium credentium populum sedes suas ac templa deserta, excogitavit novam fraudem, ut sub ipso Christiani nominis titulo fallat incautos; hæresesque inve-

[a] Germanic. script. a M. Frehero edit. Francofurt. ann. 1600. pag. 180.
[b] Ibid. pag. 195.

nit et schismata, quibus subverteret fidem, corrumperet veritatem, scinderet unitatem." Denique, inquit author[c], "ipse Diabolus videtur nunc de carcere suo solutus esse: postquam, sicut scriptum est in Apocalypsi, *exivit*[d] *nationes seducere,* et in bellum trahere, quas antea, modis quibus poterat, per mala multa et varia seducebat."

5. Similiter Leodiensis Ecclesia, ad[a] epistolam Paschalis II. papæ respondens: "*Ecce,* inquit, *solutus est Satanas,* habens iram magnam; quem exterreat valida manus Dei." Et paulo post: "Hildebrandus papa author est hujus novelli schismatis, et primus levavit sacerdotalem lanceam contra diadema regni." Sed et Lambertus Schafnaburgensis, partis Hildebrandinæ monachus[b], "Jam solutus carcere suo Satanas, non solum corporali, sed et spirituali armatura oppugnabat pacem Ecclesiæ: et quorum corpora jugulabat, animas quoque, ne in æternum viverent, extinguere satagebat;" et Gerhohus Reicherspergensis in suo de investigatione Antichristi syntagmate (unde excerpta quædam Gretserus nuper edidit), "Hinc jam cædes," ait, "hinc[c] membrorum in laicis et clericis truncationes, et oculorum effossiones: hinc publicæ civium contra cives congressiones: aliis pro pastoribus legitimis, aliis vero contra pastores, dimicantibus. Ex eo tempore, a multis fidelibus ac prudentibus impletum atque impleri cœptum creditur, quod in Apocalypsi Johannis sic prophetatum est: *Cum consummati fuerint mille anni, solvetur Satanas de carcere suo; et exibit et seducet gentes multas, quæ sunt supra quatuor angulos terræ, Gog et Magog,* &c."

6. Et sane dualitatem illam papatus, et discordiam inter sacerdotium et regnum, multum profecisse ad solutionem Satanæ quam jam tum factam esse multi prudentes viri, etiam qui in adversas partes concesserant, ex vaticinio Apocalypseos observarunt, facile Gerhoho concedimus: verum toto cœlo erret necesse est, cum per Henricum regem, potius quam per Gregorium pontificem, solutum Dia-

c Germanic. script. a M. Frehero edit. Francofurt. ann. 1600. pag. 216.

d Apoc. cap. 20. ver. 8.

a Leodiens. epist. tom. 10. concil. edit. Labb. pag. 638.

b in anni 1076 historia, pag. 527. c pag. 41.

bolum existimat. Fuit is Henricus ejus nominis III. vel, ut alii numerant, IV. qui " sexagies[a] et bis acie collata dimicasse traditur; neque ineruditus neque ignavus; sed fato quodam ab omnibus ita impetitus, ut rem religionis tractare sibi videretur, quisquis in illum arma produceret." Quemadmodum habet in tertio libro de gestis regum Anglorum Guilielmus Malmesburiensis. Gregorius vero illius nominis fuit septimus, fatale portentum prodigiumque Ecclesiæ[b], ante pontificatum Hildebrandus dictus[c]: quod nomen[d] Paulus Bernriedensis, Teutonica lingua perustionem significare ait cupiditatis terrenæ; et ab illo deducit igne, de quo locutus est Servator[e], " Ignem veni mittere in terram; et quid volo, nisi ut ardeat?" quod etiam trahit[f] ad illud famosum somnium, quo visum Hildebrando, " quod ex ore ejus ignis exiret, qui totum mundum igniret." Non tamen dissimulat, ab aliis longe aliam traditam, et nominis notationem, ab infernali[g] videlicet titione deductam, et somnii interpretationem, qualem scilicet habuit ille Jothami apologus[h], " Exeat ignis ex cynosbato, et absumat cedros Libani:" vel Jeremiæ de olla succensa visio[i]; ad quam respiciens, qui hisce temporibus scripsit, gravis imprimis author, " Ecce[k]," inquit, " nostri temporis Gregorius papa, qui et Hildebrandt, quum aliquando os suum aperuit, Ecclesiam divisit, et propheticam ollam ab aquilone in tantum accendit, ut per hos septemdecim aut eo amplius annos, ubique sint in regno Romani imperii bella et seditiones, Ecclesiarum et monasteriorum incendia et destructiones; et ut sit episcopus adversus episcopum clerus

[a] Guiliel. Malmesbur. in hist. Guiliel. 1. Anglorum regis. fol. 64.

[b] Reipubl. Tullius de Clodio.

[c] De quo vid. Zwingeri theatrum, pag. 1332. col. 1. quem locum deleri jubet Jo. Maria Brasicheller. in indice expurg. Rom. pag. 702. Vid. etiam tom. 7. Surii seu Mosandri, pag. 525, 526. histor. Franc. a Pithæo edit. pag. 88. Otho Frisingens. lib. 6. cap. 34, 36. Bal. in Actis Anglo. cælib. Alex. Cook in hist. Joannæ Papissæ. Matt. Paris. pag. 7, 8, 10. Marian. Scot. ann. 1074. Trithem. chronic. Hirsaug. Helmold. histor. Sclavor. lib. 1. cap. 28, 29. Heerbrand. de Antichristo, tom. 6. 5. 35. pag. 41, 42. et Graserum. pag. 332, 416.

[d] Paul. Bernriedens. in vita Gregor. VII. pag. 19.

[e] Luc. cap. 12.

[f] Paul. Bernriedens. pag. 21.

[g] *Hell-brand.*

[h] Judic. cap. 19. ver. 15.

[i] Jerem. cap. 1. ver. 13.

[k] De unitate Eccles. pag. 162. edit. M. Freheri.

adversus clerum, populus adversus populum, immo filius adversus patrem, et pater adversus filium, et frater adversus fratrem."

7. Facta enim adversus Henricum Cæsarem conjuratione, princeps quidem malleolos ad incendendum orbem facesque comparavit Hildebrandus: deinde pedissequi ejus, Odo[a] (aliis Urbanus, Bennoni[b] rectius Turbanus dictus), a Diabolo successor Hildebrandi designatus, atque ab Hildebrandinis, ut incendia Hildebrandi jam defuncti resuscitaret, subintroductus; et Raynerus monachus, Paschalis II. dictus; cujus est illa, in epistola[c] ad Robertum Flandrensium comitem scripta, seditiosa vox ac sanguinaria; ut Hildebrandi discipulum possis agnoscere. "Henricum hæreticorum caput, et ejus fautores pro viribus persequaris. Nullum profecto gratius Deo sacrificium offerre poteris, quam si eum impugnes, qui se contra Deum erexit, qui Ecclesiæ Dei regnum auferre conatur, &c." Ad quem Leodiensis Ecclesia appositissime: "Apostolicus[d], qui hoc sacrificium belli indicit Roberto filio suo, vellet, puto, redire ad zelum Phinees; vellet facere, quod fecit Moyses, ut manus Levitarum consecret in sanguine fratrum suorum. Perierunt filii Aaron offerentes ignem alienum: utinam non pereat hic, qui etiam modo offert Deo ignem alienum; et non illum ignem, quem venit Jesus mittere in terram, et vult ut ardeat."

8. An ad priorem partem nominis Hildebrandini alluserit Petrus Damiani[a], cum Hildebrandum virgam[b] Assur, Sanctum[c] suum Satanam appellat, equidem nescio: quod ad posteriorem attinet, res ipsa clamat, fuisse illum furialem mundi incendiarium; adeoque ipsum Acheronta movisse, ut ad ἀκμὴν demum perduceretur tyrannis Antichristi, et ad summum imperium efferretur homo ille peccati, "cujus[d]

[a] Successit Hildebrando Desiderius, Victor appellatus: sed ad primam missam, incertum quo discrimine, cecidit exanimatus, calice (si dignum est credere, vide Baron.) veneno infecto. Tunc in Odonem declinavit electio. Guil. Malmesbur. lib. de Reg. Angl. in Guilielm. I.

[b] Bennon. in vita Hildebrand.

[c] Labb. concil. tom. 10. pag. 629.

[d] Petr. Damian. tom. 3. oper. pag. 641.

[a] Petr. Damian. initio apologetici ob dimissum episcopatum, tom. 3. oper. pag. 579.

[b] Esai. cap. 10. ver. 5.

[c] Petr. Damian. op. tom. 3. pag. 580.

[d] 2 Thess. cap. 2. ver. 9, 10.

adventus est ex efficacia Satanæ, cum omni potentia, et signis, ac prodigiis mendacibus, et cum omni seductione injustitiæ in iis qui pereunt." De artium diabolicarum studiis, quibus est imbutus ab antecessoribus suis Benedicto IX. et Gregorio VI. pessimis[e] magistris pejor discipulus, plura in vita ejus tradit Benno; atque hoc inter cætera. "Cum vellet, manicas suas discutiebat, et in modum scintillarum ignis dissiliebat: et iis miraculis oculos simplicium velut signo sanctitatis ludificabat. Et quia Diabolus per paganos Christum publice persequi non poterat, per falsum monachum sub habitu monastico, sub specie religionis, nomen Christi fraudulenter subvertere disponebat." Hiccine vero ignis ille erat, quem[f] Christus venit missurus in terram? an ille potius, quem[g] bestia Apocalyptica factura erat e cœlo descendere in terram in conspectu hominum? Certe, ut Spiritus Sanctus de bestia hac agens, quæ seducit incolas terræ, propter signa quæ datum est ei ut faciat, ab igne Eliæ sermonem mutuari voluit, ita Paulus Bernriedensis[h] varia Hildebrandi portenta per ignem edita commemorans, Eliæ eum identidem assimilat.

9. Quod autem "adventus[a] ejus fuerit ex operatione Satanæ, in signis et prodigiis mendacibus," non ab uno proditum est Bennone, sed ab episcopis insuper triginta, qui anno 1080. ex Italia, Gallia et Germania, Brixinæ Noricæ convenerunt. In ea enim synodo Hildebrandum, quod[b] per artem magicam, necromanticam, et Dæmonum suffragio sedem apostolicam invaserit, accusatum; et ut falsum[c] monachum, magum, divinaculum, somniorum prodigiorumque conjectorem condemnatum, et Cæsarianarum et Hildebrandinarum partium scribunt historici. In Mariani Scoti chronico[d] legimus triginta episcopos, ab Henrico Cæsare Romanam urbem obsidente congregatos, dixisse in synodo Gregorium prophanum, scelestum, amatorem discordiæ, virum sanguinum, sedem apostolicam usurpasse

[e] Benno, in vita Hildebrandi.
[f] Luc. cap. 12. ver. 49. [g] Apoc. cap. 13. ver. 13, 14.
[h] Paul. Bernried. in vita Gregor. VII. pag. 20, 22.
[a] 2 Thess. cap. 2. ver. 9. [b] Joh. Trithem. in chron. Hirsaugiens. ann. 1080.
[c] Joh. Aventin. annal. Boior. lib. 5.
[d] Marian. chron. lib. 3. ann. 1081.

per necromantiam. A Brixinensis synodi episcopis pseudomonachum vel necromantium appellatum testatur etiam, libri primi de gestis Friderici capite primo, Otto Frisingensis episcopus. Et ipsa decreti conclusio conceptis verbis extat a Conrado Liechtenavio abbate Urspergensi, et post eum a Carolo[e] Sigonio et Onuphrio Panvinio[f], consignata. "Divinationum ac somniorum cultorem, manifestum necromantium, Pythonico spiritu laborantem, et idcirco a vera fide exorbitantem, judicamus canonice deponendum et expellendum; et, nisi ab ipsa sede, his auditis, descenderit, in perpetuum condemnandum." Unus repertus est Baronius[g], qui, rem in quæstionem vocare ausus, ista a Conrado abbate ad decretum Brixinense ex Bennone addita pronuntiat; quasi aut solus[h] Brixinensis concilii sententiam aperuisset abbas; aut apud nos cardinalis Baronii antiquior esse deberet quam cardinalis Bennonis authoritas.

10. Sive vero dæmoniacorum studiorum cultor Hildebrandus fuerit, sive non; illud constat studiosissimum fuisse propagatorem doctrinæ dæmoniorum, quæ[a] matrimonium contrahere prohibet, et abstinere a cibis jubet, quos Deus condidit ad participandum cum gratiarum actione fidelibus, et iis qui norunt veritatem. Patet hoc ex duabus synodis, Romæ sexto pontificatus ejus anno habitis: in quarum altera editus est iste canon. "Quia[b] dies Sabbathi apud sanctos patres nostros in abstinentia celebris est habitus, nos, eorundem auctoritatem sequentes, salubriter admonemus, ut quicunque se Christianæ religionis participem esse desiderat, ab esu carnium eadem die, nisi majore festivitate interveniente, vel infirmitate impediente, abstineat;" in altera damnatum est scriptum[c], quod dicitur,

[e] Sigon. hist. de regno Ital. lib. 9. ann. 1080.

[f] Onuphr. in vita Greg. VII. col. 268.

[g] Baron. annal. tom. 2. ann. 1080. sec. 20.

[h] Etiam a Mariano Scoto (vel Dodechino potius) et Ottone Frisingensi res est prodita.

[a] 1 Tim. cap. 4. ver. 1, 3.

[b] Concil. Rom. V. sub Gregor. VII. Labb. concil. tom. 10. pag. 373. Gratian. de consecr. dist. 5. Quia dies.

[c] Bertold. Constantiens. chron. ann. 1079.

sancti Udalrici, ad papam Nicolaum, de nuptiis presbyterorum, et capitulum Paphnutii de eadem re. Sed de κληρογαμίᾳ[d] quam "spiritu parum sancto (Gregorii Wicelii verba sunt in via regia) Hildebrandus notabiliter actus, ex Ecclesia Romana sustulit," Sigeberti Gemblacensis et Lamberti Schafnaburgensis, in historia anni 1074, (qui Hildebrandi pontificatus fuit secundus) narrationes, operæ pretium fuerit cognoscere. Sic igitur Sigebertus; et eum secuti alii multi[e]. "Gregorius papa, celebrata synodo, simoniacos anathematizavit, et uxoratos sacerdotes a divino officio removit, et laicis missam eorum audire interdixit, novo exemplo, et, ut multis visum est, inconsiderato præjudicio, contra sanctorum patrum sententiam, &c. Ex qua re tam grave oritur scandalum, ut nullius hæresis tempore sancta Ecclesia graviori schismate discissa sit; his pro justitia, illis contra justitiam, agentibus, continentiam paucis tenentibus, aliquibus eam modo causa quæstus ac jactantiæ simulantibus, multis incontinentiam perjurio aut multipliciori adulterio cumulantibus. adhæc hac opportunitate laicis insurgentibus contra sacros ordines, et se ab omni ecclesiastica subjectione excutientibus; laici sacra mysteria temerant, et de his disputant, infantes baptizant sordido humore aurium pro sacro oleo et chrismate utentes; in extremo vitæ viaticum Dominicum, et usitatum Ecclesiæ obsequium sepulturæ, a presbyteris conjugatis accipere parvi pendunt; decimas presbyteris deputatas igne cremant: et (ut in uno cetera perpendas) laici corpus Domini a presbyteris conjugatis consecratum sæpe pedibus conculcaverunt, et sanguinem Domini voluntarie effuderunt; et multa alia contra jus et fas gesta sunt in Ecclesia. Et hac occasione multi pseudomagistri exsurgentes in Ecclesia, profanis novitatibus plebem ab ecclesiastica disciplina avertunt."

11. Lambertus historiam ita pertexit. "Hildebrandus papa cum episcopis Italiæ conveniens, jam frequentibus syn-

[d] conjugio clericorum.

[e] Radulphus de Diceto, Rogerus Wendoverius, et eum secutus Matt. Paris. Guil. Nangiacus, et Matt. Westmonast. eumque secutus Roffensis historiæ collector et Bartholomæus de Cotton. ad ann. 1074. Vincent. spec. hist. lib. 25. cap. 45. I. de Columna, apud Antonin. tit. 16. cap. 1. sec. 21. Magnum chron. Belgiac. a Pistorio edit. pag. 123.

odis decreverat, ut, secundum instituta antiquorum canonum, presbyteri uxores non habeant, habentes aut dimittant aut deponantur: nec quisquam omnino ad sacerdotium admittatur, qui non in perpetuum continentiam vitamque cœlibem profiteatur. Hoc decreto per totam Italiam promulgato, crebras literas ad episcopos Galliarum transmittebat, præcipiens, ut ipsi quoque in suis Ecclesiis similiter facerent, atque a contubernio sacerdotum omnes omnino fæminas perpetuo anathemate resecarent. Adversus hoc decretum protinus vehementer infremuit tota factio clericorum, hominem plane hæreticum et vesani dogmatis esse clamitans, qui, oblitus sermonis Domini quo ait, *Non*[a] *omnes capiunt hoc verbum; qui potest capere capiat.* Et Apostolus: *Qui*[b] *se non continet, nubat; melius est enim nubere quam uri:* violenta exactione homines vivere cogeret, ritu Angelorum, et, dum consuetum cursum naturæ regeret, fornicationi et immunditiæ fræna laxaret. Quod si pergeret sententiam confirmare, malle se sacerdotium quam conjugium deserere, et tunc visurum eum, cui homines sorderent, unde gubernandis per Ecclesiam Dei plebibus, Angelos comparaturus esset. Nihilominus ille instabat, et assiduis legationibus episcopos omnes socordiæ ac desidiæ arguebat; et nisi ocyus injunctum sibi negotium exequerentur, apostolica se censura in eos animadversurum comminabatur. Archiepiscopus Moguntinus sciens non parvo constare operam hanc, ut tanto tempore inolitam consuetudinem revelleret, atque ad rudimenta nascentis Ecclesiæ senescentem jam mundum reformaret; moderatius agebat cum eis; et primo eis in dimidium annum inducias et deliberandi copiam dedit; hortans eos, ut quod necessario faciendum sit, sponte faciant, et tam sibi quam Romano pontifici necessitatem adimant aliquid in eos, quod secus sit, decernendi."

12. "Ad ultimum congregata synodo in Erphordia mense Octobri, pressius jam imminebat, ut relata omni tergiversatione, inpræsentiarum, aut conjugium abjurarent, aut sacri altaris ministerio se abdicarent. Multas e contra illi

[a] Matt. cap. 19. ver. 11, 12. [b] 1 Cor. cap. 7. ver. 9.

rationes afferebant, quibus instantis perurgentisque improbitatem eludere, sententiamque cassare niterentur. Cumque adversus apostolicæ sedis authoritatem, qua se ille ad hanc exactionem, præter voluntatem propriam compulsum obtendebat, nihil argumenta, nihil supplicationes precesque proficerent: egressi tanquam ad consultandum, consilium ineunt, ut in synodum non redeant, sed injussi omnes in domos suas discedant. Nonnulli etiam confusis vocibus clamitabant, melius sibi videri, ut in synodum regressi ipsum episcopum, priusquam execrabilem adversus eos sententiam promulgaret, cathedra episcopali deturbarent, et merita morte mulctato, insigne monumentum ad posteros transmitterent, ne quis deinceps successorum ejus talem sacerdotali nomine calumniam struere tentaret. Cum ad episcopum relatum est, hoc eos machinari, commonitus a suis ut tumultum qui oriebatur matura moderatione præverteret, misit ad eos foras, rogavitque ut sedato pectore in synodum regrederentur, se cum primum opportunitas arrisisset, Romam missurum et dominum apostolicum, si qua posset ratione, ab hac sententiæ austeritate deducturum." Addit Lambertus, sequente anno ab eodem episcopo Moguntiæ congregatam denuo esse synodum. "Ubi inter alios (inquit) episcopos qui convenerant, aderat Curiensis episcopus, apostolicæ sedis literas et mandata deferens, quibus ei sub interminatione gradus et ordinis sui præcipiebat, sicut antea quoque multis legationibus præceperat, ut presbyteros omnes qui intra suam diœcesim essent, cogeret, aut inpræsentiarum conjugibus renunciare, aut se in perpetuum sacri altaris ministerio abdicare. Quod dum facere vellet, exurgentes, qui undique assidebant clerici, ita eum verbis confutabant, ita manibus et totius corporis gestu in eum debacchabantur, ut se vita comite synodo excessurum desperaret. Sic tandem rei difficultate superatus, statuit sibi deinceps tali quæstione omnino supersedendum, et Romano pontifici relinquendum, ut causam, quam ipse toties inutiliter proposuisset, ille per semetipsum quando vellet, et quomodo vellet, peroraret." Hæc Lambertus, in historia anni 1075. ad quem Marianus

Scotus[a], "cum clerici magis eligerent anathemati subjacere, quam uxoribus carere ; Hildebrandus papa, ut per alios (si posset) eos castigaret, præcepit ut nullus audiret missam conjugati presbyteri."

13. Videant vero doctores pontificii, atque ii inprimis qui se socios[a] Jesu appellant, ad quos spectet illa Bennonis cardinalis sententia objurgatoria. "Obstupescant pseudo-prophetæ ad vocem Petri, in[b] facie humani, in cauda scorpiones, lupi[c] sub ovina pelle latentes, corpora trucidantes in oris gladio, et animas pariter devorantes; quorum RELIGIO nihil aliud redolet, nisi PRODITIONEM et avaritiam; *penetrantes*[d] *domos viduarum captivas duxerunt mulierculas oneratas peccatis,* sub occasione impacati temporis *attendentes*[e] *spiritibus erroris, et doctrinis* DÆMONUM, quas accepit Hildebrandus magister eorum a magistris suis, a Theophylacto qui cognominatus est Benedictus papa IX. &c." De nostri temporis Hildebrandis non est hic dicendi locus: in istis, de quibus nunc agimus, "densissimis[f] Ægypti tenebris," quando apertus est puteus abyssi et sol atque aer a fumo ejus obscuratus, hujus generis pseudo-prophetæ, "in facie humani, in cauda Scorpiones" (ipsissimæ locustæ apocalypticæ, quæ ex fumo illo putei exierunt in terram) monachi illi erant, Ecclesiæ et reipublicæ perturbatores; de quibus in nuper citata de[g] unitate Ecclesiæ apologia, ita scribit Waltramus. "Postquam moti sunt homines ab oriente, et recesserunt a vero lumine, tunc adversus Deum impietatis suæ turrim ædificaverunt, tunc dogmatum superbias confixerunt, curiositate volentes non licita in ipsius cœli alta penetrare: et vocatus est locus ille Babel, id est, confusio; quale mysterium iniquitatis nunc operatur per quosdam, qui dicuntur monachi, confundentes Ecclesiam pariter et rempublicam perverso dogmate suo: qui adversantur, et extollunt se adversus

[a] Marian. Scot. MS. in biblioth. Cotton. et eum secutus Florentius Wigorn. et Rog. Hoved. in ann. 1075.

[a] Nicol. Serar. oratio. 2. Luthero Turcic. de magistris et doct. et vers. in amphitheatr. clari Bonarscii. [b] Apoc. cap. 9. ver. 7, 10.

[c] Matt. cap. 7. ver. 15. [d] 2 Tim. cap. 3. ver. 6. [e] 1 Tim. cap. 4. ver. 1.

[f] Ott. Frisingens. chron. lib. 6. cap. 36. Apoc. cap. 9.

[g] Germ. script. a M. Frehero, edit. Francof. ann. 1600. pag. 228, 233, et 222.

regiam potestatem, et adversus apostolicam sedem: putantes legitimum non esse regnum, nisi quod per scelus fuerit quæsitum; nec idoneum esse Romanæ Ecclesiæ episcopum, nisi per quem pandatur omnibus hæreticis janua et introitus in ovile Dominicum, &c. qui ne pueros quidem vel adolescentes permittunt in monasteriis habere studium salutaris scientiæ: ut scilicet rude ingenium nutriatur siliquis dæmoniorum, quæ sunt consuetudines humanarum traditionum; ut ejusmodi spurcitiis assuefacti non possint gustare quam suavis est Dominus, qui dicit in evangelio de talibus[h]: *Væ vobis Scribæ et Pharisæi, hypocritæ, qui tulistis clavem scientiæ. Vos enim*, inquit, *non intratis, nec sinitis introeuntes intrare.* Item: Corpus Ecclesiæ *quasi*[i] *capitio tunicæ* cingunt, qui constrictis doctrinæ salutaris prædicatoribus, velut ejus collum prementes, in ea claudere iter vobis volunt. Quale scilicet mysterium iniquitatis prætendunt plures monachi in veste sua; per quos fiunt, et facta sunt schismata atque hæreses in Ecclesia: qui etiam a matre filios segregant, oves a pastore sollicitant, Dei sacramenta disturbant: qui etiam Dei traditione contempta, alienas doctrinas appetunt, et magisteria humanæ institutionis inducunt." Et alibi: "Diabolus videns idola derelicta, et per nimium credentium populum sedes suas ac templa deserta, excogitavit novam fraudem, ut sub ipso Christiani nominis titulo fallat incautos: hæresesque invenit et schismata, quibus subverteret fidem, corrumperet veritatem, scinderet unitatem. Quos detinere non potest in viæ veteris cæcitate, circumscribit novi itineris errore, rapit de ipsa Ecclesia homines: et dum sibi appropinquasse jam lumini, atque evasisse seculi noctem videntur, alias nescientibus tenebras infundit: ut cum evangelio, et observatione ejus et lege non stantes, Christianos se vocent, et ambulantes in tenebris habere se lumen existiment, blandiente adversario et fallente qui secundum Apostoli vocem *transfigurat*[k] *se velut Angelum lucis*, et ministros subornat suos, velut ministros justitiæ: asserentes noctem pro die, interitum pro salute, desperationem sub obtentu spei, perfidiam sub prætextu fidei, Antichristum sub vocabulo Christi: ut,

[h] Luc. cap. 11. ver. 52.
[i] Job cap. 30. ver. 18.
[k] 2 Cor. cap. 11. ver. 14, 15.

dum verisimilia mentiuntur, veritatem subtilitate frustrentur."

14. Sed redeo ad "pseudo-monachum totius vesaniæ pestiferum principem," ita enim Brixinensis[a] concilii episcopi appellarunt Hildebrandum: de quo ait Onuphrius[b] Panvinius, "comminiscitur nescio quis fabulator inconcinnas fabellas; quod cum filius esset fabri lignarii, ex sarmentis ordine compositis inscium ipsum has literas ordine conseruisse, quibus adstans homo literatus legerit, ex ea compositione scandularum; DOMINABOR A MARI USQUE AD MARE." Et tamen cardinali Baronio ridiculum[c] hoc levissimi hominis commentum; "est præostensum divinitus signum (manum pueri ductante numine scilicet) quod fabri filii futura esset amplissima in mundo auctoritas." Ut non humilioris "solum tituli, quo Deus filium suum hominem factum voluit insigniri, quando ipse exinanivit sese forma servi accepta," Hildebrandum suum consortem esse voluerit cardinalis; sed etiam sublimis illius nominis quod "donavit illi Deus supra omne nomen," intruso homine peccati in thronum ipsius Christi regis nostri, de quo illud a psalmographo editum est oraculum, DOMINABITUR[d] A MARI USQUE AD MARE. In Johannis Aventini septimo annalium Boiorum libro, Eberhardo Salisburgensi episcopo ista tribuitur sententia: "Hildebrandus ante annos centum atque septuaginta, primus specie religionis ANTICHRISTI imperii fundamenta jecit. Hoc bellum nefandum primus auspicatus est, quod per successores hucusque continuatur." Et libro quinto ita scribit ipse Aventinus: "Hildebrandus, qui et Gregorius septimus, primus imperium pontificum condidit, quod successores per quadringentos quinquaginta continenter annos, invito mundo, invitis imperatoribus, adeo duxere, ut inferos superos in servitutem redegerint, atque sub jugum miserint, atque cuncta fulmine perterritent:

[a] Conrad. abbas Ursperg. in chron. ann. 1080.

[b] Onuphr. in vita Greg. VII. a Gretsero edit. col. 234. Gobelinus Persona, in Cosmodrom. Ætat. 6. cap. 54.

[c] Baron. ann. 1073. sec. 16.

[d] Psalm. 72. ver. 8.

Quo bruta tellus et vaga flumina,
Quo Styx, et invisi horrida Tænari
Sedes, Atlanteusque finis
Concutitur, *mutant* ima summis.

Utcunque libet de cœlo ad inferos præcipitant, rursus ex inferis ad astra tollunt. Jam imperator Romanus nihil amplius, appellatio modo est sine corpore, sine specie."

15. Nec minus clare Onuphrius Panvinius, summus authoritatis pontificiæ atque Hildebrandinæ dignitatis fautor et amplificator: "Huic uni," inquit[a], "cum omnes Latinæ Ecclesiæ, tum præcipue Romana acceptum referre debet, quod libera sit, et ab imperatorum manu eruta, quod tot divitiis, opibus, et profana ditione locupletata; quod regibus, imperatoribus, et omnibus Christianis principibus sit præfecta: a quo postremo, ut omnia verbo uno complectar, maximus iste eximiusque status, in quo Ecclesia Romana est omnium Christianorum domina; cum antea, tanquam vilis ancilla, non ab imperatoribus modo, sed a quovis principe Romani imperatoris præsidiis fulto, premeretur: ab hoc maximæ illius et omni seculo tremendæ venerandæque Romani pontificis et INFINITÆ pene potestatis jus manavit. Nam etsi ante Romani pontifices, tanquam religionis Christianæ capita, Christique vicarii, et Petri successores, colerentur; non tamen eorum auctoritas ultra protendebatur, quam in fidei dogmatibus vel asserendis, vel tuendis. Cæterum imperatoribus suberant; ad eorum nutum omnia fiebant; ab eis creabantur; de eis judicare, vel quidquam decernere, non audebat papa Romanus. Primus omnium Romanorum pontificum Gregorius VII. armis Nortmannorum fretus, opibus comitissæ Mathildis, mulieris per Italiam potentissimæ, confisus, discordiaque Germanorum principum bello civili laborantium inflammatus, præter majorum morem, contempta imperatoris auctoritate et potestate, cum summum pontificatum obtinuisset, Cæsarem ipsum, a quo si non electus, saltem confirmatus fuerat, non dico excommunicare, sed etiam regno imperioque privare ausus est: res ante ea secula inaudita. Nam

[a] Onuphr. in vita Greg. VII. Col. 271, 272.

fabulas, quæ de Arcadio, Anastasio, et Leone iconomacho circumferuntur, nihil moror. Unde Otto Frisingensis horum temporum scriptor: "Lego[b] (inquit) et relego Romanorum regum et pontificum gesta, et nusquam invenio aliquem eorum ante hunc Henricum a Romano pontifice excommunicatum vel regno privatum, &c." Gotfridus[c] Viterbiensis, eodem modo: "Ante hunc imperatorem non legimus aliquem a Romano pontifice excommunicatum, aut imperio privatum: nisi forte illud pro excommunicatione reputetur, quod Philippus primus Christianus imperator ad breve tempus a Romano pontifice inter pœnitentes legitur collocatus; aut illud quod Theodosius ob cruentam hominum cædem a liminibus Ecclesiæ legitur sequestratus." Et Johannes Trithemius[d]: "Ipse primus est inter omnes imperatores per papam depositus. Scholastici *certant, et adhuc sub judice lis est,* utrum papa imperatorem possit deponere: quam quæstionem, cum ad nos non pertineat, indiscussam relinquamus."

16. Addit vero Otto Frisingensis[a], "non defuisse tum qui dicerent, Deum ad hoc regnum imminui voluissse, ut Ecclesiam exaltaret;" qui rectius dixissent[b], sublatum e medio, quod retinebat, imperium; ut suo præstituto tempore revelaretur Antichristus, exaltato in Ecclesia filio illo perditionis, qui adversatur et extollitur ἐπὶ[c] πᾶν τὸ λεγόμενον Θεὸν ἢ σέβασμα. Sed pergit Otto: "Regni quippe viribus ac beneficentia regum exaltatam et ditatam nemo ambigit Ecclesiam: constatque non prius eam intantum regnum humiliare potuisse, quam ipso ob amorem sacerdotii eviscerato, ac viribus exhausto, non ejus tantum, id est spirituali, sed suo proprio materiali scilicet gladio percussum destruetur: quod judicare, vel discutere, supra nostras vires est. Videntur tamen culpandi sacerdotes per omnia, qui regnum suo gladio, quem ipsi ex regum habent gratia, ferire conantur: nisi forte David imitari cogitent, qui Philistæum primo virtute Dei stravit, postmodum pro-

[b] Ott. Frising. chron. lib. 6. cap. 35.
[c] Gotfrid. Viterb. chron. part. 17.
[d] Trithem. chron. Hirsaug. ann. 1106.
[a] Ott. Frising. Prolog. lib. 7. chron.
[b] 2 Thess. cap. 2. ver. 6, 7.
[c] 2 Thess. cap. 2. ver. 4.

prio gladio jugulavit." Liberius aliquanto, in responsione ad epistolam Paschalis II. Ecclesia Leodiensis. "Esset[d] apostolicum, imitari apostolum: esset propheticum, imitari prophetam. Sed peccatis nostris merentibus, apostolicus, qui etiam modo orare deberet pro rege, quamvis peccatore, *ut[e] tranquillam et quietam vitam agamus,* agit bellando, ne tranquillam et quietam vitam agamus. Cum ita sibi consonent apostolica et prophetica verba; quæro humiliter ego filia a matre mea sancta Romana Ecclesia, unde hæc authoritas apostolica, ut præter spiritualem gladium exerat in subjectos alterum occisionis gladium?" Deinde Gregorium septimum hac in re a Gregorii primi et majorum suorum institutis descivisse docet. "Gregorius primus hujus nominis papa, quid omnes ante se papæ super hoc senserint, et quid omnes post se sentire debeant, ostendit, scribens Sabiniano diacono: *Unum[f] est, quod breviter suggeras serenissimis dominis nostris; quia si ego servus eorum in morte Langobardorum me miscere voluissem, hodie Langobardorum gens nec regem nec duces nec comites haberet, atque in summa confusione esset divisa: sed quia Deum timeo, in mortem cujuslibet hominis me miscere formido.* Hoc exemplo omnes a primo Gregorio contenti, utebantur solo gladio spirituali, usque ad ultimum Gregorium, id est, ad Hildebrandum, qui primus se et suo exemplo alios pontifices contra imperatorem accinxit gladio belli."

17. Quænam autem fundamenta fuerint Antichristiani imperii ab Hildebrando posita, ostendunt canones ab eo editi, quos DICTATUS PAPÆ novus dictator appellavit. Quorum quidem major pars, ut ipse agnoscit Onuphrius[a], "antea parum in usu fuerat, et a nemine prædecessorum suorum unquam attentato." Sunt vero decreta hujusmodi[b].

[d] Labb. conc. tom. 10. pag. 639.

[e] I Tim. cap. 2. ver. 2.

[f] Gregr. I. regist. lib. 4. indict. 12. epist. 47. op. tom. 2. pag. 726.

[a] Onuphr. in vita Greg. VII. col. 248.

[b] Greg. VII. regist. lib. 2. post epist. 55. Labb. conc. tom. 10. pag. 110.

Quod Romana Ecclesia a solo Domino sit fundata.

Quod solus Romanus pontifex jure dicatur Universalis.

Quod ille solus possit deponere episcopos, vel reconciliare.

Quod legatus ejus omnibus episcopis præsit in concilio, etiam inferioris gradus : et adversus eos sententiam depositionis possit dare.

Quod absentes papa possit deponere.

Quod cum excommunicatis ab illo, inter cetera, nec in eadem domo debemus manere.

Quod illi soli licet pro temporis necessitate novas leges condere, novas plebes congregare, de canonica abbatiam facere, et e contra divitem episcopatum dividere, et inopes unire.

Quod solus possit uti imperialibus insigniis.

Quod solius papæ pedes omnes principes deosculentur.

Quod illius solius nomen in Ecclesiis recitetur.

Quod unicum[c] est nomen in mundo.

Quod illi liceat imperatores deponere.

Quod illi liceat de sede ad sedem, necessitate cogente, episcopos transmutare.

Quod de omni Ecclesia, quocunque voluerit, clericum valeat ordinare.

Quod ab illo ordinatus alii Ecclesiæ præesse potest, sed non militare : et quod ab aliquo episcopo non debet superiorem gradum accipere.

Quod nulla synodus absque præcepto ejus debet generalis vocari.

Quod nullum capitulum, nullusque liber canonicus habeatur absque illius auctoritate.

Quod sententia illius a nullo debeat retractari, et ipse omnium solus retractare possit.

Quod a nemine ipse judicari debeat.

Quod nullus audeat condemnare apostolicam sedem appellantem.

Quod majores causæ cujuscumque Ecclesiæ ad eam referri debeant.

Quod Romana Ecclesia nunquam erravit; nec in perpetuum, scriptura testante, errabit.

Quod Romanus pontifex, si canonice fuerit ordinatus, meritis B. Petri indubitanter efficitur sanctus, testante sancto Ennodio Papiensi episcopo, ei multis sanctis patribus faventibus ; sicut in decretis beati Symmachi papæ continetur.

Quod illius præcepto, et licentia, subjectis liceat accusare.

Quod absque synodali conventu possit episcopos deponere, et reconciliare.

Quod Catholicus non habeatur, qui non concordat Romanæ Ecclesiæ.

Quod a fidelitate iniquorum subjectos potest absolvere.

18. His jactis principiis, quibus " gradum[a] sibi fecit, et viam ad ea omnia, quæ animo conceperat, peragenda :" legatos ad Henricum Cæsarem misit Hildebrandus, denun-

[c] Vid. Baron. annotat. in martyrolog. Rom. Jan. 10. c. Sed rectius exponit Casaubonus noster in exercitationibus ad Baron. Ante hoc tamen tempus papæ nomen commune fuisse aliis episcopis ostendit Colvenerius in notis ad Flodoard. lib. 1. cap. 12. et Balderic. chron. Cameracens. lib. 1. cap. 110.

[a] Onuphr. in vita Greg. VII. col. 250.

tiaturos[b] ei, "ut secunda feria secundæ hebdomadæ in Quadragesima (anni 1076.) ad synodum Romæ occurreret, de criminibus, quæ objicerentur, causam dicturus; alioquin sciret, se absque omni procrastinatione eodem die de corpore sanctæ Ecclesiæ apostolico anathemate abscindendum esse." Cæsar legatione vehementer permotus, synodum Wormatiæ habuit: in qua "universi[c] pene Teutonici episcopi, præter Saxonicos, Hildebrandum papam abdicarunt; mittentes ad illum epistolam, post multas culpationes in illum injectas, ita conclusam. Quia ergo et introitus tuus tantis perjuriis est initiatus, et Ecclesia Dei tam gravi tempestate per abusionem novitatum tuarum periclitatur, et vitam per conversationem tuam tam multiplici infamia dehonestasti: obedientiam, quam tibi nullam promisimus, nec de cætero ullam servaturos esse, renunciamus; et quia nemo nostrum, ut tu publice declamabas, tibi hactenus fuit episcopus; tu quoque nulli nostrum amodo eris apostolicus[d]." Cui[e] decreto non solum Germaniæ, et Galliæ multi episcopi, sed et Italiæ plerique conventu Papiæ imperatoris jussu habito, subscripsere; "Positisque[f] sacrosanctis Evangeliis, juramento firmaverunt, nullo modo se deinceps Gregorium pro papa habituros, vel obedientiam exhibituros." Atque eo res processit, ut "episcopos[g] pene omnes in Italia" ab obedientia recessisse, conqueratur ipse Gregorius. Extant apud Brunonem in historia belli Saxonici, et Henrici Cæsaris ad Hildebrandum scriptæ binæ

[b] Lamb. Schafnaburg. chron. ann. 1076.

[c] Conrad. Leichtenav. abb. Ursperg. in chron. ann. 1076.

[d] De hac synodo vid. Vincent. Specul. hist. lib. 25. cap. 51. Marian. Scot. in chron. ann. 1077. (et eum secutum Florent. Wigor.) ann. 1077. in concilio viginti quatuor episcoporum, abbatum, multorumque clericorum, in Wormatia mense Martio facto, agente Henrico rege ipso præsente decretum est, ut jussa sive decreta Hildebrandi papæ quisque parvi penderet vel contemneret, et ut nequaquam ultra papa esset. Sigebertus in chron. ann. 1077. Henricus imperator, coacto Wormatiæ concilio 24. episcoporum, et multorum primatum regni, deseri jubet omnia decreta et facta Hildebrandi papæ, et irrita esse debere: ibique omnes, præter paucos, Hildebrandum abjurant, cumque papatu abdicandum esse judicant. Hildebrandus e contra imperatorem excommunicat: sub hoc obtentu, ut primates regni, quasi justa ex causa, excommunicato regi contradicant.

[e] Onuphr. in vita Greg. VII. col. 259.

[f] Paul. Bernriedens. in vita Greg. VII. pag. 82.

[g] Ibid. pag. 98. et Germ. script. a M. Frehero edit. tom. I. pag. 122.

epistolæ: quarum alterius, quia brevior est, exemplum placet subjungere.

19. "Henricus Dei gratia rex, Hildebrando. Quum hactenus ex te ea quæ patris sunt expectarem, tibique in omnibus magna fidelium nostrorum indignatione obedirem: percepi a te vicissitudinem, qualem oportebat ab eo, qui vitæ regnique nostri perniciosissimus hostis esset. Nam quum imprimis omnem hæreditariam dignitatem, quæ mihi ab illa sede debebatur, superbo ausu rapuisses; longius inde progrediens, regnum Italiæ pessimis artibus alienare tentasti. Nec hac contentus, in reverendissimos episcopos, qui nobis velut dulcissima membra uniti sunt, manum mittere non timuisti; eosque superbissimis injuriis, acerbissimisque contumeliis, contra divina et humana jura (ut ipsi aiunt) exagitasti. Quæ omnia quum ego quadam patientia dissimularem; tu hanc non patientiam sed ignaviam æstimans, in ipsum caput insurgere ausus es; mandans quæ nosti, scilicet, ut tuis verbis utar, Quod aut tu morereris, aut mihi animam regnumque tolleres. Hanc inauditam contumaciam ego non verbis sed re confutandam dijudicans, generalem conventum omnium regni primatum, ipsis supplicantibus, habui. Ubi quum ea, quæ hactenus metu et reverentia tacebantur, in medium deducta fuissent, veris assertionibus illorum, quas ex ipsorum literis audies, palam factum est, te nullatenus in apostolica sede posse persistere. Quorum sententiæ, quod justa et probabilis coram Deo hominibusque videbatur, ego quoque assentiens, omne tibi papatus jus, quod habere visus es, abrenuntio; atque ut a sede urbis, cujus mihi patriciatus Deo tribuente, et jurato Romanorum assensu debetur, descendas edico."

20. Cæsaris literas cum decreto episcoporum ad Gregorium, in Romana synodo considentem, pertulit Rulandus clericus Parmensis; hisque verbis papam affatus est. "Dominus[a] meus rex, et episcopi omnes Ultramontani et Italici, præcipiendo mandant, ut invasam sedem B. Petri et Romanam Ecclesiam amodo dimittas. Non est enim dignum, sine præcepto illorum, et imperiali dono, tantum honorem scandere." Et conversus, Clero Romano dixit:

[a] Paul. Bernriedens. in vita Greg. VII. pag. 83.

"Vobis dicitur, fratres, ut ad futuram Pentecostes solemnitatem regio conspectui vos repræsentetis, suscepturi de manibus regis papam et patrem: quia hic, non papa, sed lupus esse dignoscitur rapax." Ad hujus verba mox Johannes Portuensis episcopus facto impetu surgens, immensa voce clamavit, Capiatur. Nec quicquam propius est factum quam ut ab urbis præfecto et militibus in ipsa Ecclesia confoderetur. Hildebrandus deinde "velut alter Machabæus," ut inquit Gerhohus[b] Reicherspergensis, gladium arripiens, B. Petri apostolorum principis nomine invocato, Cæsarem anathemate, his conceptis verbis, percellit. "Henrico[c] regi, filio Henrici imperatoris, qui contra tuam Ecclesiam inaudita superbia insurrexit, totius regni Teutonicorum et Italiæ gubernacula contradico; et omnes Christianos a vinculo juramenti, quod sibi fecere vel facient, absolvo; et ut nullus ei sicut regi serviat, interdico." Atque ita "absolvit[d] omnes a juramento, qui fidem regi juraverant, ut contra eum impelleret absolutio, quos fidei tenuit obligatio. Quod factum multis displicuit (si cui displicere licet, quod apostolicus fecit), et asserebant, tam inefficaciter quam illicite factum, quod factum est. Sed non ausim assertiones eorum ponere, ne videar cum eis apostolici factum refellere:" inquit horum temporum author, qui Henrici imperatoris vitam descripsit. Sed quod is ausus non est, Johannes Aventinus efferre non est veritus.

21. "Plerique," inquit[a], "tum privatim, publice indignum facinus clamitant: pro concione Gregorio maledicunt, Hildebrando male precantur: ipsum odio atque libidine dominandi præcipitem agi vociferantur, Antichristum esse prædicant. Pietatis sub specie, inquibant, debacchatur, honestis nominibus bonum publicum simulat; titulo Christi, negotium Antichristi agitat. In Babylonia *in templo*[b] *Dei sedet; super omne id quod colitur, extollitur;* quasi Deus sit, se errare non posse gloriatur: in excolenda gloria sua, pertinaci spei atque concupiscentiæ imperatoris suo

[b] Gerhoh. syntagm. a Gretsero edit. cap. 13.
[c] Labb. concil. tom. 10. pag. 356.
[d] Author vitæ Henr. IV. in fascic. rer. expetend. et fugiend. Ort. Gratii, fol. 46.
[a] Jo. Aventin. lib. 5. annal. Boior. edit. Ingolst. ann. 1554. pag. 573, 574.
[b] 2 Thess. cap. 2. ver. 4.

arbitrio constituendi se devovit. Homines non peccatis, sed lege Christi, atque sacramentis solvit; pacem atque pietatem religionis nostræ labefactat; bella, seditiones concitat: stupro, cædi, perjuriis, perfidiæ, rapinis, incendio indulget. Non solum ad ambitionem suam occulendam fabulas comminiscitur, annales corrumpit, res gestas invertit, sed etiam cœlestia oracula adulterat: divinas literas falso interpretando, suæ libidini servire cogit; sacram historiam lacerat; inter mulierculas de sacris philosophatur literis. Quicquid dixerit, legem Dei putat: ad aviditatem suam incongrua conquirit testimonia, sententias depravat, ad voluntatem suam scripturam trahit repugnantem. Nimium sibi de Pharisæorum supercilio sumit, ut quosque damnare vel solvere arbitretur; cum apud Deum non sententia sacerdotis, sed vita hominis quæratur. Præterea Hildebrandus ille divinæ majestati refragatur; Christianissimo principi divinitus constituto, et a Deo inaugurato, resistit: versutus, fallax, obscurus, callidus, imperium orbis, titulo Christi, sub ovina pelle ambit. Alios pecudes ignavas, stultos, stipites, caudices, asinos, qui ejus sycophantias vaframentaque non intelligant, putat. Huc omnes nervos intendit, ut, duce gregis oppresso, in ordinemque redacto, in oves desertas præsidio imperatoris, licentius impuniusque grassetur. Si *omnis*[c] *potestas a Deo* est, maxima quoque, nempe Cæsarea, ab eo sit necesse est. Christus, cum[d] eum populus rebus imponere conaretur, aufugit: et duos[e] de hæreditate ambigentes, qui eum arbitrum ceperant, ad Cæsarem, cui imperium orbis terrarum commissum est, ablegavit. Pontificibus quoque Judæorum præcipit; *Reddite*[f] *quæ sunt Cæsaris Cæsari.* Cui[g] vectigal solvit, tributum pendit, censum dedit. Idem nos D. Petrus docet: *Deum*[h] *timete; regem honore afficite.* D. Pauli præceptum est, *Fidem*[i] *regi servate.* Quod si quispiam cœlitum aliter docuerit, devotus esto. Flagitium hujuscemodi Hildebrandi inexpiabile, scelus hactenus inauditum, procul ab orbe Germano abigendum, ense, quem Imperator supre-

[c] Rom. cap. 13. ver. 1. [d] Joh. cap. 6. ver. 15. [e] Luc. cap. 12. ver. 13. [f] Matt. cap. 22. ver. 21. [g] Matt. cap. 17. ver. 27. [h] 1 Pet. cap. 2. ver. 17. [i] Rom. cap. 13. ver. 4.

mus ad vindictam[k] malorum Cæsari tradit, resecandum: lupus, sub ovina pelle sæviens, ferro tollendus. Septimus ille non verbis, et disputationibus, sed vinculis et carcere fatigandus est."

22. Refert Benno, "ut[a] primum ad excommunicandum Cæsarem Hildebrandus de sede surrexit, sedem ipsam noviter lignis fortissimis compositam, subito Dei nutu terribiliter scissam esse in plures partes: ut manifeste daretur intelligi, sessor ille (tam periculosa excommunicatione, tanta præsumptione) quanta quamque terribilia schismata seminaret contra Ecclesiam Christi, contra sedem B. Petri; quam crudeliter dissiparet cathedram Christi, inculcando leges Ecclesiæ, imperando cum potentia et austeritate." Post promulgatam vero excommunicationem, Saxones (alias ad deficiendum satis propensos) instinctu Hildebrandi papæ rebellasse, author est in chronico Sigebertus Gemblacensis[b]. Quo spectat illud Annæ Comnenæ in primo libro[c] Alexiados." "Ὁ καὶ κατάπτυστος οὗτος πάπας μετὰ πνευματικῆς χάριτος καὶ εὐαγγελικῆς εἰρήνης ἐπὶ τὸν πόλεμον ὁ δεσπότης χωρεῖ ὅλῃ χειρὶ καὶ γνώμῃ τὸν ἐμφύλιον, ὁ εἰρηνικὸς ταῦτα καὶ τοῦ εἰρηνικοῦ μαθητής· τοὺς γὰρ Σαξόνων ἡγεμόνας μεταπεμψάμενος, καὶ πολλὰ μὲν καὶ ἄλλα ἐν ὑποσχέσεσιν ὑποτείνας, καὶ ῥῆγας ποιήσειν τῆς ἑσπέρας ἁπάσης ὑπαγγειλάμενος, εἰς ἑαυτὸν ὑποσύρει τοὺς ἄνδρας· οὕτως ἐκεῖνος εὔκολον εἶχε τὴν δεξίαν εἰς χειροθεσίαν ῥηγῶν. Iste vero execrandus papa, cum spirituali scilicet gratia et evangelica pace, tota (quod aiunt) manu ac mente princeps ad bellum civile progreditur: ille nimirum pacificus atque pacifici discipulus. Ad Saxonum enim mittens duces, ac tum alias multas conditiones eis offerens, tum etiam se facturum eos reges totius occidentis promittens, ita ad se viros allicit: usque adeo facilem ac promptam habuit ille dextram ad ordinationem regum."

23. Demum eo res est perducta, ut Germaniæ principes alium imperatorem creare constituerent, nisi a pontifice ante annum Henricus anathemate solveretur: missaque

[k] Rom. cap. 13. ver. 4.
[a] fascic. Orthuin. Grat. fol. 39, 40.
[b] Sigebert. chron. ann. 1077. et Vincent. Specul. hist. lib. 25. cap. 51.
[c] Alexiad. edit. August. ann. 1610. pag. 31, 32.

legatione coactus fuerit Cæsar anathematis absolutionem ab Hildebrando supplex expetere. Hic vero pontifex: "Si[a] veraciter, inquit, eum facti pœnitet, coronam et cætera regni insignia in argumentum veræ et ex animo factæ pœnitudinis nostræ potestati dedat; et se post tam contumax admissum regio nomine et honore deinceps indignum profiteatur. Durum nimis hoc visum est legatis. Cumque vehementer insisterent, ut sententiam temporaret, nec calamum conquassatum judicii austeritate penitus contereret: vix et ægre tandem exoratus, annuit ut cominus veniret; et, si veram pro admissis pœnitudinem gereret, culpam quam sedi apostolicæ contumeliam irrogando contraxerat, sedis apostolicæ decretis nunc obediendo expiaret. Venit ille ut jussum fuerat, et cum castellum triplici muro septum esset, intra secundum murorum ambitum receptus, foris derelicto omni comitatu, suo deposito cultu regio, nihil præferens regium, nihil ostentans pompaticum, nudis pedibus, jejunus a mane usque ad vesperum perstabat, Romani pontificis sententiam præstolando. Hoc secundo, hoc tertio die fecit." Atque ita "perversoris[b] judicis injuriam et violentiam patienter, et publice, et cum lacrymabili afflictione, nudis pedibus, in laneis vestibus, hyeme præter solitum aspera, apud Canusium spectaculum Angelorum factus et hominum, et Hildebrandi ludibrium, triduo pertulit." Qua de re ipse Hildebrandus in literis[c] ad proceres Germaniæ scriptis: "Ad oppidum Canusii," inquit, "in quo morati sumus, cum paucis advenit; ibique per triduum ante portam castri, deposito omni regali cultu miserabiliter, utpote discalceatus et laneis indutus, persistens, non prius cum multo fletu apostolicæ miserationis auxilium et consolationem implorare destitit; quam omnes qui ibi aderant, et ad quos rumor ille pervenit, ad tantam pietatem et compassionis misericordiam movit, ut pro eo multis precibus et lacrymis intercedentes, omnes quidem insolitam nostræ mentis du-

[a] Lamb. Schafnaburg. hist. ann. 1077.

[b] Benno in vita Hildebrandi. Martin. Pol. vid. excerpta nostra ex hist. Joronalensi MS. ann. 1074. item Antonin. tit. 16. cap. 1. sec. 21. Platinam in Greg. VII. magnum chron. Belgic. a Pistorio edit. pag. 124. Conrad. abb. Ursperg. chron. ann. 1076.

[c] Greg. VII. regist. lib. 4. epist. 12. Labb. Conc. tom. 10. pag. 159.

ritiam mirarentur; nonnulli vero in nobis non apostolicæ severitatis gravitatem, sed quasi tyrannicæ feritatis crudelitatem esse clamarent. Denique instantia compunctionis ejus, et tanta omnium, qui ibi aderant, supplicatione devicti, tandem eum, relaxato anathematis vinculo, in communionis gratiam, et sinum sanctæ matris Ecclesiæ recepimus." Quomodo vero receptus fuerit, apertius alibi exponit idem. "Solam[d] ei communionem reddidi: non tamen in regno, a quo eum in Romana synodo deposueram, instauravi; nec fidelitatem omnium qui sibi juraverant, vel erant juraturi, a qua omnes absolvi in eadem synodo, ut sibi servaretur, præcepi."

24. Eandem historiam hisce versibus expressit Domnizo presbyter,[a]

Ante dies septem, quam finem Janus haberet,
Ante suam faciem concessit papa venire
Regem cum plantis nudis a frigore captis
In cruce se jactans papæ, sæpissime clamans,
Parce, beate pater, pie parce mihi peto plane.
Papa videns flentem miseratus ei, satis est, est;
Nam benedixit eum, pacem tribuit sibi, demum
Missam cantavit, corpus dedit et Deitatis.

"Expletoque sacro ministerio (ut addit Lambertus Schafnaburgensis) regem ad prandium vocavit, benignissimeque refectum, et de omnibus quæ eum observare oporteret diligenter instructum, cum pace ad suos, qui longius extra castellum remanserant, dimisit." Sed quali cum pace dimissus fuerit, his verbis aperte ac palam profert author apologetici de unitate Ecclesiæ. "Ad[b] comprobandum ecclesiasticæ reconciliationis testimonium, sacram communionem corporis et sanguinis Domini de manu pontificis accepit; mensam cum eo adiit, ac deinde dimissus est in pace; qualem scilicet pacem Judas simulavit, non qualem Christus reliquit. Aderat enim et legatio hostium suorum, quærentium omnibus

[d] Labb. concil. tom. 10. pag. 383.

[a] lib. 2. de vita Mathildis comitissæ, cap. 1. a Sebast. Tengnagel. edit. Ingolst. ann. 1612. pag. 186.

[b] Tom. 1. script. Germ. M. Freheri, pag. 161.

modis interrumpere initum hoc reconciliationis pactum, quibus papa rescripsit talibus verbis: Ne solliciti, inquiens, sitis, quoniam culpabiliorem eum reddo vobis. Certe culpabiliorem facere aliquem, præcipue autem regem, quem præcipit Petrus apostolus honorificare, hoc non est oves Christi pascere." Et post: "Ecce autem propria sunt regum quædam ornamenta, sicut corona et purpura, atque alia regni insignia, a quibus regem abstinere ad arbitrii sui tempus decrevit papa: hujus scilicet intentionis gratia, ut sic aut contemptibilior esset ipsius regis in regno persona, donec roboraretur regnum, quod jam parabatur in electione alterius regis, dum fuerat ipse legitimus rex in Italia; aut, si non permissus a se regalia resumeret ornamenta, certiorem perinde haberet exercendæ circa eum causam excommunicationis: quod videtur non esse officium pietatis, nec signum concordiæ et unitatis." Ut verum omnino sit quod Sigebertus[b], et post eum alii retulerunt historici[c], ab Hildebrando sub falsa pace Cæsarem esse absolutum.

25. His autem auditis, quid dixerint Itali, ex Lamberto[a] Schafnaburgensi operæ pretium fuerit cognoscere. Exclamabant illi, "Se Hildebrandi excommunicationem nihili æstimare, quem ipsum omnes Italiæ episcopi justis ex causis jampridem excommunicassent; qui sedem apostolicam per simoniacam hæresim occupasset, homicidiis cruentasset, adulteriis aliisque capitalibus criminibus polluisset: regem secus ac deceat egisse, crimenque gloriæ suæ intulisse nunquam abolendum, quod homini hæretico et probris omnibus infamato majestatem regiam summiserit; et quem justitiæ patronum, legumque ecclesiasticarum vindicem sibi parassent, is fœdissima subjectione sua fidem plane catholicam, authoritatem Ecclesiæ, dignitatem reipublicæ prodiderit: se in ultionem ejus omnes quas potuerint papæ injurias irrogasse, et nunc, quod dictu quoque turpe sit, se in mediis perturbationum fluctibus relictis ipsum sibi

[b] Sigebert. chron. ann. 1077.

[c] Roger Wendover. et Matt. Paris. hist. ann. 1077. Vincent. Spec. hist. lib. 25. cap. 51. Guil. Nangiac. chron. MS. ann. 1077.

[a] Lamb. Schafnaburg. hist. ann. 1077.

consuluisse, et hoste publico privata necessitudine in gratiam redisse. Hæc potissimum (inquit Lambertus) principes Italiæ jactando, et passim per populum serendo, ingens regi odium brevi conflaverant. Adulta postremo seditione, una omnium voluntas, una sententia erat; ut abdicato patre, qui ultro regni fascibus indignum se effecisset, filium ejus, licet impubem adhuc et regni negotiis immaturum, regem sibi facerent; et cum eo Romam profecti papam alium eligerent: per quem et ipse protinus imperator consecraretur, et omnia papæ hujus apostatici gesta cassarentur. Perlato ad regem tam molestæ conspirationis nuncio, misit propere quicquid apud se principum erat, ut quaqua ratione, quaqua possent industria, efferatæ multitudinis animos mitigarent: ne moleste acciperent, aut in contumeliam suam factum reputarent, quod extrema necessitate compulsus communis commodi ratione fecisset; nec Teutonicis principibus, qui sibi per calumniam regnum eripere dedita opera machinarentur, nec Romano pontifici, qui ad evertendum statum sanctæ Ecclesiæ spirituali gladio circumquaque fulguraret, aliter satisfieri potuisse, quam ut ante statutam diem excommunicatione absolveretur: nunc se omnibus angustiis, quibus vias ejus conclusissent inimici, liberatum, omnem deinceps curam industriamque ad vindicandas suas et illorum injurias translaturum."

26. Nec prætermittendum hic quod de Mathilde Comitissa pontifici, posthabito Cæsare consobrino suo, studiosius inserviente, et patrimonium, quod in Italia habebat amplissimum, eidem offerente[a], tradit Domnizo Presbyter[b].

Postposuit regem, per tres tenuit pia menses
Gregorium papam, cui servit, ut altera Martha,
Auribus intentis capiebat sedula mentis
Cuncta patris dicta, ceu Christi verba Maria.
Propria clavigero sua subdidit omnia Petro;

[a] Accidit anno 1079. ut Mathildis spectatissima quæ Gotofredo Spoletanorum duci nupserat, &c. Liguriam et Tusciam provincias ditionis suæ Gregorio et Romanæ Ecclesiæ offeret. Papir. Masson. de episc. Urbis, lib. 5.

[b] in libro 2do. de vita ejus, capite 1mo. inter script. Hildebrand. a Sebast. Tengnagel. edit. Ingolstad. ann. 1612. pag. 188. Vid. Chartulam donationis Mathildis, ibid. pag. 234.

Janitor est cœli suus hæres, ipsaque Petri,
Accipiens scriptum de cunctis papa benignus,
Tunc libertati Canosinam sanctificavit
Ecclesiam, &c.

Hæc illa est Mathildis, de qua Cosmas Pragensis in anni 1073. historia[c]: "His diebus venerat Romam Mathildis potentissima domina, quæ post obitum patris sui Bonifacii totius Longobardiæ simul et Burgundiæ suscepit regni gubernacula, habens potestatem eligendi et inthronizandi sive eliminandi CXX. super episcopos. Hujus quasi propriæ dominæ ad nutum omnis senatorius ordo parebat, et ipse Gregorius papa per eam divina et humana negotia disponebat: quia erat sapientissima consiliatrix, et in omnibus adversitatibus sive necessitatibus Romanæ Ecclesiæ maxima fautrix." Item Leodiensis Ecclesia in scripto adversus Paschalem II. edito: "Hildebrandus[d] papa ultimam manum sacris canonibus imposuit; quem legimus præcepisse Mathildi Marchionissæ, in remissionem peccatorum suorum, ut debellaret Henricum imperatorem. Quod juste necne, ipse vel alii fecerint, nulla authoritate discimus." Et author apologetici[e] de unitate Ecclesiæ conservanda: "Mathildis[f], post octavum quoque annum, quo defunctus est Hildebrand familiaris ejus, defendit pronissime contra sedem apostolicam et contra imperatorem, partem ipsius, qui propter frequens cum ea et familiare colloquium generavit plurimis scævæ suspicionis scandalum, dum non observavit attentius divinum illud Lucii papæ mandatum. *Duo presbyteri et tres diaconi in omni loco non deserant episcopum, propter testimonium scilicet ecclesiasticum.* Posuit autem Hildebrand partem suam cum illa muliere rixosa, ut per hunc quoque sexum oppugnetur vel Ecclesia, vel respublica."

27. Lambertus quoque Schafnaburgensis, licet[a] id pugnet, ut Hildebrandus, homo scilicet sanctitate, zelo, signis

[c] Cosm. Prag. chron. Bohem. lib. 2.
[d] Tom. 2. concil. edit. Colon. ann. 1551. pag. 817.
[e] Script. Germ. a M. Frehero edit. tom. 1. pag. 219.
[f] Mathildis Marchisa oblita sexus, nec dispar antiquis Amazonibus, ferrata virorum agmina in bellum agebat fœmina, &c. Will. Malmesb. de gest. reg. Anglor. lib. 3. in Will. I.
[a] Lamb. Schafnaburg. hist. ann. 1077.

etiam et prodigiis illustris, ab omni sinistri rumoris macula absolvatur: turpis tamen amoris suspicionem haudquaquam evasisse, non potuit non agnoscere. Sic enim ille de Mathilde scribit. "Hæc, vivente adhuc viro suo, quandam viduitatis speciem, longissimis ab eo spatiis exclusa, prætendebat; cum nec ipsa maritum in Lotharingiam extra natale solum sequi vellet, et ille (Ducatus, quem in Lotharingia administrabat, negotiis implicitus) vix post tertium vel quartum annum semel Marchiam Italicam inviseret. Post cujus[b] mortem Romani pontificis lateri pene comes individua adhærebat, eumque miro colebat affectu. Cumque magna pars Italiæ ejus pareret imperio, et omnibus quæ prima mortales ducunt supra ceteros terræ illius principes abundaret; ubicunque opera ejus papa indiguisset, ocyus aderat, et tanquam patri vel domino sedulum exhibebat officium. Unde nec evadere potuit incesti amoris suspicionem; passim jactantibus regis fautoribus et præcipue clericis, quibus illicita et contra scita canonum contracta conjugia prohibebat, quod die ac nocte impudenter papa in ejus volutaretur amplexibus, et illa furtivis papæ amoribus præoccupata, post amissum conjugem ultra secundas contrahere nuptias detrectaret." Post mortem tamen Hildebrandi, Welphoni filio Welphonis ducis Baioariæ nupsisse docet Bertoldus[c] Constantiensis: "non tam pro incontinentia (si illi credimus) quam pro Romani pontificis obedientia, videlicet, ut tanto virilius S. Romanæ Ecclesiæ contra schismaticos posset subvenire." Quanquam aliter fortasse judicaverit, qui harum[d] nuptiarum historiam a Cosma[d] Pragensi descriptam perlegerit, quam hic commemorare pudet, et authorem scripsisse pœnituit; sic enim ille "Hæc sufficit breviter dixisse, quæ utinam non dixissem."

28. Sed a Mathilde et Italis ad hostes Cæsaris in Germania convertendus est sermo. Hi Forcheimii[a] conveni-

[b] Imo et eo vivente: ut apparet ex verbis Gregorii in fine epist. 2. lib. 4. (pag. 1213. prioris edit. Binii).

[c] Bertold. append. ad Herm. contract. ann. 1095.

[d] Cosm. Prag. chron. Bohem. lib. 2. ann. 1074.

[a] Bruno, de bello Saxonico, pag. 134, 135. edit. M. Freheri.

entes, Rodulphum Suevorum ducem, approbante legato Hildebrandi, in Romanorum regem elegerunt: atque in eodem conventu "consensu communi comprobatum, ac Romani pontificis auctoritate corroboratum, ut regia potestas nulli per hæreditatem, sicut ante fuit consuetudo, cederet; sed filius regis, etiamsi valde dignus esset, potius per electionem spontaneam, quam per successionis lineam, rex proveniret: si vero non esset dignus regis filius, vel si nollet eum populus, quem regem facere vellet haberet in potestate populus." Hac vero divisione facta, "Surrexit[b] rex adversus regem, gens adversus gentem, episcopus contra episcopum, populus contra populum. Exinde vero quantæ cædes factæ sint hominum, quantæ destructiones Ecclesiarum, quanta etiam rerum confusio exinde facta sit in omni Ecclesia, indigere videtur tragœdia magis quam historia. Magno se judice quisque tuetur, dum uterque rex juste arma se induisse arbitratur: Henricus scilicet, quod natus et nutritus in regno successisset progenitoribus suis in regnum ex Dei ordinatione, ac proinde accepisset juxta doctrinam apostoli vindicem gladium in impios atque justos vel Ecclesiæ vel reipublicæ: Rudolphus autem, quod obediens esse deberet pontifici sedis apostolicæ, qui per episcopos partis suæ prædicasset eum non teneri obnoxium perjurii vel perfidiæ, si contra eum arma tulisset, qui, utpote excommunicatus, rex jam esse non posset: quum hoc sit, inquiunt, fidei atque fidelium in Ecclesia, occidere scilicet ac persequi eos, quicunque communicantes vel faventes excommunicato regi Henrico, noluerint declinare post partium suarum studia. Nova (inquit author meus) et inaudita est prædicatio ejusmodi: quum Ecclesia non habeat sibi concessum gladium, nisi Spiritus, quod est verbum Dei."

29. Cæterum ad novum regem Rodolphum coronam misit Hildebrandus, cui[a] inscriptus erat iste versus,

Petra dedit Petro, Petrus diadema Rodulpho.

[b] Apolog. de unitat. Eccles. pag. 186. edit. M. Freheri.

[a] Sigebert. Roger. Wendover. et Matt. Paris. in chron. ann. 1077. Gotfrid. Viterbiens. chron. part. 17. Vincent. Spec. hist. lib. 25. cap. 51. Antonin. chron. tit. 16. cap. 1. sec. 21.

et in Henricum[b] denuo anathematis sententiam promulgavit. Cujus hoc initium: "Beate Petre[c], princeps apostolorum, et tu beate Paule, doctor gentium, dignamini, quæso, aures vestras ad me inclinare, meque clementer exaudire." Finis iste: "Agite nunc, quæso, patres et principes sanctissimi, ut omnis mundus intelligat et cognoscat, quia si potestis in cœlo ligare et solvere, potestis in terra imperia, regna, principatus, ducatus, marchias, comitatus, et omnium hominum possessiones pro meritis tollere unicuique et concedere. Vos enim patriarchatus, primatus, archiepiscopatus, episcopatus frequenter tulistis pravis et indignis, et religiosis viris dedistis. Si enim spiritualia judicatis, quid de secularibus vos posse credendum est? et si Angelos dominantes omnibus superbis principibus judicabitis; quid de illorum servis facere potestis? Addiscant nunc reges et omnes seculi principes, quanti vos estis, quid potestis; et timeant parvi pendere jussionem Ecclesiæ vestræ: et in prædicto Henrico tam cito judicium vestrum exercete, ut omnes sciant, quia non fortuito, sed vestra potestate cadet, et confundetur; utinam ad pœnitentiam, ut spiritus sit salvus in die Domini." Nec satis habuit Henrico "omnem potestatem et dignitatem regiam tollere," nisi etiam ad anathema suum illud adderet. "Ipse Henricus cum suis fautoribus in omni congressione belli, nullas vires, nullamque in vita sua victoriam obtineat." Imo et ulterius progressus "in[d] Pascha Domini feria secunda, cum ad ecclesiam S. Petri ad missam clerus et populus convenisset, post evangelium in ambonem ascendit, sicut erat indutus pontificalibus indumentis. Et in præsentia episcoporum et cardinalium, in frequentia cleri et senatus et populi Romani, publice clamavit inter multa suæ divinationis verba:

[b] Rebellante quodam Rodulpho, jussu ipsius apostolici, qui ei coronam ex parte Apostolorum miserat, bellorum fragoribus undique conflictatus est (Henricus imperator) sed ille semper adversis superior, et illum et cæteros improbe assurgentes tandem oppressit. Guil. Malmesb. de reg. Angl. lib. 3. in Guil. I.

[c] Tom. 3. concil. part. 2. pag. 1288, 1289. prioris edit. Binii. Paul. Brenriedens. in vita Greg. VII. pag. 234. 237. Anno 1078. in synodo Romana excommunicatus est etiam ab Hildebrando Constantinopolitanus imperator, tom. 3. concil. part 2. edit. Binii pag. 1284. Baron. ann. 1078. sec. 19, 20. Anno. 1079. in concilio Romano plura etiam simul Antichristiana peracta, apud Bertold. tom. 1. script. Germ. pag. 349. 33, &c,

[d] Benno in vita Hildebrandi.

regem Henricum usque ad proximum S. Petri festum sine dubio moriturum, aut a regno penitus dejiciendum, intantum, ut ulterius non posset congregare quam sex milites. Prædicavit etiam episcopis et cardinalibus et omnibus qui aderant, de ambone clamans: Nullo modo habete me pro papa ulterius, sed ab altari me avellite, si usque ad prædictum festum prophetia hæc effectum non habuerit."

30. Sed quem exitum habuerit arioli hujus divinatio, in anni 1080. historia ostendunt Sigebertus et alii[a] chronographi. " Hildebrandus papa quasi divinitus revelatum sibi prædixit, hoc anno falsum regem esse moriturum. Et verum quidem prædixit; sed fefellit eum de falso rege conjectura, secundum suum velle super Henrico rege interpretata. Rex enim Henricus cum Saxonibus gravi prælio congreditur; et in congressu falsus rex Rodulphus cum multis Saxoniæ principibus extinguitur." De hoc congressu ita scribit Helmoldus[b]: " Congregavit Henricus exercitum grandem, ut expugnaret Rudolphum, fuitque cum eo famosissimus ille dux Godfridus, qui postea liberavit Hierusalem, multique potentum. Saxonum vero atque Suevorum exercitus erant cum Rudolpho. Pugnaverunt ergo reges mutuo, et victa est pars Rudolphi, cecideruntque Saxones et Suevi. Porro Rudolphus vulneratus in manu dextra, fugit Marcipolim, mortique jam proximus, dixit ad familiares suos, Videtis manum dextram meam de vulnere sauciam. Hac ego juravi domino Henrico, ut non nocerem ei, nec insidiarer gloriæ ejus. Sed jussio apostolica, pontificumque petitio, me ad id deduxit, ut juramenti transgressor, honorem mihi indebitum usurparem. Quis igitur finis nos exceperit, videtis; quia in manu, unde juramenta violavi, mortale hoc vulnus accepi. Viderint ergo ii, qui nos ad hoc instigaverunt, qualiter nos duxerint, ne forte deducti simus in præcipitium æternæ damnationis. Et hoc dicens cum gravi molestia diem clausit extremum." Similia habet Conradus[c] Liechtenavius Urspergensis abbas, et Johannes Cuspinianus in Henrici IV. historia.

[a] Roger. Wendover. Matt. Paris. Matt. Westmonaster. Roffens. hist. et Bartholomæus de Corton. ann. 1080. Vincent. Spec. hist. lib. 25. cap. 65. Onuphr. in vita Greg. VII. col. 263.

[b] in chron. Slavorum, lib. 1. cap. 29.

[c] chron. ann. 1080.

31. "Tempore[a] autem transacto, quod Hildebrandus in divinatione sua præfixit, rege vero neque mortuo, neque militibus suis imminuto, timens se suis verbis deprehensum, et ore proprio condemnatum, ad callida argumenta se convertit; persuadens vulgo indocto non de corpore regis, sed de anima regis prophetasse; quasi anima regis milites omnes præter sex perdidisset, vel illo spatio mortua esset. Et his verbis vulgus indoctum delusit." Ipsum vero regem Romam postea petentem "noluit[b] recipere; immo respuit eum alloqui vel videre, nisi offerret sibi regale sceptrum, et redderet in manus suas regiam potestatem, et honorem, et regnum: quale scilicet mysterium iniquitatis (inquit author æqualis horum temporum) dicitur a Domino super principem Tyri, quoniam elevatum est cor ejus, et dixit, Deus ego sum, et in cathedra Dei sedi. Non est enim potestas nisi a Deo; ideoque vel Petrus princeps apostolorum non usurpavit sibi ordinare aliquid de regno: sed, Subjecti, inquit, estote omni humanæ creaturæ propter Deum, sive regi quasi præcellenti, sive ducibus tanquam ab eo missis ad vindictam malefactorum, ad laudem vero bonorum."

32. "Ergo rex, quum obstinatum papæ animum non posset inclinare ad studium pacis, alia pactionis conditione, nisi cederet regno, quod Deo ordinante obvenerat sibi avita pariter et paterna successione: tunc demum usus belli necessitate, cum[a] exercitu Romam perrexit, urbemque obsidione occlusit, et qui sibi aditum, illis exitum negavit. Missi circumquaque qui castella frangerent, villas everterent, bona diriperent: provinciæque nocuit foris, quod Roma se clauserat intus. Foris bella, intus metus erat: undique machinæ surgebant; hinc murum aries pulsabat, inde miles scalis ascendere parabat. Contra qui in urbe erant tela, saxa, præustas sudes, ignemque jactabant, interdum egressi cominus committebant: utrinque fortiter pugnatum est; hos causa, illos periculum fortes fecit.

[a] Benno in vita Hildebrandi.

[b] Apolog. de unitat. Eccles. pag. 183. edit. M. Freheri.

[a] Author. vitæ Henr. IV. in fascic. rer. expetend. et fugiend. Orthuini Gratii, fol. 47.

Igitur ubique mors, ubique luctus erat. Roma contremuit, dum impulsa turrium altitudo corruit. Fugit apostolicus; et qui omnes in periculum impulerat, omnes in periculo deseruit. Tandem Romam præsumptionis suæ pœnituit; et quæ prius meruisse poterat, ut a rege donis honoraretur, nunc ingenti pecunia apud regem vix obtinuit, ne tota subverteretur. Mox sedatis omnibus, rex causam cur venisset in publicum protulit; quod de apostolico crimen accepisset, retulit: multisque hoc ita factum confessis, Clementem papam ad electionem omnium instituit: a quo ipse communi omnium favore consecratus imperator, et patricius factus, Romæ se per aliquod tempus, dum omnia in solidam reformaret concordiam, continuit[b]." Demum reverso in Germaniam Henrico, Hildebrandus Salerni VIII. Kalend. Junii, anno 1085. exul moritur: his supremis verbis, ut quidem Hildebrandini[c] tradunt, prolatis; "Dilexi justitiam et odi iniquitatem; propterea morior in exilio:" hac vero, ut alii scribunt[d], confessione edita: quod "valde peccaverit in pastorali cura, quæ ei ad regendum commissa erat, et suadente Diabolo contra humanum genus odium et iram concitaverit."

[b] Anno gratiæ 1084. Romani Henricum imperatorem receperunt; et a papatu abdicatur (*abjudicatur* Roff. hist.) eorum judicio Hildebrandus. Wibertus, Ravennensis urbis episcopus, in sedem apostolicam inthronizatur, et Clemens nominatur: ac juste omnes Hildebrandum fuisse depositum conclamant, tanquam læsæ majestatis reum, qui contra imperatorem Henricum (deest hæc vox in Roff.) alium ordinavit. Matt. Westmon. et Roffensis historiæ collector. vid. Sigebert. Rogerum de Wendover. et ejus exscriptorem, Matt. Paris. in ann. 1084.

[c] Paul. Bernriedens. in vita Greg. VII. pag. 240. Ott. Frising. chron. lib. 6. cap. 36.

[d] Sigebert. Gemblac. ann. 1085. Florent. Wigorniens. ann. 1084. Rogerus Wendover. et Matt. Par. ann. 1086. Vincent. Spec. hist. lib. 25. cap. 82.

CAP. VI.

De solutionis Satanæ duratione; et Ecclesiæ sub Antichristi tyrannide miseranda conditione. De Waldensium cœtibus, qui in Occidente toto soluti Satanæ tempore synagogæ pontificiæ sese opposuerunt: et quantis calumniis ab adversariis eorum oppressa fuerit innocentia.

1. De solutionis Satanæ initiis satis superque est dictum. De progressu et duratione ejusdem jam disserendum est: idque ducto principio ab explicatione sacræ illius prophetiæ[a] *μετὰ ταῦτα δεῖ αὐτὸν λυθῆναι μικρὸν χρόνον*, postea oportet Satanam solvi ad exiguum tempus. Ex quibus verbis, tum solutionem, tum novam etiam ligationem Diaboli in secundo millenario futuram, non obscure observari posse videatur. Quando enim, completis mille annis, ad exiguum tempus solvi oportere Satanam dicit scriptura: illo exiguo temporis spatio demum peracto Satanam ad custodiam e qua emissus fuerat reducendum, et quibus levatus erat vinculis denuo onerandum esse, facile possumus intelligere.

2. Per solutionem Satanæ quid intelligi oporteret, ex iis quæ de ligatione ejus in primo capite disputata sunt, cognitu non difficile. Ut verbo dicam, nihil aliud intelligi volumus, quam quod illæ apud adversarios Glossæ vulgatissimæ intelligendum monuerunt. "Solvetur," id est, "recipiet priorem potestatem:" ait glossa interlinearis. Et glossa quam vocant Ordinariam: "Oporteret illum solvi, ut recipiat potestatem, quam habuit ante adventum Christi[a]."

[a] Apoc. cap. 20. ver. 3.

[a] Verbum illud Oportet non solum affirmat ita fore, sed etiam maxime expedire: et ideo permittendum esse Deo; quia conveniens valde est ita ab eo permitti, ait Lodov. Alcasar. in commentario ad Apoc. cap. 20. pag. 873. ubi etiam rationes hujus convenientiæ ex Augustino exponit.

"Et post hoc oportet eum solvi" quod sic Deus constituit et voluit illum solvi. i. ejus potestatem sicut prius habuit, sibi relaxari (ait Hugo Card. in hunc loc.):

Hoc ergo significatur, Diabolum vinculis solutum, multo liberius et potentius quam in priore millenario, grassaturum; atque amissum principatum ita recuperaturum, ut fines quodammodo imperii habiturus sit tantos, quantos

Quia sic Deus constituit, ut in diebus Antichristi iterum sæviát, pristina recepta potestate, ait Richard. S. Victoris, in Apoc. lib. 6. cap. 7. Oportet illum solvi i. laxari, quantum ad potestatem prius ligatam, Thom. in Apoc. 20. Solvetur i. laxabitur ei potestas. Idem. Post hæc oportet eum solvi modico tempore, i. tempore Antichristi, cum revelatus fuerit homo peccati, cum acceperit totam persequendi potestatem, qualem non accepit ab initio. Tichonius vel quisquis author fuit Homil. 16. in Apoc. perperam tribut. Augustino. Copia fiet illi furendi in Ecclesiam Dei, et sanctos infestandi propter peccata hominum, quibus se fideles plus satis consociaverint, doctrinæ et vitæ impuritatem imbibentes. Fr. Junius in Apoc. 20. Quemadmodum antiquus iste serpens seduxit Evam, vid. 2. Cor. cap. 11. ver. 3. sic jam denuo factus spiritus mendax in ore prophetarum nequam per signa, revelationes et sophisticiam scholarum doctrinam, seducit mundum.

Tunc ille quasi exiet seducere; quia comparatione illius seductionis, ista quæ nunc agitur seductio esse denegatur: ait Haymo lib. 7. comment. in Apoc. 20. similiter et Ambrosius Ausbertus: Solvetur, inquit, novissimis seculi diebus, non tamen ut eas gentes quas Christus ante mundi constitutionem elegit, seducat; sed eas quas, antequam solveretur, seductas tenebat. Et, quia seductio illa nequior erit omnibus seductionibus, ad comparationem ejus, ista quæ nunc agitur seductio esse denegatur. Hæc ille.

Solutio igitur ista de liberiori ejus grassatione, majorique ipsius nefariorum conatuum successu intelligitur. Illyricus q. d. permittetur illi, ut iterum potenter regnet, ut iterum seducendi gentes potestate utatur, et rursus multo liberius et furiosius in mundo grassetur; quemadmodum ante Christi adventum fuit grassatus. Versu enim octavo ostenditur; felicem fore in erroribus spargendis successum, quibus inficiendi sint homines in quatuor plagis terræ, per Turcismum et hæreses in Oriente; Papismum et Manichæismum in Occidente; quum sc. rediit mundus ab unius Christi cultu, fidesque deficere, et charitas refrigescere cœpit; ut tandem vix tenuis quædam umbella earundem virtutum reliqua esset.

Mundus in pristinos errores relabi meruit; scriptura canonica cœpit vilescere: laicis interdicta est lectio sacrarum literarum: idololatria sub specie religionis est inducta, et simul omnia vitia qualia olim in gentilismo viguerunt. Scholastica doctrina et disciplina regnavit. In millenario priore apostolica doctrina fuit solum authentica, valebatque solum scriptura canonica: indeque Satan non potuit ita potenter homines seducere. Postea, Scriptura et neglecta contempta, traditiones invaluerunt; patres et sententiarii et scholastici scriptores Ecclesiæ obtrusi sunt. Nulla civitas, nulla domus et familia, quæ non haberet in cœlo aliquem patronum præter Christum; omnia etiam elementa, morbi, herbæ, animalia, homines singuli, suos deputatos Deos tutelares haberent, non secus quam ante natum Christum Ethnici factitarunt. Hinc simul irrepserunt in Ecclesiam Christi antiqua vitia, idololatria, scortatio, lupanaria publica, Bacchanalia, saltationes, cantus obscœni, fœdique alii mores: in religione vero mille dogmata a scriptura aliena, in quibus omnibus potenter iterum regnavit Satan. Aretius, in Apoc. 20.

ante quam de gradu esset dejectus, in mundo obtinuerat. "Exibit enim ut seducat[b] gentes, quæ sunt in quatuor angulis terræ :" partim quidem latissime fuso Turcismo, partim Christianismo varie corrupto cum per alios errores tum præcipue per papismum : Roma, "urbe[c] illa magna, vinum prostitutionis suæ præbente potandum omnibus[d] gentibus, et scortantibus cum ea regibus terræ."

3. *Exiguum tempus* sunt[a] qui existiment ea ratione esse dictum, quod etiam post mille annos Deus per intervalla quædam dederit, qui interturbarent Diabolum et papam. Verum nihil obstat, quo minus exiguum illud tempus, usque ad restauratum sub initia superioris seculi evangelium, extendamus. Nam licet Fr. Ribera in commentariis ad hunc locum, vulgarem secutus errorem, per modicum tempus tres annos[b] cum dimidio intelligat : in commentariis tamen ad secundum caput Haggæi, ex phrasi scripturæ, etiam quingentorum annorum spatium, quantum fere est illud quod a nobis hic statuitur, sub modici temporis significatione comprehendi posse agnoscit. Sic enim ad illud Haggæi[c] "Adhuc unum modicum est, et ego commovebo cœlum," &c. scribit Jesuita. "Quod tempore

[b] Apoc. cap. 20. ver. 8. De universali seductione vid. Apoc. cap. 13. Evangelium in papisticam ignorantiam, quam pontifices filii Diaboli appellant religionem, conversum fere erat. [c] Apoc. cap. 14. ver. 8. cap. 17. ver. 2. et cap. 18. ver. 3.

[d] Vid. similem ὑπερβολὴν in Alphonso de Castro, hæres. fol. 200. b. item Esai. cap. 25. ver. 26.

[a] Gaultherus : vid. Arethium in Apoc. cap. 20.

[b] De hoc spatio vid. Zegerum in scholiis ad Apoc. cap. 12. fol. 42. 6. et Rupertum Tuitiens. in eum loc. et Rainold. in Apocryph. tom. 2. col. 31. præcipue vero Alcasar. in Apoc. pag. 572, 574, 874. et Dom. Soto, cujus in 4. sent. dist. 43. quæst. 2. art. 2. verba sunt ista, per dies illos. (1260. Apoc. 12.) a Joanne significatur totum tempus, quo Ecclesia est duratura, propterea quod prædicatio Christi tribus annis, et tribus mensibus protensa fuit, qui numerum illorum dierum paulo plus minusve complent. Quare illic tempus durationis Ecclesiæ non præscribitur certum. Responsio vero hæc verum obtinet secundum S. Thom. atque alios (vid. eum atque illos in hunc loc. sent. et in summ.) qui putant dies Apoc. cap. 12. designare dies Ecclesiæ usque ad finem mundi : dies vero apud Danielem, cap. 12. significare tempus, quo persecutio Antichristi grassatura est. Nam profecto possumus optime utrumque numerum ad durationem persecutionis Antichristi referre (quam sc. annorum $3\frac{1}{2}$ futuram auguratur Soto).

[c] Hagg. cap. 2. ver. 7.

primi adventus, id est, post QUINGENTOS annos futurum est, post MODICUM futurum dicit: quoniam quod nobis, qui angustis temporis finibus claudimur, longissimum est, cum æternitate Dei comparatum, valde modicum est, ut Habacuc[d]. *Veniens veniet, et non tardabit.* Et Paulus[e] de secundo adventu: *Adhuc enim modicum, aliquantulumque, qui venturus est veniet, et non tardabit.* Inde etiam Joannes[f] de toto novi testamenti tempore dixit: *Filii, novissima hora est.* Et Petrus[g]: *Unum vero hoc non lateat vos, charissimi, quia unus dies apud Dominum, sicut mille anni; et mille anni, sicut dies unus.*" Hactenus Ribera. Similiter Primasius in illud Apocalypseos. *Quæ oportet fieri in brevi.* "In brevi sane apud Deum dicitur, quantiscunque in hac vita morulis aliquid proteletur, cui propheta[h]; *Quoniam mille anni ante oculos tuos, inquit, tanquam dies hesternus qui præteriit.*"

4. Adhæc, notum est ex philosopho[a] *οὐδὲν αὐτὸ καθ' αὐτὸ μέγα λέγεσθαι ἢ μικρὸν, ἀλλὰ τῷ πρὸς ἕτερον ἀναφέρεσθαι·* "Nihil per se magnum dici aut parvum, sed quatenus ad aliud refertur." Collato vero tempore, quo ante injecta vincula libere in mundo grassatus est antiquus ille serpens, cum restitutæ libertatis tempore, quo denuo in Ecclesiam irrumpendi facta ei est potestas: longum illud, hoc exiguum, jure ac merito censeri poterit. מן יומא דההוא חויא שליט על אדם ושליט על בני עלמא איהו קאים למכטי עלמא ועלמא לא יכיל לנפקא מעונשיה עד דייתי מלכא משיחא ויקים קבה דמיכי עפרא דכתיב בלע המות לנצח ומחה אדני יהוה דמעה מעל כל פנים וגו וכתיב את רוח הטמאה אעביר מן הארץ. Quæ ita Latine reddi posse arbitror. "A die illo quo serpens ille dominatus est in Adamum et dominatus est in filios seculi ipse surrexit ad mundum pervertendum: ut mundus non potuerit exire ex condemnatione ejus, usque dum venerit Rex Messias, et Deus benedictus suscitaverit dormientes in pulvere: sicut scriptum est; absorbebit[b] mortem in sempiternum et

[d] cap. 2. ver. 3.
[e] Hebr. cap. 10. ver. 37.
[f] 1 Joh. cap. 2. ver. 18.
[g] 2 Pet. cap. 3. ver. 8.
[h] Ps. 90. ver. 4.
[a] Arist. categor. περὶ ποσοῦ.
[b] Esai. cap. 25. ver. 8.

absterget Dominus Deus lachrymam ab omni facie, &c. et alibi[c] scriptum est: spiritum immundum auferam de terra[d]. Jam vero a tempore quo "serpens[e] seduxit Evam," et imperium in genus humanum habere cœpit; usque ad adventum Regis Messiæ, a quo "caput[f] serpentis contritum" et regnum immundi spiritus dissipatum est; quatuor intercesserunt annorum chiliades: cum quibus comparati anni quingenti, posteriori huic seductioni et dominatui Satanæ assignati, exiguum profecto tempus conficiunt. Quod multo magis dicendum, si Antichristi Satanæque regnum post tot annos demum terminandum, cum Christi et sanctorum regno sempiternis sæculorum ætatibus duraturo contulerimus. Ita enim Andreas[g] Cæsariensis, explicans illud Apocalypseos[h] *Oportet illum breve tempus manere.* "Omnis," inquit, "temporis mensura, si cum futura sanctorum vita quæ est æterna comparetur, brevis est." Et certe "æternitati[i] comparata brevis est omnium temporum longitudo: adeoque omnia[k] seculorum spatia definita, si æternitati interminæ comparentur, non exigua existimanda sunt, sed nulla." "Quid[l] est enim omnino hoc ipsum diu," inquit orator, "in quo aliquid extremum est?" *πέρας δὲ τοῦ ἀτελευτήτου ἡ ἀπειρία* (ut est apud Gregorium[m] Nyssenum:) interminati terminus est infinitas."

5. Hoc vero toto soluti Satanæ tempore non alium Ecclesiæ statum fuisse dicimus, quam qualem et sacræ literæ et scriptores veteres et ipsi adversarii sub Antichristi tyrannide futurum profitentur; imo nec ita miserum, ut veterum et adversariorum quidam. Augustinus in octogesima epistola ad Hesychium ait, "Ecclesiam non apparituram, impiis tunc persecutoribus ultra modum sævientibus." Gregorius papa: "Ecclesiam[a] quasi quodam senio debilita-

[c] Zachar. cap. 13. ver. 2. [d] Ita R. Simeon ben Jochai, in Zohare super Genesim, fol. 72. [e] 2 Cor. cap. 11. ver. 3. [f] Gen. cap. 3. ver. 15. [g] Andr. Cæsar. comment. iu Apoc. cap. 53. [h] Apoc. cap. 17. ver. 10. [i] Hieronym. epist. 139. ad Cyprian. in Psalm. 89. [k] August. de civit. Dei lib. 12. cap. 12. [l] Tull. pro Marcello. [m] Greg. Nyssen. in Psalm. inscript. tractat. 1. pag. 62. et tractat. 2. p. 220. διάστημα οὐ μέτρόν ἐστιν ἡ ἀπειρία.

[a] Gregor. Moral. in Job. lib. 19. cap. 29.

tam, per prædicationem filios minime parituram." Ephræm. Syrus (vel quicunque author fuit sermonis de consummatione seculi et Antichristo:) "magno[b] cum desiderio homines sciscitaturos, num usquam adhuc sit verbum Dei in terris," responsumque iri, Nusquam. Denique ex adversariorum castris, Dominicus[c] a Soto "extincta fide totum mundum vanum futurum" asserens, "et ceu desertam domum tunc protinus corruiturum;" "fidem[d] in toto mundo extinguendam et sub ductu Antichristi civitatem Dei labefactandam esse" innuit. "Raros" enim credit "tunc evasuros Christianos, qui non martyrio coronentur." Sed[e] de prædicatione verbi Dei magis distincte et accurate in commentariis ad Apocalypseos caput sextum pronunciat Thomas. "In principio cum natus erit Antichristus, antequam potestatem suam dilataverit, prædicatio fiet: sed post, cum erit in magna sua dominatione, tunc prædicatio erit particularis, non generalis ut modo (nempe in papistica Ecclesia, quam dominatu Antichristi jam tum teneri nesciebat ille) nec ita solennis ut modo." Et in capite decimo "Consolatio ex Dominici regiminis ordinatione est: quia scilicet sic Dominus rexit Ecclesiam, quod pro ea regenda, et custodienda et salvanda, incarnatus et passus est; et prædicatores per mundum instituit, quando conveniens fuit; et prædicationem subtrahet, quando non erit congruum prædicare: quia prædicatio, si ita solennis et multa esset tempore Antichristi, ut modo est, contemneretur, et margaritæ ante porcos ponerentur; et misericordia, qua pro hominibus se humiliavit, et eis prius prædicatores dedit, suis electis non deerit." Hæc Thomas, et ante eum Joachimus[f] abbas Florensis: "Universa sanc-

[b] Greg. Moral. in Job. lib. 19. cap. 29. [c] Ephræm. Colon. ann. 1603. pag. 219. [d] Bellarm. lib. 3. de Rom. pont. cap. 17.

[e] Verba ipsius Soti sunt hæc. Quia evangelium Christi non in uno templo, aut angulo, sed in universo orbe debet suscipi et ejus Ecclesia coli, ejusque sacramenta celebrari, extincta fide, per discessionem ab apostolica sede, totus mundus vanus erit, ac deinceps in cassum processurus. Quapropter, ceu deserta domus, tunc protinus corruet. Ubi nota, eum quidem dicere fidem extinguendam; sed Ecclesiam labefactandam nusquam dicit, sed mundum corruere, i. finem sortiturum per Antichristi adventum.

[f] Joachim. part. 2. expost. Apoc. cap. 6. text. 13.

torum abscondetur Ecclesia. Ita enim electi Dei sapient sibi ipsis id, quod sapient; ut tamen prædicare publice (prævalentibus tenebris) non præsumant. Non quod animare fideles et secretius exhortari desistant, sed quod prædicare publice non audebunt." Et paulo post: "prædicare aut prædicantem suscipere impune tunc temporis non licebit, nisi eis qui se discipulos bestiæ confiteri publice non timebunt."

6. Quod vero ad fidei spectat extinctionem, aurea illa B. Hieronymi[a] sententia semper memoria est tenenda. "Veritas claudi et ligari potest, vinci non potest: quæ suorum paucitate contenta est, et multitudine hostium non terretur." Apud homines Christianos enim id ratum, firmum atque fixum esse debet, quod Ecclesiæ promissum est a Christo Servatore[b], "Portæ inferorum non prævalebunt adversus eam." Πιστὸς ὁ λόγος καὶ ἀσάλευτος ἡ ὑπόσχεσις, inquit Athanasius[c], καὶ ἡ ἐκκλησία ἀήττητος, κἂν ὁ ᾅδης αὐτὸς κινηθῇ, κἂν οἱ ἐν αὐτῷ κοσμοκράτορες τοῦ σκότους· Fidelis sermo, et non vacillans promissio, et Ecclesia invicta res est, etiamsi inferus ipse commoveatur, et si qui inferno sunt principes tenebrarum tumultum faciant." Quod ita tamen accipiendum, ut intelligamus, nihil sic adversus Ecclesiam prævalere posse, ut eam extinguat; nihil sic vincere, ut interitum ejus faciat. Alias enim novimus a Daniele[d] visum esse cornu, quod "bellum gesserit cum sanctis, et prævaluerit eis": a Johanne[e] item "bestiam ascendentem ex abysso, quæ bellum adversus eosdem gesserit, et eos vicerit[f]." Quanquam etiam in hoc rerum statu Christi Ecclesia illud confidentissime pronuntiare potest, quod gentibus tempore persecutionis, animo præsenti et intrepido Christianos dicere jubet Basilius[g]: ἐὰν γὰρ πάλιν ἰσχύσητε, πάλιν ἡττηθήσεσθε, Si[h] enim iterum prævalueritis, iterum vincemini:" vel quod vetus Ecclesia inimicis suis opponit apud prophetam: "Ne[i] lætator, inimica mea, de me, quum cecidero,

[a] Hieronym. procem. in 5. lib. comment. in Hieremiam.

[b] Matt. cap. 16. ver. 18.

[c] Athanas. in Orat. ὅτι εἷς ὁ χριστός. "quod unus sit Christus." op. tom. 2. pag. 51.

[d] Dan. cap. 7. ver. 21.

[e] Apoc. cap. 11. ver. 7. cap. 13. ver. 7.

[f] Unde ὁ νικητὴς persecutorum nomen (bbb) de vid. Alcasar. in Apoc. pag. 708. d.

[g] Basil. enarrat. cap. 8. Esai. pag. 718. col. 2. et pag. 719. col. 1.

[h] Esai. cap. 8. ver. 9. juxta LXX.

[i] Mica. cap. 7. ver. 8, 9, 10.

surgam : quum sedero in tenebris, Jehova illucescet mihi. Indignationem Jehovæ feram, quia peccavi in eum ; usque dum contendat contentionem meam, et exerceat jus meum, producens me in lucem ut fruar justitia ejus. Nam respiciens inimicam meam operies eam pudore, dicentem mihi, Ubi est Jehova Deus tuus? &c."

7. Denique Romanis hic pontificibus et pontificiis contra afflictam Christi Ecclesiam intolerantissime, ut assolent, gloriantibus, id objicere jure possumus, quod Arianis eodem modo exultantibus regerit Nazianzenus[a], Ποῦ ποτε εἰσὶν οἱ τὴν πενίαν ἡμῖν ὀνειδίζοντες, καὶ τὸν πλοῦτον κομπάζοντες, οἱ πλήθει τὴν ἐκκλησίαν ὁρίζοντες, καὶ τὸ βραχὺ διαπτύοντες ποίμνιον : Ubi tandem sunt, qui paupertatem nobis exprobrant, opesque suas insolenter jactant? qui Ecclesiam multitudine definiunt, ac parvum gregem aspernantur? Nec enim in ulla hæresi magis expressa conditionis antichristianorum temporum effigies notari potest, quam in arianismo : quod et veteres[b] subindicarunt, et res ipsa docuit. Nam "universus[c] pene mundus, sæva repentinæ hæreseos tempestate sic est perculsus, ut[d] non solum orientis et occidentis partem maculaverit, sed et meridianam et septentrionis plagam, et ipsas insulas sua perfidia irretiverit: Adeoque ingemuerit[e] totus orbis, et Arianum se esse miratus sit." Pii interim et "Christi[f] studiosi, ut magnus ille propheta Elias, abscondebantur, et in speluncas et cavernas terræ sese abstrudebant, aut in solitudine oberrantes commorabantur." "Fugientes[g] enim precationum ædes, ut impietatis scholas; in solitudine ad Dominum manus attollere coacti sunt : pars[c] vero maxima interdictis urbibus protrusi atque extorres, inter deserta, spe-

[a] Greg. Nazian. initio orat. 25. ad Arianos.

[b] Vid. Hilar. contra Auxent. in fin. pag. 1265. et pag. 1266. Basil. ep. 139, 243. et vitam Antonii inter opera Athanas. Idem Athanasius in epist. de synodis Arimini et Seleuciæ, tom. 1. edit. Græcolat. pag. 672. lin. ult. την δὲ Ἀρειανὴν αἵρεσιν ἀπεφήναντο τοῦ Ἀντιχρίστου. Arianam hæresim decreverunt pro Antichristi præcursatrice habendam esse (respectu pietatis sc. non universalitatis).

[c] Vincent. Lirinens. in commonitorio.

[d] Joh. Biclariensis, in chronico.

[e] Hieronym. contra Luciferanos.

[f] Athanas. in epist. ad solitar. vitam agentes.

[g] Basil. epist. 92.

luncas, feras, saxa, nuditate, fame, siti affecti, contriti et tabefacti sunt." "Cumque[h] eadem cum patribus paterentur, haud tamen visi sunt pro Christo pati, propterea quod et ipsi persecutores Christianorum nomine censerentur;" ita ut Basilio Magno ista aliquando injecta sit cogitatio: "An[h] Ecclesias suas prorsus reliquit Dominus? An novissima hora est, et hoc pacto initium sumit defectio, ut jam deinceps reveletur iniquus ille, filius perditionis, qui adversatur, et extollitur supra omnem qui dicitur Deus, aut Numen?"

8. Et videri quidem poterat Dominus deseruisse Ecclesias suas: at nec illis Arianæ calamitatis difficillimis temporibus, nec in ipsa quidem defectione antichristiana "abjecit[a] Deus populum suum quem prænovit. An nescitis de Elia quid dicat scriptura? quomodo interpellet Deum adversus Israelem, dicens: Domine, prophetas tuos occiderunt, et altaria tua suffoderunt; et ego relictus sum solus, et quærunt animam meam. Sed quid dicit ei divinum responsum? Reliqui mihi septem millia virorum qui non flexerunt genu Baali. Ita igitur et hoc tempore reservatio secundum electionem gratiæ facta est." Neque enim dubitandum, vel in medio papatu servasse Deum electos suos; multaque eorum millia extitisse, quibus idem, quod ducentis illis Hierosolymitanis in Absalomi contra patrem conspiratione accidit, qui conjuratorum turbam secuti sunt, "euntes[b] simplici corde, et causam penitus ignorantes." Id enim boni ex ignorantia, qua pontifices detinendum vulgus censuerunt, consecuti sunt, ut *τὰ βάθη*[c] *τοῦ Σατανᾶ*, hoc est, præcipuas et maxime perniciosas papatus corruptelas ignorarint: divina providentia res ita disponente, "ut[d] sub antichristi sacerdotibus" quemadmodum loquitur Hilarius "Christi populus non occideret[e]."

[h] Basil. epist. 139.

[a] Rom. cap. 11. ver. 2, 3, &c. Nunquam ab illo (Antichristo) Ecclesia seducetur prædestinata, et electa ante mundi constitutionem: de qua dictum est, 2 Tim. cap. 2. ver. 19. Novit Dominus, qui sunt ejus. August. de civ. Dei, lib. 20. cap. 8.

[b] 2 Sam. cap. 15. ver. 11.

[c] *Profunditates Satanæ*. Apoc. cap. 2. ver. 24.

[d] Hilar. contra Auxentium.

[e] Hieronym. lib. 2. comment. in Esai. cap. 3. ver. 13. "Populus, qui propter sim-

9. Quod si objeceris, saltem implicite credidisse plebeios, quod crediderunt prælati: responsum habebis, "si aliqui majorum deficiant," inquit Thomas, "non præjudicat fidei simplicium, qui eos rectam fidem habere credunt: quia minores[a] non habent fidem implicitam in fide majorum, nisi quatenus majores adhærent doctrinæ divinæ." Nec nobis videtur negligenda illa ab Augustino[b] inter hæreticos, et hæreticis credentes homines, posita differentia. "Qui enim sententiam suam," ut inquit ille, "quamvis falsam atque perversam, nulla pertinaci animositate defendunt, præsertim quam non audacia præsumptionis suæ pepererunt, sed a seductis atque in errorem lapsis parentibus acceperunt, quærunt autem cauta solicitudine veritatem, corrigi parati, cum invenerint; nequaquam sunt inter hæreticos deputandi." Quo spectat et celebris illa B. Cypriani martyris sententia. "Si[c] quis de antecessoribus nostris, vel ignoranter vel simpliciter, non hoc observavit et tenuit, quod nos Dominus facere exemplo et magisterio suo docuit, potest simplicitati ejus de indulgentia Domini venia concedi: nobis vero non poterit ignosci, qui nunc a Domino admoniti et instructi sumus."

10. Quid quod præcipua religionis Tridentinæ capita nondum pro fidei articulis, ne inter ipsos quidem doctores pontificios, constanter sunt recepta; sed inter doctos controversa, et varie disputata? quod in sequente capite a nobis attingetur, et in particulari papisticarum controversiarum historia plenius ostendi poterit. Ut taceamus, longe

plicitatem, imperitiamque deceptus est, adhuc vocatur populus Dei, et propterea judicatur, ut salvetur." Johannes Tissingtonus Minorita, in confessione contra Jo. Wiccliffium. "Confitentur alii quod fides sua qua astruunt quod panis et vinum remanent post consecrationem in naturis suis, adhuc servatur Laicis et antiquitus servabatur." Hilar. cont. Auxent. pag. 1266. "Et hujus quidem usque adhuc impietatis occasio per fraudem perficitur, ut jam sub Antichristi sacerdotibus Christi populus non occidat:" et "sanctiores aures plebis, quam corda sunt sacerdotum."

[a] Thom. 2. 2. q. 2. art. 6. vid. Fr. Pegnam in direct. inquisit. fol. 64. a.

[b] August. de utilitate credendi, 43. ad Honorat. cap. 1. Vid. Guil. Paris. de univers. part. 2. cap. 50. August. ep.

[c] Cyprian. epist. 63. pag. 109.

plurimos sub pontificia tyrannide ingemuisse ac suspirasse, propter abominationes quas in medio Babylonis videbant fieri[a], quomodo patrum memoria scripsisse Josquinum Groningensem refert Philippus Melancthon[b]; se adolescentem interfuisse sermonibus Rodolphi Agricolæ et Veseli, in quibus deplorarint Ecclesiæ tenebras, et reprehenderint prophanationem in missis, et cœlibatum: item disputaverint de justitia fidei, quid sit quod Paulus toties inculcat, homines fide justos esse, non operibus: Scribebat Josquinus aperte rejecisse eos monachorum opinionem, quæ fingit homines operibus justos esse. Item sensisse eos de humanis traditionibus, errare, qui affingunt illis opinionem cultus, et non posse violari judicant, &c.

11. Postremo non defuerunt etiam in omnibus fere terris numerosi priorum cœtus[a], qui toto soluti Satanæ tempore bellum antichristo indixerunt. Cujusmodi erant, quibus papistæ (cum primum sectæ authorem, a quo denominarentur, invenire non possent) a quodam Petro Waldio Lugdunensi, (de quo in capite octavo plura) Waldensium et Pauperum Lugdunensium sive Leonistarum nomina indiderunt. Docuit id nos Reinerius Dominicanus inquisitor, ita de eis scribens. "Inter[b] omnes sectas, quæ adhuc sunt vel fuerunt, non est perniciosior Ecclesiæ quam Leonistarum. Et hoc tribus de causis. Prima est; quia[c] est

[a] Ezech. cap. 9. ver. 4.

[b] In vita Rodolphi Agricolæ.

[a] In eorum sane, qui tunc futuri sunt, sanctorum atque fidelium comparatione quid sumus? Quando quidem ad illos probandos tantus solvetur inimicus, cum quo nos ligato tantis periculis dimicamus. Aug. de civ. Dei. lib. 20. cap. 8.

[b] Reiner. contr. hæret. cap. 4. pag. 54. edit. Ingolst. ann. 1613.

[c] Antiquissimos veritatis Christianæ a pontificiis corruptelis vindices fuisse Waldenses, aiunt fratres Bohemi (in præfatione confessionis suæ ann. 1572. edit.), eorumque doctrina et exemplis excitatos esse posteros. Id quod verum erit, si (ut hic Reinerius) Waldensium originem altius quam a Petri Waldi temporibus repetamus: quibus postea Waldensium nomen sic impositum quod Petrus Waldus cum discipulis suis eam doctrinam postea passim per orbem Christianum disseminaverit. Vel quod is præ aliis rebus pontificiorum maxime obstitisset; quomodo ab Hugone Aubrioto Parisiensi Hugonotorum nomen nostris est impositum, qui nihil, quod scimus, commune cum illo habuerunt. Sic Waldensium nomen etiam Bohemis fratribus postea est impositum: quanquam

DIUTURNIOR. Aliqui enim dicunt, quod duraverit a tempore Silvestri: aliqui, a tempore apostolorum. Secunda, quia est GENERALIOR. Fere enim nulla est terra, in qua hæc secta non sit. Tertia, quia cum omnes aliæ sectæ immanitate blasphemiarum in Deum audientibus horrorem inducant, hæc Leonistarum magnam habet speciem pietatis; eo quod coram hominibus juste vivant, et bene omnia de Deo credant, et omnes articulos qui in symbolo continentur: solummodo Romanam Ecclesiam blasphemant et clerum: cui multitudo laicorum facilis est ad credendum."

12. Quod quidem de Waldensium moribus et doctrina ab acerrimo ipsorum hoste profectum testimonium eo diligentius est notandum: quod ab adversariis res hæc variis extracta sit calumniis; et Waldensium cœtibus flagitiosissima quæque et maxime portentosa in aliorum papistarum scriptis affingi[a] soleant. Quæ dum considero attentius, Cæcilium[b] aliquem in homines Christianos perorantem audire mihi videor. "Homines deploratæ, illicitæ, ac desperatæ factionis grassari in deos, non ingemiscendum est? qui, de ultima fæce collectis imperitioribus, et mulieribus credulis sexus sui facilitate labentibus, plebem profanæ conjurationis instituunt: quæ nocturnis congregationibus, et jejuniis solennibus, et inhumanis cibis, non sacro quodam, sed piaculo fœderantur: latebrosa et lucifuga natio, in publico muta, in angulis garrula: templa, ut busta, despiciunt: deos despuunt, rident sacra, miserantur miseri, si fas est, sacerdotum honores, et purpuras despiciunt ipsi seminudi: pro mira stultitia et incredibili audacia spernunt tormenta præsentia, dum incerta metuunt et futura: et dum mori post mortem timent, interim mori non timent: ita

ipsi negent, se ab iis duxisse originem. In Camerarii narratione pag. 6. 12, 13. 147, 148. 274, 275. 1. vel 264. 2. 282. 304.

Ego in horum numerum illos referendos censeo, tum qui juxta cum Berengario senserunt (qui quidem usque ad P. Waldi tempora, inde a solutionis Satanæ initiis perdurarunt), tum eorum successores, de quibus Jo. Driedo infr. cap. 8. sec. 6.

[a] Ex quibus nonnulla in suum libellum se transtulisse hic ipse author agnoscit; ne quis miretur in eo quoque plura ejusdem notæ deprehendi.

[b] In Minutii Felicis Octavio.

illis pavor et fallax spes solatio redivivo blanditur. Ac jam, ut fœcundius nequiora proveniunt, serpentibus indies perditis moribus, per universum orbem sacraria ista teterrima impiæ coitionis adolescunt: eruenda prorsus hæc et execranda consensio: occultis se notis et insignibus noscunt, et amant mutuo pene antequam noverint: passim etiam inter eos velut quædam libidinum religio miscetur: ac se promiscue appellant fratres et sorores, ut etiam non insolens stuprum intercessione sacri nominis fiat incestum: ita eorum vana et demens superstitio sceleribus gloriatur. Nec de ipsis, nisi subsisteret veritas, maxime nefaria et honore præfanda sagax fama loqueretur."

13. "Audio[a] eos turpissimæ pecudis caput asini consecratum inepta nescio qua persuasione venerari: digna et nata religio talibus moribus: alii eos ferunt ipsius antistitis ac sacerdotis colere genitalia, et quasi parentis sui adorare naturam, nescio an falsa, certe occultis ac nocturnis sacris apposita suspicio: et qui hominem summo supplicio pro facinore punitum, et crucis ligna feralia, eorum cæremonias fabulantur, congruentia perditis sceleratisque tribuunt altaria, ut id colant quod merentur. Jam de initiandis tirunculis fabula tam detestanda quam nota est: infans farre contectus, ut decipiat incautos, apponitur ei qui sacris imbuitur: is infans a tirunculo, farris superficie quasi ad innoxios ictus provocato, cæcis occultisque vulneribus occiditur: hujus, proh nefas, sitienter sanguinem lambunt; hujus certatim membra dispertiunt: hac conscientia sceleris ad silentium mutuum pignorantur: hæc sacra sacrilegiis omnibus tetriora. Et de convivio notum est; ad epulas solenni die coeunt, cum omnibus liberis, sororibus, matribus, sexus omnis homines, et omnis ætatis: illic post mul-

[a] Tacitus, lib. 15. annalium, Christianos per flagitia invisos; eorumque religionem exitiabilem superstitionem appellat. Suetonius in Nerone cap. 16. Afflicti suppliciis Christiani, genus hominum superstitionis novæ ac maleficæ. Tacitus lib. 5. cap. 4. Histor. de Judæis. Effigiem asini penetrali sacravere. Inde præsumptum nos quoque, ut Judaicæ religionis propinquos, eidem simulacro initiari inquit Tertullianus in apologetico contra gentes. cap. 16. objectionem illam refellens. "Quidem somniastis caput asininum esse Deum nostrum."

tas epulas, ubi convivium caluit, et incestæ libidinis fervor ebrietate exarsit, canis qui candelabro nexus est, jactu offulæ ultra spatium lineæ, qua vinctus est, ad impetum et saltum provocatur: sic everso et extincto conscio lumine impudentibus tenebris nexus infandæ cupiditatis involvunt per incertum sortis: et si non omnes opera, conscientia tamen pariter incesti: quoniam voto universorum appetitur, quicquid accidere potest in actu singulorum. Multa prætereo consulto. Nam et hæc nimis multa sunt, quæ aut omnia, aut pleraque omnium, vera declarat ipsius pravæ religionis obscuritas. Cur etenim occultare et abscondere, quicquid illud colunt, magnopere nituntur? cum honesta semper publico gaudeant, scelera secreta sint? cur nullas aras habent, templa nulla, nulla nota simulacra? nunquam palam loqui, nunquam libere congregari sustinent, nisi illud quod colunt et interprimunt, aut puniendum est, aut pudendum?"

14. Hisce maxime sunt gemina, quæ, licet non eadem elegantia, pari tamen malitia de Waldensibus declamare consueverunt pontificiorum fraterculorum mendicabula: de quorum toto genere id dici potest, quod de Græcorum gente ab oratore[a] usurpatum est. "Testimoniorum religionem et fidem nunquam ista natio coluit:" ut non inepte olim in trialogo suo Wiccliffius noster concluserit. "Sicut[b] est argumentum topicum, quod homo comptus exhinc est luxuriosus: sic est argumentum topicum, Ista opinio originatur a fratre, ergo est falsa: nam eorum mendacia (inquit) faciunt evidentiam ad hoc topicum argumentum:" quod sane etiam apud papistas illius temporis fuisset argumentum plus quam probabile: cum "in ore cujuslibet, bonum fuerit argumentum tenens tam de forma quam de materia; Hic est frater, ergo mendax; sicut et illud, Hoc est album, ergo coloratum:" quemadmodum in Richardi II. historia confirmat Thomas Walsinghamus[c] Benedictini sodalitii monachus. Verum novis istis mendaciorum architectis, idem hic usu venit, quod veteribus illis Christiani nominis obtrectatoribus accidisse notavit

[a] Tull. orat. pro L. Flacco.
[b] Wiccliff. trialog. lib. 4. cap. 8.
[c] pag. 281.

Budæus: "ut[d] maledicta eorum sacrilega ac nefaria etiam invicem collidantur. In quo," ait ille, "pretium est operæ vim veritatis animadvertere, quæ nonnunquam invitis erumpit, ita fallens inter mendacia, ut ab audientibus demum agnoscatur, cum interim loquentes adhuc habere se in potestate eam putent."

15. Pontificius quidam inquisitor, Leonistarum, sive Waldensium mores descripturus, hujusmodi utitur præfatiuncula: "Cognoscuntur[a] hæretici per mores et verba. Sunt enim in moribus compositi et modesti: superbiam in vestibus non habent, &c." Miserrima profecto tempora, in quibus compositi et modesti mores hæreticorum haberentur insignia. De iisdem Claudius Seysellius archiepiscopus Taurinensis: "Nonnihil[b] etiam ad horum Valdensium confirmandam tolerandamque sectam confert, quod, præter hæc quæ contra fidem religionemque nostram assumunt, in reliquis ferme puriorem quam cæteri Christiani vitam agunt. Non enim nisi coacti jurant, raroque nomen Dei in vanum proferunt, promissaque sua bona fide implent; et in paupertate pars maxima degentes, apostolicam vitam doctrinamque servare se solos protestantur: ob idque potestatem Ecclesiæ apud se, velut innoxios et veros Christi discipulos, residere affirmant; pro cujus fide religioneque in egestate vivere, et a nobis persecutionem pati, pulchrum et gloriosum ducunt." Fratribus Bohemis, Waldensium soboli, non dissimile perhibuit testimonium, qui fidei ipsorum fuit inimicissimus, Jacobus Lielenstenius Dominicanus. "Dico," inquit[c], "quod in moribus et vita boni sunt, veraces in sermone, in caritate fraterna unanimes. Sed fides eorum est incorrigibilis et pessima; ut patuit in tractatu meo." Cujusmodi vero fuerit eorum fides, Æneas[d] Sylvius (cujus in eos non

[d] Budæus, de asse, lib. 4.

[a] Rer. Bohemic. script. a Frehero edit. pag. 231. lin. 44.

[b] Seysel. tractat. adversus errores et sectam Waldensium. edit. Paris. ann. 1520. fol. 9.

[c] Jac. Lielensten. citatus a Joachim. Camerario. de Eccles. fratr. Bohem.

[d] Æneas Sylvius aliquantum discrepat ab aliis in catalogo suo errorum Waldensium. Nam eos describit, quales in Bohemia invenit; ubi processu temporis cum Hussitis fere commixti sunt; adeo ut opiniones quas ille citat, magis Hus-

minus hostilis fuit animus, quam Dominicani illius) in historia Bohemica, quanquam fide non usquequaque integra, longe tamen quam alii nonnulli integriore, sic exponit. "Proruperunt," ait ille[e] de Bohemis, "in blasphemias, et cum aliquibus ignavis fortasse ac vitiosis maledicere possent, in omnes latrare sacerdotes cœpere: et ab Ecclesia Catholica recedentes, impiam Valdensium sectam atque insaniam amplexi sunt. Hujus pestiferæ ac jampridem damnatæ factionis dogmata sunt."

16. "Romanum præsulem reliquis episcopis parem esse.

Inter sacerdotes nullum discrimen: presbyterum non dignitatem, sed vitæ meritum efficere potiorem.

Animas e corporibus excedentes, aut in æternas evestigio pœnas mergi, aut perpetua consequi gaudia.

Purgatorium ignem nullum inveniri.

Vanum esse orare pro mortuis, et avaritiæ sacerdotalis inventum.

Dei et sanctorum imagines delendas.

Aquarum palmarumque benedictiones irridendas.

Mendicantium religiones malos dæmones invenisse.

Sacerdotes pauperes esse debere, sola contentos eleemosyna.

Liberam cuique prædicationem verbi Dei patere.

Nullum capitale peccatum, quantumvis majoris mali vitandi gratia, tolerandum.

Qui mortalis culpæ reus sit, eum neque seculari, neque ecclesiastica dignitate potiri, neque parendum ei.

Confirmationem, quam chrismate pontifices inducunt, et extremam unctionem, inter Ecclesiæ sacramenta minime contineri.

Auricularem confessionem nugacem esse: sufficere sua quemque Deo in cubili suo conqueri peccata.

Baptisma fluvialis undæ, nulla interjecta sacri olei mixtura recipiendum.

Cœmiteriorum[a] inanem usum, quæstus causa repertum: quacunque tegantur tellure humana corpora, nihil distare.

Templum Dei late patentis ipsum mundum esse: coarctare majestatem ejus, qui ecclesias, monasteria, oratoriaque construunt, tanquam propitior in eis divina bonitas inveniatur.

sitis congruere plerumque videantur quam veteribus Waldensibus; tum his tum illis a tempore mutationem perpessis, ut solent hæreses et hæretici. Personius, 3. convers. part. 3. tom. 1. cap. 3. sec. 13.

[e] Æn. Sylv. hist. Bohem. cap. 35. Jacob. Picolominius, comment. lib. 6. Anton. Bonfin. rer. Hungaric. decad. 3. lib. 2. Bernard. Lutzenburg. catal. hæretic. voc. *Waldenses.*

[a] Et hoc (si Personio credendum 3. convers. part. 3. tom. 1. cap. 3. num. 12.) eo quod multum eleemosynæ fratribus mendicantibus irrogatum, ut præsto essent mortuis ad sepulturam deducendis. Quidni enim alio deducere poterant æque ac ad Ecclesias et cœmiteria.

Sacerdotales vestes, altarium ornamenta, pallas, corporalia, calices, patenas, vasaque hujusmodi, nil habere momenti.

Sacerdotem quocunque loco, quocunque tempore sacrum Christi corpus conficere posse, petentibusque ministrare: sufficere, si verba sacramentalia tantum dicat.

Suffragia sanctorum in cœlis cum Christo regnantium frustra impetrari, quæ juvare non possunt.

In canonicis horis cantandis dicendisque frustra tempus teri.

Nulla die ab opere cessandum, nisi quæ Dominica nunc appellatur.

Celebritates sanctorum prorsus rejiciendas.

Jejuniis quoque ab Ecclesia institutis, nihil inesse meriti.

17. Magdeburgenses historici: ex[a] antiquo manuscripto libro sequentes Waldensium propositiones recitant.

In articulis fidei summam esse sacræ scripturæ authoritatem, eamque ob caussam esse normam judicandi, ut quicquid cum verbo Dei non congruat merito sit repudiandum et fugiendum.

Patrum et conciliorum dogmata eatenus probanda, quatenus cum verbo Dei conveniunt.

Sacrarum scripturarum lectionem et cognitionem omnibus hominibus, tum laicis tum sacratis viris, liberam et necessariam esse: imo potius prophetarum et apostolorum monumenta legenda esse, quam hominum commenta.

Duo esse Ecclesiæ Christi sacramenta, Baptismum et Cœnam Domini.

Utriusque speciei usum pro sacerdotibus et laicis a Christo institutum esse.

Missas esse impias, ac furorem esse pro mortuis missificare.

Purgatorium esse figmentum hominum. Credentes enim in vitam æternam; non credentes autem in damnationem æternam venire.

Sanctorum mortuorum invocationes et cultum esse idololatriam.

Romanam Ecclesiam esse meretricem Babylonicam.

Papæ et episcopis non obtemperandum, quia sint lupi Ecclesiæ Christi.

Papam non habere primatum super omnes Ecclesias Christi, nec habere potestatem utriusque gladii.

Ecclesiam Christi esse, quæ sincerum Christi verbum audiat, et sacramentis ab ipso institutis utatur; ubicunque locorum ea existat.

Vota esse hominum figmenta, Sodomam nutrientia.

Tot ordines esse characteres bestiæ.

Monachatum esse cadaver fœtidum.

Templorum tot superstitiosas dedicationes, memorias mortuorum, benedictiones creaturarum, peregrinationes, tot coacta jejunia, tot festa superflua, perpetuos istos hominum indoctorum boatus, ac reliquarum ceremoniarum observationes, verbi doctrinam et institutionem manifeste impedientes, esse inventiones diabolicas.

Conjugium sacerdotum esse licitum et necessarium.

[a] Cent. 12. cap. 8. col. 1206, 1207.

18. Guilielmus Reginaldus Turco-papista[a], Pauperum Lugdunensium dogmata recenset ista. "Olei sacri in Baptismo admistionem improbarunt: improbarunt omnes Ecclesiæ benedictiones, et creaturarum consecrationes; irriserunt cantus Ecclesiasticos et horas canonicas; sustulerunt confessionem auricularem, confirmationem et unctionem extremam, Quadragesimam et præscriptos jejuniorum dies; nihilo majus in exactissima jejunii observatione, quam in moderata pastione meritum collocantes. Horrebant fratrum et monachorum privatas religiones, quas etiam malo dæmoni ascribebant. Rejiciebant pontificem Romanam et prælatos Ecclesiæ, quibus nullam obedientiam credebant esse debitam. Docebant ita a tempore Silvestri pontificis Romani eam Ecclesiam fuisse ita contaminatam, ut qui ejus fidem teneret, non potuerit salvari. Docebant sanctorum festa in Ecclesia non debere ferri, nec posse sanctos sine Dei injuria coli aut invocari. Docebant missas, eleemosynas, orationes et suffragia pro defunctis, iisdem nihil omnino prodesse. Denique imagines ita aversabantur, ut manifestam idololatriam clamarent quod in Ecclesiis Christianorum tolerarentur."

19. Hic vero a Sandero[a], Coccio[b], Personio[c], et aliis illarum partium nobis occurritur: utcunque Waldenses cum nostrorum temporum Protestantibus in nonnullis dogmatibus consenserint, in pluribus tamen ab iisdem dissensisse; ideoque ad eandem Ecclesiam utrosque pertinere non posse. Quod ut probent, ex Guidone[d] Perpiniano Carmelita atque Antonio[e] Florentino archiepiscopo Sanderus et Coccius; ex Gabriele Prateolo et Bernardo Lutzemburgio Robertus Personius, absurdas quasdam hæreses producunt, quas a Waldensibus mordicus defensas fuisse persuadere nobis volunt. Quarum accusationum vanitas ut magis elucescat, libet scriptores pontificios inter se com-

[a] Reginald. Calvino-Turcism. lib. 2. cap. 5.

[a] Sander. visib. monarch. lib. 7. ann. 1198. [b] Cocc. thesaur. tom. 1. lib. 8. art. 3. [c] Person. de trib. Angliæ conversionib. part. 2. cap. 10. sec. 26, 27. [d] Guid. Carm. in summa, tit. de hæres. Waldens.

[e] Antonin. 4. part. summæ, tit. 11. cap. 7.

mittere: quo planum fiat non modo istos hic de sinu suo apposuisse calumniatores (quod ad testimonii fidem elevandam per se sufficeret) sed etiam ipsorum adversariorum non esse consentanea testimonia; adeoque in tota hac causa ipsos loqui pugnantia, et non modo non cohærentia inter se dicere, sed maxime disjuncta atque contraria. Sic enim apparebit, et quam verum illud sit quod a nobis antea pronuntiatum est, maledicta eorum nefaria invicem collidi; et quam falsum illud quod Robertus Personius[f] scribere non est veritus, novem illos quos objectat articulos, Waldensibus generaliter ab omnibus authoribus, qui de eis scribunt, attributos esse. Quam hominis inconsideratissimi confidentiam ut retundamus; age, singulatim objectos articulos expendamus, et cum aliorum papistarum testificationibus conferamus.

20. Primus articulus, quem ex Prateolo suo producit Personius, a Sandero quoque et Coccio ex aliis authoribus repetitus, hic est. "Urente[a] carnis libidine, omnem carnalem concupiscentiam et commixtionem esse licitam." A Nicolao Eymerico, in secunda parte directorii inquisitorum, quæstio decima quarta hoc modo proponitur. "Quod melius est satisfieri libidini quocunque actu turpi, quam carnis stimulis fatigari: sed est, ut dicunt et ipsi faciunt, in tenebris licitum, quemlibet cum qualibet indistincte carnaliter commisceri, quandocunque et quotiescunque carnalibus desideriis stimulentur." Cæcilianam accusationem agnoscimus: quam et majoribus nostris a Judæis, et nobis ipsis hodie a papistis similiter intentatam novimus. A

[f] Hinc Personius colligit (loc. citat. sec. 27.) hos hæreticos, ut in aliquibus articulis cum Protestantibus congruere, ita in multo pluribus ab iis dissentire: imo, una cum his erroribus doctrinas Catholicæ religionis complures adversus Protestantes tenuisse. De his doctrinis v. cap. 3. infr. sec. 27.

[a] Confer. infr. sec. 27. Denique affirmarunt, siquando eos urat et stimulet caro, tunc omnem coitum cum mare aut fœmina absque discrimine licitum esse: hoc enim, aiunt, remedium esse a Deo et natura illi incommodo constitutum. In hoc autem cum anabaptistis (libertinis potius) seculi nostri sentiebant: nisi quod aliquanto turpius errasse videantur, promiscuos coitus utriusque sexus permittendo; quos permittere anabaptistas vel doctrina vel moribus, mihi non est compertum. Person. 3. convers. part. 3. tom. 1. cap. 3. sec. 12. Vid. Calvin. tractat. theolog. pag. 432. a.

Judæis enim, sub ipsa Christianismi initia, ejusmodi de Christianæ religionis professoribus rumorem sparsum esse, libro sexto contra Celsum author est Origenes; "quod quoties eis liberet operam dare occultis libidinibus, extincto lumine constupraret quam quisque primam nactus fuerit; quæ falsa et iniqua opinio," inquit Origenes, "dudum valde multos a religione nostra alienos tenuit, persuasos quod tales sint Christiani. Nec desunt hodieque impostores, qui hoc pacto deceptos a se non sinant vel simplex colloquium habere cum Christiano homine." Nostris quoque temporibus ad immanem illam professorum Evangelii apud Parisienses carnificinam per easdem calumnias a monachis pontificiis facta est via; quasi non alio fine convenire solerent nostri, "quam[b] ut laute et genialiter epulati, mox promiscue, luminibus extinctis, scortarentur." Quin et perfricta fronte Jesuita Alphonsus[c] Salmeron hoc ipsum literarum monumentis consignare non erubuit: "Lutherani jam fornicationem peccatum esse non ducunt." Verum ut istorum sycophantarum calumnias ipsa rei evidentia dissipavit: ita pro Waldensium innocentia, ex ipsorum pontificiorum inquisitorum numero duos locupletissimos habemus testes; quorum alter ita de eis diserte pronuntiat: "Casti[d] sunt Leonistæ." Alter ita: "Quælibet[e] natura turpia devitant. Item suos subditos ad eadem diligenter informant." Quibus tertium addere liceat, Ebrardum Bethuniensem, ipsos Waldenses ita alloquentem: "Si[f] in castitate gloriamini, audite Isaiam. *Non[g] dicat Eunuchus; Ecce ego lignum aridum.*"

21. Secundus Personii articulus est: "Omnia juramenta esse Christianis interdicta, sic ut nulla omnino de causa jurare liceat: quia scriptum sit, *Nolite[a] jurare.*" Similiter Sanderus et Coccius: "Omne juramentum prorsus illicitum esse dicunt." Et ante eos, Ambrosius de Vignate in tractatu de hæresi, quæstione

[b] Jac. Lectius, in vita Ant. Sadeelis.

[c] Salmer. comment. in Evangel. tom. 5. tractat. 38.

[d] Rer. Bohemic. script. a M. Frehero edit. Hanov. ann. 1602. pag. 231.

[e] Ibid. pag. 232. 42.

[f] Ebrard. Antihæres. cap. 25.

[g] Esai. cap. 56. ver. 3.

[a] Matt. 5. Jac. 5.

nona. "Si aliquis" inquit "sit suspectus, quod sit de secta Valdensium vel Moscorum[b], et vocatus non vult jurare, quia dicit quod est peccatum; vel etiam si hoc non dicat, tamen non vult jurare: ex tali levi argumento convincitur a fide catholica deviare." Vetus author, qui contra Waldensium doctrinam scripsit, hujus erroris occasionem[c] fuisse dicit, "Frequentiam jurandi et assiduitatem pro levibus causis; et quia incidunt in perjuria:" additque lepidam similitudinem; "Hæreticos qui nunquam jurant, similes esse Diabolo, qui nunquam legitur jurasse;" nondum enim lucem aspexerant Acta[d] Sacræ Balmæ: in quibus valde[e] solennia Diaboli juramenta, "super[f] venerabile sacramentum, super[g] sanctum Evangelium, et super[h] canonem missæ," passim sunt obvia. "Juro[i] ego tibi per potentiam Patris, per sapientiam Filii, et per bonitatem Spiritus Sancti; secundum intentionem Ecclesiæ triumphantis ac militantis, et secundum sensum tuum atque sensum omnium istorum qui hic adsunt; absque reservatione sinistræ intentionis cujuscunque; verum esse illud quod jam dixi:" inquit Verinus, qui[k] in forma serpentis, assumpta tamen facie puellæ, Evam se tentasse jactitat. Et, "Juro[l] ego Belzebub," inquit alter, qui Adamum tentasse dicitur, "in nomine Patris et Filii et Spiritus Sancti, &c." Et, "Juro secundum intentionem Ecclesiæ triumphantis ac militantis, et vestram; seclusa omni sinistra intentione." Nam et cacodæmonas æquivocationibus[m] ac secretis reservationibus in jurando uti solere, hic edocemur: quod ipsorum hic sequacibus altius perpendendum relinquo. Sed ut a solennibus istis juramentis, quæ totidem horrendæ sunt divini nominis prophanationes, a Diabolicis impos-

[b] De Moscorum et Ruthenorum cum Waldensib. consensu, vid. infr. cap. 8. sec. 6. ex Sacrano.

[c] Rer. Bohem. script. pag. 231. 42.

[d] Gallice plenius edita, in historia Magica fratris Sebas. Michaelis: Latine vero contractius, in Joannis le Normant tractat. de vocatione Magorum et Magarum.

[e] Act. Dec. 27. 1610. pag. 764. edit. Latin. quæ prodiit Parisiis ann. 1623.

[f] Ibid. et Act. Dec. 15, et 18.

[g] Act. Dec. 18. pag. 595. edit. Latin. et Jan. 19.

[h] Act. Jan. 16. et Feb. 4. 1611. in Gallic.

[i] Act. Jan. 16. in Gallic. cum Act. Dec. 18. pag. 595. edit. Latin.

[k] Act. Dec. 27. pag. 765. edit. Latin. cum pag. 657.

[l] Act. Feb. 3. 1611. pag. 693. edit. Latin.

[m] Act. Dec. 21. in Gallic.

toribus excogitatæ, ad vulgaria illa et nimis inter homines frequentia accedam: illi, qui a Christo didicerunt: "Esto[n] sermo vester, Etiam etiam, Non non; quod autem supra hæc redundat, a malo illo est;" papistas, apud quos inolevit "frequentia jurandi et assiduitas pro vilibus causis," multo similiores malo huic dæmoni judicabunt, quam Waldenses, qui, ut ex relatione inquisitoris[o] pontificii constat, dicere tantum consueverunt, "Est est, Non non; caventes et a mendacio, et a juramento." Frater Raynerius, in summa de Catharis et Leonistis[p], ita rem hanc proponit, ut facile quis inter mendacia erumpentem veritatem possit animadvertere. "Omne" inquit "juramentum illicitum esse perhibent, inde vero et mortale peccatum: sed dispensant, ut juret quis pro evadenda morte corporis, ne alios prodat aut secretum revelet perfidiæ suæ." Jam vero qui consideraverit, hujusmodi cum peccatis dispensandi facultatem a Waldensibus simpliciter damnatam esse, asserentibus, "Nullum capitale peccatum esse tolerandum, etiamsi vitandi quantumvis majoris mali gratia permittatur," (qui Gabrieli Prateolo Pauperum de Lugduno 33. error est) falsum objectum crimen statim videt, quod senserint omne juramentum illicitum, inde vero et mortale peccatum esse perhibuerint.

22. Itaque alter mendax fraterculus (Ivonetus is est, cujus fragmentum ex manuscripto codice bibliothecæ Vaticanæ a Francisco Pegna relatum est in comment. 37. ad partem secundam Directorii Inquisitorum) fingit eos sententiam hic mutasse. "Definierunt" inquit "olim non jurare omnino: sed quia per hoc facilius deprehendebantur et condemnabantur, caute dispensaverunt modo jurare, pro se vel pro alio a morte liberando vel defendendo;" tum vero absona quæque comminiscitur; "aut palliatis verbis eos jurare, ne (scilicet) putentur jurasse; aut si coguntur ab aliquo jurare, refundere peccatum in Christum, ut ipsi videantur immunes; aut si jurant per se timore mortis, hujusmodi proponere sibi pœnitentiam, ut pro quatuordecim per-

[n] Matt. cap. 5. ver. 37. [o] Rer. Bohem. script. pag. 231. 53, 54.

[p] Parisiis a Claudio Coussord ann. 1548. edita.

juriis teneantur unum attrahere ad sectam suam pro satisfactione peccati;" et, ne mendaciorum cumulo quid deesset, succedit tertius frater Nicolaus Eymericus; qui[a] de hæresibus Waldensium ita scribit. "Tertius error et hæresis est: quod jurare in judicio, sive extra judicium, pro quacunque causa, et in quocunque casu, est illicitum, et mortale peccatum;" et statim tamen addit, "Quartus error et hæresis est: quod dejerare in judicio coram judicibus, de dicenda veritate, et revelandis complicibus suis in hac secta, non est illicitum, nec peccatum; immo licitum atque sanctum." Verum non minus hos a mendaciis et perjuriis fuisse alienos, quam falsos istos fratres ab omni sinceritate et modestia; duos illos inquisitores, in superiori citatos articulo, testes do: quorum alter de Leonistis sive Waldensibus ita scribit. "Cavent[b] a detractione, et a scurrilitate, et a mendacio, et a juramento." Alter ita: "In[c] verbis sunt cauti; mendacia, juramenta, et quælibet natura turpia devitant;" quibus addatur et tertius Reinerius; "Docent[d] vitare mendacium, detractionem et juramentum."

23. Tertius articulus est: "Nullum judicium supplicii capitalis Christianis permissum esse in hac vita: quia scriptum sit; *Nolite judicare*[a]." Ita ex Prateolo et Lutzemburgio Personius, et Coccius: "Nullum omnino judicium sanguinis, aut cujuscunque corporalis supplicii ferunt." Alphonsus de Castro Minorita[b], paulo diffidentius. "Docent nullum judicem posse damnare aliquem hominem ad pœnam aliquam. Hunc errorem illis impingit Guido; quanquam Æneas Sylvius[c] errores Waldenses recensens, hujus non meminit. Quod si ita sentiunt Waldenses, non est mirandum; quoniam hoc est sceleratis hominibus proprium, ut impunitatem suis sceleribus optent, quo liberius et securius quæ voluerint scelera perpetrare valeant." Hæc ille; lo-

[a] in 2. parte director. inquisitor. quæst. 14.
[b] Ibid. 231. 53. [c] Ibid. 232. 41, 42.
[d] Reiner. contr. hæret. cap. 3.
[a] Matt. cap. 7. Luc. cap. 6. [b] adversus hæreses lib. 8. tit. de judice.
[c] in lib. de origine Bohemorum, cap. 35.

cuturus adhuc multo diffidentius, si legisset quod de Waldensium quodam martyre retulit Reinerius "Cum quidam hæresiarcha, nomine Hainricus, chirothecarius in Cheron[c] duceretur ad mortem, dixit coram omnibus: Merito nos modo damnatis; quia, si status noster non esset minoratus, potestatem quam exercetis contra nos modo, hanc nos exercuissemus contra vos, omnes scilicet clericos et religiosos, et laicos."

24. Quartus articulus: "Symbolum apostolicum contemnendum esse, nulloque loco habendum." Personius eos se articulos propositurum pollicitus, qui Waldensibus "generatim ab omnibus authoribus qui de eis scribunt" attributi fuerint; hunc tamen in duobus authoribus, quos hac in causa præcipue sequitur, Gabriele Prateolo et Bernardo Lutzemburgio, invenire non potuit. Sanderus et Coccius ex Guidone Carmelita repetunt; cui vicesimus primus Waldensium error est, quod "contemnunt symbolum, scilicet, Credo in Deum." Similiter et Nicolao Eymerico, "hic eorundem decimus septimus error et hæresis est: quod symbolo fidei non est standum, nec credendum, nec pro oratione dicendum, cum sit per Romanam Ecclesiam, ut dicunt, ordinatum." Ait Coccius Lutheranos et Calvinistas hoc quidem non probare: in eo tamen Waldensibus consentire, quod "Angelicam[a] salutationem nihili faciunt;" at quam insulsum hoc, ut qui Novum[b] Testamentum semper fecerunt maximi, quod de Waldensibus pariter ac nostris ipsa negare non potest impudentia, ii "Angelicam salutationem," quæ pars est Evangelii, "nihili fecisse," et qui "credunt[c] omnes articulos qui in symbolo continentur," (quod Waldenses credidisse, de nostris enim nihil hic dicere necesse est, Reinerium testatum audivimus) ii "symbolum contempsisse ac nullo

[c] Al. Tewein.

[a] Ita Person. 3. convers. part. 3. cap. 3. sec. 10. inter articulos in quibus Waldenses adversus Ecclesiam catholicam cum protestantibus sentiunt, hunc numerat, quod Ave Maria, sicut Angelicam salutationem, respuebant. Et sec. 12. inter articul. Waldensium in quibus tum a protestantibus, tum a nobis, id est pontificiis, dissentiebant, hunc habet; quod respuebant et aspernabantur symbolum utriusque commune, quod omnes antiquos secuti symbolum apostolorum vocamus, hoc illi nequaquam admittere poterant.

[b] Rer. Bohem. script. pag. 222. 25, 27, 42. pag. 223. 14, 25. pag. 224. 39. pag. 226. 39.

[c] Ibid. 223. 5.

loco habuisse;" nec omnino, quod Eymericus fingit, "credidisse" existimentur? Illud quidem admittimus, atque adversus superstitiosorum papistarum inscitiam defendimus, quod Waldensibus a quodam inquisitore, qui modum orandi ab eis usitatum descripsit, tributum legimus. "Nec[d] orationem reputant salutationem Angelicam, Ave Maria; nec symbolum Apostolorum, Credo in Deum:" an inde tamen erit consequens, vel illos vel nostros, aut salutationem Angelicam, aut Symbolum Apostolorum nihili facere? apage ineptias.

25. Quintus Personii articulus est: "Christianos[a] nulla alia precatione uti debere, præterquam oratione Dominica, quæ in Scriptura est proposita." Id ipsum affirmat, qui de modo orandi a Waldensibus usitato scripsit, proxime a nobis citatus inquisitor[b] pontificius: nec non Eymericus in tertia parte directorii inquisitorum, signa exteriora, per quæ Waldenses cognoscuntur, describens; et Lutzemburgius atque Prateolus, de Insabbatatis agentes. Et tamen, cum oporteret mendaces esse memores, illi omnes uno consensu aliam orandi formulam a Waldensibus receptam commemorant; ita de eis scribentes. Quando mensæ accumbunt, per hunc modum benedicunt: "Qui benedixit quinque panes hordeaceos et duos pisces in deserto discipulis suis, benedicat hanc mensam nobis;" et quando surgunt, dicunt illud Apocalypsis: "Benedictio[d] et claritas, et sapientia, et gratiarum actio, et virtus, et fortitudo, Deo nostro in secula seculorum, Amen." Addit inquisitor ille, eum[e] qui inter ipsos est antiquior postea subdere: "Deus reddat bonam mercedem et bonum cambium omnibus illis qui benefaciunt nobis," et, "Deus sit nobiscum, et nos cum eo semper:" et alios respondere, "Amen." Reinerius eos dixisse notat, "quod[f] unum Pater noster plus prosit, quam

[d] Rer. Bohem. pag. 232. 10.

[a] Respuebant omnem speciem et formulam precationis sive privatæ sive publicæ, præter orationem Dominicam; aientes hanc solam doceri in S. Scripturis. Hoc autem inde profectum videtur, quod cum essent ipsi (ut scriptores de eis testantur) rudes admodum et imperiti, ægre poterant aliam precationis formulam assequi. Person. 3. convers. part. 3. tom. 1. cap. 3. sec. 12.

[b] Rer. Bohem. script. pag. 232. 8.

[c] Num. 112.

[d] Apoc. cap. 7. ver. 12.

[e] Rer. Bohem. script. pag. 232. 23.

[f] Ibid. pag. 227. 28.

sonitus decem campanarum :" unde fortasse calumniæ nata est occasio : sed sola oratione Dominica esse usos adeo non putavit, ut pro statutis Ecclesiæ et non scriptis traditionibus hoc argumento adversus eos pugnet. " Si[g] hæreticis orationes licet facere et benedictiones, et expositiones novas, et statuta, et habere consuetudines, quas Apostoli non habebant : igitur et eadem ratione Ecclesiæ licet." Denique alterius inquisitoris, qui de moribus Waldensium anno 1391. scripsit, apertissimum habemus testimonium. " Septies[h] in die orant. Senior incipit orationem, et facit eam prolixam vel brevem, secundum quod sibi videtur expedire : et alii sequuntur eum in oratione."

26. Sextus sequitur articulus : " Potestatem consecrandi corporis Christi, et confessiones audiendi, relictam esse a Christo, non solum sacerdotibus, sed etiam laicis, si justi sint." Imo, si duobus ordinis prædicatorii fratribus Nicolao Eymerico et Bernardo Lutzemburgio credimus, Waldenses in ea fuerunt hæresi, " Quod in sacramento altaris panis non transubstantiatur in verum Christi corpus, nec vinum in sanguinem, si sacerdos consecrans sit peccator : et quod omnis vir et mulier, de secta eorum, est vere sacerdos[a]." Videndum tamen quomodo cum istis conveniant articuli illi duo, quos superius ex Ænea Sylvio recitavimus : " Auricularem confessionem nugacem esse : sufficere sua quemque Deo in cubili suo conqueri peccata. Item : sacerdotem quocunque loco, quocunque tempore, sacrum Christi corpus conficere posse, petentibusque ministrare." Reinerius eorum de sacramento eucharistiæ errores ita proponit. " De[b] sacramento eucharistiæ dicunt, quod sacerdotes in mortali non possint conficere. Item dicunt, quod transubstantiatio non fiat in manu indigne conficentis, sed in ore digne sumentis, &c." Verum ad peccatorum distinctionem quod attinet, Waldensium hanc fuisse sententiam ipse idem author diserte confirmat;

[g] Rer. Bohem. script. pag. 226. 10. [h] Ibid. pag. 232. 38.

[a] Eo nimirum sensu quo Christianos omnes Sacerdotes dixerunt Tertullianus et Eucherius. vid. tom. 3. oper. Jac. Cujacii, col. 4, 5. Attamen, siqua fides Personio, Waldenses ab ordinibus sacris rejiciendis tam longe aberant, ut Sacramentum Ordinis agnoscerent. Vid. infr. cap. 8. sec. 27. et sec. 29. hujus cap.

[b] Reiner. contr. hæret. cap. 5. pag. 57.

"quod[c] omne peccatum sit mortale, et nullum veniale." De transubstantiatione quid senserint, in summa de Catharis et Leonistis his verbis ostendit vel idem ipse, vel alius ὁμώνυμος Raynerius. "Corpus Christi et sanguinem verum esse sacramentum non[d] credunt, sed panem benedictum, qui in figura quadam dicitur corpus Christi, sicut dicitur, Petra autem erat Christus; et similia."

27. Quod vero dixerint "potestatem audiendi confessiones, et absolvendi, laicis a Deo datam esse:" in eo cum Lutheranis et Calvinistis, si quidem Coccium audimus, consentiunt: sin Sanderum, dissentiunt: quia scilicet, "crimina putabant confitenda; quod hodie a Calvinistis non observatur:" At quam nullum inter hos et illos fuerit discrimen, si ex Ænea Sylvio nolit discere, ex Raynerio, Alphonso de Castro, Guilielmo Reginaldo, et Gabriele Prateolo porro audiat. Quorum primus, in summa modo citata, de Waldensibus ita scribit: "Aiunt sufficere ad salutem soli Deo et non homini confiteri;" secundus, in quarto[a] libro contra hæreses, tit. De confessione, ita: "Omnino tollunt confessionem:" tertius, in Calvinoturcismo[b] eodem modo: "Sustulerunt confessionem auricularem." Quartus, errores Pauperum de Lugduno recensens, hunc sexto loco proposuit, quod "auricularem confessionem prorsus tollunt, eam necessariam esse negantes:" et, ne manifesta appareret contradictio, articulum a Sandero et Personio objectum, quod scilicet "potestas confessiones audiendi relicta esset a Christo, non solum sacerdotibus, sed etiam justis laicis," prudenter suppressit.

[c] Reiner. contr. hæret. pag. 60.

[d] Personius tamen, 3 convers. part. 3. cap. 3. sec. 11. inter Waldensium articulos, in quibus cum catholicis adversus protestantes sentiebant, hunc habet primum; Tenuerunt missam et consecrationem S. corporis Christi per verba sacerdotis, quamvis non absque erroribus huic doctrinæ admixtis. Et sec. 20. de Albigensibus scribens; Negabant, ait, cum nostri temporis Zuinglianis, tum adversus Waldenses, tum adversus nos utrosque, realem presentiam corporis et sanguinis Domini in sacramento; porro adversus nos omnes de proprio adjicientes, non esse omnino sacramentum.

[a] Confessionem sacramentalem prorsus negabant, ait ipse Personius, 3. convers. part. 3. tom. 1. cap. 3. sec. 10. cui titulus, Articuli Waldensium, in quibus adversantur Ecclesiæ catholicæ, et cum protestantibus sentiunt. Rursus in eadem sectione de 3. sacramentis litem movebant: viz. de confessione auriculari, de chrismate, de et unctione extrema.

[b] lib. 2. cap. 5.

28. Septimus articulus est: "Sacerdotibus non licere ecclesiasticis frui beneficiis, sed ex eleemosynis vivere debere; nullosque episcopos vel dignitatem aliam in clero admitti oportere, verum omnes pares statuendos esse." Ista ex Prateolo mutuatus est Personius, ex Æneа Sylvio Prateolus: apud quem his verbis concepta leguntur. "Sacerdotes pauperes esse debere, et sola contentos eleemosyna." Dicunt etiam, "inter sacerdotes nullum fore discrimen." Et verum quidem est, Waldensium et fratrum Bohemorum pastores, ut rerum suarum status postulabat, parvo contentos, tenui victu cultuque delectatos esse; ut qui "majores[a] ducerent divitias probrum Christi, quam thesauros Ægypti:" sed tantum abest, ut vel stipem putarent emendicandam, vel ex sola vivendum eleemosyna; ut "mendicantium religiones malorum dæmonum inventionem" fuisse dixerint, quod præter alios Sylvius etiam et Prateolus attestantur: ipsique, exemplo apostoli, ad usus vitæ necessarios opificia exercuerint, et manuum labore sibi ac suis victum comparaverint. Sic enim de eis scribit inquisitor quidam pontificius: "Doctores[b] ipsorum sunt textores et sutores. Divitias non multiplicant, sed necessariis sunt contenti:" et ipsi fratres Waldenses, in responsione ad literas Augustini Olomucensis, anno 1508. scripta: "Nos[c] pudore nostrorum sacerdotum non afficimur, ex hoc

[a] Personius 3. convers. part. 3. cap. 3. sec. 11. inter articulos Waldensium, in quibus cum catholicis adversus protestantes sentiebant, hunc habet; Ordines religiosos in Ecclesia alios omnes licitos esse tenebant, præter fratres mendicantes, quippe qui paupertatem profitebantur, sed non qualem ipsi Waldenses initio præ se ferebant; qui idcirco eos capitali odio prosequebantur. Item sec. 12. cui titulus, Articuli Waldensium in quibus tum a protestantibus tum a nobis dissentiebant, hos 3. ordine describit. Asserebant omnes sacerdotes pauperes esse oportere, et beneficiis ecclesiasticis carere, et stipe collatitia victitare, prout ipsi solebant. Religionem tamen fratrum mendicantium prorsus damnabant, aientes, commentum fuisse Diaboli, et omnes iis ordinibus initiatos damnandos esse, una cum eorum fundatoribus et institutoribus. Hoc autem profectum videtur a studio seipsos ulciscendi in ordines S. Dominici et S. Francisci, a papa Innocentio III. institutos, loco ipsorum et humiliatorum qui antea erant suppressi. Asserebant virum perfectum et bonum (non intelligit *perfectus* apud Waldenses quid voluerit) suis manibus operari non debere, vel propriæ vitæ sustentandæ causa. Hoc autem aiebant, eo quod prædicti fratres mendicantes laborare solebant. vid. infr. cap. 10. sec. 5, 6. et cap. 8. sec. 2.

[b] Rer. Bohem. script. pag. 231. 47. [c] Ibid. pag. 253. 52.

quod hi laborent manibus suis secundum posse victum sibi quærentes: quia sic doctrina et exemplum apostolicum huc nos ducit, et nos quidem libentius id videmus, quam quod otio vacarent per tabernas, commercia Veneris et vanitates sequentes; usuras, sacrilegia, cæterasque nequitias exercentes." Plenius vero, in scripto anno 1572. edito: "Ministris quidem nostris optaremus eam felicitatem, ut se et suos absque illis adminiculis operarum honestarum alere possent. Ita enim plus temporis saltem ad studia sua ipsis suppeteret, et occasio major esset instituendi nostros doctrina et eruditione necessaria. Non enim superstitiose certe, vel dementer potius, manibus opus facere mandamus nostros, quod, nisi hoc faciant, peccare eos judicemus: sicut de quodam memorari audimus, qui ex sacerdote agricola factus fuerit, quod scriptum esse diceret, in sudore vultus comedes panem tuum. Ad eum modum, Christo gratia, non est passus labi nostros Dominus. Sed plerique ex nostris necessitate eo adiguntur, ut opus faciant, et honestæ officinæ operas exerceant, ne esuriant; cum stipendia certa nulla habeant, quibus se et suos alant."

29. Atque hinc videmus, de duabus inter se contrariis opinionibus, quas Waldensibus ab adversariis attributas legimus, quid sit sentiendum. Reinerius asserit[a] ipsos "omnem clerum damnavisse propter otium, dicentes eos manibus debere operari, sicut apostoli fecerunt." Guido vero in summa de hæresibus Waldensium, capite decimo nono, Sanderus item et Prateolus, dixisse affirmant, "perfectos non debere manibus laborare," etiam sustentandæ vitæ causa. Quod Alanus, libro secundo contra Waldenses, clarius hunc in modum explicat. "Dicunt[b] prædicti hæretici, quod nullo modo propriis manibus laborare debent, sed ab illis quibus prædicant recipere necessaria: quod conantur variis authoritatibus confirmare. Ait enim apostolus in epistola ad Corinthios: *Quis militat unquam suis stipendiis? quis plantat vineam, et de fructu ejus non edit? quis*

[a] Reiner. contr. hæret. cap. 5.

[b] Similia etiam iis objiciuntur ab Ebrardo Bethuniensi in Antihæretisi cap. 25.

pascit gregem, et de lacte ejus non comedit?" &c. Alphonsus de Castro[c], Æneæ Sylvii et Guidonis Carmelitæ relationes inter se conferens, erroris quem Waldensibus impingit Sylvius, quod "sacerdotes pauperes esse debeant, et sola contenti eleemosyna," Guidonem non meminisse; et viceversa erroris quem iisdem impingit Guido, quod "vir perfectus non debeat manibus laborare," Sylvium non meminisse annotat: sed de posteriore Personianæ objectionis parte addit amplius[d], quod dogma de clericorum paritate Waldensibus a Sylvio attributum, cum alio quod iisdem tribuitur a Guidone, velut ex diametro pugnare videatur. "Dixerunt" enim, ut Guido illis impingit, "esse tantum tres ordines in Ecclesia, diaconum videlicet, presbyterum, et episcopum;" indeque Sanderus articulum a Personio objectum omittens, illum Guidonis proposuit: "Dicunt, tantum tres ordines in Ecclesia esse; diaconatum, presbyteratum et episcopatum." Prateolus contra, illo Guidonis omisso, alium hunc in locum ejus substituit: "Docent, omnes presbyteros esse pares, neque unum esse alio potestate superiorem; hac ratione non solum papæ authoritatem imminuere, sed etiam illum a sede sua dejicere, omnemque, quam a Deo in terris recepit, potestatem, illi adimere contendentes[e]."

30. Octavus articulus est: "Semel tantum in anno missam esse celebrandam, feria scilicet quinta majoris hebdomadæ, quando sacramentum institutum fuit et apostoli facti sacerdotes: quia Christus dixit, *Hoc facite in meam commemorationem*[a]: id nimirum, inquiunt illi, quod eo tem-

[c] lib. 6. contra hæreses, tit. De Ecclesia, hæres. 4. et lib. 9. tit. De labore hæres. 1.

[d] lib. 2. tit. De ordinis sacramento.

[e] Ipse Personius 3. convers. part. 3. cap. 3. num. 10. pag. 94. fatetur, Waldenses in Ecclesia 3. ordines ecclesiasticos agnovisse. Ait enim loco citato, Asserebant 3. tantum ordines ecclesiasticos esse in Ecclesia, viz. diaconorum, presbyterorum et episcoporum. Hic autem Personio est sextus et postremus articulus, in quo Waldenses discedunt ab Ecclesia catholica et cum protestantibus sentiunt. Ibid. num. 12. pag. 96. inter articulos, in quibus tum a protestantibus tum a pontificiis dissentiebant, hunc habet: Omnes sacerdotes pares esse tum authoritate tum dignitate tenebant, et tantum vitæ merito, (ex Ænea Sylvio,) distingui.

[a] Luc. cap. 22. 1 Cor. cap. 11.

pore peregit ipse." Ita Personius[b]. Alphonsus de Castro, libro sexto adversus hæreses, tit. De eucharistia, hac de re hunc in modum scribit. " Nona hæresis asserit hoc præstantissimum sacramentum, in die cœnæ Domini, feria scilicet quinta majoris hebdomadæ confectum, esse majoris virtutis, quam alio quolibet die consecratum. Hujus erroris duces fuerunt Græci, ut testatur Guido Carmelita: qui illorum errores recensens, hunc decimo octavo loco collocat, dicitque eos hac occasione nulla alia die anni quam die cœnæ conficere, confectumque illo die sacramentum per totum annum conservare, ut inde infirmis ministretur. Hos Græcos secuti sunt Waldenses. Sic enim Guido illis impingit, qui hunc ait esse nonum illorum errorem, nescio tamen quos authores secutus; quoniam apud nullum alium, ex his qui illorum errores enumerant, invenio ullam de hac re factam mentionem. Æneas Sylvius, libro de origine Bohemorum, capite tricesimo quinto, recensens Waldensium errores, nihil tale eos dixisse memorat; alios tamen plures recenset, quorum nunquam meminit Guido. Quapropter ut in aliis, ita etiam hoc valde miror istius boni hominis, nec scire unquam potui ad cujus exemplar hos errores depinxerit. Hic error manifesta est insania:" nec certe procul eum ab insania esse oportet, qui a Græcis saltem errorem hunc receptum credat. Quod ad Waldenses attinet, non modo " nihil tale eos dixisse memorat" in citato loco Æneas Sylvius: sed etiam plane contrarium dixisse asserit; nempe " Sacerdotem quocunque loco, QUOCUNQUE TEMPORE sacrum Christi corpus conficere posse, petentibusque ministrare. Et Reinerius " Quod[c] semel in anno fideles communicant, hoc reprobant, quia ipsi quotidie communicant;" de missa vero, cujus importuna hic a Personio facta est mentio, idem subjicit. " Quod missa nihil sit, quia apostoli eam non habebant, et fiat propter quæstum."

[b] Atqui vero (si eidem Personio credendum, 3. convers. part. 3. tom. I. cap. 3. sec. 12.) B. sacramentum per totum annum reservabant ad ministrandum ægrotis, sicubi opus fuisset.

[c] Reiner. contra hæret. cap. 5.

31. Nonus et postremus a Personio objectus articulus est hujusmodi. " Pro verbis consecrationis, super panem septies dicendum esse PATER NOSTER." Alphonsus de Castro possibile quidem esse putat ut ita senserint Waldenses, sed non admodum tamen probabile. Sic enim de eis scribit[a]. " Consecrant, ut ait Guido Carmelita capite nono de hæresibus Waldensium, sine consueta Ecclesiæ forma, qua Christus consecrans nobis consecrandi modum tradidit : sed dicendo septies Pater Noster, et benedicendo panem et vinum, se consecrare dicebant. Verum Æneas Sylvius, qui et Pius secundus pontifex maximus, vir certe meo judicio longe diligentior circa inquisitionem historiæ quam Guido, in libro de origine Bohemorum capite tricesimo quinto, errores Waldensium ad unum usque recensens, nihil tale comminiscitur. Antoninus etiam Florentinus archiepiscopus quarta parte suæ summæ[b], enumerans errores Pauperum de Lugduno, qui et Waldenses appellantur, nullam hujus rei facit mentionem. Bernardus de Lutzemburgo in suo catalogo, nec in titulo Pauperes de Lugduno, nec in titulo Waldenses, nam eos hoc duplici nomine bis inter hæreticos annumerat, nihil simile eis tribuit : imo in titulo Waldenses, secutus historiam Æneæ Sylvii in libro de origine Bohemorum, aliquid huic assertioni repugnans commemorat. Nam istorum assertiones enumerans Æneas Sylvius, quem et sequitur Bernardus de Lutzemburgo, sic ait : sacerdotem quocunque loco, quocunque tempore, sacrum Christi corpus conficere posse, petentibusque ministrare ; sufficere, ut verba sacramentalia tantum dicat. Ex quibus verbis plus colligimus eos veram conficiendi formam tenere, quam omittere. Præterea assertio ipsa adeo est insana, ut vix persuaderi possim aliquem hominem Christo initiatum, et inter Christianos nutritum, eam docuisse : cum nullus sit sacræ scripturæ locus unde hujus rei suspicio haberi posset : nisi forte ansam erroris acceperint ex ea particula quæ in oratione Dominica connumeratur, scilicet, Panem nostrum quotidianum da nobis hodie. At

[a] lib. 6. adversus hæreses, tit. De eucharistia, hæres. 3. pag. 389.
[b] tit. 11. cap. 7

cum isti tantum Dominicæ orationi tribuant, ut nullam aliam præter illam admittant, possibile est ut eam arbitrarentur etiam ad corporis Christi consecrationem efficacem : præcipue cum Waldensium secta, ut alias diximus, ab homine prorsus literarum ignaro suscitata fuerit." Hactenus Alphonsus.

32. Verum de putida illa calumnia, quod Waldenses nullam aliam orationem præter Dominicam admiserint, in quinti articuli examine satis diximus: de Petro Waldio et ejus sectatoribus, an literarum prorsus fuerint ignari, suo loco[a] videbimus. De propositione quam ex Ænea Sylvio produxit Alphonsus, illud hic adjicio; a Gabriele Prateolo, opinionum Pauperum de Lugduno ex eodem Sylvio et Guidone Carmelita elenchum concinnante, eam consulto esse prætermissam: non aliam certe ob caussam, quam quod cum duodecimo et decimo tertio suo (Personiano nono et octavo) articulo consistere non posse animadverteret. Sylvio etiam Reinerii utriusque (si modo authores diversi sunt) testimonia adjungo: quorum alter in quinto capitulo libelli contra hæreticos, a Jacobo Gretsero editi, de Pauperibus Lugdunensibus ita scripsit; "Canonem missæ non recipiunt, nisi tantum verba Christi vulgariter :" alter in summa, a Claudio Coussardo publicata, eisdem plura absurda affingens, verbis tamen consecrationis usos esse prodit; hoc quoque addito, quod eucharistiæ sacramentum "in conventiculis suis celebrant, verba illa Evangelii recitantes in mensa sua, sibique mutuo participantes sicut in cœna Christi."

33. Ex istis a Personio selectis articulis, ac iis quæ eorum occasione ex aliis authoribus a nobis sunt intexta, æstimabit æquus lector, quid de reliqua calumniarum strue judicandum sit: et quanto quam Personii sincerius hoc fuerit judicium Orthuini Gratii, qui suo rerum expetendarum et fugiendarum fasciculo[a] "Professionem fratrum

[a] Vid. infra cap. 8. sec. 7, 8.

[a] Quid si similiter ex eodem catalogo Lutzemburgii et Prateoli Græcorum errores proposuisset Personius ? an non sibilis exciperetur ? confer catalogum errorum Græcorum (in fine Scoti, et Fox, et Walden. fascic. zizan. et Eymeric.) cum catalogo errorum Latinorum (in fine Manuel. Calecæ.) et tamen hæ duæ sectæ omnium nobilissimæ. Sic nostris temporibus quid nobis non affingunt ? Vid.

Waldensium ad regem Hungariæ inserens, quæ" ut ille ait, " non multum alicubi dissentit ab iis quæ traduntur a quibusdam (nostros intelligit) ut ab illis accepisse videri possint:" candide admonuit, " hinc melius cognosci posse quales sint Waldenses, quam ex catalogo hæreticorum, quem venerabilis scilicet pater F. Bernhardus de Lutzelburgo, ordinis prædicatorum edidit."

Wrighti articulos, et Coccium de Dei omnipotentia, et illa legati Hispanici apud D. Mortonum. vid. etiam Petri Aberlardi responsionem ad accusationes Bernardi, et Pseudosynodum adversus Jo. Chrysostom. in Photii bibliotheca pag. 26, 27. edit. Græc.

CAP. VII.

De statu rerum ab initiis solutionis Satanæ usque ad initia pontificatus Innocentii III. nempe ad annum usque Domini 1198. Quam deplorata Ecclesiarum Romanæ communionis conditio tum extiterit; et quid adhuc in eis integri retentum fuerit. De regibus Angliæ qui ambitioni pontificiæ, et Berengario ejusque sectatoribus qui sacramentario errori, jam invalescenti restiterunt.

1. Jam ut paulo plenius atque enucleatius occidentalium Ecclesiarum, Antichristi tyrannide miserum in modum oppressarum, conditionem explicemus (de orientalibus enim agere, hoc quidem tempore nostri non est instituti:) universum hoc soluti Satanæ tempus tribus visum est subdistinguere periodis; quarum prima ad Innocentii III. secunda ad Gregorii XI. tertia ad Leonis X. pontificatum protendatur. Ad primæ periodi terminum, ab anno Domini millesimo, bina effluxerunt secula: in quorum priore, quam deploratus fuerit Romanæ Ecclesiæ status, ex iis quæ in solutionis Satanæ initiis describendis sunt dicta, licet intelligere: de posteriore nunc nonnulla authorum qui tum vixerunt producam testimonia. Atque ut ab ipso incipiam capite: de Romanis, ut est apud Guilielmum Malmesburiensem, in quarto de gestis regum Anglorum libro, "olim rerum dominis, genteque togata, qui nunc dicuntur hominum inertissimi, auro trutinantes justitiam, pretio venditantes canonum regulam," carmen edidit Hildebertus[a] Cenomanensis episcopus, versu excellens et prosa[b]: atque hoc disticho

[a] De quo quidam ait (teste Roberto monacho Altissiodorensi in chron. et Guil. Nangiaco,)

Inclytus et prosa, versuque per omnia primus
Hildebertus olet prorsus ubique rosam.

De iisdem in electione Alexandri P. ann. 1160. Gerhohus Richesbergens. a Gretser. edit. Gallici aulici contra papam, apud Arnulph. Lexoriensem, in epistolis, fol. 38. Vid. Baron et Trithem.

[b] Extat ejus de Romanis tum carmen tum prosa citata in catalogo testium

(quod ex Helinando, in speculum suum historiale[c] Vincentius Bellovacensis transtulit; sed in Lilii Gregorii Giraldi quinto de poetis dialogo Hispani[d] censores ferre non poterant) conclusit;

Urbs felix, si vel dominis urbs illa careret,
Vel dominis esset turpe carere fide:

Eos proculdubio innuens dominos, de quibus vulgati sunt versus[e];

Servierant tibi Roma prius domini dominorum:
Servorum servi nunc tibi sunt domini.

2. De eadem Roma, in tertio libro de contemptu mundi, ita canit Bernardus Morlanensis, ex Cluniacensium[a] ordine monachus:

Fas mihi scribere, fas mihi dicere, Roma peristi:
Obruta mœnibus, obruta moribus, occubuisti.
Urbs ruis inclyta, tam modo subdita, quam prius alta,
Quo prius altior, hoc modo pressior, et labefacta.
Fas mihi scribere, fas mihi dicere, Roma ruisti:
Sunt tua mœnia vociferantia, Roma peristi.

Subdit idem postea de suis temporibus:

Aurea tempora, castaque pectora præterierunt;
Tempora pessima, scilicet ultima, jam subierunt.
Stant modo stantia lucra, superbia, pax sine pace,
Fraus, Venus, otia, furtaque conscia noctis opacæ,
Schismata, prœlia, vis, homicidia, traditiones,
Ira, protervia, livor, inertia, seditiones.
Stat simulatio, corruit actio relligionis:
Heu! sua propria deputat omnia Rex Babylonis.

veritatis, pag. 1416 et in Vignieri hist. ecclesiast.pag. 350. sed male: est enim Sydonii Apollinaris lib. 5. epist. 7. pag. 313. nec de Romanis ab eo usurpatum.

[c] Lib. 25. cap 108.

[d] Index expurgator. Gasp. Quirog. in Lil. fol. 144. b.

[e] Jo. Semeca, in glossa decreti, caus. 1. quæst. 7. cap. 9. *Quoties.* Jordanus de Saxonia, in vit. Fratrum, lib. 2. cap. 4.

[a] Bern. Morlan. ab Eilhardo Lubino edit. ann. 1607. Prius a Focando Moniero ann. 1535. edit.

3. Eodem modo et Honorius[a], Augustodunensis Ecclesiæ presbyter, in dialogo de prædestinatione et libero arbitrio, sui temporis depingit Babyloniam. "Intuere principes et judices; ecce posita est in eis bestiæ sedes. Omni tempore ad malum sunt intenti, semper negotiis iniquitatis inexplebiliter occupati; flagitia non solum faciunt, sed et alios facere instruunt. Sancta vendunt, scelera emunt: totis viribus laborant, ne soli ad tartara veniant. Verte te ad clerum, et videbis in eis bestiæ tentorium. Dei servitium negligunt, terrenis lucris inserviunt, sacerdotium per immunditiam polluunt, populum per simulationem seducunt, Deum per mala opera abnegant, omnes scripturas ad salutem pertinentes abdicant, omnibus modis se laqueos et ruinam populo substernunt, quem cœcum ipsi cœci ad interitum præeunt. Contemplare et monachorum conciliabula, et videbis in eis bestiæ tabernacula. Per fictam professionem Deum irridentes, iram ejus provocant; normam regularem moribus et vita calcant, per habitum seculum fallunt, multos deceptos ipsi decepti decipiunt: secularibus negotiis impliciti sunt, in Dei servitio desides existunt: plerique illorum gulæ et illecebris dediti sunt, quidam in immunditiæ sordibus computrescunt. Aspice etiam habitacula monialium, et cernes in eis bestiæ præparatum thalamum. Hæ a tenera ætate impudicitiam discunt, complices sibi plurimos ad cumulum suæ damnationis adsciscunt; velo se operire festinant, quo magis fræna luxuriæ laxare queant: omnibus fornicariis pejus prosternuntur, et, ut insatiabilis Charybdis, nunquam stercore immunditiæ replebuntur. Hæ animas juvenum illaqueant, et gaudent si plures illaqueent: et hæc vult palmam victoriæ, quæ aliis prævalet in scelere. Verte te ad plebem reliquam, et invenies in ea bestiæ effigiem. Sacerdotes despiciunt, de Deo quicquam audire contemnunt, totum tempus vitæ in vanitate et jactantia ducunt, et ad omne opus reprobi sunt. Vulgus quoque indoctum bestiæ habet idolum. Deum verum non norunt, Deo ventri tota intentione deserviunt; per varia carnis desideria diffluunt, et per omnia vitam bestialem ducunt."

[a] Honor. dialog. ad calcem 2. tomi auctarii bibliothecæ patrum, edit. Paris. ann. 1610.

4. Qui in Rhemensi concilio coram Innocentio II. et ejus clero, anno Domini 1131. sermonem habuit (sive, Bernardus is fuerit, inter cujus opera concio ista legitur, sive alius) magna usus libertate, præsentes episcopos hisce compellat verbis. "Fratres, aliam synodum pronuntio vobis, ubi Dominus Deus sedebit in judicio: et ibi omnes nos oportet repræsentari; et ibi Deus juste judicabit orbem terrarum. Hic includitur injustitia in marsupio: sed juste judicabit Deus in illo judicio; et ibi omnes nos oportet repræsentari (nisi forte, quod dici nefas est, mentiatur apostolus) sive sit papa, sive cardinalis, sive archiepiscopus, sive episcopus, sive dives, sive pauper, sive doctus, sive indoctus, ut referat unusquisque rationem de his quæ gessit in corpore, sive bonum, sive malum. Et si reddenda est ratio de his quæ quisque gessit in corpore suo; heu! quid fiet de his quæ quisque gessit in corpore Christi, quod est Ecclesia? Ecclesia Dei vobis commissa est, et dicimini pastores, cum sitis raptores. Et paucos habemus, heu, pastores, multos autem excommunicatores. Et utinam sufficeret vobis lana et lac; sititis enim sanguinem." Sequuntur in eadem concione alia, quæ totidem fere verbis in Bernardi tricesimo tertio super Cantica sermone repetita invenimus: inter quæ et ista gravissima legitur querimonia.

5. "Væ[a] generationi huic a fermento Pharisæorum, quod est hypocrisis: si tamen hypocrisis dici debet, quæ jam latere præ abundantia non valet, et præ impudentia non quærit. Serpit hodie putida tabes per omne corpus Ecclesiæ: et quo latius, eo desperatius; eoque periculosius, quo intestinius. Nam si insurgeret apertus hæreticus, mitteretur foras et exaresceret: si violentus inimicus, absconderet se quis forsitan ab eo. Nunc vero quem ejiciet, aut a quo abscondet se? Omnes amici, et omnes inimici: omnes necessarii, et omnes adversarii: omnes domestici, et nulli pacifici: omnes proximi, et omnes quæ sua sunt quærunt. Ministri Christi sunt, et serviunt Antichristo." Et post: "Superest ut jam de medio fiat dæmonium meridianum, ad seducendos si qui in Christo residui sunt adhuc persistentes in simplicitate sua; siquidem absorbuit fluvios sapientium, et torrentes potentium; et habet fiduciam quod

[a] Bernard. in Cantic. serm. 33. op. tom. 1. pag. 1396.

influat Jordanis[b] in os ejus; id est, humiles et simplices qui sunt in Ecclesia. Ipse est enim Antichristus, qui non solum se diem, sed et meridiem mentitur, et extollitur[c] supra id quod colitur ut Deus: quem Dominus Jesus interficiet spiritu oris sui, et destruet illustratione adventus sui." Quæ conclusio, in sexto sermone in Psalmum nonagesimum, *Qui habitat,* a Bernardo denuo est repetita. "Superest ut reveletur homo peccati, filius perditionis, dæmonium non modo diurnum, sed et meridianum: quod non solum transfiguratur in angelum lucis, sed extollitur super omne quod dicitur Deus, aut quod colitur. Nimirum insidiatur crudelis calcaneo matris Ecclesiæ, a qua dolet caput suum esse contritum. Hic plane gravissimus erit incursus; sed ab hoc quoque Ecclesiam electorum veritas liberabit, propter eos brevians dies, et dæmonium meridianum destruens illustratione adventus sui."

6. Idem Bernardus, sermone primo in conversionem S. Pauli, hujusmodi ad Deum deplorat querelam. "Amici tui, Deus, et proximi adversum te appropinquaverunt et steterunt. Conjurasse videtur contra te universitas populi Christiani a minimo usque ad maximum: a planta pedis usque ad verticem non est sanitas ulla. Egressa est iniquitas a senioribus judicibus vicariis tuis, qui videntur regere populum tuum: non est jam dicere, ut populus, sic sacerdos; quia nec sic populus, ut sacerdos. Heu, heu, Dominus Deus, quia ipsi sunt in persecutione tua primi, qui videntur in Ecclesia tua primatum deligere, gerere principatum. Arcem Sion occupaverunt, apprehenderunt munitiones, et universam deinceps libere et potestative tradunt incendio civitatem." Hæc de corruptissimo horum temporum statu Bernardus: cui vocem populi si adjecero, finem faciam, nec ulterius Camerinam hanc movebo. Eam vero populari suo Hadriano IV. pontifici, *quid de se et Ecclesia Romana sentirent homines,* familiarius sciscitanti, his verbis exposuit Johannes Sarisburiensis. "Romana[a] Ecclesia, quæ mater omnium Ecclesiarum est, se non tam matrem exhibet aliis, quam novercam. Sedent in ea

[b] Job cap. 40. ver. 23. [c] 2 Thess. cap. 2. ver. 4, 8.

[a] Joh. Sarisbur. in polycratic. lib. 6. cap. 24.

Scribæ et Pharisæi, ponentes onera importabilia in humeris hominum, quæ digito non contingunt. Dominantur in clero, nec forma fiunt gregi, qui recto calle pergit ad vitam: pretiosam supellectilem congerunt; auro et argento onerant mensas, sibi etiam ab avaritia nimis parci. Nam pauper aut nullus, aut rarus admittitur, quem interdum non tam Christus, quam vana gloria introducit. Concutiunt Ecclesias, lites excitant, collidunt clerum et populum: laboribus et miseriis afflictorum nequaquam compatiuntur, Ecclesiarum lætantur spoliis, et quæstum omnem reputant pietatem. Justitiam non tam veritati, quam pretio reddunt. Omnia namque cum pretio hodie; sed nec cras aliquid sine pretio obtinebis. Nocent sæpius, et in eo dæmones imitantur, quod tunc prodesse putantur, cum nocere desistunt, exceptis paucis qui nomen et officium pastoris implent. Sed et ipse Romanus pontifex omnibus gravis et fere intolerabilis est, &c."

7. Quanquam vero hæc fuerit deploratissima horum temporum conditio: aliquanto tamen melior fuit quam temporum subsequentium, quando "ad hunc statum[a] venit Romana Ecclesia, ut non esset digna regi nisi per reprobos:" tristique experimento apostolicæ sententiæ veritas est comprobata; πονηροὶ[b] ἄνθρωποι καὶ γόητες προκόψουσιν ἐπὶ τὸ χεῖρον, πλανῶντες καὶ πλανώμενοι, Mali homines et seductores proficient in pejus, errantes, et in errorem mittentes." Nam licet e carcere suo jam emissus Satanas "exiverit, ut seduceret gentes quæ sunt in quatuor angulis terræ:" non tamen, quum primum exiit, eum tantam humano generi cladem inferre, tantamve seductionem procurare potuisse putandum est, quantum deinceps effecturus erat cum esset progressus longius. Id ille sane omni egit conatu atque studio, ut Hildebrandina valeret et vigeret Theologia; quod "scelus[c] idololatriæ incurrit, qui apos-

[a] Petr. Aliac. de reformat. Eccles. Cæsarius Heisterbach. hist. lib. 2. cap. 29.

[b] 2 Tim. cap. 3. ver. 13. Vid. de sequentium temporum corruptissimo statu Jacob. de Vitriaco, tom. 2. pag. 261, 278, 291. Paralipom. Abb. Urspurg. pag. 344, 345.

[c] Greg. VII. regist. lib. 4. epist. 23. tom. 3. concil. pag. 1221. edit. Binii. Bruno de bello Saxonico, pag. 139. edit. M. Freheri.

tolicæ sedi obedire contemnit:" tantumque apud aliquos effecit, ut Romano Apostolo[d], ne eum Antichristum esse nesciremus, "datam omnem potestatem in cœlo et in terra" agnoscerent; imo et in Anglia, si Bertoldo Constantiensi credimus, impleri cœperit vaticinium Apocalypseos, "nequis[e] posset emere aut vendere, nisi qui haberet characterem aut nomen bestiæ, aut numerum nominis ejus." Sic enim ille[f], de Guilielmo I. Anglorum rege: "Totam terram Anglorum Romano pontifici tributariam fecit; nec aliquem in sua potestate aliquid emere aut vendere permisit, quem apostolicæ sedi inobedientem deprehendit."

8. Ita vero res se habuit. Post mortem regis Edvardi, dicti Confessoris, contendentibus de regno Angliæ Guilielmo Normanno et Haraldo Anglo, quum Guilielmus[a] "præpropera querela papam consuleret, Haraldus judicium papæ parvi penderet:" Alexander II. qui tum erat pontifex, vexillum in belli et regni omen tradidit Guilielmo; et potitus victoria Guilielmus, vexillum Haraldi Romam transmisit ad Alexandrum. Rebus deinde in Anglia compositis, de solutione *Denarii S. Petri* pontifex per literas regem ita commonet. "Novit[b] prudentia tua, Anglorum regnum, ex quo nomen Christi ibi clarificatum est, sub apostolorum principis manu et tutela extitisse; donec quidam membra mali capitis effecti, zelantes superbiam patris sui Satanæ, pactum Dei abjecerunt, et Anglorum populum a via veritatis averterunt.—Nam, ut bene nosti, donec Angli fideles erant, piæ devotionis respectu ad cognitionem religionis annuam pensionem apostolicæ sedi ex-

[d] Sic et Bernardo papa est unctione Christus. Vestro apostolatui, pater sancte, data est omnis potestas in cœlo et in terra. Gladius anceps in manibus vestris. Super gentes et regna constituti estis, ad alligandos reges eorum in compedibus, et nobiles eorum in manicis ferreis. Guil. Senonens. ad Alexandrum III. ap. Hoveden. in Henr. II.

[e] Apoc. cap. 13. ver. 17.

[f] Bertold. Constantiens. append. ad Herman. contract. ann. 1084.

[a] Ingulph. Croylandens. hist. Guil. Malmesb. de gestis regum Anglor. lib. 3. in Guilielm. I. Et Thomas Otterbourne, in chron. Reg. Angl.

[b] Augustin. Steuch. de Donat. Constantin. contra Vallam. et Baron. annal. tom. 11. ann. 1068. sec. 1. ex libro censuum Rom. Ecclesiæ.

hibebant; ex qua pars Romano pontifici, pars Ecclesiæ S. Mariæ, quæ vocatur schola Anglorum, in usum fratrum deferebatur." A rege vero lex illa antecessoris sui Edvardi *de denario sancti Petri, qui Anglice dicitur Romescot*, confirmata est. "Omnis[c] qui habuerit triginta denariatas vivæ pecuniæ in domo sua, de proprio suo, Anglorum lege dabit denarium sancti Petri: et lege Danorum dimidiam marcam. Iste vero denarius debet summoneri in solemnitate sancti Petri et Pauli, et colligi ante festivitatem quæ dicitur *Ad vincula sancti Petri*, ita ut ultra illum diem non detineatur. Si quisquam detinuerit, ad justitiam[d] regis clamor deferatur, quoniam denarius hic eleemosyna regis est; justitia vero faciat denarium reddi, et forisfactionem episcopi et regis. Et si quis plures domos habuerit; de illa, ubi residens fuerit in festo apostolorum Petri et Pauli, denarium reddat." Indeque in epistola ad eundem regem, primo pontificatus sui anno scripta, Hildebrandus "Rebus[e]" inquit "sancti Petri, quæ in Anglia colliguntur, sic liberalitati tuæ ut tua, committimus; ut pium et propitium debitorem Petrum reperias, et eum tibi ex debito subvenire admoneas, quem sibi multa te tribuisse non latebit:" et in epistola ad filium[f] ejus Henricum I. Paschalis pontifex. "Eleemosyna beati Petri, prout audivimus, ita perperam doloseque collecta est, ut neque mediam ejus partem hactenus Ecclesia Romana susceperit. Quod totum tibi, sicut et alia, imputatur."

9. Hinc Bertoldus, cum eleemosynam a tributo nesciret[a]

[c] Rog. Hoveden. annal. part. post. in Henr. II. edit. Lond. ann. 1596. fol. 344. et Henr. Knighton. chron. lib. 2. cap. 4. a Guil. Lambardo edit. Lond. ann. 1568. fol. 128.

[d] Justitiarium. Vid. leges Edvardias, Ingulpho Abbate Crowlandiensi editas, ap. V. C. Jo. Selden. in notis ad Æadmerum pag. 179, et 180, edit. Lond. ann. 1623. Justitia in municipali nostro jure pro justitiario ponitur. Dan. Molmi.

[e] Greg. VII. Regist. lib. 1. epist. 70. tom. 3. concil. pag. 1175. edit. Binii.

[f] MS. in biblioth. Cotton.

[a] Bertoldus *nesciebat*. Wilhelmus Warlewast Henr. I. legatus, caussæ quam apud pontificem tum agebat serviens, (apud Guil. Malmesb. de pontif. Angl. I. 1. in Anselmo; ex quo Baron. ann. 1103. sec. 6.) *nolebat* distinguere (aliud enim agebat); qui tamen munificentiæ regiæ hoc tribuit. Et ipse rex, in literis suis eodem tempore conscriptis, (utcunque legati ejus mandata transgressi fuerint)

distinguere; et quod piæ devotionis respectu datum est, fidelitatis et subjectionis ratione redditum interpretaretur: a Guilielmo "totam terram Anglorum Romano pontifici tributariam factam" scripsit. Ad quam opinionem minuendam, ex annalium monumentis testes excitare nihil opus: ipsius supersunt Guilielmi ad Hildebrandum hac de re missæ literæ. Cum enim superbus pontifex, *liberalitate* regis non contentus, fidelitatis insuper exigeret ab eo juramentum; ejusmodi responsum tulit, quale a libero et sui juris principe expectari oportebat.

Excellentissimo[b] sanctæ Ecclesiæ pastori Gregorio, gratia Dei Anglorum rex et dux Normannorum Guilielmus, salutem cum amicitia.

"Hubertus legatus tuus, religiose pater, ad me veniens, ex tua parte me admonuit, quatenus tibi et successoribus tuis fidelitatem facerem; et de pecunia, quam antecessores mei ad Romanam Ecclesiam mittere solebant, melius cogitarem. Unum admisi, alterum non admisi. Fidelitatem facere nolui, nec volo: quia nec ego promisi, nec antecessores meos antecessoribus tuis id fecisse comperio. Pecunia tribus fere annis in Gallia me agente negligenter collecta est. Nunc vero divina misericordia me in regnum meum reverso, quod collectum est per præfatum legatum mittitur; et quod reliquum est, per legatos Lanfranci archiepiscopi fidelis nostri, cum opportunum fuerit, transmittetur. Orate pro nobis, et pro statu regni nostri: quia antecessores vestros dileximus, et vos præ omnibus sincere diligere et obedienter audire desideramus." Eidem tribuuntur et aliæ, contra reservationes, provisiones

Beneficium duxit: in hist. Jornal. Et Fox pag. 186. (prior. edit.) Quid hac in re egit Henricus II. vid. apud Rog. Hoveden. fol. 284. pag. 2. lin. 26. edit. Lond. Matt. Par. pag. 99. 33. Baron, ann. 1164. sec. 42, et 44. item Seldeni Janum Anglorum, pag. 105, 107. Baron. ann. 1135. sec. ult. ait Stephanum regem testari regnum Anglorum ipsi esse confirmatum ab Innocentio papa, quasi esset feudatarium Romani pontificis, qui ἔλεγχος est τοῦ ἀναιτίου: Stephani sane jus erat male fundatum; et propterea tali substructione opus habuit. Vid. Henr. Huntingt. fol. 226. pag. 2. lin. 34, 35. edit. Lond."

[b] Ex Lanfranci epistolis MS. in biblioth. Cotton. et Baron. ann. 1079. sec. 25.

et impositiones papales scriptæ literæ: quarum[c] hæc conclusio. "Adimatur onus deprimens filiorum humeros: ne cogat eos necessitas, ea tandem dejicere, quæ diutius non possunt absque detrimento nimio supportari: sed ut nostra nostrorumque devotio crescat erga sedem apostolicam jugiter optamus, ut fideliter acquiescat. Namque torpescere non valemus, quin, ut tenemur, tanta discrimina pro viribus evitemus."

10. Extat et Hildebrandi adversus Guilielmum ad Hubertum legatum suum, cujus in superioribus regis literis facta est mentio, missa epistola; in[a] qua, postquam de denariis Petri, qui ex Anglia erant transmittendi, breviter pronuntiasset; "Pecunias sine honore tributas quanti pretii habeam, tu ipse optime potuisti dudum perpendere:" de rege Anglorum ista adjicit. "Multa sunt unde sancta Romana Ecclesia adversus eum queri potest. Nemo enim omnium regum etiam paganorum contra apostolicam sedem hoc præsumpsit tentare, quod is non erubuit facere; scilicet ut episcopos et archiepiscopos ab apostolorum liminibus ullus tam irreverentis et impudentis animi prohiberet. Unde volumus ut eum nostra vice prudentia tua studeat admonere, quatenus honorem quem sibi a subditis suis graviter ferret non exhiberi, sanctæ Romanæ Ecclesiæ non tantopere laboret imminuere; et debitas gratias agendo, gratiam B. Petri procuret acquirere. Nos enim amicitiæ nostræ pristinæ circa eum memores, et apostolicam mansuetudinem, quantum, Deo auctore, possumus, imitantes, hucusque illius culpæ pepercimus: qui si his et similibus, quæ tibi nota sunt, modum non imposuerit; omnino sciat se iram beati Petri in se graviter provocaturum."

11. Id quoque Hildebrandum non parum pupugit, quod Guilielmus Odonem fratrem suum, Baiocensem episcopum, nulla sublimitatis episcopalis ratione habita, in carcerem ausus esset conjicere: sic enim ipse Hildebrandus in lite-

[c] In libro de vera differentia regiæ potestatis et Ecclesiasticæ; edit. Lond. ann. 1534. fol. 55.

[a] Greg. VII. regist. lib. 7. epist 1. tom. 3. concil. pag. 1244. edit. Binii.

ris ad regem: "Unum[a]," inquit, "nos tangit, et tangendo angustat, atque inter regalium tuarum virtutum insignia monumenta lætitiam in amico corde violenter obnubilat; videlicet, quod in capiendo germanum tuum episcopum, non sicut decuit propriæ honestati prospiciens, sed secularem cautelam et rationem divinæ legi præponens, sacerdotalem reverentiam minus vigilanter attendisti. Et quidem non latere tuam prudentiam credimus, scriptum esse, quod de sacerdotibus maxime oportet intelligi: Qui vos tangit, tangit pupillam oculi mei. Et alibi: Nolite tangere Christos meos: et quod Dominus ipse sacerdotibus licet pravis et valde indignis honorem deferre non sit dedignatus. Quam rem piæ memoriæ Constantinus, præcipuus videlicet imperator, intelligens, in Nicæna synodo nullam in episcopos ab ipsis etiam episcopis accusationem voluit suscipere, nullumque contra eos judicium præsumpsit inferre, dicens: Vos dii estis a vero Deo constituti; ideo non oportet ut nos homines deos præsumamus judicare. Quanta etiam sit sacerdotii dignitas, quantaque sublimitas episcopalis, B. Ambrosius, doctor scilicet eximius, vestram doceat magnitudinem, vestramque instruat prudentiam, in pastorali suo sic ponens: Honor igitur, fratres, et sublimitas episcopalis nullis poterit comparationibus adæquari. Si regum fulgori compares et principum diademati, longe erit inferius, quam si plumbi metallum ad auri fulgorem compares."

12. Hæc Hildebrandus: cujus tamen tum argumenta tum preces apud regem nullius fuisse momenti, certum esse confirmat Baronius[a]: simulque certum, non ita pontifici dicto audientem fuisse regem, ut se ab illo τῆς[b] ῥινὸς ἕλκεσθαι pateretur. Nec enim tam angusto et pusillo animo eum regem fuisse existimandum est, quem tumoris immodici accusant scriptores pontificii; quod[c] "secularia et ecclesiastica ad libitum disponeret: nullum pro apostolico in terra sua admitteret, nisi animo suo blandiretur; concilium in regno nullum cogi sineret nisi se consulto, ni-

[a] Greg. VII. regist. lib. 11. epist. 2. tom. 3. concil. pag. 1278. edit. Binii.

[a] Baron. ann. 1081. sec. 24. [b] *nare trahi.*

[c] Ranulph Higden. polychron. lib. 7.

hil ibi definiri nisi ipse dictasset." Talem enim eum nobis describit Ranulphus Cestrensis monachus. Et tamen, ut ad regale fastigium cresceret Guilielmus, tanto se studio laborasse profitetur Hildebrandus, ut "a quibusdam[d] fratribus magnam infamiam pertulerit submurmurantibus, quod ad tanta homicidia perpetranda tanto favore suam operam impendisset:" et postquam regium honorem consecutus est, "præ[e] cæteris sui ordinis apostolicæ sedi devotum" eum fuisse agnoscit; adeoque "charissimum[f], et unicum sanctæ Romanæ Ecclesiæ filium" appellat. Quomodo igitur reliquos illos affectos fuisse existimabimus, a quibus rogatum Guilielmum scribit idem, ut[g] contra apostolicam sedem pactum iniret?

13. Audiamus de Hildebrando in Wormatiensi concilio a Germanicis episcopis omnibus[a], præter paucos, latam sententiam. "Dum[b] profanis studes novitatibus, dum magis amplo quam bono nomine delectaris, dum inaudita elatione distenderis, velut quidam signifer schismatis, omnia membra Ecclesiæ, quæ, secundum apostolum, quietam et tranquillam vitam ante hæc tua tempora agebant, superba crudelitate, crudelique superbia lacerasti: flammasque discordiæ, quas in Romana Ecclesia diris factionibus excitasti, per omnes Ecclesias Italiæ, Germaniæ, Galliæ et Hispaniæ, furiali dementia sparsisti. Sublata enim, quantum fuit, omni potestate ab episcopis, quæ eis divinitus per gratiam Sancti Spiritus, qui maxime in ordinationibus operatur, collata esse dignoscitur, omnique rerum ecclesiasticarum administratione plebeio furori per te attributa, dum nemo jam alicui episcopus aut presbyter est, nisi qui hac indignissima assentatione a fastu suo emendicavit omnem apostolicæ institutionis vigorem; illamque pulcherrimam membrorum Christi distributionem, quam doctor gentium toties commendat et inculcat, miserabili confu-

[d] Greg. VII. regist. lib. 7. epist. 23. tom. 3. concil. pag. 1251. edit. Binii.
[e] Id. lib. 11. epist. 2. pag. 1277. [f] Id. lib. 1. epist. 31. pag. 1164.
[g] Id. lib. 9. epist. 5. pag. 1267.
[a] Sigeb. Vincent. Matt. Paris.
[b] Statut. imperial. a Goldast. edit. tom. 1. pag. 47.

sione miscuisti: sicque per hæc tua gloriosa decreta, quod sine lachrymis dici non potest, Christi fere nomen periit. Quis autem illud pro indignitate rei stupeat, quod novam quandam indebitamque potentiam tibi usurpando arrogas, ut debita universæ fraternitati jura destruas? Asseris enim, cujuscunque nostrum parochiani aliquid delictum ad te vel sola fama perveniat, ultra jam non habere quemquam nostrum aliquam potestatem vel ligandi vel solvendi, extra præter te solum, aut eum quem tu spiritualiter[c] ad hoc delegeris. Quæ sententia quod omnem insaniam excedat, quis in sacris literis eruditus non videat?" Hæc de profanis novitatibus Hildebrandi Wormatienses patres.

14. At Guilielmi primi filius, et in regno Angliæ successor, Guilielmus Rufus dictus, profiteri ausus est, "quod nullus archiepiscopus vel episcopus, de regno suo, ad curiam Romanam vel ad papam haberet respectum[a];" et Anselmum, contrarium defendentem, "læsæ majestatis reum postulavit;" Anglorum quoque episcopis, præter Gundulphum Roffensem "suum calculum huic accusationi adjicientibus[b]." Denique Anselmo "papam Urbanum visitandi licentiam exigenti," tale responsum[c] dedisse fertur[d]. "Quod si cœptis desisteret, si propositis evangeliis promitteret, se nec apostolorum limina visitaturum, nec pro quovis negotio Romanæ sedis audientiam appellaturum; tunc et suis et rebus suorum cum omni tranquillitate poterat prospicere, et regni majoribus cum omni dominatione præesse: sin autem, poterat transfretare sed inconsulte, et recedere sine spe revertendi." Referunt hæc in anni 1094. historia, Rogerus Wendoverius et Matthæus

[c] *specialiter.*

[a] Ita habent exemplaria MSS. Vide historiam minorem Matt. Paris.

[b] Asseruit etiam Rex Williehmus constanter, quod post conversionem ad fidem Christianam, tot et tantas in regno suo Angliæ obtinuit libertates, quot imperator in imperio. Quid papæ de vel imperii vel regni laicis libertatibus, cui pertinet tantum de animarum salute sollicitari? De pullulantibus in Christianitate hæresibus, ubi non sufficiunt prælati incolæ resistere, studeat papa per se vel legatos adhibere remedia.

[c] Hæc regis verba refert Matthæus Parisiensis in historia maj. MS. in bibliotheca regia.

[d] Qui tale responsum reportavit. Matt. Paris. MS. in bibliotheca regia.

Parisiensis, Albanensis Cænobii monachi. Æadmerus Cantuariensis monachus, qui in curia præsens tunc aderat, regis sententiam ab episcopis et baronibus Anselmo ita relatam fuisse narrat. "Vult[e] et jubet, quatenus aut jurejurando promittas, quod nunquam amplius sedem S. Petri vel ejus vicarium, pro quavis, quæ tibi queat ingeri, causa appelles; aut sub omni celeritate, de terra sua recedas." Et Anselmus ipse, in epistola[f] ad Paschalem papam paulo ante regis mortem scripta, "Petii licentiam ab eo" inquit, "sedem adeundi apostolicam, ut inde consilium de anima mea et de officio mihi injuncto acciperem. Respondit rex, me in se peccasse, pro sola postulatione hujus licentiæ: et proposuit mihi, ut aut de hac re, sicut de culpa, satisfacerem, et securum illum redderem, ne amplius peterem hanc licentiam, nec aliquando apostolicum appellarem; aut de terra ejus cito exirem."

15. Habentur etiam ad hujus successorem Henricum (qui primi Guilielmi filius, secundi frater fuit; et propter singularem eruditionem *Bello-clericus* dictus est) a Paschale papa scriptæ literæ; quarum hoc initium. "Paschalis[a] episcopus, servus servorum Dei, dilecto filio Henrico, illustri Anglorum regi, salutem et apostolicam benedictionem. Cum de manu Domini largius honorem, divitias, pacemque susceperis: miramur vehementius et gravamur, quod in regno potestateque tua beatus Petrus, et in beato Petro Dominus, honorem suum justitiamque perdiderit. Sedis enim apostolicæ nuncii vel literæ, præter jussum regiæ majestatis, nullam in potestate tua susceptionem aut aditum promerentur: nullus inde clamor, nullum inde judicium ad sedem apostolicam destinatur." Habentur ejusdem et aliæ, tum ad regem tum ad episcopos Anglici regni directæ: in[b] quibus eos contra sedis apostolicæ auctorita-

Æadmer. hist. Novorum lib. 2. pag. 39.

Lib. 3. epist. 40. tom. 4. oper. Anselm. Vid. Gallicos aulicos contra papam in Arnulpho. tom. 2. 6. 23. fol. 38. 6. Romani contra Lucium P. T. 3. 8. 3. fol. 87. b. Vid. Baron. ann. 1144. sec. 4, 5, 6.

Ap. Æadmerum lib. 5. hist. Novorum pag. 112, 113.

Ibid. p. 115.

tem plurimum excessisse, et dignitati plurimum subtraxisse, conqueritur. "Vos enim," inquit, "inconsultis nobis, etiam episcoporum negotia definitis. Vos oppressis apostolicæ sedis appellationem subtrahitis. Vos contra conscientiam nostram[c] concilia synodalia celebratis. Vos præter auctoritatem nostram episcoporum quoque mutationes præsumitis: quod sine sacrosanctæ Romanæ sedis auctoritate ac licentia fieri, novimus omnino prohibitum." Extat quoque Henrici regis ad Paschalem data epistola: quam, ut Anglicanæ libertatis adhuc retentæ testem, ex Johannis[d] Bramptoni historia visum est subjicere. "Patri venerabili Paschali summo pontifici, Henricus Dei gratia rex Anglorum, salutem. Promotioni vestræ in sedem sanctæ Romanæ Ecclesiæ plurimum congaudeo; petens quod amicitia, quæ patri meo cum antecessoribus vestris fuit, inter nos quoque illibata permaneat. Unde ut dilectio et benignitas a me videatur sumere initium, beneficium, quod ab antecessoribus meis beatus Petrus habuit, vobis mitto; eosque honores et eam obedientiam, quam tempore patris mei antecessores vestri in regno Angliæ habuerunt, tempore meo ut habeatis volo; eo videlicet tenore, ut dignitates, usus et consuetudines, quas pater meus tempore antecessorum vestrorum in regno Angliæ habuit, ego tempore vestro in eodem regno meo integre obtineam. Notumque habeat sanctitas vestra, quod, me vivente, Deo auxiliante, dignitates et usus regni Angliæ non minuentur. Et si ego, quod absit, in tanta me dejectione ponerem, optimates mei, imo totius Angliæ populus, id nullo modo pateretur. Habita igitur, charissime pater, utiliori deliberatione, ita se erga nos moderetur benignitas vestra, ne, quod invitus faciam, a vestra me cogatis recedere obedientia." A Calixto denique papa, Æadmero et Hovedeno authoribus, tandem "impetravit[e] ut omnes consuetudines, quas pater suus in Anglia habuerat et in Normannia, sibi conce-

[c] Ita ibi ex MS. legendum; non *vestram*.

[d] Jo. Brampt. hist. Jornal. MS. in ead. biblioth. Cottoniana: et aliud ejusdem epistolæ exemplar, sub hæc ipsa tempora descriptum, vidimus.

[e] Æadmer. hist. Novorum, lib. 5. pag. 125, 126. Rog. Hoveden. annal. part. prim. ad ann. 1119.

deret; et maxime ut neminem aliquando legati officio in Anglia fungi permitteret, si non ipse (aliqua præcipua querela exigente, et quæ ab archiepiscopo Cantuariorum cæterisque episcopis regni terminari non posset) hoc fieri a papa postularet."

16. Harum consuetudinum et libertatum antiquarum, in comitiis Clarendonensibus, anno decimo Henrici II. habitis, facta[a] est recognitio: quam "archiepiscopi, episcopi, abbates, priores, clerici, cum comitibus et baronibus ac proceribus cunctis, juraverunt, et firmiter in verbo veritatis promiserunt viva voce tenendas[b] et observandas domino regi et hæredibus suis, bona fide et absque malo ingenio, in perpetuum." Atque inter eas, una hæc est, "De appellationibus; si emerserint, ab archidiacono debent procedere ad episcopum, et ab episcopo ad archiepiscopum: et si archiepiscopus defuerit in justitia exhibenda, ad dominum regem perveniendum est postremo, ut præcepto ipsius in curia archiepiscopi controversia terminetur; ita quod non debet[c] ultra procedere absque assensu domini regis." Vel, ut constitutionis sententiam expressit Johannes Sarisburienses: "Quod[d] non appellaretur pro causa aliqua ad sedem apostolicam, nisi regis et officialium suorum venia impetrata." Cui consuetudini fidem facit, quod apud Henricum Huntindoniensem legimus: "in Anglia[e] appellationes in usu non fuisse, donec eas Henricus Wintoniensis episcopus, frater regis Stephani, dum Romanæ Ecclesiæ legatus esset, malo suo crudeliter intrusit;" quanquam sic pontifici regem Stephanum devinctum non fuisse certum est; quin, orta inter ipsos simul-

[a] In quadrilog. de vita Thomæ Cantuar. Gervas. Dorobernens. Roger. Wendover, et Matt. Par. hist. ann. 1164. Goldast. constitut. imper. tom. 3. a pag. 346. ad 349. Jo. Selden, Jan. Anglor. lib. 2. Baron. ann. 1164. sec. 37.

[b] *Se tenendas Domino.* R. Wendover. *Se tenendas et observandas Domino R.* ita Matt. Par. in MS. tum Cottoniano, tum regio, in quo postremo (post *in perpetuum* pag. 135. lin. 44. edit. Lond.) additur *Inter alios autem his omnibus ipse Cantuariensis archiepiscopus Thomas consensit.*

[c] *Debet ultra procedi.* Wendover. et Matt. Paris. MS. in utroque codice.

[d] Joh. Sarisbur. epist. 159.

[e] Henr. Huntindoniens. hist. lib. 8. ann. 16. reg. Stephan. in quo lege *appellatum est* non *appellatus est*; et Simeon Dunelmensis.

tate, et suis[f] episcopis ad pontificem egressum, et nuntiis[g] pontificis introitum in terram suam denegare; atque etiam a Johanne Paparone[h] cardinale, qui legatione fungebatur in Hibernia, per Angliam transeunte, fidelitatis juramentum exigere nihil omnino dubitaverit.

17. Fridericus quoque Barbarossa, qui eodem tempore imperavit in Germania, quo Henricus II. regnavit in Anglia, "nullum[a] Romanæ Ecclesiæ legatum, nisi a se vocatum vel conductum, in regno Teutonico admittere voluit; neque sub forma appellationis quenquam ire ad curiam Romanam passus est:" atque ab Hadriano IV. quod nomen suum præponeret pontificio, ab episcopis exigeret fidelitatis juramentum, et cardinalibus omnem in Germaniam aditum obstrueret, præcepti de honorandis parentibus violati accusatus, hoc responsum reddidit. "Fridericus, Dei gratia Romanorum imperator, semper Augustus, Hadriano Ecclesiæ catholicæ pontifici, omnibus illis adhærere quæ cœpit Jesus facere et docere. Lex justitiæ unicuique quod suum est, restituit. Non enim parentibus nostris derogamus, quibus in hoc regno nostro debitum exhibemus honorem, a quibus videlicet progenitoribus nostris et regni dignitatem suscepimus et coronam. Nunquid tempore Constantini Silvester regalis aliquid habuisse dignoscitur? Sed ejus pietatis concessione libertas concessa est Ecclesiæ, pax restituta: et quicquid regalis papatus vester habere dignoscitur, largitione principum obtinet. Unde cum Romano pontifici scribimus, jure et ex antiquo nomen præponimus, et ad justitiæ normam eidem nobis scribenti concedimus. Revolvite annales, et si lectum neglexistis, quod asserimus illic invenitur. Ab his autem qui Dei sunt per adoptionem, et regalia nostra tenent, cur homagium et regalia sacramenta non exigamus? cum ille noster et vester institutor, ab homine rege nihil accipiens, sed omnia bona omnibus conferens, qui pro se et Petro censum Cæsari persolvit, et exemplum vobis dedit, ut ita faciatis, doceat

[f] Bernard. in vita Malachiæ.

[g] Baron. ann. 1148. sec. 36. ex epist. Thomæ Cantuar.

[h] Rog. Wendover. et Matt. Paris. hist. ann. 1151.

[a] Joh. Naucler. chronograph. generat. 39. H. Mutius, chron. German. lib. 18.

vos, dicens: *Discite a me, quia mitis sum et humilis corde.* Aut igitur regalia nobis dimittant, aut, si hæc utilia judicaverint, quæ Dei Deo, quæ Cæsaris Cæsari, persolvant. Cardinalibus utique vestris clausæ sunt Ecclesiæ, et non patent civitates: quia non videmus eos prædicatores, sed prædatores; non pacis corroboratores, sed pecuniæ raptores; non orbis reparatores, sed auri insatiabiles corrasores. Cum autem viderimus eos, quales requirit Ecclesia, portantes pacem, illuminantes patriam, assistentes caussæ humilium in æquitate; necessariis eos stipendiis et commeatu sustentare non differemus. Humilitatis autem, quæ est custos virtutum, et mansuetudinis vestræ, non minimam notam incurritis, cum hujusmodi quæstiones, religioni non multum conferentes, secularibus personis proponitis. Provideat itaque paternitas vestra, ne, dum talia movet quæ indigna ducimus, offendiculum ponat illis, qui velut ad imbrem serotinum ori vestro aures suas arrigere festinant. Non enim non possumus respondere auditis, cum superbiæ detestabilem bestiam usque ad sedem Petri reptasse videmus. Paci Ecclesiæ bene semper providentes, bene semper valete."

18. Ab eodem Friderico[a] negatam esse carnalem Dominici corporis et sanguinis in sacramento præsentiam, duobus exemplis confirmat Johannes Vitoduranus Minorita[b], in principio chronicorum, quæ apud Helvetios in S. Galli monasterio manuscripta asservantur. De ejusdem etiam expeditione in Palæstinam, anno 1189. facta, agens Nicetas[c] Choniates, Alemannos ab Armenis, propter consensum quem in plerisque religionis capitibus habebant, non ut hostes, sed ut amicos, exceptos esse notat, "Αρμενίοις γὰρ, inquit, καὶ Ἀλαμανοῖς ἐπίσης ἡ τῶν ἁγίων εἰκόνων προσκύνησις ἀπαγορεύεται. Apud Alemannos et Armenos sacrarum imaginum adoratio æque interdicta est." Eandem quoque sententiam in Anglia adhuc retentam fuisse, ex iis, quæ in secundo[d] capite prolata sunt, veri videtur simillimum. Nam adorationem imaginum "omnino Ecclesiam Dei exe-

[a] De eo vid. Pistorium contra Pappum, pag. 175.

[b] Goldast. in animadvers. ad Tyrolis Scotorum regis paræneses, pag. 355.

[c] Nicet. annal. lib. 2.

[d] Vid. cap. 2. sec. 4.

crari," affirmant, qui post adventum Normannorum scripserunt, Anglorum[e] historici. Et quæ simul cum Normannis a Lanfranco in Angliam de eucharistia invecta est doctrina, pugnabat aperte et cum homilia[f] Saxonica, quæ paschali tempore ad populum legi consuevit; et cum Ælfrici[g] ad clericos sermonibus, qui inter juris sacerdotalis canones relati sunt ab Anglorum episcopis, quemadmodum ex exemplaribus quæ adhuc supersunt Leofrici Exoniensis, et Wulfstani Wigorniensis episcopi, id est, ipsius Lanfranci temporibus, descriptis, apparet. Ut mirandum non sit, quod apud Matthæum Westmonasteriensem legimus[h], tot Berengarii sectatores inter Anglos repertos esse: aut Balduinum (illum nimirum Cisterciensis ordinis monachum, Fordensem abbatem, Wigorniensem episcopum, Cantuariensem archiepiscopum; quem Urbanus papa ita salutasse fertur; " Urbanus[i], servus servorum Dei, monacho ferventissimo, abbati calido, episcopo tepido, archiepiscopo remisso, salutem:") circa annum 1180. in Anglia, edito opere de eucharistia, " contra reliquias Berengarii," ut quidem videtur Possevino[k], " contendisse stylo."

[e] Simeon Dunelmensis et Rog. Hoved. Vid. Balduin imp. tom. 3. constitut. imperial. Goldast. [f] Vid. cap. 2. sec. 20, 21.

[g] Duæ Ælfrici seu orationes seu epistolæ, ordinatæ vice duarum concionum habendarum ad clericos et presbyteros, tum Latinæ, tum Saxonicæ. Secunda Ælfrici epistola (ad Wulfstanum Eboracensem archiepiscopum) habetur MS. in bibliotheca colleg. Benedict. Cantabrig. num. 133. Inter juris sacerdotalis canones relata est olim ab Anglorum episcopis, titulo, *Sermones ad sacerdotes*. Extat in codice Exon. Ecclesiæ Exoniensi donato a Leofrico Ecclesiæ illius primo episcopo, qui sedit ab anno 1050. ad 1073. (Lanfranc. ab 1070. ad 1090.) Antiquus codex canonum Ecclesiæ Wigorn. qui habetur MS. in bibliotheca coll. Benedict. Cantabrigiæ, num. 107. cui titulus, *Admonitio spiritualis doctrinæ*, charactere ejusdem seculi cum illo Leofrici, exaratus est. Continet autem epistolas Ælfrici prædictas. Initio libri eodem charactere conscripta extat professio castitatis, quæ tunc temporis a sacerdotibus exigebatur, in hæc verba. Ego frater, N. promitto Deo omnibusque sanctis ejus, castitatem corporis mei secundum canonum decreta, et secundum ordinem mihi imponendum, servare; domino Wulfstano præsente. Hic Wulfstanus episcopus fuit Wigorniensis tempore Guilielmi Conquestoris. Et hic primus exegit a sacerdotibus ejus diœceseos juxta decretum concilii Wintoniæ, sub Lanfranco habiti A. D. 1076. cui concilio ipse Wulfstanus interfuit. Videtur igitur hic liber Ecclesiæ Wigorniensi ab eo donatus. Sedit autem ab ann. 1062. ad 1095. [h] Flor. hist. ann. 1087.

[i] Girald. Cambrens. itinerar. Cambr. lib. 2. cap. 14. et dialog. de Ecclesia Menevensi, distinct. 1. pag. 523.

[k] Possevin. apparat. sacr. in Berengar. Turonens.

19. Quanquam enim Berengarii a Romana Ecclesia damnata esset sententia; multi tamen, etiam eorum qui a Romana Ecclesia secessionem non fecerunt, re ipsa idem cum illo tenuerunt. "Sunt nonnulli" inquit Zacharias episcopus Chrysopolitanus[a], "imo forsan multi, sed vix notari possunt, qui cum damnato Berengario idem sentiunt, et tamen eundem cum Ecclesia damnant. In hoc videlicet damnant eum, quia formam verborum Ecclesiæ abjiciens, nuditate sermonis scandalum movebat. Non sequebatur, ut dicunt, usum scripturarum, quæ passim res significantes tanquam significatas appellant, præsertim in sacramentis, ut eorum virtutes exprimant. Alii vero latenter imponunt, quod non intelligant tropos et figuratas locutiones, ideoque miserabili morte animæ signa pro rebus accipiant. Illud quoque maxime derident, quod panis et vini species quidam dicunt in aere apparere: quidam vero sensus corporeos falli, post conversionem panis et vini in carnem et sanguinem Christi, &c."

20. De iisdem Rupertus, abbas Tuitiensis[a], "Hoc loco silendum non est, male quosdam ignotos, sed absconditi nominis homines, opinari, suis quoque defendere dictis et scriptis, panem verum et potum, quem in sancto altari sumimus, nihilo minus patres veteris testamenti tempore manducasse et bibisse; et nihilo magis hoc esse verum corpus et sanguinem Christi, quam fuit illud manna quod ille populus comedit; et illa aqua quam de petra productam non solus populus, sed jumenta biberunt. Huic errori suo pro maximo argumento adhibent authoritatem apostoli dicentis: *Et*[b] *omnes eandem escam spiritualem manducaverunt, et omnes eundem potum spiritualem biberunt. Bibebant autem de spirituali consequente eos petra: Petra autem erat Christus.*" Addit postea ex eorundem sententia; "Panem, quem in altari consecramus, figuram esse panis vivi, qui de cœlo descendit, non ipsum panem vivum;" et licet istis se opponat, tamen et "hactenus in Ecclesia toleratam discordantium et contraria dicentium

[a] Commentariorum in Evangeliorum monotessaron, lib. 4. cap. 156.

[a] lib. 6. commentar. in Johan. cap. 6. [b] 1 Corinth. cap. 10. ver. 3, 4.

permixtionem" significat (si verba ejus in septimo libro commentariorum, ad idem Johannis caput, recte intelligo): et ipse opinionem sequitur, non ab horum magis quam a pontificiorum sensu alienam. Statuit enim, Verbum[c], quod olim carnem de Maria virgine accepit, nunc panis ac vini substantiam in unitatem personæ suæ assumere: eaque ratione panem illum, qui multis constat ex granis, vere dici corpus Christi; et vinum illud, quod ex multis confluxit acinis, vere dici sanguinem Christi: sic tamen, ut in hoc corpore Domini vita ejus animalis non adsit; et in illum, in quo fides non est, præter visibiles species panis et vini, nihil de sacrificio perveniat.

21. Quo autem sensu Dominica cœna sacrificium, etiam hisce temporibus, dicta fuerit, nemo docebit nos melius quam ipse sententiarum magister, Petrus Lombardus episcopus Parisiensis. Hanc enim quæstionem movet ille, libro quarto, distinctione duodecima; "si quod gerit sacerdos proprie dicatur sacrificium vel immolatio; et si Christus quotidie immoletur, vel semel tantum immolatus sit?" Deinde respondet: "illud, quod offertur et consecratur a sacerdote, vocari sacrificium et oblationem, quia memoria est et repræsentatio veri sacrificii, et sanctæ immolationis factæ in ara crucis. Et semel Christus mortuus est in cruce, ibique immolatus est in semetipso: quotidie autem immolatur in sacramento, quia in sacramento recordatio fit illius quod factum est semel." Quinetiam jam tum edoctos fuisse homines, ut in sola hac Christi morte totam suam fiduciam ponerent, satis ostendunt quæstiones illæ, authore Anselmo, morientibus proponi solitæ: quibus ad nostra usque tempora, "per universum Christianum orbem," ut scribit Ulenbergius[a], "simpliciores ad agnoscendum Christum, et salutem consequendam, manuduxerunt majores nostri." Habentur eæ, cum in aliis bibliothecis manu descriptæ, tum[b] Coloniæ in libro anno salutis 1475. scripto

[c] Rupert. lib. 6. comment. in Joh. cap. 6. item lib. 2. de divin. offic. cap. 2, et 9.

[a] Caspar. Ulenberg. lib. causarum, caus. 14. pag. 462, 463.

[b] Et in Kemnitio, de justificat. part. I. exam. concil. Trident. pag. 143. et in Hortulo Animæ, ab Hunnio citat. ad quam vid. responsionem Hessii Jesuitæ.

in linguam Germanicam conversæ: et in tractatu de arte[c] bene moriendi, anno 1504. typis excusæ; unde transcriptas, "quia totam humanæ salutis rationem," ut recte censuit idem, non hac certe in re papista, Ulenbergius, "adeoque nucleum Christianismi quasi brevi pugillo complectuntur," huc visum est attexere.

22. "Primo[a] quæratur sic: Frater, lætaris quod in fide Christi moriaris? respondeat; Etiam.

Frater, pœnitet te non tam bene vixisse sicut debuisses? respondeat; Etiam.

Frater, habes emendandi animum, si spatium vivendi haberes? respondeat; Etiam.

Frater, credis te non posse nisi per mortem Christi salvari? respondeat; Etiam.

Agis ei gratias ex toto corde de hoc? respondeat; Etiam.

Age ergo, dum in te est anima tua, ei semper gratias: et in hac ejus morte te totum contege, huic morti te involve." Exemplar Coloniense plenius: "In hac sola morte fiduciam tuam constitue; in nulla alia re fiduciam habe; huic morti te totum committe, hac sola te totum contege, totum immisce te in hac morte, totum confige; in hac morte te totum involve.

Et si Dominus Deus te voluerit judicare, dic: Domine, mortem Domini mei Jesu Christi objicio inter te et me, et judicium suum[b]; aliter tecum non contendo. Si dixerit, quod mereris damnationem, dic: Mortem Domini mei Jesu Christi objicio inter te et me et mala merita mea; ipsumque dignissimæ passionis meritum offero, pro merito quod ego habere debuissem, et heu non habeo.

Dicatur iterum: Domine mortem Domini mei Jesu Christi pono inter me et iram tuam. Deinde dicat ter: In manus tuas, Domine, commendo spiritum meum, &c."

[c] Artem hanc bene moriendi a devoto quodam Cisterciensi conscriptam, MS. habeo: in qua hæ quæstiones inveniuntur (quarum summa etiam in præfatione veteris mei codicis impressi).

[a] Habetur in Plessæo de missa, pag. 1226, et 1372. codicis in 8vo. edit. et in Hosii confessione Petri Coviensi cap. 73.

[b] *tuum.*

23. Mitto quæ non modo ab eodem Anselmo[a], sed etiam Ruperto Tuitiensi, Radulpho Ardente, Hildeberto Cenomanensi, Bernardo Clarevallensi, Bernardo Morlanensi et aliis, in eandem sententiam præclare sunt dicta: ad eos accedo, qui in prima hac periodo Romanæ Ecclesiæ erroribus ita se opposuerunt, ut eo nomine apertas illi inimicitias denuntiarint. Inter hos insigniores fuerunt Berengariani et Waldenses: hæc enim cognomenta illis indiderunt adversarii: quæ et nobis hodie probri cujusdam loco objicere solent pontificii, "Qui hodie sunt Calvinistæ, olim dicti fuerunt Berengariani," inquit Serarius[b] in Trihæresio: et qui hodie dicuntur Protestantes, Johanni Wendelstino[c] "novi sunt Waldenses, et Germanici Waldenses." Nec vero justam adhuc causam videre possumus, quamobrem horum majorum nos pudere debeat, quantumvis mendaciorum flumina in eos evomant adversarii; ut hoc, si possent, modo ποταμοφόρητον[d] facerent, fugientem jam in desertum, Jesu Christi Ecclesiam.

24. Berengariani, ut ab iis incipiam, a Berengario[a] Tu-

[a] Anselm. med. 2. de miseria hominis op. pag. 171. Bernard. serm. 1. de Annunt. In cont. serm. 22, et 50. epist. 190. Radulph. Ardent. hom. 2. contra merit. Dominic. in Sept. et 18. Dominic. post Trin. hom. 1. contra merit. hom. 2. de possibilitate legis servandæ. Haymone in Apoc. et homil. Dominical. Remigio in Psalm. adeoque ipso Petro Abelardo (de quo Jesuit. Catechism. lib. 2. cap. 7.) cujus est illa sententia in responsione MS. ad 190 Bernardi epistolam: "Ipsa quippe gratia Dei nos prævenit ut velimus, ipsa subsequetur ut possimus, ipsa nos consecrat ut perseveremus." Vid. Orthodoxograph. post Idiotam, in regulis viri sancti, reg. 5. et de conflictu carnis et animæ cap. 6. pag. 198. collect. D. Fulc. et Remig. in Psalm. 10. ver. 21, 29. (in collectaneis meis) et Haymon. in fin. Apocal. ibid. Hic datur nobis intelligi quia præmium vitæ æternæ non ex meritis nostris, sed gratia Dei. Haym. homil. in Dominica Septuagesimæ.

[b] Serar. Trihæres. lib. 1. cap. 5.

[c] Wendelstin. præfat. in cod. canonum. et decret. pontific. edit. ann. 1525.

[d] *Rapi a flumine.* Apocal. cap. 12. ver. 15.

[a] De Berengario vid. Genebrard. pag. 573. Garetium præfat. lib. de eucharist. Bellarm. de eucharist. lib. 1. cap. 1. lib. 3. cap. 8. Magdeburg. cent. 11. pag. 239, 527, 656, 657. Catal. test. ver. part. 2. pag. 335. Sutlivii Turcopapism. pag. 94, 95. Eymeric. Direct. Inquis. pag. 261, 263, 264. Sanders pag. 431. Matt. Paris. pag. 10. Prateolum, de vitis hæret. pag. 92. Jo. Gerson prat. 4. Op. pag. 175. 6. Rob. Gaguinum de gest. Francor. fol. 82. a. edit. Paris. ann. 1514. Fr. Turrian. de eucharist. pag. 135. ubi ait de calice Bertrami hausit postea Berengarius, et ex calice utriusque nostra ætate Calvinus et reliqui ejus sectatores.

ronensi dicti sunt: quem damnatum objectat Guilielmus Reginaldus, "eam[b] ob fidem, quam nos ut pure et perfecte evangelicam sectamur: quia nimirum realem corporis et sanguinis Christi præsentiam ex eucharistia auferebat: tum etiam quia Ecclesiam Romanam, Ecclesiam malignantium, concilium vanitatis, et sedem Satanæ vocabat; et Leonem nonum, communi hominum opinione pontificem bonum, imo sanctitate et miraculis (ut fertur) perinsignem, pompificem et pulpificem dictitabat, eum nec appellatione pontificis aut episcopi dignatus." Deoduinus sive Dietwinus Leodiensis episcopus, in epistola ad Henricum I. Francorum regem circa annum 1049. scripta (quæ in fine tertii tomi bibliothecæ patrum et in Baronii[c] undecimo annali, Durando perperam attribuitur) Berengario adjungit παραστάτην Brunonem episcopum Andegavensem. Fuit autem Berengarius "Andegavensis archidiaconus, thesaurarius, scholasticus: qui honores gravibus duntaxat doctisque viris olim deferebantur:" ut in tertio libro annalium[d] Francorom confirmat Papirius Massonus. "In maximis enim Ecclesiis," ut addit idem, "scholastici munus erat clerum docere: idque nomen in Ecclesia Andegavensi adhuc retinetur, quem honorem quisquis habet Academiæ cancellarius est."

25. Et ea certe tempestate Berengarii "nomen inter sectatores divinæ philosophiæ celeberrimum habebatur:"

[b] Reginald. Calvino-turcism. lib. 2. cap. 5.

[c] Baron. ann. 1035. sec. 1. cap. 6. Et Bucher. in chronolog. epist. Leodiensium ann. 1022.

[d] Ce Berangier (ainsi qu'il se trouve en un vieil livre escrit à la main) surnommé le Grammairien pour son excellent sçavoir, fut eslevé en la dignité de grand archidiacre et thresorier en l'Eglise de sainct Maurice Cathedrale du pays et Duché d'Anjou, et maistre d' eschole, et chambrier de sainct Martin a Tours, au lieu qu'il devoit enseigner le peuple a bien vivre, rendu plus superbe et adherant a ses opinions propres, &c. Vies des hommes illustres de Andre Thevet, lib. 3. cap. 62.

Jac. Philip. Bergomens. supplem. chron. lib. 12. ad ann. Christ. 1049. Berengarius, &c. cum diu sanctitate et doctrina insignis et clarus fuisset, ob doctrinæ suæ amplitudinem primo confusus in eucharistiæ sacramento turpiter erravit, et multorum animos ipso suo errore infecit, &c. Et paulo ante de Lanfranco: Hic præ cæteris librum insignem nomine Sintilarium contra Berengarii errorem composuit, atque alia præclara edidit.

quemadmodum ex Floriacensis historiæ fragmento, quod cum aliis Francorum historicis a Pithæo[a] est editum, intelligimus. Platina[b] inter "viros sanctitate et doctrina insignes" eum connumerat. Andreas Thevetus[c] ex vetere codice scientia excelluisse et Grammaticum cognominatum esse notat. Sigebertus[d], "liberalium artium, et amplius dialecticæ peritia insignem" fuisse asserit. De eodem Hildebertus Cenomanensis :

Quicquid philosophi, quicquid cecinere poetæ,
Ingenio cessit eloquioque suo.
Sanctior et major sapientia majus adorta,
Implevit sacrum pectus et ora Deo.

Ipse quoque Sigonius[e] "hominem audacem" appellat, "sed disertum." Et Antoninus[f], "Cum esset multum peritus, multum," inquit, "erravit." Denique ejusdem æqualis Hugo[g], episcopus Lingonensis, "virorum acutissimum," et, sacramentaria opinione excepta, "in cunctis aliis reverendissimum virum" nominat. Quo major est temeritas Johannis Garetii[h] Lovaniensis, qui, non contentus Berengarium erroris et hæreseos insimulare, etiam ut "hominem indoctum, et nullius eruditionis," ausus est traducere : et, quasi parum hoc esset, de suo amplius addit Guilielmus Alanus[i]; ipsum "artium optimarum et ignarum et osorem adeo importunum fuisse, ut ejus opera in Gallia disciplinæ pene omnes jacerent." Et apud Guitmundum[k] quidem, quem isti in hac objectæ Berengario inscitiæ calumnia authorem sequi volunt, adolescente Berengario, "liberales artes intra Gallias pene obsolevisse," legimus: sed Berengarii opera id esse factum, ab Alano jam primum audimus.

[a] Edit. Francof. ann. 1596. pag. 86.
[b] Plat. in Johanne 15.
[c] Thevet. vit. hom. illustr. lib. 3. cap. 62.
[d] Sigeb. de illustr. Eccles. script. cap. 155.
[e] Sigon. de regno Italiæ, lib. 8. ad ann. 1046.
[f] Antonin. chronic. tit. 16. cap. 1. sec. 20.
[g] Hug. Lingon. epist. ad Berengar. edit. Lovan. ann. 1551.
[h] Garet. de vera præsent. in epist. nuncupator. et class. 5. ann. 1040.
[i] Alan. de eucharist. lib. 1. cap. 21.
[k] Guitmund. initio lib. 1. de eucharist.

26. Nec minus ridicule Papirius Massonus eidem invidiam inde conflare nititur; quod "mutuatus[a] videretur argumenta adversus eucharistiam ex capite vicesimo quinto orationis tertiæ libri quem de capitibus legis Mosaicæ conscripsit Josephus Albo, Judæus secta, valdeque nomini Christiano ac pietati infestus." Cum tamen constet de hoc argumento scripsisse Berengarium annis plus trecentis ante quam lucem aspexit Judæus iste; qui[b] circa annum demum Christi 1425. librum illum עיקרים de Mosaicæ legis articulis et fundamentis composuisse traditur. Quod autem alibi affirmat idem "solum[c] inventum esse Berengarium, qui novam de eucharistia sententiam proferre in medium auderet; eique bellum illius temporis theologos omnes indixisse:" falsi convincunt authores duo, qui a Berengarii ætate non multum abfuerunt, Conradus Bruwilerensis, et Sigebertus Gemblacensis monachus: quorum alter in vita Wolphelmi Bruwilerensis[d] abbatis, alter in chronico ad annum Domini 1051. his verbis utitur. "Istis diebus Francia turbabatur per Berengarium Turonensem, qui asserebat eucharistiam, quam sumimus in altari, non esse revera corpus et sanguinem Christi. Unde contra eum, ET PRO EO, multum a multis, et verbis et scriptis, disputatum est." Ubi tamen notandum, in vulgatis Sigeberti exemplaribus[e], verba illa quæ Berengarii favebant causæ, ET PRO EO, omissa prorsus esse: quæ non modo in Sigeberti exscriptoribus Guilielmo Nangiaco[f], et magni chronici Belgici consarcinatore[g] Nussiensi monacho, cernuntur integra; sed etiam ex ipso, ut creditur, Sigeberti[h] autographo, quod in Gemblacensi asservatum est

[a] Masson. de episcop. urbis, lib. 4. in Nicolao II.

[b] Vid. Buxtorf. biblioth. Rabbin. et Joh. Moltheri catalogum doctorum gentis Judaicæ, ex Tzemach David.

[c] Masson. annal. Francor. lib. 3. in Henr. rege.

[d] Apud Surium, tom. 2. vit. sanct. Apr. 22.

[e] Sigebert. chronic. edit. Paris. ann. 1513, et 1589. tom. 7. biblioth. patr. col. 1490. Et MS. in bibliotheca regia cum Eusebio.

[f] Nangiac. MS. in bibliotheca regia Westmonaster. ad ann. 1051.

[g] Rer. Germanic. script. a Jo. Pistorio edit. Francofurt. ann. 1607. pag. 105.

[h] Sigebert. chron. a Miræo edit. Antverp. ann. 1608.

cœnobio, nuper restituta sunt ab Auberto Miræo, diligentissimo antiquitatum Belgicarum indagatore.

27. Nimirum "pro Berengario multum a multis, et verbis et scriptis, disputatum esse," id vero ægre audiunt pontificii: a quibus sedulo data est opera, ne horum authorum vel scripta vel etiam nomina ad posteritatis notitiam pervenirent. Tantum Guitmundus[a] Berengarium dogma suum per quosdam, quos "sustentabat, egenos scholasticos, quaquaversum potuit," diffudisse significat. Indeqne de eo Guilielmus Alanus: "Clandestinis[b] colloquiis primum imperitorum animos in suam sententiam traxit, tum egenos quosque scholares, præsertim theologiæ studiosos, quotidiana stipe, cum opulentus esset, ita solicitavit, ut eorum opera omnis pene Gallia ac vicinæ gentes eo malo quam citissime laborarent." Et, ut antiquiores commemorem, Guilielmus Malmesburiensis, cujus est[c] illa, Heidelbergæ anno 1587. sine authoris nomine edita, Bedæ continuatio, de gestis regum Anglorum libro tertio. "Jamque scatebat omnis Gallia ejus doctrina, per egenos scholares, quos ipse quotidiana stipe sollicitabat, disseminata." Similia habent Rogerus Wendoverus et Matthæus Parisiensis, in anni 1087. historia. Denique Matthæus Westmonasteriensis et Roffensis historiæ collector, ad eundem annum, apertissime: "Eodem tempore, Berengarius Turonensis, in hæreticam prolapsus pravitatem, OMNES GALLOS, ITALOS[d] ET ANGLOS, suis jam pene corruperat pravitatibus." Ex quo intelligimus, Berengarianos, id est, Dominici Testamenti adversus antichristi corruptelas propugnatores atque vindices, non in uno aut altero angulo latitasse; sed nobilissimas gentes implevisse, meritoque in quæstionem vocari posse, quod caussæ suæ serviens Guitmundus[e] perneget "vel unam eis civitatulam, vel etiam unam villulam concessisse."

[a] Guitmund. lib. 1. de eucharist. Possevinus in apparatu (in Guidone abbate, et Guidone Aretino) ann. 1030. contra Berengarium scripsisse Guidonem Aretinum notat. Sed nondum exortus fuit Berengarius, et authores quos sequitur (Vincentius, Antoninus, &c.) Guitmundum potius quam Guidonem intelligere videntur. Vid. Arnaldum Wion, in ligno vitæ, pag. 769, 770.

[b] Alan. de eucharist. lib. 1. cap. 21.

[c] si postrema tria capita exceperis.

[d] *Italicos et Anglicos* histor. Roffens.

[e] Guitmund. de eucharist. lib. 3.

28. Quod vero ad ipsum Berengarium attinet: quemadmodum in chronico testatus est Sigebertus, " et contra eum, et pro eo, multum a multis, et verbis et scriptis, disputatum esse:" ita addit in libro de illustribus Ecclesiæ scriptoribus capite centesimo quinquagesimo quinto, "quia multi ad eum vel contra eum" super hac de mysteriis Christi sententia " scripserunt, scripsisse et ipsum ad vel contra eos:" et habetur hodie Lovanii, in Jesuitarum collegio, Berengarii de hoc argumento opus; " tam[a] vetustæ notæ, ut vel ipsius tempore conscriptum quis non injuria suspicetur:" illudne quod contra Adelmanni Brixiensis episcopi epistolam illum scripsisse notat, in proxime citato loco, Sigebertus?

29. Romanorum autem pontificum primus, anno quinquagesimo supra millesimum, ei se opposuit, Leo IX. hac, ut in libro contra Berengarium narrat Lanfrancus, occasione. Literas in Normanniam ad Lanfrancum de corpore et sanguine Domini miserat Berengarius: in quibus Johannis Scoti sententiam commendaverat, et Paschasii damnaverat. Hæ a clericis, quibus absente Lanfranco a nuncio fuerant traditæ, resignatæ; et demum a Remensi quodam clerico Romam ad Leonem pontificem delatæ sunt. Ille statim cum suis in Berengarium absentem et inauditum damnationis sententiam promulgat, eumqne Romanæ Ecclesiæ communione privat. Deinde proximo Septembri Vercellis synodum cogit: in qua Johannis Scoti[a] liber de eucharistia, et Berengarii ac omnium fautorum ejus sententia, damnantur. Verum Leonis hujus rugitum susque deque habuit Berengarius; imo eos qui interfuere concilio verbis et scriptis lacessere non destitit: Leonem, jam defunctum, " summum non pontificem, sed pompificem atque pulpificem vocans; eumque infatuatione Lanfranci infatuatum, concilium vanitatis adunasse" asseverans. Refert ista Guitmundus archiepiscopus Aversanus (Christianus Paulo[b] Bernriedensi dictus) in

[a] Possevin. apparat. sacr. in Beregar. Taron.

[a] Vid. supr. cap. 2. sec. 19. In concilio Vercellensi sub Victore papa II. (Leone P. IX.) libri Berengarii et Johannis Scoti complicis sui, hanc hæresim dogmatizantes, in conspectu populi cremabantur. Joh. Tissington contra confessionem Wiccliffii, MS.

[b] Paul. Bernried. in vita Gregorii VII. pag. 212.

primo contra Berengarium libro, Lovanii anno 1551. edito. Nam in Parisiensibus bibliothecæ[c] patrum editionibus, in quibus hæc et alia plura ad Berengarii historiam pertinentia sunt resecta, frustra quæsieris. Quibus addantur et ista, quæ de Lanfranco literis commendavit maximus ejusdem admirator Ordericus Vitalis. "Beringerium Turonensem[d], quem nonnulli hæresiarcham putabant, et ejus dogma damnabant, quo de salutis hostia mortem animabus propinabat, spiritualis eloquii mucrone confodit in synodo Romana et Vercellensi."

30. Leoni successit Victor papa II. qui[a] anno 1056. misso in Gallias legato Hildebrando, de cujus virtutibus in superioribus satis multa audivimus, apud Turones synodum collegit: in qua vocatus in quæstionem Berengarius, ubi communem Ecclesiæ Romanæ de eucharistia sententiam coram pontificis legatis recepisse visus esset; ac "panem[b] et vinum in sacrificio Domini, non umbratice sed vere, Christi carnem et sanguinem fieri, dato propriæ manus sacramento, confirmasset;" dimissus est. Deinde vero Romam anno 1059. a Nicolao II. vocatus, ac in consessu CXIII. episcoporum sententiam suam exponere jussus est. "Cum[c] autem pluribus verbis, sacrificium corporis et sanguinis figuram esse probare instituisset, neque Albericus diaconus cardinalis a Stephano P. factus, vir ea tempestate doctrinæ studio præstans, resistere voce homini in dicendo copiosissimo posset; spatium septem dierum ad responsum scripto edendum poposcit." Ita rem gestam narrat Carolus Sigonius: et ante eum Leo[d] Ostiensis, de Alberico diacono Cassinensi verba faciens. "Ejus," inquit, "temporibus facta est synodus in urbe Roma contra Berengarium diaconum Ecclesiæ Andegavensis; qui inter multa, quæ nitebatur astruere, sacrificium corporis et

[c] Tom. 4. edit. 1. ann. 1576. col. 245. tom. 6. edit. 2. ann. 1589. col. 387, tom. 6. edit. 3. ann. 1610. col. 327.

[d] Ord. Vital. hist. Ecclesiast. lib. 4.

[a] Bertold. Constantiens. chron. ann. 1056. Lanfranc. lib. contr. Berengar. Sigon. de regno Ital. lib. 8. ann. 1056.

[b] Guitmund. de sacram. lib. I.

[c] Sigon. de regno Ital. lib. 9. ann. 1059. Vid. et Arnoldum Wion in ligno vitæ, lib. 5. pag. 673. quem etiam vide de Guidone Aretino, pag. 769, 770.

[d] Chron. Cassinens. lib. 3. cap. 35.

sanguinis Domini figuram esse dicebat. Eique cum nullus valeret obsistere, Albericus evocatur ad synodum. Quo cum venisset, post multos verborum conflictus, cum neuter cederet, Albericus, unius hebdomadæ acceptis induciis, librum adversus eundem diaconum edidit de corpore Domini, sanctorum patrum testimoniis roboratum, in quo omnes assertiones ejus destruxit, æternaque oblivione delevit." Henricus Knightonus[e], Leicestrensis monachus, Berengarium " fere Nicolaum papam corrupisse" asserit. " Veruntamen," inquit, " consilio quorundam celebravit concilium universale, ut omnes prælati, omnes etiam abbates, cum viris literatis convenirent ; ut in aliquo possent Berengario resistere, et ejus error universaliter reprobaretur. Statuto die abbas[f] Lanfranci ad eundem locum se præparavit : et cognita causa, Lanfrancus ut cum abbate ire posset frequenter postulavit. Et licet, tanquam fatuus et simplex frequenter esset repulsus ; dixit se esse fortem, ut in pressura consilii abbati succurreret : Et taliter ut secum iret impetravit. Perventum est ad concilium : Berengarius coram omnibus errorem suum proposuit, et prout potuit rationibus comprobavit. Quibus dictis non erat qui Berengario responderet, licet papa fortiter institisset. Magister Lanfrancus, videns quod fides deberet periclitari, licentiam loquendi ab abbate signis postulavit : abbas vero, videns quod sibi stulto sermone verecundiam inferret, licentiam negavit. Veruntamen dixit ei quidam, quod forsitan revelatum erat minori, quod non majori : unde abbas cum tremore licentiam concessit. Surgens vero Lanfrancus rationes Berengarii improbavit, et errorem ejus manifestavit. Respondet Berengarius : aut tu es Lanfrancus, aut tu es Diabolus. Respondit Lanfrancus : vere Lanfrancus sum, sed tu es hæreticus ; et quando in scholis militavimus, semper contra fidem catholicam authoritates collegisti. Berengarius post hoc hæresim suam abjurans, ad catholicam fidem conversus est." Hujus commentitii conflictus Lanfrancus ipse non meminit : sed

[e] Henr. Knighton. chron. lib. 2. cap. 5.

[f] Herlewinus, sc. sub quo Lanfrancus (indoctum se fingens et latere volens, si huic authori credimus) in Beccensi monasterio vixit.

sine conflictu potius transactam rem esse, his verbis significat. "Cum venisses Romam," ait ille ad Berengarium, "fretus iis qui, plus impensis a te beneficiis quam ratione a te audita, opem tibi promiserant, non ausus defensare quod ante senseras, postulasti Nicolaum pontificem ejusque concilium, quatenus fidem, quam teneri oporteret, verbis tibi traderet, scriptura firmaret:" indeque Baronius[g], "Berengarium absque ulla prævia habita in synodo de hæresi altercatione, statim sponte damnavisse errorem," contra Leonem Ostiensem, concludit. Contra vero Guitmundus[h] eum in concilio, "conflictu rationis revictum, libellos suos coram omni synodo cremavisse asserit:" quod tamen *timore mortis* ab eo factum, rectius judicat Massonus[i].

31. In eodem quoque concilio coactus est Berengarius Johannis Scoti[a] tractatum de eucharistia, ex cujus lectione sententiam suam hauserat, in ignem projicere: et palinodia, a cardinale Humberto Sylvæ candidæ episcopo conscripta, publice recitata, profiteri: "Panem[b] et vinum, quæ in altari ponuntur, post consecrationem non solum sacramentum, sed etiam verum corpus et sanguinem Domini nostri Jesu Christi esse: et sensualiter, non solum sacramento sed in veritate, manibus sacerdotum tractari, frangi, et fidelium dentibus atteri." Sunt enim hæc præscriptæ abjurationis verba: ad quæ Gratiani glossator, Johannes Semeca: "Nisi[c] sane intelligas verba Berengarii, in majorem incides hæresim, quam ipse habuit. Et ideo omnia referas ad species ipsas. Nam de Christi cor-

[g] Baron. ann. 1059. sec. 18.

[h] Guitm. de sacr. lib. 1. Similiter Andr. Thevet. vit. hom. illustr. lib. 3. cap. 62. lequel apres avoir disputé par les evesques et docteurs de cette matiere, Berengier recognoissant son erreur, &c.

[i] Papir. Masson. annal. Francor. lib. 3. in Philippo rege.

[a] Floriacens. hist. fragment. a P. Pithæo edit. inter hist. Franc. script. excus. Francof. ann. 1596. pag. 86.

[b] Vid. Jacob. Vitriac. pag. 438. et Bernold. Constantiens. a Sebast. Tenguagel. edit. in Ingolst. ann. 1612. pag. 253. Lanfranc. contra Berengar. Guitmund. de sacram. lib. 1. Alger. de sacram. lib. 1. cap. 19. Gratian. de consecrat. dist. 2. cap. *Ego Berengarius*.

[c] Confer Turrecremat. in hunc locum Gratiani vol. ult. fol. 48. c. d.

pore partes non facimus." Præsenti vero periculo liberatus Berengarius, abjurationis illam formulam, non minus absurdam quam impiam, scripto edito refutavit. Ubi ad particulam illam respondens, "Consentio sanctæ Romanæ Ecclesiæ et apostolicæ sedi: Revera," inquit, "non sanctam Ecclesiam experta est veritas ipsa, sed Ecclesiam malignantium, concilium vanitatis; nec apostolicam, sed sedem Satanæ." Huic contrarium scriptum opposuit Lanfrancus[d] Cadomensis tum præfectus monasterii: in quo non modo hanc, sed etiam aliam, quam in fine operis Berengarii tribuit sectatoribus, exagitat sententiam. "Prædicatum est evangelium in omnibus gentibus, credidit mundus, facta est Ecclesia, crevit, fructificavit: sed imperitia male intelligentium postea erravit et periit. In nobis solis, et in iis qui nos sequuntur, sancta in terris Ecclesia remansit." Horum ita meminit ille, cujus superius facta est mentio, summus et Lanfranci cultor et Berengarii hostis, Ordericus[e] Vitalis. "Blasphemus hæresiarcha, quia mœstus erubuit, quod libellos perversi dogmatis Romæ suis, ne ipse cremaretur, manibus in ignem conjecerit: discipulis pecunia pariter ac fallacia corruptis recens scriptum domi condidit, et per eosdem peregre transmisit, ut vetus error approbatius fulciretur, et in futuros perdurabilior annos porrigeretur. Ad quod destruendum Lanfrancus dilucido edidit venustoque stylo libellum, sacris auctoritatibus ponderosum, et indissolubiliter constantem consequentiis rationum; veræ intelligentiæ astructione de eucharistia copiosum, facundo sermone luculentum, nec prolixitate tædiosum."

32. Post hæc a Gregorio VII. ad concilium Romæ anno 1078. mense Novembri congregatum, vocatus est Berengarius; eique[a] induciæ datæ, usque ad synodum proximo Februario mense habitam; in qua iterum ad palinodiam adactus est. Tum vero, ut est in actis[b] hujus con-

[d] Lanfranc. epist. 3. ad Alexand. II. Baron. ann. 1072. sec. 21.

[e] Ord. Vital. hist. Ecclesiastic. lib. 4.

[a] Bertold. Constant. chron. ann. 1078, et 1079.

[b] Excus. cum Lanfranc. edit. Lovan. ann. 1551. fol. 92, 93. tom. 1. biblioth. patr. edit. 1. Paris. ann. 1575. pag. 492. Greg. VII. regist. lib. 6. post epist. 17.

cilii, " omnibus in Ecclesia Salvatoris congregatis, habitus est sermo de corpore et sanguine Domini nostri Jesu Christi; multis hæc, nonnullis illa sentientibus. Maxima siquidem pars panem et vinum per sacræ orationis verba et sacerdotis consecrationem, Spiritu Sancto invisibiliter operante, converti substantialiter in corpus Dominicum de virgine natum, quod in cruce pependit, et in sanguinem qui de ejus latere militis effusus est lancea, asserebat; atque authoritatibus orthodoxorum sanctorum patrum, tam Græcorum quam Latinorum, modis omnibus defendebat. Quidam vero, cœcitate nimia et longa perculsi, figuram tantum, se et alios decipientes, quibusdam cavillationibus conabantur astruere." Ita Acta synodalia, ab adversariis consignata: ex quibus tamen observare possumus, doctrinam Berengarianam, utcunque a Romanis pontificibus tot in synodis hucusque impetitam, ita non potuisse opprimi, quin multos jam in concilio Romæ coacto episcopos assertores invenerit.

33. Imo ipsum quoque ducem gregis Hildebrandum "dubitasse, si illud quod sumitur in Dominica mensa sit verum corpus et sanguis Christi," asserit Engelbertus[a] Treverensis archiepiscopus. Eundem, ut " catholicam et apostolicam fidem" (sic tum vulgo habitam) " de corpore et sanguine Domini in quæstionem ponentem, hæretici Berengarii antiquum discipulum, divinationum ac somniorum cultorem, manifestum necromanticum," &c. condemnant Brixinensis[b] synodi episcopi. Et Benno cardinalis, in ejus vita: " Idem præsumptor jejunium indixit cardinalibus, ut Deus ostenderet, quis rectius sentiret de corpore Domini, Romanane Ecclesia, an Berengarius : per hoc manifeste probatus infidelis, cum in Niceno concilio scriptum sit, quia dubius in fide, infidelis est. Et de corpore Domini signum quæsivit, quod petente B. Gregorio ad firmandam mulieris fidem contigit, quando panis Christi formam

tom. 3. epist. pontif. edit. Rom. ann. 1591. pag. 775, 776. tom. 3. concil. a Binio edit. part. 2. pag. 1286.

[a] Constitut. imperial. Goldast. tom. 1. pag. 46.

[b] Abb. Ursperg. chron. ann. 1080. Sigon. de regno Ital. lib. 9. ann. eod. Onuphr. Panvin. in vita Greg. VII. a Gretsero edit. pag. 268.

accepit digiti. Et misit duos cardinales, Attonem et Cunonem, ad sanctam Anastasiam, ut cum Suppone, ejusdem Ecclesiæ archipresbytero, triduanum jejunium peragerent; et illis tribus diebus, singuli per dies singulos, psalterium et missas decantarent, ut supra dictum signum eis Christus ostenderet: quod minime contigit." Tum, paucis interjectis, etiam ad μαντικὴν[c] suam divino sacramento sic abusum narrat. "Johannes Portuensis episcopus, qui intimus fuerat a secretis Hildebrandi, ascendit in ambonem beati Petri, et inter multa, audiente clero et populo, ait: Tale quid fecit Hildebrandus et nos, unde deberemus vivi incendi: significans de sacramento corporis Domini, quod Hildebrandus, responsa divina quærens contra imperatorem, fertur injecisse igni; contradicentibus cardinalibus, qui assistebant ei."

34. Et hic nullius religionis, nullius fidei homuncio, a quo panis ille mysticus transformatus est in magicum, Berengario author fuit, ut elementa sacramentalia "substantialiter[a] converti in veram et propriam ac vivificatricem carnem et sanguinem Domini nostri Jesu Christi," profiteretur: gravissimo præcepto interposito, "ut de corpore et sanguine Domini nunquam ulterius cum aliquo disputare, vel aliquem docere præsumeret; excepto, causa reducendi ad fidem hanc eos qui per ejus doctrinam ab ea recesserant." Atque in hac fide decessisse Berengarium, tradit

[c] *divinationem.*

[a] Act. synod. Rom. ann. 1079. Vid. tom. 3. concil. (in admonitione ante concilium) pag. 420. Garetium pag. 194. Blond. decad. 2. lib. 3. Sallic. Ennead. 9. lib. 3. Thom. Waldens. tom. 2. de sacram. cap. 43. Hanc palinodiam proponit Andreas Thevetus, de viris illustribus lib. 3. cap. 62. Dans un vieil exemplaire pris d' une abbaye d' Angers de l' histoire finissant souz l' année 1225. (qui est 3. annus regni Ludovici VIII. patris S. Ludovici). Thevetus etiam ibidem Berengarium resipuisse et pœnitentiam egisse notat: Apres avoir laissé tous ses biens et honeurs il s'en alla a Tours, et choisit pour sa demeure un lieu clos d'eau, en façon d' une petite islette nommée S. Cosme, qui n'est pas loing de la ville; ou ayant vescu fort estroictement et louablement par l' espace de vingt huict ans, plusieurs esmerveilleuz de sa penitence se retirerent a luy, &c. Similia habet Henr. Knightonus lib. 1. chron. cap. 15. ubi tamen in eo fallitur quod scribit post mortem ejus repullulante ejus hæresi Hildebrandus papa contra sequaces determinavit; constat enim prius defunctum Hildebrandum quam Berengarium.

Guilielmus Malmesburiensis; et post eum alii. "Non tamen desunt qui[b] dicant, nunquam conversum" a pristina sententia: pro quibus facit author Guilielmo antiquior, qui hoc ipso tempore floruit, Bertoldus Constantiensis presbyter. Sic enim ille de morte Berengarii, quam ad annum 1083.[c] refert. "Berengarius, novæ hæresis de corpore Domini auctor, eo tempore deficiens, abiit in locum suum: qui, licet eandem hæresin sæpissime in synodo abjuravit, ad vomitum tamen suum canino more non expavit redire. Nam et in Romana synodo canonice convictus, hæresin suam in libro a se descriptam combussit, et abjuratam anathematizavit: nec tamen postea dimisit[d]."

35. Papirius Massonus[a], ex chronicis Johannis monachi majoris monasterii, anno 1088. eum obiisse notat, "apud Turones in insula Cosmæ, anno vicesimo octavo postquam ibi modestissime vixerat: conditumque esse in septo basilicæ Martinianæ; quod camerarii honorem in templo Martini vivus gessiset." Renatus Choppinus[b] similiter tumu-

[b] Fr. Pegna, in fin. comment. 31. ad 2. partem directorii inquisitor. Vid. Baron. annal. tom. 11. ad ann. 1088. sec. 15, 20, 21. et P. Merssæi Cratepolii annal. episcop. Osnaburg. sec. 15. Cujus verba Berengarius, licet palinodiam cecinerit, semper tamen ad vomitum rediit. edit cum electorum Ecclesiasticorum catalogo, Colon. ann. 1580. pag. 410. contra F. Henr. Sedulius minorita præscript. 16. advers. hæres. sec. 56. "catholicum obiisse Berengarium omnium testimonio constat:" sic Choppinus de sacr. politia pag. 351. et Papir. Masson.

[c] Proximo anno 1084. factus presbyter, tom. 1. script. Germ. ab. Urstisio edit. pag. 355. 33. Confer eundem de vitanda excommunicatorum communione, a Sebast. Teugnagel. edit. pag. 253.

[d] Guilielm. Nangiacus in chronico MS. ann. 1051. ad Sigeberti narrationem ista addit. Postremo confessus est se errasse: et chartam confessionis suæ edidit, quæ a multis habetur, et confessio Berengarii appellatur. Hunc aiunt plurimi fuisse necromantium, et sub augusta hora unius noctis Romæ fuisse, et Turonis lectionem unam legisse. Vid. Rob. Altissiodorens. chron.

[a] Masson. annal. Franc. lib. 3. Andr. Thevet. vit. hom. illustr. lib. 3. cap. 26. Bruno factus Andegavensis episcopus in fine ann. Dom. 1047. mortuus est ann. 1081.

[b] Choppin. de sacra politia, lib. 2. tit. 8. sec. 15. in marg. pag. 351. Berengarii pie abjurantis tumulus visitur in templo, &c. ann. 1088. Distichis 7. infra scriptis. Andræas Thevetus de vir. illustr. lib. 3. cap. 62. Berengarium non sine spe salutis obiisse notat, ann. 1088. Henrici imp. 32. Philippi I. regis Franciæ 28. et circa 5. Urbani papæ. Et le trente quatriesme de Foulques Rechin Comte d' Anjou (de quo vid. Will. Malmesbur. pag. 55. lin. 35. et Baron. ann. 1062. sec. 79.) on apporta son corps en l' Eglise de sainct Martin a Tours, et

lum ejus "visi ait in templo prioratus D. Cosmæ, apud Turones, cum insigni epitaphio posito anno 1088." quod etiam apud Andream Thevetum habetur, in vitis hominum illustrium[c], una cum effigie Berengarii ex vetere[d] libro manuscripto Martinianæ apud Turonenses bibliothecæ desumpta. Est autem epitaphium illud, septem distichis comprehensum, particula quædam elogii amplioris, quod Berengario positum est a discipulo Hildeberto, postea Cenomanensi ac Turonensi pontifice[e]; et apud Guilielmum Malmesburiensem, in tertio libro de gestis regum Anglorum, extat integrum. Ejus hoc initium:

Quem modo miratur, semper mirabitur orbis,
Ille Berengarius non obiturus obit.
Quem sacræ fidei fastigia summa tenentem,
Jani[f] quinta dies abstulit, ausa nefas.

Finis iste:

Vir vere sapiens, et parte beatus ab omni;
Qui cœlos anima, corpore ditat humum.
Post obitum vivam secum, secum requiescam,
Nec fiat melior sors mea sorte sua.

36. Hinc apparet, "qualis[a] Berengarius quantusque fu-

solemnellement l'enterra au cloistre d' icelle. Sur le tombeau du quel furent gravez les vers, qui s' ensuyvent. Quem modo miratur, &c. De Fulcone Rechin, cujus hic meminit Thevetus, ita legimus in membranis MS. bibliothecæ Cottonianæ. Post Gofridi (al. Goffridi) Martelli mortem fuit comes Goffridus Barbatus. Captus est a Fulcone Rechin. Et ante: hujus Rechin (qui Barbatum in vinculis tenuit) uxorem Philippus rex Franciæ abstulit, de qua Rechin filium habuerat Fulconem, qui postea Jerusalem rex fuit. Vid. genealog. Martellorum, et comitum Andegavensium in Henninges append. Aimoin. de gest. Francorum lib. 5. cap. 49. circ. ann. 1100. rex Philippus Fulconi Rechin Andegavensium comiti suam abstulit uxorem nomine Bertradam.

[c] lib. 3. cap. 62.

[d] Ann. 1568. M. Francois de Moulins doyen de sainct Sauveur de Blois, m'envoya de la ville de Bloys le pourtraict an naturel de Berengier, qu'il disoit avoir trouvé en un viel livre escrit a la main tiré de la bibliotheque de sainct Martin de Tours. Vies des hommes illustres de Andre Thevet, lib. 3. cap. 62.

[e] Vid. supr. sec. I.

[f] In epitaphio: apud Papir. Masson. Renar. Choppin. et And. Thevetum, *prima*.

[a] Papir. Masson. ann. lib. 3.

erit:" qui, ut ipse mobilitatis et levitatis notam non potuerit effugere, discipulos tamen post se in omnibus terris reliquit constantissimos: de quibus, acerrimus ipsorum hostis, Guilielmus Malmesburiensis: "Berengarius[b] plane, quamvis ipse sententiam correxerit, omnes tamen, quos ex totis terris depravaverat, convertere nequivit." Nec enim ab arundine a vento agitata pendebant illi; neque ullius hominis, quantumvis summi atque excellentis, authoritate nitebatur eorum fides; sed verbo Domini, quod manet in æternum. Itaque ad eos reprimendos, in Placentino concilio anno 1095. ab Urbano II. editus est canon: quo "hæresis Berengariana" (Bertoldi Constantiensis verba sunt in anni hujus historia), "jam ab antiquo sæpissime anathemizata, iterum damnata est, et sententia catholicæ fidei contra eandem firmata; videlicet, quod panis et vinum, cum in altari consecrantur, non solum figurate sed etiam vere et essentialiter, in corpus et sanguinem Domini convertantur." Eosdem etiam Algerus Cluniacensis monachus scriptis oppugnavit: quæ[c] mirifice prædicat, qui in eodem monasterio cum illo vixit, Petrus Cluniacensis abbas; et "quorundam[d] modernorum vel imperitiæ vel errori" (sic ille loquitur) "ut singulare præsidium" opponit.

37. Brunonem quoque Trevirorum archiepiscopum, diœcesi sua expulisse quosdam ex Berengarii sectatoribus, qui "illius doctrinam in Eburonibus, Atuaticis, et aliis Belgii populis disseminabant," narrat D. Thuanus[a]. Author actorum Brunonis, in bibliotheca nobilissimi Baronis Carew de Clopton repertus, qui se huic examini interfuisse scribit, etiam baptismum parvulis ad salutem non proficere istos dixisse ait: quomodo et Brunonem Andegavensem[b]

[b] Malmesb. de gest. reg. Angl. lib. 3. et Henr. Knight. lib. 1. chron. cap. 13.

[c] Petr. Cluniac. lib. 1. epist. 2. contr. Petrobrusian.

[d] Id. lib. 4. epist. 53. ad Alberonem.

[a] Thuan. præf. in hist. sui tempor. ad reg. Hen. IV. ubi tamen pro anno salutis 1060. annus 1106. reponendus; cum ab ann. 1101. ad 1124. Brunonem sedem Trevirensem obtinuisse ex Dodechini appendice ad Marianum Scotum et Trithemii chronico Hirsaugiensi appareat.

[b] De Brunone Andegavensi vid. notas I. C. ad Augustin. contr. Julianum Pelagium.

episcopum ac Berengarium Turonensem, "quantum in ipsis erat, baptismum parvulorum evertisse," ex communi primum fama Deoduinus[c] Leodiensis episcopus, deinde ex Leodiensis fide refert Guitmundus[d] archiepiscopus Aversanus. Verum in tot synodis adversus Berengarium habitis, nullam de anabaptismo litem illi intentatam invenimus: nec aliud videntur ii negavisse, qui baptismum parvulis ad salutem proficere dicuntur negasse, quam baptismum *ex opere* (ut loquuntur) *operato* conferre gratiam et salutem: quemadmodum qui ex dicto illo apostoli, "Neque[e] qui rigat, neque qui plantat est aliquid, sed qui incrementum dat Deus," colligebant, "neque prædicatione neque baptismo remitti peccatum, sed sola divina gratia;" ita ab Alano[f] in primo contra hæreticos sui temporis libro acceptos videmus, ac si dixissent, "baptismum nullam habere efficaciam vel in parvulis vel in adultis, ideoque ad baptismi susceptionem homines omnino non teneri."

38. Meminit præterea dictus author anonymus conventiculorum, quæ in Trevirensi diœcesi frequentare solerent illi, qui substantiam panis et vini in corpus et sanguinem Christi negabant transmutari; ex qua societate fuisse videntur, qui[a] apud Trevirenses et Ultrajectenses a Lothario imperatore combusti in chronico Saxoniæ leguntur. Contigit illud anno Domini 1135. quo et Francus[b] abbas adversus carnalem Dominici corporis in cœna præsentiam contendisse traditur. Neque enim ante Lateranense concilium, sub Innocentio III. habitum, in Ecclesia Romana terminata fuit ea quæstio: adeoque aliquibus, non ex plebe modo sed etiam ex literatorum numero, ignota prorsus fuit pontificiorum hac de re sententia: quod vel ex sequente hac, a Cæsario[c] Heisterbachensi recitata, colligi poterit historia. "Coloniæ in Ecclesia sancti Andreæ canonicus quidam extitit, ordine sacerdos, arte medicus, Petrus nomine.

[c] Tom. 3. biblioth. patr. edit. 2. col. 1292. e.

[d] Ibid. tom. 6. col. 386. c. d.

[e] 1 Cor. cap. 3. ver. 7.

[f] Alan. pag. 103, 104, 107.

[a] Magdeburg. centur. 12. col. 848. 20.

[b] Ibid. 30.

[c] Cæsar. hist. lib. 9. cap. 56.

Cum die quadam, quidam ex ejus concanonicis infirmus, eo præsente, esset communicaturus, et ei sacerdos diceret, Credis hoc esse verum corpus Domini, quod natum est de virgine, et pro te passum in cruce? illeque responderet, Credo: præfatus Petrus utrorumque verba notans, expavit. Postea solus conveniens Everhardum scholasticum Ecclesiæ, qui et ipse communioni intererat, ait: Interrogavit sacerdos infirmum illum bene? et respondit ille: Etiam bene, inquit; qui aliter credit, hæreticus est. Tunc Petrus ejulans, pectusque tundens exclamavit dicens; Væ mihi misero sacerdoti, quomodo hactenus missas celebravi? nam, usque ad hanc horam, putabam speciem panis et vini, post consecrationem, tantum esse sacramentum; id est, signum et repræsentationem Dominici corporis et sanguinis. Postea vero, ad deletionem ejusdem ignorantiæ quæ nimis erat crassa, in honore beatæ Mariæ Magdalenæ in Stolgingasse et capellam et hospitale, in quibus nunc habitant prædicatores, ædificavit. Si vero sacerdos literatus, et bonæ admodum vitæ, sic errare potuit, quid dicam de idiotis et malis?" Hæc Cæsarius.

CAP. VIII.

De Waldensibus, qui in prima hac periodo parti pontificiæ adversi perstiterunt. De pauperibus Lugdunensibus, qui Leonistæ et Inzabbatati dicti; Catharis sive Gazaris, Paterinis, Publicanis, Agennensibus, Petrobrusianis, Henricianis, Passaginis, Josephinis, Arnaldistis, Humiliatis, et aliis nominibus quæ in horum temporum scriptoribus occurrunt.

1. ROMANAM Ecclesiam longo tempore a Berengarianis satis afflictam fuisse non dissimulat Wernerus[a] Carthusianus. Nunquam tamen acrius oppugnatam affirmat in Gallica historia Lancelotus du Voysin Poplinerius[b], quam " a Waldensibus, et eorum in Aquitania ac vicina regione successoribus, qui ab Albio, Albiensium in Septimania urbe primaria, Albigenses dicti sunt. Hi, invitis principibus Christianis omnibus, circa annum 1100. et temporibus subsequentibus, doctrinam suam, ab ea quam hodie Protestantes amplectuntur parum differentem, non per Galliam solum totam, sed etiam per omnes pene Europæ oras disseminarunt. Nam Galli, Hispani, Angli, Scoti, Itali, Germani, Bohemi, Saxones, Poloni, Lithuani et gentes aliæ, eam ad hunc diem pertinaciter defenderunt." Ita Poplinerius; " tantus" Genebrardo[c], " tam candidus et eruditus vir; qui pure et simpliciter ad historiæ veritatem, non ad causæ gratiam, cuncta narravit." De Waldensium[d] vero antiquitate repetendum est illud Reinerii inquisitoris pontificii insigne testimonium. " Inter[e] omnes sectas, quæ adhuc sunt

[a] Wern. fascic. temp. ætat. 6. circa annum Christi 1064.

[b] Popliner. hist. Franc. lib. 1. edit. ann. 1581. fol. 7. b.

[c] Genebr. chronol. lib. 4. ann. 1581.

[d] Atque in horum numerum eos referendos censuerimus (de quibus infr. sub finem sec. 7.) quos protestantium doctrinam amplexatos ex Driedone constat.

[e] Reiner. contr. hæret. cap. 4.

vel fuerunt, non est perniciosior Ecclesiæ, quam Leonistarum. Et hoc tribus de causis. Prima est; quia est diuturnior. Aliqui enim dicunt, quod duraverit a tempore Silvestri; aliqui, a tempore apostolorum. Secunda; quia est generalior. Fere enim nulla est terra, in qua hæc secta non sit. Tertia, &c." Frustra autem est Gretserus[f] cum opponit, Reinerium "non ex sua, sed ex aliorum sententia affirmare, sectam Waldensium a temporibus S. Silvestri papæ, vel etiam ipsorum apostolorum durasse." Nam ut hoc demus "ex aliorum sententia" fuisse dictum: illud tamen apparet eum dixisse "ex sua;" inter omnes sectas, quæ sunt vel fuerunt, nullam fuisse "diuturniorem," quam Leonistarum hanc sive Waldensium: quod satis ostendit, primam eorum originem ab omni memoria fuisse remotissimam. Evincit certe, quod ostendi sibi postulat Jesuita[g], novam doctrinam non fuisse a "Waldensibus et Albigensibus circa annum Christi MCLX. primitus in mundum introductam, et postea miris incrementis multiplicatam." Cum enim inter annum Christi MCLX. et annum MCCLIV. quo fratrem Reinerium claruisse ex Antonii Senensis bibliotheca docet ipse Gretserus, tantum 94. annorum spatium intercesserit; omnibus ludibrium debuisset, qui talia de diuturnitate proferret sectæ, quam non amplius uno ante seculo exortam constitisset.

2. Id ulterius manifestum fit tum ex luculento de Antichristo tractatu, ab his ipsis veritatis testibus, anno MCXX. contra pontificios exarato, quem non ita pridem Johannes Paulus Perrinus[a] Lugdunensis in lucem dedit; tum ex præpositi cujusdam Stenelden ad Bernardum Clarevallensem epistola: cujus apud Johannem Driedonem[b] hoc extat fragmentum. "Sunt apud nos hæretici, qui in suffragiis mortuorum et orationibus sanctorum non confidunt;

[f] Grets. prolegom. in script. edit. contr. Waldens. cap. 8. pag. 39.

[g] ibid. pag. 38. Missalianos dictos esse Bogomilos ab hæreticis aliquot seculis post ipsos exortis; eodemque modo Hussitas (propter dogmatum communionem) dici posse Lutheranos confirmat Gretserus ipse, tom. 2. de cruce pag. 592.

[a] Perrin. hist. Waldens. part. 3. lib. 3. cap. 1.

[b] Dried. de eccles. script. et dogmat. lib. 4. cap. 5. part. 1.

jejunia cæterasque afflictiones, quæ pro peccatis fiunt, aiunt justis non esse necessaria; purgatorium ignem post mortem non concedunt; in altari corpus Christi fieri negant; Ecclesiam apud se esse dicunt: non habentes agros neque possessiones. Novimus etiam ex istis nonnullos esse raptos a populis nimio zelo permotis, et nobis invitis in ignem positos et crematos: qui tormentum ignis non solum in patientia, sed et cum lætitia introierunt. Vellem igitur scire, sancte pater, unde in Diaboli membris fortitudo tanta?" Hæc a summo, ut vides, fortissimorum horum athletarum adversario scripta sunt ad Bernardum; quem, tempore ortui Waldensium a Gretserò assignato, in vivis esse desiisse notum est.

3. Quod si maxime constaret extitisse Waldium circa annum MCLX. (septem annis post Bernardi obitum,) atque ab eo Pauperes de Lugduno sive Leonistas originem accepisse: id profecto non ad omnes doctrinæ hujus professores fuisset referendum, sed ad certum quoddam prædicatorum inter eos genus, qui proprie Pauperes de Lugduno vocabantur. "Duo enim," ut inquit frater Ivonetus[a] in summa[b], "sunt genera sectæ ipsorum. Quidam dicuntur Perfecti eorum, et hi proprie vocantur Poure Valdenses de Lion: nec omnes ad hanc formam assumunt; sed prius diu informantur, ut et alios sciant docere. Hi nihil proprium dicunt se habere, nec domos, nec possessiones, nec certas mansiones: conjuges, si quas ante habuerunt, relinquunt. Hi dicunt se apostolorum successores, et sunt magistri aliorum et confessores: et circueunt per terras visitando, et confirmando discipulos in errore. His ministrant discipuli necessaria. In quocunque loco veniunt, insinuant sibi mutuo adventum illorum. Conveniunt ad eos plures in tuto loco in latibulis audire eos, et videre: et mittunt eis illuc optima quæque cibi et potus: et indicunt collectas nummorum discipulis pro sustentatione eorundem pauperum et magistrorum suorum, et studentium, qui per se sumptus non habent: vel etiam

[a] Fr. Pegna, in part. 2. director. inquisit. comment. 25. ex MS. biblioth. Vatic. Vid. infr. cap. 10. sec. 5, 6, 7, 8. Et supr. cap. 6. sec. 28.

[b] Part. 5. cap. 2.

ad alliciendum aliquos, quos cupiditas nummi trahit ad sectam eorum[c]."

4. Isti Perfecti ab aliis Induti[a], ab aliis Vestiti[b], appellantur. "Perfectos hæreticos," inquit concilium Biterrense, capite decimo sexto, "seu vestitos, coram discretis aliquibus et fidelibus examinetis secreto, ipsos ad conversionem prout poteritis inducentes; et converti volentibus vos exhibeatis favorabiles et benignos, cum per tales multum fuerit illuminatum negotium et promotum: ac ipsorum pœnitentias pro qualitate conversionis et meriti mitigetis, vel quantum vobis visum fuerit deferatis." Dicti sunt et Insabbatati: non "quod nullum festum[c] colerent," ut opinatus est Johannes Massonus[d], nec quod in Sabbato colendo judaizarent, ut multi putabant[e]: sed a Zabata; quod est pedis indumentum ex corio confectum, Hispanis Zapato appellatum. Nam, ut habetur apud Nicolaum Eymericum, in secunda parte directorii inquisitorum[f]:

[c] Eorum origo a cive quodam divite ejus urbis Waldone, qui omnibus facultatibus suis cuidam communitati sive fraternitati hominum (quos Pauperes de Lugduno nuncupavit) donatis, eos in societatem redegit, regulis instar confraternitatis religiosæ formatam, ut Æneas Sylvius describit. Hæc Personius 3 convers. part. 2. cap. 10. sec. 26. citans in margine suo Æn. Sylv. lib. 4. de orig. Bohem. cap. 35. Sed hujus authoris liber est singularis de origine Bohemorum: Et in eo libro nihil de Waldone. Personius autem sua mutuatus est a Prateolo in hær. pauper. de Lugduno; qui Waldonis vitam, ex Guidone carmelita et aliis desumptam, sub Æneæ Sylvii nomine edidit.

Idem Personius 3 convers. part. 3. tom. 1. cap. 3. sec. 4. eadem de Waldone repetit, in his verbis; qui, quum esset dives, sed expers omnis eruditionis (ut aiunt Æneas Sylvius et alii) adeo ut ipse nec scribere posset nec legere, instituit tamen quandam societatem sive ordinem fratrum religiosum, sub professione vivendi in summa paupertate. Hi igitur fratres dicti sunt exinde pauperes de Lugduno. Et impudenter facit Johannes Fox contrarium affirmans.

[a] Guilielm. de Podio Laurentii chronic. cap. 17. Bernard. Guidon. hist. comit. Tholosan. ad ann. 1210. vid. infra cap. 10. sec. 29, 30.

[b] Fr. Pegna, in part. 2. direct. inquisit. commentar. 64.

[c] In legendo Evangelium, in colendo Dominicum diem, in jejunando, in orando, nobiscum estis, ait de Waldensibus Ebrardus Bethuniensis, antihæreseos cap. 25. pag. 185.

[d] Masson. præfat. in Alan. contra Valdens.

[e] Fr. Pegna, in part. 2. direct. inquis. comment. 25. d. et 39. c.

[f] Ibid. comment. 25. d. vid. part. 2. direct. inquis. quæst. 14. part. 3. num. 112. Bern. Lutzenburg. et Gabr. Prateol. elench. hæret. in Insabbatatis.

"Insabbatati[g]" dicuntur, "qui in sotulari[h], quod Zabbata vulgo dicitur, signum singulare quoddam, ut cognoscerentur ab eorum complicibus, deferebant." Et, ut in tertia parte "de signis exterioribus per quæ Valdenses cognoscuntur," addit idem: "Quoddam scutum in sotularis vel Zabbatæ parte superiori, hi qui perfecti inter eos sunt in signum deferunt, a quo et Inzabbatati etiam dicti sunt."

5. De horum origine ita scribit Reinerius[a]. "Cum cives majores pariter essent in Lugduno, contigit quendam ex eis mori subito coram eis. Unde quidam inter eos tantum fuit territus, quod statim magnum thesaurum pauperibus erogavit: et ex hoc maxima multitudo pauperum ad eum confluxit; quos ipse docuit habere voluntariam paupertatem; et esse imitatores Christi et apostolorum. Cum autem esset aliquantulum literatus, novi Testamenti textum docuit eos vulgariter. Pro qua temeritate cum fuisset reprehensus, contempsit, et cœpit insistere doctrinæ suæ; dicens discipulis suis, quod clerus, quando malæ vitæ esset, invideret sanctæ vitæ ipsorum, et doctrinæ. Cum autem papa excommunicationis sententiam tulisset in eos, pertinaciter contempserunt: et sic usque hodie in omnibus terminis illis proficit doctrina ipsorum."

6. Hunc Lugdunensem civem fuisse "Petrum quendam Waldensem, ab oppido Waldis, sito in marchia Galliæ, unde erat oriundus, sic appellatum," Magdeburgenses an-

[g] Hispani suos Waldenses appellabant, a Zapeto vel Gapato, quod illis calceum significat, ut scribit Jesuita (Hispanus Andræas Schottus, ut videtur) in Gretseri prolegomenis ad Ebrardum Bethuniensem, pag. 9. qui tamen fallitur, cum Dominico et sociis in urbe Albiensi primum profluxisse hoc nomen autumat: nam ante apud Hispanos hoc nomen obtinuisse ex edicto regis Isdefonsi constat, pag. 254. hujus libri. Ebrardus Bethuniensis, in antihæres. cap. 25. pag. 178. Quidam, qui Vallenses se appellant, eo quod in valle lachrymarum maneant, Apostolos Christi sc. faciunt, tanquam Christi Apostolos habentes in derisum: et etiam Xabatenses a Xabata potius, quam Christiani a Christo, se volunt appellari. Sotulares cruciant (i. ut ego interpretor, cruce signant; hoc enim est signum quod in sotulari sive calceo videntur gessisse) cum membra potius debeant cruciare. Calceamenta coronant, caput autem non coronant.

[h] i. calceo (a socco sc.) vid. Lexica mixobarbara.

[a] Reiner. contr. hæret. cap. 5. pag. 55.

notant historici[a]. "Petrus ei nomen fuit," inquit Johannes Massonus[b], "Valdo cognomen: natus in vico, qui prisco nomine postea mutato dictus est Vaudram, eo quod populari lingua Valdo et sectarii ejus Vaudois cognominarentur:" Et de cognomine quidem consentiunt authores omnes; eum, a quo Valdesii sive Waldenses appellationem traxerunt, Valdem, Valdium, Valdentium, Waldensem vel Waldonem esse dictum. Ita enim Gualterus Mapeus[c], a quo hujus nominis primam mentionem factam invenio, Valdesios scribit "a primate ipsorum Valde dictos, qui fuerat civis Lugduni super Rhodanum." Similiter Alanus, libro secundo contra Valdenses, capite primo, sed intemperantius: "Valdenses dicuntur a suo hæresiarcha, qui Valdius dicebatur: qui suo spiritu ductus, non a Deo missus, novam sectam invenit, ut sine alicujus prælati auctoritate, sine divina inspiratione, sine conscientia, sine litera prædicare præsumeret; sine ratione philosophus, sine visione propheta, sine missione apostolus, sine instructione didascalus: quorum discipuli, id est, muscipulæ, jam per diversas mundi partes, simplices seducunt a via; a vero avertunt, non ad viam convertunt: qui potius ut satientur ventre, quam mente, aliis prædicare præsumunt." Et Guido Perpinianus carmelita, in summa de hæresibus: "Fuit quidam civis Lugdunensis, nomine Valdensius seu Valdensis, qui, dives existens, divitias reliquit, ut pauper fieret, et Christum sequeretur, et Evangelicam perfectionem servaret[d]. Sed errore pravæ intelligentiæ scripturarum abductus a veritate demens, ipse et ejus sequaces ab unitate et obedientia Ecclesiæ alienati per schisma in hæresim sunt prolapsi." Postremo, ut recentiores omittam, Nicolaus Eymericus, in secunda parte directorii inquisitorum, quæstione decima quarta, "Insurrexit," inquit, "in partibus Gallicanis, in archiepiscopatu et civitate Lugdunensi, quidam vocatus Valdentius seu Valdensis; qui relictis omnibus proposuit servare evangelicam paupertatem, sicut apostoli

[a] Centur. 12. cap. 8. col. 1204.

[b] Masson. præfat. in Alan. contr. Valdens.

[c] Mape. de nugis Curialium, distinct. 1. cap. 31. MS. in biblioth. Bodleiana.

[d] Vid. infr. cap. 10. sec. 5, 6, 7, 8.

servarunt: qui plures sibi adhærentes habuit, et congregationem magnam virorum et mulierum fecit, &c. Hi vocantur Valdenses a Valdense eorum magistro errorum et auctore. Vocantur etiam Pauperes de Lugduno a civitate Lugdunensi, unde traxerunt originem, et quia vitam elegerunt pauperem." Atque inde etiam Leonistæ a pontificiis passim appellati sunt: neque ab autore, neque etiam a fautore Leone imperatore Iconomacho, uti quidam[e] putarunt; sed, ut alii[f] rectius, "a loco, in quo nati, nempe a Lugduno: cui Germanice nomen Leon, Gallice Lyon."

7. Quo vero tempore claruerit Petrus ille Waldius, inter authores nequaquam convenit. Waldenses ipsi, si Petro Pilichdorffio[a] credimus, dicunt, "quod post annos trecentos a Constantino surrexit quidam e regione Waldis, Petrus nominatus, qui viam paupertatis docuit;" a quo Waldensis secta propagata est. Alii[b] æqualem Berengarii fuisse innuunt Waldonem quendam, a quo Waldenses denominati putantur. Petrus Pilichdorffius ad Innocentii II. tempora eorum ortum refert. "Fere octingentis annis," inquit[c] "post papam Silvestrum, tempore Innocentii II. in civitate Walden, quæ in finibus Franciæ sita est, fuit quidam civis dives, qui vel ipse legit, vel audivit, Dominum dixisse cuidam adolescenti[d], *Si vis perfectus esse, vade et vende omnia quæ habes, et da pauperibus*, &c. Et post pauca dixit Petrus Domino: *Ecce nos reliquimus omnia, et secuti sumus te.* Putabat ille Petrus Waldensis,

[e] Bern. Lutzemburg. catalog. hæretic. in Leonist. Thuan. hist. lib. 5. ad ann. 1550. Goldast. rational. constitut. imp. edit. ann. 1607. pag. 78.

[f] Magdeburg. centur. 12. cap. 8. col. 1204. Gretser. prolegom. in script. edit. contr. Waldens. cap. 2. pag. 4.

[a] Pilichdorf. tractat. contr. pauperes de Lugdun. a Gretsero edit. pag. 283.

[b] Vid. Magdeburg. centur. 11. cap. 9. col. 455. et Nic. Vignier. hist. ecclesiast. ann. 1050.

[c] Pilichdorf. obviation. contr. Waldens. cap. 1. pag. 205. Vid. infr. cap. 10. sec. 5, 6, 7, 8. Eo certe tempore nostræ religionis professores (seu Waldenses appellati fuerint, seu alio quocunque nomine) pontificiis ad sanguinem usque restitisse, constat ex testimonio præpositi Stenelden. ap. Driedonem de dogmat. variis, et lib. apocr. part. 3. lib. 4. cap. 5. part. 1. fol. 242. fac. 1.

[d] Matt. cap. 19.

cum hanc audiret aut legeret scripturam, quod vita apostolica jam non esset in terra. Unde, cogitabat eam innovare; et, omnibus venditis et pauperibus datis, cœpit vitam pauperem ducere: quod videntes quidam alii, corde compuncti sunt, et fecerunt similiter. Inter quos prædicto Petro quidam se adjunxit, qui dictus erat Joannes de Lugduno; a quo etiam sectarii vocabantur Pauperes de Lugduno. Cum autem diu in paupertate stetissent, inceperunt cogitare, quod etiam apostoli Christi non solum erant pauperes, imo etiam prædicatores: cœperunt et ipsi prædicare verbum Dei. Quod postquam ad sedem apostolicam pervenisset, mandavit dominus apostolicus quod cessarent; cum prædicatio verbi Dei rudibus et illiteratis non conveniat: ipsi noluerunt obedire; quasi hoc Romana curia ex invidia prohiberet. Quo comperto, Ecclesia excommunicavit eos: et ipsi resistentes contumaciter ab Ecclesia condemnati sunt. Et, quia jam in palam prædicare non præsumebant, occulte saltem prædicabant." Ejusmodi Waldensibus tribuit originem, qui odio capitali ab iis dissidebat, Petrus Pilichdorffius: cum quo in ratione temporis consentit Johannes Sacranus[e], Cracoviensis Ecclesiæ canonicus, de Ruthenis ita scribens. "Hæreticorum Valdensium more (quorum temeratissima rusticitas Innocentii Secundi temporibus virus pestiferum admodum in Ecclesiam injecerat, quod necdum est in Bohemia consepultum) ambitionis fastu inflati, se duntaxat veros apostolorum[f] et Ecclesiæ primitivæ sectatores audent astruere; et in eo, quod abscisi ab Ecclesia ultro dissident, ejus excommunicationem contra se tanquam schismaticos, æternam reputant benedictionem."

8. Raphael Volaterranus[a], Wernerus[b] Laerius, et Philippus[c] Bergomensis, sub Hadriano IV. Waldonem et Waldenses excitatos esse scribunt, circa annum sc. salutis 1157. quæ temporis notatio etiam apud Nicolaum Ey-

[e] Sacran. elucidar. errorum ritus Ruthenici, capitul.

[f] Vid. infr. cap. 10. sec. 4.

[a] Volaterran. anthropolog. lib. 20.

[b] Werner. fascic. tempor. ætat. 6.

[c] Ja. Philipp. Bergom. supplem. chron. lib. 12. ad ann. 1158.

mericum, in cardinalis Sabelli[d] codice manuscripto cernitur. Alii sub ejus successore Alexandro III. exortos ferunt: circa annum videlicet Domini, vel 1160. ut Johannes Trithemius[e], et recentiores plerique; vel 1170. ut Claudii Coussordi[f] Raynerius, Guido[g] Perpinianus, et Johannes Laziardus[h]. "Incepit hæc secta circa annum ab incarnatione Domini MCLXX. sub Joanne Bellomais[i] archiepiscopo Lugdunensi:" inquit ille, quem nomine Raynerii edidit Coussordus. Et Campegius in Lugdunensium archiepiscoporum catalogo: "Johannes[k] de bellis manibus 1170. hic Valdenses excommunicavit." Plenius Guido Perpinianus: "Hos dominus Johannes de bellis manibus Lugdunensis archiepiscopus, repertis illorum erroribus et præsumptuosa ac fatua prædicatione et contra fidem, monuit, ut a talibus discederent; quos nolentes obedire, sicut debuit, excommunicavit: et, excommunicationem parvi pendentes, de terra et ejus terminis sunt propulsi:" et Wernerus[l], de ipso Waldo sive Waldensi verba faciens: "Scribi," inquit, "fecit aliquos libros bibliorum in vulgari, cum nonnullis sanctorum auctoritatibus; quas minus sane intelligens, suo inflatus sensu, apostolorum officium usurpavit; prædicando ubique, et suos ad prædicandum mittendo, errores plures seminavit. Moniti autem responderunt, Deo magis obediendum quam hominibus; prælatos et clerum aspernando. Tandem contumaces excommunicati sunt, et expulsi a patria: et post in concilio hæretici denunciati

[d] Fr. Pegna, in 2 parte director. inquisit. comment. 39. a.

[e] Trith. chron. Hirsaugiens. ann. 1160. vid. hist. ecclesiast. Vignier. ad fin. ann. 1159. Vid. Camerar. narrat. de eccles. fratr. Bohemorum. pag. 7, 8. 147, 148, 172, 173.

[f] Claud. Couss. refutat. Valdens. edit. Paris. ann. 1548. fol. 28. b.

[g] Guido carmelit. in summa de hæres. Valdens.

[h] Laziard. epitom. hist. univers. fol. 154. a. 155. a.

[i] At ille anno 1181. factus est Lugdunensis archiepisc. Vid. continuat. chron. Sigebert. Rob. Montens. ann. 1181. collat. cum Balæo centur. 3. script. Britan. cap. 12. et Jacobi Severtii chronolog. Lugdunens. archiepisc. pag. 86, 87.

[k] Demochar. tom. 2. de sacrific. missæ, cap. 27. fol. 46. b.

[l] Werner. ubi supra. Item magnum chronicon Belgicum a Pistorio edit. pag. 199, 200. Bern. Lutzenburg. et Gabr. Prateol. catalog. hæret. in paup. de Lugdun.

sunt. Et factum est in grande malum et laqueum magnum simplicibus, et devotis personis scandalum immensum. Et utinam hodie esset finis. Olim sancta fides catholica per potentes principes, per argutos philosophos, per subtiles hæreticos, ac cæteros viros spectabiles impugnata fuerat: diebus autem istis per vilissimos idiotas ac laicos pauperrimos extitit non modice tribulata."

9. Nempe, " quæ stulta sunt mundi," ut inquit Apostolus[a], " elegit Deus, ut confundat sapientes; et infirma mundi elegit Deus, ut confundat fortia." Ut quod de Fulcone presbytero, " simplice valde et illiterato," a Jacobo[b] de Vitriaco scriptum est, ad Petrum Waldium et socios ejus accommodare liceat. " Sicut piscatores et idiotas elegit; ut gloriam suam alteri non daret[c]: sic Dominus, eo quod parvuli[d] petiissent panem, literati autem circa disputationes vanitatis et pugnas verborum intenti, frangere non curabant, hunc tanquam stellam in medio nebulæ, et pluviam in medio siccitatis, velut alterum Sangar[e], qui vomere rudis prædicationis multos interficeret, ad vineam suam excolendam misericorditer elegit." Nec Waldium tamen fuisse, ut quidam fingunt[f], prorsus literarum ignarum, ex ipsorum adversariorum confessione intelligimus; qui eum, " translatis ex Latino quibusdam sacræ Scripturæ libris in sermonem Gallicanum, officium sibimet apostolorum assumpsisse" asserunt. Sic enim de eo scribit Trithemius[g]: et ante eum, paulo[h] superius a nobis citatus frater Reinerius. " Cum esset aliquantulum literatus, Novi Testamenti textum docuit eos vulgariter:" indeque in catalogo testium veritatis Illyricus: " Progrediente paulatim tum beneficentia ejus in egenos, tum ipsius studio docendi, aliorumque discendi, jam etiam frequentior cœtus ad eum confluere cœpit: et ipse eis non suas aliquas regulas, suique capitis somnia dictare, sed sacras literas tum explicando declarare, tum in vulgarem

[a] 1 Cor. cap. 1. ver. 27.

[b] Jac. Vitriac. hist. lib. 2. cap. 6.

[c] Esai. cap. 48. ver. 11.

[d] Thren. cap. 4. ver. 4. Vid. infr. cap. 9. sec. 30.

[e] Judic. cap. 3. ver. 31.

[f] Vid. supr. sec. 3. not. c.

[g] Trithem. chron. Hirsaug. ann. 1160.

[h] Supr. sec. 4.

Gallicam linguam transferre. Fuit enim homo doctus, ut ex vetustis membranis cognosco: et non curavit sibi ab aliis verti, ut quidam veritatis inimici mentiuntur."

10. De Waldii vero successoribus, utcunque initio rudioribus, subjungit ipse Wernerus[a]: "Fuerunt nihilominus postea quidam subtilissimi hæretici, qui istam hæresim Waldensium defendere conabantur: et plura regna et populos deceperunt; cum quibus tandem miserabiliter exterminati, perierunt." Et Claudius Seyssellius[b]: "Paulatim nonnulli alicujus literaturæ viri, sed aut jampridem de nostra religione male sentientes, aut sacerdotibus aliqua ex causa infensi, ad æmulationem invidiamque illorum huic sectæ adhærere cœperunt." Et Jacobus Rebirianus, regis Gallorum olim secretarius, in suis collectaneis[c] de urbe Tolosa: "Valdenses sive Lugdunenses diu primum locum tenuisse in Gallia Narbonensi, Albicensi, Ruthena, Cadurcensi, Agennensique diœcesibus, celebrior est fama: eoque tempore nullo aut parvo in pretio fuisse eos, qui sacerdotes se, episcopos et ministros Ecclesiæ dici volebant. Indigni enim omnes, et rerum omnium ignari pene cum essent, facile illis fuit, eruditione et doctrina præcellentissimis, primas in populo partes sibi vendicare. Ex quibus cum præ cæteris Valdenses acutius de religione disputarent, admittebantur sæpe a sacerdotibus publice docendi caussa; non quod eorum sententiæ sibi probarentur, sed quod Valdensibus ingenio pares non essent. Tanto vero in honore erat hujusmodi hominum secta, ut et ab omnibus oneribus haberent immunitatem, et multo plura ex morientium testamentis consequerentur, quam sacerdotes. Hostis si fuisset hæretico viæ itinerisque comes, ab hoste non lædebatur: salus omnis hominum in hæreticorum tutela esse videbatur. Publicus denique locus his erat, in quem suæ duntaxat sectæ homines mortui inferebantur." Hæc ille: authorem antiquiorem, Guilielmum de Podio Laurentii, inferius[d] a nobis citandum, hic fere secutus.

[a] Werner. fascic. temp. ætat. 6. Mag. chron. Belg. a Pistorio edit. pag. 200.
[b] Seyssel. tract. contra Valdenses fol. 6.
[c] citat. in catal. test. verit.
[d] Infr. sec. 24.

11. Quemadmodum vero in primitiva Ecclesia persecutione[a] orta post mortem Stephani, Hierosolymitanæ Ecclesiæ dispersio, aliarum multarum collectionis facta est occasio: ita et hic adversariorum rabie ad ampliorem Evangelii sui propagationem usus est Deus. Qui[b] enim Lugduni quiescere non poterant, "archiepiscopum et Ecclesiam metuentes (Nicolai Eymerici[c] verba recito), inde fugerunt; atque per partes Franciæ et Italiæ dispersi, quamplures complices habuerunt, et usque hodie errores suos (ita pronuntiat pontificius inquisitor) hinc inde seminaverunt." Et alii quidem in Gallia Narbonensi, quæ regionem quam Galli vocant linguæ Occitanæ, Provinciam, Delphinatum et Sabaudiam complectitur, sedes posuerunt: in Alpes effusi sunt alii, atque in regionem Pedemontanam et Lombardiam, quæ Gallia citerior et cisalpina Romanis olim dicta, colonias deduxerunt. "Petrus[d] Valdus eorum an-

[a] Act. cap. 8. ver. 1, 4. et cap. 11. ver. 19.

[b] In Galliam Narbonensem, Lombardiam, ac progressu temporis in alias terras longius procedunt. Magdeburg. cent. 12. cap. 8. col. 1208. Aufugerunt Lugduno, partim in varias Galliæ partes, et præsertim in Narbonensem provinciam; partim, et quidem plures, in Lombardiam, quam Romani citeriorem Galliam vocarunt. catal. test. verit. col. 1501. Passim exules sine lare per provinciam Narbonensem, Galliam cisalpinam, ac præcipue inter Alpeis effunduntur; ubi tutissimum perfugium nacti complures annos latuerunt. Jac. Aug. Thuanus hist. sui temporis lib. 6. ad ann. Dom. 1550. Quidam Provinciam, alii Pedemontum et Lombardiam, alii succedente tempore Apuliam et Calabriam, atque Livoniam, Sarmatiam, et Bohemiam et alias partes septentrionales. Vignier. hist. Ecclesiastic. ad ann. 1159. pag. 375. apud Allobroges, qui Sabaudienses modo vocantur (vid. hist. Waldens. Pedemont. pag. 2.) et in vicinia sedes quæsivisse constat: cum conventus quidem illi habuerunt primum in Tholosatibus, et Narbonensi provincia et Aremoricis; ubi celebris nunc est urbs Avinio. Illis in locis, i. e. in Tholosatibus et provincia Narbonensi, circiter ann. Christi 1160. congregationes istæ celebrari, et a dynastis earum terrarum admitti cœperunt. Camerar. pag. 8, 9. Dispersorum Albigensium venerunt aliqui in Picardiam; aliqui in Allobroges. Nonnulli longius abiere; alii in Angliam, alii in terras Bohemicas. Ibid. pag. 11, 12. Antiquissimæ horum quasi coloniæ, in Provincia, i. e. Gallia Narbonensi fuisse traduntur; cum ex Delphinatu migrantes (unde oriendus fuit author horum Valdus) in vicinam provinciam exierint, ac Merindolæ et in vicinia consederint. Esrom. Rudiger. ibid. pag. 150. Waldenses ex Gallia in Hispaniam pervenisse affirmat Jacobus Belda Valentinus, in tract. de justa Morischorum ab Hispania expulsione, pag. 510. Vid. ab eo ibi citatum Ludovicum a Paramo inquisitorem in opere de origine inquisitionis.

[c] Eymeric. direct. inquisit. part. 2. quæst. 14.

[d] Jac. Aug. Thuan. hist. lib. 6. ad ann. Dom. 1550. Joh. Masson. præfat. in Alani opus contra Valdenses.

tesignanus patria relicta in Belgium venit; atque in Picardia, quam hodie vocant, multos sectatores nactus, cum inde in Germaniam transiisset, per Vandalicas civitates diu diversatus est, ac postremo in Bohemia consedit; ubi etiam hodie ii, qui eam doctrinam amplectuntur, Picardi ea de causa appellantur. Habuerat Valdus et socium Arnoldum, qui diverso itinere, in Occitaniam descendit, et Albii hæsit: unde Albigei, qui Tolosates, Ruthenos, Cadurcos, Aginnates brevi tempore pervaserunt." Nec modo "Galliam[e] universam pervaserunt, sed etiam in Hispaniam intimam penetrarunt; et in[f] regnis regis Aragonum" doctrinam suam disseminarunt. Quanquam vir quidam magni nominis, ut notat Johannes Mariana[g], "eruditionis opinione clarus nostra ætate," Albigenses non ex Gallia in Hispaniam, sed "ex Hispania in Galliam, irrupisse confirmat."

12. Porro Waldensium doctrinam atque sectam fuisse in concilio generali Romæ condemnatam, refert in summa de hæresibus Guido carmelita. Plenius vero ille, quem Raynerii nomine dedit nobis Claudius Coussordus. "Valdenses," inquit[a], "et ex sua præsumptione, et apostolici officii usurpatione, ceciderunt primum in inobedientiam, deinde in contumaciam, postea in excommunicationis sententiam: demum ab illa terra expulsi, ad concilium quod Romæ fuit, ante Lateranense vocati; pertinaces fuerunt et schismatici judicati, ac postremo ut hæretici condemnati." Similia habet Johannes[b] de Oppido, inquisitor Tholosanus. Quæ ad concilium Romanum anno 1179. sub Alexandro III. celebratum refero: non solum quia Waldenses in eo damnatos affirmant Onuphrius, Genebrardus et Bellarminus; sed etiam quia aliquid ibi adversus eos actum, ex Gualtero Mapeo, qui interfuit, in libro[c] de nugis Curialium[d], colligitur. Cujus testimo-

[e] Jo. Marian. præfat. in Lucam Tudens.

[f] Fr. Pegna, in part. 2. director. inquisit. comment. 39. pag. 298.

[g] Marian. ut supra.

[a] Coussord. contra Valdens. edit. Paris. ann. 1548. fol. 129.

[b] Madgeburg. centur. 12. cap. 9. col. 1336.

[c] MS. biblioth. Bodleiana.

[d] dist. 1. cap. 31. de secta Valdesiorum.

nium, quantumvis in Waldensium vituperationem editum, a lectoris conspectu subducere mihi religio est.

13. "Vidimus," inquit ille, "in concilio Romano sub Alexandro papa III. celebrato Valdesios, homines idiotas illiteratos, a primate ipsorum Valde dictos, qui fuerat civis Lugduni super Rhodanum: qui librum domino papæ præsentaverunt lingua conscriptum Gallica, in quo textus et glossa Psalterii plurimorumque legis utriusque librorum continebatur. Hi multa petebant instantia, prædicationis authoritatem sibi confirmari: quia periti sibi videbantur, cum vix essent scioli.—Ego, multorum millium qui vocati fuerunt minimus, deridebam eos, quod super eorum petitione tractatus fieret vel dubitatio: vocatusque a quodam magno pontifice, cui etiam ille maximus papa confessionum curam injunxerat, consedi signum ad sagittam. Multisque legis peritis et prudentibus ascitis, deducti sunt ad me duo Valdesii, qui sua videbantur in secta præcipui, disputaturi mecum de fide: non amore veritatis inquirendæ, sed ut, me convicto, clauderetur os meum quasi loquentis iniqua. Timidus fateor sedi, ne, peccatis exigentibus, in concilio tanto mihi gratia negaretur sermonis. Jussit me pontifex experiri adversus eos, qui respondere parabam. Primo igitur proposui levissima, quæ nemini licet ignorare; sciens quod asino cardones edente, dignam habent labra lactucam. Creditis in Deum Patrem? responderunt; Credimus. Et in Filium? responderunt; Credimus. Et in Spiritum Sanctum? responderunt; Credimus. Iteravi: in matrem Christi? et illi item; Credimus: et ab omnibus multiplici sunt clamore derisi."

14. Et hanc tamen vocem ita extra modum absonam et absurdam haudquaquam judicabunt nostri temporis pontificii; qui[a] suo modo in matrem Christi credi posse, et in sanctos haberi deberi fidem, non in subita aliqua atque improvisa oratione respondent, sed sumpto spatio in scriptis publice editis paratius accuratiusque defendunt. Pergit vero in instituta de Valdesiis sive Waldensibus narratione

[a] Vid. Bellarm. de sanct. beatitud. lib. 1. cap. 20. et Anglo-Rhemens. annot. in Rom. cap. 10. ver. 14. et epist. ad Philem. vers. 5.

Mapeus: " Confusique recesserunt, et merito; quia a nullo regebantur, et rectores appetebant fieri Phaetontis instar, qui nec nomina novit equorum. Hi certa nusquam habent domicilia, bini et bini circumeunt, nudi pedes, laneis induti, nihil habentes, omnia sibi communia tanquam apostoli, nudi nudum Christum sequentes: humillimo nunc incipiunt modo, quia pedem inferre nequeunt; quos si admiserimus, expellemur." Hæc Waldensium antagonista Mapeus: qui, utcunque eorum simplicitatem despicatui ducat, formidinem tamen, quæ parti suæ a pauperibus et illiteratis istis impendebat, dissimulare non potuit.

15. In concilio Lateranensi sententiam excommunicationis latam esse in Valdenses, confirmat Alanus[a]. Et habetur in concilio isto Lateranensi, sub Alexandro III. habito (quod ille proculdubio intellexit, et in quo Waldenses etiam damnatos esse affirmant Genebrardus[b] et Bellarminus[c]), contra Albigenses[d] canon hisce verbis editus: " Sicut[e] ait beatus Leo: Licet ecclesiastica disciplina sacerdotali contenta judicio, cruentas non efficiat[f] ultiones; catholicorum tamen principum constitutionibus adjuvatur, ut sæpe quærant homines salutare remedium, dum corporale super se metuunt evenire supplicium. Eapropter quia in Gasconia, Albigesio, et partibus Tolosanis, et aliis locis, ita hæreticorum, quos alii Catharos, alii Paterinos, alii Publicanos, alii aliis nominibus vocant, invaluit damnata perversitas, ut jam non in occulto, sicut aliqui[g], nequitiam suam exerceant; sed suum errorem publice manifestent, et ad suum consensum simplices attrahant et infirmos.

a Alan. lib. 2. contra Valdens. pag. 185.

b Genebrard. chron. lib. 4.

c Bellarm. lib. 1. de concil. cap. 5.

d Rog. Wendover et Matt. Paris. hist. ann. 1179. Ubi canoni huic titulum faciunt: De hæreticis Albigensibus, et diversis eorum appellationibus.

e Labb. conc. tom. 10. pag. 1522. Guilielm. Neubrig. inst. Ang. lib. 3. cap. 3. pag. 266. edit. Paris. ann. 1610. Rog. Hoveden. annal. part. 2. fol. 334. edit. Lond. ann. 1596. Decretal. antiq. collect. 1. lib. 5. tit. 6. cap. 6. Decretal. Greg. IX. lib. 5. tit. 7. De hæret. cap. 8.

f *Effugiat*: Guil. Neubrig. Sim. Dunelm. et Roger. Hoveden.

g *Alibi* rectius Sim. Dunelm. et Rog. Hoved.

Eos, et defensores eorum, et receptores, anathemati decernimus subjacere: et sub anathemate prohibemus, ne quis eos in domibus[h] vel in terra sua tenere, vel fovere, vel negotiationem cum eis exercere præsumat. Si autem in hoc peccato decesserint; nec sub nostrorum privilegiorum cuilibet[i] indultorum obtentu, nec sub alia quacunque occasione, aut oblatio fiat pro eis, aut inter Christianos recipiant sepulturam." Hæc sunt verba canonis: in quibus observare liceat, et quantum illa hominum multitudo invaluerit, et quam variis cognomentis notata vulgo fuerit. De priore Jacobus[k] Gretserus: " vere invaluisse dicitur, quia vix aliqua regio ab hac peste immunis et intacta mansit; adeo sese diffuderat, et cum plurimorum exitio in varias provincias infuderat, præcipue in Insubriam, seu Lombardiam." Et Rogerus Wendoverius, atque eum, uti solet, secutus Matthæus[l] Parisiensis, in anni 1213. historia ad canonem hunc respiciens: " circa[m] dies istos," inquit, " hæreticorum pravitas, qui Albigenses appellantur, in Wasconia, Arvernia et Albegesio, in partibus Tolosanis, et Arragonum regno adeo invaluit; ut non jam in occulto, sicut alibi, nequitiam suam exercerent, sed, errorem suum publice proponentes, ad consensum suum simplices attraherent et infirmos." De posteriore Antonius Augustinus episcopus Ilerdensis : " Credo (inquit[n]) Paterenos dictos, quod Patrem tantum colerent: Publicanos forte, quod evangelicum publicanum imitari se dicerent."

16. Verum a loco Paterinos accepisse nomen affirmat Sigonius: eosque a Mediolanensibus circa annum 1058. originem duxisse refert. Sic enim in nono libro de regno Italiæ rem narrat. " Cum multæ aliæ Ecclesiæ nova de Simoniacorum atque Nicolaitarum (ita tum appellabantur qui

[h] *Ipsos in domo :* Sim. Hoved. *Eos in domo :* Neubrig.

[i] *Quibusque :* Sim. Hoved. *Quibuscunque :* Hoved.

[k] Gretser. prolegom. in script. edit. contr. Waldens. cap. 1.

[l] Matt. Paris. pag. 231. edit. Tigurin.

[m] Ap. Wernerum etiam ejusdem modi extat querela, a Bernardo quoque Lutzenburgio et Gabr. Prateolo repetita. Supr. in fin. sec. 8.

[n] Anton. August. not. in 1. collect. antiqu. decretal. lib. 5. pag. 660. edit. Paris. 1609.

tenuerunt, Ecclesiæ ministros debere[a] vel posse licenter uti conjugibus, quomodo et laicos) hæresi decreta repudiarunt, tum maxime Mediolanensis; ut quæ jampridem, Romanæ Ecclesiæ auctoritate relicta, præceptis ejus haudquaquam obtemperaret, et tamen, si qua alia tetro hujusmodi veneno infecta esset. Hanc rem cum per se gravem, tum Mediolanensium clericorum nomini turpem esse Arialdus ex Alciata, ut fertur, familia clericus decumanus ratus; Landulfo Cottæ populi præfecto auctor fuit, ut eam palam oppugnandam aggrederetur. Id vero cum facere secundis populi auribus animisque cœpisset; Vido archiepiscopus contrariam partem suscepit, favore maxime nobilitatis innixus. Itaque res usque eo infamiæ mutuis altercationibus jurgiisque deducta fuit, ut sacerdotes, qui uxores haberent, præ pudore separatim a cæteris rem divinam facere cogerentur in loco, qui Pataria dicitur. Unde vulgo a pueris Patarini ad contumeliam dicebantur. Huic autem malo opportunum remedium Vido cupiens adhibere, conventum episcoporum suorum apud Fontanetum in agro Novariensi oppidum convocavit: atque, ex eorum sententia, clericis uxores habere licere constituit." Hactenus Sigonius. Et de tempore quidem ortus Paterinorum consentit author apologetici De Unitate[b] Ecclesiæ (Waltramus, ut creditur, Naumburgensis episcopus), qui sub finem illius seculi suis temporibus eos emersisse scribit: sed nominis rationem longe aliam in constitutione contra eos edita assignat Fridericus II. imperator[c]. "In exemplum," inquit, "Martyrum, qui pro fide catholica martyria subierunt, Patarenos se nominant, velut expositos passioni[d]."

17. In quinto libro Decretalium, cui ista Lateranensis

[a] Ex juramento clericorum Mediolanensium, apud Baron. ann. 1059. sec. 58. Vid. infr. cap. 10. sec. 30.

[b] Tom. 1. hist. German. a Frehero edit. pag. 235. 30.

[c] Petr. de Vineis, lib. 1. epist. 26. liter. pontific. pro officio inquisit. a Fr. Pegna, edit. Rom. ann. 1585. pag. 36, et 58.

[d] Gualterus Mapeus de nugis Curialium, distinct. 1. cap. 30. publicanis promiscuos tribuit concubitus. Et a patiendo, inquit, Paterini dicuntur.

concilii sanctio est inserta, pro *Catharis*[a] quidam libri habent *Cazaros*[b], alii *Gazaros*[c]. Ecbertus Schonaugiensis monachus, qui[d] anno 1163. cum Catharis disputavit, in Flandria Piphles (unde forte Popelicanorum[e] vel Publicanorum nomen derivatum) in Gallia *Texerant* ab usu texendi appellatos ait, qui in Germania nominabantur *Cathari*. Atque etiam hodie per Belgium[f], Germaniam et Septentrionales regiones, hæreticus vocatur Ketter et Kazer: cujus nominis originem a Germanico vocabulo, quod divisionem significet, repetit Jesuita Serarius; alius ejusdem societatis a cato, sive fele, mavult deducere. "Cur autem," inquit, "majores nostri Germani hæreticis nomen a cato indiderint promptum erit intelligere ei, qui proprietates cati cum genio et indole hæreticorum conferre volet." Ita Jacobus Gretserus: cui comitem placet adjungere Alanum, in primo contra hæreticos libro, Catharorum etymon hisce verbis explicantem. "Tales dicuntur Catharri, id est, diffluentes per vitia, a Catha, quod est fluxus: vel cathari quasi casti, quia se justos et castos faciunt. Vel Catari dicuntur a cato[g]; quia obsculantur posteriora catti, in cujus specie, ut dicunt, appareret eis Lucifer:" magis vero sobrie alii, Catharorum nomen eis inditum existimant, vel quod puros[h] se et mundos dixisse, vel quod veterum Catharistarum[i] pestilentissimas

[a] Decretal. Greg. IX. edit. Rom. item Lugdun. ann. 1584. fol. Eymeric. direct. inquisit. part. 2. pag. 100. edit. Rom.

[b] Ant. Augustin. ubi supra pag. 666.

[c] Corp. jur. canonic. a Contio edit. impress. Paris. ann. 1587. pag. 684. Lugdun. ann. 1591. col. 635. &c. Bern. Lutzenburg. catalog. hæretic. in Gazaris.

[d] Tom. 2. Auctar. biblioth. patr. edit. Paris. ann. 1610. col. 831.

[e] Vid. sec. 15, 18, 29, 37, 38.

[f] Miræus in chron. ord. Præmonstrat. ann. 1124. Thuan. hist. lib. 5. ann. 1550. Serarius, lib. 1. rer. Mogunt. cap. 6. Gretser. cap. 2. prolegomen. in script. edit. contra Waldens. edit. Ingolstad. ann. 1613.

[g] De murilego (sive cato) a publicanis adorato, meminit Gualterus Mapeus de nugis Curialium, distinct. 1. cap. 30.

[h] Guido carm. in summa de hæresib. Catharorum, Trithem. chron. Hirsaugiens. ann. 1163. An a Catharo urbe episcopali Sclavoniæ: apud Miræum lib. 5. Notitiæ episcopatuum pag. 290.

[i] Ecbert. advers. Catharos. serm. 1. Alphons. Castr. contra hæres. lib. 4. tit. Cibus. fol. 65. a. et lib. 8. tit. Jurament. fol. 152. a. Fr. Pegna, in director. inquisit. part. 2. comment. 38. a.

hæreses ex inferis revocasse crederentur. Manichæi enim, ut docet Augustinus[k], in tres sunt distributæ sectas: Catharistas, Mattarios, et Manichæos specialiter dictos. Novos vero Catharos a Manichæis originem accepisse, et veterum Catharistarum doctrinam et vitam sectatos esse, confirmat Ecbertus. Indeque Nicolao Eymerico[l] Manichæi sunt; qui fratri Raynerio, Guidoni Perpiniano et aliis dicuntur Cathari: eademque adscribuntur eis opinionum portenta, quæ antiquis illis Manichæis ab Augustino sunt tributa.

18. Quæ ut plenius intelligantur sciendum est, colluviem Manichæorum, qui Pauliciani vulgo dicebantur, ex oriente primum in Thraciam translatam esse. Constantinus enim Leonis Isaurici F. anno imperii sui decimo quinto, qui æræ Christianæ 755.^{tus} fuit, Syros et Armenios e Theodosiopoli et Mitilena eductos in Thraciam transtulerat: a quibus Paulicianorum hæresim dilatatam esse confirmat Theophanes: quanquam hic in Latina interpretatione Anastasii bibliothecarii, quæ historiæ miscellæ Landulphi Sagacis est inserta, Publicanorum nomen (quod in citato Lateranensis concilii canone habetur) excusum legitur. Deinde vero Theodorus Antiochenus episcopus a Johanne Tzimisca imperatore contendit, "ut Manichæos per totum orientem serpentes, et contagione suæ impuræ religionis omnia corrumpentes, in occidentem, in desertam aliquam solitudinem deportaret:" quemadmodum in historiarum compendio scribit Georgius Cedrenus. Cujus postulatis ille obsecutus, magnam[a] nationis Manichæorum multitudinem in urbem Thraciæ Philippopolim transtulit: ubi etiam Alexium Comnenum, qui sub finem undecimi et initium duodecimi seculi imperavit, cum eis disputasse, multosque ab errore convertisse narrat Zonaras. Ex Thracia propagata est hæresis in vicinam

[k] Augustin. de hæresib. cap. 46. ubi (ut et apud Baron. ann. 277. sec. 10.) pro *Macariis* legend. *Mattarii;* ita enim, quia in mattis dormiebant, appellatos constat ex eodem contr. Faust. Manich. lib. 5. cap. 5.

[l] Eymeric. direct. inquisit. part. 2. quæst. 13.

[a] Zonaras: in Johanne Tzimisca; et Alexio Comneno.

Bulgariam[b] et Slavoniam; ubi etiam ad sua usque tempora eam labem hæsisse, nec ullis vel Romanorum pontificum decretis, vel Christianorum armis, deléri potuisse, in decimo sexto Europæ suæ capite confirmat Æneas Sylvius. Inde Catharos in Lombardiam pervenisse: auctosque viribus crevisse in immensum, et partes Occitaniæ, Tolosæ et Gasconiæ occupasse, ex authore antiquo refert in historia ecclesiastica diligentissimus scriptor Nicolaus Vignerius[c].

19. "Primis vero temporibus," ut est apud authorem illum veterem, "quibus hæresis Catharorum in Lombardia multiplicari cœpit, primum habuerunt episcopum quendam Marcum nomine; sub cujus regimine omnes Lombardi, et Tusci et Marchiani regebantur. Iste Marcus ordinem suum habebat de Bulgaria. Veniens autem quidam papa, Nicetas nomine, a Constantinopoli in Lombardiam, cœpit accusare ordinem Bulgariæ quem Marcus habebat. Unde Marcus episcopus hæsitare incipiens, relicto ordine Bulgariæ, suscepit ab illo papa Niceta ordinem Druguriæ cum suis complicibus, et tenuit per multos annos." Huic in episcopatu successit quidam Johannes Judæus dictus: sub quo, ex transmarinis partibus venit Petracus, qui rumoribus suis effecit ut Simon episcopus, a quo Nicetas ordinem Druguriæ acceperat, male apud omnes audiret: eaque occasione, Italiæ Cathari in duas partes divisi sunt: quarum altera Johannem Judæum episcopum suum retinuit, altera Petro Florentino adhæsit. Ex his porro aliæ divisiones ortæ, processu temporis in tres sectas desierunt; quarum unaquæque suum seorsim habebat episcopum. Prima suum ordinem e Bulgaria, secunda e Druguria, tertia ex Slavonia accepit. Et quamvis ab his ominibus Manichæorum et Catharorum hæresis defensa credebatur: de

[b] Ann. 870. Manichæi Bulgariam sua hæresi inficere conantur: ut ex Petro Siculo constat, qui hoc anno de Manichæorum progressibus historiam scripsit ad archiepiscopum Bulgariæ: quod accepisset eosdem Manichæos adornare missionem in Bulgariam, ut gentem illam subverterent. Petri Siculi historia Græce, cum Latina versione et notis Matthæi Raderi Jesuitæ, edita est Ingolstadii ann. 1604. 4to. Vid. Baron. ann. 653. sec. 12. de hoc authore, quem contr. Paulicianos Manichæos scripsisse notat.

[c] Vigner. hist. ecclesiastic. ann. 1023.

principio tamen creationis universi, de veritate incarnationis, passionis, et ascensionis Domini nostri, et aliis fidei capitibus, longe diversa sentiebant.

20. Addit author, quo tempore ista sunt ab eo scripta, Garatum quendam fuisse in Lombardia episcopum ordinis Bulgariæ; filium ejusdem Gerardum Brixiæ, et alium Corezii. Ex ordine Slavonico Cascianum episcopum Mantevilæ extitisse; filium ejus Aldericum Mediolani; et alium Othonem dictum Bagnoli. Ex ordine Druguriæ, Marchisium apud Soranos, apud Vicentinos[a] Nicolaum, et in aliis urbibus duorum istorum filios. Frater Reinerius[b] XVI. Ecclesias Catharorum recenset, quarum tres primæ sunt, Ecclesia Albanensis vel de Sensano, Ecclesia de Concorezo, Ecclesia Bagnolensium sive de Bagnolo; duæ postremæ, Ecclesia Bulgariæ, et Ecclesia Dugraniciæ. A duabus ultimis reliquas omnes originem habuisse ait: a primis tribus, " Sectam[c] Catharorum divisam esse in tres partes, sive sectas principales; quarum primi vocantur Albanenses, secundi Concorezenses[d], tertii Bagnolenses[e]. Et hi omnes (inquit[f]) sunt in Lombardia. Cæteri vero Cathari, sive sint in Tuscia, sive in Marchia, vel in Provincia, non discrepant in opinionibus a dictis Catharis, seu ab aliquibus eorum." Nominatim vero, Catharos[g] Ecclesiæ Tolosanæ errores Albanensium tenere scribit: indeque Albigensibus in Gallia Narbonensi eædem ab aliis[i] adscribuntur hæreses, quæ sectis illis Catharorum sive[h] Paterinorum[k].

[a] Apud Vigner. *Vincence.* Videtur esse Picentia, vulgo Vicentia dicta: nam Vicentia Venetorum mediterran. est Vicenza.

[b] Reiner. de hæret. cap. 6. pag. 71. edit. Ingolstad.

[c] Ibid. pag. 65.

[d] Guido Perpinianus in summ. de hæres. *de Corerio,* Antoninus in summ. theolog. part. 4. tit. 11. cap. 7. sec. 5. *Concordenses,* Johannes de Turrecremata in summ. de eccles. lib. 4. part. 2. cap. 35. *Cozorenses* appellat.

[e] quos Jo. de Turrecremata *Baiolenses,* Guido vocat de *Barulo.*

[f] Reiner. pag. 65.

[g] Ibid. pag. 78.

[h] Vid. Petri Sarnensis hist. Albigens. cap. 2. Bern. Lutzenburg, et Pratcol. catal. hæretic. in Albanens. Sander. visib. monarch. lib. 7. pag. 477, 479, 483. (edit. ann. 1593.).

[i] Joh. de Turrecrem. ubi supra.

[k] Waldenses mox discesserunt in sectas, Bagnolensium, Concordensium, Begardorum, Beguinorum, Lollardorum, Flagellatorum, &c. ait Person. 3. convers.

21. Et sane, ut ex Bulgaria in Italiam, ita ex Italia[a] insanam Manichæorum hæresim perductam feruntin Galliam, mulieris cujusdam opera, quæ, ut inquit Glaber, "seducebat quoscunque volebat, non solum idiotas et simplices, verum etiam plerosque, qui videbantur doctiores in clericorum ordine." Aliquam quoque inter Bulgaros et Albigenses intercessisse necessitudinem, ex eo colligitur; quod Albigenses papam in finibus Bulgarorum, Croatiæ et Dalmatiæ sibi constituisse, ex epistola Conradi Portuensis episcopi, tradat in majore historia ad annum Domini 1223. Matthæus Parisius: et Albigenses Galliæ, in Roberti Altissiodorensis et Guilielmi Nangiaci chronologia ad annum 1207. appellentur Bulgari. Cumque Gazaros sive Cazaros gentem[b] Turcicam, ex interiori[c] profundo Berzitiæ profectam, in Bulgariam irrupisse, et omni perviæ terræ usque ad mare Ponticum dominatam esse doceat nos Theo-

part. 3. tom. 2. cap. 3. sec. 98. Divisi sunt in varias sectas, quæ eos secutæ et ex iis exortæ sunt, ut Albigensium, Almaricianorum, Begardorum, Beguinorum, Flagellantium, &c. in aliquibus consentientium, in aliis autem discrepantium, ut in hæresibus solet fieri. Id. ibid. sec. 40. Complures blasphemas hæreses Albanensibus a S. Antonin. (part. 4. summ. tit. 11. cap. 7.) tributas prætereo, quanquam D. Sanderus in monarchia sua eas Albigensibus censet. Prateolus autem, et quidem alii, eos distinguunt, et Albanenses annis circiter 400. ante Albigenses collocant, viz. ad annum Christi sub papa Leone III. et Constantino VI. imp. Constantinopolitano. Person. 3. convers. part. 3. tom. 1. cap. 3. sec. 21. vide supra. sec. 17.

Fuerunt etiam tres sectæ hæreticorum, sc. Albanensium, Bagnolensium, et Concordensium: qui in multis erroribus eorum pessimis conveniunt, licet in paucis discordent. Hi dicunt quod sunt duo principia, &c. Nota quod si isti Albanenses sunt, ut existimant Magdeburgenses, cent. 13. cap. 5. col. 554. Albigenses, contra hos Albigenses misit Innocent. III. qui fuit ann. Dom. 1200. XII. abbates Cisterciensis ordinis cum uno legato ad partes Tholosanas, ad prædicandum contra eos, inquirendum et exterminandum. Antonin. 4. parte summæ, tit. 11. cap. 7. sec. 5.

Albanenses, Bagnolenses, et Concordenses istos, circ. ann. Dom. 796. exortos tradit Prateolus; nescio quo authore. At Bagnolenses et Concorreżenses vel (ut alii appellant) Corozenses, a locis superius nominatis, Bagnolo et Corozio cognomenta accepisse verisimile est. Albanenses quidam conjiciunt eosdem esse cum Albigensibus in Gallia Narbonensi, vid. Antonin. loc. jam citato Sander. lib. 7. visib. monarch. pag. 479. et Petri Sarnens. hist. Albig. cap. 2. et supr. sec. 17.

[a] Glab. Rodulph. hist. lib. 3. cap. 8. pag. 32. edit. Francof. ann. 1596. collat. cum Aquitanicæ historiæ fragmento, ibid. pag. 82.

[b] Theophan. ad ann. 16. Heraclii hist. miscell. lib. 18.

[c] Idem, ad ann. 11. Constantini Pogonati. hist. miscell. lib. 19.

phanes: vero non absimile videatur, nomen Gazarorum vel Cazarorum, cujus in superioribus facta est mentio, eadem ratione qua Bulgarorum, fuisse Albigensibus a scriptoribus attributum[d]. Certe, si non a Catharis[e] deflexam dicamus eam appellationem; vel a Cazeres, qui[f] est locus non procul Tolosa: inde deductam vero fuerit similius, quam a Leone III. imperatore, uti quidam[g] putant, "Gazaro dicto, qui omnium maxime a Romanis pontificibus sacrilegiorum et pravæ doctrinæ insimulatus est." Quod scilicet, "Theodoto monacho suadente, simulacra et imagines omnes e templis sustulisset, tanquam impietatis pabulum et ignaræ plebis decipulas, quæ ad Dei offensionem pertinerent:" ut libro quinto historiarum sui temporis, ad annum Domini 1550. refert D. Thuanus.

22. Emersisse vero in Gallia Manichæos, Roberti Francorum regis et Benedicti VIII. temporibus, ex Aquitanicæ historiæ fragmento a P. Pithæo edito intelligimus; sic enim author ille: "E vestigio" inquit[a], "exorti sunt per Aquitaniam Manichæi, seducentes promiscuum populum a veritate ad errorem. Suadebant negare baptismum, signum sanctæ crucis, Ecclesiam, et ipsum Redemptorem seculi, honorem sanctorum Dei, conjugia legitima, esum carnium: unde et multos simplices averterunt a fide." Et post: "Eo tempore decem ex canonicis sanctæ crucis Aurelianis probati sunt esse Manichæi: quos rex Robertus, cum nollent ad catholicam converti fidem, igne cremari jussit. Simili modo apud Tholosam inventi sunt Manichæi: et ipsi igne cremati sunt. Et per diversas occidentis partes Manichæi exorti, per latibula sese occultare cœperunt, decipientes quoscunque poterant." Aurelianenses autem illos fuisse, ex melioribus ipsius civitatis clericis, affirmat Robertus[b] Altissiodorensis: eamque ob rem "Concilio ibidem

[d] Jo. de Plano Carpini, apud Vincent. Spec. hist. lib. 31. cap. 15. Erant ibi plures Christiani, videlicet Gazari, ac Rutheni, et Alani, et alii.

[e] Ut supr. sec. 17.

[f] Getser. cap. 2. prolegom. in script. edit. contr. Waldens.

[g] Thuan. hist. lib. 5. ann. 1550.

[a] pag. 81, et 82. edit. Francofurt. 1596.

[b] Altissiodorens. chronolog. edit. Paris. ann. 1609. fol. 76. a.

collecto, communi omnium judicio decernente, præfatos hæreticos incendio fuisse concrematos." Id ipsum amplius confirmat, qui eo tempore claruit, Johannes Floriacensis[c] monachus, in epistola ad Olivam Ausonensis Ecclesiæ abbatem. "Volo," inquit, "vos interea scire de hæresi, quæ die sanctorum innocentium fuit in Aurelianensi civitate: nam verum fuit, si aliquid audistis, fecit rex Robertus vivos ardere de melioribus clericis, sive de nobilioribus laicis, prope quatuordecim ejusdem civitatis: qui Deo odibiles, perosique cœlo et terræ, abnegando abnegabant sacri baptismi gratiam, Dominici quoque corporis et sanguinis consecrationem; cum hoc, post perpetrata scelera vitiorum, negabant posse recipi veniam peccatorum. Enimvero cum his assertionibus nuptiis detrahebant: a cibis etiam quos Deus creavit, et adipe tanquam ab immunditiis abstinebant." Historiam latius prosequitur Glaber Rodulphus, libro tertio, capite octavo, ubi duos hæresiarchas fuisse notat, qui in civitate putabantur genere ac scientia valentiores in clero, Heribertum et Lisoium: tredecim vero igni tum traditos; deinde quotquot illius sectæ reperiri poterant, "simili ultionis vindicta ubique fuisse perditos," ostendit. Floriacensis historicus, a Pithæo cum Glabro editus[d], Stephanum et Lisoium sectæ principes nominat: eosque alios sibi socios ascivisse narrat, "quorum alii erant presbyteri, alii levitæ, alii aliorum ordinum gradu sublimati." Stephanus quoque hæresiarcha nominatur, in antiquis tabulis[c] apud D. Maximinum parochiæ Aurelianensis: ubi tempus rei gestæ hisce verbis consignatum extat: "Actum Aureliæ publice, anno incarnationis Domini 1022. regni Roberti regis vicesimo octavo, indictione quinta, quando Stephanus hæresiarchus et complices ejus damnati sunt et arsi Aurelianis."

23. In Germania, anno 1052. imperatorem Henricum, dum Goslariæ natalem Domini celebraret, "quosdam hæreticos, inter alia pravi erroris dogmata, Manichæa secta omnis esum animalis execrantes, consensu cunctorum, ne hæretica scabies latius serpens plures inficeret, in patibulis suspendi jussisse," in chronico Hermanni Contracti

[c] Papir. Masson. annal. Francor. lib. 3. in Hugone et Roberto.

[d] Edit. Francof. ann. 1596. pag. 84.

legimus. Sub finem vero ejusdem seculi, Agennenses Manichæos Radulphus[a] Ardens ita insectatur. "Tales sunt hodie hæretici Manichæi, qui sua hæresi patriam Agennensem maculaverunt; qui mentiuntur se vitam tenere apostolorum. Dicentes se non mentiri, nec omnino jurare; sub prætextu abstinentiæ et continentiæ, escas carnium et nuptias damnantes. Dicunt enim tantum flagitium esse accedere ad uxorem, quantum ad matrem vel filiam. Damnant etiam vetus Testamentum: de novo vero quædam recipiunt, quædam non. Et, quod gravius est, duos prædicant rerum auctores: Deum invisibilium, Diabolum visibilium auctorem credentes. Unde et occulte adorant diabolum, quem sui corporis credunt creatorem. Sacramentum vero altaris purum panem esse dicunt. Baptismum negant: neminem posse salvari, nisi per suas manus, prædicant. Resurrectionem etiam corporum negant."

24. Subsequente seculo Bernardus[a] adversus genus quoddam hominum vile (ut appellat) et rusticanum, ac sine literis, et prorsus imbelle, longo sermone declamat; qui, cum neminem sectæ suæ auctorem dare possent, "jactabant se esse successores apostolorum, et apostolicos nominabant. Rusticani," inquit, "homines sunt et idiotæ, et prorsus contemptibiles: sed non est (dico verbis) cum eis negligenter agendum. Multum enim proficiunt ad impietatem, et sermo eorum ut cancer serpit:" et paulo post: "Quære ab illis suæ sectæ auctorem; neminem dabunt. Quæ hæresis non ex hominibus habuit proprium hæresiarcham? Manichæi Manem habuere principem et præceptorem, Sabelliani Sabellium, Ariani Arium, Eunomiani Eunomium, Nestoriani Nestorium. Ita omnes cæteræ hujusmodi pestes singulæ singulos magistros homines habuisse

[a] Rad. Ard. homil. Dominic. 8. post Trinitat.

[a] Bernard. in Cantic. serm. 65, et 66. Dicam quænam illæ ineptiæ sunt: partim quas, sciscitantibus se catholicis minus caute respondentes, ipsi confessi sunt; partim quas divisi ab invicem litigantes de invicem prodiderunt; partim quoque quas nonnulli eorum redeuntes detexerunt. Bernard. ib. vid. Alphons. de Castr. fol. 218. a. Magdeburg. cent. 12. col. 843, 844, 845. Baron. ann. 1147. sec. 22. ubi ex Manichæorum schola prodiisse notat.

noscuntur; a quibus originem simul duxere et nomen. Quo nomine istos titulove censebis? Nullo, quoniam non est ab homine illorum hæresis, neque per hominem illam acceperunt (absit tamen ut per revelationem Jesu Christi); sed magis et absque dubio, uti Spiritus Sanctus prædixit, per immissionem et fraudem dæmoniorum in hypocrisi loquentium mendacium, prohibentium nubere." Dogmata[b] vero eorum commemorat, partim cum Manichæis, partim cum orthodoxis communia: quibus sic illos imbutos fuisse narrat, ut "mori magis eligerent, quam converti; nec modo patienter, sed et læti, ut videbatur, ducerentur ad mortem." Valde denique dolendum esse ait, "quod non solum laici principes, sed et quidam, ut dicebatur, de clero, nec non de ordine episcoporum, qui magis eos persequi debuerant, propter quæstum sustineant, accipientes ab eis munera."

25. Quis autem hoc tempore rerum in provincia Narbonensi fuerit status hisce verbis explicat, in chronici sui prologo, Guilielmus de Podio Laurentii; "Hæretici per villas et oppida habere sibi hospitia, agros et vineas inceperunt: domos latissimas, in quibus hæreses publice prædicarent, suis credentibus venditantes. Erantque quidam Arriani, quidam Manichæi, quidam etiam Waldenses sive Lugdunenses: qui, licet inter se dissides, omnes tamen in animarum perniciem contra fidem catholicam conspirabant. Et illi quidem Waldenses contra alios acutissime disputabant. Unde et in eorum odium alii admittebantur a sacerdotibus idiotis. Propter quod terra, tanquam reproba et maledictioni proxima, pauca præter spinas et tribulos germinabat; raptores et ruptorios, fures, homicidas, adulteros, et usurarios manifestos. Capellani autem tanto contemptui habebantur a laicis, quod eorum nomen, ac si Judæi essent, in juramentum a pluribus sumebatur. Unde sicut dicitur, *Mallem esse Judæus;* sic dicebatur, *Mallem esse Capellanus, quam hoc vel illud facere.* Clerici quoque, si prodirent in publicum, coronas modicas prope frontem pilis occipitis occultabant. Milites enim raro

[b] Personius, 3. convers. part. 3. tom. 1. cap. 4. sec. 9, 10. hos fuisse Waldenses et Albigenses affirmat, prædecessores, ut ait sec. 10. Martyrum Foxianorum.

suos liberos clericatui offerebant: sed ad Ecclesias, quarum tunc ipsi decimas percipiebant, hominum suorum filios præsentabant: et episcopi quales pro tempore poterant clericabant. Ipsi quoque milites dominationem contemnentes, prout libebat, nemine prohibente, his aut illis hæreticis adhærebant. Et hæretici in tanta reverentia habebantur, quod habebant cœmiteria, in quibus quos hæreticaverant publice tumulabant; a quibus lectos integros et vestes recipiebant: quibus et largius quam personis ecclesiasticis legabantur. Ipsi nec ad excubias, nec ad talias cogebantur. Si quis etiam homo de guerra gradiens cum eis inveniretur, ab hostibus tutus erat."

26. Hic vero revocandum est in memoriam, quod de veteribus hæreticis notavit Augustinus[a]: "Multos maledicos in his invenisse materiam blasphemandi Christianum nomen: quia et ipsi quoquo modo Christiani appellarentur." Inde enim accidit, inquit Eusebius[b] "ut nefaria quædam opinio de nobis concitata, eaque ab omni ratione alienissima, per infidelium animos longe lateque pervaderet: quod videlicet tum nefando concubitu matres et sorores violare, tum etiam scelerato quodam alimenti genere uti non vereremur." "Et hac de caussa," addit Epiphanius[c], "plures ex gentibus, ubicunque viderint tales, ne accedunt quidem nos ob communionem accipiendæ doctrinæ, aut audiendi verbi Divini: et neque aures admovent, improbis scelestorum illorum factis consternati." Simili ratione et hisce temporibus cum Manichæi et Waldenses iisdem degerent in locis (a quibus etiam Albigensium et Agennensium atque ejus generis alia cognomenta[d] sortiti sunt utrique), communique hæreticorum et hostium sedis apostolicæ nomine a pontificiis censerentur; partim quorundam inscitia et incuria, partim aliorum fraude ac malitia est effectum, ut Waldenses et Leonistæ (quos vocabant) iisdem quibus Cathari et Manichæi, commaculati crederentur erroribus.

[a] Augustin. de civit. Dei, lib. 18. cap. 51.

[b] Euseb. lib. 4. hist. ecclesiastic. cap. 7.

[c] Epiphan. hæres. 27. Vide plura apud Epiphan. eod. loco, et Baron. ann. 120. sec. 27, 28, 29, &c. ann. 150. sec. 4. et ann. 201. sec. 25. tom. 10. 5. 2. pag. 138.

[d] Vid. infr. cap. 10. sec. 13.

27. Ita Waldenses, non minus quam Manichæos, totum vetus Testamentum repudiasse; ex Reinerii fide referunt Claudius Coussordus[a] et Jacobus Gretserus[b]. Et sic quidem scribit Coussordi Reinerius: "Vetus testamentum non habent, vel recipiunt; sed Evangelia." Verum Gretseri Reinerius, tantum abest ut quid dicat ejusmodi, ut prodat potius plane contrarium; quum, in tertio capite, hujusmodi hæreseos, quam ille vocat, caussam assignat: "quia[c] novum et VETUS testamentum vulgariter transtulerunt, et sic docent et discunt:" atque ad ejus rei confirmationem subjungit; se "audivisse et vidisse quendam rusticum idiotam, qui Job recitaverit de verbo ad verbum." In sexto sane capite de Catharorum sectis disserens, Gelesmansam (vel ut alii legunt codices, Belazmansam[d]) Veronensem, cum discipulis suis, in quorum numero Ecclesiæ Tolosanæ ponit Catharos, circa annum Domini 1230. in hac opinione fuisse ait: "quod diabolus fuerit auctor totius veteris testamenti, exceptis his libris: scilicet Job, Psalterio, libris Salomonis, sapientiæ filii Sirach, Isaiæ, Hieremiæ, Ezechiel, Daniel, et duodecim prophetarum; quorum quosdam scriptos fuisse in cœlo, illos scilicet, qui fuerunt scripti ante destructionem Hierusalem." Joannem de Lugduno (sive de Lugio) Bergomensem, alterius partis ducem, "recepisse totam bibliam; sed putasse eam fuisse in alio mundo." Concorezenses et Bagnolenses "reprobare totum vetus Testamentum, putantes quod diabolus fuerit auctor ejus; exceptis his tantummodo verbis, quæ sunt inducta in novo Testamento per Christum et apostolos." Sed in capite præcedente, ubi de doctrina Pauperum de Lugduno sive Leonistarum agit, expresse de eis scribit: "Testamenti[e] novi textum, et magnam partem VETERIS vulgariter sciunt corde:" et in explanatione errorum, quam ediderunt Illyricus[f] et Freherus, Gretserus vero in sua edi-

[a] Coussord. Valdens. error. confutat. fol. 78.

[b] Gretser. prolegom. in script. edit. contr. Waldens. cap. 4. pag. 14.

[c] Pag. 52. [d] Fr. Pegna in 2. part. director. inquisit. comment. 38. c. g. i.

[e] Reiner. contr. Waldens. cap. 5. pag. 58.

[f] Illyric. in catalog. test. veritat. Freher. in rer. Bohem. script. pag. 226. lin. 39, 40.

tione prætermisit, quia in papyraceo quo usus est codice, admodum vitiose exarato, non invenit (an autem in MS.[to] quod postea nactus est, Lambacensis monasterii exemplari, invenerit, adhuc reticet;) " quicquid prædicator per novum et VETUS Testamentum non probabat; talem prædicationem mendacium esse dicunt." Quod idem fere de iisdem a Claudio Seysellio[g] traditum invenio. " Ea tantum quæ vel in VETERI vel in novo Testamento sunt conscripta, uti ad literam jacent, absque ulla sana interpretatione admittunt." Ut taceam quod de Petro Waldio retulit D. Thuanus[h] et Johannes Massonus; eum " PROPHETARUM atque Apostolorum scripta populari lingua vertenda curavisse:" et quod de sectatoribus ejus, coram Alexandro III. in Lateranensi concilio comparentibus, ex Gualtero Mapeo jam ante audivimus; librum eos " papæ præsentavisse, lingua conscriptum Gallica; in quo textus et glossa Psalterii, plurimorumque legis UTRIUSQUE librorum, continebantur."

28. Waldensibus præterea hanc sententiam tribuit Claudii Coussordi Raynerius. " Matrimonium," inquiunt, " fornicatio est jurata, nisi continenter vivant: quaslibet enim immunditias magis licitas habent quam conjugalem copulam[a]." Et tamen a Jacobi Gretseri Raynerio eo no-

[g] Seyssel. contra Valdens. fol. 4. 6.

[h] Thuan. hist. lib. 5. ad ann. 1550. Joh. Masson. præfat. in opus Alani contr. Valdenses.

[a] Personius, 3 convers. tom. 1. cap. 3. n. 11. inter articulos in quibus Waldenses cum catholicis adversus protestantes sentiebant, (viz. 1. de missa, supr. cap. 6. sec. 26. cap. 2. de sacramentis, hoc in loco. 3. de ordinibus religiosis, supr. cap. 6. sec. 28. 4. de libero arbitrio, de merito bonorum operum, et aliis ejusmodi doctrinis; nam ita in genere tantum loquitur,) hunc habet; quatuor sacramenta, viz. baptismi, s. ordinum, matrimonii, et eucharistiæ, agnoverunt; etsi non adeo constanter et concorditer inter semetipsos. Atqui autorum ex quibus ista collegit, (viz. Antonin. Ursperg. Trithem. Bernard. Luxemburg. Guid. carmelit. Gabr. Prateol. Æn. Sylv.) credo neminem dicere Waldenses vel s. ordines vel matrimonium pro sacramento habuisse, aut eadem tenuisse cum catholicis Personianis de libero arbitrio in eorum sensu, aut de merito bonorum operum, prout ille affirmat. idem Personius (ib. not. 20.) ita scribit de Albigensibus; Illi cum hodiernis protestantibus negabant matrimonium esse sacramentum, contra quod faciebant Waldenses. Sed de proprio adjiciebant, tum contra protestantes tum contra nos sentientes, ex Manichæorum doctrina, matrimonium esse malum et illicitum. Confer. 1. Personii articulum supr. cap. 6. sec.

mine iidem accusantur, quod Romanam Ecclesiam errasse dicerent, " matrimonium[b] clericis prohibendo, cum etiam orientales contrahant." Illam vero erroris de interdicto animalium esu suspicionem, qua ex Raynerio suo (quibusdam eorum hoc affingente, quod bruta animalia, veluti pisces et hujusmodi, occidenda esse non putarent) eos Coussordus[c] voluit aspergere, satis eluit idem ipse author, cum de eis addit; " In Quadragesima[d], et die jejuniorum Ecclesiæ, non jejunant; sed carnes comedunt, ubi audent[e]." Quod etiam confirmat Reinerius, ab Illyrico et Frehero editus, his verbis[f]: " Jejunia Ecclesiæ nihil curant; nam in die parasceves ipsi carnes comedunt occulte." Item Alphonsus de Castro: " Tempore[g] Quadragesimæ carnem et ova, et reliqua prohibita comedebant, dicentes nullum esse peccatum hoc facere: imo dicebant Ecclesiam non posse talem ciborum abstinentiam præcipere: et in tali abstinentia a carnibus dicebant nullum esse meritum." Nicolaus Eymericus[h]: " Carnes omni die comedunt.— Die Lunæ et die Mercurii, etiam utendo carnibus, jejunant." Postremo Guido[i] Perpinianus hunc vicesimum secundum Valdensium errorem facit: " quod comedere carnes in Quadragesima et diebus jejuniorum non est peccatum: cum eas comedere non prohibuerit Christus:" ac deinde concludit; " Abjiciendi ergo et spernendi sunt fatui Valdenses, qui a carnibus non abstinent et jejunant ut hypocritæ tristes, non propter bonum obedientiæ, sed ut

20. De castitate gloriari solitos Insabbatatos affirmat Ebrardus Bethuniensis antihæres. cap. 25. pag. 84.

[b] Reiner. cap. 5. contr. Waldens. edit. Ingolstad. pag. 58. Vid. infr. cap. 10. sec. 5, 6, 7, 8.

[c] Coussord. contr. Vald. fol. 65.

[d] Ibid. fol. 75, et 128.

[e] Personius 3 convers. part. 3 tom. 1. cap. 3. sec. 10. hunc inter Waldensium articulos, in quibus cum protestantibus sentiebant contra Ecclesiam catholicam, memorat, quod negabant ordinaria jejunia ab Ecclesia constituta, et derisui habebant omnem delectum ciborum his aut illis diebus.

[f] Illyric. catalog. test. verit. Freher. rer. Bohemic. script. pag. 229. 30.

[g] Alphons. advers. hæres. lib. 4. de cibo, hær. 2. vid. Bernard. Lutzemburg. catal. hæret. in Insabbatat. et Prateol. in Paup. Lugdun. hæres. 4. et Sander. visib. monarch. lib. 7. hæres. 150. pag. 475.

[h] Eymeric. director. inquisit. part. 3. sec. 112.

Guid. Summ. de hæres. Valdens. cap. 22.

appareant hominibus jejunantes[k]." Non tamen, opinor, ob eam caussam pro Manichæis habendos quisquam dixerit; nisi forte sic affectus, ut illæ olim apud Hieronymum[l], quæ, "si quam vidissent pallentem atque tristem, miseram et Manichæam vocabant."

29. Sic et Apostolicis Bernardus[a] Claravallensis, Catharis Ecbertus[b] Schonaugiensis, Popelicanis Guilielmus[c] Armoricanus, atque Albigensibus Rigordus[d] regis Francorum chronographus, hæresim attribuit, "quam apostolus in epistola ad Timotheum[e] prædixerat in fine seculorum futuram, detestantem nuptias, et carnem comedi prohibentem:" quod, ut de Manichæis in terra Albigensium commorantibus admitti potest, ita de toto Albigensium genere dictum falsissimum esse constat; sive cum D. Thuano a Petro Valdo, sive cum Papirio Massono a Petro Brusio, eorum originem placeat repetere. Thuanus[f] Albigenses cum Valdensibus eosdem esse statuens, hæc illorum recenset dogmata. "Ecclesiam Romanam, quoniam veræ Christi fidei renunciaverit, Babylonicam meretricem esse; et arborem illam sterilem, quam ipse Christus diris devovit, et revellendam esse præcepit: proinde minime parendum pontifici; et episcopis, qui ejus errores fovent: monasticam vitam Ecclesiæ sentinam ac Plutonium esse, vana illius vota, nec nisi fœdis puerorum amoribus servientia: presbyterii ordines magnæ bestiæ, quæ in Apocalypsi commemoratur, notas esse: ignem purgatorium, solemne sacrum, templorum encænia, cultum sanctorum, ac pro mortuis propitiatorium, Satanæ commenta esse." Tum addit "his præcipuis ac certis eorum doctrinæ capitibus alia affìcta de conjugio, resurrectione, animæ statu post mortem, et de cibis." Petrum vero Brusium docuisse, "sacerdotes et monachos potius debere UXORES du-

[k] De jejunio Waldensium Ebrardus Bethuniensis antihæres. cap. 25. pag. 185. lin. 23, 36. [l] Hieron. epist. 22. ad Eustochium.

[a] Bernard. in Cant. serm. 66.

[b] Ecbert. advers. Catharos tom. 2. auctar. biblioth. patr. edit. Paris. ann. 1610. col. 831.

[c] Guilielm. Armoric. Philippid. lib. 1. edit. Francof. ann. 1596. pag. 235.

[d] Rigord. in gestis Philippi Aug. ibid. pag. 214. Vincent. spec. hist. lib. 30. cap. 9. [e] 1 Tim. cap. 4. ver. 3.

[f] Thuan. hist. lib. 6. ann. 1550.

cere, quam scortari," affirmat Coccius[g]: et contra Petrobrusianos scribens Petrus[h] Cluniacensis, sacerdotes et monachos ab iis compulsos, ait, uxores ducere. Eosdemque narrat "magno de crucibus aggere instructo ignem immisisse, pyram fecissse, CARNES coxisse, et ipso passionis Dominicæ die Paschalem Dominicam præcedente, invitatis publice ad esum populis, comedisse[i]."

30. A Petro autem Brusio et ejus successore Henrico, qui, ut ex Petro Cluniacensi intelligitur, in Septimania primum, in Arelatensi, Ebredunensi, Diensi et Vapincensi diœcesibus, deinde in Novempopulana seu Gasconia, et partibus adjacentibus, per annos viginti doctrinam suam disseminarunt, Albigensium sectam deducit Papirius Massonus[a]. Albericus monachus trium fontium, quantum ex concinnatore magni chronici[b] Belgici colligere possum, in quo Henricus cum Euno pseudo-christo inscite confunditur, anno 1147. "hæresim Popelicanorum Henrici apostatæ, in terra Albigensium pullulasse" asserit. Ad quos referendus synodi Remensis, sequente anno sub Eugenio III. habitæ, postremus ille canon. "Quia[c] apostolica sedes quod rectum est consuevit attenta consideratione defendere, et quod devium invenitur esse, devitare: præsentis decreti auctoritate præcipimus, ut nullus omnino hominum hæresiarchas et eorum sequaces, qui in partibus Gasconiæ aut Provinciæ vel alibi commorantur, manuteneat, vel defendat; nec aliquis eis in terra sua receptaculum præbeat. Si quis autem vel eos de cætero retinere, vel ad alias partes proficiscentes eorum errore consentiens recipere forte præsumpserit: quo iratus Deus animas percutit, anathemate feriatur,

[g] Cocc. thesaur. cathol. tom. 2. lib. 8. artic. 6.

[h] Petr. Cluniac. epist. 2.

[i] Henricum, quo post Petrum Brusium crematum Albigenses usi sunt magistro, quædam in Petri Brusii dogmatis mutasse fama fuit, ut est apud Petr. Cluniacens. epist. 1.: sed ne cui matrimonium contrahere aut carne vesci liceret, nemo illi tribuit, ne Bernardus quidem apud Godfridum monachum Claravallens. in ejus vita, lib. 1. cap. 5.

[a] Masson. annal. Franc. lib. 3. in Philipp. Aug. Similiter et Jo. Filesacus de Paræciarum origine, pag. 118. (quem vide) et in fine pag. 121.

[b] Chron. Belgic. a Pistorio edit. pag. 162. collat. cum Gimblacensi auctario Sigeberti, a Miræo edit. pag. 205.

[c] Concil. tom. 3. part. 2. pag. 506. edit. Colon. ann. 1618.

et in terris eorum, donec condigne satisfaciant, divina celebrari officia interdicimus :" ut et illa techna postea subsecuta, quam ad annum 1151. ita aperiunt illius temporis historici : " Pullulante[d] perversa doctrina Henrici hæretici in Vasconia, suscitavit Deus spiritum puellæ minoris in illa provincia ad eandem hæresim confutandam. Per triduum namque in unaquaque septimana jacebat absque voce, sensu, et etiam absque flatu : et rediens postmodum ad se, dicebat beatam MARIAM orare pro populo Christiano, et beatissimum PETRUM docuisse se orthodoxam fidem. Exinde de fide nostra sapienter et catholice disserebat : et præcipue hæresim Henrici convincens, plurimos ab eo seductos ad sinum sanctæ matris Ecclesiæ revocabat." Apostolicos[e] etiam, de quibus sermone sexagesimo sexto in Cantica Canticorum agit Bernardus, eosdem esse opinatur; Thomas Waldensis[f] cum Publicanis; quorum nonnullos, de provinciis Galliæ in Angliam venientes, jussu regis Henrici II. clave candente in frontibus signatos esse notat. Extat historia apud Guilielmum Novoburgensem, rerum Anglicarum libro secundo, capite decimo tertio, ubi de Publicanorum origine[g] et incremento ista refert. " Hi nimirum olim ex Gasconia, incerto auctore habentes originem, regionibus plurimis virus suæ perfidiæ infuderunt. Quippe in latissimis Galliæ, Hispaniæ, Italiæ, Germaniæque provinciis, tam multi hac peste infecti esse dicuntur, ut, secundum prophetam, multiplicati esse super numerum arenæ videantur. Denique cum a præsulibus Ecclesiarum

d Matt. Paris. et chron. Normann. ab Andrea Dunchesnio edit. pag. 986.

e Bellarminus in catalogo hæreticorum MS. de Bernardi apostolicis : forte (inquit) iidem sunt cum Petrobrusianis. Vid. Sander. lib. 7. visib. monarch.

f Waldens. volum. 3. de sacramentalib. tit. 12. cap. 108. (ubi citat hanc historiam ex Henrici Hunting. chronico, quod tamen in edit. Siviliana eousque non extenditur. Vid. Jo. Stow Howes ann. Dom. 1162. e Rad. Cogshall.) collat. cum præfat. in 1. volum. ad Martin. V.

g Eandem etiam breviter, et iisdem pene verbis narrat Radulphus de Diceto, et Matt. Paris. pag. 101. fin. 140. edit. Londin. quæ ad verbum exscripta sunt ex Rog. Wendoverio ann. 1166. De iisdem Gualterus Mapeus in lib. de nugis Curialium ; dist. 1. cap. 30. ubi eos (omnino videntur esse Cathari, ut sec. 37. et Jo. de Turrecrem.) Publicanos et Paterinos nominat. Vid. et Radulphum Coggeshall. in Jo. Picardi notis ad Guil. Neubrig. et quæ fuse descripsimus ex Joranalensi historia MS.

et principibus provinciarum in eos remissius agitur, egrediuntur de caveis suis vulpes nequissimæ, et, prætenta specie pietatis, seducendo simplices, vineam Domini Sabaoth tanto gravius, quanto liberius, demoliuntur. Cum autem adversus eos igne Dei fidelium zelus succenditur, in suis foveis delitescunt, minusque sunt noxii; sed tamen occultum spargendo virus nocere non desinunt. Homines rusticani et idiotæ, atque ideo ad rationem hebetes, peste vero illa semel hausta ita imbuti, ut ad omnem rigeant disciplinam: unde rarissime contingit eorum aliquem, cum e suis latebris proditi extrahuntur, ad pietatem converti." Hæc ille.

31. Catharos quoque putat Sanderus[a] "Henricianorum portionem fuisse; ac forte eosdem omnino cum Albigensibus." De eis ita scribit Ecbertus Schonaugiensis monachus; cujus sermones adversus Catharos secundo tomo auctarii bibliothecæ SS. patrum[b] sunt inserti. "Ecce quidam latibulosi homines perversi et perversores, qui per multa tempora latuerunt, et occulte fidem Christianam in multis stultæ simplicitatis hominibus corruperunt, ita per omnes terras multiplicati sunt, ut grande periculum patiatur Ecclesia Dei a veneno pessimo, quod undique adversus eam effundunt." Contra eosdem ab Hildegarde ad canonicos majoris Ecclesiæ Moguntinæ scriptam epistolam notat Trithemius[c], cujus hoc initium: "Mense Julio præsentis anni, qui est millesimus centesimus sexagesimus tertius Dominicæ incarnationis, &c." Eodemque anno[d], secundo die mensis Augusti, cum Catharorum ducibus, qui e Flandriæ partibus Coloniam venerant, Arnoldo, Marsilio et Theoderico, publicam disputationem iniit ille, cujus jam meminimus, Ecbertus monachus. Verum quum ii nollent cedere; Arnoldus simul cum novem discipulis, in quibus duæ erant fœminæ, nonis Augusti, Coloniæ[e] juxta cœmiterium Judæorum in ignem missus est: qui, semiustis suorum capitibus manum imponens, ait; "Constantes

[a] Sander. visib. monarch. lib. 7. pag. 467, 469.
[b] edit. Paris. ann. 1610. col. 831.
[c] Trithem. chron. Hirsaug. ann. 1163.
[d] Id. ibid.
[e] Cæsarius Heisterbach. lib. 5. cap. 19.

estote in fide vestra, quia hodie eritis cum Laurentio." Theodericus[f] vero et socii ejus Bunnæ similiter combusti sunt.

32. Eodem etiam anno[a] 1163. adversus Albigenses in Gallia, ab Alexandro III. in synodo Turonensi editus est hic canon. "In[b] partibus Tolosæ damnanda hæresis dudum emersit, quæ, more cancri paulatim se ad vicina loca transfundens, per Guasconiam et alias provincias quamplurimos jam infecit: et, dum in modum serpentis intra suas revolutiones absconditur, quanto serpit occultius, tanto gravius Dominicam vineam in simplicibus demolitur. Unde contra eam episcopos, et omnes Domini sacerdotes in illis partibus commorantes vigilare præcipimus, et sub interminatione anathematis prohibere; ne, ubi cogniti fuerint illius hæresis sectatores, receptaculum quisquam eis in terra sua præbere, aut præsidium impertiri præsumat: sed nec in venditione aut emptione, aliqua cum eis communio[c] habeatur; ut solatio saltem humanitatis amisso, ab errore viæ suæ resipiscere compellantur. Quisquis autem contra hæc venire tentaverit, tanquam particeps iniquitatis eorum, anathemate feriatur. Illi vero, si deprehensi fuerint, per catholicos principes custodiæ mancipati, omnium bonorum amissione mulctentur. Et quoniam de diversis partibus in unum latibulum crebro conveniunt, et, præter consensum erroris nullam cohabitandi caussam habentes, in uno domicilio commorantur: talia conventicula et investigentur attentius, et, si inventa fuerint, canonica severitate vetentur.

[f] Ecbert. advers. Catharos, serm. 8.

[a] Quo tempore Henricus II. Anglorum rex, post mortem Davidis regis Scotiæ, comitatus Cumbriæ, Northumbriæ, et Westmorlandiæ occupavit (quod circa ann. 1157, factum colligitur ex Roberto de Monte pag. 636. Matthæo Westmon. pag. 44. collat. cum Guiliel. Neubrigensi lib. 2. cap. 4. pag. 119, 120.), Willielmus Davidis filius, qui postea rex Scotorum factus est, "expeditionis causa, favore fidei et Ecclesiæ partibus erat Tholosanis contra hæreticos:" ut inquiunt Scoti in respons. ad Edv. I. declarationem ad Bonifacium VIII. quæ habetur in actis super processu recognitionis superioritatis et directi dominii regni Scotiæ coram Edwardo rege Angliæ per magistrum Johannem Erturi de Cadomo publicum notarium consignatis.

[b] Guilielm. Novoburg. de reb. Angl. lib. 2. cap. 15. can. 6. Collect. 1. antiqu. decret. lib. 5. tit. 6. cap. 10. edit. Paris. ann. 1609. pag. 125, 126.

[c] Apocal. cap. 13. ver. 17.

33. Ab eodem quoque pontifice Alexandro, anno 1170. ad expugnandos Albigenses missum esse quendam cardinalem, ex Guilielmo[a] de Podio Laurentii intelligimus. Sic enim ille: " Anno Dominicæ incarnationis 1170. cardinalis quidam missus a Romano pontifice obsedit Castrum Vauri, et coegit sibi reddere hæreticos qui ibi erant: ex quibus duo, qui ibi erant præcipui, ad fidem catholicam sunt conversi; quorum unum, qui vocabatur Bernardus Raymundi, in ecclesiæ cathedrali S. Stephani Tolosæ, alterum in monasterio S. Saturnini, ut essent canonici, collocavit. Meminique quod, cum essem infans, illum, qui fuerat canonicus in ecclesia cathedrali, audiebam appellari Bernardum Raymundi Arrianum." Anno etiam 1176. in Oliverium quendam, et socios ejus, qui Boni Homines dicebantur, in provincia Tolosana coram Petro Narbonensi archiepiscopo, Girardo Albiensi, Gocelino Lodovensi et aliis episcopis inquisitionem factam narrat Hovedenus[b], toto fere populo Albiæ et Lumberci præsente.

34. Et inter Albigenses quidem alios *Perfectos* sive Bonos Homines fuisse dictos, confirmat Petrus[a] Sarnensis (e quibus magistratus habebant, quos vocabant diaconos et episcopos); alios *Credentes*, qui " seculariter viventes, licet ad vitam perfectorum imitandam non pertingerent, in fide tamen illorum se salvari sperabant." Similiter et Leonistas et Patrinos Reinerius[b] in Imperfectos et Perfectos distinguit; quorum posteriores in Lombardia Consolatos, in Theutonia Bonos Homines vocari asserit: quo pertinet illa de Guilielmo Albiensi episcopo, affinem suum Guilielmum Petri de Berens moribundum invisente, historia a Guilielmo de Podio Laurentii relata. " Interrogavit[c] affinem suum episcopus, Quid vellet fieri de seipso? an in cœnobio Galliaci, an Candelii, an in ecclesia Albiensi eligeret sepeliri? Quo respondente: Non oportet episcopum curam agere super hujusmodi; cum ipse deliberasset

[a] Guil. de Pod. chron. cap. 2.
[b] Hoveden. part. 2. annal. ad ann. 1176. fol. 317. b. edit. Londin.
[a] Petr. hist. Albigens. cap. 2.
[b] Reiner. contr. hæret. cap. 5. pag. 60. et cap. 6. pag. 61. Vide supr. sec. 3.
[c] Guilielm. de Podio chron. cap. 3.

quid esset facturus. Episcopo nihilominus insistente; quo trium istorum locorum eligeret sepeliri: Ille tandem respondit, se velle ad Bononios[d] (sive Bonosios, hoc est, hæreticos) deportari. Pontifice vero in contrarium adnitente, quod super hoc licentiam non haberet; ille inquit. Non ad hoc laboretis: quoniam, si secus non possem, ad eos reptando quadrupedaliter festinarem." Item illa in inquisitione Moguntina Waldensibus proposita interrogatio: "Quoties[e] es tu confessus hæresiarchis, id est, illis bonis hominibus, qui ad te venerunt occulte, dicentes se loco apostolorum in mundo de loco ad locum ambulare, prædicare, et confessiones audire?" Nec non Raimundi Tolosani comitis verba illa a Sarnensi[f] monacho commemorata: "Scio me exhæredandum fore pro bonis hominibus istis; sed non tantum exhæredationem, imo etiam decapitationem pro ipsis paratus sum sustinere." Istos autem, de quibus agit Hovedenus, "non fuisse alios, quam Waldenses, in comperto esse" affirmat Jacobus[g] Gretserus: licet ab adversariis Arianæ, vel potius Manichææ hæreseos, postulati fuerint: quorum accusationibus sequens ab istis opposita est confessio. "Nos[h] credimus unum Deum, trinum et unum, Patrem et Filium et Spiritum Sanctum: et Filium Dei carnem nostram suscepisse, baptizatum esse in Jordane, jejunasse in deserto, prædicasse salutem nostram, passum, mortuum, atque sepultum, ad inferos descendisse, resurrexisse tertia die, ad cœlos ascendisse, Spiritum Paracletum in die Pentecostes misisse, venturum in die judicii ad judicandum vivos et mortuos; et omnes resurrecturos. Cognoscimus etiam quia quod corde credimus ore debemus confiteri. Credimus quia non salvatur qui non manducat corpus Christi: et quod corpus Christi non consecratur, nisi in Ecclesia, et non nisi a sacerdote, sive bono sive malo; nec

[d] *Bonomios* legendum ex Nicolao Bertrando, de gestis Tolosanorum, edit. ann. 1515. fol. 31. Neque enim alii intelligendi quam qui a Gallis *bons hommes*, i. e. *boni homines*, sunt dicti.

[e] Inter script. advers. Waldens. a Gretsero edit. pag. 315.

[f] Petr. Sarn. hist. Albigens. cap. 4. edit. Latin. 6. Gallic.

[g] Gretser. prolegom. in script. edit. contr. Waldens. cap. 1.

[h] Hoveden. annal. fol. 319. b.

melius fieri per bonum quam per malum. Credimus etiam quod non salvatur quis, nisi qui baptizatur; et parvulos salvari per baptisma. Credimus etiam quod vir et mulier salvantur, licet carnaliter misceantur; et pœnitentiam debeat unusquisque accipere ore et corde, et a sacerdote, et in ecclesiis baptizari: et, si quid amplius posset eis ostendi per Evangelia vel Epistolas, illi crederent et confiterentur."

35. Post biennium, Petrus tituli S. Chrysogoni presbyter cardinalis, Romani pontificis legatus a Ludovico Franciæ, et Henrico Angliæ rege, adversus eos missus est. "Quia enim ad aures Henrici," inquit Simeon[a] Dunelmensis, "et regis Franciæ pervenerat, quod quædam gens perfida, qui se Bonos Homines appellari fecerant, in terra Tolosana congregati erant; et quod ipsi Christianæ fidei contraria prædicabant, et quod multorum animas falsa prædicatione deceperant; noluit in Angliam transfretare (quod jam diu affectaverat), donec per consilium et adjutorium regis Franciæ tales viros, tam ecclesiasticos quam laicos, in terram Tolosanam misisset, qui præfatam gentem perfidam vel prædicatione sua ad veræ fidei cognitionem converterent, vel debellationibus suis a terris eosdem et a Christiana conversatione eliminarent." Quænam vero hic fuerint regis consilia, et quo successu, fuse explicat author idem, et qui eum ad verbum solet exprimere, Rogerus Hovedenus. Robertus vero Montensis (vel ejus continuator[b], æqualis horum temporum) breviter attingit in historia anni 1178. "Hæretici," inquit, "quos Agennenses vocant, et alii multi, convenerunt circa Tolosam, male sentientes de sacramento altaris, et de conjugio et de aliis sacramentis: ad quorum confutationem Petrus legatus Romanus, et multæ aliæ religiosæ personæ cum prædictis regibus convenerunt; et parum profecerunt." Missi tamen eo tempore sunt a legato Reginaldus Bathoniensis episcopus et Henricus Claravallensis abbas; "in Albi-

[a] Sim. Dunelm. ad ann. 1178. MS. in bibliothoca Cottoniana.

[b] si quidem Robertus in anno 1146. desiit; ut author est Radulphus de Diceto, vel 1157. ut Rog. Wendov. et Matt. Paris. volunt.

ensem diœcesim; commonituri principem terræ, Rogerum videlicet de[c] Beders, ut et Albiensem episcopum, quem sub custodia hæreticorum in vinculis tenebat, absolveret, et universam terram suam, juxta præceptum domini legati, eliminatis hæreticis emundaret." Sic enim refert in declamatione sua ipse Henricus: de[d] legationis suæ exitu ista deinde subjiciens.

36. "Ingredientibus ergo nobis, una cum supradicto Bathoniensi episcopo, illam perditissimam regionem, quæ velut totius sentina malitiæ totam in se colluvionem hæresis illuc defluentis excepit: prædictus Rogerus in ultimos et inaccessibiles terræ suæ fines abscessit, tam mala conscientia profugus, quam caussæ suæ merito desperatus. Oderat enim lucem[a] veritatis autor malitiæ; nec sustinere poterat nostræ collocutionis accessum, qui totus recesserat in opera tenebrarum. Pervenimus tamen ad quoddam munitissimum castrum ejus, quod proprie et singulariter Castri nomine incolæ nuncupabant. Ibi habitabat uxor illius cum militia magna, et familia multa nimis. Omnes fere habitatores ejusdem castri vel hæretici vel hæreticorum complices erant; licet, sola Domini virtute repressi, nihil contra fidem quam prædicabamus præsumerent vel mutire. Quamvis enim essemus in manus eorum positi, et velut in eorum quasdam potentiæ suæ compedes hæretica undique multitudine circumventi; verbum tamen Domini non erat alligatum, quin eos continuis invectionibus et increpationibus feriremus. Cumque[b] videremus quod nihil omnino[c] præsumerent respondere; judicavimus prædictum Rogerum proditorem, hæreticum, et de violata episcopi securitate perjurum; eum tanquam publica excommunicatione damnatum, ex parte domini papæ ac prædictorum regum, in præsentia conjugis militumque suorum, in nomine Christi confidenter diffidantes."

37. Hæc de rebus anno 1178. a se gestis, Henricus Claravallensis abbas: qui sequente anno in Lateranensi concilio

[c] *Biterrenum:* Sim. Dunelm.

[d] Sim. Dunelm. et Rog. Hoved. part. 2. annal. ad ann. 1178.

[a] *lucem:* Sim. Dunelm.

[b] *Et cum:* Sim. [c] *præsumeret:* Sim.

(in quo quid adversus Waldenses et Albigenses actum fuerit supra[a] explicavimus) creatus episcopus cardinalis Albanensis; anno 1181. ut refert Guilielmus Nangiacus[b], "a papa Alexandro missus fuit in Gasconiam, ad delendam hæreticorum perfidiam, altaris sacramentum non credentium. Qui prædicationis verbo, nec non militum peditumque infinito exercitu, dictos hæreticos expugnavit." Plenius rem narrat, qui tum vixit, Robertus Altissiodorensis[c] monachus, his verbis. "Hæresis illorum quos Publicanos, vel Catharos, vel Paterinos populicanos vocant, quæ Christi abnegat sacramenta, clam quidem pluribus in locis irrepserat, sed palam in Guasconia maxime populos occuparat. Illic namque a catholica communione præcisi, castra habent quamplurima adversus catholicos communita; catholico ritu posthabito, suis adinventionibus inservientes, earumque virulentia quos potuerint toxicantes. Quocirca ad eorum retundendam vesaniam missus ab Alexandro papa vir linguæ disertæ, Henricus ex abbate Clarævallis episcopus Albanensis; qui prædicationis verbo militum peditumque copias undecunque contraxit, præfatosque hæreticos expugnavit: verum id frustra. Nam, ut sui compotes facti sunt, se in erroris pristini volutabro revolverunt."

38. Iisdem quoque temporibus "Publicanos combustos esse in pluribus locis, per regnum Franciæ," docent Guilielmus Armoricanus et Rogerus Hovedenus: quorum prior in primo Philippidos suæ libro ita canit,

Omnes, qui fidei saperent contraria nostræ,
Quos Popelicanos vulgari nomine dicunt,
De tenebris latebrisque suis prodire coacti,
Producebantur; servatoque ordine juris
Convincebantur, et mittebantur in ignem:

posterior in annalibus[a] suis etiam hoc addit, quod rex Anglorum Henricus II. "id nullo modo fieri permiserit in

[a] Supr. sec. 11, 12, 14.
[b] Nangiac. chron. MS. in bibliotheca regia.
[c] Altissiodorens. chronolog. ann. 1181.
[a] Hoveden. ad finem anni 1182.

terra sua, licet ibi essent perplurimi." Multos item in Flandria, a Philippo comite Flandrensium (qui Publicanos, ut Radulphus Coggeshallensis monachus inquit, "justa crudelitate immisericorditer puniebat") et Guilielmo Rhemensi[b] archiepiscopo, Romanæ Ecclesiæ cardinali atque legato, anno 1183. combustos esse, author est, in gestis Philippi Augusti Francorum regis, Rigordus; et post eum Vincentius[c] Bellovacensis. Quo spectant et illa Aquicinctini chronographi, æqualis horum temporum, in anni 1182. et 1183. historia. "Quattuor[d] hæretici, in Atrebatensi civitate deprehensi, a Frumaldo ejusdem civitatis episcopo in carcere sunt reclusi. Quorum unus dicebatur Adam, litteratus; alter Radulphus, eloquentissimus laicus: sequentium nomina nescimus. Horum judicium episcopus, jam paralysi laborans, archiepiscopo reservavit. Transactis diebus nativitatis Dominicæ, Wilhelmus Remensis archiepiscopus, et comes Flandriæ Philippus, in civitate Atrebatensi, de secretis suis locuturi conveniunt. Ibi multarum hæresium fraudes per quandam mulierem in terra comitis sunt detectæ. Isti hæretici nullius hæresiarchæ muniuntur præsidio: quidam dicunt illos Manichæos, alii Cataphrygas, nonnulli vero Arianos; Alexander autem papa vocat eos Paterinos. Sed quicquid sint, oris proprii confessione convicti sunt hæretici immundissimi. Multi sunt in præsentia archiepiscopi et comitis accusati; nobiles, ignobiles, clerici, milites, rustici, virgines, viduæ, uxoratæ. Tunc decretalis sententia ab archiepiscopo et comite præfixa est, ut deprehensi incendio traderentur; substantiæ vero eorum sacerdoti et principi resignarentur."

39. Accessit paulo post decretum Lucii III. in generali synodo (sic enim appellat vetus pontificii Juris inter-

[b] Gualterus Mapeus de nugis Curialium, dist. 1. cap. 30. de Publicanis vel Paterinis (i. ut ille describit, Catharis) agens: "unde contigit quod mihi dominus Willielmus Rhemensis archiepiscopus, frater reginæ Francorum, retulit, et multis confirmavit testibus, quod, &c." Vid. Radulph. Coggeshall. citat. a Jo. Picardo, in notis ad Guilielm. Neubrig.

[c] in speculo historiali, lib. 29. cap. 26.

[d] Auctar. Aquicinctin. Sigeb. a Miræo edit. pag. 236.

pres Tancredus[a]) eo tempore editum, quo Veronæ[b] cum pontifice congressus est Fridericus I. imperator. Ejus initium, ex antiqua collectione[c] decretalium Bernardi Papiensis descriptum, subjicimus. " Ad abolendam diversarum hæresium pravitatem, quæ in plerisque mundi partibus modernis cœpit temporibus pullulare, vigor debet ecclesiasticus excitari; cui nimirum imperialis fortitudinis suffragante potentia, et hæreticorum protervitas in ipsis falsitatis suæ conatibus elidatur, et catholica simplicitas veritatis, in Ecclesia sancta resplendens, eam ubique demonstret ab omni execratione falsorum dogmatum expiatam. Ideoque nos, carissimi filii nostri Frederici illustris Romanorum imperatoris semper Augusti præsentia pariter et vigore suffulti, de communi consilio fratrum nostrorum, nec non aliorum patriarcharum, archiepiscoporum, multorumque principum, qui de diversis partibus imperii convenerunt, contra ipsos hæreticos, quibus diversa vocabula diversarum indidit professio falsitatum, præsentis decreti generali sanctione consurgimus; et omnem hæresim, quocunque nomine censeatur, per hujus constitutionis seriem, auctoritate apostolica condemnamus. Inprimis Catharos, et Paterinos, et eos qui se Humiliatos vel Pauperes de Lugduno falso nomine mentiuntur, Passaginos, Josepinos, Arnaldistas, perpetuo decernimus anathemati subjacere. Et quoniam nonnulli sub specie pietatis virtutem ejus, juxta quod ait apostolus, denegantes, auctoritatem sibi vindicant prædicandi; cum idem apostolus dicat, Quomodo prædicabunt, nisi mittantur? omnes qui, vel prohibiti vel non missi, præter auctoritatem ab apostolica sede vel ab episcopo loci susceptam, publice vel private prædicare præsumpserint; et universos, qui de sacramento corporis et sanguinis Domini nostri Jesu Christi, vel de baptismate, seu de peccatorum confessione, matri-

[a] Tancr. in collect. 3. decretal. cap. 2. de restit. spol. citat. ab Ant. Aug. in notis ad collect. 1. decret. pag. 670. a. edit. Paris.

[b] Sigon. de regno Ital. lib. 15. ann. 1184. Platina, in Lucio III. Alb. Crantz. Saxon. lib. 6. cap. 47.

[c] Collect. 1. decret. lib. 5. tit. 6. de hæret. cap. 11. pag. 126. edit. Paris. Decret. Gregorian. lib. 5. tit. 7. de hæretic. cap. 9. Ad abolendam.

monio, vel reliquis ecclesiasticis sacramentis aliter sentire, aut docere non metuunt, quam sacrosancta Romana Ecclesia prædicat et observat: et generaliter, quoscunque eadem Romana Ecclesia, vel singuli episcopi per diœceses suas cum consilio clericorum; vel, clerici ipsi sede vacante, cum consilio (si oportuerit) vicinorum episcoporum, hæreticos judicaverint; vinculo perpetui anathematis innodamus. Receptores et defensores eorum, cunctosque pariter, qui prædictis hæreticis ad fovendam in eis hæresis pravitatem patrocinium præstiterint aliquod vel favorem, sive Consolati, sive Credentes, sive Perfecti, seu quibuscunque superstitiosis nominibus nuncupentur; simili decernimus subjacere sententiæ."

40. Quinam dicti fuerint Consolati, qui Perfecti, sic in primo libro contra hæreticos exponit Alanus[a]: " Distinguunt hæretici inter Consolatos et Perfectos. Consolatos vocant eos, qui nuper ad hæresim eorum venerunt, nec adhuc in ipsa confirmati sunt: qui potius desolati quam consolati dici debent. Perfectos vero illos dicunt, qui sunt in hæresi confirmati: qui potius in defectu quam perfectione consistunt:" Cui addatur ex concilio Narbonensi, sive consultatione trium archiepiscoporum, Narbonensis, Arelatensis et Aquensis, de Credentium indiciis locus. " Sane[b] inter culpas ex quibus Credentes possunt judicari, ne ulterius dubitetis, has esse firmiter arbitramur. Si reverentiam fecerunt hæreticis, ubi credentes, orationes ipsorum implorantes, et bonos homines profitentes, quasi adorant illos. Si consolationi eorum (ubi eum, quem consolantur in hæreticorum recipientes consortium, per impositionem manuum se salvare proditionaliter mentiuntur), aut servitio eorundem (ubi, majore ipsorum librum tenente apertum, per ipsum quasi sub generali confessione remissionem intelligunt fieri peccatorum), aut cœnæ Valdensium (ubi, die cœnæ mensa posita, et pane superposito, Valdensis unus benedicens et frangens, dansque astanti-

[a] Alan. edit. Paris. ann. 1612. pag. 110. Vid. supr. sec. 2, 3, 33.

[b] Joh. Calderin. tract. de forma procedendi contra inquisitos de hæresi. tit. De hæreticis, credentib. &c. sec. 8. (tom. 11. tractat. doctor. part. 2. fol. 414. edit. Venet. ann. 1584.) Fr. Pegna, in 2. part. director. inquisitor. comment. 75. a.

bus, credit secundum damnabilem sectam conficere corpus Christi), non causa prodendi vel reprehendendi eos, vel alia commendabili seu excusabili, affuerunt, &c."

41. De Catharis et Paterinis, quorum in hac Lucii III. constitutione fit mentio, jam sæpius dictum: atque hoc tempore ex partibus potissimum Italiæ Paterinos adversus Romanam Ecclesiam insurrexisse, apparet ex Joachimi abbatis expositione in illud Jeremiæ octavum. "A Dan auditus est fremitus equorum ejus." Præcipuas vero sedes habuerunt in Longobardia: quo, paulo post a Clemente III. legatus missus Gregorius Galganus cardinalis S. Mariæ in Porticu, "constitutiones aliquot contra hæreticos edidit;" ut in vitis Romanorum pontificum et cardinalium refert Alphonsus[a] Ciaconius. Arnoldum, Petri Valdi socium, in Occitaniam descendisse, et Albii hæsisse; eique Josephum quendam successisse; atque ab iis Arnoldistas et Jusepinos fuisse dictos, affirmat D. Thuanus[b]. Josepinos tamen alterius fuisse sectæ Reinerius[c] innuit, quum scribit Josepistas contrahere matrimonium spirituale, et præter coitum omnes delectationes exercere. Et fieri potest, ut Arnaldistæ etiam nomen acceperint vel ab illo, de quo superius[d] egimus, Arnoldo Coloniæ combusto, quem archicatharum appellat ejus antagonista Ecbertus[e]: vel, ut alii[f] volunt, ab Arnaldo Brixiano Petri Abailardi discipulo, qui Romæ, ut author est Otto[g] Frisingensis, "reædificandum capitolium, renovandam dignitatem senatoriam, reformandum equestrem ordinem docuit: nihil in dispositione urbis ad Romanum spectare pontificem; sufficere sibi ecclesiasticum judicium debere:" de quo Guntherus poeta in tertio Ligurini sui libro:

[a] edit. Rom. pag. 506.

[b] Thuan. hist. lib. 6. ann. 1550. Jo. Masson. præfat. in Alan. contr. Valdens.

[c] Reiner. contr. hæret. cap. 6. pag. 81.

[d] Supr. sec. 31.

[e] Ecbert. advers. Catharos, serm. 8.

[f] Dionys. Gothofred. in C. de hæret. l. Gazaros. Petrus Matthæus, in Bullar. edit. Lugdun. ann. 1588. pag. 2. Goldast. in notis ad tom. I. constitut. imperial. pag. 78. Gretser. prolegom. in script. edit. contr. Waldens. cap. 4.

[g] in 2°. libro de gestis Friderici I. imp. cap. 20.

42. ——assumpta sapientis fronte, diserto
Fallebat sermone rudes, clerumque procaci
Insectans odio, monachorum acerrimus hostis,
Plebis adulator, gaudens popularibus auris,
Pontifices ipsumque gravi corrodere lingua
Audebat papam; scelerataque dogmata vulgo
Diffundens, variis implebat vocibus aures.
Nil proprium cleri, fundos et prædia nullo
Jure sequi monachos; nulli fiscalia jura
Pontificum, nulli, curæ popularis honorem,
Abbatum, sacras referens concedere leges.
Omnia principibus terrenis subdita, tantum
Committenda viris popularibus, atque regenda.
Illis primitias, et quæ devotio plebis
Offerat, et decimas, castos in corporis usus,
Non ad luxuriam sive oblectamina carnis
Concedens: mollesque cibos, cultusque nitorem,
Illicitosque jocos, lascivaque gaudia cleri,
Pontificum fastus, abbatum denique laxos
Damnabat penitus mores, monachosque superbos.
Veraque multa quidem (nisi tempora nostra fideles
Respuerent monitus) falsis admixta monebat.

43. Extant, in quarto tomo conciliorum generalium Romæ edito[a], literæ Innocentii II. quibus Sansoni Rhemensi, et Henrico Senonensi archiepiscopis, et Bernardo Claravallensi abbati, mandat, ut "Petrum Abælardum et Arnaldum de Brixia, perversi dogmatis fabricatores, et catholicæ fidei impugnatores, in religiosis locis separatim faciant includi; et libros eorum, ubicunque reperti fuerint, igne comburi." Et Petrus[b] quidem sub Innocentio vitam naturæ reddidit; hoc posteris commendatus epitaphio:

Petrus in hac petra latitat, quem mundus Homerum
Clamabat, sed jam sidera sidus habent.
Sol erat hic Gallis, sed eum jam fata tulerunt:
Ergo caret regio Gallica sole suo.
Ille, sciens quidquid fuit ulli scibile, vicit
Artifices, artes absque docente docens.

Arnaldus vero Romæ, anno 1155. "suspendio[c] neci tradi-

[a] Edit. ann. 1612. pag. 23. [b] De Petro, "qui plus," ut inquit Trithem. de script. Eccl. "peccavit in dialectica quam in divina pagina," vid. Gualter. Mapeum, de nugis Curialium, dist. 1. cap. 24. et Jesuit. catechism. lib. 2. cap. 7. collat. cum MS. epistola Abælardi.

[c] Gerhohus lib. 1. de investigatione antichristi, apud Gretser. in prolegom. script. edit. contr. Waldens. cap. 4.

tus, et post mortem incendio crematus, atque in Tibrim fluvium projectus est;" ne videlicet Romanus populus, quem sua doctrina illexerat, sibi eum martyrem dedicaret. "Quem ego vellem," inquit ejus temporis scriptor Gerhohus Reicherspergensis, "pro tali doctrina sua, quamvis prava, vel exilio, vel carcere, aut alia pœna præter mortem, punitum esse; vel saltem taliter occisum, ut Romana Ecclesia, seu curia, ejus necis quæstione careret. Nam si, ut aiunt, absque ipsorum scientia et consensu a præfecto urbis Romæ, de sub eorum custodia, in qua tenebatur, ereptus, ac pro speciali causa occisus ab ejus servis est; maximam siquidem cladem ex occasione ejusdem doctrinæ idem præfectus a Romanis civibus perpessus fuerat: quare non saltem ab occisi crematione ac submersione ejus occisores metuerunt? quatenus a domo sacerdotali sanguinis quæstio remota esset: sicut David quondam honestas Abner exequias providit, atque ante ipsas flevit; ut sanguinem fraudulenter effusum a domo ac throno suo removeret. Sed de his ipsi viderint. Nihil enim super his nostra interest; nisi cupere matri nostræ sanctæ Romanæ Ecclesiæ id, quod bonum, justum et honestum est." Hæc de Arnaldi nece Gerhohus[d].

44. Passaginorum, vel Passageriorum, nam et ita apud Bernardum[a] Lutzemburgium nominati leguntur, unde tracta fuerit appellatio, plane ignoro: nisi forte ab itineribus, quæ passagia[b] vulgo dicebantur, ita nuncupati fuerint Waldenses, qui ἀστατοῦντες[c], ut ipsi olim Christi apostoli, "passim[d] exules sine lare[e] per mundum diffugiebant." Qui enim Passaginos hos appellat, Fridericus II. impera-

[d] Gerhohum Reicherspergensem abbatem scripsisse opusculum contra discipulos Petri Abailardi ad episcopum Frisingensem Ottonem, fratrem regis Chuonradi, narrat author chronici Reicherspergensis, a Christ. Gewaldo editi, ad ann. 1169. pag. 238. De eo vide locum maxime insignem ant. cit. ex Gualtero Mapeo de nugis Curialium, dist. 1. cap. 24.

[a] Lutzemburg. catal. hæret. in Passager.

[b] Haitonus de passagio terræ sanctæ: sic appellabant iter ultramarinum; ut docet Gretserus in Horto Crucis, pag. 179.

[c] *Incertis sedibus errantes.* 1 Corinth. cap. 4. ver. 11.

[d] Thuan. hist. lib. 6. ann. 1550.

[e] Alan. lib. 2. contr. Valdens. pag. 227.

tor[f], de viarum passagiis in alia epistola[g] facit mentionem; indeque ad hodiernum usque diem viator Italis *passaggiere*, Anglis *passenger* nuncupatur. De Humiliatis et Pauperibus de Lugduno, a Lucio papa damnatis, sic ad annum Domini 1212. scribit abbas Urspergensis. " Olim duæ sectæ in Italia exortæ, adhuc perdurant, quorum alii Humiliatos, alii Pauperes de Lugduno se nominabant. Quos Lucius papa quondam inter hæreticos[h] scribebat: eo quod superstitiosa dogmata et observationes in eis reperirentur; in occultis quoque prædicationibus, quas faciebant plerumque in latibulis, Ecclesiæ Dei et sacerdotio derogabatur;" et Paulus Æmilius, libro sexto de gestis Francorum, " Lucius pontifex maximus utramque sectam damnaverat: (quod idem non a Lucio III. solum, sed etiam ab Urbano III. Clemente III. Celestino III. et Innocentio III. factum notat Andreas[i] Favinus) tolli tamen non poterant."

45. Ordinis Humiliatorum initium a Mediolanensibus quibusdam, anno 1017. ab Henrico imperatore exilio mulctatis, repetunt Antoninus[a] et Raphael Volaterranus[b]. Sabellicus ad Friderici Barbarossæ refert tempora. " Multi," inquit[c] " mortales, aut bello capti, aut quia fides eorum suspecta esset, fuerunt ex cisalpina Gallia in Germaniam traducti Federici[d] imperatoris sævitia. Nec enim semel ea terra Barbarubræ ductu est Suevis armis concussa. Hi longiorem moram pertæsi aliquando, albis vestibus amicti, viri fæminæque humiliter ad Federici pedes prostrati, jacuere, veniam implorantes. Horum lachrymis vestituque

f Petr. de Vineis, lib. 1. epist. 27. g Ibid. lib. 2. epist. 23.

h Supr. sec. 39. Person. 3. convers. part. 2. cap. 10. sec. 26. ait Waldenses, Romam profectos, approbationem suæ societatis petiisse a Lucio papa; ut etiam testatur Urspergensis, qui tunc Romæ affuit et ipsos vidit. Sed papa, videns quasdam eorum superstitiones, eam negavit. Quo illi irritati adversus papam invehi cœperunt; et porro quosdam errores et hæreses absurdissimas tueri. Sed hæc habet Urspergensis, non de Lucio papa, sed de Innocentio III. (ut constat ex ipsius verbis, infr. cap. 10. sec. 3.) et de Innocentio hæc locutum fatetur ipse Personius, part. 3. tom. 1. cap. 3. sec. 6.

i Favin. hist. Navarr. lib. 5. ann. 1234. pag. 290.

a Antonin. hist. part. 2. tit. 15. cap. 23. b Volaterran. anthropol. lib. 21.

c Sabellic. Ennead. 9. lib. 5.

d Quod et agnoscit nepos ejus Frideric. II. apud Petrum de Vineis, lib. 2. epist. 34. pag. 316.

motus imperator, potestatem fecit omnibus in patriam abeundi. Qui postliminio reversi sunt, voto, ut credere par est, in eo habitu perseverasse dicuntur, lanificio et orationibus dediti." Humiliatorum vero nomen ex eo tulisse, "quod ad Federici pedes quandoque humiliter prostrati jacuissent," arbitratur Sabellicus: Jacobus[e] de Vitriaco, "quod in paupertate et asperitate habitus, et gestus exterioris compositione, et morum gravitate, et in omnibus verbis et operibus suis magnum ostenderent humilitatis exemplum."

46. Quæ ad Pauperum de Lugduno, qui et Leonistæ et Waldenses, et Inzabbatati dicti, spectant originem, antea pertractata sunt. Hoc in loco illud tantum restat adjiciendum: circa annum salutis 1194. prodiisse adversus eos Alani[a] theologi pontificii scriptum, et Alphonsi regis Aragonum edictum. Eo enim tempore floruit Alanus, teste Ottone[b] de S. Blasio, qui[c] contra "Albigenses, Waldenses, Judæos et Sarracenos, libellum edidit succinctum ad Wilhelmum Montispessulani dominum;" et anno 1202. Cistercii mortuus est: quemadmodum ex magno chronico Belgico, a Johanne Pistorio edito, intelligimus. Duo priores hujus voluminis libelli, e bibliotheca Papirii Massoni, Parisiis[d] typis sunt excusi: una cum authoris ad Willielmum[e] principem Montispessulani prologo; cujus hæc postrema sunt verba. "Quia te, princeps strenuissime, specialem fidei filium et defensorem intueor, tibi hoc opus devoveo, et a te hujus operis examen expecto. Hoc autem opus duorum voluminum distinctionibus separatur; quorum primum contra hæreticos; secundum contra Valdenses." In primo libro nullos sui temporis hæreticos speciatim nominat, præterquam Catharos[f]: pro quibus Bel-

[e] Vitriac. hist. occidental. cap. 28.

[a] Alanus de Insulis dicitur, Henrico de Gandavo de illustr. eccles. script. cap. 20. pag. 406. et Bostono Buriensi; extatque commentarius ejus in Merlini prophetias circa tempora Henr. II. scriptus.

[b] Append. ad chron. Otton. Frising. cap. 40.

[c] Chron. Belgic. pag. 200. edit. Francof. 1607.

[d] Ann. 1612. e typographia Petri Chevalier.

[e] De Wilhelmo Montispessulani Domino, vid. Baron. ann. 1165. sec. 13. ex Guilielmo Neubrigensi.

[f] Alan. lib. 1. pag. 146.

gici chronici concinnator reponit Albigenses. Secundus liber contra Valdenses est institutus. Tertio postea et quarto adversus Judæos et Sarracenos adjecto libello, opus factum est quadripartitum: quo nomine a Thoma Waldensi in tertio, quod de sacramentalibus[g] inscriptum est, volumine citatum invenimus. Regis vero Alphonsi edictum, ut a Francisco[h] Pegna et Johanne Mariana[i] est editum, hic exhibemus: eoque totam primæ hujus periodi historiam concludimus.

47. "Ildefonsus Dei gratia rex Aragonum, comes Barchinonæ, Marchio Provinciæ, universis archiepiscopis, episcopis, et cæteris Ecclesiarum regni prælatis, comitibus, vice-comitibus, militibus, et universis populis in regno et in potestate sua constitutis, salutem, et integram Christianæ religionis observantiam. Quoniam Deus populo suo nos præesse voluit, dignum est et justum, ut de salvatione et defensione ejusdem populi continuam, pro viribus nostris, geramus solicitudinem. Quapropter, præcedentium nostrorum imitatores, et jure canonibus obtemperantes, qui hæreticos, a conspectu Dei et catholicorum omnium abjectos, ubique damnandos atque persequendos censuerunt, Valdenses videlicet sive Insabbatatos, qui alio nomine se vocant Pauperes de Lugduno, et omnes alios hæreticos, quorum non est numerus, a sancta Ecclesia anathematizatos, ab omni regno nostro et potestativo, tanquam inimicos crucis Christi, Christianæque religionis violatores, et nostros et regni publicos hostes, exire ac fugere præcipimus. Si quis igitur ab hac die et deinceps prædictos Valdenses et Insabbatatos, aliosve hæreticos, cujuscunque fuerint professionis, in domibus suis recipere, vel horum funestam prædicationem aliquo loco audire, vel his cibum vel aliud aliquod beneficium largiri præsumpserit, indignationem omnipotentis Dei et nostram se noverit incurrisse, bonisque suis absque appellationis remedio confiscandis, se tanquam reum criminis

[g] Waldens. sacramental. tit. 12. cap. 108. collat. cum Alano, lib. 1. pag. 163, 164. et Abr. Bzovio.

[h] Fr. Pegna in director. inquisitor. part. 2. comment. 29.

[i] Jo. Marian. præfat. in Lucam Tudens.

læsæ majestatis puniendum. Et hoc nostrum edictum, et perpetuam constitutionem per omnes civitates, castella, et villas regni nostri, et dominationis, ac per omnes terras potestatis nostræ Dominicis diebus recitari ab episcopis, cæterisque Ecclesiarum rectoribus, atque a vicariis, balivis, justitiis, merinis, et zenalmedinis[a], omnibusque populis observari, et prædictam pœnam transgressoribus inferendam, mandamus."

48. " Notandum etiam, quia si qua persona nobilis aut ignobilis aliquos sæpe dictorum nefandorum, quibus jam per triduum edictum nostrum innotescere constiterit, alicubi regionum nostrarum invenerit, non prorsus aut cito tamen exeuntes, sed potius contumaciter commorantes, aut deambulantes, omne malum, dedecus, et gravamen, quod his (præter solummodo læsionem mortis aut membrorum detruncationem) intulerit, gratum et acceptum erit in oculis nostris, et nullam inde pœnam pertimescat quoquo modo incurrere; sed potius gratiam nostram se noverit promereri. Damus autem nefandis illis inducias, quamvis quodammodo præter debitum, et contra rationem fieri videatur, usque in crastinum sanctorum omnium, quo vel egressi fuerint de terra nostra, vel egredi incœperint: deinde spoliandis, cædendis, ac fustigandis, et turpiter et male tractandis. Signum ✠ Ildefonsi regis Aragonum, comitis Barchinonis, marchionis Provinciæ. Signum ✠ Petri regis Aragonum, et comitis Barchinonis in originali hujus chartæ, et signum domini Regimundi archiepiscopi Tarraconensis, et domini G. episcopi Tirassonensis, et domini R. episcopi Jaccensis: et fuit facta charta illa apud Illerdam a Guilielmo de Bassia regio notario. Anno Domini MCXCIV[a].

[a] al. *zafalmerinis.*

[a] At quomodo subscribunt duo reges Aragonum, pater et filius? constat enim ante annum D. 1196. Alphonsum sive Ildephonsum non esse defunctum, nec Petrum filium ei successisse. Videtur igitur Petrus, post mortem patris, hoc ipsum edictum renovasse: priusquam Albigensium (sive Waldensium) patrocinium suscepit, infr. cap. 10. sec. 32, 35. vel saltem simul cum patre regni fuisse consortem.

CAP. IX.

De statu rerum ab initio pontificatus Innocentii III. usque ad initium pontificatus Gregorii XI. hoc est, ab anno 1198. usque ad annum 1370. ubi de Iliade malorum sub Innocentio in Ecclesiam invecta: de delegatæ inquisitionis et ordinum mendicantium institutione, atque conatu subintroducendi novi Evangelii.

1. SECUNDÆ periodi initium ab Innocentii III. pontificatu ducimus: qui, triginta[a] annorum juvenis, Cælestino tertio, VI. Idus Januarii anno Domini 1198. substitutus est: "in die cathedræ sancti Petri (ut inquit Matthæus Westmonasteriensis) papa[b] consecratus, et in Petri cathedra collocatus, utinam Petri vestigia secutus." Extat ipsius Innocentii[c] in anniversarium diem, quo fuit hoc conjugium spirituale consummatum, panegyricus, in quo verba illa Baptistæ sibi proponens, *Qui*[d] *habet sponsam, sponsus est; Amicus autem sponsi, qui stat et audit eum, gaudio gaudet propter vocem sponsi,* paranymphos suos sic alloquitur. "An non ego sponsus sum, et quilibet vestrum amicus sponsi? Utique sponsus: quia habeo nobilem, divitem et sublimem, decoram, castam, gratiosam, sacrosanctam, Romanam Ecclesiam; quæ, disponente Deo, cunctorum fidelium mater est et magistra. Hæc est Sara maturior, Rebecca prudentior, Lia fœcundior, Rachel gratior, Anna devotior, Susana castior, Judith animosior, Edissa formosior. Multæ filiæ congregaverunt divitias; hæc au-

[a] Alphons. Ciacon. in vita Innocent. III. 37. ponit Bzovius ann. 1198. sec. I. sed nullo citato authore. Vid. Onuphr.

[b] Quanti habitus est, vid. Luc. Tudens. item Papir. Masson. de vit. pontif. ubi ait, ann. 1198. Villarduinum gravem historicum Innocent. III. *apostolum* Romanum vocare (vid. supr. cap. 4. sec. 23.). Sed ille apostolo major esse voluit, Christi emulus, ut sec. 2.

[c] Innocent. in consecr. pontif. serm. 3. pag. 193. edit. Colon. ann. 1606.

[d] Joh. cap. 3. ver. 29.

tem sola supergressa est universas. Cum hac mihi sacramentale conjugium, cum hac mihi commercium nuptiale."

2. Tum, ne per has eum nuptias ab aliarum omnium Ecclesiarum commercio seclusum arbitrarentur; subdit illa ἀλληγορούμενα[a], "Nonne legistis quod Abraham Saram habebat uxorem; quæ tamen Agar famulam suam introduxit ad ipsum? Nec commisit propter hoc adulterium, sed officium adimplevit. Sic et Romanus pontifex sponsam habet Romanam Ecclesiam; quæ tamen Ecclesias sibi subjectas introducit ad ipsum, ut ab eo recipiant debitum providentiæ: quia quanto plus redditur, tanto magis debetur. Sed nunc fit in spiritu, quod tunc fiebat in carne: quia Spiritus est qui vivificat, caro non prodest quicquam." Deinde suam et sponsæ suæ amplitudinem ac magnificentiam gloriose ostentans, "Hæc," inquit, "sponsa non nupsit vacua, sed dotem mihi tribuit absque pretio pretiosam; spiritualium videlicet plenitudinem et latitudinem temporalium. Nam cæteri vocati sunt in partem solicitudinis: solus autem Petrus assumptus est in plenitudinem potestatis. In signum spiritualium contulit mihi mitram, in signum temporalium dedit mihi coronam; mitram pro sacerdotio, coronam pro regno: illius me constituens vicarium, qui habet in vestimento et in femore suo scriptum, Rex regum et Dominus dominantium, sacerdos in æternum secundum ordinem Melchisedech." Hæc ille: Christi factus jam non vicarius modo, sed etiam rivalis. Cui Getam monitorem adhibebimus, libelli de squaloribus[b] Romanæ curiæ authorem (sive is Matthæus de Cracovia fuerit, Wormatiensis episcopus, sive quis alius); "Si contingit aliquando papam per officium suum honorari vel laudari, dicitur pro laude sua antonomastice (sive ex adulatione, sive ex donatione hominum, hoc fiat) quod sit sponsus, dominus, et caput Ecclesiæ. Recogitet ergo, quod hoc non potest esse proprie loquendo verum. Ecclesia enim non habet duo capita, nec duos spon-

[a] *per allegoriam dicta*, Gal. cap. 4. ver. 24.

[b] edit. Basil. ann. 1551. cum Petr. Aliac. pag. 102. Papa dicitur sponsus Ecclesiæ, in fine tract. Jacobi de Theramo de lite Christi et Belial.

sos, sed unicum; et hoc est Christus, et non vicarius suus (cum hoc vere sic dici non competit); quem Christus constituit potius custodem sponsæ suæ, quam sponsum."

3. Altera die post consecrationem Innocentii[a], "Petrum urbis præfectum, in consistorio Lateranensis palatii, publice juravisse ei, et successoribus suis atque Romanæ Ecclesiæ, fidelitatem contra omnem hominem; et recepisse ab eo investituram præfecturæ per manum, ac deinde fecisse ei ligium hominium inter manus ipsius," in Innocentii regesto legimus. Narrat tamen Hovedenus[b], "statim post consecrationem illius, præfectum, et senatores, et tribunos urbis, et cæteros Romanos, exegisse ab eo reditus et consuetudines, quas prædecessores sui Romani pontifices iis impendere solebant: quibus ipse respondit, se hoc nunquam facturum; quum, si fecisset, contra Deum et in præjudicium Romanæ Ecclesiæ faceret. Quod Romani audientes, irruerunt in bona ipsius et diripuerunt ea: et ipse excommunicavit eos." Cumque eo tempore in Germania Philippum ducem Sueviæ, post fratris Henrici obitum, imperialia insignia sibi vendicasse inaudisset, dixisse fertur Innocentius, quod[c] "ablaturus esset Philippo diadema regium, aut ipse papæ insigne apostolicum;" atque inde miræ in Romano imperio turbæ sunt exortæ: quarum occasione factum est, "ut vix remanserit aliquis episcopatus, sive dignitas ecclesiastica, vel etiam parochialis ecclesia, quæ non fieret litigiosa; et Romam deduceretur ipsa causa, sed non manu vacua:" quemadmodum his ipsis verbis narrat, qui eo tempore Romæ fuit, Conradus Liechtenavius Urspergensis abbas: subjuncta etiam hac ad Romanam curiam apostrophe; "Gaude mater nostra Roma, quoniam aperiuntur cataractæ thesaurorum in terra, ut ad te confluant rivi et aggeres nummorum in magna copia. Lætare super iniquitate filiorum hominum; quoniam in recompensationem tantorum malorum datur tibi pretium. Jocundare super adjutrice tua discordia;

[a] Epist. decretal. Innocent. III. lib. 1. pag. 13. edit. Colon. ann. 1606. Sigon. de regno Italiæ, lib. 15. ann. 1198.

[b] Hoveden. annal. part. 2. fol. 442. b. edit. Londin.

[c] Conrad. abb. Urspergens. in chron. Joh. Cuspinian. in Philippo Cæsare.

quia erupit de puteo infernalis abyssi, ut accumulentur tibi multa pecuniarum præmia. Habes quod semper sitisti: decanta canticum; quia per malitiam hominum, non per tuam religionem, orbem vicisti. Ad te trahit homines, non ipsorum devotio, aut pura conscientia: sed scelerum multiplicium perpetratio, et litium decisio, pretio comparata." Hæc ille.

4. Et ex omni certe pontificum Romanorum turba (semper excipio Hildebrandum) nullum malitiæ diabolicæ instrumentum Ecclesia Dei experta est nocentius, quam istum Innocentium: qui, licet sanctitatis speciem præ se tulerit singularem, tamen "supra[a] omnes mortales ambitiosus erat et superbus, pecuniæque sititor insatiabilis, et ad omnia scelera pro præmiis datis vel promissis cereus et proclivus." Sic vero dominationi antichristianæ amplificandæ studuit, ut ultimis etiam islandis suadere[b] conatus sit, Romanum episcopum "ita suas aliis vices distribuere, ut, cæteris vocatis in partem solicitudinis, ille solus retineat plenitudinem potestatis: ut de ipso post Deum alii dicere possint; et nos de plenitudine ipsius accepimus." Eodem etiam procurante, "Primum[c] publica auctoritate facta collectio juris pontificii[d] est.' Cui rei Petrus[e] Beneventanus notarius præfectus est, anno duodecimo ejusdem pontificis:" qui decretales Innocentii epistolas "in uno volumine[f] compegit; distinguens eas sub certis titulis, et librorum differentiis, secundum convenientes sententias." Eique operi interseri fecit Innocentius epistolam suam "directam ad Bertholdum ducem Zaringiæ, in qua contra Philippum Cæsarem multa absurda, et quædam falsa, describuntur." Accesserunt his post quinquennium et alia decreta, ab Innocentio in

[a] Matt. Paris. hist. major. ann. 1213. edit. Tigurin. p. 235.

[b] Innoc. epist. decr. lib. 1. pag. 195.

[c] Ant. Augustin. admonit. de 5. veterib. collect. decretal. præfix. antiqu. collect. edit. Paris. ann. 1609.

[d] Innocentius III. pater juris-divini, canonici et humani. Henr. de Segusio cardinal. Hostiensis, lib. 5. summæ, De hæreticis, col. 1212. edit. Basil. 1573.

[e] De illo vide Lucam, historiam nuper Leidæ editam.

[f] Conrad. abb. Urspergens. in chron.

synodo Lateranensi edita: quæ[g], "in pleno concilio recitata, aliis placabilia, aliis videbantur onerosa." Eorum primum est de fide catholica; cui sero[h] admodum adjectus est de transubstantiatione articulus. Secundum de errore abbatis Joachim, et Almarici dogmate. Tertium de hæreticis; cui illa antichristiana intexta est sanctio, a Friderico II. imperatore tum eo anno quo ab Honorio III. coronatus est, tum postea etiam confirmata: "Si[i] dominus temporalis, requisitus et monitus ab Ecclesia, terram suam purgare neglexerit ab hæretica fœditate; per metropolitanum et cæteros comprovinciales episcopos excommunicationis vinculo innodetur. Et si satisfacere contempserit infra annum, significetur hoc summo pontifici, ut extunc ipse vasallos ab ejus fidelitate denuntiet absolutos, et terram exponat catholicis occupandam; qui eam, exterminatis hæreticis, sine ulla contradictione possideant, et in fidei puritate conservent: salvo jure domini principalis, dummodo super hoc ipse nullum præstet obstaculum, nec aliquod impedimentum opponat; eadem nihilominus lege servata circa eos, qui non habent dominos principales:" et, sequens illa,

[g] Rog. Wendover, et Matt. Paris. in hist. ann. 1215. Nihil dignum, memoriæ quod commendari possit, ibi actum est. Godefrid. annal. a Frehero edit. pag. 283. vid. Jacob. Philip. Bergomens. qui ad ann. 1215. de hac synodo ait. In qua, multis habitis constitutionibus, nihil aperte discerni potuit aut definiri. Verum nonnulla decreta ibi prolata fuere, quibus tam laicorum quam clericorum mores componerentur. Platin. etiam in vita Innoc. III. et Matt. Paris. in hist. minor. ann. 1215. citat. in Matt. Parker. hist. archiepisc. Cantuar. (vid. MS. Cottonian.) Ita autem hac de re scribit Wendoverius: "Recitata sunt in pleno concilio capitula XL. quæ aliis placabilia, atque aliis videbantur onerosa. Eadem habet Matt. Paris. in MS. Cottoniano: nisi quod ibi pro capitulis XL. habeantur LX.

[h] Erasm. annotat. in 1 Cor. cap. 7. In synaxi transubstantiationem sero definivit Ecclesia. Transubstantiationis autem vocabulum antea reperitur, in Alano contra Valdens. et Rog. Hoveden. fol. 329. lin. I.

[i] Labb. concil. tom. 11. pag. 148. Decretal. antiqu. collect. 4. lib. 5. tit. 4. cap. 2. pag. 786. edit. Paris. Decretal. Gregor. IX. tit. de Hæreticis, cap. 13. Excommunicamus. Confer. constitut. Frideric. II. imp. in authent. Si vero dominus. cap. de hæret. et Manich. (ubi Baldus notat ex hac authentica Fridericum imp. fuisse destructum a papa: qui hinc regnum Siciliæ Carolo Andegavensi donaverit) et de statut. et consuet. collat. 10. et Petr. de Vineis, lib. 1. epist. 27.

de indulgentiis, quas[k] adversus Albigenses seu Waldenses dimicaturis pontifex impertiit, "Catholici vero, qui, crucis assumpto charactere, ad hæreticorum exterminium se accinxerint, illa gaudeant indulgentia, illoque sancto privilegio sint muniti, quod accedentibus in terræ sanctæ subsidium conceditur."

5. Jam enim cruciatas expeditiones, adversus Saracenos institutas, in sedis suæ adversarios papa converterat. Ad quam flammam suscitandam prædicatorum suorum usus ille est opera: qui, sumpto hujusmodi themate, *Quis consurget[a] mihi adversus malignantes, aut quis stabit mecum adversus operantes iniquitatem?* conciones ad populum habitas tali claudere consueverunt epilogo: "Ecce[b] videtis, carissimi, quanta est malitia hæreticorum, videtis etiam quantum nocent in mundo, videtis iterum quam pie, et multis modis piis laborat Ecclesia eos revocare; sed apud tales nihil ista poterunt proficere: imo per potentiam secularem se defendunt. Et ideo sancta mater Ecclesia, licet invita et cum dolore, contra eos convocat exercitum Christianum. Quicunque igitur habet zelum fidei, quicunque est quem tangit honor divinus, quicunque est qui vult habere istam magnam indulgentiam, veniat, et accipiat signum crucis, adjungat se militiæ crucifixi[c]." Neque desunt qui scribant[d], sub Lateranensis concilii tempora Crucigerorum ordinem, ob rem gestam adversus Albanensium seu Albiensium sectam Romæ tum invalescentem, ab Innocentio[e] confirmatum: inter quos Antonius Sabellicus. "Sunt[f]," inquit, "Crucigeri Lateranensi con-

[k] Gretser. prolegom. in script. edit. contr. Waldens. cap. 6.

[a] Psalm. 93. (Hebr. 94.) ver. 16.

[b] Umbert. Burgund. serm. part. 2. serm. 64.

[c] Vid. Hieronymi Messiseri equitem sive de ordinum equestrium militarium origine, ritu, legibus, et vestitu, historicam narrationem; excus. Francof. 1602. 8vo. et Milles de ordinibus militaribus Anglice, editum Londini, fol. cum Cos. Molyn.

[d] Hartmann. Schedel. chron. ætat. 6. Philip. Bergomens. supplement. chron. lib. 13. ad ann. 1215. Polydor. Virgil. de inventor. rer. lib. 7. cap. 3.

[e] Innocentium III. regulam eis composuisse scribit Bergomensis, lib. 13. vel IV. potius, ut notat Hartmannus, Schedel. fol. 207. b. et Wernerus apud Magdeburg. centur. 13. col. 997.

[f] Sabellic. Ennead. 9. lib. 6.

ventu probati supremo Innocentii anno, qui salutis fuit duodecies centesimus, ac quintus decimus. Quum pestilens esset Romæ hæresis orta, magnusque ex ea motus extitisset; multi qui tum forte in urbe erant, cruce signati, in Syriam, credo, ituri, aut certe inde reversi, Innocentii hortatu pestem illam in horas gliscentem gnaviter extinxerunt: quidam Albiensem ab authore[g], ut reor, eam nuncuparunt hæresim. Placuit adeo factum, ut pontifex Crucigerorum nomen, prope ad interitum perductum, erexerit authoritate sua, ornaritque privilegio haud uno": et Wernerus[h] Laerius: " ordo Cruciferorum circa hæc tempora renovatus est per Innocentium tertium, anno pontificatus sui decimo octavo, jam devicta hæresi Albiensium per crucesignatos." Similem quoque ordinem adversus Albienses in partibus Tolosanis a Dóminico institutum, affirmat Antoninus[i]. " Cum partes," inquit, " Tolosanæ et Longobardiæ plenæ essent hæreticis, qui moliebantur auferre ab Ecclesia omnem temporalitatem, inter alios errores: beatus pater Dominicus indefesse prædicans contra illos, dicitur convertisse ex illis centum millia. Et in adjutorium sumpsit quasdam devotas personas, zelantes pro fide, quæ corporaliter illos hæreticos gladio materiali expugnarent, quos ipse gladio verbi Dei amputare non posset; quibus et tradidit certum modum vivendi spiritualem, ultra communem modum laicalem, et citra statum completæ religionis: et dicebantur tunc Fratres de militia B. Dominici. Extirpatis demum hæreticis in partibus illis, cum non oporteret amplius gladio pugnare, remanserunt in illo modo partim religioso cum uxoribus suis, quæ mortuis viris continenter degebant. Et alii utriusque sexus, viduæ, et virgines, et conjugati, illis adhæserunt; vocati postea Fratres seu Sorores de pœnitentia B. Dominici: quorum regulam approbavit Innocentius papa VI.

6. Illud quoque observatione dignum, ab Innocentio III. delegatæ inquisitionis officium institutum esse: ad episco-

[g] a *loco* potius.

[h] Werner. fascic. temp. ætat. 6.

[i] Antonin. chron. part. 3. tit. 23. cap. 14. sec. 2.

porum scilicet "nolentium[a] aliis negotiis præferre fidei negotia," supplendam negligentiam. Extant Innocentii ad Auxitanum archiepiscopum, anno primo pontificatus, Calendis Aprilibus datæ literæ: in quibus[b], de naviculæ Petri adversariis conquestus, qui in partibus Vasconiæ ac circumpositis terris fortius invalescebant, quod illius animum gravius affligebat, de remedio huic tanto incommodo adhibendo, ita commonet. "Per tuam ac aliorum coepiscoporum tuorum industriam huic morbo tanto efficacius volumus obviari, quanto magis est timendum, quod pars sincera trahatur; et ex tali contagione, quæ paulatim, velut cancer, irrepit, mentes fidelium inquinentur corruptelæ vitio generalis. Ideoque fraternitati tuæ præsenti pagina indulgemus, per apostolica scripta firmiter injungentes, quatenus ad extirpandas hæreses universas, et eos qui sunt hac fæce polluti, de provinciæ tuæ finibus excludendos, modis quibus poteris, operam tribuas efficacem: in ipsos, et omnes illos, qui cum eis aliquod commercium aut manifestæ suspicionis familiaritatem contraxerint, sine appellationis obstaculo ecclesiasticæ districtionis exercendo rigorem; et etiam, si necesse fuerit, per principes et populum eosdem facias virtute materialis gladii coerceri:" ubi ad marginem annotat scholiastes[c] pontificius, "Hoc tempore nondum erant inquisitores delegati constituti."

7. Eodem vero mense Innocentius, aliis missis literis[a], non ad Auxitanum solum archiepiscopum, sed etiam ad archiepiscopos Aquensem, Narbonensem, Viennensem, Arelatensem, Ebredunensem, Terraconensem, Lugdunensem, et eorum suffraganeos; Rainerium quendam et Guidonem suos constituit commissarios, ad capiendos eos qui Romanæ Ecclesiæ refugiebant magisterium. "Inter quos in provincia vestra," ait ille ad archiepiscopos, "quosdam qui Valdenses, Cathari, et Paterini dicuntur, et alios

[a] Nic. Eymeric. director. inquisitor. part. 3. num. 129. pag. 494. edit. Rom. 1585.

[b] Epist. decret. Innocent. lib. I. pag. 49. edit. Colon. 1606. Bull. a Fr. Pegna edit. pag. I.

[c] Fr. Pegna: ubi supra.

[a] Innocent. epist. decret. lib. 1. pag. 56, 57.

quoslibet, quibuscunque nominibus appellatos, in tantum jam accepimus pullulasse, ut innumeros populos sui erroris laqueis irretierint, et fermento corruperint falsitatis. Cum igitur ad capiendas hujusmodi vulpes parvulas, quæ demoliuntur vineam Domini Sabaoth, species quidem habentes diversas, sed caudas ad invicem colligatas, quia de vanitate conveniunt in id ipsum, ut virga Moysi maleficorum phantasmata devoret, dilectum filium fratrem Rainerium, virum probatæ vitæ et conversationis honestæ, potentem divino munere in opere et sermone, ac cum eo dilectum filium fratrem Guidonem, virum Deum timentem, et studentem operibus charitatis, ad partes ipsas duxerimus destinandos: fraternitati vestræ per apostolica scripta mandamus, et districte præcipimus, quatenus eos benigno recipientes et tractantes affectu, taliter eis contra hæreticos assistatis, ut per ipsos ab errore viæ suæ revocentur ad Dominum: et, si qui forte converti non poterunt, ne pars sincera trahatur, de vestris finibus excludantur." Hæc ille, in literis datis Romæ apud S. Petrum, XI. Calendas Maii, pontificatus anno primo: quibus et hasce alteras[b] III. Idus Maii adjunxit.

8. "Cum ad capiendas vulpes parvulas, quæ demoliuntur vineam Domini Sabaoth, species quidem habentes diversas, sed caudas ad invicem colligatas, quia de vanitate conveniunt in idipsum, et hæreticos ab fidelium consortio excludendos; dilectum filium fratrem Rainerium, potentem divino munere in opere et sermone, et cum eo dilectum filium fratrem Guidonem, virum Deum timentem, et vacantem operibus charitatis, ad partes vestras duximus destinandos: universitatem vestram rogamus, monemus, et exhortamur in Domino, et in remissionem injungimus peccatorum, quatenus eos benigne recipientes pariter et devote, contra hæreticos ipsis potenter et viriliter assistatis, eis consilium et auxilium impendentes. Verum quia frater Rainerius, pro arduis Ecclesiæ negotiis, in Hispaniam de mandato præcessit apostolico, volumus nihilominus, et mandamus, ut vos, fratres archiepiscopi, et episcopi, cum a

[b] Innocent. epist. decret. lib. 1. pag. 98.

dicto fratre Guidone fueritis requisiti, in hæreticos, quos ipse vobis nominaverit, spiritualem gladium exeratis: laici vero bona eorum confiscent, et eos ejiciant de terra sua, et eorum paleas separent a frumento. Omnibus autem, qui pro conservatione fidei Christianæ, in tanto discrimine quod Ecclesiæ imminet, ipsis astiterint fideliter et devote, illam peccatorum suorum concedimus indulgentiam, quam beati Petri vel Jacobi limina visitantibus indulgemus. Datum Romæ, &c."

9. Postea "officium[a] delegatæ inquisitionis in provincia Provinciæ, sive in Gallia Narbonensi, Dominico fuit commissum;" qui decem[b] ibi continuos annos in Albigensibus oppugnandis laboravit. Unde de eo Nicolaus Bertrandus, in gestis[c] Tolosanorum, "Primo hospitatus est in domo cujusdam nobilis viri, cujus erat domus inquisitionis Tholosæ prope castrum Narbonense. Quem hæresi vulneratum inveniens ipse pater Dominicus, fidei inquisitor, ad viam veritatis reduxit: et se totum B. Dominico et ordini cum sua domo dedit, quæ expost pertinet inquisitioni et ordini B. Dominici, sicut cernimus." Cumque hactenus "nullus[d] ordo[e] certus fuisset, cui propositum foret imprimis hæreticos profligare, Dominicus adversus hos ordinem suum constituit; cui foret hæc præcipua cura, illos retundere et perdere:" in quibus etiam extinguendis impetuosissimum audacissimumque habitum esse eum ordinem affirmat Bergomensis[f]. Ipse autem Dominicus, ut ex gestis ejus referunt Vincentius[g] et Antoninus, "ex Hispaniæ villa Calaroga Oxomensis

[a] Fr. Pegna, in 3. part. direct. inquisit. comment. 32.

[b] Vincent. specul. historial. lib. 29. cap. 105. Theodoric. Appold. in vita Dominici, lib. 1. cap. 9. (apud Surium tom. 4. Aug. 5.) Tho. Walsingham. hypodigm. Neustriæ, ad ann. 1206. Antonin. hist. part. 3. tit. 19. cap. 1. sec. 4. Garzon. in vita Dominici (apud Lipoman. de vit. sanctor. part. 2.) Nicol. Bertrand. de gestis Tholos. fol. 29, 30.

[c] fol. 30. col. 1.

[d] Tho. Boz. de sign. Eccles. lib. 9. cap. 5. Antonin. hist. part. 3. tit. 23. cap. 10. sec. 4.

[e] De ordine prædicatorum, ann. 1207. contr. Albigenses instituto, vid. Magnum chron. Belgic. a Pistorio edit. pag. 212. et Martini Poloni chronic. a Suffrido Petro edit. pag. 395.

[f] Jac. Phil. Bergom. supplem. chron. lib. 13. ann. 1217.

[g] Vincent. spec. hist. lib. 29. cap. 94. Antonin. histor. part. 3. tit. 23. cap. 4. Hertman. Schedel. ætat. 6.

diœcesis extitit oriundus: cujus mater, antequam ipsum conciperet, vidit in somnis se gestare catulum, accensam ore faculam bajulantem, qui egressus ex utero totum mundum videbatur accendere." Postea cum Fulcone archiepiscopo Tolosano, "Albigensium acerrimo[h] impugnatore," Lateranensis concilii tempore Innocentium III. "adiit[i]; atque ordinem, qui Prædicatorum diceretur et esset, confirmari sibi suisque sequacibus postulavit." Cum autem ille "postulationi hujusmodi visus esset aliquantulum primitus se difficilem exhibere;" quadam nocte vidit in somnis, "Lateranensem Ecclesiam, quasi suis compagibus resolutam, gravem subito minari ruinam. Quod cum tremens simul ac mœrens aspiceret," vidit ex adverso Dominicum accurrentem, "humerisque suppositis totam illam fabricam casuram sustentantem."

[k] —— Qui, postquam somnia vidit
Admiranda, virum blandas admisit in ulnas,
Et genus illius durare in secula jussit.
Viderat in somnis Laterani ingentia templi
Tecta ruinosum caput inclinare, virumque
Supposuisse humeros, et sustinuisse ruinam.
Taliter admonitus pastor, succurrere fessis
Posse hominem fidei rebus, regnoque labanti:
Annuit, et ventis implevit vela secundis.

10. Ita somnium hoc enarrat Baptista Mantuanus: quod a Dominico ad Franciscum suum trahit Bonaventura[a]: quem etiam per Angelum illum in Apocalypsi, sub sexti sigilli apertione, "ascendentem[b] ab ortu solis, habentem

[h] Papir. Masson. annal. Franc. lib. 3.

[i] Vincent. spec. hist. lib. 30. cap. 65. Antonin. hist. part. 3. tit. 23. cap. 4. sec. 3. Theodoric. Appold. vit. Dominic. lib. 1. cap. 12. Nicol. Bertrand. de gest. Tholosanor. fol. 47. a. Martin. Polon. chronic. lib. 4. ad ann. 1216. in Honorio III. pag. 399. Jac. Philip. Bergom. lib. 13. supplem. chron. Hertman. Schedel. tom. 4. Surii, Aug. 1. In chronicis fratrum prædicatorum legitur, quod, cum post concilium Lateranense papa circa negotium in Tholosanis partibus peragendum vellet scribere B. Dominico, dixit notario, Scribas fratri Dominico, et fratribus prædicantibus: et, paululum sistens, ait, Scribas magistro Dominico, et fratribus prædicantibus. Et ex illo primo cœperunt fratres prædicatores nominari. Michael. Scotus Mens. Philosophic. lib. 4. cap. 27.

[k] Bapt. Mantuan. fastor. lib. 8.

[a] Bonavent. in vit. Francisc. cap. 3. Vid. Hieronym. Plat. de bono stat. religios. lib. 2. cap. 30.

[b] Apocal. cap. 7. ver. 2.

signum Dei vivi," significatum[c] astruit doctor ille Seraphicus. Et ne quis de interpretationis certitudine dubitet, "ipse Dominus Jesus revelavit eidem Bonaventuræ, quod beatus Joannes non intellexit in prædicta prophetia de alio quam de S. Francisco: et hoc affirmavit ipse sanctus Bonaventura, legens Parisiis, et juravit sic esse veritatem." Author est Bernardinus de Busto, secundo tomo Rosarii[d], ubi, Bartholomæi[e] Pisani insistens vestigiis, locum illum Apocalypseos sic exponit. "*Ab ortu solis*, id est, de civitate Assisii in oriente posita, *ascendit Angelus*, id est, Franciscus, puritate et sanctitate Angelis consimilis, directus a Domino, *cum signo Dei vivi*, id est, cum stigmatibus Jesu Christi:" ex qua stigmatizatione, sic enim loquitur, Bernardinus[f] Senensis concludit factum esse Franciscum "custodem sigilli, sive cancellarium Jesu Christi; nec non legatum, et vexilliferum summi Regis:" quo refert et illum Gregorii IX. de laudibus Francisci hymnum, a Bartholomæo[g] Pisano plenius propositum:

Caput draconis ultimum
Ultorem ferens gladium,
Adversus Dei populum
Excitat bellum septimum:
Contra cœlum erigitur,
Et nititur attrahere
Maximam partem siderum
Ad damnatorum numerum.
Verum de Christi latere
Novus legatus mittitur;
In cujus sacro corpore
Vexillum crucis cernitur.
Franciscus princeps inclytus
Signum regale bajulat:

[c] Sacra videlicet stigmata, quæ corpore patriarchæ sui impressa fuisse ait, non per naturæ virtutem, vel genium artis, sed potius admirandam potentiam Dei vivi. Bonav. in Prolog. vit. Francisc.

[d] Serm. 27. part. 2.

[e] Conformitat. Francisc. lib. 1. fruct. 2. part. 2. De Franciscanorum multitudine vid. Barthol. Pisan, conformitat. Francisci lib. 1. fruct. 7. part. 2. fruct. 8. part. 4. lib. 2. fruct. 12. (in ordine 24.) part. 2. Bzovium de signis Eccles. lib. 6. cap. 6, et 13. lib. 8. cap. 6. Hieron. Plat. lib. 2. de bon. stat. relig. cap. 22. collat. cum Simonds et Brightman in loc. Apocalyps. de locustis.

[f] Bernardin. Senens. tom. 2. De Evangel. ætern. serm. 60. artic. 2. cap. 3.

[g] Conformit. Francisc. lib. 1. fruct. 2. part. 2.

Et celebrat concilium[h]
Per cuncta mundi climata.
Contra draconis schismata,
Acies trinas ordinat
Expeditorum militum:
Ad fugandum exercitum,
Et tres catervas dæmonum,
Quas draco semper roborat.

Deinde ad Francisci stigmata, illud apostoli testimonium, *Firmum fundamentum*[i] *Dei stat, habens signaculum hoc*, non minus impie quam ridicule detorquens Bernardinus, subdit; "Stetit ergo Franciscus in bello tentationis in modum firmissimi fundamenti. Nonne ut renovatum fundamentum ædificium Ecclesiæ stabilivit? quemadmodum per visionem domini Innocentii comprobatur. Primum quippe fundamentum est ipse evangelicæ nostræ religionis."

11. Nec dissimilem nobis glossam exhibet, in undecimum Zachariæ Thomas Cantipratanus, et in vicesimum Apocalypseos caput Nicolaus Lyranus. Alter[a] enim a Deo per Zachariam prophetam ordinem Prædicatorum *decorem*, Minorum vero *funiculum* vocatum asserit: quam expositionem ad Joachimum abbatem, qui fuit ante institutionem ordinum mendicantium, refert Antoninus[b]: addita etiam ratione interpretationis sane egregia. "Decor est ordo prædicatorum, per habitum decorum quasi prælatorum. Funiculus dicitur ordo minorum: quia funiculo manifesto cinguntur." Alter textum Apocalypseos sic exponit. "*Vidi Angelum*, id est, Innocentium papam tertium, *descendentem de cœlo*, id est, de apice pontificali condescendentem sancto Francisco et Dominico, *habentem clavem abyssi*, id est, potestatem approbandi dictos ordines ad reprimendam potestatem Diaboli, et *catenam magnam in manu sua*, id est, fratrum utriusque ordinis multiplicitatem." At vero theologos, qui ipsius Innocentii temporibus

[h] *Convivium* legitur in 2do. tomo Rosarii Bernardini de Busto, serm. 27. pag. 691. edit. Colon. ann. 1607.
[i] 2 Tim. cap. 2. ver. 19.

[a] Cantiprat. lib. 2. cap. 10. sec. 21.
[b] Antonin. hist. part. 3. tit. 23. cap. 1. sec. 1.

floruerunt, eo regnante non ligatum sed solutum Diabolum prædicasse, in anni 1201. historia confirmat, qui tum quoque claruit, Rogerus[c] Hovedenus Anglus. "Doctores nostri," inquit, "prædicaverunt solutum esse draconem illum antiquum, qui est Diabolus et Sathanas: dicentes, Væ, væ, væ habitantibus in terra, quoniam solutus est antiquus draco, qui est Diabolus et Sathanas: juxta illud beati Johannis apostoli et evangelistæ, qui supra pectus Domini in cœna recubuit, et evangelii fluenta de ipso sacro Dominici pectoris fonte potavit, dicentis: *Ego*[d] *Johannes vidi Angelum descendentem de cœlo*, &c. Asserebant itaque doctores nostri illos mille annos jam esse consumptos, et Diabolum solutum. Væ terræ et habitantibus in ea: quia, si Diabolus ligatus tot et tanta intulerit mala mundo, quot et quanta inferet solutus?" Quod autem asserit Lyranus, "per fratrum minorum et prædicatorum doctrinam et prædicationem Ecclesiam fuisse quodammodo renovatam, et potestatem dæmonis restrictam:" id a Johanne Wiccliffio in tractatu, lingua vernacula contra fratrum ordines edito, refellitur: in quo ostendit[e], corruptam ab istis doctrinam et disciplinam antiquam, nova commenta introducta, hæresin accidentis sine subjecto propagatam, oppressos veritatis professores: unde et "angelos Satanæ[f]" eos appellat "transformatos in angelos lucis, et immanes humani generis proditores, irregulares[g] impuri spiritus procuratores, Christiani orbis incendiarios, pacis et charitatis inimicos: ac Diaboli[h] in animabus hominum strangulandis singulares administros:" denique propositis quinquaginta[i] eorum hæresibus et erroribus, tot enim illis infligit plagas, concludit, ab isto fonte reipublicæ Christianæ "perturbationem atque omnia hujus mundi mala emanasse."

12. Idem quoque, in quarto trialogi[a] sui libro adversus papales indulgentias disputans, et antichristianam quam sibi pontifex arrogat potestatem, dum "statuit novas le-

[c] Hoveden. annal. fol. 465. b. [d] Apoc. cap. 20. ver. 1, 2, 3.

[e] Vid. Georg. Carleton. lib. de jurisdiction. cap. 7. num. 22, 23.

[f] Tractat. Wiccliff. contr. ord. fratr. cap. 12. [g] cap. 24.

[h] cap. 37. [i] cap. 50.

[a] Wiccliff. trialog. lib. 4. cap. 32.

ges, et vult sub pœna gravissimæ censuræ, quod tota militans Ecclesia credat illis ; sic, quod si quicquam in eis definierit, stabit ut evangelium Jesu Christi. In tales," inquit, " infinitas blasphemias involvitur infatuata Ecclesia, et specialiter per caudam illius draconis, hoc est, sectas fratrum, quæ ad illusionem istam, et alias seductiones Ecclesiæ Luciferinas deserviunt. Sed eja milites Christi prudenter abjicite hæc opera atque ficticias principis tenebrarum; et induimini Dominum Jesum Christum, in armis suis fideliter confidentes; et excutite ab Ecclesia tales versutias Antichristi." Deinde, " post solutionem[b] Satanæ, et per ejus cautelam sub figura sanctitatis, istos hypocritas" inductos significat: et de munere eorum addit. " Quantum[c] ad celebrationem certum est, quod si in radice sunt hæretici, negantes panem esse corpus Christi, sed quod accidens eis incognitum ab ipsis idololatrice consecratur; tunc manifestum est quod celebratio eorum est in peccatum, longe evidentius quam sacerdotium Baal, vel idololatrarum gentium pessimorum. Et quantum ad prædicationem eorum; rei eventus ostendit, quomodo resultat in deteriorationem Ecclesiæ: ut si curtantes fidem scripturæ, intendunt rhythmizationibus, adulationibus, detractionibus atque mendaciis; fide scripturæ dimissa, et peccato dure reprobando dimisso: quis dubitat, quin eorum frivola sermocinatio nocet Ecclesiæ? Et quantum ad eorum orationes hypocriticas, eadem est consideratio;" posteaque de duodecim abusionibus fratrum pluribus disserit: quarum primam facit " fratrum blasphemam hæresim, qua in sacramento altaris sophisticant Eclesiam. Et si Templarii," inquit, " destructi fuerant, propter defectum fidei nobis incognitum: quanto magis isti ordines propter hæresim tanto notam? Mittunt enim ad tartarum, magistro suo Diabolo, multas vivas animas annuatim." Aliam, onerationem dici posse ait, " qua[d] contra Christum et suum apostolum, sunt fidelibus onerosi:" atque hoc gravamen ita explicat. " Certum est, quod multa millia fra-

[b] Wicclif. trialog. lib. 4. cap. 33.

[c] Ibid. cap. 34.

[d] Ibid. cap. 35.

trum dispersa in una parva provincia, sunt illi provinciæ magis subdole onerosa, quam forent in casu mille raptores qui illam provinciam publice prædarent. Ut esto quod sint in Anglia quatuor millia fratrum; et quod quilibet consumat annuatim in persona sua de bonis regni centum solidos, et totidem in ædificationibus et in reparationibus et adornationibus domuum et claustrorum. Et tunc patet quod illa secta expendit de bonis regni sexaginta millia marcarum annuatim; non dubium quin solicite, et cum multis mendaciis perpetrata, &c. Quomodo ergo non forent tam pauperes, tenentes dominorum secularium, insufficientes ad parate dandum eis redditum sicut prius? cum circiter tantum fratres de illis accipiunt annuatim. Et revera totus populus remurmuraret, etiamsi ad magnam relevationem vel defensionem regni, etiam ex potestate regia ad tantam pecuniam sit taxatus. Et mirabile videtur multis, quod tot Antichristi discipuli, tam subdole in regno Angliæ subtrahunt tam subtiliter de bonis regni, et cum placentia populi tantum lucrum; et tamen rex pro defensione regni vix tantam pecuniam in tanto tempore obtineret." Ante ducentos tamen annos nullum ex fratrum ordine in mundo extitisse, alibi[e] monet idem: et tot millium marcarum sumptui parci potuisse, si officio, quo sub æternæ damnationis pœna tenentur, fungerentur pastores ordinarii; quos isti, inquit, libenter sinunt in peccato computrescere, et ab officio, quod per Dei legem ipsis est impositum, exequendo impediunt. Hi enim "ordines per Europam diffusi, docendi munus in Ecclesia suscepere: unde evenit, ut episcopi et parœciarum rectores, soliti ad id tempus sacras conciones ad populum habere, deinceps in alto fere otio vixerint:" quod ex detrimentis orbi Christiano per hosce fraterculos importatis, fuit certe non minimum: quemadmodum in tertio libro annalium observat Papirius Massonus.

13. Atque inde est quod isti fraterculi se ad supplendos omnium ordinum defectus introductos esse jactitant. "Equidem," ait, ex dominicanorum ordine, Antoninus[a],

[e] Wicclif. tractat. contr. ordin. fratr. cap. 50.

[a] Antonin. hist. part. 3. tit. 23. cap. 1. prope initium.

" divina providentia, quæ, perpetua mundum ratione gubernans, minus in necessariis deficiens quam natura; sed omnia suaviter disponens, unicuique opportuno tempore suo concedens; animadvertens pontifices loca tenentes apostolorum, parochialesque sacerdotes successores septuaginta discipulorum, quos ad prædicandum Dominus Jesus Christus eligens destinavit per orbem, ab officio prædicationis quasi cessare, et multo magis ab hæresium extirpatione, et in zelo animarum tepescere; Ecclesiæ suæ sacrosanctæ affluenter providit, suscitando tempore illo (Innocentii III. scilicet) ordinem Mendicantium, qui his tam solerter, quam ardenter insisterent. Hic autem ordo bifariam distinctus invenitur; in Prædicatores videlicet et Minores: quibus tamen adjuncti sunt ex privilegio Eremitani et Carmelitæ. Hi utique sunt duæ olivæ[b], pinguedine dilectionis et devotionis: et duo candelabra lucentia ante Dominum, orbem doctrina illustrantia. Hi duo Cherubin[c] sapientia plena, obumbrantia propitiatorium: nec non et duo Seraphin[d] charitate ardentia, clamantia Sanctus, Sanctus, Sanctus, Dominus Deus Sabaoth; implentes omnem terram gloria ejus, documentis et exemplis. Hi status mendicantium utrumque statum videntur comprehendere: prælatorum Ecclesiæ, episcoporum et aliorum, quo ad actum doctrinæ, et prædicationis, spectantis ad vitam activam; et statum religiosorum, seu monachorum, deservientium contemplativæ, quoad ceremonias regulares et officia."

14. Quibus vero artibus in utriusque status possessiones conati sunt isti pedem ponere, sic in Henrici III. Anglorum regis historia aperit Matthæus[a] Parisiensis Sancti Albani monachus. " Anno 1235. quidam de fratribus Minorum, nec non et aliqui de ordine Prædicatorum, inpudenter nimis, suæ professionis et ordinis immemores, in territoria aliquorum nobilium cœnobiorum se clam ingesserunt, sub prætextu officii sui adimplendi, et velut post crastinam prædicationem recessuri. Sed vel infirmitatem,

[b] Apoc. cap. 11. ver. 4.
[c] Exod. cap. 37. ver. 7, 9.
[d] Esai. cap. 6. ver. 2, 3.
[a] Matt. Paris. pag. 401, 405, edit. Tigurin.

vel quippiam aliud simulantes, manserunt: et, fabricato ex ligno altari, superpositoque altariolo lapideo benedicto secum allato, missas clandestinas demissa voce celebrarunt, confessiones multorum receperunt etiam parochialium, in præjudicium presbyterorum. Dicebant namque se talem a domino papa suscepisse potestatem, ut eis scilicet fideles quæ suo erubescunt sacerdoti confiteri, vel dedignantur, quia consimili peccato constringuntur, vel timent, quia temulento, confiteantur: quibus injungant Minores pœnitentias, et absolvant. Interim ad Romanam curiam misso procuratore festino et diligenti, contra religiosos, in quorum degebant territorio, concessam impetrarunt cum aliquo adjuncto beneficio mansionem. Quod si forte eis adhuc satisfieri non videretur, in verba contumeliosa comminatoria proruperunt, ordinem alium quam suum reprobantes, aliosque de numero fore damnandorum asserentes, nec parcere callo plantarum suarum, donec thesauros adversariorum suorum licet multos exhausissent. Unde in multis cedebant eis religiosi, deferentes propter scandalum, et propter potentum offendiculum. Erant enim magnatum consiliatores et nuncii, etiam domini papæ secretarii, nimis in hoc sibi gratiam secularem comparantes. Aliqui tamen in curia Romana contradictores invenientes, obviis rationibus refrenati, confusi recesserunt. Dicente eis torvo vultu summo pontifice: Quid est hoc, fratres? quo prorumpitis? Nonne professi estis paupertatem spontaneam; ut discalceati et inglorii peragrantes vicos et castella, et loca remotiora, prout opus exigit, verbum Dei humiliter seminetis? præsumitis jam invitis dominis feudorum mansiones vobis usurpare? Jam videtur in magna sui parte religio vestra expirare, et doctrina refutari. Hoc audito recedentes, modestius se habere cœperunt, qui prius multiplicaverunt loqui sublimia gloriantes, et infra septa alterius arbitrio alieno morari et detineri recusantes."

15. Deinde, circa annum Domini 1246, ut narrat idem[a], fratres prædicatores, impetratis a Gregorio IX. et Inno-

[a] Matt. Paris. pag. 673.

centio IV. privilegiis "lætificati et magnificati, varios Ecclesiarum prælatos, episcopos, archidiaconos, in synodis suis præsidentes, ubi multi et magni viri, videlicet decani, presbyteri, et vicarii, nec non et ecclesiarum rectores, cum clericis convenerant, procaciter alloquentes, indulta sibi privilegia in propatulo demonstrarunt, erecta cervice ea exigentes recitari, et in eorum ecclesiis veneranter recipi et commendari, et ad prædicandum populo[b], sine aliqua contradictione, vel in synodis, vel in ecclesiis parochianis, quasi legatos, vel etiam Dei angelos admitti: et se ingerentes nimis impudenter, rogitabant singulos, etiam sæpe viros religiosos; Es ne confessus? quibus si responsum fuisset; Etiam. A quo? A sacerdote meo. Et quis ille idiota? nunquam theologiam audivit, nunquam in decretis vigilavit, nunquam unam quæstionem didicit enodare. Cæci sunt, et duces cæcorum. Ad nos accedite, qui novimus lepram a lepra distinguere: quibus ardua, quibus difficilia, quibus Dei secreta patuerunt. Nobis confitemini imperterriti, quibus tanta, ut jam videtis et auditis, concessa est potestas. Multi igitur, præcipue nobiles et nobilium uxores, spretis propriis sacerdotibus et prælatis, ipsis prædicatoribus confitebantur. Unde non mediocriter viluit ordinariorum dignitas et conditio: et de tanto sui contemptu, non sine magna confusione, doluerunt, nec sine evidenti caussa." Atque eo spectat sequens hæc epistola, qua "sacerdotium[c] conqueritur de fratribus prædicatoribus et minoribus, eorumque fastum reprimi petit."

16. "Lacrymabili querimonia cogimur explicare normam enormem in nostrum contemptum, et generale cleri scandalum introductam: per quam augeri robur fidei dum creditur, oritur error, et dissensionis materia propagatur. Nam fratres prædicatores et minores, qui post suarum religionum exordia, contra nos odio et rancore concepto, vitam et conversationem nostram reprobam prædicando multifariam depravarunt; nos et jura nostra[a] minoraverunt in tantum, quod simus jam ad nihilum redacti. Et qui olim

[b] *Populis*: MS. Cotton.

[c] Petr. de Vin. lib. 1. epist. 27. collat. cum MSS.

[a] MS. *et nos et vitam nostram.*

ratione officii dominabamur regibus, principes ligabamus, increpationes faciebamus in populis, nunc sumus in opprobrium et derisum; et celeberrima laus nostra versa est in fabulam omni carni. Tacemus autem, qualiter prædicti fratres, in alienum messem paulatim manum immittentes, clerum singulis dignitatibus supplantarunt; et sibi pœnitentias, et baptismata, et infirmantium unctiones, et cœmiteria usurpantes, in se omnem vim et authoritatem clericalis ministerii restrinxerunt. Nunc autem, ut jura nostra potentius enervarent, et a nobis devotionem præciderent singulorum, duas novas fraternitates creaverunt: ad quas sic generaliter mares et fœminas receperunt, quod vix unus vel una remansit, cujus nomen in altera non sit scriptum. Unde, convenientibus singulis in ecclesiis eorundem, nostros parochianos, maxime diebus solennibus, habere non possumus ad divina: imo, quod deterius est, nefas credunt, si ab aliis quam ab ipsis audiant verbum Dei. Propter quod factum est, ut debitis decimis et oblationibus privati vivere non possimus; nisi nos ad manuale opus, vel ad artes mechanicas, sive ad quæstus illicitos convertamus."

17. "In nullo deinceps ordo noster a laicis et ab eorum conditione discrepare videtur; imo noster deterior est in multis: quoniam nec laici cum salute, nec clerici esse possumus cum honore. Quid ergo aliud superest, nisi ut ecclesias nostras, conditas ad Dei et sanctorum suorum honorem, funditus diruamus? in quibus nihil aliud cultus et ornatus remansit, quam tintinnabulum, et vetus imago[a] fuligine superinducta. Proh dolor! plura loca, quæ olim pro devotione fidelium multis signis et miraculis coruscabant, privatarum personarum supellectilibus jacent plena; sacrataque altaria multo hactenus ornatu composita, vix uno nudo linteamine, vel perforata syndone vestiuntur: pavimenta etiam multo studio dudum lota, herbarum odore et florum suavitate completa, nunc pulvericata sordescunt. Ipsi vero prædicatores et minores, imo nostri prælati potius et majores, qui a domiciliis et tuguriis inceperunt, domos regias, et palatia subnixa altis columnis

[a] MS. *synagoga.*

et officinis distincta variis, erexerunt; quorum impensæ deberent in usus pauperum erogari. Et qui prius, in nascentis eorum religionis exordio, deposito fastu, calcare mundi gloriam videbantur, nunc fastum resumere, et amplecti videntur gloriam quam calcarunt; et sub passivi litera, activi retinendo naturam, sibi legem usurpant deponentis. Hi, dum nihil habent, omnia possident; et carentes divitiis cunctis fiunt divitibus ditiores: nos autem, qui aliquid habere dicimur, mendicamus. Supplicamus itaque, majestatis vestræ pedibus obvoluti, quatenus super hujus morbi degrassantis magnitudine providentes, medicinæ sceleris remedio succurratis: ne, inter nos et fratres jam dictos torrente odii succrescente, fides inde patiatur naufragium, unde suscipere creditur incrementum."

18. Extant hæ literæ, inter epistolas Petri de Vineis, tanquam ad Fridericum II. imperatorem datæ. Verum duo earundem in Hibernia nactus sum manuscripta exemplaria: quarum alterum hanc præferebat inscriptionem, *Litera episcopi Ambianensis contra fratres;* alterum hanc, *Litera prælatorum adversantium in generali concilio:* utrumque ad finem epistolæ, non *Majestatis*, sed, *Paternitatis vestræ pedibus obvoluti*, exhibebat: quasi ea non ad imperatorem sed ad pontificem vel cardinales fuisset scripta[a]. Ambianensis autem episcopus, ille ipse fuisse videtur, qui, in synodo Parisiis contra fratres mendicantes a Gallicanæ Ecclesiæ præsulibus habita, cui quatuor archiepiscopi interfuerunt, viginti episcopi, et tota Parisiensis universitas, " ostendit per multas authoritates theologiæ, canonum, et legum, et evidentibus factis, fratres non habere veritatem vitæ, quia de hypocrisi ipsi arguantur manifeste; nec veritatem doctrinæ, quia corde fel gererent et ore dulcia prædicarent; nec veritatem justitiæ, quia aliorum sibi officia usurparent:" quemadmodum refert[b], qui conventui præsens videtur adfuisse, Godefridus[c] de Fontanis.

[a] Vid. an non prælatorum nomine ab Ambianensi episcopo scripta fuerit hæc epistola; et primum Friderico imperatori exhibita, deinde et Lugdunensi concilio, cui, anno Domini 1245. præsidebat Innocentius IV. pontifex ille ipse de quo, tacito nomine, scribit Cantipratanus, pag. 173

[b] Illyric. catalog. test. veritat.

[c] quem circa ann. 1230. claruisse notant Magdeburgenses, cent. 13. col. 1202.

19. Quænam vero inter fratres et academicos[a] Parisienses certamina intercesserint, amplius exponit Matthæus Parisiensis[b]. "Anno 1253. orta[c] est discordia magna inter universitatem Parisiacam et fratres prædicatores, qui in tantum multiplicati et sunt exaltati, regum[d] facti confessores et consiliatores, ut veteribus et[d] approbatis consuetudinibus et juribus scholarium renuissent subjacere. Congregati[e] igitur scholares collectam fecerunt, et contribuerunt, scilicet quilibet secundum posse suum. Et cujuslibet communio hebdomalis abbreviata est, ut inde Romanæ curiæ pro parte cleri satisfieret: unde cornua sumpserunt fratres memorati. Habebant enim in curia amicos magnæ potestatis, scilicet dominum fratrem Hugonem de ordine prædicatorum, imo ipsum papam, et multos præpotentes. Effusa igitur multa pecunia, et perdito[f] hinc inde multimodo labore, mutatis quibusdam consuetudinibus Parisiensibus[g] pax est tandem[g] reformata." Verum—

——————— male sarta
Gratia nequicquam coit et rescinditur———

Nam altero post anno[h], ut narrat idem[i], denuo "orta est gravis dissensio inter universitatem Parisiensium scholarium et fratres prædicatores ibidem conversantium; qui contra[k] antiquam civitatis et universitatis consuetudinem, numerum limitatum legentium in theologia intenderunt sine universitatis assensu ampliare. Tandem, licet rex ipse Francorum intenderet libertatem salvare scholarium universitatis similiter et cives; ipsi prædicatores domino papæ devoti, et propter eorum multimoda obsequia ipsi curiæ gratiosi, in hoc certamine meliorem calculum reportarunt. Data

[a] Extant literæ Parisiensis academiæ hoc anno contra Dominicanos (sive prædicatores) ad episc. Galliæ scriptæ. Vid. Papir. Masson. de gest. pontific. fol. 221. b. [b] Matt. Paris. in Henr. III. pag. 851. [c] *Suborta:* MS. regius.

[d] *Regum facti confessores et conciliatores et veteribus et* desunt in MS. regio.

[e] MS. reg. *scholares igitur, destinatis nunciis discretissimis, et articulis contra fratres compositis, Romanam curiam super hoc certificarunt: fratres vero e contra miserunt.*

[f] *Labore hinc inde consumpto:* MS. reg.

[g] *Parisiensibus* et *tandem* desunt in MS. reg.

[h] Viz. 1255. Non. Octobr. ab academia Parisiensi pro Guilielmo de S. Amore ad Alexandrum IV. scriptæ sunt literæ: ut videre licet apud Papir. Masson. de gest. pontif. fol. 221. b. [i] Id. ibid. pag. 880. ad ann. 1255.

[k] Habentur ista eodem modo in MS. reg.

est igitur sententia a domino papa pro fratribus prædicatoribus et omnibus religiosis; ut legant deinceps licenter in theologia, non considerato numero legentium, qui antiquitus tenebatur certus numero limitatus."

20. Fervente hac contentione; ex parte fratrum liber prodiit, EVANGELII ÆTERNI nomine, desumpto ex Apocalypsi, inscriptus, cujus auctor[a] fuit, ut fertur communiter, Joannes de Parma Italicus monachus, qui Trithemio inter celebres Ecclesiæ scriptores connumeratur; ex parte academiæ alius, De periculis novissimorum temporum, a quatuor[b] magistris Parisiensibus compositus: quorum nomina (ut ex literis[c] quas contra eos, tanquam Romanæ Ecclesiæ rebelles, ad regem Francorum scripsit Alexander IV. colligitur) fuerunt, Guilielmus[d] de Sancto Amore (in oppido[e] Amatoris apud Sequanos natus, a quo fratrum adversarios Amoræos Thomas Waldensis[f] denominat), Odo de Duaco doctor theologiæ, Nicolaus decanus de Barro, et Christianus canonicus Beluacensis; qui postea moriens veniam a fratribus rogavit: si Thomæ Cantipratano[g] credimus. Eodem vero tempore quo contra mendicantes editus est hic libellus, affirmat Antoninus[h] generalem ministrum ordinis minorum fuisse "Joannem de Parma, virum scientia et religiositate præclarum, maximum paupertatis et humilitatis amicum, de provincia Bononiæ oriundum;" cui et angelum Domini in missa servivisse ait. Sed de evangelio æterno tacet: de quo in libello De periculis novissimorum temporum ita scribunt magistri Parisienses: "Jam sunt quinquaginta quinque[i]

a Nicol. Eymeric. director. inquisit. part. 2. quæst. 9. sec. 4.

b Tho. Cantiprat. lib. 2. cap. 10. sec. 23. Vid. magnum chronic. Belgic. a Pistorio edit.

c In firmament. trium ordinum Francisci, part. 2. tractat. 2. fol. 60, 61. edit. Paris. ann. 1512.

d De Guil. de S. Amore vid. Paulum Æmilium lib. 7. de gest. Fran. Argumentum in opusculum 19. Thomæ Aquinatis, pag. 127, 128. Papir. Masson. annal. Franc. lib. 3. pag. 323.

e Masson. annal. Franc. lib. 3. Azor. institut. moral. lib. 13. cap. 1.

f Walden. doctrinal. fidei tom. 1. lib. 4. cap. 1, 3, 7. &c.

g lib. 2. cap. 10. sec. 27. pag. 178.

h Antonin, hist. part. 3. tit. 14. cap. 9. sec. 5.

i Sic infr. in fin. seq. Ergo scriptum fuisse videtur circa ann. Dom. 1200. ante exortum fratrum; quomodo ergo ejus author potuit esse Joannes de Parma?

anni, quod aliqui laborant ad mutandum evangelium Christi in aliud evangelium, quod dicunt fore perfectius et melius et dignius, quod appellant evangelium æternum sive evangelium Spiritus Sancti: quo adveniente, evacuabitur, ut dicunt, evangelium Christi; ut parati sumus ostendere in illo evangelio maledicto." Dixerant autem paulo ante, ab adventu Domini transactos jam esse annos 1255[k]. (sic enim habet codex meus MS.), vel 1256. (ut est in exemplari bibliothecæ regiæ); et paulo post subjiciunt, "evangelium æternum Parisiis, ubi viget sacræ scripturæ studium, positum fuisse publice ad exemplandum, anno Domini 1254[l]."

21. Addunt ibidem Parisienses, tria illa verba, quorum in quinto capite Danielis fit mentio, *Mane, Tecel, Phares,* jam visa esse in Ecclesia. "Scripta enim sunt," inquiunt, "in illo maledicto libro, quem appellant evangelium æternum, quod in Ecclesia jam propalatum est: propter quod timendum est de subversione Ecclesiæ. Primum verbum est *Mane;* id est, numeravit Deus regnum tuum, et complevit illud, vel conclusit; ut exponit Daniel quinto capitulo. Ibi enim numeratur regnum Ecclesiæ, scilicet Evangelium Christi, et concluditur in 1260. annis[a] ab incarnatione Domini. Item ibi invenitur *Tecel;* quod est appensum in statera, et inventum est minus habens; ut exponit Daniel quinto capitulo. Nam ibi comparatur evangelium

[k] Male 1264 in antilogia papæ edit. Basil. ann. 1555. pag. 54, 55.

[l] Ita MSS. non 1255. ut in edit. Basil. pag. 56.• De hoc libello vid. Will. Lorrianum in Romanto Rosæ, apud Chaucer. edit. ann. 1602. fol. 140. col. 1, 3, and 4. Jo. Gerson. in 1. part. operum, fol. 110. b. Belforest. hist. Gallic. Knighton. MS. Antonin. part. 3. tit. 19. cap. 7. in principio; et tit. 23. cap. 5. sec. 1. et cap. 12.

Thom. Aquinas in opusculo (19. ord.) contra impugnantes religionem (quod contra hoc Parisiensium opus scriptum est, ut ex toto libro liquet) cap. 24. ad hunc locum ita respondet "Hoc autem evangelium, de quo loquuntur, est quoddam introductorium in libro Joachim compositum, quod est ab Ecclesia reprobatum; vel est ipsa doctrina Joachim, per quam, ut dicunt, evangelium Christi mutatur." Et paulo post: "Unde cum doctrina prædicta, quam legem Antichristi dicunt, sit Parisiis exposita, signum est Antichristi tempus instare. Resp. Sed doctrinam Joachim, vel illius introductorii, quamvis alia reprobanda contineat, esse doctrinam quam prædicabit Antichristus, falsum est." Vid. Bonaventuræ tractatum de paupertate Christi contra Will. de S. Amore, inter opus. ipsius.

[a] De Antichristo ann. 1260. nascituro, vid. Fox.

Christi ad evangelium æternum; et invenitur minus habens perfectionis et dignitatis quam evangelium æternum; quanto minus lucet Luna quam Sol, quanto minus valet testa quam nucleus: et multæ tales sunt ibi scriptæ comparationes, quibus probatur minus valere evangelium Christi quam evangelium æternum. Item in scriptura illa, scilicet in evangelio æterno, invenitur *Phares;* id est, divisum est regnum tuum a te; ut exponit Daniel quinto. Nam ibi invenitur quod regnum Ecclesiæ dividetur, post prædictum tempus, ab illis qui tenent evangelium Christi, et dabitur tenentibus evangelium æternum." Eodem pertinet et alius locus, ex sermone, quem[b] in die Philippi et Jacobi Guilielmus de Sancto Amore habuit,petitus. "De istis novis periculis jam habemus quædam Parisiis, scilicet librum illum qui vocatur evangelium sempiternum: et nos vidimus non modicam partem illius libri, et audivi quod, ubicunque est, tantum vel plus contineat ille liber, quam tota Biblia. Ibi enim docetur, quod ipse non est Deus, et quod sacramentum Ecclesiæ nihil est, et quod evangelium Christi non sit verum evangelium: sed docetur ibi, et dicitur, quod ille liber sit evangelium Spiritus Sancti; et dicitur esse evangelium æternum: et dicitur ibi, quod tantum per quinquaginta[c] annos adhuc evangelium Christi prædicabitur. Nec sunt ista pericula hujus libri penitus nova; imo sunt quinquaginta quinque anni, quod primo sunt inchoata. " Sed quid vetat, mysteriorum novi hujus evangelii catalogum ampliorem, ex Henrico[d] Erphurdiensi et Nicolao Eymerico[e] huc apponere?

22. " Errores primæ partis evangelii, quæ appellatur Præparatorium in evangelium æternum.

Primus est, quod evangelium æternum (quod idem est quod doctrina abbatis Joachim) excellit doctrinam Christi, et omne Vetus et Novum Testamentum.

2. Quod evangelium Christi non est evangelium regni, ac per hoc nec ædificatorium Ecclesiæ.

3. Quod Novum testamentum est evacuandum, sicut Vetus evacuatum est.

4. Quod Novum testamentum non durabit in virtute sua, nisi per sex annos proxime tunc futuros; videlicet usque ad annum Christi incarnationis MCCLX.

b Antilog. pap. edit. Basil. pag. 194.

c leg. *quinque.*

d Henr. Erphurd. chron. cap. 93.

e Eymeric. director. inquisitor. part. 2.

5. Quod illi, qui erunt ultra prædictum tempus, erunt in statu perfectorum. (al. non tenentur recipere novum Testamentum.)
6. Quod evangelio Christi aliud evangelium succedet, et ita sacerdotio Christi aliud sacerdotium succedet.
7. Quod nullus simpliciter est idoneus ad instruendum homines de spiritualibus et æternis, nisi illi, qui nudis pedibus incedunt.

Secunda pars, quæ appellatur Concordantia Veteris et Novi Testimenti, sive Concordia Veritatis, continet hoc errores.

De primo libro hujus partis extrahitur iste :

1. Quod quantumcunque Deus affligat Judæos in hoc mundo, illos tamen servabit; quibus benefaciet etiam manentibus in Judaismo : et quod in fine liberabit eos ab omni impugnatione hominum, etiam in Judaismo manentes.
2. Quod Ecclesia nondum peperit nec pariet filios ante finem regni temporalis, quod finietur post sex annos tunc proxime sequentes. Et per hoc datur intelligi ibidem, quod religio Christiana, quæ jam multos peperit vocatos ad fidem Christi, non est Ecclesia.

23. De secundo libro ejusdem partis errores isti extrahuntur.

1. Quod evangelium Christi neminem perducit ad perfectum.
2. Quod, adveniente evangelio Spiritus Sancti, sive clarescente opere Joachim (quod ibidem dicitur evangelium æternum, sive Spiritus Sancti) evacuabitur evangelium Christi.
3. Quod spiritualis intelligentia novi Testamenti non est commissa papæ Romano, sed tantum literalis. Et per hoc datur ibi intelligi, quod Ecclesia Romana non potest judicare de spirituali intelligentia novi Testamenti ; et, si judicat, temerarium est ejus judicium, et ei non est acquiescendum : quia Ecclesia Romana (ut dicunt) animalis est et non spiritualis.
4. Quod tertius ordo electorum[a], qui secundum hunc librum est ordo religiososorum, non tenetur se exponere morti pro defensione fidei, ac pro conservatione cultus Christi in aliis hominibus.
5. Quod recessus Ecclesiæ Græcorum a Romana Ecclesia, fuit de Spiritu Sancto. Et per hoc datur intelligi, quod viri spirituales non tenentur obedire Romanæ Ecclesiæ, nec acquiescere ejus judiciis, etiam in his quæ Dei sunt.
6. Quod populus[b] Græcus magis ambulat secundum spiritum, quam populus Latinus. Et per hoc datur intelligi, quod populus Græcus magis est in statu salvandorum ; et magis est adhærendum ei, quam populo Romanæ Ecclesiæ.
7. Quod, sicut Filius operatur salutem populi Latini sive populi Romani, quia ipsum repræsentat ; ita Spiritus Sanctus operatur salutem populi Græci, quia ipsum repræsentat. Ac per hoc datur intelligi, quod Pater salvat populum Judaicum, quia ipsum repræsentat.
8. Quod, sicut veniente Joanne Baptista, ea quæ præterierunt reputata sunt vetera, propter nova supervenientia : ita, adveniente tempore Spiritus Sancti. sive tertio statu mundi, ea quæ præcesserunt reputabuntur ut vetera, propter

[a] al. *clericorum*. [b] al. *papa*.

nova quæ supervenient. Per quod datur intelligi, quod Novum testamentum reputabitur vetus et projicietur.

24. " De tertio libro hujus partis unus error extrahitur:

Quod Spiritus Sanctus accepit aliquid ab Ecclesia, sicut Christus in quantum homo accepit a Spiritu Sancto.

De quarto libro ejusdem partis, in primo tractatu, inveniuntur errores duo.

Primus est, studium enumerandi et concordandi genealogias carnales, quæ fuerunt in primo statu mundi, et spirituales status secundi mundi, contra apostolum dicentem: *Rogavi*[a] *ut denunciares quibusdam, ne aliter docerent, neque intenderent fabulis et genealogiis interminatis.*

Secundus est, studium manifestandi momenta et tempora eorum quæ venient in secundo statu mundi, contra id actorum: *Non*[b] *est vestrum nosse tempora vel momente*, &c.

In secundo vero tractatu ejusdem libri errores inveniuntur duo:

1. Quod Christus et sancti apostoli ejus non fuerunt perfecti in vita contemplantium.
2. Quod activa vita, usque ad tempus abbatis Joachim fructuosa fuit, sed nunc fructuosa non est: contemplativa vero vita ab ipso Joachim fructificare cœpit, et amodo in perfectis successoribus ipsius perfectius manebit. Et per hoc datur intelligi ibidem, quod ordo clericorum[c], ad quem pertinet vita activa, amodo non fructificabit in ædificatione et conservatione Ecclesiæ, nec omnino in regimine: sed ordo monachorum amodo in his fructificabit.

25. " De quinto libro ejusdem partis, in tractatu de septem diebus, inveniuntur quatuor valde suspecta et diligenter examinanda.

1. Quod aliquis de ordine religiosorum futurus est, qui præferetur omnibus dignitate et gloria, in quo implebitur prophetia, et promissio Psalmistæ dicentis: *Funes*[a] *ceciderunt mihi in præclaris; etenim hæreditas mea præclara est mihi.*
2. Quod ille ordo, in quo complebitur prædicta promissio Psalmistæ, tunc convalescet, quando ordo clericorum desinet perire[b].
3. Quod ordo parvulorum est ille ordo, in quo complebitur promissio prædicta Psalmistæ.
4. Quod, sicut in primo statu mundi commissum fuit regnum, seu regimen, totius Ecclesiæ a Patre aliquibus de ordine conjugatorum, in quo auctorizatus fuit ille ordo; et in secundo statu commissum fuit aliquibus de ordine clericorum a Filio, in quo ab ipso glorificatus fuit ille ordo: sic in tertio statu mundi committetur alicui vel aliquibus de ordine monachorum a Spiritu Sancto, in quo vel quibus ab ipso Spiritu ille ordo clarificabitur.

[a] 1 Tim. cap. 1. ver. 3, 4. [b] Act. cap. 1. ver. 7. [c] al. *electorum.*

[a] Psal. 16. ver. 6. [b] Vulgata locutio, id est, *quando omnino peribit*, sive *cum desinet esse.* Fr. Pegna.

Item in eodem quinto libro, in tractatu de Job, invenitur unum valde suspectum: videlicet:

Quod illi, qui præsunt collegiis monachorum, diebus istis cogitare debent de recessu a secularibus, et parare se ad revertendum ad antiquam populum Judæorum.

Item ibidem, in tractatu de Joseph et pincerna, cui somnium apparuit, invenitur;

Quod prædicatores, qui erunt in ultimo statu mundi, erunt dignitatis et auctoritatis majoris, quam primitivæ Ecclesiæ apostoli.

Item in eodem tractatu de generibus hominum, videlicet Israeliticis, Ægyptiis, Babyloniis, invenitur:

Quod prædicatores et doctores religiosi, quando infestabuntur a clericis, transibunt ad infideles: et timendum est ne ad hoc transeant, ut congregent eos in prœlium contra Romanam Ecclesiam, juxta doctrinam beati Johannis[a].

26. Atque hi sunt articuli ex novo fratrum Alcorano ab ipsis pontificiis excerpti: quos dum describerem, non potui quin cum Campiano[a] identidem exclamarem, " Tempora, tempora, cujusmodi monstrum aluistis?" Quid vero ab his qui illis vixere temporibus hic factum sit, ex Matthæo Parisiensi accipe, rem totam tum in majori, tum in minori historia, ita explicante. " Crebrescentibus scandalis et odiis inter magistros Parisienses et fratres prædicatores, electi sunt cum magna deliberatione celeberrimi magistri lectores, videlicet magister Guilielmus de Sancto Amore, et magister Odo de Doaco (qui nobiliter rexerant in artibus, et in decretis, et tunc in theologia), magister Christianus canonicus Beluacensis (qui maximus quasi philosophus emeritus, postquam in artibus rexerat, in theologia lecturivit), magister Nicolaus de Baro super Albam (qui rexerat in artibus, legibus, et decretis, ad legendum in theologia præparatus), magister Johannes de Sicca Villa[b], Anglicus, rhetor universitatis, et magister Belin, Gallicus, nominatissimi philosophi, regentes in artibus. Omnes isti de nobilissimis viris procreati, præ-electi sunt per magnum

[a] Apocal. cap. 16.

[a] Campian. rat. 8.

[b] *Secta villa* in MS. regio.

(quia fides patiebatur detrimentum) consilium et deliberationem; ut Romam adeant, et dominum papam, pro tranquillitate universitatis Parisiensis, et fidei redintegratione, maxime cum hoc malum majus generare comminetur: collectaque sunt eis ex universitate viatica. Fratres namque quædam nova prædicabant, legebant et docebant, ut dicebatur, deliramenta, quæ de libro Joachim abbatis, cujus scripta Gregorius papa damnaverat, extraxerunt. Et quendam librum composuerunt, quem sic eis intitulare complacuit: Incipit evangelium æternum: et quædam alia, quæ non expedit recitari. Prædicatores autem contra universitatem suos expeditos nuncios illico transmiserunt, ut magistris in faciem contradicerent. Subsannavit populus, eleemosynas consuetas subtrahendo, vocans eos hypocritas, Antichristi successores, pseudo-prædicatores, regum et principum adulatores et consiliatores[c], ordinariorum contemptores et eorundem supplantatores, thalamorum regalium subintratores, confessionum prævaricatores, qui, peragrantes ignotas provincias, peccandi audaciam subministrant. Auditis igitur hinc inde querelis, præcepit papa, ut novus ille liber, quem evangelium æternum nominant, secreto, et si posset fieri, sine fratrum scandalo, combureretur; et alia, quæ de Joachim corruptela dicuntur emanasse. Vigilanter igitur procurante diligentia domini Hugonis cardinalis, et Johannis[d] de Columna archiepiscopi Messanensis, qui de ordine prædicatorum erant[e], caute ac tacite procuratum est, ut[f] tumultus ad horam conquiesceret."

27. Hæc Matthæus Parisiensis, in historia anni 1256. quo et Johannem de Parma dignitate, quam inter minoritas obtinebat, ministri generalis cessisse legimus: seu sponte, uti refert Franciscanorum scriptorum vulgus, seu ex pontificis præcepto, ut in chronico suo author est[a], qui huic negotio non interfuit modo, sed etiam præfuit, frater

[c] al. *falsos consiliatores.* [d] *Johannis de Columna archi* desunt. in MS. regio. [e] *extiterunt:* MS. reg. [f] *ut tumultus esse motus ad horam conquievit.* MS. reg.

[a] Antonin. hist. part. 3. tit. 24. cap. 9. sec. 5.

Peregrinus de Bononia. "Æmulis enim ejus, qui erant multi, accusantibus eum papæ Alexandro; ipse papa præcepit in secreto, quod renunciaret officio, et quod nullo modo assentiret, si eum ministri provinciales vellent in officio retinere. Et ego," inquit author, "in capitulo fui mediator inter ipsum et ministros: et hoc habui ab ore ejus." Ita visum pontifici, homines sibi maxime necessarios tractare quam lenissime: omnique ratione providere, ne illi quoquo modo in odium offensionemque populi incurrerent. Unde et magistrorum Parisiensium liber damnatus[b] est atque combustus, tum in curia, quæ tunc Anagniæ residebat; tum etiam Parisiis, "coram universitatis multitudine copiosa; non propter hæresim quam contineret," ait Guilielmus Nangiacus[c], "sed quia contra præfatos religiosos seditionem et scandalum movebat:" qua quidem re papa Alexander ita est commotus, ut, edita *Extravagante*[d], quæ incipit, "Quidam, scripturæ sacræ intelligentiam se habere fatentes," &c. libellum illum "tanquam iniquum, et scelestum, et execrabilem, continentem documenta prava, falsa, erronea, et nefaria, damnaverit et reprobaverit:" quemadmodum in summa sua refert Johannes de Turrecremata. Illam vero Extravagantem, cum passim non extet, et ad illustrationem hujus historiæ multum faciat, integram libet hic adscribere[e].

28. "Alexander episcopus, servus servorum Dei. Venerabilibus fratribus, Turonensi et Rothomagensi archiepiscopis, ac episcopo Parisiensi, salutem et apostolicam benedictionem. Quidam, scripturæ sacræ intelligentiam se habere fatentes, sed divertentes a tramite recti sensus, cogitaverunt nuper malitiam, et contra innocentes et rectos

[b] Thom. Cantipratan. lib. 2. cap. 10. sec. 23. pag. 175. ubi etiam ostendit quatuor illos opponentes, a papa coactos, publicam palinodiam egisse. Vid. Papir. Masson. in Alexandro IV.

[c] Nang. in gestis regis Philippi, pag. 437. edit. Francofurt. 1596.

[d] Turrecremat. summ. de Eccles. lib. 4. part. 2. cap. 37.

[e] ex speculo minorum, tractat. 1. fol. 10. b. edit. Rothomagi, ann. 1509. et Firmamento trium ordinum Francisci, part. 2. tract. 2. fol. 62. a. edit. Paris. ann. 1512. De hac controversia vid. plura egregia in rer. Normannic. scriptoribus [illegible] Paris. ann. 1619. p. 1009. ad ann. 1241, 1243, 1244, 1245.

iniquitatem maximam sunt locuti; exarserunt in cordibus suis; et lingua eorum maliloqua dolum et nequitiam concinnavit: surgentes adversus fratres detraxerunt, et contra dilectos matris Ecclesiæ filios scandalum posuere. Prodiere, inquam, et in prava commenta ex nimio calore animi proruperunt; libellum quendam valde perniciosum et detestabilem temere componentes: libellum quidem non rationabilem sed reprobabilem, non veritatis sed mendacii, non eruditionis sed derogationis, non monentem sed mordentem, non instruentem veraciter sed fallentem. Nos autem libellum ipsum ad sedem delatum apostolicam, venerabili fratri nostro Tusculanensi episcopo, et dilectis filiis nostris J. tituli S. Laurentii in Lucin. H. tituli S. Sabinæ, presbyteris, et J. Sancti Nicolai in Carcere Tulliano diacono, cardinalibus examinandum commisimus; ut plene ipsum inspicerent, et universa contenta in eo perfecte attenderent et discuterent diligenter. Quo studiose perlecto, et mature ac districte examinato, nobisque de hoc plenaria facta relatione ab eis, quod in ipso quædam perversa et reproba, contra potestatem et auctoritatem Romani pontificis et coepiscoporum suorum; et nonnulla contra illos, qui propter Deum sub arctissima paupertate mendicant, mundum cum suis opibus voluntaria inopia superantes; alia vero contra eos, qui, salutem animarum zelantes ardenter et sacris studiis procurantes, multos in Ecclesia Dei operantur spirituales profectus et magnum faciunt ibi fructum; quædam autem contra salutarem pauperum seu mendicantium religiosorum statum, sicut sunt dilecti filii fratres prædicatores et minores, qui, vigore spiritus seculo cum suis divitiis derelicto, ad solam cœlestem patriam tota intentione suspirant; nec non et alia plura inconvenientia, digna utique confutatione ac confusione perpetua, manifeste comperimus contineri."

29. "Quia etiam idem libellus magni scandali seminarium et multæ turbationis materia existebat, et inducebat etiam dispendium animarum; cum retraheret a devotione solita, et a consueta eleemosynarum largitione, ac a conversione et religionis ingressu fideles: libellum eundem, qui sic incipit, *Ecce videntes clamabunt foris;* quique, secun-

dum ipsius titulum, *Tractatus brevis de periculis novissimorum temporum* nuncupatur; tanquam iniquum, scelestum et execrabilem; et instructiones ac documenta in eo tradita, utpote prava, falsa, et nefaria, de fratrum nostrorum consilio, auctoritate apostolica, præsente magna fidelium multitudine, duximus reprobanda et in perpetuum condemnanda: districte præcipientes, ut quicunque libellum ipsum habuerit, eum infra octo dies, ex quo hujusmodi nostram reprobationem et condemnationem sciverit, prorsus in toto et in qualibet sui parte comburere et abolere procuret; et in illos, qui hujusmodi præcepti nostri fuerint contemptores, excommunicationis sententiam promulgantes, in virtute obedientiæ prohibendo, ne quisquam prædictum libellum, ore apostolico jam damnatum, approbare vel quomodolibet defensare præsumat. Et siquis præsumpserit, tanquam contumax, inobediens, et rebellis Romanæ Ecclesiæ ab omnibus fidelibus habeatur: et nos nihilominus alias contra eum taliter procedemus, quod pœna condigna temerarium feriet, et alii ea perterriti a similibus frænabuntur. Ideoque fraternitati vestræ per apostolica scripta, in virtute obedientiæ, districte præcipiendo mandamus, quatenus hujusmodi nostram reprobationem, condemnationem, præceptum et prohibitionem, ac præmissa omnia Parisiis solemniter publicetis, et faciatis per alios in omnibus locis, in quibus expedire videritis, publicari; contradictores per censuram ecclesiasticam appellatione postposita compescendo. Quod si non omnes his exequendis potueritis interesse, duo vestrum ea nihilominus exequantur. Datum Anagniæ, XII. Kalend. Novembr. pontificatus nostri anno secundo[a]."

30. Ita authoritate pontificia stabiliti sunt fratrum mendicantium ordines, fulcra[a] utique et sustentacula Eccle-

[a] Anno Domini 1256. Anno autem 1257. aliam bullam eodem spectantem, priori magis generalem, promulgavit; quæ extat apud Bzovium ad eum annum, sec. 5. De hac Bernardus Lutzenburgius, in Wilhelmo de Sancto Amore: item in alia bulla quæ incipit, *Exalto fuisse*, &c. jubet etiam concremari alios ejus (Willielmi) libellos in infamiam et detractionem fratrum prædicatorum et minorum scriptos.

[a] Henr. Sedul. comment. ad vit. Francisc. cap. 3. pag. 197.

siæ pontificiæ: qui sub Innocentio[b] III. instituti, "multa[c] præter monachorum commune jus, institutum, morem, ac disciplinam solitam introduxerunt." E quorum schola, tanquam ex equo Trojano, sophistæ exierunt innumeri, qui inquinatissimis suis commentis doctrinæ evangelicæ simplicitatem misere contaminarunt. Hinc enim sententiariorum, quæstionistarum, summistarum, quodlibetistarum, et nescio quorum tenebrionum, ingens egressa est turba; qui, "languentes[d] circa quæstiones et pugnas verborum," pro solida theologia spinosas et rixosas disputationes, μωρὰς[e] καὶ ἀπαιδεύτους ζητήσεις, ut loquitur apostolus, "stultas[e] et ineruditas quæstiones, βεβήλους[f] κενοφωνίας, καὶ ἀντιθέσεις τῆς ψευδωνόμου γνώσεως, profanos de rebus inanibus clamores, et oppositiones falso nominatæ scientiæ," in Christianorum scholas invexerunt. Ut in eos non immerito accommodetur illud Prudentii[g]:

Statum lacessunt omnipollentis Dei
 Calumniosis litibus,
Fidem minutis dissecant ambagibus,
 Ut quisque lingua nequior.
Solvunt, ligantque quæstionum vincula,
 Per syllogismos plectiles.
Væ captiosis sycophantarum strophis!
 Væ versipelli astutiæ!

31. Inquisitionis etiam officium Dominicum et Franciscum "suis fratribus exercendum reliquisse," notat Franciscus[a] Pegna. Nam "initio delegatæ inquisitionis," ut ille[b] refert, fratres ordinis prædicatorum cum fratribus mi-

[b] Vid. Werner. fascic. temp. ætat. 6. sub ann. Dom. 1204. et 1214. Magnum chron. Belgicum, a Pistorio edit. pag. 212, 213. Joh. Stellam in vit. Innoc. III. Sabellic. Ennead. ad 9. lib. 6. init. Joseph. Pamphil. chron. ord. fratr. crem. S. Augustini ed. Romæ an. 1581. fol. 26. b.

[c] Jo. Azor. institut. moral. lib. 13. cap. 1. Vid. Joh. Balæi appendic. ad acta Rom. pont. edit. Basil. ann. 1558.

[d] 1 Tim. cap. 6. ver. 4.

[e] 2 Tim. cap. 2. ver. 23.

[f] 1 Tim. cap. 6. ver. 20.

[g] Prudent. Apoth. pr. ver. 19.

[a] in director. inquisit. part. 3. comment. 32. c. Vid. Friderici II. imp. constitutionem, inter epistolas Petri de Vineis, lib. 1. epist. 25. et liter. pontif. pro officio inquisit. a Fra. Pegna edit. Rom. ann. 1585. pag. 17, 35, 58. in cujus fine: Notum, inquit, fieri volumus, &c. Et Luc. Tudens. pag. 180. de prædicatoribus et minoribus contra hæreticos in Burgundia laborantibus.

[b] Ibid. comment. 2. a.

noribus "huic muneri fuerunt præfecti, quod usque in hodiernum diem exercent adhuc in universa fere Italia." Quo pertinet illa Alexandri IV. bulla, anno sexto[c] pontificatus edita: cujus hoc initium. "Alexander episcopus, servus servorum Dei, dilectis filiis universis fratribus, prædicatorum et minorum ordinum inquisitoribus hæreticæ pravitatis per diversas Italiæ partes a sede apostolica deputatis, et imposterum deputandis, salutem et apostolicam benedictionem. Catholicæ fidei negotium, quod plurimum insidet cordi nostro, in vestris prosperari manibus, ac de bono in melius procedere cupientes, ac volentes omne ab eo impedimentum omneque obstaculum removeri; præsentium vobis auctoritate mandamus, quatenus in eodem negotio de divino et apostolico favore confisi, omni humano tractare deposito, constanter ac intrepide procedentes, circa extirpandam hæreticam pravitatem tam de Lombardia et Thuscia, quam de omnibus aliis Italiæ partibus, cum omni vigilantia omnique studio laboretis." Hæc Alexander in literis anno 1260. scriptis: quo anno, "Carmelitas fratres, visis populorum odiis ac scandalis adversus prædicatores et minores, officia inquisitionis et exequutionis caussarum cum cura monialium a se excussisse," ex alia ejusdem Alexandri bulla notat Johannes Balæus[d].

32. Prædicatoribus vero potissimum et minoribus fratribus illa a pontifice data est provincia, ut in hæreticorum oppugnationem omni cogitatione curaque incumberent: quo in bello *primanos* milites fuisse prædicatores, *secundanos* minores, agnoscit posterioris ordinis gregalis, Henricus[a] Sedulius. Hæretici autem, quicunque a pontificia religione erant alieni, Romanensium idiomate nuncupati sunt: atque inter eos illi præcipui, quos sic, ut Jesuitam decuit, in capite duodecimo dissertationis suæ de festo Corporis Christi, allatrat Jacobus Gretserus. "Tunc (Clementis V. temporibus) Calvinianorum atavi Albigenses,

[c] Liter. pontific. pro officio inquisit. a Fra. Pegna edit. Rom. ann. 1585. pag. 50, 51.

[d] Bal. appendic. ad act. Rom. pont. pag. 546.

[a] Sedul. comment. ad vit. Francisc. cap. 3. pag. 200.

Waldenses, et Berengarianorum haud pauci, multorum corda sacramentario suo veneno infecerant; et a cultu augustissimi hujus sacramenti averterant. Nec dubito (inquit alibi[b] idem) clarissimos illos ordines D. Francisci et D. Dominici, singulari Dei providentia oppositos fuisse cum aliis, tum præcipue Waldensium sectis; in quibus refutandis, oppugnandis et extirpandis, duo illa Christianæ Ecclesiæ lumina, tam per se quam per posteros suos, præclaram operam posuerunt." Horum vero historiæ, quæ ad hujus libri maxime spectat institutum, proximum caput destinavimus, ex quo peti possit responsio ad illam Bellarmini quæstionem petulanter nostris insultantis, de notis Ecclesiæ capite quinto "Quomodo nemo advertebat? Quomodo non capiebantur, et coercebantur ab inquisitoribus, qui longo tempore ante Lutheri ætatem esse cœperunt in Ecclesia? Quomodo nullum vestigium, nulla memoria eorum extat?

[b] Gretser. prolegom. in script. edit. contr. Waldens. cap. 5.

CAP. X.

Albigensium,* et aliorum, qui in secunda hac periodo Ecclesiæ pontificiæ adversati sunt, historia.

1. Humiliatos et pauperes de Lugduno ab Innocentio III. rejectos esse, et in illorum locum prædicatores, in horum minores fratres substitutos, author est Conradus[a] Liechtenavius abbas Urspergensis: "ut[b] intelligas, qua caussa, quo auctore, cui fini, mendicantium ordinum instituta prodierint, et recepta sint." Non omnes tamen sine discrimine Humiliatos in eodem cum pauperibus Lugdunensibus ordine ab Innocentio esse positos, ostendit ipse in epistola[c] ad Veronensem episcopum scripta. "Accepimus" inquit, "quod auctoritate literarum nostrarum, quas dilectis filiis nostris archipresbyteris et canonicis Ecclesiæ tuæ contra Gazaros, Arnaldistas, Pauperes de Lugduno et Humiliatos, qui nondum redierunt ad mandatum apostolicæ sedis, et hæreticos universos direximus: dictus archipresbyter tam contra Humiliatos, quam universos hæreticos sine distinctione, quam posueramus in literis nostris, excommunicationis sententiam promulgavit, cujus occasione sententiæ, nonnulli quosdam, qui licet inviti a populo humiliati dicuntur (licet nullam hæresim, sed fidem, sicut dicitur, sapiant orthodoxam; et in humilitate cordis et corporis studeant domino famulari; qui etiam in manibus tuis stare mandatis Ecclesiæ juraverunt), evitant; et eis tanquam excommunicatis communicare, sicut hactenus,

[a] Abb. Urspergens. chron. ann. 1212. Vid. Felicem Fabrum in rerum Suevicar. script. a Goldasto edit. pag. 117. Paul. Æmil. de gest. Franc. lib. 6. Jo. Aventin. annal. Boior. lib. 7.

[b] Henr. Sedul. comment. ad vit. Francisc. cap. 3. pag. 195.

[c] Innoc. III. epist. decretal. regist. lib. 2. pag. 534. edit. Colon. ann. 1606.

non præsumunt. Quia vero non est nostræ intentionis innoxios cum nocentibus condemnare, fraternitati tuæ per apostolica scripta mandamus atque præcipimus, quatenus tales ad tuam præsentiam convoces, et inquiras tam ab aliis de vita et conversatione ipsorum, quam ab eis de articulis fidei, et aliis quæ videris inquirenda: et, si nihil senserint, quod sapiat hæreticam pravitatem, eos catholicos esse denuncies, et prædictam sententiam non teneri. Quod si forsan aliquid contra fidem sapiant orthodoxam, et parati fuerint ab errore discedere, ac mandatis apostolicis obedire, recepto ab eis juxta formam Ecclesiæ juramento, quod solet a talibus exhiberi, beneficium eis absolutionis impendas: mandans eisdem sub debito juramenti præstiti, ut errorem, quem approbaverant, publice improbent, et in aliis studeant pro viribus confutare: de cætero etiam fidem orthodoxam servent, et sedem apostolicam venerentur. Datum Lateran. VIII. Idus Decembris."

2. Patet idem ex ejusdem Innocentii epistola ad Terdonensem episcopum, quæ in secundo libro decretalium legitur[a], tum in antiqua collectione quæ ordine numeratur tertia, tum in nova Gregoriana: ubi posterioris collectionis glossator Bernardus Botonus Parmensis, "Olim," inquit, "isti Humiliati condemnati fuerunt ab Ecclesia per Lucium papam, secundum quod continebatur in decreto infra de hæreticis. Ad abolendam in particula, quæ modo est decisa, in principio illius capitis. Sed postea tempore Clementis, recepti sunt ab Ecclesia, quia in nullo errabant, nisi quia condemnabant jurantes: sed ipsi in hoc se correxerunt; et jurant, quando expedit; et Ecclesia eos modo approbat[b]." Et Tancredus, antiquæ collectionis interpres: "Ego oculis meis vidi quendam magistrum Humiliatorum honorifice receptum a domino Innocentio." Addunt etiam alii[c], eorum ordinem ab Innocentio confirmatum esse: quod

[a] tit. De restitutione spoliatorum: cap. Olim causam.

[b] Vid. supr. cap. 8. sec. 44, 45.

[c] Antonin. hist. part. 2. tit. 15. cap. 23. Raph. Volaterran. anthropolog. lib. 21. Joh. Naucler. chronograph. generat. 40. Barth. Cassanæ. catalog. glor. mund. part. 4. consid. 60.

ad Humiliatos illos acerrimos patrinorum adversarios referendum est, de quibus in vicesimo octavo capite occidentalis historiæ agit Jacobus de Vitriaco.

3. De pauperibus vero Lugdunensibus ita scribit, in anni 1212. historia, abbas Urspergensis. " Vidimus tunc temporis (anno, ut videtur, quo istam historiam refert, 1212. vel præcedente, quo se venisse ad curiam Romanam ait) aliquos de numero eorum, qui dicebantur Pauperes de Lugduno, apud sedem apostolicam cum magistro suo quodam, ut puto, Bernhardo, et hi petebant sectam suam a sede apostolica confirmari, et privilegiari. Sane ipsi, dicentes se gerere vitam apostolorum, nihil volentes possidere, aut certum locum habere, circuibant per vicos et castella. Ast dominus papa quædam superstitiosa in conversatione ipsorum eisdem objecit, videlicet, quod calceos desuper pedem præcidebant, et quasi nudis pedibus ambulabant. Præterea, cum portarent quasdam cappas, quasi religionis, capillos capitis non attondebant, nisi sicut laici. Hoc quoque probrosum in eis videbatur, quod viri et mulieres simul ambulabant in via, et plerumque simul manebant in una domo; ut de eis diceretur, quod quandoque simul in lectulis accubabant. Quæ tamen omnia ipsi asserebant ab apostolis descendisse. Cæterum dominus papa in loco illorum exurgentes quosdam alios, qui se appellabant Pauperes minores, confirmavit." Quo referenda et sequens hæc fratris Ivoneti de ortu pauperum Lugdunensium narratio: a Francisco[d] Pegna ex codice membranaceo manuscripto bibliothecæ Vaticanæ excerpta.

4. " Ortus illius sectæ, quæ dicitur Poure de Lyon, sive pauperes de Lugduno, sicut a diversis audivi, et a quibusdam ipsorum, qui videbantur ad fidem reversi, dum eorum interessem examinationibus, sic se fertur habuisse. Apud Lugdunum fuerunt quidam simplices laici, qui, quodam spiritu inflammati, et supra cæteros de se præsumentes, jactabant se omnino velle vivere secundum evangelicam doctrinam, et illam ad literam perfecte servare:

[d] Fr. Pegna in 2. part. director. inquisit. comment. 39. b.

postulantes autem a domino papa Innocentio III[a]. hanc vivendi formam, auctoritate sua sibi et suis sequacibus confirmari, adhuc recognoscentes primatum apud ipsum residere apostolicæ potestatis: postea cœperunt ex se, ut plenius se Christi discipulos et apostolorum successores ostenderent, et etiam sibi officium prædicationis jactanter assumere, dicentes Christum præcepisse discipulis suis evangelium prædicare: et quia sensu proprio verba evangelii interpretari præsumpserunt, videntes nullos alios evangelium juxta literam servare: quod se facere velle jactaverunt, se solos Christi veros imitatores esse dixerunt. Cumque Ecclesia videret eos officium prædicationis usurpare, quod eis commissum non fuerat, cum essent idiotæ et laici, prohibuit ut debuit: et nolentes obedire excommunicavit. Illi autem contempserunt in hoc claves Ecclesiæ, dicentes clericos hoc facere per invidiam, quia viderent eos meliores esse, et melius docere, et majorem ex hoc populi favorem habere, cum pro bono et perfecto opere nullus debeat aut possit excommunicari, quale est docere fidem et doctrinam Christi; et, quod nullus debeat hujusmodi tantum bonum prohibenti aliquatenus obedire, et illam excommunicationem reputabant sibi æternam benedictionem, gloriantes se apostolorum successores; quod, sicut illi pro doctrina evangelii a Scribis et Pharisæis, extra synogogas ejecti, maledictioni eorum et percussioni subjacebant, ita et ipsi a clericis similia paterentur. Sic superba præsumptio palliatæ sanctitatis, et a sanctitate singularitatis, cæcitatem induxit hæreticæ pravitatis: cum evangelica perfectio magis doceat humiliter obedire doctoribus et rectoribus Ecclesiæ, quam, per amorem singularitatis, se scindere a catholica unitate."

5. Hæc frater Ivonetus in summa[a], cujus fragmentum supra[b] etiam citatum est; in quo duo genera Valdensium

[a] Omnino videtur legendum II. ut apud P. Pilichdorffium et Jo. Sacranum, supr. cap. 8. sec. 6. qui in postremis illis verbis omnino respexisse videtur ad ea quæ mox hic leguntur, ac si Ivonetum legisset ipse. Vid. supr. cap. 8. fin. sec. 7.

[a] part. 5. cap. 2.

[b] supr. cap. 8. sec. 3. Idem patet ex Ebrardo

distinguit, ac priori tantum, cui proprie nomen pauperum Valdensium de Lion accommodat, illa monasticam professionem sapientia attribuit, quod scilicet " nihil proprium dicerent se habere, nec domos, nec possessiones, nec certas mansiones; conjugesque, si quas ante habuerunt, relinquerent," non autem alteri, ad quod virorum, fœminarum, conjugatorum, cœlibum, divitum, pauperum, operariorum, artificum, atque omnis generis hominum, Waldensium doctrinæ credentium, multitudo pertinebat. Ut sophistice Sanderus[c] de omnibus dixerit, absque ullo discrimine: " Waldenses, quicquid erant, monachi erant, fraterculi erant; pauperes ex voto et professione erant: nec ita erant monachi, ut quondam Lutherus, qui ex monacho factus est apostata, et ita cum hæresim suam profiteretur, pro non monacho haberi voluit: sed Waldenses habuerunt monachismum pro doctrinæ suæ fundamento." Et scribit quidem Petrus[d] Pilichdorffius, " pauperes de Lugduno, inaniter de sua paupertate gloriantes, dicere, tanquam pro fundamento sui erroris, quod ipsi soli vitam apostolorum servent, nihil habentes in proprio, vel communi: et consequenter, quod a spe salutis sint exclusi papa et episcopi, apostolorum successores, et omnes pastores, in communi vel proprio aliquid habentes:" indeque, qui fragmentum Pilichdorffii in lucem edidit, Gretserus[e] Jesuita, " Pauperes de Lugduno," inquit, " veterum hæreticorum, quos S. Epiphanius et alii vocant apostolicos seu apotacticos, errorem quadantenus amplectebantur; nempe, apostolorum et primitivæ Ecclesiæ exemplo, omnium rerum proprietatem non modo in particulari, sed et in communi procul habendam et repellendam esse; vivendumque ex mendicato. Quos auctor iste prima tractatus sui parte refellit; sed adscitis quibusdam argumentis, quæ auribus probe purgatis non satis probe tinniant." Verum de pastoribus tantum loqui Pilichdorffium, non de credentium

Bethuniensi, antihæreseos cap. 25. de insabbatatis tantum (sive) apostolis Waldensium hæc proferente, quæ spectant paupertatem et cœlibatum pag. 178, 184.

[c] Sander. visib. monarch. lib. 7. pag. 469, 471. edit. ann. 1592.

[d] In script. contr. Waldens. a Gretsero edit. pag. 281. [e] Ibid. pag. 278.

multitudine, et verba ipsa indicant, et alius ejusdem locus manifeste evincit. Sic enim in primo capite obviationum contra Waldenses disputat[f]. "Tempore primitivæ Ecclesiæ, non solum apostoli vel clerici, sed etiam omnes Christiani, tam clerici quam laici, habebant omnia communia; nec quisquam eorum quæ possidebat, aliquid suum esse dicebat: ut habetur Actorum quarto. Quapropter etiam Ananias et Saphira, qui fraudem fecerunt de pretio agri venditi correpti simul et mortui sunt. Si ergo possessio proprii damnaret Ecclesiam, tunc etiam omnes credentes hæresiarcharum Waldensium damnarentur." Similia etiam in alio[g] contra Waldenses tractatu, qui cum illo Pilichdorffii in MS. codice Diessensis monasterii conjunctus est, repetita legimus.

6. Ab apostolicorum autem institutis, qui, testante Augustino[a], "in suam communionem non recipiebant utentes conjugio, et res proprias possidentes," Waldenses longe lateque plurimum dissedisse: vel ex illa, quæ in Reinerii appendice habetur, examinatione Leonistæ, non difficile fuerit colligere. Ibi enim quærit author[b] a Leonista; "Quare non servat doctrinam evangelii, ut non timeat eos qui corpus occidunt, et ut renuntiat omnibus quæ possidet, et alia multa." Deinde, ut evincat eum "pauca de lege Christi servare, et in multis offendere;" sequentes ei interrogatiunculas, inter alias, proponi jubet: "Si habes duas tunicas, et das unam non habenti? et de esca, similiter. Item, Si das omni petenti et mutuas. Item, Non repetis ablata. Item, Si vendis quæ possides. Item, Si non es sollicitus quid manduces, vel quo induaris. Item, Si non cogitas de crastino. Item, Si in via nihil portas, nec pecuniam, nec peram, nec duas tunicas, nec calceamenta. Item, Si patrem et matrem et filios relinquis. Item, Si relinquis domum et uxorem. Item, Si castras te propter regnum cœlorum. Item, Si sine sacculo et pera nihil tibi

[f] in script. contr. Waldens. a Gretsero edit. pag. 204, 205.
[g] Ibid. pag. 292, 293.
[a] Augustin. de hæres. cap. 40. op. tom. 8. pag. 11.
[b] script. contr. Waldens. a Gretsero edit. pag. 93, 94, 325.

deest. Item, Si pariter estis, et habetis omnia communia. Item, Si vendens possessiones et substantias dividis omnibus, prout unicuique opus est. Item, Si non habes proprium." Fieri quidem potest, ut aliqui inter eos superstitiosuli, præsertim qui e papismi cœno nondum plene emerserant (cujusmodi fuisse videntur illi, quos in Romana curia vidit abbas Urspergensis, et quos apud Romanum pontificem "primatum residere apostolicæ potestatis adhuc recognovisse" scribit Ivonetus), κακοζηλίᾳ quadam ducti, curiose nimis operam darent, ut apostolis per omnia conformes fierent: quod vero communis fuerit hæc pauperum Lugdunensium sententia, requiri a pastoribus, ut nihil habeant in proprio, vel communi, sed ex mendicato vivant, id in[c] sexto capite, ubi septimi articuli Personiani examen est institutum, et Waldensium et pontificiorum testimoniis, apertæ vanitatis coarguimus: quod idem etiam de cœlibatus voto dici potest.

7. Certe inter Waldensium propositiones, ex antiquo manuscripto libro a Magdeburgensibus[a] historicis recitatas, cernuntur istæ: "Vota esse hominum figmenta Sodomam nutrientia. Monachatum esse cadaver fœtidum. Conjugium sacerdotum esse licitum et necessarium." Et postremæ propositioni fidem facit ipse Reinerius; in quinto capite tractatus a Gretsero editi, de pauperibus Lugdunensibus sive Leonistis ita scribens. "Quod Ecclesia erraverit, dicunt, matrimonium clericis prohibendo; cum etiam orientales contrahant:" et in Explanatione errorum, ab Illyrico[b] et Frehero edita, "dicunt Ecclesiam Dei graviter errasse, prohibendo clericis matrimonium; quia lex vetus et nova concessit." Unde et superiori seculo a Valdensibus Gallicæ nationis cum fratribus Bohemiæ et Moraviæ amicam expostulationem factam legimus, quod de conjugio admitterentur ea, quæ sibi displicerent. "Deterrebantur autem," inquit[c] narrationis author, "curantes

[c] Vid. supr. cap. 6. sec. 28, 29. et cap. 8. sec. 4.
[a] Centur. 12. cap. 8. col. 1207.
[b] Illyric. catal. test. verit. Freher. rer. Bohem. script. pag. 228.
[c] Joach. Camerar. de Eccles. fratr. Bohem. pag. 128.

in ecclesiis fratrum a frequentando conjugium, et periculorum impendentium exilii atque carceris metu, et præsentium difficultatum incommodorumque mole; cum natura ad conjugium propensis, et voluntate proclivibus, nullis hoc interdictum esset; ac copulatio quoque ut ista fieret honeste, adjumenta etiam afferrentur omnibus." Fratres vero ipsi, in confessione regi Ferdinando anno 1535, exhibita, instituti sui rationem ita explicant. "Conjugium multa secum adfert impedimenta, quæ multos, quo minus bene respondeant suæ vocationi, remorantur. Proinde nostri idoneos magis habilioresque ad ministerium Ecclesiæ existimant cœlibes; si quibus tamen hoc peculiare donum a Deo datum fuerit. Non quod sacerdotes peccare putent, si matrimonium contrahant, si id moneat necessitas, sintve ad hoc aliæ justæ rationes. Nam et Paulus aperte docet, ad ecclesiastica munia tractanda, unius uxoris viros eligendos esse. Nec ita inique judicant, quin honestum ac legitimum conjugium multis nominibus præferant impurissimo quorundam cœlibatui, qui in manifesta turpitudine vivunt, ventri ac scortationibus dediti. In professo enim illud Pauli est: *Melius est nubere quam uri:* nam ob hujusmodi flagitia tam fœdæ ac nefariæ libidinis, quæ multi exercent, non sacerdotes modo, sed quisquis alius etiam, citra personarum respectum, merito a communione Ecclesiæ exigi debet." Hæc, in nono confessionis suæ[d] articulo, fratres Bohemiæ et Moraviæ, Waldenses vulgo appellati: addentes insuper in præfatione confessionis, quæ anno 1572. est edita, ipsos "cœlibatus exercitia apud se aliqua esse malle, quam nulla; ne Jovinianam conjugii necessitatem introducere aut stabilire videantur."

8. Nempe cœlibatum "non vovent ministri Ecclesiæ fratrum Bohemorum: et tamen plerique omnes in Bohemia et Moravia vivunt cœlibes sanctissime: at qui in Polonia sunt, ubi tuta et libera omnia, ii uxores ducunt:" ut notat in theologia[a] Moscovitica Johannes Lasicius Polonus. Ita Waldenses non ex religione alicujus voti, sed

[d] Vid. confessionem edit. noviss. art. 10.

[a] edit. Spir. ann. 1582. pag. 157.

"propter instantem[b] necessitatem" a conjugio consulto abstinuerunt. Nam ad vota, et monachorum ac fraterculorum superstitiones, quibus eos gravat Sanderus, quod attinet, inter præcipua ac certa eorum doctrinæ capita a D. Thuano[c] recitatur istud; "Monasticam vitam Ecclesiæ sentinam ac Plutonium esse; vana illius vota, nec nisi fœdis puerorum amoribus servientia. Improbant omnes religiones tam monachorum, quam sanctimonialium, dicentes esse superfluas et inanes:" ait author Indicis[d] errorum Waldensium, quem una cum Reinerio Gretserus nuper edidit. Denique "horrebant fratrum et monachorum privatas religiones, quas etiam malo dæmoni ascribebant:" ut Guilielmus Reginaldus[e] asserit.

9. Quod vero ex Ivoneti narratione Franciscus Pegna, recentiorem esse ortum Valdensium, et ad tempora Innocentii III. referendum, vanissimum esse ostendunt complura in octavo capite a nobis producta testimonia: quæ manifeste evincunt, id quod Gretserus etiam agnoscit, "diu ante[a] Innocentii III. pontificatum, Waldenses natos;" nec circa anno Domini 1200. ut Pegnæ[b] fert conjectura, multoque minus anno 1218. ut affirmat Bernardus[c] Lutzemburgius, exortos esse[d]. Extant quidem Innocentii epistolæ[e], tum ad Metenses, tum ad abbates Cistercienses Morimundenses, et de Christa missæ, quibus animadverti

[b] 1 Corinth. cap. 7. ver. 20.

[c] Thuan. hist. lib. 6. ann. 1550.

[d] edit. Ingolstad. ann. 1613. pag. 312.

[e] Reginald. Calvino-Turcism. lib. 2. cap. 5. Vid. Prateol. elench. hæres. Pauper. de Lugdun. artic. 21.

[a] Gretser. prolegom. in script. contr. Waldens. cap. 1.

[b] Fr. Pegn. in 2. part. director. inquisit. comment. 39. b.

[c] Lutzemburg. catal. hæret. in Paup. de Lugdun.

[d] S. Antoninus in summa, part. 3. tit. 21. cap. 5. sec. 1. doctrinam Waldensium multo serius propalatam statuere videtur, viz. A. D. 1322. ait Person. 3. convers. part. 3. tom. 1. cap. 3. sec. 3. Idem Person. ib. sec. 15. Albigenses appellat primam, præcipuam Waldensium propaginem: addens, sec. 17. 30, aut 40. annis postquam hi Waldenses hæresin suam Lugduni in Gallia docere cœpissent, ex iis alia secta exorta est in oppido ejus regni quod Albigensium dicitur, prope insignem urbem et academiam Tholosanam, a quo oppido Albigenses vel Albanenses vel Albigii dicti sunt. Ita etiam 3. convers. part. 2. cap. 10. sec. 28. Albigenses 30, aut 40. annis exortos post Waldenses, sub Innocentio III. statuit A. D. 1216. ineptissime, nam diu antea fuerunt.

[e] Innocent. regist. lib. 2. pag. 468, 471, et 537. edit. Colon. ann. 1606

in eos jubet, qui in diœcesi et urbe Metensi translationi scripturarum Gallicanæ dabant operam, secreta frequentabant conventicula, et officium prædicationis usurpabant. Atque eos non alios fuisse quam Waldenses ex Alberici monachi trium fontium, et Cæsarii Heisterbachensis liquet historiis: nec tamen tum simpliciter exortos, quemadmodum auguratur Pegna, sed in Metensi urbe exortos, dicamus necesse est. "Paucis annis elapsis," inquit Cæsarius[f], "sub episcopo Bertramo, viro valde literato, orta est hæresis Waldosiana in civitate Metensi, hoc modo. Cum idem antistes in festivitate quadam populo in ecclesia prædicasset, duos homines ministros diaboli in turba stare conspiciens, ait: Video inter vos duos nuntios diaboli; ecce illi sunt (digito eos ostendens), qui, me præsente, in Monte Pessulano propter hæreses damnati sunt et ejecti. Qui episcopo durius responderunt, habentes in comitatu suo scholarem, qui more canino contra eum latrabat, injuriis eum lacessens. Egressi vero de ecclesia, multitudinem populi circa se congregantes, errores suos illis prædicaverunt. Quibus cum quidam ex clericis dicerent; Vos domini, nonne apostolus dicit, Quomodo prædicabunt nisi mittantur? Volumus scire quis vos miserit huc prædicare. Responderunt illi: Spiritus. Non enim poterat illis episcopus vim inferre, propter quosdam potentes civitatis; qui eos in odium episcopi fovebant, eo quod quendam usurarium defunctum, ipsorum cognatum, de atrio ecclesiæ ejecisset. Revera missi fuerant a spiritu erroris, per quorum ora hæreses Waldosianæ, ab uno eorum sic dictæ, in eadem civitate sunt seminatæ; et necdum prorsus extinctæ:" sub annum scilicet salutis MCCXXII. quo se scripsisse author alibi[g] significat: unde apparet, quomodo accipiendus sit alter Alberici locus, quem magno chronico[h] Belgico inseruit Nussiensis monachus ex Johannis Pistorii bibliotheca editus. "In urbem Metensem, pullulante secta quæ dicitur Waldensium, directi sunt ad prædicandum nonnulli

[f] Cæsar. lib. 5. cap. 20.
[g] Id. lib. 10. cap. 48.
[h] Edit. Francof. ann. 1607. pag. 199.

abbates; qui quosdam libros de Latino in Romanum versos (libros intelligit sacros in sermonem Gallicum translatos) combusserunt, et prædictam sectam extirpaverunt." Neque enim sic funditus sectam extirparunt, quin ejus aliquæ in ea urbe, Honorii papæ temporibus, superfuerint reliquiæ: ut ex citato Cæsarii loco constat.

10. De Waldensium doctrina in sexto capite plura dicta sunt: atque ab eorum reliquiis, quæ Merindolii ad nostram usque ætatem superfuerunt, tempore Francisci I. Galliarum regis edita est professio religionis ejus, "quam[a] a majoribus quasi per manus acceperunt, abhinc anno post Christi incarnationem millesimo ducentesimo; quemadmodum ex omni memoria ætatum ac temporum veteribus intellexerant." In tertio libro actionum et monimentorum martyrum, a Johanne Crispino edito, habetur horum Merindolianorum et Caprariensium, in Venascinensi comitatu habitantium, fidei confessio, oblata summæ curiæ seu parlamento provinciæ. Extat et alia brevior, ab iisdem pro innocentiæ suæ defensione, anno 1544. regi Francisco transmissa, et anno 1551. Parisiis in Parlamento regio publice recitata: quam, ex Caroli[b] Molinæi tractatu de monarchia Francorum, visum est hic subjicere.

"Credimus unum tantum esse Deum, qui spiritus est, rerum cunctarum conditor, pater omnium, super et per omnia, in nobis omnibus, adorandus in spiritu et veritate, quem solum exspectamus, datorem vitæ, alimentorum, indumentorum; prosperæ item valetudinis, infirmitatis, commodorum, et incommodorum: hunc diligimus, tanquam omnis bonitatis authorem, et ceu cordium inspectorem timemus. Jesum Christum credimus esse Patris filium et imaginem, in quo omnis plenitudo Deitatis habitat, per quem cognoscimus Patrem, qui noster est Mediator et Advocatus, nec ullum aliud sub cœlo nomen hominibus datum est, per quod servari nos oporteat. In hujus nomen solum invocamus Patrem: nec ullas preces

[a] Jo. Crispin. act. et monim. martyr. lib. 3. Lancelot. du Voysin Popliner. hist. Franc. lib. 1. edit. ann. 1581. fol. 26. a.

[b] Car. Molin. oper. tom. 3. edit. Paris. ann. 1612. part. 2. col. 578, 579, 616, 617.

effundimus coram Deo, præter eas, quæ in Scriptura sancta continentur, aut cum ejusdem sensu plane conveniunt. Credimus nos habere consolatorem Spiritum Sanctum, a Patre et Filio procedentem, cujus inspiratione precamur, et efficacia regeneramur. Is in nobis omnia bona opera efficit: atque per eum in omnem deducimur veritatem."

11. "Credimus unam sanctam Ecclesiam, omnium electorum Dei a constitutione ad finem mundi congregationem, cujus caput est Dominus noster Jesus Christus. Hanc verbum Dei gubernat, Spiritus Sanctus ducit. In ea sinceri Christiani omnes versari tenentur: pro omnibus etenim indesinenter orat, grata Deo ad quem confugit, et extra quam nulla est salus. Illud apud nos est constitutum, ministros Ecclesiæ, episcopos nempe et pastores, in moribus et doctrina irreprehensibiles esse debere: alioquin deponendos, aliosque substituendos, qui eorum locum et officium impleant. Nemo autem hunc sibi honorem assumat, nisi a Deo vocatus, ut Aaron, gregem Dei pascens, non turpe affectans lucrum, vel ut cleris dominans, sed prompto animo exemplum piis præbens, in sermone, conversatione, charitate, fide et castitate. Reges, principes et magistratus confitemur a Deo institutos esse ministros, quibus parendum sit: nam gladium gestant ut innocentes tueantur, et malos puniant. Propterea honorem eis deferre, tributaque persolvere tenemur. Nullus autem ab hac obedientia sese eximere potest, si modo Christianus dici velit, Jesu Christi Domini et Servatoris nostri exemplum sequens. Is enim tributum persolvit, nec jurisdictionem dominationemve temporalem usurpavit, in statu illo humiliationis gladium verbi cœlestis exerens. Credimus aquam in baptismi sacramento esse signum visibile et externum, nobis repræsentans illud, quod virtus Dei intus in nobis operatur, nempe Spiritus renovationem, et in Christo Jesu carnis nostræ mortificationem: per quem etiam Christum sanctæ Dei Ecclesiæ membra efficimur, in qua fidei nostræ professionem et vitæ emendationem demonstramus."

12. "Sanctum mensæ vel cœnæ Domini nostri Jesu Christi sacramentum credimus esse sacrum memoriale, et

gratiarum actionem ob beneficia per Christi mortem nobis collata, in cœtu piorum, in fide, charitate, suique ipsius probatione celebrandam: et ita panem et poculum sumendo Christi carni et sanguini communicare, sicuti in sacris Scripturis edocemur. Conjugium esse bonum, honorabile, sanctum, et a Deo institutum profitemur: nemini prohibendum, nisi Dei verbum intercedat. Pios et Deum timentes credimus Deo se probaturos ut bonis vacent operibus, quæ præparavit, ut in eis ambulent. Hæc autem opera sunt charitas, gaudium, pax, patientia, benignitas, probitas, modestia, temperantia, aliaque opera in Scripturis commendata. Contra, fatemur cavendum nobis esse a pseudo-prophetis, quorum scopus est, populum ab adoratione religiosa, uni Deo et Domino debita, revocare, creaturis adhærere et confidere; bona opera in Scripturis mandata relinquere, et hominum figmenta sequi. Regulam fidei nostræ vetus et novum Testamentum retinemus: symbolumque sequimur apostolicum. Quisquis autem dixerit nos aliam profiteri doctrinam, longe eum falli et fallere demonstrabimus; si modo per judices ordinarios nobis liceat."

13. Qua autem occasione complura impietatis Manichææ dogmata Waldensibus sub Albigensium nomine a scriptoribus pontificiis sunt tributa, in capite octavo[a] explicavimus. "Petrus Cisterciensis monachus," inquit Mariana[b], "qui de Albigensibus visa explorataque in historiam retulit, Innocentio III. pontifici dicatam, hæreticos Tolosates, atque aliarum urbium et oppidorum, eorumque protectores, communi[c] nomine Albigenses vocari consuevisse ait abusu loquentium; Provinciales hæreticos, hoc est, in provincia Phocæensi natos, eo nomine nuncupantium." Verba Petri in prologo historiæ suæ ad Innocentium papam hæc sunt. "Sciant qui lecturi sunt, quia in plu-

[a] Supr. cap. 8. sec. 26, 29.

[b] Jo. Marian. præfat. in Luc. Tudens. contr. Albigens.

[c] Ita in bello Piratico, Cilices communi nomine dicebantur Piratæ; etiam aliarum nationum, quod malum id ortum in Cilicia: ut docet Appian. in Mithridaticis, pag. 234. Ita Matt. Paris. Albigensium meminit in Croatia et Dalmatia.

ribus hujus operis locis Tolosani, et aliarum civitatum et castrorum hæretici et defensores eorum, generaliter Albigenses vocantur: eo quod aliæ nationes hæreticos provinciales Albigenses consueverint appellare." In operis deinde progressu, Albigensium istorum hæreses recitat, ex Manichæorum fæcibus haustas: sed demum addit. "Erant[d] præterea alii hæretici, qui Waldenses dicebantur; a quodam, Waldio nomine, Lugdunensi. Hi quidem mali erant; sed comparatione aliorum hæreticorum, longe minus perversi. In multis enim nobiscum conveniebant, in aliquibus dissentiebant." Terram enim illam, provinciam nempe Narbonensem, et Albiensem, Ruthenensem, Cadurcensem atque Agennensem diœcesim, a diversarum sectarum hominibus occupatam esse, ex chronico Guilielmi[e] de Podio Laurentii referunt, in Tolosanorum comitum historia, Bernardus Guido, et Nicolaus Bertrandus[f]: quorum quidam Arriani fuerint, quidam Manichæi, quidam Waldenses. Unde etium a quibusdam Arriani[g], a quibusdam Manichæi[h], a quibusdam etiam Waldenses[i] et Pauperes de Lugduno appellantur[k]. "Author historiæ Tolosanæ eos reliquias fuisse ait Arianæ sectæ, quæ inter

[d] Petr. Sarnens. hist. cap. 2. edit. Latin. 3. Gallican.

[e] Guil. de Pod. Laur. chron. cap. 7. et in prol. ejusd. ut supr. cap. 8. sec. 25.

[f] Bertrand. de gestis Tolosan. impress. Tolos. ann. 1515. fol. 26. col. 4. fol. 30. col. 4. et fol. 46. col. 4.

[g] Hoveden. annal. part. 2. ann. 1176. et 1178: edit. Londin. fol. 317. b. 327. a. et 330. b. Andr. Favin. hist. Navarr. lib. 6. pag. 304, 305.

[h] Vid. Radulph. Ardent. homil. Dominic. 8. post. Trinitat.

[i] Jacob. de Rebiria, in collectaneis Tolosanis. Fr. Pegna, in 3. part. director. inquisitor. comment. 158. pag. 715. Belforest. hist. Gall. lib. 3. cap. 75. Thuan. hist. lib. 6. ad ann. 1550. Andr. Schott. et Jo. Marian. præfat. in Luc. Tudens. contr. Albigens. Jac. Gretser. Prolegom. in script. contr. Waldens. cap. 1, et 6. Jo. Masson. præfat. in Alan. contr. Waldens. Andr. Favin. hist. Navarr. lib. 5. pag. 289. et lib. 12. pag. 715. Vid. D. Abboti admonitionem, pag. 104, 105. in fine tertiæ partis ejus defensionis reformati catholici.

[k] Quanquam R. Person. 3 convers. part. 2. cap. 10. sec. 26. magnam esse inscitiam censet, si quis Waldensium et Albigensium sectam esse eandem putaverit. Ipse tamen Albigenses Waldensium propaginem esse docet, supr. cap. 8. sec. 20. not. k. et in not. sec. 9. hujus capitis. Etsi Albigenses Manichæos priores Waldensibus fuisse oportet, ut verum sit quod asserit Personius, ortos circa A. D. 1160. vel 1180.

Visigothorum principes, a quibus Tolosani comites traxerunt originem, a patribus ad filios continuata permanserit:" ut libro secundo annalium Burgundiæ, ad annum Domini 1209. scribit Guilielmus Paradinus. Similiter in Navarrenæ historiæ libro quinto, ad annum 1234. Andreas[l] Favinus, ex abbate Vallis Sarnensis Petro Cisterciense, et Tolosanæ historiæ scriptore Antonino Noguiero, Raimundum comitem Fuxensem, inter Albigenses, duas uxores habuisse refert, quarum altera Valdensis fuerit, Ariana altera: " postquam enim Gothi in Aquitania, Occitania et Provincia, sedes posuissent, hæreseos Arianæ sectatores ad illud usque tempus in dictis provinciis superfuisse." Lucas[m] Tudensis " Manichæorum hæresim in Galliarum partibus suis temporibus pullulasse" affirmat. Catharos etiam, qui aliis Manichæi sunt, collocat Reinerius[n] in Provincia: ac de numero eorum addit, " Ecclesia Tolosana[o], et Albisensis, et Charchagensis[p], cum quibusdam quæ olim fuerunt, ut Ecclesia Auzinensis[q] quæ fere destructa est, sunt fere CCC."

14. Maximam vero partem Waldenses fuisse, qui Albigensium titulo vulgo sunt notati, ex concilii Narbonensis, circa annum Domini 1260. celebrati, apparet testimonio: quod nomine consultationis trium archiepiscoporum, Narbonensis, Arelatensis et Aquensis, ab Illyrico; consultationis Guidonis Fulcodii, qui eo tempore Narbonensis fuit archiepiscopus, Romanus postea factus pontifex et Clemens IV. dictus, a Johanne Calderino producitur. Concilii sive consultationis illius verba sunt hujusmodi. " Hæc[a] autem omnia intelligimus: cum ii, qui sic culpabiles sunt inventi, sciebant illos, quibus vel per quos ista fiebant,

[l] Andr. Favin. Parisien. advocat. in Parlament. edit. Paris. ann. 1612.

[m] Luc. Tudens. contr. hæret. lib. 2. cap. 9. pag. 94.

[n] Reiner. contr. hæret. cap. 6. pag. 65.

[o] Ibid. pag. 71. Vid. Werner. supr. cap. 8. sec. 10.

[p] al. *Carthasensis* vel *Cadurcensis*. [q] al. *Ausciensis*.

[a] Calderin. tractat. de forma procedendi contr. inquisitos de hæresi, tit. De hæreticis, credentib. &c. sec. 9. tom. 11. tractat. doctor. part. 2. fol. 414. edit. Venet. ann. 1584. collat. cum Fr. Pegna, in 2. part. director. inquisit. comment. 75. a. edit. Rom. ann. 1585. pag. 392. et Illyric. catalog. test. veritat. edit. Basil. ann. 1562. pag. 426, 427.

hæreticos vel Valdenses esse; nec ignorabant, quod sancta Ecclesia tales propter errores proprios, sectasque suas damnabiles, ab unitate catholicæ fidei segregatos denuntiat, et excommunicat, persequitur, atque damnat: nec dicenti se hoc ignorasse, leviter est credendum. Quis enim est solus ille peregrinus, qui condemnationem[b] hæreticorum Valdensium ignoret, a longis retro annis justissime factam, tam famosam, tam publicam, tam prædicatam; tot et tantis expensis laboribus et sudoribus fidelium insecutam, et tot mortibus ipsorum infidelium solenniter damnatorum et publice punitorum tam firmiter sigillatam? utique non est ferendus tam evidens discipulus mendacium magistrorum, sed potius cum ipsis damnatis damnandus, qui verum tam notorium diffitetur: quod etiam ipsius rei gestæ modus ignorari non potuisse arguit et convincit. Nam et latere volentes et celari quærentes, hæretici ac Valdenses, suis se tantum credentibus credunt, cum eisdem supradicta mala et similia in latibulo perpetrantes, &c."

15. Johannes Nauclerus[a] et Robertus Gaguinus[b], Albigensium "dogmata neminem ad hunc diem notum scriptorem reliquisse" dicunt: "et cum hæreticos," inquiunt, "eos vocent, atque ob eam culpam exterminatos esse autores tradant; genus tamen hæreseos prætereunt[c]." Raphael Volaterranus[d] eos nonaginta quinque erroribus ab orthodoxis defecisse ait: sed errorum nullum speciatim commemorat. Alii ex Petro[e] Sarnensi et Cæsario[f] Heisterbachensi, monachis Cisterciensis ordinis, non pauca ex

[b] Calderin. *damnationem hæreticorum et Valdens. nescierit.*

[a] Naucler. chronograph. generat. 41. [b] Gagnin. de gest. Franc. lib. 6.

[c] Apparet igitur illos summa Albigenses afficere injuria, qui, de illis generatim atque universe loquentes, errorum ac flagitiorum horrenda quædam monstra eis attribuunt, a quibus Waldenses immunes fuisse certo certius est: a quibus etiam Albigenses nominatim liberant alii.

[d] Volaterran. anthropolog. lib. 21.

[e] Petr. de Vall. Sarn. hist. Albig. cap. 2.

[f] Cæsar. hist. lib. 5. cap. 21. Vid. Cæsarium lib. 5. cap. 22. de combustione librorum M. Davidis. et vid. an ille Albigensis fuerit: ut Gretserus affirmat in lib. de jure expurgand. libr.

Manichæi fæce et principiis Origenicis eis affingunt: nec desunt qui ab ejusmodi suspicione illos liberent. Quanquam enim Manichæismi labem in Albigensium principem, Raimundum comitem Tolosanum, Petrus transferat: testatur tamen Nicolaus Bertrandus[g], se "alibi historiam legisse, quæ Raimundi comitis excusationem contineret: scilicet, quod habebat sibi multos principes atque magnates ratione virtutis et potentiæ corporalis invidos; cum a nemine vinci posset. Ideo facta principum unione, in unum adversus eum convenerunt: ut sic adunati Tolosanum comitem ad nihilum redigerent. Cui hæresim impingebant: hujusque medio suscitarunt cruciatam ac papæ auxilium." Similiter et Guilielmus Paradinus[h], quasdam se historias vidisse ait, in quibus Albigenses eorumque principes eodem modo excusantur: quod hujusmodi scilicet "vitia et errores afficta illis fuerint et malitiose imposita; nec quicquam illi fecerint eorum quorum falso accusarentur, præterquam quod vitia et corruptelas præsulum liberius reprehenderent." Ipse quoque Bernardus Girardus[i], Galliæ historiographus: "Eorum," inquit, "partes secuti sunt comites Tolosæ, Convenarum, Bigerronum et Carmanii, ipseque rex Tarraconensium. Et, quamvis pravis imbuti fuerint opinionibus, non hoc tamen

[g] Bertrand. gest. Tolosan. fol. 29. col. 1.

[h] Paradin. annal. Burgund. lib. 2. ad ann. 1209. pag. 247, 248. edit. Lugd. ann. 1566.

[i] Girard. hist. Franc. lib. 10. Cum Jo. Fox. act. et monument. pag. 231. ita scripserit, credend. est, et ita reperi in quibusdam commentariis, Albigensium dogmata satis sana fuisse; utpote qui nihil aliud tenuerint aut professi sint, quam adversum opes luxui ministrantes, superbiam, et tyrrannidem prælatorum; negantes papæ authoritatem in scriptura fundatam esse: Personius 3 convers. part. 3. tom. 1. cap. 3. sec. 24. furiose adversus illum invehitur, ita scribens, "Eum rogarem, Quis scriptor hæc unquam cogitavit aut dixit ante seipsum, seu ex protestantibus (Illyricus, Camerarius. &c.), sive ex catholicis (Bern. Girardus, &c.)? vel quis unquam tam effrons, qui tale quid scribendo asseruit? vel quare non protulit illos commentarios in quibus se ait reperisse; aut saltem quare non illos in margine citavit? aut demum non indicavit, quinam illi commentarii, ubi, unde, aut a quibus conscripti? Sed hæc omnia quæsita oportet illum refugere, cui cordi est impudenter mentiri et omnibus veteribus adversari: quod Johanni Foxio solenne est, tum hic tum in multis aliis locis, ut quæ alii evincunt, scelera tueatur."

tantum papæ et magnorum principum odium in eos concitabat, quantum libertas orationis, qua dictorum principum atque ecclesiasticorum vitia et mores dissolutos culpare, ipsiusque papæ vitam et actiones reprehendere consueverunt. Hæc præcipua res fuit, quæ universorum eis conflavit odium, quæque effecit, ut plures nefariæ affingerentur eis opiniones, a quibus omnino fuerant alieni. Rex Augustus a regni sui clericis excitatus, qui Albigenses ob hoc omnis generis hæresium insimulabant, quod ipsorum vitia insectarentur et accusarent, Innocentium III. pontificem rogavit, ut suam hic vellet authoritatem interponere, et hæreticos ad frugem bonam reducere conaretur." Hæc de Albigensibus Bernardus Girardus.

16. A turpis vero vitæ consuetudine, qua eos gravare solent scriptores pontificii, satis eos liberat colloquium illud, quod inter Fulconem Tolosanum episcopum et Pontium Ademari militem habitum esse commemorat eorum temporum æqualis, Guilielmus de Podio Laurentii. "Dicam," inquit[a], "quod audivi Dominum Fulconem episcopum referentem; quod Pontius Ademari de Rodelia, miles sagax, dicebat eidem episcopo. Nullatenus possemus credere quod Roma haberet tot efficaces adversus istos homines rationes. An non, inquit episcopus, eos vires vestris objectionibus non habere? Bene agnoscimus, ait ille. Quare ergo de terra, dixit episcopus, non expellitis et fugatis? At ille ait: Non possumus. Sumus enim nutriti cum eis, et habemus de nostris consanguineis inter ipsos: et HONESTE vivere contemplamur: sic enim falsitas," inquit Guilielmus, "sola nitidæ vitæ apparentia, subtrahebat incautos homines veritati."

17. D. Thuanus[a], præcipuis ac certis eorum doctrinæ capitibus, quæ commemorat, alia afficta esse ait, "de conjugio, resurrectione, animæ statu post mortem, et de cibis:" Papirius Massonus prorsus ea silentio prætermittit. "Homo quidam fide dignus," inquit Nicolaus Vignerius[b], "e Gallia Novempopulana, mihi affirmavit, legisse

[a] Guil. de Pod. chron. cap. 8.

[a] Vid. supr. cap. 8. sec. 29.

[b] Vignier. hist. Eccles. ann. 1206.

se unam ex confessionibus eorum, vetere[c] lingua Gasconica conscriptam, ac cancellario hospitalio paulo ante secundas Galliæ turbas oblatam: quæ cum Waldensium doctrina plane consentiebat, nullo omnino Manichæismi comparente vestigio. Expresse vero declarabant, canonicos se tam Veteris quam Novi Testamenti libros recipere: omnemque doctrinam rejicere, quæ in eis fundamentum non haberet; aut aliquid eis contrarium contineret. Indeque omnes Romanæ Ecclesiæ ceremonias, traditiones et ordinationes, repudiabant ac condemnabant: dicentes eam speluncam esse latronum, et meretricem Apocalypticam." Albigensium etiam "religionem parum admodum ab ea discrepasse, quam hodie profitentur protestantes," confirmat Poplinerius[d]: "tam ex pluribus fragmentis et monumentis, quæ antiqua patriæ illius lingua de horum temporum historia conscripta sunt; quam ex publica[e] et solenni disputatione, inter Apamiensem episcopum et M. Arnoltotum Lombrensem ministrum habita; cujus acta integra ad hunc usque diem extant lingua, ad Catalanicum potius quam patrium sive Francicum idioma accedente, conscripta. Imo plures (inquit[f]) mihi pro certo dixerunt, vidisse se articulos fidei ipsorum, veteribus quibusdam tabulis quæ Albii sunt, incisos, doctrinæ protestantium usquequaque conformes."

18. Quanta vero Albigensium horum fuerit multitudo, ex illis Cæsarii[a] verbis licet colligere. "In tantum Albi-

[c] Similem etiam Albigensium fidei confessionem, ad synodum quandam orthodoxorum ministrorum in Gallia aliquando delatam, ac communi ipsorum calculo comprobatam esse, testatus est mihi vir authoritate gravis, D. Fontanus; Gallicanæ Ecclesiæ in civitate Londinensi pastor quondam fidelissimus. Multa eorundem monumenta vetere lingua occitanica conscripta, habebat vir illustrissimus Josephus Scaliger; quæ viro docto D. Chamiero in Gallia tradita fuisse audio, (ita mihi narravit D. Casaubonus); a quo certior et plenior doctrinæ Albigensium historia expectatur.

[d] Popliner. hist. Franc. tom 2. lib. 38. edit ann. 1581. fol. 245. b. Vid. supr. cap. 8. sec. 1.

[e] Vid. infr. sec. 21, 22.

[f] Voire que plusieurs m'ont asseuré avoir veu les articles de leur foy, gravez en quelques tableaux qui sont en Alby, du tout conformez a ceux des protestans.

[a] Cæsar. Heisterbach. hist. lib. 5. cap. 21.

ensium error invaluit, ut, brevi intervallo temporis, infecerit usque ad mille civitates; et, si non fuisset gladiis fidelium repressus, puto quod totam Europam corrupisset." Pauperes de Lugduno et Albigenses "totum fere Latinum orbem infecisse" asserit Alphonsus[b] Ciaconius. "Ante annos ducentos," inquit Bellarminus[c] (trecentos vel quadringentos potuisset dicere), "regnabat in Gallia hæresis Albigensium, quæ præter vires doctrinæ magis abundabat copiis militum, et potentia, quam nunc hæresis Calvinistarum." Joannes[d] Mariana: "Galliam universam Hispaniæque partem invasisse," scribit. Rogerus[e] Wendoverius sedes assignat illis "in Wasconia, Arvernia, Albigesio, partibus Tolosanis et Arragonum regno:" Godefridus[f] Coloniensis monachus, "per totam Provinciam plurimas civitates, cum baronibus et nobilibus terræ, et clero, in eam hæresin decidisse" notat[g]. Dicti sunt autem Provinciales illi ab aliis Bulgari[h], ab aliis Beggini[i], ab aliis etiam Rotarii, si Alphonso Ciaconio credimus. Sic enim ille[k], de Innocentio III. "Opera Hugonis episcopi Re-

[b] Ciacon. in vit. Innoc. III. pag. 525.

[c] Bellarm. de not. Eccles. cap. 6.

[d] Marian. hist. Hispan. lib. 12. cap. 1. et præfat. in Luc. Tudens.

[e] Rog. Wendover. et eum secutus Matt. Paris. hist. ann. 1213. pag. 231. ubi pro *Arvernia* perperam habetur *Arumpnia*. Vid. supr. cap. 8. sec. 15.

[f] Godefrid. annal. a Frehero edit. pag. 278. ad ann. 1208 Vid. Jo. Cassanion. hist. Albigens. lib. 1. cap. 10.

[g] Tempore Fulcrandi episcopi Tolosani, hæresis, ut ex chronico Guilielmi de Podio Laurentii refert Nicol. Bertrandius, fol. 46. col. 3. "pullulans et in altum se tollens creverat in immensum. Unde hæreticorum malitia prævalebat cum potentia dominantium, a quibus hæretici publice favebantur." Huic 14. Cal. April. ann. 1201. defuncto successit Raimundus archidiaconus Agennensis: sed ab Innocentio III. rejectus; (vid. Petr. Sarnens. pag. 33.) qui N. Convenarum episcopum illius loco substitui voluit, ad hæreticorum perfidiam de Tolosana diœcesi extirpandam. Vid. decreal. Gregor. IX. lib. 1. tit. 6. De electione. cap. 30. In caussis ex tertia collect. antiqu. cap. 15. eod. tit. sed fuit electus ejus loco Fulco Massiliensis, de quo supr. cap. 9. sec. 9, abbas Floregiæ sive Terondeti (Thorondet en Provence postea Massiliensis episcopus) Cisterciensis ordinis: ut docet Nicol. Bertrand. fol. 46. col. 3. (quem hic vid.) quem inter Gallicos poetas recenset Petrarcha in Triumpho Amoris, cap. 4.

[h] Robert. Altissiod: et Guilielm. Nangiac. chronolog. ann. 1207.

[i] Godefrid. annal. ad ann. 1209, 1210, 1211, 1212, 1213.

[k] Ciacon. in vit. Innocent. III. pag. 526.

giensis et Theodosii Genuensis canonici conventum apud Vaurum in Galliis contra hæreticos Albigenses, quos Rotarios vocabant, celebrari curavit. Cui omnes fere Galliæ prælati interfuerunt. Rotarii hæretici, et ipsorum Dux comes Tolosanus Raimundus, damnati: decreta synodalia ad apostolicam sedem transmissa[l]." In Lateranensi concilio sub Alexandro III. anno 1179. celebrato, canoni contra Albigenses promulgato, quem suo loco[m] recitavimus, immediate subjungitur alius, de Brebantionibus et Arragonensibus, Navarriis et Basclis sive Basculis, Coterellis et Triaverdinis: quem Albericus monachus[n] trium fontium contra Coterellos sive Ruptarios editum esse notat. Rogerus Wendoverius[o] contra "Ruptarios et Brebantios prædones, qui fideles affligunt:" et anno 1183. "interfectos esse in pago Bituricensi Catherellos, qui vulgo dicuntur Ruptarii, uno solo die septem millia," narrat Guilielmus Armoricanus, in gestis Philippi Augusti Francorum regis, quæ soluta oratione conscripta in D. Roberti Cottoni bibliotheca vidimus: nam in Philippide, quæ ex P. Pithæi bibliotheca in lucem data est, pro Coterellis, Scotellorum nomen hic excusum legitur.

Nec mora, Bituricas exercitus ibat in oras,
Ut Scotellorum vim sævitiamque retundat;
A quibus Ecclesiis, aut vasis Ecclesiarum,
Personisve sacris, rebusve locisve sacratis,
Nullus præstabatur honor, reverentia nulla[p].

Ruparii vero latrones sunt, Gallis *Routiers* et *Cottereaux*[q] appellati: pro quibus Ciaconii Rotarios positos si dixero, non multum, opinor, aberravero. Raimundo certe Tolosano comiti id datum esse crimini, quod "suam terram

[l] Hæreticos Albigenses Ruptarios vel Caterellos dictos esse, ait Trithemius in chron. Hirsaug. ann. 1212.

[m] Vid. supr. cap. 8. sec. 15.

[n] Magnum chronic. Belgic. a Pistorio edit. pag. 190. init.

[o] Rog. Wendov. et Matt. Paris. in hist. ann. 1179. MS.

[p] Guil. Armorican. Philippid. lib. 1. pag. 240. edit. Francof.

[q] Nomen hoc, quod illi *Coterellorum* respondet, a *Catharis* deflexum putat Nicol. Vignier. in hist. eccles. ann. 1023.

non purgaret ab hæreticis et Ruptariis," in comitum Tolosanorum historia[r] legimus. Et inter conditiones pacis, quas anno 1228. Parisiis accepit filius ejus, una hæc est: quod " Isauros[s] ac Ruptuarios expellet et puniet animadversione debita." Ad quam implendam, Tolosæ anno 1233. de expulsione Ruptariorum[t] editum est ab eo statutum, in hæc verba. " Item statuimus ut tranquillitas pacis in terra nostra plene et inviolabiliter observetur: et quod Ruptarii, faiditi, prædones, latrunculi, et statores, a tota terra nostra expellantur, et receptores eorundem animadversione debita puniantur." Quo pertinet et ille Innocentii[u] locus, ex decreto in Lateranensi concilio contra Raimundum patrem edito. " Quantum Ecclesia laboraverit per prædicatores et crucesignatos, ad exterminandum hæreticos et Ruptarios de provincia Narbonensi, et partibus sibi vicinis, totus pene orbis cognoscit: et quidem, per Dei gratiam et solicitudinem nostram, valde profecit; cum exterminatis utrisque terra ipsa in fide catholica, et pace fraterna, jam salubriter gubernetur." Hæc de Rotariis sive Ruptariis.

19. De Bulgarorum appellatione in octavo[a] capite aliquid attigimus. Extat eorum mentio in Roberti Altissiodorensis monachi chronologia: ubi ad annum Domini 1201. hæc legitur narratio. " Euraudus miles, quem Henricus Nivernensis comes terræ suæ præfecerat, vir in rebus seculi versutus admodum, oppressorque minorum, hæresis illius, quam Bulgarorum vocant, coram legato arguitur; et dies ei præfigitur de objecta hæresi publice se purgandi. Legatus concilium Parisiis convocat, in quo, assidentibus cum legato archiepiscopis et episcopis regni Parisiensibusque magistris, Euraudus statuitur; et, multis contra eum testimoniis testibusque productis, maximeque Hugone Altissiodorensi præsule urgentius insistente, hæreticus esse convincitur, et, expleta definitione judicii, puni-

[r] MS. in biblioth. collegii Benedict. Cantabrig. hist. ibid.
[s] Bertrand. de gest. Tolosan. fol. 34. col. 2.
[t] Papir. Masson. annal. lib. 3. pag. 303.
[u] Antiqu. collect. IV. decretal. lib. 5. tit. 5. cap. 1. pag. 785. edit. Paris.
[a] supr. cap. 8. sec. 21.

endus traditur potestati. Attamen, ut dispensationis suæ redderet rationem, redditur interim comiti Nivernensi[b]. Dehinc Nivernis adducitur; et, in conspectu omnium quibus ob illata gravamina exosum se fecerat, flammis exuritur." Idem monachus, ad annum 1206. de Hugonis Antissiodorensis episcopi excessu verba faciens; "Hæreticos," inquit, "quos Bulgaros vocant, vehementer studuit insectari: ejusque instantia actum est, ut plerique rebus suis exinanirentur, exterminarentur alii, alii cremarentur." Plenius vero sequente anno, sub Bulgarorum nomine, hunc in modum Albigensium explicat historiam.

20. "Per idem tempus Bulgarorum hæresis execranda, errorum omnium fæx extrema, multis serpebat in locis, tanto nocentius quanto latentius: sed invaluerat maxime in terra comitis Tholosani et principum vicinorum; ubi dum suum publice profitentur errorem, primatum et judicium Romanæ Ecclesiæ spernunt, et communionem Christianorum sub ea positorum declinant, dicentes nullum sub ea vel in ipsius fide posse salvari: omnesque fidei articulos aut denegant aut pervertunt, omnem omnino religionem, et cultum et gradum pietatemque Ecclesiæ Catholicæ blasphemantes, damnantes omne genus hominum præter se solos, suorumque conventicula Catholicam Ecclesiam jactitantes. Quocirca, de consilio domini papæ, Cisterciensis abbas aliique abbates circiter tredecim delegantur, ejusdemque ordinis viri probabiles omnes, et sapientia et facundia perinstructi, parati ad satisfactionem omni poscenti rationem de fide, et pro fide etiam animas ponere non verentes. Egressi igitur de Cistercio, mense Martio, numero circiter triginta per Ararim labuntur in Rhodanum modicis expensis, equitaturis nullis, ut per omnia viros evangelicos se probarent. Ingressi denique quo tendebant, bini vel terni ab invicem divisi, partes illas perambulant, et hostes fidei sanæ doctrinæ spiculis appetentes, vix in multis millibus paucos inveniunt rectæ fidei professores. Alii vero, quorum erat numerus infinitus, sic suo pertina-

[b] De Nivernensib. vid. Innocentii III. regist. lib. 2. pag. 436, 437. collat. cum Roberti Altissiodorens. chronol. ann. 1198. fol. 95. a.

citer inhærebant errori, ut nullis veridicis acquiescerent documentis: sed tanquam aspides obsurdescerent ad voces incantantium sapienter, ne mentes dimersas tenebris penetraret auditio veritatis. Per tres itaque menses, urbibus, villis et oppidis, multo labore et sollicitudine peragratis, multisque periculis et insidiis appetiti, paucos revocant; paucos fideles repertos de fide certius instruunt, et confirmant. Affuit et cum eis quidam episcopus Oxomensis civitatis Hispaniæ vir mitissimus ac disertus, qui et ipse, lucrandis animabus invigilans et circumquaque perambulans, de reditibus suis cibariorum emerat copiam, et per loca plurima posuerat, et prædicatoribus verbi Dei largiter exponebat." Hæc Robertus Altissiodorensis: atque eum hic secutus Guilielmus[a] Nangiacus.

21. Anno Domini 1209. "abbatem Cisterciensem, et alios abbates ejusdem ordinis, iterum a papa in Provinciam, convertendi gratia Begginos ad fidem, missos; sed ab eis contemptos, et cum ignominia repulsos esse," scribit Godefridus[a] Coloniensis monachus. Anno vero 1203. "per Arnoldum Cisterciensem, et per fratrem Petrum[b] de Castro Novo, ex regulari canonico factum monachum, cœpisse contra hæreticos Albigenses ferventem prædicationem, et hoc de summi pontificis mandato:" deinde anno 1208: "factam esse prædicationem validam prælatorum ecclesiasticorum, et pugnam acerrimam militarium et nobilium armatorum contra hæresim Albigensium;" in magno[c] chronico Belgico legimus[d]. "An-

[a] Nangiac. continuat. chronic. Sigebert. MS. in bibliotheca regia.

[a] Godefrid. annal. a M. Frehero edit. pag. 279.

[b] De Petro de Castro Nov. vid. Vincent. lib. 29. cap. 93, et 101.

[c] Chron. Belgic. a Pistorio edit. pag. 200.

[d] Anno Domini 1207. ab Innocentio papa, cum legato, duodecim abbates Cisterciensis ordinis in terram Albanensem, ad prædicandam fidem hæreticis, mittuntur. Quibus, de Hispania Didacus Oxomensis episcopus, habens secum fratrem Dominicum in suo comitatu, hæreticis convertendis, adjungitur. Qui Dominicus postea ordinem prædicatorum incepit. (Martin. Polon. chronic. pag. 387. item pag. 404. ibid. ex MSS. Suffridi Petri.) Eodem ann. P. de Castro novo a D. papa legatus ad comitem Tolosanorum propter hæreticorum impugnationem occiditur, quia eum excommunicaverat: quare papa ejus terram expugnandam regi Franciæ exponit. Ibid. pag. 398. ex MS. Suffridi Petri: ut ipse in notis indicat; desunt enim in vulgat. Guilielm. Armorican. chron. MS.

no ab incarnatione Domini 1207. Cisterciensis ordinis abbates, et alii quidam a domino papa, mittuntur ad Provinciam, ad hæresim extirpandam. Ibi pauci fideles tunc inveniuntur; ac de infidelibus, quorum non erat numerus, paucissimi convertuntur." Ita Vincentius Bellovacensis[e]. Denique Guilielmus de Podio Laurentii in chronici sui octavo capitulo: "Sub anno," inquit[f], "Domini 1205. Dominus Deus, ipse qui sagittas electas providentiæ suæ conservat pharetra, duos de Hispania ad hoc opus produxit electos Dei pugiles: dominum Didacum episcopum Oxomensem, et religiosum virum, sanctum postea declaratum, socium ejus Dominicum, canonicum suæ Ecclesiæ regularem. Duo ergo isti mittentes manus ad fortia, aggregatis illis abbatibus ordinis Cisterciensis, et aliis bonis viris, contra superstitionem hæreticorum in altitudine Satanæ gloriantium, cum omni humilitate, abstinentia, patientia, cœperunt aggredi: non pomposa aut equestri multitudine, sed calle pedestrico, ad indictas disputationes, de castro in castrum, nudis plantis et pedibus ambulabant. Fuitque una de primis congregationibus apud Viridefolium: ubi palam hæresiarchæ ad disputandum contra nostros convenerunt; et confusi fuerunt, non tamen conversi. Altera vero fuit apud Appamias specialiter contra Valdenses: qui arbitri electi judicio succubuerunt; ut quidam ex ipsis ad cor et ad pœnitentiam redierunt."

22. "Demum inter alias plurimas disputationes, quas in diversis locis nostri contra hæreticos illo tempore habuerunt, una fuit solemnior apud Montem Regalem diœcesis Carcassonensis, anno Domini 1207. cui interfuerunt prædicti Christi pugiles, Fulco Tolosanus, et Didacus Oxomensis episcopus, et B. Dominicus, ac venerabilis vir dominus frater Petrus de Castro Novo Cisterciensis ordinis,

ad ann. 1208. Eodem anno fere omnes proceres regni Franciæ et prælati, cruce Domini in pectore signati, intrarunt terram Provincialem et Albigensem, ad extirpandas varias hæreses quæ in illis partibus pullulabant; et fidem pro posse suo catholicam evertebant.

[e] in speculo historiali, lib. 29. cap. 93.

[f] Bertrand. de gest. Tolosanor. fol. 46. col. 4.

apostolicæ sedis legatus, ac collega suus magister Radulphus; contra plures hæresiarchas ibidem congregatos. Fuitque præscripta die et aliis pluribus disputatum, coram quatuor arbitris laicis a partibus electis." Ex hisce arbitris duo nobiles erant, Bernardus de Villanova et Bernardus Arrensis; duo plebeii, Raimundus Godius et Arnoldus Riberia; quemadmodum refert Jacobus[a] de Rebiria in suis de urbe Tolosa collectaneis: ubi etiam docet, quænam hæresiarcharum illorum et nomina fuerint et hæreses. Nomina hæc sunt: "Ponticus Jordanus, Arnoldus Aurisanus, Arnoldus[b] Otthonus, Philebertus Castrensis, Benedictus Thermus." Hæreses hæ: "Ecclesiam Romanam non esse sanctam Ecclesiam, nec sponsam Christi; esse Ecclesiam Diaboli imbutam doctrina, Babylona esse illam, quam Joannes descripsit in sua Apocalypsi, matrem fornicationum et abominationum, obrutam sanguine sanctorum. Domino non probari, quæ ipsi Ecclesiæ Romanæ probarentur. Missam neque Christum neque apostolos instituisse, sed hominum commentum esse." Extant adhuc integra acta disputationis hujus, in codice membranaceo, antiquis characteribus et lingua Cathalana, descripta: quorum summam ex Nicolao Vignerio[c] accipe.

23. "Die Lunæ, secundo Octobris anno 1207[a]. in oppido Montis Regalis, prope Carcassonem in comitatu Tolosano, habitum est memorabile colloquium inter episcopum Exovensem Hispanum, qui a papa missus fuerat cum S. Dominico et aliis pluribus; et Arnaldum Hot, pastorem Albigensium appellatum, qui hæc tria expresse asserebat. Primo, Romanam Ecclesiam non esse Christi sponsam, nec sanctam Ecclesiam; sed turbulentam, Satanæ doctrina institutam: adeoque Babylonem esse illam, de qua in Apocalypsi loquitur B. Johannes, matrem fornicationum et abominationum, sanguine sanctorum et martyrum Jesu Christi inebriatam. Secundo, poli-

[a] Vid. Antoine Noguier l'histoire Tholosane.

[b] Al. *Arnoltot* vel *Arnaud Hot*. Vid. supr. sec. 17.

[c] Vignier. hist. eccles. ann. 1207.

[a] ann. 1206.

tiam illius non esse bonam, neque sanctam, neque a Jesu Christo stabilitam. Tertio, missam, eo modo quo celebratur hodie, non esse vel a Jesu Christo vel ab apostolis ejus institutam. Contrarium suscepit episcopus ex novo Testamento confirmandum; coram Bernardo de Villanova, Bernardo Auzerbensi, R. de Bot et Arnoldo Riberia, delectis arbitris. Postquam triduo durasset disputatio, petiit episcopus quindecim concedi sibi dies, quibus thesium suarum probationes scripto mandaret; et Arnaldus Hot octo dies, quibus adversarii scripto responderet. Reversi die præstituto, ad quatriduum colloquium produxerunt: quo tempore episcopo præsto fuerunt legati duo, Petrus de Castronovo, M. Radulphus Candelensis abbas, P. Bertrandus prior Auteribi, prior Palatii, atque alii plures. Demum, asserente episcopo, Ea, quæ non sunt de missa, ex ea esse auferenda: dimissa est concio; nec quicquam aliud de istis controversiis constitutum." Hujus colloquii meminit in historia Albigensi Petrus Sarnensis monachus: ut et alterius, quod Carmanii habitum est per integrum octiduum; et tertii, quod Apamiæ[b] cum Waldensibus est institutum. Ex Albigensium parte præcipui ab illo nominantur Balduinus, Bernardus de Cimorra, et Theodorus, qui canonicus Nivernensis fuerat; sed in Parisiensi concilio, cujus paulo superius[c] facta est mentio, coram Octaviano legato pontificio, hæreseos condemnatus in Occitaniam se receperat. "Dominicum etiam, et duodecim abbates, cum Albigensibus publice disputavisse apud fanum Jovis, sub judicibus deputatis," in responsione[d] synodali Basileensis concilii legimus[e].

24. Quum vero disputationibus parum res proficeret pontificia;

[b] Pasmiers. Apamia, ad Aurigeram, 15. leucis distans a Tolosa. Vid. Nicol. Vignier. hist. eccles. ann. 1208. et hist. Albigens. a Jo. Chassanione edit. lib. 1. cap. 2, 19.

[c] supr. sec. 19.

[d] Tom. 4. concil. edit. Binii, pag. 107. a.

[e] De eadem disputatione Vincentius, lib. 29, cap. 96. ex gestis comitis Montis Fortis. Vid. et cap. 93. fol. 422. col. 3. Bertrand. de gest. Tolosan. fol. 29. col. 4. init. Theodoric. Appold. lib. cap. 6. Rainold. de idololatr. ubi de miraculo libri incombusti: de quo etiam Martini Poloni chronico, pag. 404. ut a Suffrido Petro ex MSS. est editum: nam in vulgat. edit. opinor, non habetur.

Odone enim Parisiensi episcopo "suggerente[a] et satagente actum est, ut dominus papa principes et populos per Gallias concitaret, ad debellandam Albigensium hæreticorum perfidiam," ita scribit Robertus Altissiodorensis monachus, "qui, sæpius attentati, nullatenus gladio verbi Dei poterant expugnari. Literis itaque domini papæ longe lateque directis, peccatorum remissione et pœnitentiarum absolutione concessa, innumerabilis multitudo fidelium concitatur; et novo more crucis se signo consignant in pectore contra fidei desertores, zelo fidei se armantes." Innocentii[b] literæ contra Albigenses, decimo die Martii, pontificatus anno undecimo datæ sunt: eodemque anno, qui salutis humanæ 1208. numerabatur, III. Idus Julii[c], mortem obiit Odo ille Parisiensis episcopus. Inter ejus, vel alicujus successorum ejus, statuta[d] synodalia, leguntur ista: "Moneant presbyteri solicite et assidue parochianos suos, ut in Albigenses hæreticos se accingant: et iterum eandem habebunt indulgentiam, quam alias habuerunt. Item moneant presbyteri sub pœna excommunicationis, omnes illos qui crucem habuerunt, et votum suum non sunt prosecuti, quod crucem suam et proponant resumere et portent." Papa vero Innocentius, quemadmodum in gestis Philippi Augusti narrat Rigordus[e], "scripsit regi Francorum Philippo, et omnibus principibus regni sui, mandans et præcipiens, quod cum magno exercitu terram Tholosanam et Albigensem, et Cadurcium, et partes Narbonensium et Biterrensium, et alias multas adjacentes, sicut viri catholici et fideles Jesu Christi, invaderent, et omnes hæreticos, qui terras illas occupaverant, delerent. Et si in via, vel bellando contra illos, morte intercipiuntur, idem papa, ex parte Dei et auctoritate apostolorum Petri et Pauli et sua,

[a] Chronol. Altissiod. ann. 1208. fol. 103. b.

[b] Nic. Vignier. hist. eccles. ann. 1208.

[c] Rigord. de gest. Philippi Aug. ann. 1208. Vincent. spec. hist. lib. 29. cap. 101.

[d] Biblioth. patr. tom. 6. col. 638. edit. ann. 1589.

[e] Rigord. hist. ann. 1208. pag. 207. Vincent. spec. hist. lib. 29. cap. 101. Antonin. hist. part. 3. tit. 19. cap. 1. sec. 3.

ab omnibus peccatis nativitatis suæ contractis, de quibus confessi fuerint, et pœnitentiam non egerint,, absolvit." Missis etiam prædicatoribus ad omnes regiones occidentis, ut est apud Rogerum Wendoverium[f], "Principibus aliisque populis Christianis, in suorum remissionem peccatorum, injunxit, ut se cruce signarent ad hanc pestem, (ita loquebantur pontifex et pontificii) extirpandam; atque tantis cladibus se opponentes, viribus et armis tuerentur populum Christianum. Addidit etiam authoritate sedis apostolicæ, ut quicunque ad expugnandum eos laborem sibi injunctum susceperint, sicut illi qui sepulcrum Domini visitant, tam in rebus quam in personis, ab omni hostium incursione manerent securi. Ad hanc autem prædicationem tanta cruce signatorum multitudo convenit, quanta non creditur in nostro climate aliquando convenisse." Hæc Wendoverius[g].

25. Hinc, anno 1209. "de cunctis Galliarum[a] partibus, Francia, Flandria, Normania, Aquitania, et Burgundia, tam episcopi quam comites et barones, militum et vulgarium numerus infinitus, votivæ profectioni se præparant. Mense igitur Junio apud Lugdunum conveniunt ex condicto; et, dispositis itineri necessariis, et ducibus qui præessent de communi conniventia constitutis, versus Provinciam iter movent omnes cruce signati in pectore." His se adjunxerant "Petrus[b] Senonensis, R. Rothomagensis, archiepiscopi; Robertus Baiocensis, Jordanus Lexoviensis, Reginaldus Carnotensis, et alii multi episcopi; et personæ aliæ Ecclesiasticæ: Odo dux Burgundiæ, Herveus[c] comes Nivernensis, et multi alii barones, milites, et populi infiniti de regno Francorum, divino (ut tum homines interpretabantur) zelo succensi, et peccatorum remissione, a papa eis affluentissime indulta, provocati." De eadem expeditione Johannis Garlandii carmina leguntur, libro quarto de triumphis Ecclesiæ:

[f] Rog. de Wendover, et eum secutus. Matt. Paris. in historia anni 1213. pag. 231.

[g] Vid. Thom. Walsing. hypodigm. Neustriæ: ad ann. 1209.

[a] Rob. Altissiod. monach. chronolog. ann. 1209.

[b] Rigord. et Guilielm. Armorican. MS. in gestis Philippi Aug. ad ann. 1213. Vincent. spec. hist. lib. 30. cap. 9. Vid. Jo. Chassanion. hist. Albigens. lib. 2. cap. 7, et 10.

[c] al. *Henricus*.

Heu, quantum cessat terræ promotio sanctæ;
 Armat dum populi pectus imago crucis!
Sunt procul exciti, variis de partibus orbis,
 Quos cruce signatos ducit ad arma fides.
Istis præficitur abbas Cistercius, et dux
 Burgundus: comites signa tulere sua.
Excludit cunctos clausa statione Biterris:
 Carcassona tenet mœnia clausa sua.
Hostiles cuneos munita Tolosa repellit
 Robore, consentit urbs Agenensis ei.
Ne dominus terræ dominatum perdere possit,
 Obstat, defendens jus quod habere putat.
Sunt ibi concives justi, validique coloni;
 Proxima sed puris fæx inimica nocet.
Muros balistis corroborat Albia: castra
 Cætera quid dicam fortia quæque situ?
Fortia castra comes Fuxensis, fortia claudit
 Qui Convenarum colligit arma comes.
Ecclesiæ clausæ multos siluere per annos;
 Etsi hæreseos crevit inepta seges.

Rem vero, a Philippi regis Francorum et crucesignatorum ingenti illo exercitu adversus Albigenses gestam, versibus suis Guilielmus[d] Armoricanus sic expressit.

Rex igitur primus zeli fervore superni
Corde pio motus, ter millia quinque virorum
Ad proprios sumptus instructos rebus et armis,
Dans exemplum aliis, in Christi prælia misit.
At reliqui proceres, equites, comitesque ducesque,
Prælati Ecclesiæ, nec non et nobile vulgus,
Omnes pene viri gladios qui ferre valebant,
Spe ducti veniæ, Christi sua pectora signo
Consignant, ut quod calet intus lateat extra,
Illasque in partes iter aggrediuntur ituri.
Ergo Dei pugiles, aciebus multiplicatis,
Usque Biturensem festinant ocyus urbem,
Ad quam turba frequens confluxerat hæreticorum.
Fortis enim, et nimium locuples, populosaque valde
Urbs erat, armatisque viris et milite multo
Freta; sed Albigei maculis infecta veneni.
Quam virtus modico sub tempore catholicorum
Frangit: et ingressi sexus utriusque trucidant
Millia[e] bis triplicata decem, quos, absque virorum

[d] Guil. Brito. Armoric. Philippidos lib. 8.

[e] Idem Guilielmus in annalib. gestorum regis Philippi (MS. in Biblioth. Cottoniana) similiter civitatem hanc captam et eversam notat, *LX. millibus homi-*

Majorum assensu, vulgi furor immoderatus
Et Ribaldorum dedit indiscretio morti;
Interimens mixtim cum non credente fidelem,
Nec curans esset quis vita, quis nece dignus.

26. Verum horrendam illam stragem, non ribaldorum indiscretioni, ut iste barbare in re barbara loquitur, sed Arnoldi abbatis Cisterciensis, Narbonensis postea archiepiscopi, et Romani pontificis in hac expeditione legati, consilio tribuendam esse, Cæsarius[a] Heisterbachensis docet: de cruce signatorum copiis magnam hanc civitatem, "in qua plus quam centum millia hominum fuisse dicebantur," obtinentibus ita scribens. "Cognoscentes ex confessionibus illorum, catholicos cum hæreticis esse permixtos, dixerunt abbati: Quid faciemus, domine? Non possumus discernere inter bonos viros et malos. Timens tam abbas, quam reliqui, ne tantum timore mortis se catholicos simularent, et post illorum abscessum iterum ad perfidiam redirent, fertur dixisse: Cædite eos: novit enim Dominus qui sunt ejus. Sicque innumerabiles occisi sunt in civitate illa." Eam cladem Johannes Garlandius, libro quarto de triumpho Ecclesiæ, sic descripsit:

Ecclesiæ primam[b] vigilans exercitus ambit,
Expulsat muros machina crebra suos.
Emittunt saxa cives, incendia, tela;
Ad partes ambas mors dominata volat.
Interea pacis prudens legatio pacem
Constituit: partes fœdus utrasque ligat.
Extra, legato præsente, Rogerus ab urbe
Exit, et ad pacem tendit utrasque manus.
Hic custoditur: sed per se vulgus in urbem
Densatur, cunctos vi ferit, ense furit.

num et amplius in ea trucidatis. Unde corrigendus locus; tum Rigordi, in gestis ejusd. Philippi, pag. 214. in quo *X. millibus hominum;* tum Vincentii, lib. 30. spec. histor. cap. 9. in quo *LXX. militibus hominum* corrupte legitur. Septem circiter millia (civium sc. qui in templum Magdalenæ confugerunt) habet Christianus Massæus, lib. 17. chron. ad ann. Dom. 1206.

[a] Cæsar. hist. lib. 5. cap. 21. Confer Garnetti responsum ad Catisbeii quæstionem, in D. Edv. Cook. action. in Garnet. pag. 79. et D. Eliens. Tortura Torti, pag. 281, 282.

[b] Urbem *Biterrensem* sc.

Qui potuere mori moriuntur: quælibet ætas
 Hic moritur, mortem sexus uterque subit.
Dum nulli parcit gladius, medicina vagatur,
 Dumque perit gladio cum lue pura caro.
Aras Ecclesiæ cruor altus inebriat, urbis
 Per vicos torrens imbre rubente fluit.

"Nulli," inquit Robertus Altissiodorensis[c], "sexui vel ætati parcitur; omnes a minimo usque ad maximum pariter trucidantur. Occisorum cadavera coacervant et concremant; et, devorante cuncta incendio, fit vastitas circumquaque et horribilis solitudo." Biterrense excidium secuta est Carcassonæ expugnatio: de qua Guilielmus Armoricanus:

Hinc procedentes, Carcasonentida cingunt
Agminibus densis urbem, quam tempore parvo
Gnaviter expugnant, et eam se dedere cogunt
Tali condicto; quod nil ex urbe ferentes
Bellator, civis, ætas et sexus uterque
Sola contenti vita, sine veste, sine armis,
Arcto postico, quod vix foret exitus uni,
Unus post alium studeant exire viritim:
Cuncta relinquentes libito bona catholicorum,
Agros, arma, pecus, gazas, vineta, penates,
Et quamcunque locus rem tam præclarus habebat.

Robertus Altissiodorensis[d], eos "solis indutos lineis" prodiisse scribit; Rigordus[e], "pudendis tantum velatis:" Nauclerus[f] et Gaguinus[g], nulla pudoris naturalis ratione habita, "omnino nudos" dimissos esse refert. "Egressi sunt omnes nudi de civitate," inquit Petrus[h] Sarnensis, "nihil secum præter peccata portantes." Johannes Garlandius, libro quarto, de triumphis Ecclesiæ:

Implumes emittit aves, nudos sine rebus,
 Carcassona viros, spe volitante leves.
Armis dimissis abiere per avia, vitæ
 Munere contenti, nec rediere viri.

[c] Altissiod. chronolog. ann. 1209. fol. 103. b.
[d] Id. fol. 104. a.
[e] Rigord. et Guilielm. Armorican. MS. in gestis Philippi Aug. ad ann. 1213.
[f] Jo. Naucler. chronograph. generat. 41.
[g] Rob. Gaguin. de gest. Franc. lib. 6.
[h] Petr. Sarn. histor. Albig. cap. 16.

Author vero antiquus, qui[i] lingua Occitanica Albigensium historiam descripsit, eos per speluncam quandam subterraneam Cabaretum evasisse, atque ita hostium furorem elusisse narrat. Fuit autem Cabaretum "castrum inexpugnabile, non procul a Carcassona situm; quo plures ex his quos Perfectos[k] vocant confluxisse," notat in anni hujus 1209. historia Robertus Altissiodorensis.

27. Recepta Carcassone, communi prælatorum ac baronum consilio[a], urbi et toti regioni, acquisitæ pariter et acquirendæ, præficitur Simon de Monteforti, ex notho[b] Roberti regis Francorum oriundus: qui e regno Angliæ, in quo comitis Leicestriæ honorem gessit, cum suis expulsus fuerat[c]. In ejus manus, ut in Rogeri Wendoverii[d] historia legimus, "traditus est captivus vir nobilis Rogerus, vicecomes et dominus quondam ipsius terræ (quem Antoninus[e] ait captum arte; illa videlicet, quæ[f] hæreticis non esse servandam fidem docet), cum tota provincia illa; videlicet plusquam centum castris, quæ infra mensem unum dignatus est Dominus catholicæ restituere unitati. Inter quæ plura erant adeo nobilia, ut quemlibet exerci-

[i] Jo. Cassan. histor. Albig. lib. 2. cap. 14.

[k] Vid. supr. cap. 8. sec. 2.

[a] Robert. Altissiodorens. chronolog. ann. 1209. fol. 104. a. Rog. Wendover. et eum secutus Matth. Paris. hist. ann. 1213. pag. 232. Vincent. spec. hist. lib. 29. cap. 103. Antonin. hist. part. 3. tit. 19. cap. 1. sec. 4. Nic. Bertrand. de gest. Tholosan. fol. 29. col. 3.

[b] Jo. Serran. inventar. Franc. Camden. Britann. in Leicestershire.

[c] Circa dies illos hæreses Albigensium dilatata totam Provinciam jam cœpit maculare. Papa igitur, tantam non valens in Christianismo ruinam fidei tolerare, constituit solemnes prædicatores, qui signarent populum, super eos peccatorum omnium indulgentiam percipiendum. Commota sunt igitur ad hoc omnia fere regna cismontana; et accinguntur nobiles infiniti ad injuriam fidei catholicæ vindicandam. Quibus capitaneus constituitur vir nobilis et in armis strenuus, Simon de Monteforti, comes Leicestriæ: in cujus manus Dominus tradiderat nobilem civitatem Beders, cum domino civitatis Rogero, vice-comite civitatis, et domino totius provinciæ circumjacentis. Matt. Paris. in historia majore MS. in bibliotheca regia, ad annum 1213.

[d] Rog. Wendover. et Matt. Paris. ubi supr.

[e] Antonin. et Nic. Bertrand. ubi supra.

[f] Vid. Jo. Cassan. hist. Albig. lib. 2. cap. 14.

tum, juxta æstimationem humanam, modicum formidarent. His ita peractis," inquit idem historicus, "cum comes Nivernensis et plurima pars exercitus ad sua redirent; illustris dux Burgundiæ et reliqui magnates, cum exercitu residuo, ad extirpandam pravitatem hæreticam processerunt: et plura castra admodum fortia, sive amore, sive timore, postmodum tradiderunt in manus Simonis comitis Montisfortis." Qui, ut Guilielmus[g] Armoricanus canit,

——— papalia jussa secutus,
Et subiens onus impositum cervice volenti,
Tale videretur ne frustra nomen habere,
Hæreticos omnes tota regione fugavit:

"debellavit civitates et castella, et omnes hæreticos et eorum fautores sæva morte interire coegit:" ut est apud eundem Guilielmum[h] atque Rigordum in chronico rerum a Philippo Augusto gestarum. Quibus addatur et locus ille Johannis Garlandii, libro quarto de triumphis Ecclesiæ:

His cruce signati gestis ad propria tendunt;
Uxores, natos, rura, laresque petunt.
Sed remanet Simon comes his Leycestrius oris;
Hujus Monsfortis de ditione fuit.
Ecclesiæ sacræ decreto sarculat herbas,
Messibus Ecclesiæ quæ dominando nocent.
Hæretici clerum derident, jura relegant
Ecclesiæ, spernunt sacra, prophana colunt.
Quos capiunt mutilant, excæcant, clam vel aperte
Occidunt, et in hoc se meruisse putant.

28. Anno 1210. alteram adversus Albigenses expeditionem factam, ex Roberti Montensis continuatore, Roberto Altissiodorensi et Godefrido Coloniensi monacho, intelligimus: quorum primus, in hoc ipso anno chronologiam suam terminans, contra Albigenses hæreticos multos accipientes crucem, in profectoribus profectos esse Calen-

[g] Guil. Brit. Philippid. lib. 8.
[h] Guil. et Rigord. ad ann. 1213. Vincent. spec. hist. lib. 30. cap. 9.

dis Augusti notat. Secundus, qui ad sequentem annum perduxit suum chronicon, rem gestam latius exponit hisce verbis. "Anno Domini 1210. grandis iterum fit motio nostrorum tam episcoporum quam procerum et vulgarium. Erat enim peregrinatio ista celebris et votiva, tum propter zelum fidei fidelium animis accensum adversus fidei corruptores, tum propter pœnitentiarum remissionem a sede apostolica repromissam. Accedentes igitur adunato exercitu, Minerbiam obsident, castrum munitissimum, non longe a Carcassona situm et nostris infestum: obsessi denique ad deditionem se offerunt. Cumque daretur omnibus optio, ut qui ab hæresi resipiscerent immunes evaderent; reperti sunt usque ad CLXXX[a]. circiter, qui maluerunt incendio concremari, quam ab hæretica pravitate converti. Obstupuerunt videntes tam irrevocabilem miserorum pervicaciam, qui, rationis obturbato judicio, nec monitis salutaribus cederent, et ad supplicium spontanei festinarent." Tertius historiam hujus anni ita explicat. "Hoc[b] anno in Adventu Domini quidam hæresiarcha, Bernhardus nomine, cum aliis novem, quorum quatuor sacerdotes erant, Parisios venientes, occulte pervertere populum nitebantur: qui episcopo proditi comprehenduntur, et coram magistris et clero statuuntur. Sed cum satis cum eis de fide disputatum fuisset, de hæresi convicti, et a rege in vigilia S. Thomæ apostoli incendio perire jussi sunt. Ipsa etiam die tam vehementissimus ventus fuit, ut per provincias plurima ædificia dejiceret, et arbores maximas funditus evelleret. Eodem etiam anno, hortatu apostolici, plurima multitudo ex omni Francia, Anglia, et Lotharingia, cruce signati ad eosdem Begginos profecti sunt. Qui, ductoribus et rectoribus, abbate scilicet Cisterciensi et Simone comite de Monteforti, ad Tolosam civitatem munitissimam deducti, eam obsidione cinxerunt: sed cives

[a] Eorum qui Perfecti vocabantur (de quib. supr. cap. 8. sect. 2.) CXL. hic exusti dicuntur. Vid. Petr. Sarnens. hist. Albigens. cap. 47. Vignier. histor. eccles. ann. 1210. Cassanion. histor. Albig. lib. 3. cap. 7.

[b] Godefrid. annal. ad ann. 1210. Christianus Massæus chron. lib. 17. anno 1210. in Castro Minerbiæ Narbonensis diœcesis 140. hæretici comburi maluerunt quam rectam Ecclesiæ fidem sequi. Parisii quoque 24. ejusdem obstinationis.

cum Christianos et fideles se faterentur, et a catholica fide nunquam recessisse, acceptis ab eis ducentis obsidibus ex melioribus, recesserunt; et terram Remundi[c], qui erat caput et princeps totius perversitatis, et ab eis quasi Deus colebatur, intraverunt, omnia depopulantes, quasdam etiam civitates cum castellis capientes, et quos ad fidem reducere non poterant, igne cremantes. Ipsum etiam in firmissimo et altissimo castro, nomine Termis, cum Rutgero filio sororis comitis S. Ægidii, milite pulcherrimo et ditissimo, obsederunt: ubi etiam idem Rutgerus sagitta interiit. Ipse autem Remundus, cum per quinque dies ibidem obsideretur, et quotidie se populo monstraret auream habens in capite cassidem, tamen diffidens de firmitate castri, nocte cum centum sociis occulte descendens, in manus quadraginta peregrinorum, qui ad quendam fontem potare de castris ierant, incidit; a quibus cum omnibus suis capitur. Sed cum infinitam pecuniam, ne in manus Teutonicorum traderetur, promitteret; non adquieverunt, sed capitaneis exercitus eum præsentaverunt. A quibus dum ad fidem rectam redire hortaretur, et non adquiesceret, incarceraverunt eum: ubi et mortuus est. Castrum etiam capientes, et incendio destruentes, uxorem simul ejus, cum sorore ipsius, et filia ejus virgine, et aliis nobilibus ceperunt: quæ, dum nec blanditiis nec minis molliri possent, ut relicto errore ad veritatis tramitem redirent, instructo ingenti rogo omnes crematæ sunt."

29. Inter has turbas, Albigenses in Britanniam concessisse, eorumque aliquos vivos combustos esse, Anglorum produnt historici[a]. De his Thomas Waldensis in epistola, quam doctrinali suo præfixit, ad Martinum papam V. "Tempore Joannis Anglorum regis, veniunt in Angliam Albigenses hæretici, quorum multi capti, vivi combusti sunt; et sic tandem ab orbe illo fugati sunt:" et Londi-

[c] *Raimundum de Thermis* intellige: non illum, de quo Guil. Armoricanus, pag. 328. qui Sancti comes Ægidii Tholosæque vocatur.

[a] Ranulph. Higden. in polychronic. lib. 7. cap. 33. Henr. Knighton chronic. Angl. lib. 2.

nense[b] chronicon: " Albigenses in Anglia clerum convitiis insectabantur; quorum unus fuit Londini exustus anno Domini 1210." Nec prætereundum etiam, quod ad eundem annum, in annalibus Mailrosani cœnobii apud Scotos, est annotatum: " Anno 1210. citantur quidam hæretici, qui secuti sunt quendam Amaurum nomine, et præcepto regis combusti sunt: qui tanta pertinacitate obduruerunt, quod nec sonitum nec tinnitum in flammis emiserunt: quos laici Papelardos appellaverunt." Papelardiæ nomen a Johanne Atonensi legatinarum constitutionum Othonis scholiaste[c], pro contentione vel dissentione; a Guilielmo Lorriano, in poemate quam rosam inscripsit, pro simulatione et hypocrisi usurpatur: indeque apud eundem[d], et alios scriptores barbaros, papelardus hypocritam passim denotat.

30. Narrat Cæsarius[a], " anno 1210. prædicatam esse contra Albienses in Alemania et Francia crucem: et ascendisse contra eos anno sequenti de Alemania Lupoldum ducem Austriæ, Adolphum comitem de Monte, Wilhelmum comitem Juliacensem, et alios multos diversæ conditionis atque dignitatis." Expeditionis etiam anno 1211. adversus Albigenses susceptæ meminit Godefridus in annalibus. " Ipso anno," inquit, " multitudo nobilium ex diversis partibus cum turba innumerali, ad Begginos iterum profecta, plurimas civitates et castra ceperunt, et magnam multitudinem eorum incendio et suspendio necaverunt; terram quam subegerant comiti Simoni de Monteforti tuendam commendantes." Plenius vero Robertus[b] Altissiodorensis. " Anno Domini 1211. majorum et minorum de Francia fit iterum grandis profectio adversus hæreticos Albigenses: et, coacto in unum exercitu, Lavallis oppidum obsident, omni genere muni-

[b] Bal. script. Britann. centur. 3. cap. 65. pag. 258.

[c] De habitu clericorum. catechis. Quoniam de habitu.

[d] Vid. Baschasii Jesuit. catechis. lib. 1. cap. 16. edit. ann. 1602. Galfrid. Chaucerum, in Romant. Rosæ, fol. 117. col. 4. et 149. col. 3. edit. ann. 1598. Guilielm. Peraldum in summa virtut. et vit. tit. De prudentia, &c.

[a] Cæsar. Hiesterbach. lib. 5. cap. 21.

[b] Chronolog. Altissiod. fol. 105, 106. vid. Vincent. spec. hist. lib. 30. cap. 2. Vignier. hist. eccles. ann. 1211. Cassan. hist. Albig. lib. 3. cap. 11, 12. Trithem. Chron. Hirsaug. ann. 1212.

menti firmissimum, sed hæretica impietate omnimodis depravatum. Nusquam sic evidens a fide discessio; et nusquam sic ritus catholicus videbatur abolitus. Hic ergo nostri contra fidei hostes vehementer assultant, eosque fortiter impetunt et coarctant: sed interim, dum in hac obsidione morantur, nostrorum numerosa caterva juxta castrum, quod Mons Gaudii dicitur, transiens intercipitur, et pro fide decertans ab hostibus trucidatur. Ad declarandum eorum meritum lux[c] cœlestis emicuit, et globus ignis super corpora prostratorum visus est descendere; videntibus hoc plurimis, et hærentibus præ stupore. Advenerunt episcopi, abbates, et clerici ordinum diversorum, ibique cœmeterium dedicant, et defunctorum fidelium corpora officiosissime curantes, ea qua decuit pietate sepeliunt. His ita gestis, habitatores Lavallis, dum nostrorum impetum ferre non sustinerent, ad eorum libitum sese dedunt. Nostri, castro potiti, cunctis arma detrahunt, et in loco reponunt tutissimo. Reperti sunt circiter septuaginta quatuor milites, qui omnes suspendio periere vel gladio. Rogus ingens extruitur; datur omnibus optio aut ab errore resipiscere, aut incendio deperire. Repertus est multus eorum numerus, quos erroris pervicacia sic tenebat, ut mallent comburi, quam fidem catholicam profiteri; qui omnes se mutuo cohortantes, rogum accensum ultronei subierunt. Domina castri, Girauda nomine, quæ de fratre vel filio se concepisse dicebat, projecta est in puteum, et acervus lapidum superjectus: victualium et opulentiarum quarumlibet immensa illic copia reperta est."

31. Est autem Lavallis civitas juxta Tolosam sita, quam "a re Pulchram Vallem vocatam" ait Cæsarius[a]: ubi populo examinato CCCCL. repertos esse scribit, qui de pristina sententia deduci non poterant; "ex quibus quadringenti combusti fuerint in igne, cæteri patibulis appensi: idemque in cæteris civitatibus atque castellis actum esse notat, miseris se ultro morti ingerentibus." Lavallis etiam ab aliis Vaurum, vulgo Lavaux, dicitur: de cujus expug-

[c] Apocal. cap. 13. ver. 13. *Et fecit signa magna, ut etiam ignem faceret de cœlo descendere in terram in conspectu hominum.*

[a] Cæsar. histor. lib. 5. cap. 21.

natione locum Bernardi[b] Guidonis, ex chronico Guilielmi[c] de Podio Laurentii descriptum, placet subjicere. "Ad obsidendum castrum Vauri Simon cum exercitu Domini properavit: quod Aimericus dominus Regalis Montis et Lauriaci, frater nobilis mulieris Geraldæ dominæ dicti castri, ob gratiam sororis sumpserat defendendum. Eratque interius hæreticorum indutorum non modica multitudo; non ibi assidue commorantium; sed quam plurium qui tunc convenerant a remotis, habentium spem, quod plures ibi caderent vulnerati, quos ipsi sibi reciperent secundum ritum suum damnatum ad salvandum (ut dicunt) talium animas, quos in fine recipiunt; et ut eorum pecunias possiderent. Illuc ergo applicuit benedictus Dei exercitus: et cinxit undique totum castrum; et pontem fecit ligneum super amnem, quo iretur in exercitum extrinsecus[d], hinc et inde. Obsessis autem die noctuque requies non dabatur; cum assidue petrariis et molaribus et aliis[e] bellicis agressionibus premerentur. Videntesque quod se defendere non poterant, voluntati se oppugnantium reddiderunt. Potitus ergo comes Simon castro sibi tradito[f] ad libitum, dictum Aimericum magnatem nobilem cum paucis militibus in suspendium elevavit: cæterosque generosos, cum quibusdam qui se illis immiscuerant, sperantes quod militibus parceretur, usque circiter octoginta gladio consummavit. Hæreticos vero indutos circiter trecenos (in quibusdam vero chronicis[g] scribitur quadringentos[h].) flammis exustos materialibus, igni concremandos perpetuo assignavit. Et dominam dicti castri Geraldam, projectam in puteum, lapidibus cumulavit. Vulgus autem sub conditionibus est servatum.

[b] Bernard. Guid. hist. comit. Tolosan. ad ann. 1210.

[c] Guil. de Pod. chron. cap. 16, 17, 18.

[d] *altrinsecus* legitur in MS. exemplari collegii S. Benedicti Cantabrig. quomodo etiam habetur apud Nicol. Bertrand. de gest. Tolosan. fol. 27. et in ipso Guilielm. de Podio Laurent. cap. 16.

[e] *aliis bellicis aggressionibus* deest in MS. [f] MS. *reddito.* [g] Sic etiam in MS.

[h] Hunc numerum habet Cæsarius, in loco jam citato; Petrus Lodevensis episc. in præclaris Francorum facinoribus, et Christianus Massæus, in chron. lib. 17. hæc habet, ann. 1211. in festo Inventionis sanctæ crucis, in castro vero Tolosanæ diœcesis 400. hæreticos flammis tradiderunt, 80. decollaverunt, principem vero Americum patibulo suspenderunt, dominam ipsius castri in puteo lapidibus obruerunt.

Peracto itaque quod incumbebat ibi, ad castrum, quod dicitur Casser, Dei[i] exercitus properavit. Quo expugnato et capto, circiter sexaginta hæreticos, quos invenerunt ibi, pariter combusserunt. Petrus[k] Sarnensis, de cæde octoginta militum, Aimerici et sororis ejus, quam hæreticam pessimam nominat, mentione facta, de reliquorum incendio subjungit. "Innumerabiles etiam hæreticos peregrini nostri cum ingenti gaudio combusserunt." Rem vero ad Casser gestam plenius in hunc modum explicat. "Veniens[l] comes noster ad castrum de Casser, obsedit illud. Milites autem comitis Tolosæ, qui erant in castro illo, licet fortissimo, videntes quod diu castrum illud tenere non valerent, reddiderunt se comiti tali conditione. Promiserunt quod redderent nostris omnes hæreticos qui erant in castro, ipsi autem evaderent: factumque est ita: erant enim in castro illo multi hæretici perfecti. Intraverunt igitur castrum episcopi qui erant in exercitu, cœperuntque hæreticis prædicare: sed, cum nec unum convertere potuissent, exierunt a castro. Peregrini autem, arripientes hæreticos ferme sexaginta, eos cum ingenti gaudio combusserunt. Hic autem manifestissime apparuit, quantum comes Tolosæ hæreticos diligeret; cum in modicissimo ipsius comitis castro inventi sunt hæretici perfecti amplius quam quinquaginta."

32. Casser Careum appellat Paulus Æmilius, in sexto libro de gestis Francorum: ubi urbes, a Simone Monfortio post Vauri expugnationem receptas, sic breviter commemorat. "Careum expugnatum: de sexaginta impiis supplicium sumptum. Exin Apistagnum, Galliacum, Causatum, Fanum Marcelli, Fanum Antonii, recepta. Cadurci advenienti Simoni deditionem, authore pontifice civitatis, fecere. Non eos tantum, qui capti furore hæresis erant, sed omnem comitatum Simo occupare conabatur; spe, credo, id virtutis præmium fore. Mosacum nostros diu tenuit. Captum tandem, cædesque amentium edita." Hæc ille. D. Thuanus[a] similiter: "Multa etiam Vauri cru-

[i] MS. *Domini*. [k] Petr. hist. Albig. cap. 52. edit. Latin. 73. Gallic.
[l] Ibid. cap. 53. Latin. 76. Gallic.
[a] Thuan. hist. lib. 6. ad ann. 1550.

deliter perpetrata, præfecto urbis reste suspenso, et nobilibus cunctis securi percussis: nec mulieribus abstinuere pontificii legati, sed Girardam Vauri dominam, in puteum præcipitatam, saxis superinjectis obruerunt, quod eam ex fratre vel filio concepisse dicerent. Mox et Cureum, Rapistagium, Galliacum, Fanum Marcelli, Fanum Antonii, Causacum, Moesacum, vi expugnata; et magna strages iis captis a victore edita. Pennensis[b] vero arx, in Aginnensi agro, cum diu obsessa tandem victoris arbitrio se dedisset, septuaginta milites, qui in ea erant, in furcam acti: cæteri, qui errorem tuebantur, ignibus exusti sunt." Eodem belli[c] impetu Tolosa urbs circumsessa, capi non potuit; Tolosatis, Fuxensis, et Convenarum comitum qui in ea urbe erant, virtute defensa.

33. Anno Domini 1212. ut ex authoribus, qui Germanorum res gestas patria lingua descripserunt, refert Huldricus[a] Mutius, "fuit hæresis in Alsatia, qua seducti erant nobiles et vulgus. Affirmabant quolibet die licere carnes comedere, in piscium esu immodico tam inesse luxum, quam in reliquis carnis generibus: item malefacere qui contrahere matrimonia prohiberent, cum Deus omnia crearit, et sancta omnia sint, cum gratiarum actione accepta a fidelibus. Hi pertinaciter opinionem illam suam defendebant; et credebant multi illis: nec dubitabant blasphemias dicere in sanctissimum dominum papam, qui prohiberet ecclesiasticis contrahere, et quibusdam diebus a cibis corporum humanorum constitutioni idoneis. Quapropter pontifex Romanus præcepit ejusmodi homines e medio tollere. Suntque uno die circiter centum ab episcopo Argentinensi combusti. Multi carceribus mancipati; donec revocaverunt palam professi se errare." Nauclerus[b] vero ita rem narrat. "In partibus Alsatiæ tum hæresis et error tam nobilium quam plebeiorum multum increvit, volentium et asserentium licitum, et nequaquam esse peccatum,

[b] Vid. Jo. Cassan. hist. Albigens. lib. 3. cap. 17, 18.
[c] Jo. Marian. de reb. Hispan. lib. 12. cap. 2.
[a] German. chron. lib. 19.
[b] Naucler. chronograph. generat. 41. Vid. infr. histor. ann. 1215, et 1230.

in Quadragesimæ diebus et reliquis sextis feriis anni, comedere carnes; quicquid etiam peccarent homines cum his membris quæ sub umbilico forent licite fieri posse, dicentes hæc fieri secundum naturam. Unde quotannis hujus erroris et hæresis authoribus certum censum miserunt: tandem vero ab episcopo Argentinensi ac civibus capti, utriusque sexus et conditionis homines fere octoginta[c] una die omnes igni traditi sunt et combusti."

34. Nimirum sectam Nicolaitarum, ut liquet ex Trithemio[a], profiteri dicebantur: indeque libidinis promiscuæ defensores fuisse tradidit Nauclerus; quos id tantum docuisse confirmat Mutius, male eos facere qui contrahere matrimonia prohiberent; ac Romanum pontificem imprimis, qui prohiberet ecclesiasticis contrahere. Nam κληρογαμίας assertores odioso Nicolaitarum nomine a doctrinæ dæmoniorum patronis, jam inde a soluti Satanæ primordiis infamatos, cum ex aliis[b] tum ex Petro Damiani Romanæ Ecclesiæ cardinale certo constat. "Clerici uxorati," ait ille[c] in epistola ad Cunibertum Taurinensem episcopum, "Nicolaitæ vocantur, quoniam a quodam Nicolao, qui hanc dogmatizavit hæresim, hujusmodi vocabulum sortiuntur." Quemnam autem Nicolaum intelligat, in epistola[d] ad Nicolaum II. Romanum pontificem idem exponit. "Nicolaus, unus ex his quos Petrus apostolus diacones consecraverat, dogmatizabat clericos cujuslibet ordinis nuptialibus fœderandos esse conjugiis." A sodale nempo suo, Humberto Sylvæ Candidæ episcopo, Epiphanii hanc fuisse sententiam acceperat; quæ nusquam in illo reperitur. "Quarta[e] Nicolaitarum a Nicolao hæresis est adinventa, uno ex septem diaconibus ab apostolis ordinato. Iste cum de zelo pulcherrimæ conjugis culparetur, docere cœpit indifferenter uti conjugibus, non solum laicos sed etiam qui sacerdotii fungerentur officio:" qui ex Augustino

[c] Vid. infr. not. f. sec. 41. ex Trithem. ann. 1215.
[a] Trithem. chron. Hirsaugiens. ann. 1230.
[b] Vid. Baron. annal. tom. 11. ann. 1059. sec. 46, 58.
[c] P. Damian. lib. 4. epist. 3. op. pag. 565.
[d] Id. lib. 1. epist. 6. pag. 12.
[e] Humbert. contr. Nicetam tom. 6. antiqu. lector. Henr. Canisii, pag. 189. vid. et pag. 196. lin. 23.

melius didicisset, quid per indifferentem usum conjugum Nicolaitæ intellectum vellent. "Nicolaitæ[f] a Nicolao nominati sunt, uno, ut perhibetur, ex illis septem quos apostoli diaconos ordinaverant. Iste, cum de zelo pulcherrimæ conjugis culparetur, velut purgandi se causa, permisisse fertur, ut ea qui vellet uteretur. Quod ejus factum in sectam turpissimam versum est, qua placet usus indifferens fæminarum:" id scilicet ipsum, quod in decretis[g] pontificiis legitur, Clementi Romano episcopo impudentissime attributum. "Communia debere esse amicorum omnia, in omnibus autem esse sine dubio et conjuges." Sed a Nicolaitis ad Raimundum Tolosanum comitem convertendus est sermo.

35. Eum anno 1211. "tanquam refugam fidei et publicum hostem Ecclesiæ, cunctis ad diripiendum expositum esse" scribit[a], qui hic chronicon et sequente anno vitam suam terminavit, Robertus Altissiodorensis monachus. De eodem Güilielmus Armoricanus, Philippidos libro octavo:

——— urbes et castra, quot annus
Fertur habere dies, tot villas ille celebris
Nominis et famæ Francorum a rege tenebat;
Cui subjectus erat feodaliter, inque secundo
Per vinclum carnale gradu conjunctus eidem.
Sed postquam Ecclesiæ cœpit contrarius esse,
Catholicæ fidei defensans improbus hostes,
Hæresiarcharum fautor, populique fidelis
Nequaquam et cleri metuens inimicus haberi:
Nec consanguineum sibi rex, nec habere fidelem
Dignatus, cœpit contra illum bella movere.
Utque illi liceat punire licentius illum,
Quamvis sciret idem proprio de jure licere,
Impetrare studet a summo præsule sacra
Scripta, quibus pariat indulta remissio cunctis
Spem veniæ contra hæreticos qui bella moverent;
Per quos temnebat Christi Provincia legem
Et se pestiferi fœdabat peste veneni.
Dehinc quia nec papæ monitis, nec regis amico

[f] August. lib. de hæres. cap. 5. op. tom. 8. pag. 6. vid. Clement. Alexandr. lib. 3. strom.

[g] Qu. 1. c. Dilectiss. fratribus tom. 1. concil. pag. 52. b. edit. Colon. ann. 1551.

[a] Chronolog. Altissiod. fol. 106. a. b.

Consilio comes ille ferus parere volebat,
Ut saltem reprobos cuivis exponeret hosti,
Aut per se puniret eos, ut jura jubebant,
Immo tuetur eos, et eorum prava per ipsum
Secta viget, dum non prohibendo fit unus eorum:
Rex et papa simul exponunt omnibus illum,
Et res et patriam totam, quæ spectat ad illum,
Ut qui prævaleat armis et viribus illi
Tollere quid proprios licite convertat in usus,
Et dominus fiat rerum quas auferet illi.

36. Tenebat autem "comes[a] Tolosanus comitatum Tolosæ, comitatum de Sancto Ægidio, Provinciam, Delphinatum, comitatum Venaissimi, Ruthenensem patriam, Cadurcensem, Albigensem, et Tolosæ circunvicinas judiciarias, Linguam Occitanam, et lata dominia intra et ultra Rhodanum et Aquitaniam." Habebat præterea Raimundus auxilia "regis[b] Aragonis, comitis Fuxi, regis Angliæ, cui erat conjunctus, potentumque ac principum, et plurimorum sibi confœderatorum virorum." Duxerat enim in uxorem Johannam[c], quondam reginam Siciliæ, sororem Johannis regis Angliæ, ex qua filium Raimundum, qui ex ea familia postremus Tolosæ comes fuit, suscepit: eaque defuncta Eleonoram sororem Petri regis Aragonensis. Raimundus etiam ejus filius alteri Aragonensis regis sorori, " nomine Sanciæ, erat matrimonio copulatus; et ex ista Sancia genuit filiam, quæ nupsit Aldefonso, filio Ludovici regis Francorum, comiti Pictaviensi," ut libro sexto de rebus Hispanis capite quarto refert Rodericus Toletanus. Verebatur quoque Aragonius, " ne[d] Simon Monfortius, quod agi videbatur, multorumque persuasio habebat, specie pietatis, alieni juris urbes principatusque occuparet: ut[e] nihil est mortalium animis fallacius, nihil exitialius simulata religionis specie." Itaque Albigensibus[f] " confœderatus, associatis sibi comitibus

[a] Bertrand. de gestis Tolosan. fol. 32. col. 4. [b] Ibid.

[c] Rog. Hoveden. annal. ann. 1199. fol. 452. a. et ann. 1200. fol. 458. a. edit. Lond.

[d] Jo. Marian. præfat. in Luc. Tudens. contr. Albigens.

[e] Id. de reb. Hispan. lib. 12. cap. 2.

[f] Roger. de Wendover. et eum secutus Matt. Paris. hist. ann. 1213. pag. 236. ubi pro *fugit* et *convenit*, ex Rogero reponendum est *Fuxi* et *Convenarum*.

Tolosano, Fuxi et Convenarum, cum civibus Tolosanis, Rogero[g] quoque de Beders cum suis Bederanis, et de conprovincialibus innumeris convocatis," exercitum magnum congregavit: in quo alii[h], equitum septem et peditum triginta millia; alii[i], pugnatorum centum fuisse millia, affirmant. "In[k] exercitu Simonis, inter milites et servientes in equis non erant amplius quam octingenti, pedites autem pauci: ita quod simul esse poterant quasi mille. In exercitu autem regis et comitum, ex adverso circiter centum millia credebantur." Ita Petrus Lodevensis episcopus. Et ante eum Petrus Vallis Sarnensis monachus, qui tum in castris adfuisse videtur: "Omnes[l]," inquit, "nostri, inter milites et servientes in equis non erant plusquam octingenti: cum hostes centum millia esse crederentur: paucissimos autem et quasi nullos pedites nostri habebant." Albigensium "circiter centum millia a vix decem millibus catholicis contrita esse" affirmat Sanderus[m]; Paulum Æmilium secutus, in sexto libro historiæ Francorum ita scribentem: "Circiter centum millia armatorum, in acie adversus Simonem, ne decima quidem parte hosti parem, constitisse ferunt." Guilielmus Armoricanus, ne centesima quidem parte hosti parem fuisse ait. Sic enim ille in octavo Philippidos:

> Ipse etiam, ut vidit tot millibus undique Simon
> Se circumcingi, nec corpora se tot habere
> Singula, quot numero centenos hostis habebat;
> Consulit et tali compellat famine Francos.

37. Idem in chronico, quod de rebus Philippi Augusti soluta oratione congessit, Simonem habuisse scribit du-

[g] Matt. Paris. hist. ann. 1213. pag. 236.

[h] Jo. Paul. Perrin. hist. Albigens. lib. 1. cap. 11.

[i] Bernardus Guido, in vita Innocentii III. Werner. fascic. temp. ætat. 6. Philipp. Bergomens. supplem. chron. lib. 13. ann. 1214. Christian. Massæus, chron. lib. 17. ann. 1213. Jo. Marian. de reb. Hispan. lib. 12. cap. 2. Bernard. Lutzenburg. et Gabr. Prateol. in hæres. Albigen.

[k] Petr. Lodev. in præclar. Francor. facinorib. ann. 1213.

[l] Petr. Sarnens. histor. Albigens. cap. 72. edit. Latin. versionis vero Gallicæ, 127. in qua tamen *centum millium* adversæ partis nulla habetur mentio.

[m] Sander. visib. monarch. lib. 7. pag. 483.

centos quinquaginta milites, et circiter quingentos satellites equites, et peregrinos pedites fere septingentos inermes. Consentiunt Rigordus[a], Guilielmus Nangiacus[b], et Vincentius[c] Bellovacensis : nisi quod pro ducentis quinquaginta militibus, ducentos sexaginta ponunt. Antoninus[d] illum ducentos quadraginta milites, ac armatos pedites quingentos habuisse ait. Alii[e] octingentos ei equites, et mille pedites tribuunt : mille et quingentos equites, et septingentos pedites alii[f] :

Hic infinitos equites vicere trecenti :

inquit Johannes Garlandius libro quarto de triumphis Ecclesiæ. Guilielmus de Podio[g] Laurentii, Bernardus Guido[h], atque eos secutus Nicolaus[i] Bertrandus, et Christianus Massæus[k] copias illius universas redigunt "ad mille numerum armatorum." Wernerus Laerius[l], Jacobus Philippus Bergomensis[m], Bernardus Lutzemburgius[n], Gabriel Prateolus[o], Robertus Bellarminus[p] et Robertus Personius[q] octo millia numerant. Mille et ducentos commemorat Guilielmus Armoricanus in illis versibus:

Inque brevi spatio concludere millia centum
Intra se putavere viros vix mille ducentos.

Idem tamen paulo ante, poetica quidlibet audendi usus potestate, Simoni quidem assignat numerum prope dimidio

[a] Rigord. de gest. Philippi Aug. ann. 1213.
[b] Guilielm. Nangiac. in chron. MS. ad ann. 1213.
[c] Vincent. spec. hist. lib. 30. cap. 9.
[d] Antonin. hist. part. 3. tit. 19. cap. 1. sec. 5.
[e] Jo. Marian. præfat. in Luc. Tudens. Abr. Bzov. in annal. ecclesiast. ann. 1213. sec. 9.
[f] Perrin. hist. Albigens. lib. 1. cap. 11.
[g] Guilielm. Pod. chron. cap. 21.
[h] Bernard. Guid. in hist. comitum Tolosan.
[i] Bertrand. gest. Tolosan. fol. 27. col. 2.
[k] Massæi chron. lib. 17. ann. 1213.
[l] Werner. fascic. temp. ætat. 6.
[m] Bergomens. suppl. chron. lib. 13. ann. 1214.
[n] Lutzenburg. in hæres. Albigens.
[o] Prateol. ibid. [p] Bellarm. de not. Eccles. cap. 18.
[q] Person. de 3. Angl. convers. part. 2. cap. 10. sec. 28.

minorem, parti vero adversæ duplo plane majorem[r]. Adscribam locum ex octavo Philippidos.

Confugit ergo comes Reymundus ad Aragonensis
Auxilium regis; qui congregat agmina regno
Quotquot habere poterat: nec defuit illi
Fusinus comes, et Tolosanæ copia gentis,
Massiliique viri, quosque illi misit Avigno,
Albia chara Nemaus, et quos misere Navarri,
Et quos nutrierat Carcasso, comesque Bicorrus.
Conveniunt omnes, numero bis millia centum,
Mente una cupidi cum Simone vincere Francos,
Et dare vel morti, patria vel pellere tota;
Armis instructi, sed nec virtutis egeni,
Quorum semper erat probitas exercita bellis,
Et feritas assueta neci, cædique dicata.
Hi tantis certant cum Simone viribus, ut vix
Se sociosque suos defendere posset ab illis.
Cujus erant equites cum quadraginta ducenti,
Septuaginta in equis famuli, peditesque trecenti;
Cum quibus ipse volens fortunæ cedere forti
Murelli tuta caute se clausit in arce.

38. Extant hac de re literæ prælatorum Galliæ, qui crucesignatorum castra tum secuti sunt: quarum hoc initium. "Gloria in excelsis Deo, et in terra pax hominibus,

[r] Ex Bernardi Guidonis comitum Tolosanorum historia MS. in bibliotheca collegii S. Benedicti Cantabrig. anno Dom. 1213. Paulo ante festum exaltationis sanctæ crucis, comes Simon habens secum usque ad mille numerum armatorum, apud Marellum pro fide Christi et causa Ecclesiæ quam gerebat, non veritus multitudinem exercitus infinitam adversariorum contra Petrum regem processit Arragonum, qui plures secum habens comites et magnates, cum civibus Tolosanis in manu valida exiverat, et obsederat castrum Murelli, quod præfatus comes Simon stabiliverat contra præfatum Raimundum comitem Tolosanum. Diem ergo præcedentem festum exaltationis sanctæ crucis, pro bello crucifixi, Christi pugiles elegerunt: et, factis confessionibus peccatorum, et audito ex more officio divino, et cibo salutari altaris refecti et prandio sobrio confortati, arma sumunt, et ad prælium se accingunt. Aderant autem cum exercitu Domini viri præclari, Fulco Tolosanus, Guido Carcassonensis, et Sedisius Agathensis episcopi, cum aliis quatuor episcopis: qui cum exemplo Mosis, dum in campo prælium fidei ageretur, elevantes manus in cœlum unde venit auxilium a Deo, intra ecclesiam cum suis clericis orantes et clamantes alta voce cantabant; Hostem repellas longius, Pacemque dones protinus, et cætera ejusdem hymni prosequentes. Tum enarratur eventus illius prælii, iisdem fere, quæ habentur apud Matthæum Parisiensem ad ann. 1213. pag. 328, 329. edit. Lond. Confer Bertrand.

qui sanctam Ecclesiam bona diligunt voluntate. Dominus fortis et potens, Dominus potens in prælio, quinta[a] feria infra octavas Nativitatis B. Mariæ Virginis, sanctæ concessit Ecclesiæ, devictis miraculose inimicis fidei Christianæ, victoriam gloriosam, et triumphum gloriosum, in hunc modum. Post correctionem affectuosissimam zelo paternæ pietatis, a summo pontifice diligentissime regi factam Aragonensi, inhibitionemque districtissimam, ne inimicis fidei pararet auxilium, consilium vel favorem, sed ab eisdem recederet indilate, et treugas haberet firmissimas cum comite Montisfortis; quibusdam etiam literis, quas ejusdem regis nuncii per falsissimam suggestionem contra comitem Montisfortis impetrarant, de terris reddendis comitibus Fuxensi, Convenarum, et Gastoni de Bearno, post veritatis cognitionem cassatis a domino papa, et tanquam nullius valoris penitus revocatis. Idem rex correctionem patris sanctissimi non devotione suscipiens filiali, sed contra mandatum apostolicum superbe recalcitrans, quasi cor habens durius induratum; licet venerabiles patres, Narbonensis archiepiscopus apostolicæ sedis legatus, et Tolosanus episcopus, sibi literas et mandatum summi pontificis transmisissent: mala, quæ pridem conceperat, voluit postmodum parturire. Quia in terram quæ per virtutem signatorum, Dei auxilio, contra hæreticos et eorum defensores fuerat acquisita, intravit cum exercitu; eamque contra mandatum apostolicum subjugare, ac prædictis inimicis reddere, attentavit. Parte cujus jam sibi aliquantulum subjugata, cum pars multa residui ob ipsius

[a] h. e. Septemb. 12. ann. Dom. 1213. Rex Aragonum, ætate et viribus integer et vernans, sed superbus et temerarius, confœderatus est Tolosanis et Albigensibus, quos infamia de hæresi non mediocriter condemnaverat. Congregato igitur exercitu copioso, rex Aragonum comitem Simonem non præmunitum occupare in quodam castro disposuit. Sed comes malens armis trucidari, quam fame contabescere, subitum exiens fecit cum paucis in regem et ejus exercitum impetum et vehementem. In quo conflictu acerrimo ipse rex nil tale formidans periit trucidatus, toto exercitu dissipato. Facta est hæc belli congressio feria VI. post oct. Nativitatis B. Mariæ. Matt. Paris. in historia majore MS. in bibliotheca regia ad ann. 1213. Per illud tempus motio magna fit contra hæreticos Albigenses sub duce Simone de Monteforti: in qua etiam guerra occisus est rex Aragonum. Matt. Westmonaster. et Roffensis hist. ad eundem annum.

securitatem apostatare intenderet, et se apostatandum jam pararet; congregatis insimul comitibus Tolosæ, Fuxi, et Convenarum, et Tolosanorum exercitu magno valde, feria tertia post Nativitatem B. Mariæ, Murelli castrum obsedit."

39. Erat annus ille Domini 1213. dies[a] vero IIII. Idus Septembris, feria scilicet tertia post Nativitatem B. Mariæ, quo Murellum obsideri cœptum notat Petrus Sarnensis. Quinta deinde feria sequente, hoc est, Septembris die duodecimo Aragonii regis exercitum adorti sunt cruce signati; promissione hac a Convenarum episcopo, ut idem refert Petrus[b], sæpius repetita mirabiliter animati. "Ite in nomine Jesu Christi: et ego vobis testis sum, et in die judicii fidejussor existo, quia quicunque in isto glorioso occubuerit bello, absque nulla purgatorii pœna, æterna præmia et martyrum gloriam consequetur: dummodo confessus sit et contritus; vel saltem firmum habeat propositum, quod statim peracto bello super peccatis de quibus nondum fecit confessionem, ostendet se sacerdoti." Proxima vero post partam ab illis victoriam, et ante festum exaltatæ crucis die, feria videlicet sexta, infra vel intra octavas Nativitatis B. Mariæ, Tolosanus, Nemansensis, Uticensis, Lodevensis, Biterrensis, Agathensis et Convenarum episcopi, una cum abbatibus de Claraco, Villa magna et S. Tiberii, qui jussu Arnoldi archiepiscopi Narbonensis, pontificii contra Albigenses legati, tum præsentes aderant, literas illas encyclicas "ad[c] universos Christi fideles miserunt:" ut ex ὑπογραφῇ subjecta liquet: "Datum[d] Murelli, in crastino victoriæ gloriosæ, scilicet sexta feria intra octavas Nativitatis B. Mariæ, anno Domini 1213:" quod alii minus attendentes, illo ipso die pugnam commissam esse inconsiderate tradiderunt. "Die enim præcedente festum exaltationis sanctæ crucis," Bernardus

[a] Petr. Sarn. hist. Albig. cap. 71. edit. Latin. 125. Gallic. ubi Sorbinus male reddidit, *Le treiziesme de Septembre apres la nativite nostre Dame* cum dies 10. Septembris fuerit.

[b] Id. cap. 72. edit. Latin. 127. Gallic.

[c] Ibid. in fin. capit.

[d] Id. in fin. cap. 73. edit. Latin. 128. Gallic.

Guido: "die Jovis, in vigilia exaltationis sanctæ crucis," pugnatum esse asserit Petrus Lodevensis in anni 1213. historia (de die Jovis recte pronuncians, de vigilia exaltationis crucis non item; quam constat eo anno non in Jovis sed in sequentem Veneris diem, qua prælatorum scriptæ sunt literæ, incidisse): Guilielmus de Podio Laurentii, ut victoriæ cruce-signatorum cum crucis die concursum magis notabilem redderet, a vigilia ad ipsum festum tempus prælii transferre maluit; de bidui metachronismo parum solicitus. "Diem[e] instantem exaltationis sanctæ crucis," inquit, "bello crucifixi pugiles elegerunt:" et, "Sanctæ[f] crucis devote festum celebrantes, in illa die, tanquam Dei pugiles, crucis ejusdem adversarios superarunt:" Rogerus autem Wendoverius et Matthæus Parisiensis, "factam esse hanc belli congressionem feria sexta post octavas Nativitatis B. Mariæ," affirmantes, integro octiduo a justo calculo aberrarunt. Quem errorem non aliunde hauserunt, quam ex dictæ prælatorum epistolæ (ex qua integram hanc historiam ad verbum descripserunt) vitiosis quibusdam apographis, in quibus data ea legitur *sexta feria*, non *intra*, ut ex Petri Sarnensis codice jam retulimus, sed *post octavas Nativitatis B. Mariæ:* quomodo in exemplari, quod cum Guilielmi Tyrii historia belli sacri Basileæ[g] est excusum, etiam nunc legitur. In hoc conflictu Petrum regem Aragonum, et cum eo Aznarium Pardi, et Petrum Pardi filium ejus, et Gometium de Luna, et Michaelem de Lusia, et multos alios de potioribus Aragonis, occubuisse scribit Rodericus[h] archiepiscopus Toletanus. "Cæsus est rex Aragonum," inquit Theodoretus Appoldianus[i], "atque utinam, arma ferens adversus Ecclesiam, non æternam oppetierit mortem." Gallici prælati, in epistola sua, memorabilis hujus cladis historiam sic enarrant. "Hi turpiter fugientes, turpi fuga mortis periculum evaserunt; alii vitantes gladios a-

[e] Guil. de Pod. chron. cap. 21. [f] Id. cap. 22.

[g] Continuat. belli sacri, edit. Basil. ann. 1564. pag. 243.

[h] Roderic. hist. Hispan. lib. 6. cap. 4.

[i] Theodoret. Appold. in vit. Dominici, lib. 1. cap. 11.

quæ periculo perierunt: quam[k] plures vero fuerunt in ore gladio devorati. De illustri rege Aragonensi, qui cum interfectis occubuit, plurimum est dolendum: quia princeps tam potens et nobilis, qui, si vellet, posset et deberet Ecclesiæ sanctæ utilis multum esse, nunc Christi adjunctus hostibus, Christi amicos et sanctam Ecclesiam improbe perturbabat. Cæterum cum victores a cæde et persecutione hostium reverterentur cum victoria gloriosa, Tolosanus episcopus, Tolosanorum stragi et miseriæ charitative ac misericorditer compatiens, corde pio eos, qui de stragis residuo adhuc infra sua tentoria morabantur, salvare cupiens ne perirent; ut saltem tantorum flagellorum verbere castigati, et tantum periculum evadentes, converterentur ad Dominum et viverent, in fide catholica permansuri: missa eis per quendam religiosum virum cuculla, qua indutus erat, mandavit eis, quod nunc demum arma sua et suam deponerent feritatem, et inermes venirent ad ipsum, ut eos salvaret de morte[l]. Qui adhuc quoque in sua perseverantes malitia, et se, qui jam victi erant, vicisse Christi populum autumantes; non solum parere sui episcopi admonitionibus contempserunt, verum etiam ablata cuculla ipsum nuncium austerius verberarunt: post quos Christi militia recursum faciens circa sua diffugientes tentoria interemit. Certus hostium interfectorum, tam nobilium quam aliorum, numerus[m] præ multitudine nullatenus sciri potest. De militibus autem Christi unus solus interemptus est in conflictu; et paucissimi servientes."

40. Numerum interfectorum, quem isti qui oculati victoriæ testes fuerunt incertum fuisse profitentur, posteri-

[k] Vid. Jo. Cassanion. hist. Albigens. lib. 3. cap. ult.

[l] Simpliciorum quotquot prælio superstites fuerunt, eorum erroribus afflati, non difficulter sanati sunt, et hæresin eorum ejurarunt; quamvis fraude et impulsu Raimondi comitis Tholosani, qui hæresi favebat, in eandem denuo reciderunt. Person. 3. convers. part. 3. tom. I. cap. 3. sec. 18. Post hoc prælium, plurimi illorum hæreticorum conversi prædicatione S. Dominici. Ib. part. 2. cap. 10. sec. 28.

[m] "Historicorum more scribis, numerum iniri non potuisse." Plin. Sec. lib. 9. epist. 16.

ores scriptores certum reddere conati, incertiorem fecerunt. " Albigensium," inquit Nicolaus[a] Vignerius, " sociorumque illorum cum Petro Aragone rege, septem millia tantummodo desiderata: ut ex cujusdam istius seculi scriptoris testimonio constat." Si Guilielmo[b] de Podio Laurentii et Bernardo Guidoni credimus: " occisorum numerus ubique" (id est, ut ego ex verbis præcedentibus interpretor, eorum qui " vel submersi sunt, vel in campi planitie ceciderunt) esse quindecim millium dicebatur." Eundem similiter " occisorum numerum hæreticorum," ut ille loquitur, habet Nicolaus Bertrandus[c]. Eundem habet et Johannes Garlandius: sed submersorum, ut videtur, numero ex ea summa subducto: sic enim in libro quarto de triumphis canit ille:

> Sunt de Tolosa ter millia quinque necata
> Corpora: sed reliqua non numerare licet.

Circa septemdecim millia periisse affirmat Martinus Polonus[d], a Suffrido Petro editus, et Antoninus[e], Rigordus[f], Nangiacus[g], Vincentius[h], et Thuanus[i] similiter septemdecim millia cæsa fuisse narrant; ex Simonis præsidio octo tantum amissis: quod Guilielmus Armoricanus in octavo Philippidos sic expressit:

> Inque die virtus Francorum claruit illo
> Tanta, quod adjunctis ter millia quina duobus
> Millibus ad Stygiam lux miserit una paludem:
> Dextraque texit eos tanto divina favore,
> Quod tantum exciderint ex agmine Francigenarum
> Octo peregrini, quos repperit hostis inermis.

[a] Vignier. in Burgundiorum chronico pag. 147. et hist. eccles. pag. 418. ex chronico quodam hujus temporis MS.

[b] Guil. Pod. chron. cap. 22. Bernard. Guid. hist. comit. Tolosan. ad ann. 1213.

[c] Bertrand. gest. Tolosan. fol. 27. col. 3.

[d] Martin. Polon. chron. edit. Antverp. ann. 1574. pag. 407.

[e] Antonin. hist. part. 3. tit. 19. cap. 1. sec. 5.

[f] Rigord. de gest. Philippi Aug. ann. 1213.

[g] Guil. Nangiac. chron. MS. 1213.

[h] Vincent. specul. hist. lib. 30. cap. 9.

[i] Thuan. hist. lib. 6. ad ann. 1550.

In chronico ejusdem Guilielmi MS. decem et octo millia leguntur: quem numerum Johannes Nauclerus[k], Rogerus Gaguinus[l], et Papirius Massonus[m] retinent. "Tam submersione quam gladio, circiter viginti millia interfecta fuisse" scribit Petrus[n] Sarnensis (non triginta duo millia: ut ex eo perperam refert Johannes Cassanio[o]). Similiter et Petrus[p] Lodevensis episcopus: "Quamvis præ multitudine sciri non potuerit certus numerus hostium prostratorum; æstimati tamen fuerunt usque ad viginti millia tam occisorum gladio, quam in Garumnæ flumine submersorum." Totidem millia stravisse Simonem Montfortium, "reliquos in fugam vertisse," dicit Massæus[q]. Tantam Albigensium stragem factam esse asserit mendax Prateolus[r], "ut de eorum exercitu ad septuaginta millia pugnatorum, cum Petro Tarraconensium rege eorum auxiliario, corruerint." Bellarminus[s] denique probe aucto mendacio, "cæsa esse hoc prælio centum millia Albigensium hæreticorum" affirmat: Paulum Æmilium citans authorem, qui libro sexto historiæ Francorum "plus viginti millia desiderata" scribit, quod scripserunt etiam alii[t]: *centum millia*, ut fingit Bellarminus, cæsa non scribit.

41. Pontificii, inopinatam illam ad Murellum consecuti victoriam, instaurant copias, et suos denuo ad arma vocant. Sic enim in fine suarum[a] literarum Gallicani illi præsules, qui rei gestæ interfuerunt, bellicum canunt; crucesignatos ad Tolosensium et Albigensium reliquias excindendas, novis propositis indulgentiis, excitantes. "Cum dominus papa contra ipsos fideles quosque populos per indulgentias innovatas jubeat exhortari: fideli-

[k] Naucler. chronograph. generat. 41. [l] Gaguin. de gest. Franc. lib. 6.
[m] Masson. annal. lib. 3.
[n] Petr. Sarn. hist. Albigens. cap. 72. edit. Latin. 127. Gallic.
[o] Cassan. hist. Albigens. lib. 3. cap. 22.
[p] Petr. in præclar. Francor. facinorib. ann. 1213.
[q] Christian. Massæ. chron. lib. 17.
[r] Prateol. hæres. Albigens. [s] Bellarm. de notis Eccles. cap. 18.
[t] Bernard. Girard. hist. Franc. lib. 10. Jesuita Sicarius (Ægidius Schondonichius, ut putatur) edit. Lugdun. ann. 1611. pag. 291.
[a] Ad calcem continuationis belli sacri, edit. Basil. ann. 1564. pag. 243. nam in Petri Sarnensis historia epilogus iste desideratur.

tatem vestram in Domino monemus, et rogamus, quatenus ad residuum tantæ militiæ destruendum, muniti signo crucis in pectore, contra crucis inimicos durissimos veniatis; ut per laborem meritorum et auxilium nostrum, destructis adversitatibus et erroribus universis, sponsa Christi Christo secura deserviat libertate. Novit enim universitas vestra, sicut nos credimus, et sine omni ambiguitate noscere debet; quod summus pontifex, ad extirpandam hæreticam pravitatem, laborem hujus vitæ et protractum negotii fidei injunxit, et modo per innovatam indulgentiam injunget universis Christi fidelibus, in remissionem omnium peccatorum suorum. Eja ergo, accingite vos, milites Christi, ad vindicandum Christi injuriam; securi pro certo, quod jam incipit cauda poni in sacrificium, et finis toto negotio Jesu Christi, vobis succurrentibus, appropinquat." Hinc nova quotidie crucesignatorum subsidia ad Simonem Montfortium accesserunt: de quibus Hugo Altissiodorensis[b] monachus: "Misit Dominus singulis annis, tam ex Francia quam ex aliis terris, in adjutorium ejus multos, qui ex devotione propria assuerunt sibi in pectore signum crucis, ut venientes starent cum eo contra hostes fidei ad minus quadraginta diebus, propter indulgentiam a sede apostolica ei factam." Præcipui[c] hujus indulgentiæ buccinatores fuerunt Robertus de Corceone Anglus, S. Stephani in monte Cœlio presbyter cardinalis, qui ipse ad expugnandos Tolosanos crucis signum in pectore suscepit, Jacobus de Vitriaco, postea factus cardinalis episcopus Tusculanus, Guido Carcassonensis episcopus, Guilielmus Parisiensis archidiaconus, et Petrus Beneventanus, S. Mariæ in Acquiro diaconus cardinalis, a Romano pontifice legatus in Galliam recens missus. Contra vero crucesignatorum conatibus, Johannes Anglorum rex et Aimericus Narbonæ dominus, quantum poterant, obstiterunt. "Rex etenim Angliæ Johannes," inquit Petrus Sarnensis[d], "qui semper adversatus fuerat negotio Jesu Christi, et comiti Montisfortis, ipso anno (1213.) versus partes perrexerat Aginnenses: et plures de

[b] Chronolog. Altissiod. fol. 110. a.

[c] Petr. Sarnens. hist. Albig. cap. 75, et 78.

[d] Ibid. cap. 77.

nobilioribus terræ illius, in ejus sperantes auxilium, recesserunt a Deo et domino comitis Montis-fortis." Addit Guilielmus Armoricanus, sed fide poetica, Montfortii copias non minus celebrem hic consecutas victoriam, quam Murelli nuper obtinuerant.

Non minor hac iterum victoria contigit illis
Circa tempus idem, quando victricibus armis
Xantos, Burdigalos, Blavios, Pictones et Anglos,
Innumerosque alios, variis a partibus illuc
Contra catholicos, mittente Johanne, profectos,
Simonis edomuit virtus, et nobile robur
Gentis Francigenæ numero breve, viribus ingens;
Quæ summa meruit efferri laude per orbem,
Multa triumphali dum cædit millia ferro.
Unde quidem pauci fugientes cum Saverico[e],
Quem rex Anglorum temere præfecerat illis,
Vix vitam salvare fuga meruere pudenda.

Hæc ille Philippidos suæ libro octavo. Et in ejusdem libri argumento:

Rex dolet hæreticos non posse juvare Johannes,
Inque Deum famulosque suos ulciscitur iram.

His se adjunxit, quemadmodum ad annum 1214. ex historia Albigensium et chronico comitis Montfortii refert Nicolaus Vignerius, "Guilielmus Barrius, vir bellica laude nobilis; quorum auxiliis fretus Montfortius, iteratis contra comitem Tolosanum et Albigenses præliis, Narbonenses oppugnavit, arcem Maurillaci recuperavit, in qua Waldenses septem exusti sunt: Montempesatum etiam, Marmandam, Cassevolas, Cadenacum recepit; aliaque oppida complura in agro Aginnensi, Petrogorico, Lemovicensi, Querciensi et Ruteno occupavit: in quibus tria erant apud Petrogoros; Mons-fortis scilicet, Castrum-novum, et Bamaca: unde Albigensium secta ante annos centum prodiisse dicebatur." Sic ille "bellum circumtulit," ut in sexto libro de gestis Francorum scribit Paulus Æmilius, "oppida circumjecta cepit: præcipue in Agenensium et Ruthenorum finibus non parva

[e] De quo supr.

nec pauca in ditionem redegit; non quod omnia illa impie sentirent, sed ne juvare impios (scilicet) possent: et Simo magnam spem animo conceperat, parvas opes pro virtute sua nobilitateque generis habere se arbitratus: et filios habebat fortissimos florentissimosque juvenes, Almericum Simonemque." Hæc Paulus Æmilius[f].

42. Sub initium anni 1215. opera Petri Beneventani[a] cardinalis, Romani pontificis in Gallia legati, apud Montem Pessulanum habitum est concilium: cui archiepiscopi quinque, episcopi octo et viginti, aliique innumeri ecclesiastici ordinis viri interfuerunt. In eo Simon Montfortius ditionum omnium, quæ bello partæ fuerant, dominus declaratus est: missusque ad pontificem Ebrunensis præsul, ut concilii sententiam ipsi probarent. Simoni interea possessio confirmata est a Ludovico, Philippi Francorum regis primogenito: qui ante triennium cruce adversus

[f] Interim vero dum in Galliis Albigenses armis opprimit Montfortius, adversus ipsorum socios in Germania ignibus sævit Conradus Marpurgensis inquisitor; de quo ad annum 1214. in Spanheimensi chronico abbas Trithemius. Eodem anno cœpit in Alemannia prædicare frater Conradus Marpurgensis ordinis prædicatorum authoritate apostolica, et per annos XIX. continuavit: multosque et quasi innumerabiles tanquam hæreticos comburi fecit, ipseque tandem occiditur. Qua vero arte solitus sit is hæreticos deprehendere, ad annum 1215. docet in Hirsauginensis monasterii chronico. His temporibus multi in occulto fuerunt hæretici utriusque sexus, qui varios seminaverunt errores in Alemannia, Francia et Italia: quorum plures deprehensi flammis exusti sunt. In civitate enim Argentinensi hoc anno plusquam LXXX. numero fuerunt comprehensi simul una vice, quorum pauci innocentes reperti sunt. Hos frater Conradus Marpurgensis inquisitor apostolicus, judicio ferri candentis, si negassent hæresin, probare consuevit: et quos ferrum exussisset, velut hæreticos, judicio seculari tradere comburendos. Unde paucis exceptis, omnes qui semel essent accusati, et ad ejus examen perducti, per eum condemnabantur ad incendium. Fuerunt qui crederent eum plures innocenter damnavisse, etiamsi nullius hæresis macula unquam infectus extitisset. Contra Gretser. In Camaraco civitate episcopali, infra hoc quinquennium, plures hæretici comprehensi sunt; qui omnes timore mortis suam perfidiam negaverunt. Missus est ab episcopo clericus; qui negantes per candens ferrum examinaret, adustos hæreticos esse sententiaret. Examinati sunt omnes, et combusti sunt omnes. Walterus abbas Vilariensis, apud Cæsar. lib. 3. cap. 16. Decem hæretici in civitate Argentina, quæ et Strasburg. comprehensi sunt: qui cum negarent, per judicium candentis ferri convicti, sententia incendii sunt damnati. Similia habet Conradus decanus Spirensis, ibid. cap. 17. &c.

[a] Papir Masson. annal. lib. I. Jo. Marian. de reb. Hispan. lib. 12. cap. 3. Jo. Cassanion. hist. Albig. lib. 4. cap. 2. Nic. Vignier. hist. eccles. ann. 1215.

Albigenses signatus, hoc demum anno votum solvit; Philippo Bellovacorum pontifice, Gualtero comite S. Pauli, Adamo vicecomite Meleduni, Matthæo Montis Maurencii domino, et multis aliis magnatibus comitatus. Adventum ejus minus æquo animo tulisse legatum pontificium Petrus Sarnensis significat: quippe veritum ne, præter animi sui sententiam, rex Francorum de terra, quam hæresi infectam purgare ipse tamdiu neglexerat, et pontifex ope crucesignatorum obtinuerat, velut supremus illius dominus, quicquam statueret. Quid vero hic gestum fuerit a Ludovico Guilielmus Armoricanus in chronico, quod nondum typis est excusum, ita explicat: "Anno Domini 1215. arripuit iter eundi in Albigenses Ludovicus filius regis Philippi crucesignatus, cui venit obviam Simon ille nobilis comes Montisfortis apud Montem Pessulanum; qui, recepta a Pessulanis purgatione canonica, et cautione de fide catholica de cætero firmiter observanda, duxerunt exercitum usque Tolosam, et eam obsederunt. Tolosanis autem pro pace supplicantibus, turrellis et propugnaculis ad voluntatem Ludovici et Simonis comitis ex condicto diruptis, obsidio soluta est sub hoc pacto, quod, hæreticis omnibus converti nolentibus de civitate ejectis, catholice viverent de cætero, et mandatis apostolicis obedirent." De eodem Papirius Massonus, libro tertio annalium: "Petrus Beneventanus, Innocentii nomine, Ludovicum rogavit, ut Narbonis Martii, Tolosæ, et rebellium oppidorum, mœnia dirui juberet. Primi Narbonenses imperata fecere: exinde Tolosa, metu majoris mali, ipsa se mœnibus nudavit." Johannes Mariana[b] ait Simonem, "suscepto principatu, Tolosam, Carcasonem, atque Narbonem mœnibus nudavisse, civium diffidentem voluntatibus:" quo pertinet et ille locus ex comitum Tolosanorum historia[c]: "Fuit traditum castrum Narbonense comiti Simoni, et juratum[d] dominium a civibus atque burgensibus Tolosanis,

[b] Marian. de reb. Hispan. lib. 12. cap. 4. Bertrand. gest. Tolosan. fol. 27. col. 1.

[c] MS. in bibliotheca colleg. Benedict. Nic. Bertrand. gest. Tolosan. fol. 27. col. 1.

[d] MS. *juratus dominus.*

et ipse nominatus et habitus pro comite Tolosano: et a notariis[e] ponebatur comes in publicis instrumentis. Fecitque dirui muros civitatis, et parietes Burgi, et æquari fossata, et turres domorum fortium destrui infra villam, ut ultra non adjiciant insurgere contra ipsum; et catenas de compitis amoveri fecit. Et castrum Narbonense, quod tunc solidum erat usque in altum, sicut nunc est, fecit evacuari tellure, et portam aperiri ab oriente; ut, ignorantibus aut invitis civibus, castrum posset ingredi cum vellet: jussitque fossata magna fieri in castrum et civitatem, et cingi magnis sudibus".

43. Comes Raimundus[a], e possessionibus suis hoc modo exturbatus, una cum filio Raimundo ad Lateranense concilium se recepit: ex adversa parte Guidone, fratre comitis Montfortii, comparente[b]. Post longam disceptationem adjudicata est terra Simoni Montfortio; atque Raimundo " abjudicata omnia, feuda videlicet et allodia, civitates et castra:" ut in quinto historiarum libro, capite secundo, scribit Cæsarius Heisterbachensis monachus. Decreti verba hæc sunt: " Sacri[c] concilii consilio ita duximus providendum", inquit papa Innocentius, " ut, quoniam Raimundus quondam comes Tolosanus culpabilis repertus est, nec unquam sub ejus regimine terra potuit in pacis et

[e] Vid. appendic. historiæ Albigens. Petri Sarnensis, pag. 326.

[a] Hist. comit. Tolosan. MS. et inde Nic. Bertrand. de gest. Tolosan. fol. 26. col. 1. Paul. Æmil. de gest. Franc. lib. 6. Jo. Marian. de reb. Hispan. lib. 12. cap. 4. Magdeburgens. centur. 13. col. 836. Renat. Choppin. de domanio Franciæ, lib. 1. tit. 7. Jo. Cassanion. hist. Albig. lib. 4. cap. 3.

[b] Guilielmus Armoricanus, in chronico rerum a Philippo Aug. (MS. in bibliotheca Cottoniana) de Innocentio III. Lateranensi concilio ann. 1215. præsidente, ita scribit; " In eodem concilio excommunicavit idem papa, multis contradicentibus, Barones Franciæ et complices suos. Sed et comitem S. Ægidii, qui vocabatur Tolosanus, et ejus filium, damnatos de hæresi, videbatur velle restituere ad terras suas, quas eis catholici, una cum Simone nobili comite Montis-fortis, de mandato Romanæ Ecclesiæ abstulerant per adjutorium Dei, et de ejusdem papæ licentia possidebant: et quod hoc non fieret universum concilium reclamabat."

[c] Antiqu. collect. 4. decretal. lib. 5. tit. 5. cap. 1. pag. 785. edit. Paris. ann. 1609. Adde 4. loca de Raimundi exauthoratione in hoc concilio: ex historia MS. comitum Tolosan. in bibliotheca Colleg. Benedict. exscript. per. D. Ward. et collat. cum Nic. Bertrand. Item. Petr. Sarnens. hist. Albigens. cap. 83. pag. 300, 301.

fidei statu servari, sicut ex longo tempore certis indiciis est compertum: ab ejus dominio, quod prave gessit, perpetuo sit exclusus, extra terram ipsam in loco idoneo moraturus, ubi dignam agat pœnitentiam deportatus. Verum de proventibus terræ CCCC. marchas percipiat annuatim, quamdiu curaverit humiliter obedire. Uxor vero ipsius comitis, soror quondam regis Aragonensis, cui ab omnibus laudabile testimonium perhibetur, quod sit catholica mulier et honesta, terras ad suum dotalitium pertinentes integre habeat et quiete: ita tamen, ut sic ad mandatum Ecclesiæ faciat custodiri, quod per ipsas negotium pacis et fidei non valeat perturbari. Tota vero terra, quam obtinuerunt crucesignati advèrsus hæreticos credentes, et fautores et receptores eorum, cum Monte Albano, atque Tolosa, quæ magis extitit hæretica labe corrupta, dimittatur et concedatur, salvo per omnia catholicorum jure virorum et mulierum et ecclesiarum, comiti Montisfortis, viro strenuo et catholico, qui plus cæteris in hoc negotio laboravit, ut eam teneat, a quibus est jure tenenda: residua vero terra, quæ non fuit a crucesignatis obtenta, custodiatur ad mandatum Ecclesiæ per viros idoneos, qui negotium pacis et fidei manu teneant et defendant; ut provideri possit unico filio comitis prædicti Tolosani: et postquam ad legitimam ætatem pervenerit, si talem se studuerit exhibere, quod in toto vel in parte ipsi merito debeat provideri; prout magis videbitur expedire."

44. Ita exauthorato Raimundo, " Simon comes Montisfortis factus est comes Tolosanus, Innocentio papa procurante, et rege Philippo concedente, propter hæreticam pravitatem Albigensium, et propter apostasiam Raimundi comitis Tolosani:" ut inquit Rigordus, regius chronographus, in gestis Philippi Augusti. Et, ut adduntalii[a], " ad regem Francorum profectus, ejus comitatus nomine se beneficiarium professus, se ei jurejurando fidelitatis sanctissime obstrinxit: atque utrinque osculo delibato, Biterras reversus, conventum ea in urbe totius regionis ha-

[a] Paul. Æmil. de gest. Franc. lib. 6. fol. 134. Vide quæ ibi sequuntur; et vide Marian. de reb. Hispan. lib. 12. cap. 4.

buit." Nemine decretis sacri (Lateranensis scilicet) concilii refragari auso, in verba sua gentem sacramento adegit. Comes vero Raimundus " secessit[b] in Hispaniam: et filius ejus Raimundus venit in Provinciam, comite Simone Tolosæ dominium jam adepto. Fuitque dictus Raimundus a civibus Avinionensibus receptus; et conversa est ad eum terra similiter Veneisini: ejusque armis[c] multa oppida continuo ad Rhodanum cesserunt. Profugos et egenos principes, multi tota Gallia reguli, et ex Catalaunia non pauci, viribus et copiis adjuvabant." In[d] quas vero hic angustias adductus fuerit Montfortius, ex Hugone Altissiodorensi monacho, Roberti continuatore, intelligimus: cujus verba hæc sunt[e]. "Anno Domini 1216. venit circa Calendas Maii Parisius vir illustris Simon comes Montisfortis, qui infra octo annos ita favente Domino prævaluerat adversus hæreticos in provincia Narbonensi, ut debellatis illis ipse se scriberet in literis suis vicecomitem Carcassonæ et Biterris, et ducem Narbonensem. Veniens vero per singulas civitates vel castella, cum mira devotione tam cleri quam populi, nec non et solenni processione, susceptus est. Venit autem contra Arragones auxilium petiturus; a quibus, propter necem Petri regis Arragonum, graves sustinebat insultus." Et in sequentis anni historia: " Circa dies illos venit in Franciam uxor illustris comitis Simonis Montisfortis contra hæreticos auxilium petitura. Ita enim arctaverant virum suum comes Tolosanus et ultores mortis regis Arragonum, qui in manu valida venerant contra eum, ut, perditis quibusdam castris, cum ipsa urbe Tolosa quam potenter possederat, vix

[b] Hist. comit. Tolosan. MS. in biblioth. colleg. Benedict. Cantabrig. et inde. Nic. Bertrand. de gest. Tolosan. fol. 27. col. 3, 4. Rescriptum Innocentii III. ad comitem Tolosanum, de hæreticis manifestis, &c. post mortem Milonis legati (quæ contigit ann. 1211. vid. Petr. Sarnens. pag. 91.) editum, habetur in 4. collect. decretal. lib. 5. tit. *de verbor. signif.* cap. 10. et in decretal. Gregorian. lib. 5. tit. 40. *De verbor. signif.* cap. 26. *super quibusd.*

[c] Marian. ubi supra. Vid. Vignier. hist. eccles. ann. 1216, et 1217.

[d] In editione secunda hujus libri, quam parabat Reverendus author, CAPUT XI. ordiri constituit ab initiis Honorii III. Romani pontificis, et a continuatione Petri Sarnensis historiæ, pag. 311. lin. 1. quod hic in ipsius autographo notatum invenitur.

[e] Paul. Æmil. de gest. Franc. lib. 6. fol. 134. edit. Paris. ann. 1544.

spem haberet de reliquo retinendo, nisi succursus ei celeriter præstaretur." Plenius vero rem post Raimundi reditum gestam, in comitum[f] Tolosanorum historia, ex chronico (ut videtur) Guilielmi de Podio Laurentii sic invenimus expositam.

45. "Anno Domini 1217. cum comes Simon guerram longe gereret cum Ademario[a] de Pictavis ultra Rhodanum; observata temporis opportunitate Raimundus comes, cum Convenarum et Fuxi comitibus et paucis militibus, transiit Pyrenæum, et intravit Tolosam mense Septembris, non ponte sed vado. Quod cum pauci scirent, quibusdam placuit, quibusdam vero displicuit. Comes vero Guido, qui erat in terra pro Simone comite fratre suo, tentavit ferro recentem motum compescere: sed repulsus non potuit adimplere. Interim autem, dum ista comiti Simoni nunciantur tenenti obsidia apud Crestam, cives Tolosani cœperunt contra castrum claudere civitatem palis, et sudibus, et magnis trabibus, et fossatis. Veniensque Simon cum domino Bertrando cardinali, qui missus erat legatus ab Honorio papa (a quo[b] creatus ille presbyter cardinalis SS. Johannis et Pauli, primo pontificatus sui anno, legatus contra Albigenses in Gallias missus aliquot ibi annis permansit), invasit in manu valida civitatem: sed, defendentibus se viriliter civibus, nihil potuit illa vice. Denique machinæ undique eriguntur: et mittuntur molares lapides versa vice. Mittitur interea in Franciam a legato dominus Fulco, episcopus Tolosanus, prædicaturus crucem, cum aliis qui mandatum habuerunt cum eodem. Cum quibus affuit magister Jacobus[c] de Vitriaco, vir magnæ honestatis, literaturæ ac eloquentiæ, qui postea fuit episcopus Aconensis, deinde in Romana curia cardinalis: cui injunctum fuerat per visionem in somniis a B. Saturnino Tolosæ protopræsule, ut contra suum populum

[f] MS. in biblioth. colleg. Benedict. Nic. Bertrand. gest. Tolosan. fol. 27. col. 4.

[a] Aimard. de Poictiers.

[b] Vid. Alphons. Ciacon. in vit. pontiff. et cardinal. pag. 543.

[c] Vid. ejus vitam et de eo Trithem. cum Vincentio, lib. 30. cap. 10.

prædicaret. Et in illa prædicatione multos cruce signaverunt, qui venerunt in illa obsidione Tolosæ, verno tempore subsequenti. Cum igitur labor pugnæ tam obsessis quam obsidentibus per totam hyemem, tam cum machinis quam cum aliis bellicis instrumentis, perdurasset, comes Simon, roboratus[d] recentibus peregrinis, non tam aggressionibus quæ fiebant extrinsecus, quam etiam discursibus qui fiebant circa villam, quos et cives impediebant barreriis et fossatis, adversarios infestabat. Cui demum fuit consilium ædificare machinam ligneam, quam vocabant catham: cum qua terram et ligna protraherent ad replendum fossata; quibus æquatis pugnam cominus inferrent, et effractis clausuris ligneis insilirent. Cumque intrasset catham illam in crastino Nativitatis S. Johannis Baptistæ, anno Domini 1218. immissus ab adversa parte lapis magna vi cecidit super caput Simonis comitis; et comminutus expiravit. Quod civibus intra villam innotuit illa die: qui, quantam haberent lætitiam, clamosis exultationibus non celarunt; cum erat magna tristitia ex adverso. Ecce, cujus terror erat a mari Mediterraneo usque ad mare Britannicum, cadit sub lapidis uno ictu: in cujus casu qui steterant ceciderunt, &c." Poeticam vero historiæ hujus descriptionem ex Johannis Garlandii ἀνεκδότοις, si placet, accipe.

Postquam Remundo[e] Remundus bellicus hæres
  Successit, Simon cuncta negavit ei.
Pro domino juvenem Balcaria[f] firma receptat:
  Sed toto Simon robore vallat eum.
Interea Tolosa potens fossata reformat:
  Et comes exclusus et comitissa dolent.
Civibus ante sua comitissa retradidit arma;
  Quæ tamen ad damnum fleverat arma dari.
Obsidet hos iterum Simon: Remundus in armis
  Adveniens alia parte resistit ei.
Jam Sol obliquat radios in Virgine terris;
  Mustaque ponuntur in locuplete penu.

[d] Vid. Nic. Vignier. hist. eccles. ann. 1218. Jo. Cassanion. hist. Albig. lib. 4. cap. 10.

[e] Reimundum seniorem ante Simonem Montfortium vita functum esse, hic innuere videtur poeta; quod historicæ veritati repugnat.

[f] *Beaucaire.*

Hic crucesignati vites populantur et hortos,
Et virgulta suis ampla referta bonis.
Machina crebra graves ictus ad mœnia mittit:
Ictibus opponit se populosa polis.
Assunt Balistæ muris ter millia quinque,
Exceptis aliis quos numerare grave est.
Tempore brumali quædam nova villa fit extra
A crucesignatis, dicta Tolosa nova.
Hi clamant veterem debere perire Tolosam,
Nec curtes tantas, nec tot habere tholos.
Tollens Tolosa se laudibus intus, abundat
Plausu, lascivos tollit in astra sonos.
Quid dicam crebros insultus, totque recursus
Occursusque graves, insidiasque geri?
Percussus toties comes est anathemate, sicut
Et pater illius, nec tamen arma sinit:
Conscius ipse boni, sibi spem cum pondere juris
Librat, et eventum sperat adesse bonum.
Æstus solstitium Sol Cancro provehit altum,
Sollemnemque diem festam Johannis agunt.
Post festum sanctum lux proxima nascitur atra
Ecclesiæ turmis, militibusque crucis.

Hæc Garlandius, in fine libri quarti de triumphis Ecclesiæ, quæ deinde amplius persequitur initio libri quinti.

——————————Tolosa
Mittit munitos urbis ad antra viros.
Sed vigiles vigilare crucis didicere, videntes
Urbis propositum, noctivagosque gradus.
Clamor in aurora vigilum profertur; Ad arma,
Arma, venite viri, fervidus hostis adest.
Itur in adversos hostes: utrinque cruenta
Tela volant, telis corpora læsa cadunt.
Effundunt fundæ lapides, arcusque sagittas;
Expelluntque animas vulnera larga leves.
Inclusi plumbum calidum vitrumque solutum
Projiciunt; omni peste nocere student.
Exclusos omnis tutatur machina, parma,
Vinea, trux aries, indomitusque catus.
Ad fossata simul veniunt; hic statur, acutis
Contis et gladiis pugna cruenta madet.
Fit via vi Christi servis: incendia jactant,
Corripiuntque domos, itque Tolosa retro.
Urbis concurrunt dominæ, flammisque resistunt:
Occurruntque viris, altera turba, viri.
Ad flammas peltis armantur amazones, uncis
Diripiunt ignes, quos populantur aquis.
Clavæ conquassant galeas, resecantque trilices
Loricas gladii: viscera lapsa fluunt.

Inter se resonant ictus; sonus astra relidit
  Aurea; conclamor Martis in aure tonat.
Nunc hi, nunc illi retrocedunt, ira vigorque
  Exacuunt animos, instimulantque manus.
O miseros homines! discordia tanta fatigat:
  Quam gravis est vita, quam brevis hora necis!
Dum sic densantur, furtivus corripit ignis
  Simonias crates, et tabulata cati.
Clamor it ad Simonem: vos missam tempore tali
  Auditis, moritur dum crucis ista phalanx?
Audivit missam, cum, viso corpore Christi,
  Hæc Salvatori paucula verba dedit.
Aut hodie mundi, Salvator, da mihi palmam,
  Aut me de curis eripe, Christe, meis.
Audita missa, velociter induit arma,
  Cujus multa manus ambit utrumque latus:
Hujus in adventu consurgit turbo procellæ,
  Quæ turres rutilo fulminis igne ferit.
Hinc Amalricus, illinc Laceius Hugo;
  Hic Boreæ similis provolat, ille Noto.
Simonis hic natus, miles crucis ille, per hostes
  Prorumpunt; quorum mors volat ante manus.
Dum vacuant equites campum, stratis tamen illum
  Implent corporibus: pars inimica fugit.
Qui prius exierant nunquam rediere, vel ipsi
  Fossis vel mediis occubuere viis.
Notificare novem Musæ non omnia possent
  Vulnera; nec poterit hæc stylus iste brevis.
Dicit ut historia Francorum, rivus inundans
  Quondam sanguineus hic[g] sine Marte fuit.
Hoc variis bellis modo verificatur; inundat
  Intus et exterius, cæde madente cruce.
Impegit postquam muris hostiliter hostes
  Simon, crudescit altera pugna gravis.
Obvia tela volant, hyberna grandine plura,
  Et torquet lapides plurima funda graves.
Dimisso stat equo Simon, meditando patentis
  Introitus vires, ingeniique modos.
Forsan in urbe fuit petraria parvula, multas
  Inter consimiles, otia nulla gerens;
Assidue quoniam mulieres saxa rotabant,
  Ut pro parte sua sic nocumenta darent.
Quælibet Eva fuit, sed prima nequior Eva,
  Dum pro se studuit quælibet esse nocens.
Crebros dum torquent juxta fossata lapillos
  Et lapides, unum casus iniquus agit:
Simonis in galeam descendit: Mons ibi fortis
  Labitur Ecclesiæ, justitiæque pugil.

g *Tolosæ*.

Non sequitur planctus, ne clausus gaudeat hostis;
Nocte sed abducto corpore miles abit.
Intitulant tempus claris annalibus illud
Hæretici: tempus flebile ludit eis.
Prostrato fidei muro, fecere patentes
Portas cum plausu, qui doluere prius.
Imperium Romæ si vir modo talis haberet,
Tutus papa foret, tutaque tota Sion.

Erant[h] autem ante obsidionem quidem chorici[i] Geomantici, qui mortem comitis prædixerant. Quorum unus natione Anglicus, Magister scilicet Rogerus de Insula, hoc de ipso composuit epitaphium:

Datur item fato, casuque cadunt iterato
Simone sublato; Mars, Paris atque Cato.

Alter Mars fuit, quia bellicosus: alter Paris, quia formosus; alter Cato, quia multis moribus adornatus. "Defuncto autem Simone comite, successor ejus et hæres, ipsius filius Amalricus, ab obsidione recessit; castrum resignans, quod tenere non poterat, Narbonense: et corpus paternum apud Carcassonam evisceratum, more Gallico, exportavit. Vacillante igitur terra, post paucos dies castrum Novum de Arrio redditur Raimundo veteri comiti Tolosano: quod comes Amalricus non est cunctatus collectis exercitibus obsidere, erectis machinis, contra ipsum tenentem illud, atque id stabilientem Raimundum juniorem, filium Raimundi veteris comitis Tolosani. Factumque est una[k] die, quod in quodam insultu cecidit Guido comes Bigorræ, frater comitis Amalrici, et filius quondam Simonis jam defuncti; et confossus vulneribus expiravit. Et ab æstatis fine usque ad finem hyemis est certatum. Demum plura castra se reddiderunt, et adhæserunt veteri comiti Tolosano." Hæc ibi.

46. Mortem Simonis, et quæ exinde secuta sunt, his quoque versibus celebrat Guilielmus[a] Armoricanus:

[h] Matt. Paris. in hist. 1219. MS. in biblioth. regia.
[i] fortasse *Clerici*.
[k] anno 1220. Vid. infra sec. 48.
[a] Guil. Brito. Philippid. lib. 12. pag. 385.

Non multo post hæc Simon (magis unde dolendum,
Martyris in palma ratio nisi flere vetaret)
Inclytus ille comes, Tolosanam dum obsidet urbem,
Quæ fidei nostræ contraria suscipiebat
Hæreticos, nec adhuc pestes evitat eorum,
Raptus ab hac subito lachrymarum valle, beato
Martyrio ad sedes meruit migrare supernas;
Gaudia martyribus addens, concivis eorum
Factus, ubi ætherea cum Christo regnat in aula;
Visio cujus eum sic pascit sola, quod ipso
Dum semper fruitur, nunquam fastidia sentit.
Cujus ab interitu valde pars catholicorum
Infirmata dolet, et pars adversa superbit.
Sed nec Amalricus, ejusdem nobilis hæres,
Patris onus subiens ætate insufficienti,
Tot contra fortes solus pugnare valebat.
Tunc rex magnanimus, pereunti in partibus illis
Compatiens fidei, pietatis semper abundans
Visceribus super afflictos, tam grande periclum
Antidotare volens, ad sola stipendia fisci
Sexcentos equites et millia dena clientes
Armis instructos, animoque et corpore fortes,
Misit Amalrico succursum in tempore gratum.

De Philippo Augusto Francorum rege loquitur: qui "ad senium vergens," ut inquit Rigordus[b], "proprio filio suo primogenito non pepercit, quin eum mitteret bis adversus hæreticos Albigenses, cum magnis sumptibus et expensis." Qua de re, in quarto libro de triumphis Ecclesiæ, ita canit Johannes Garlandius.

Non tamen his damnis timuit Tolosa cruentas
  Victori vires opposuisse suas:
Donec in adventu Ludovici mœnia fracta
  Descendunt, pacis conditione tamen.
Bis Ludovicus ibi fuerat; tamen ille secundo
  Exclusus, vastans proxima monte stetit,
Mauleo cui nomen fuerat; Savaricus ab urbe
  Exit, et ut Dominum te, Ludovice, petit.
Se nummis sumptis invadere dixerat hostes,
  Quos sibi vulpina pacificavit ope.
Consilium capiens redit inde Philippica proles
  Ne frustra patrias attenuaret opes.

[b] Rigord. de gest. Philippi, pag. 225.

47. Posterior hæc filii regis expeditio incidit in annum Domini 1219. "In Ascensione Domini ejus anni," ait in rerum a Philippo gestarum chronico MS. Guilielmus Armoricanus, "arripuit iter eundi in Albigenses, missus a patre suo, Ludovicus primogenitus Philippi regis: et cum eo Petrus dux Britanniæ; Noviomensis, Silvanectensis, Tornacensis, et multi alii episcopi et barones; et infinita militum et peditum multitudo. Inveneruntque Almaricum comitem, sanctissimæ memoriæ Simonis comitis fortis filium, in obsidione Miromandæ: quam cum eodem Almarico ceperunt; et interfecerunt omnes municipes cum mulieribus et parvulis, et omnes indigenas, usque ad quinque millia. Inde autem profecti obsederunt Tolosam, et tepide oppugnaverunt eam, quibusdam de nostris proditiose impedientibus negotium Crucifixi; sicque infecto negotio redierunt in patriam, minus laudis quam vituperii reportantes." De eadem expeditione Hugo[a] Altissiodorensis monachus: "Anno Domini 1219. Ludovicus filius regis Francorum, cum copioso exercitu crucesignatorum de cunctis Galliæ partibus, iter movet adversus hæreticos Tolosanos: primumque castrum Millemandat ab hæreticis munitum obsidet, impugnat. Deinde Tolosam tendit, eamque obsidet; sed proditione, ut dicitur, interveniente, inefficax redit. Post cujus reditum nostri a Tolosanis hæreticis, solito audacioribus factis, multas molestias patiuntur; nonnulla castra amittentes, quæ, proditione quorundam, hæretici in suam redigunt potestatem." Et Rogerus[b] Wendoverius ad eundem annum: "Circa hæc tempora, Ludovicus filius Philippi regis Francorum primogenitus, ad instantiam patris sui, innumerabilem collegit exercitum, ut hæreticos Albigenses impugnaret: veniensque cum omni multitudine sua ad urbem Tolosanam, cujus habitatores ex diu dicebantur hæretica pravitate fœdati, illam obsidione vallavit. Machinis igitur per gyrum collocatis, insultus acerrimos crebrius iterabant. Quod

[a] Chronolog. Altissiod. fol. 111. Antonin. hist. part. 3. tit. 19. cap. 3. sec. 1.

[b] Roger. Wendover. et eum secutus Matt. Paris. hist. pag. 297, 298. edit. Tigur. Vid. Nic. Vignier. hist. eccles. ann. 1219. et Jo. Cassan. hist. Albig. lib. 4. cap. 14, 15.

cum cives[c] cognovissent, ad defensionem sese præparabant, machinasque contra machinas erigebant. Ubi cum Francorum exercitus diu et inaniter laborasset, facta est in populo fames valida, quam etiam subsecuta est dira mortalitas, tam hominum quam equorum. Simon quoque comes Montisfortis, qui princeps militiæ erat, ante portam civitatis lapide de petrario emisso in capite percussus, toto contrito corpore subito expiravit. Frater quoque ejusdem Simonis in obsidione cujusdam castri, quod non longe a Tolosa distat, ad cumulum doloris multorum, lapide similiter ictus, diem clausit extremum. Igitur[d] in exercitu Ludovici, ut prædictum est, ingruente fame cum hominum mortalitate, et rerum omnium damnosa nimis diminutione, idem Ludovicus cum reliquiis populi sui, confusus, ad Gallias remeavit." Hæc Rogerus Wendoverius, et post eum Matthæus Parisiensis: in eo tamen lapsus uterque, quod Simonem hoc tempore occisum scribit, quem superiore anno extinctum constat.

48. Anni 1220. historia in Guilielmi Armoricani chronico sic exponitur. "Anno incarnationis Dominicæ 1220. firmatæ sunt treugæ inter Philippum regem Franciæ et Henricum juvenem regem Angliæ. In Quadragesima præcedenti dominus papa episcopum cardinalem in Franciam destinavit; petens per eum a Philippo rege, ut per singulas domos totius regni permitteret tres denarios annuatim usque in triennium, ad succursum Albigesii, erogari. Rex autem huic petitioni minime acquievit. Almaricus, filius Simonis sanctissimi comitis Montisfortis, æstate illa viriliter oppugnavit infideles, licet paucos bellatores haberet, et multa eorum castella obtinuit. Sed, proh dolor! Guido frater ejus eodem tempore ab infidelibus interfectus est. Manus autem Domini erat cum Almarico, quæ supplebat

[c] Cives autem defensioni vacantes sese viriliter contra ejus multiformes insultus defendebant; lapides pro lapidibus, spicula pro spiculis remittendo. Cum igitur Francorum exercitus diu, sed inaniter et damnose, ibidem laborasset, &c. Matt. Paris. in hist. major. MS. in biblioth. reg.

[d] Ludovicus igitur, multiplici damno lacessitus, cum multi de suis fame labefacti, nasis quoque et labiis mutilati, diminuerentur; cum reliquiis populi sui confusus ad Gallias remeavit. Matt. Paris. in hist. major. MS. in bibliotheca regia.

numerum bellatorum. Erat enim in partibus illis præfatus episcopus cardinalis, legati fungens officio, a summo pontifice destinatus." Hæc ibi: cum quibus conferenda sequens Hugonis Altissiodorensis monachi narratio. "Per hos dies[a], dum Amauricus filius Simonis defuncti comitis Montis-fortis in obsidione cujusdam castri ab hæreticis muniti moratur, frater ejus Guido comes Bigorriensis, ab hæreticis captus, a filio comitis S. Ægidii occiditur: quod ad cumulum doloris universis Christianis in partibus illis commorantibus accessit: erat enim armis strenuus, fide devotus, ac pulcher aspectu; cujus morte cognita, frater ejus Amauricus, tactus dolore cordis intrinsecus, promisit se ab obsidione illius castri non discessurum, donec illud aut vi aut deditione in suam redigeret potestatem: qui tamen postea, suorum auxilio destitutus, infecto negotio inde discedit: quem ipso anno tristia auspicia prosequuntur: nam fere omnia castra, quæ prius tenuerat, hoc anno ab hæreticis recuperantur." Cui illa Antonini[b] Florentini archiepiscopi plane est gemina: "Anno Domini 1220. comes Guido Montis-fortis, filius Simonis memoria digni, non multum dissimilis patri in zelo fidei ad expugnandos hæreticos, dolo comitis S. Ægidii in partibus Tolosanis occisus est, in quodam castro, quod fideles contra hæreticos pugnando occupaverant. Quo audito, frater ejus castrum obsedit prædictum: nam, quod oppidani causa mortis illius juvenis fuerant, juravit se ab obsidione illius castri non recessurum, nisi eo expugnato. Sed postmodum auxilio destitutus, coactus est soluta obsidione discedere. Quo abeunte, hæretici resumptis animis omnia fere castra, quæ fideles patris sui auxilio occupaverant, expugnarunt." Eodem enim anno, ut est in comitum[c] Tolosanorum historia, Raimundo juniori "multa se oppida reddiderunt: Castrum Vauri, Podii Laurentii, et Regalis Montis, ab ipso expugnantur et capiuntur."

[a] Chronolog. Altissiod. ann. 1220. fol. 113.

[b] Antonin. hist. part. 3. tit. 19. cap. 3. sec. 1.

[c] MS. in colleg. Benedict. Cantabrig. Nic. Bertrand. gest. Tolosan. fol. 28. col. 2.

49. Anno ab incarnatione Domini 1221. ita in illo sæpius citato Guilielmi Armoricani MS. chronico legimus: "Philippus rex Christianissimus cum consilio et auxilio quorundam episcoporum regni sui, misit in Albigesium ducentos milites et decem millia peditum armatorum, ad succurrendum comiti Almarico, qui patri suo sanctissimo Simoni successerat in terra illa. Sed protervia hæreticorum contra eum in tantum invaluerat, quod ipse eis resistere vix posset, nisi catholicorum adjutoria per matrem suam Ecclesiam et per episcopum Carcasonensem piis prædicationibus mendicaret. Huic exercitui misso de Francia præfuerunt archiepiscopus Bituricensis et comes Marchiæ." Eodem anno Conradus[a] monachus et abbas ordinis Cisterciensis, ab Honorio III. creatus episcopus cardinalis Portuensis, legatus summa cum potestate in Gallias contra Albigenses missus est. Sequente anno mense[b] Julio, Rogerius Fuxensis comes obiit, successore filio; cui Rogerio Bernardo nomen fuit. Augusto mense Raimundus Tolosæ comes defunctus est. "Utriusque nomen," ait Johannes Mariana, "ea macula deformatum, quod Albigensium sectæ, cum ignominia pontificum Romanorum, se fautores præbuerant: quo merito, quamvis multum annitente filio et successore Raimundo, ut more aliorum piorum hominum pater sepeliretur[c], impetrari non potuit. Unum tamen," addit hic Nicolaus Bertrandus, "admiratione et nota dignum vidi, et oculariter conspici potest: quod, etsi ejus corporis ossa, quæ in sarcophago ligneo patenter jacebant, sint dispersa atque pro derelictis habita; caput tamen accuratissime a fratribus hospitalis sancti Johannis Tolosæ servatum: habet in osse capitis adhuc integro florem lilii a parte posteriori, ita natura impressum, ut florem lilii cum capite in mundum simul productum facile cognoscas: est enim flos ille impressus ejusdem coloris cum capite exiccato, in quo non est ruga. Quod forte præsagium fuit: comitatum scilicet

[a] Alphons. Ciacon. de vitis pontiff. pag. 544. Nic. Vignier. hist. eccles. ann. 1221. ex chronic. Montfort.

[b] Jo. Marian. de reb. Hispan. lib. 12. cap. 10.

[c] Vid. Guil. de Pod. Laurent. chronic. cap. 34. et P. Æmil. de gest. Franc. lib. 7. fol. 145. Bertrand. de gest. Tolosan. fol. 28. col. 23.

Tolosæ ad florem lilii, id est, invictissimum regem nostrum pervenire debere. Ego autem et nostrates adhuc viventes, in vase fusteo in B. Johannis cœmiterio positum, ejus corpus sive cadaver conspeximus: nunc autem dissolutum est, ossa dispersa et confracta. Caput vero durum admodum yvoreum et coloris fuccei, ut jam dictum est, a crucesignatis in ecclesia S. Johannis Tolosæ reservatur." Hæc Nicolaus Bertrandus, I. C. Tolosanus: qui ejusdem etiam Raimundi epitaphium[d] operi suo inseruit " ex lapidibus quibusdam marmoreis excerptum," et duobus hisce Vasconicis versiculis comprehensum.

> Non y a home sur terre, per grand segnor que fous.
> Qu'em jettes de ma terre, si la Gleysa non fous.

50. Anno 1223. Parisiis[a], ex mandato papæ, pro negotio Albigensi congregata est synodus: cui interfuerunt Conradus, Portuensis episcopus cardinalis, a Romano pontifice in terram Albigensium legatus missus, Guilielmus Remensis, et Gualterus Senonensis archiepiscopus, una cum episcopis viginti, quorum nomina a Rigordo in fine Philippicæ historiæ recensentur.

> Nam[b] rex Jerusalem, et qui, summa negotia summi
> Pontificis vice disponens, contra hæresiarchas
> Missus erat, partes Tolosanas qui maculabant,
> Totius et regni sanctorum concio patrum
> Concilium tunc Parisiis generale tenebat,
> Procurante statum Ecclesiæ reparare Philippo:

ait in duodecimo Philippidos Guilielmus Armoricanus[b], de regis obitu verba faciens. Hoc enim tempore, pridie Idus Julii mortuus est Philippus Francorum rex: qui, ut hic notat Rigordus[c], " tam in vita sua, quam in suo decessu, multa largitus est ad negotii Albigensis subsidium

[d] Bertrand. de gest. Tolosan. fol. 33. col. 4. Jo. Paul. Perrinus hist. Albigens. lib. 2. cap. 4.

[a] Rigord. de gest. Philipp. Aug. in hist. Franc. a Pithæo edit. pag. 225. impress. Francofurt. ann. 1596.

[b] Guil. Brito. Philipp. lib. 12. pag. 391.

[c] Rigord. de gest. Phil. pag. 225.

et juvamen." Reliquit enim "Almarico[d] comiti Montisfortis viginti millia (millia centena habet in sexto libro de gestis Francorum Robertus Gaguinus) librarum Parisiensium, ad uxorem ejus et suos de Albigensi terra et manu hostium reducendos." Almaricus vero "a partibus[e] Albigensium in Franciam propter inopiam victualium rediens, Carcassonem, urbem munitissimam, et alia castra, quæ cum labore maximo et sumptu inæstimabili et amissione plurium gentium fuerant acquisita, et per annos quatuordecim a Francigenis possessa, reliquit." Eæ tum vires erant Albigensium: adversus quos novum regem Ludovicum hisce versibus excitat Guilielmus Armoricanus in Philippidos epilogo:

Victrices alas Tolosanas transfer in oras,
Facque ut vera fides in partibus audeat illis
Ostentare caput, ritusque abolere prophanos;
Hæresis ut toto regno procul exulet omnis.

51. Eodem etiam tempore, "Albigenses[a] in partibus Bulgarorum, Croatiæ, et Dalmatiæ adeo invaluerunt, ut etiam episcopos et alios multos regionum illarum" ad suas partes pertraxerint. Qua occasione sequens hæc a Conrado Portuensi episcopo, quem contra Albigenses legatum a pontifice missum diximus, scripta est epistola. "Venerabilibus patribus, Dei gratia, Rothomagensi archiepiscopo et ejus suffraganeis episcopis, salutem in Domino Jesu Christo. Dum pro sponsa veri Crucifixi vestrum cogimur auxilium implorare, potius compellimur lacerari singultibus et plorare. Ecce, quod vidimus loquimur, et quod scimus testificamur. Ille homo perditus, qui extollitur super omne quod colitur, aut quod dicitur Deus, jam habet perfidiæ suæ præambulum hæresiarcham, quem hæretici Albigenses papam suum appellant, habitantem in finibus Bulgarorum, Croatiæ et Dalmatiæ, juxta Hunga-

[d] Rigord. de gest. Philipp. Aug. pag. 226.

[e] Fragment. de gestis Ludovici VIII. ibid. pag. 398. Vincent. specul. historial. lib. 30. cap. 125. Gillii annal. Franc. fol. 142. b.

[a] Roger. Wendover. et Matt. Paris. hist. ann. 1223. pag. 306.

rorum nationem. Ad eum confluunt hæretici Albigenses, ut ad eorum consulta respondeat. Etenim de Carcasona oriundus, vices illius antipapæ gerens Bartholomæus hæreticorum episcopus, funestam ei exhibendo reverentiam, sedem et locum concessit in villa quæ Porlos appellatur, et seipsum in partes transtulit Tolosanas. Iste Bartholomæus, in literarum suarum undique discurrentium tenore, se in primo salutationis alloquio intitulat in hunc modum: Bartholomæus, servus servorum sanctæ fidei, tali salutem. Ipse etiam inter alias enormitates creat episcopos, et Ecclesias perfide ordinare contendit. Rogamus igitur attentius, et per aspersionem sanguinis Jesu Christi, et propensius obsecramus, auctoritate domini papæ qua fungimur in hac parte, districte præcipientes, quatenus veniatis Senonis in octavis apostolorum Petri et Pauli proxime futuris: ubi et alii prælati Franciæ, favente Domino, congregabuntur; parati consilium dare in negotio prædicto, et cum aliis, qui ibidem aderunt, providere super negotio Albigensi. Alioquin inobedientiam vestram domino papæ curabimus significari. Data apud Planium, sexto Nonas Julii."

52. Verum "hunc tumultum morte prædicti antipapæ celeriter terminatum esse", notat Rogerus Wendoverius, et ejus exscriptor Matthæus Parisiensis. Et in parliamento generali, quod Parisiis anno 1224. tenuit Ludovicus Francorum rex, ut alius[a] scribit historicus, "Honorius papa indulgentiam, quæ in Lateranensi concilio contra Albigenses hæreticos fuerat instituta, auctoritate propria ad tempus revocavit; et Raimundum comitem Tolosanum fide catholicum approbavit." Eo enim anno, quemadmodum apud Antoninum[b] legimus, "comes Tolosanus Raimundus, qui erat fautor ac defensor hæreticorum, et alii Albigenses, missis Romam ad papam legatis, spoponderant se Romanæ Ecclesiæ velle stare mandatis. Quare Honorius papa mandavit Narbonensi archiepiscopo, ut dictum comitem cum suis adhærentibus audiret, ac omnia sibi scripto referret. Qui, convocatis totius provinciæ episcopis atque

[a] Fragment. gestor. Ludovici R. a Pithæo edit. pag. 398.

[b] Antonin. hist. part. 3. cap. 3. sec. 6. Bertrand. gest. Tolosan. fol. 30. col. 2.

prælatis, ipsis præsentibus juramentum ipsius comitis, quod staret Ecclesiæ Romanæ mandatis, recepit; et post eum ab omnibus aliis baronibus, qui de favore hæreticorum erant suspecti. Quibus juramentis susceptis mandavit, sub virtute præstiti juramenti, quod terras suas securas et Romanæ Ecclesiæ obedientes redderent, clericis redditus suos integros restituerent, illisque pro illatis damnis viginti quinque (al. quindecim millia) marcas auri darent; quam pecuniæ quantitatem infra tres annos consignarent: et quod de hæreticis confessis vel convictis justitiam facerent, et pro posse eorum hæreticam pravitatem ab illa provincia extirparent." Hæc Antoninus: quæ in concilio, Romani pontificis authoritate infra Octavas Assumptionis B. Mariæ apud montem Pessulanum celebrato, transacta significat author[c] fragmenti gestorum Ludovici regis, in quo ista totidem pene verbis descripta reperiuntur.

53. Pervenit deinde in Gallias Romani pontificis legatus, nomine Romanus[a], S. Angeli diaconus cardinalis: qui "apud[b] Biturigas concilium celebravit; ad quod regem[c] Francorum cum archiepiscopis, episcopis, et clero Gallicano" convocari fecit; una cum comite Tolosano, pro quo principaliter ad partes illas missus fuerat. "Convenerunt igitur," inquit Rogerus Wendoverius, "apud Bituricam civitatem ad concilium, Lugdunensis, Remensis, Rothomagensis, Turonensis, Bituricensis, Anxianensis archiepiscopi: Burdegalensis vero Romæ fuit, et Narbonensis ecclesia vacabat. Convenerunt etiam novem provinciarum suffraganei circiter centum, cum abbatibus, et prioribus, et singulorum procuratoribus capitulorum, mandatum summi pontificis audituri. Sed quoniam Lugdunensis archiepiscopus vendicabat sibi primatiam super archiepiscopum Senonensem, et Rothomagensis super Bituricensem, Anxianensem, Narbonensem, et eorum suf-

c Fragm. a Pithæo edit. ad ann. 1224. pag. 398.

a De Romani legatione adversus Albigenses, vid. magnum chronicon Belgicum a Pistorio edit. pag. 222. et Matt. Westmonaster. ad annum Dom. 1226 pag. 120. et ibid. ann. 1225. pag. 399.

b Aubert. Miræ. chron. ann. 1226. ex Iperio. Papir. Masson. annal. lib. 3.

c Roger. Wendover. et Matt. Paris. hist. ann. 1226. pag. 317.

fraganeos, timebatur de discordia; et ideo non fuit sessum quasi in concilio, sed ut in consilio. Quibus sedentibus, et lectis in publico legationis literis, apparuerunt comes Tolosanus ex una parte, et Simon[d] de Monteforti ex altera, qui petiit sibi restitui terram Reimundi comitis Tolosani, quam dominus papa et rex Francorum Philippus sibi et patri suo contulerunt, exhibens super donatione facta utriusque, papæ scilicet et regis, munimenta. Addiditque, comitem Reimundum abjudicatum fuisse Romæ in concilio generali propter hæresim, quæ dicitur hæresis Albigensium, ad minus a parte majori terræ quam nunc tenet. E contra, comes Reimundus obtulit se facturum erga regem Francorum et Ecclesiam Romanam, quicquid facere deberet pro hæreditate sua. Tunc cum peteret pars adversa ab eo, ut subiret judicium duodecim parium Galliæ, respondit Reimundus: Recipiat rex homagium meum, et paratus sum subire; quia forte aliter non haberent me pro pari. Cumque hinc inde fuisset plurimum altercatum, præcepit archiepiscopis singulis legatus tunc præsentibus, ut, convocatis seorsum unusquisque suffraganeis suis, cum eis deliberarent super negotio præfato, et traderent legato consilium suum redactum in scripto. Quo facto legatus excommunicavit omnes, qui super hoc sua consilia revelarent; dicens se ea velle domino papæ significare, et Francorum regi ostendere."

54. Postea vero, "ad hortationem legati, Ludovicus rex Francorum, cum archiepiscopis, episcopis, abbatibus, comitibus, nobilibus, baronibus, cæterisque magistratibus Franciæ, Normaniæ, Flandriæ, Burgundiæ, Britanniæ, Campaniæ, Hannoniæ, Alverniæ, de Pontino, de Bituria contra Avinionenses et Tolosanos hæreticos crucesignati sunt:" ut in anni 1226. historia scribit Godefridus[a] Coloniensis monachus. Vincentius[b] Bellovacensis, et author[c] fragmenti gestorum Ludovici regis, ad annum 1225[d]. re-

[d] *Almaricus.* Papir. Masson. annal. pag. 295.
[a] Godefrid. annal. a M. Frehero edit. pag. 294.
[b] Vincent. specul. hist. lib. 30. cap. 128.
[c] Fragment. a Pithæo edit. pag. 400.
[d] In Martini Poloni chronico, ut a Suffrido Petro ex MSS. est editum, pag. 406.

ferunt: anni exordium non a Calendis Januariis, ut alii, sed a die[e] Martii vicesimo quinto deducentes. "Circa Purificationem B. Mariæ," inquiunt, "Ludovicus rex, et magnates regni Franciæ plurimi, archiepiscopi, episcopi, comites ac barones, Parisiis, per manum Romani cardinalis et legati, contra Albigenses signum crucis assumpserunt. Consequenter autem in paschali tempore, anno Domini 1226. rex et omnes crucesignati Bituris conveniunt. Inde procedunt per Nivernam et Lugdunum civitates ad Avinionem urbem inexpugnabilem, ab Ecclesia Romana per septem[f] annos excommunicationi subjectam propter hæreticam pravitatem, &c." De eadem expeditione Aquicinctinus[g] chronographus ad annum 1225. agit his verbis. "Ludovicus rex Francorum profectus est adversus Albigenses, cum multis nobilibus, tam episcopis quam principibus; videlicet archiepiscopo Remensi, Guilielmo de Jovis Villa et Gareno Silvanectensi episcopo, Philippo Boloniensi, Guidone sancti Pauli, comitibus, et multis aliis tam clericis quam laicis: qui Avinionem obsederunt et ceperunt. Sed in obsidione Guido, comes sancti Pauli, quadam petra mangonelli percussus est et interfectus." Hæc ille: qui ad annum 1225. profectionem illam referens, non magis excusari potest, quam Robertus[h] Gaguinus, qui eandem ad annum 1227. retulit. Rogerus autem Wendoverius, et ejus vestigiis insistens Matthæus Parisiensis[i], omnium copiosissime, ad annum 1226. rem totam persequitur: cujus narrationem, quantumvis longiusculam, insignem tamen, et lectione atque observatione dignissimam, non potui hic integram non intexere. Sic igitur ille:

55. "Per idem tempus facta est prædicatio in partibus Gallicanis a legato Romano generaliter, ut omnes qui

referri videtur ad annum 1224. Sed id vult author, eo anno crucem a legato accepisse regem; deinde post duos annos (ann. sc. 1226.) receptam esse Avinionem.

[e] Vel Paschate. Vid. infr. sec. 62.

[f] Sic etiam in Martini Poloni chronico, ut a Suffrido Petro ex MSS. est editum, pag. 406.

[g] Auctar. Aquicinct. chron. Sigebert. a Miræo edit.

[h] Gaguin. de gest. Franc. lib. 7.

[i] Matt. Paris. hist. pag. 319, 321, 322.

possent arma movere, se cruce signarent super comitem Tolosanum et populum ejus; qui omnes hæretica fœditate dicebantur infecti. Ad ejus quoque prædicationem multitudo maxima prælatorum et laicorum crucis signaculum susceperunt; plus metu regis Francorum, vel favore legati, quam zelo justitiæ inducti. Videbatur enim multis abusio, ut hominem fidelem Christianum infestarent: præcipue cum constaret cunctis eum in concilio, nuper apud civitatem Bituricam habito, multis precibus persuasisse legato, ut veniret ad singulas terræ suæ civitates, inquirens a singulis articulos fidei; et, si quempiam contra fidem inveniret sentientem catholicam, ipse secundum judicium sanctæ Ecclesiæ, justitiæ ex eis plenitudinem exhiberet. Et si civitatem aliquam inveniret rebellem, ipse pro posse suo eam cum habitatoribus suis ad satisfactionem compelleret. Pro se ipso autem obtulit, si in aliquo deliquit, quod se fecisse non recoluit, plenam Deo et sanctæ Ecclesiæ satisfactionem, ut fidelis Christianus, et si legatus vellet, etiam fidei examen subire. Hæc quoque omnia legatus contempsit: nec potuit comes catholicus gratiam invenire, nisi pro se et hæredibus suis, hæreditatem suam deserens, abjuraret. Rex vero Francorum, ad ejusdem legati exhortationem cruce signatus, noluit expeditionem bellicam promovere, nisi literis prius a domino papa impetratis ad regem Anglorum inhibitoriis, ne sub pœna excommunicationis regem Francorum inquietaret, vel arma contra eum moveret de aliqua terra quam in præsenti possidebat, sive juste, sive injuste, dum idem rex esset in servitio suo et Ecclesiæ Romanæ, ad exterminandum hæreticos Albigenses, et eorum fautorem et complicem comitem Tolosanum: sed eidem regi, ad exaltationem fidei, consilium et auxilium impendere non tardaret. Et his ita gestis, rex Francorum Ludovicus, et legatus, omnibus cruce signatis diem statuerunt peremptorium, ut in Ascensione Domini apud Lugdunum, cum equis et armis, sub pœna excommunicationis, convenirent; ipsos ad expeditionem propositam sequuturi."

56. "Rex autem, omnibus ad expeditionem necessariis apud Lugdunum rite præparatis, cum exercitu quasi in-

vincibili iter arripuit; sequente legato cum archiepiscopis, episcopis, et aliis ecclesiarum prælatis. Æstimati sunt autem in exercitu militum et equitum bellatorum ad quinquaginta millia, præter pedites, qui quasi sub numero non cadebant. Legatus autem excommunicavit publice comitem Tolosanum; et omnes ejus fautores, et terram illius totam supposuit interdicto. Profectus itaque rex micantibus clypeis et vexillis, cujus progressus adeo erat horribilis, ut castrorum acies ordinata in provinciam pervenit comitis Tolosani. Tandem in vigilia Pentecostes, omnes Avinionem venientes, quæ civitas proxima illis erat de potestate comitis supradicti, proposuerunt eam prius impetere, et sic terram comitis totam, ab initio usque ad finem, cum habitatoribus ejus delere. Ubi rex et legatus transitum civitatis in dolo a civibus postulantes, dixerunt se illuc pacifice advenisse; et non ob aliud civitatis transitum postulasse, nisi ut itineris compendium sequerentur. Cives quoque, super hæc colloquentes, fidem eorum assertionibus non dederunt, dicentes, quod plus in dolo, quam pro viæ compendio, exigebant introitum civitatis. At rex, in furorem versus, juravit se inde non recessurum, donec comprehenderet civitatem. Et, machinis in locis congruis collocatis, jussit urbem acriter infestari. Fit igitur ad civitatem assultus gravissimus, dum petraria, balista, scrofa, catus, arcus, funda, ensis, lancea, scutum, galea, umbo, clava, lorica, sagitta, hinc inde quid valeat, experiretur. E contra, civitas ante dies illos ab hostium cuneis prorsus incognita, fossatis, mœniis, turribus, propugnaculis deforis: intus militibus, servientium millibus, equis et armis, lapidibus comportatis, spiculis fabricatis, repagulis et machinis aptatis, et victualibus redundanter referta, hostium supervenientium non expavit incursum. Defensores enim urbis, lapides pro lapidibus, tela pro telis, sudes pro sudibus, jacula pro jaculis animosius remittentes, et argumenta pro argumentis excogitantes, vulnera Galligenis letifera inferebant."

57. "Cumque per tempus plurimum protraheretur obsidio, deficientibus alimentis, periit hominum innumera multitudo. Comes enim Tolosanus, ut bellator industrius,

ante Francorum adventum, omnia alimentorum genera, cum senibus, mulieribus, ac parvulis, necnon et animalibus cum jumentis, ab eorum præsentia longius removens, omne eis alimentorum genus subtraxit. Nec enim solummodo homines, verum etiam equos exercitus et jumenta fames extinxit: fecerat namque comes sæpe-dictus prata arari totius regionis, nec erat jumentis pabuli subsidium, nisi quod ibi delatum fuerat ex partibus Gallicanis. Unde necessitate cogente, multæ legiones armatorum a castris recedentes, ut victualia quærerent hominibus, et pabula jumentis, multa repugnantia sibi municipia in circuitu ceperunt; et multoties a comite Tolosano, qui cum suis erat agminibus in insidiis constitutus, damna non modica pertulerunt. In obsidione vero Galligenis multa imminebant necis pericula, inter quos fervebant potissimum mortalitas hominum et equorum, tela mortifera, et damnosi lapides civium se viriliter defendentium, fames generalis, et præcipue inter pauperes, quibus deerat cum pecunia alimentum. Atque præter cætera miseriarum incommoda, quæ sine intermissione grassabantur in populo, oriebantur ex cadaveribus jumentorum et hominum, quæ passim moriebantur, muscæ quædam grossæ et nigerrimæ, quæ intra tentoria, papiliones, et umbracula, se stridore abominabili ingerentes, dapes inficiebant et pocula: quas cum nemo abigendo arcere poterat a calicibus et catinis, mortem Galligenis subitam inferebant. Confusio regem, et præcipue legatum, invasit; quia, si tanta talisque expeditio infecto recedere negotio cogeretur, opprobrium tam Franci incurrerent quam Romani. Tunc principes exercitus, quibus in tot mortibus longa videbatur mora, minores castrorum cum majoribus ad urbem invadendum solicitant. Unde super pontem quendam, qui ultra Rhodanum fluvium se extendit, ad urbem tanta se armatorum copia ingessit, quod, vel a civibus vel etiam præ pondere in eo pugnantium, pons fractus præcipitavit in flumen rapidissimum ad tria millia armatorum. Quid ergo? Vox et exultatio civium, dolor et confusio fit Francorum. Tunc cives, visa opportunitate, dum Franci ad mensam sedentes epulis intenderent et poculis, die quadam exierunt de civitate in fortitudine gravi; et, facto impetu in hostes non præmeditatos, ad duo millia ex Francigenis peremerunt. Et absque suorum læsione indemnes, civitatem suam ingressi, tales irruptiones sæpe fecerunt in hostes. At rex Francorum, animo nimis consternatus, jussit interfectos in Rhodanum, propter corruptionem, præcipitari; qui aliud cœmiterium in tanta cadaverum multitudine non habebant. Fecerunt præterea, inter se et urbem, fossatum spatiosum satis et altum; et insuper obsidio a civitate longius arcebatur. Legatus autem, et omnis chorus prælatorum comitem Tolosanum, et cives, cum universo populo regionis, vindictæ genus aliud non habentes, sub anathemate concluserunt."

58. "Tunc Ludovicus rex Francorum, ut pestilentiam effugeret, quæ nimis fervebat in castris, ad quandam abbatiam Muntpancier appellatam, quæ non multum ab obsidione distabat, se contulit, donec civitas caperetur. Ubi venit ad eum Henricus comes Campaniensis, cum jam quadraginta dies in obsidione peregisset, petens, de consuetudine Gallicana, licentiam ad propria remeandi. Cui cum rex licentiam vetuisset, respondit comes, quod factis quadraginta dierum in obsidione excubiis non tenebatur, nec voluit diutius interesse. Rex autem ad hæc nimia succensus ira, affirmavit cum juramento, quod, si ita recederet, ipse terram ejus totam incendio devastaret. Tunc comes, ut fama refert, procuravit regi venenum propinari, ob amorem reginæ ejus, quam carnaliter illicite adamavit: unde, libidinis impulsu stimulatus, moras ulterius nectere non valebat. Comite igitur taliter recedente, infirmabatur rex usque ad desperationem, et pervagante ad vitalia veneno perducitur ad extrema: licet alii asserant, ipsum non veneno, sed morbo dysenterico expirasse. Mortuo quoque rege, Romanus qui affuit apostolicæ sedis legatus, et prælati qui aderant, ejusdem secreti consiliarii, mortem regis expediens decreverunt celare, donec civitas redderetur: quia, si ita solveretur obsidio, magnum inde scandalum oriretur. Finxit ergo legatus, et prælati qui aderant, regem gravi infirmitate detentum; sed ex medicorum judicio ipsum cito convaliturum dicebant, denuntiantes

principibus legionum, ut urbem viriliter impugnarent. Corpus autem defuncti regis fecerunt multo sale condiri, et in abbatia illa viscera tumulantes, reliquum corpus linteaminibus ceratis, coriisque taurinis jusserunt involvi. Et sic legatus cum prælatis ad obsidionem reversus est; corpore regis in abbatia sub tuta custodia deputato. Cum igitur vidisset legatus, quod nihil in obsidione proficiebant, sed diversis incommodis prorsus deficiebant, de consilio majorum qui erant in castris nunciavit in civitatem; instantius petens, quatenus, accepta securitate pacifice veniendi et revertendi, mitterent duodecim ex majoribus civitatis ad legatum, et venirent quantocius de pace et concordia tractaturi."

59. "Datis igitur de securitate obsidibus, venerunt ad colloquium legati cives duodecim, et de pacis forma diutius tractantes, persuasit civibus legatus constanter, ut se redderent; salvis sibi et suis omnibus possessionibus et rebus, cum libertatibus universis, sicut hactenus melius et liberius habuerunt. Ad hæc cives respondentes dixerunt, quod nullo modo se redderent, ut sub Francorum viverent potestate; quorum multoties experti fuerant superbiam et insolentiæ feritatem. Tandem, post multas hinc inde disceptationes, petivit legatus ut, cum prælatis qui aderant, posset ingredi civitatem, ut fidem probaret in ea inhabitantium: affirmans cum juramento, se non ob aliud obsidionem protraxisse, nisi ut salutem quæreret animarum. Addidit etiam, quod clamor infidelitatis, quæ in urbe invaluerat, ad papam ascendit: unde scire desiderabat, utrum clamorem opere complevissent. Tunc cives, super promissione sua fiduciam habentes, et de fraude nihil sinistrum suspicantes, sub conditione prædicta, præstito utrinque juramento, concesserunt legato cum prælatis simpliciter et eorum sequelis ingressum urbis: quos dolose, ut prælocutum fuerat, Francigenæ apertis januis violenter subsequentes, spreto turpiter juramento, cives ceperunt, et eos vinculis constrinxerunt, urbem spoliaverunt, multos occiderunt; et, dolosam sic adepti victoriam, nobilissimæ civitatis turres et mœnia confregerunt. Novissime vero legatus, civitate sub Francorum deputata custodia, soluta

obsidione, corpus regis defuncti cum prælatorum tumultu Parisios jussit deferri, et in collegio antecessorum suorum more fecit regio sepeliri. Obiit autem rex mense Septembri, ut dicunt; cujus mortem per mensem, et eo amplius, celaverunt. De illis autem, qui ad obsidionem venerunt cum rege, tam de interfectis et in flumine submersis, quam de pestilentia et morte communi defunctis, plus quam viginti duo millia perierunt[a]." Antoninus[b], viginti millibus subductis, "plusquam duo millia hominum ibi mortua esse" ait. Vincentius[c] similiter, et author[d] fragmenti rerum a Ludovico rege gestarum, "circa duo millia hominum, cœlorum vel potius telorum imbribus, et lapidum volatu, et infirmitate propria, mortua esse" scribunt. Robertus Gaguinus[e] civium telis "mille sexcentos" periisse dicit.

60. Urbis oppugnationem, "in vigilia S. Barnabæ apostoli, quæ fuit quarta feria Pentecostes" h. e. decimo die Junii, in quem anno 1226. quarta feria Pentecostes incidit, cœptam, usque ad festum Assumptionis B. Mariæ, sive quindecimum diem Augusti continuatam, tradit fragmenti author cum Vincentio. Antoninus civitatem "tribus mensibus" a rege impugnatam scribit. De exitu vero negotii, et hic et illi narrationem habent diversam ab ea, quam ex Rogero Wendoverio proposuimus. "Avinionenses," inquit Vincentius, et eum secuti reliqui, "regis magnanimi constantiam attendentes, qui cum suis proceribus juramento firmaverat se non recessurum, donec villa caperetur vel redderetur, ducentis datis obsidibus de melioribus villæ, jurant stare mandato Ecclesiæ. Tunc de mandato domini legati, rege imperante, fossata implentur; trecentæ domus turrales, quæ in villa erant, et omnes muri circumquaque solo diruti coæquantur: villa absolvitur:

[a] Anno Domini 1226. rex Francorum cum fratre suo Tolosanam vallavit: ubi, fratre ab hæreticis fere cum VI. millibus occiso, rex per fugam elabitur, et super Rhodanum moritur. Albertus abbas Stadensis in chronico.

[b] Antonin. hist. part. 3. tit. 19. cap. 3. sec. 6.

[c] Vincent. spec. hist. lib. 30. cap. 128. Vid. Guilielmi Nangiaci chron. MS. in biblioth. regia, in anni 1226. historia.

[d] Gest. Ludov. a Pithæo edit. pag. 400.

[e] Gaguin. de gest. Franc. lib. 7.

dominus legatus multas bonas et laudabiles institutiones inducit; magister Nicolaus de Corbeia monachus Cluniacensis in ipsius loci episcopum consecratur. Rex, inde amoto exercitu, progreditur per provinciam: et redduntur eis pacifice[a] civitates et castra et fortaliciæ omnes usque ad leucas quatuor a Tolosa. Rex præfecit toti illi regioni Himbertum de Bellojoco loco sui. Die autem Jovis ante festum Omnium Sanctorum, regem ad propria redeuntem infirmitas mortalis invadit: die Martis sequenti apud Montpansier labitur in phrenesim; et die Dominica subsequenti, scilicet in Octavis Omnium Sanctorum," moritur. Ut autem, " procurante[b] comite Campaniæ, qui, ut sinistra fama refert, cum regina Blanchia adulterabatur, rex Ludovicus interiit potionatus:" quemadmodum his etiam verbis a Matthæo Westmonasteriensi est traditum, et historiæ concinnatore, ita et statim post regis mortem, " oriebatur[c] rumor, quod dominus legatus secus quam deceret se habebat versus eandem dominam Blancam. Sed pium non est hoc credere; quia æmuli ejus hoc disseminaverunt, benignus autem animus dubia in melius interpretatur:" ait hic in additionibus ad Rogeri Wendoverii historiam Matthæus Parisiensis; qui tamen in continuatione ejusdem historiæ, anno 1241. quum, Gregorio IX. defuncto, in papam a quibusdam cardinalibus eligeretur legatus iste Romanus, huic electioni opposuisse se imperatorem commemorat, his inductum rationibus. " Habuit enim ipsum infamem, tum propter persecutionem universitatis Parisiacæ, quando etiam dicebatur corrupisse reginam Franciæ B. tum quia imponebatur ei, quod foverat dissidium inter papam Gregorium jam defunctum, et ipsum imperato rem." In majore vero ipsius historia, quæ in bibliotheca regia (ipsius, ut putatur, Matthæi manu descripta) asservatur, ad annum 1226. plenius ista: sed pro Blanca a corrup-

[a] Sic etiam legimus in Martini Poloni chronico, pag. 406. ut ex MSS. a Suffrido Petro est editum.

[b] Matt. Westmonaster. et Roffens. hist. ann. 1226.

[c] Matt. Parisiens. ann. eod. pag. 322. edit. Tigurin. collat. cum MS. Cottoniano. Vid. loc. in edit. Tigurin.

tore aliquo, quod et MS. codicis rasura et res ipsa prodit, universitatis Parisiacensis nomine substituto, hunc in modum enarrata invenimus. "Oriebatur interim rumor irrecitabilis ac sinister, scilicet quod dominus legatus secus quam deceret se habebat versus universitatem Parisiacensem: et orta est proinde infamia multiformis; quam suscitavit, ut dicitur, ipse Parisiensis contemptus et persecutio. Unde multi magnates Francorum a novi regis coronatione, et reginæ ac legati consilio, qui jam se de jam dicta Avinionis proditione, necnon et reginæ infami societate, multipliciter maculaverat, sese absentaverunt, nec consenserunt; imo potius ad arma sese præparaverunt." Interea vero "summam[d] rerum Blancha regebat, demandatam suprema mariti regis voluntate. Eam statim res bellicæ excepere. Raimundus Tolosanus religionis hostis judicatus. Saracenum (id oppidi nomen est), ubi præsidium Francorum erat, adortus, deditionem facere coegit. Umbertus vir bello clarus, præfectus regius, in Tolosates jussu Blanchæ profectus, cum agris vastitatem ostentaret, urbi excidium minaretur, pervicit[e] ut se dederent." Hæc breviter, suo more, Paulus Æmilius. De Raimundi proscriptione, Fredericus II. imperator, in bulla aurea ad Henricum III. Anglorum regem transmissa, ita meminit. "Habeat[f] de præmissis rex Anglorum ex seipso exemplum, cujus patrem, regem scilicet Johannem, tam diu excommunicatum tenuit Romana Ecclesia, quousque ipsum et regna ejus constituit sub tributo. Habeant etiam generaliter omnes idem exemplum de comite Tolosano, et alios principes multos, quorum terras et personas tam diu sub interdicto concludere molitur, donec illos in consimilem redigat servitutem." De re ab Umberto Bellijocensi gesta, plura leguntur in chronico[g]

[d] P. Æmil. de gest. Franc. lib. 7.

[e] Anno 1227. Lodowicus Francorum rex, de consilio Blanchæ matris suæ, episcopos et milites in terram Albigensium misit; per quos urbem Tolosanam cum toto obtinuit comitatu. Tho. Walsing. ypodigm. Neustriæ.

[f] Apud Rog. Wendover. et Matt. Paris. in hist. anni 1228. pag. 335. edit. Tigurin.

[g] Vid. Vignier. hist. eccles. ann. 1227, et 1228.

Montfortensi: ubi, inter alia, castrum Boriense captum ab eo dicitur; in quo Albigensium aliqui (ex quorum numero Gerardus Mottæus fuit, qui diaconus eorum ferebatur,) quod abjurare doctrinam suam nollent, flammis absumpti fuerint. De Saraceni oppugnatione ita scribit Antoninus[h]:

61. Ludovicus, qui sanctus dictus est, "in principio regni sui contra Albigenses hæreticos, qui fracto juramento redierant ad vomitum, militiam magnam destinavit; cui exercitui præfuit Wilhelmus de Calumniaco. Profecto comes quidam qui eis favebat, cum videret se non posse resistere regi Francorum, se suaque in ditione posuit regis; et denuo mandatis Ecclesiæ stare juravit. Sed more solito fidem frangens, castrum (quod Sarazin dicitur) quod rex Ludovicus munierat, obsedit; obsessumque variis modis impugnabat. Sed Simon Bituricensis archiepiscopus, qui illis diebus Bituricensem diœcesim visitabat, audiens ab hæreticis urgeri dictum castrum, atque ob defectum victualium pene ad extremum deductum: zelo fidei accensus, accersito Henrico nepote suo, qui tunc primum cum quibusdam regni Franciæ baronibus rediens in illis partibus applicuerat, collecta etiam militum et quorundam aliorum aliquali multitudine, convocatis etiam vicinis episcopis cum fideli populo qui illum sequi voluerunt, in auxilium obsessorum properavit; atque inter castrum et comitis exercitum se medium posuit, et illis pro tunc ut potuit ministravit, auxilium in victualibus providendo. Demum, cum videret negotium vires suas excedere, cum obsidionem solvere non posset, tristis et dolens recessit." Addamus et Rogerii[a] Wendoverii narrationem: "Rex Francorum[b] misit in Provinciam, super comitem Tolosanum, expeditionem non modicam militarem[c]; ut dictum

[h] Antonin. hist. part 3. tit. 19. cap. 3. sec. 6. Bertrand. gest. Tolosan. fol. 30. col. 3.

[a] Rog. Wendover. et eum secutus Matt. Paris. hist. ann. 1228. pag. 337.

[b] Anno. 1228. rex Francorum misit super comitem Tolosanum expeditionem non modicam militarem. Matt. Westmonaster. pag. 224. sed non Roffensis historiæ collector.

[c] Tam de suis stipendiariis, quam crucesignatis. Matt. Paris. in historia majore MS. in biblioth. regia.

comitem debellarent, et ab illis finibus propulsarent. Audientes autem quod dictus comes erat tunc apud castrum Saracenum, quod ad jus suum spectare videbatur, decreverunt eum ibidem inclusum obsidione vallare. Comes vero, de eorum adventu præmonitus, cum ingenti copia armatorum illis venientibus insidias paravit, et in sylva quadam, per quam Franci erant transituri, cum suis delitescens hostium expectavit adventum. Venientibus autem Francigenis ad locum insidiarum, irruit in eos cum suis legionibus comes, non præmeditatos: et, facto hinc inde conflictu gravissimo, capti sunt ex Francis milites quingenti, et multi[d] interfecti. Capti sunt autem servientes armati ad duo millia bellatorum, quos omnes ad nudam carnem spoliatos, quorundam eorum fecit comes oculos erui, aures et nares præscindi, manus ac pedes aliorum truncari, et, sic turpiter mutilatos ad propria remittens, deforme spectaculum Francigenis obtulit inimicis. Milites quoque captivos omnes, collectis prius manubiis eorundem, comes victor sub arctiori custodia deputavit. Actum autem est bellum hoc XV. Calendas Junii, apud castrum Saracenum. Et, ut breviter dicam, ter in illa æstate expeditionibus repetitis, Franci fugati, vel capti sunt, et incarcerati a comite sæpe dicto."

62. Tandem, ut in comitum Tolosanorum historia[a] legimus in MS. Cantabrigiensi in collegio Benedicti "abbas Grandis-sylvæ ordinis Cisterciensis D. Helias Garini venit de Francia auctoritate legati domini Romani pacem offerens Tolosanis. Qui, cassati vexationibus, paci consentiunt faciendæ: et, sumptis treugis, miscentur colloquia: et quod sit eundum in Franciam ordinatur. Et locus ad veniendum primo fuit Meldis[b] in Bria, civitate comitis Campaniæ, assignatus: veneruntque illuc Raimundus comes Tolosanus, et alii viri et cives Tolosani, qui in forma pacis seu instrumentis inde confectis nominantur. Eratque ibi legatus, pluresque alii legati qui fuerant evocati; ubi in trac-

[d] Multo plures interfecti: Servientes vero, qui vel capti vel interfecti fuerant, ad duo millia computabantur. MS. ibid.

[a] Vide Nic. Bertrand. gest. Tolosan. fol. 32. col. 1.

[b] *Meaux en Brie.*

tandæ pacis modo diebus pluribus est moratum. Deinde profecti sunt Parisios, ut in præsentia regis Ludovici omnia consummarentur." Extat adhuc[c] integrum pactionis illius instrumentum: cujus hoc initium. "In nomine sanctæ et individuæ Trinitatis, Amen, Ludovicus Dei gratia rex Francorum. Noverint universi præsentes pariter et futuri, quod, cum Raimundus filius Raimundi quondam comitis Tolosæ diu in excommunicatione persistens voluerit esse longo tempore contumax ac rebellis: ad cor tamen rediens, Domino faciente, ad mandatum Ecclesiæ et charissimi amici nostri Romani S. Angeli diaconi cardinalis, apostolicæ sedis legati, venit humiliter et devote ad absolutionem suam; gratiam et misericordiam Ecclesiæ et nostram, et non judicium, postulans. Et promisit antedicto legato, nomine Ecclesiæ Romanæ, et nobis et hæredibus nostris, quod de cætero devotus erit, et usque ad mortem Ecclesiæ fideliter adhærebit: et quod hæreticos, et eis credentes, fautores, et receptatores, in terra quam ipse et sui tenent et tenebunt, semper totis ejus viribus (non parcens in hoc proximis, vasallis, consanguineis, nec amicis) expugnabit; et terram tandem purgabit ab hæreticis et hæretica fœditate, et juvabit etiam ab ea purgare terram quam nos tenebimus. Et promisit etiam quod justitiam debitam sine mora faciet de hæreticis manifestis, et fieri faciet. Per bailivos suos viriliter et potenter inquiret, et etiam diligenter inquiri faciet, de inveniendis hæreticis, credentibus, fautoribus, et eorundem receptatoribus, secundum ipsam ordinationem, quam super hoc fecit dictus legatus, &c." Sponte[d] deinde in Lupara regis satellitibus se custodiendum dedit, donec filiam unicam et hæredem Johannam, secundum pacta et conventa, apud Carcassonem nuntiis regis, et quinque munitissimas arces traditas, atque muros Tolosæ dirutos, constitisset: dieque Aprilis decimo tertio coram duobus cardinalibus, Ro-

[c] Bertr. fol. 34, 35.

[d] Papir. Masson. annal. lib. 3. in Divo Ludovico. Vignier. hist. ecclesiast. ann. 1229. An. 1228. terminatur chronicon Tolosanum MS. (Freheri); idem, ut videtur, quod est in biblioth. Cantabrig.

mano videlicet Francorum, et episcopo Portuensi Anglorum legato, ab excommunicationis sententia absolutus est. Habentur ista in comitum[e] Tolosanorum historia, his verbis expressa. "Omnibus ordinatis et sigillatis, reconciliatus et absolutus fuit comes, et qui cum ipso erant, ab excommunicationis sententia qua fuerant innodati, in die Parasceues, mense Aprili: dictusque comes crucem suscepit transmarinam, anno Domini 1229. Eratque pietas[f] virum tantum videre, qui tanto tempore tot et tantis nationibus potuerat restitisse, duci nudum in camisia, et in braccis et nudis pedibus, ad altare. Erant præsentes ad hæc duo Romanæ Ecclesiæ cardinales: unus, legatus in regno Franciæ, et alius, in regno Angliæ episcopus Portuensis, &c. Eodemque anno mense Julii subsequenti, in Translatione B. Martini, fuit reconciliata civitas Tolosana per magistrum Petrum de Colle-medio, gerentem vices legati, comite nondum de Francia reverso: qui voluntate propria remansit in prisione[g] regis Parisiis, donec muri Tolosæ diruti essent, et castra et villæ reddita (pro ut in forma pacis fuit ordinatum); et esset tradita filia ejus Johanna, novem annos habens, regiis nunciis Carcassonæ stantibus[h]."

[e] MS. in biblioth. colleg. Benedict. Cantabrig. et Nic. Bertrand. gest. Tolosan. fol. 1. 32. col. 1, 2.

[f] Pitii. [g] Carcere.

[h] Factum hoc anno 1229. liquet ex Bertrando fol. 32. col. 1, 2. et Vignieri hist. Ecclesiast. ann. 1228, 1229. Alii, inter quos Papirius Massonus, annal. lib. 3. pag. 297. Poplinerius, hist. Franc. lib. 38. fol. 245. b. Jo. Cassanion. hist. Albig. lib. 4. cap. 16. pag. 232., ad ann. 1228. referunt; quo anno, mense Aprilis, regni Ludovici tertio, literæ regiæ datæ sunt, apud Bertrand. fol. 35. col. 4. Verum ibi annus 1229. reponendus, ut et in literis sequentibus; vel dicendum potius, novum annum nec a Calendis Januariis, nec a 25. Martii, sed a Paschate inchoatum. Nam primo mense Aprilis, anno 1228. adhuc currebat secundus annus Ludovici R. nec tertius inchoatus est ante Novembrem proximum: siquidem patrem ejus ann. 1226. defunctum constat, in Octavis Omnium Sanctorum, qui tum in diem Dominicum incidit, ut ex characteribus supra sec. 60. notare licet. Secundo Raimundum absolutum in die parasceue, mense Aprilis, ex Bertrando fol. 32. col. 1. intelligimus ab anno 1228. parasceue non in April. sed in 24. Martii, anno vero 1229. in April. 13. incidit. Tertio, ex literis Frederici imp. ann. 1228. scriptis (supra sec. 60.) et re a Raimundo ad Saracenum 15. Calend. Junii ann. 1228. gesta (supra sec. 61.) manifestum est, eo tempore nondum fuisse reconciliatum Raimundum.

Petrum vero, cognomento a Collemedio, cujus hic fit mentio, ann. 1229. factum

63. Eodem anno, 1229. Tolosæ, adversus Waldenses et alios fidei pontificiæ adversarios, prælatorum Galliæ habita est synodus; et ad eos exterminandos, inquisitio in Narbonensi provincia stabilita, cui Dominicani fratres sunt præfecti. "Pace enim terris reddita," ut notat Franciscus Pegna, "diversis temporibus et locis, coactis Galliæ archiepiscopis et episcopis, varia concilia celebrata sunt, tum de ordine procedendi contra hæreticos, tum de eorundem punitione. Nam anno Domini 1229. Tolosæ habitum est unum concilium, ubi multa statuta condita sunt; quæ per dominum Romanum S. Angeli diaconum cardinalem, Apostolicæ sedis legatum, apud Tolosam promulgata fuerunt. Inde paucis post annis alterum concilium habitum est, coactis quoque Galliæ prælatis, apud Narbonam: in hoc multa tractata sunt copiosius, quam in Tolosano. Tum postea habitum est et aliud concilium provinciale apud Biterras[a]: in quo plurima fuerunt latius tradita, quam in duobus prioribus. Hæc concilia temporum injuria diu latuerunt: et superioribus annis invenimus in bibliotheca Vaticana, item in libro quodam vetusto membranaceo manuscripto, qui ex inquisitione Florentina Romam fuerat delatus." Hæc[b] Franciscus Pegna, ad Johannis Calderini tractatum De forma procedendi contra hæreticos: in quo frequenter citantur hæc concilia. Inter alia

esse antistitem ecclesiæ D. Audomari, author est Meyerus annalium Flandriæ, lib. 8. "Erat hic (inquit ille ibid.) conspicua vir religione magnaque literatura, genere Italus, pontificis, vel potius ipsius Romani legati, contra Albigenses legatus." Postea ex præposito S. Audomari factus est archiepiscopus Rothomagensis: iturusque Romam ad concilium anno 1240. a classe Pisana jussu Frederici II. interceptus, carceri inclusus est cum suo comitatu; ut refert Blondus lib. 7. decad. 2. ubi Petrus de Collema appellatur; anno deinde 1244. in Lugdunensi concilio ab Innocentio IV. creatus cardinalis episc. Albanus, ann. 1253, obiit. Alphons. Ciacon. de cardinalibus pag. 568. vid. infra ad sec. 65.

[a] Concilium Biterrense circa idem tempus quo Tolosanum et Narbonense, præside episcopo Tornacensi apostolicæ sedis legato, habitum esse confirmat Jo. Filesacus de parœciarum origine, pag. 119. Fuit autem tum Tornacensis episcopus Valterus a Mandra, sive Marvisiensis; qui ann. 1218. episcopatum adeptus, anno 1261, obiit. ut in annalibus Flandriæ docet Jac. Meyerus. Anno 1233. concilium Biterris habitum, præside legato pontificio, notat Vignierius in Burgundionum chronic. pag. 149. Vid. ejusd. hist. eccles.

[b] Tom. 11. tractat. doctor. part. 2. fol. 410. edit. Venet. ann. 1584.

plura, quæ ex secundo concilio prælatorum, sic enim appellat author, in eo tractatu producuntur, sequens hoc de universali abjuratione statutum[c] reperitur. "Ut autem adjuvante Domino hæresis melius extirpetur, et citius fides plantetur in terra, statuta et jura, per sedem apostolicam ejusque legatos ac principes super iis edita, faciatis plenissime observari. Præterea universos tam mares quam fœminas, masculos a quatuordecim fœminas a duodecim annis et supra, faciatis abjurare omnem hæresim, et jurare quod fidem servent, et defendant catholicam Ecclesiam, et hæreticos persequantur (prout supra, in juramento quod conciliandi habent facere, de iis plenius et latius continetur); conscriptis singulorum nominibus, tam in actis inquisitionis, quam in parochiis eorundem: et qui præsentes infra quindecim dies post suum redditum tale juramentum non præstiterint, suspecti de hæresi habeantur. Hanc autem universalem abjurationem fieri procuretis quam citius per vos ipsos, vel per vestros notarios seu scriptores, vel per alios ecclesiasticos viros quibus hoc duxeritis committendum: adjecto in juramentis comitum, baronum, rectorum, et consulum civitatum et aliorum locorum, quod fideliter et efficaciter, cum ab eis fuerit requisitum, Ecclesiam contra hæreticos et eorum complices adjuvabunt juxta officium et posse suum; et de terris suæ jurisdictioni subjectis bona fide pro viribus exterminare studebunt universos hæreticos ab Ecclesia denotatos. Post hujusmodi autem abjurationem quicunque lapsi fuerint, et qui non servaverint vel fecerint injunctas sibi pœnitentias, pœna relapsis debita puniantur. Statuimus ut cuncti parochiani, tam viri quam mulieres, omnibus diebus festis et Dominicis, quibus opus servile interdicitur, sacro missæ assistant officio, et celebrationi horarum canonicarum. Quod si, nullo legitimo impedimento, id neglexissse convicti fuerint, duodecim denariorum solutione unusquisque mulctetur, applicanda Ecclesiæ usibus et loci dominis." Hæc in concilio Tolosano capite duodecimo; quæ etiam in Biterrensi et Narbo-

[c] Francisc. Pegna, tom. 11. tractat. doctor. part. 2. fol. 421. col. 1. edit. Venet. ann. 1584.

nensi iisdem verbis et eodem sensu repetita sunt[d]. De domibus etiam eorum diruendis, in quinto capite concilii Tolosani edita est constitutio. "Illam autem domum, in qua fuerit inventus hæreticus, diruendam decernimus: et locus ipse sive fundus confiscetur:" et in capite tricesimo quinto concilii Biterrensis: "Domos etiam, in quibus inventi sunt vel fuerint hæretici vivi vel mortui, vestiti[e] vel damnati, scientibus et consentientibus dominis domorum, existentibus legitimæ ætatis, dirui faciatis, et bona omnia ibidem tunc habitantium confiscari: nisi suam innocentiam et justam ignorantiam probare potuerint manifeste."

64. Transtulit in linguam Gallicam tria hæc concilia Arnaldus Sorbinus Tolosanorum theologus, et Parisiis anno 1569. curavit imprimenda: ea etiam Latine, cum commentariis suis in lucem se daturum, anno 1584. pollicitus est Franciscus[a] Pegna; quod an unquam præstiterit, adhuc mihi ignotum est. A Raimundo quoque comite anno 1233. XII. Calendas Martias, Tolosæ contra Albigenses promulgata sunt statuta: quæ in tertio annalium suorum libro ex antiquis membranis descripsit Papirius Massonus. In eis, de domibus diruendis sanctiones editæ sunt plures: atque una pene iisdem, quibus illa in Biterrensi concilio, concepta verbis. Vestitorum etiam, et perfectorum[b] mentionem hic factam invenimus. "Statuimus," inquit Raimundus, "quod bona eorum qui fuerint hæretici vestiti, licet recesserint sponte ab hæreticorum observantia, nisi de reconciliatione sua literas testimoniales ostenderint, vel per alias personas catholicas et honestas illud ostenderint vel probaverint, confiscentur. Et etiamsi de reconciliatione constiterit, nisi cruces super hoc

[d] Jo. Filesac. de parœciarum origine, cap. 6. pag. 119, 120.

[e] Vestitos eosdem fecimus cum perfectis, supr. cap. 8. sec. 3. Sed vid. annon ex hoc loco collato cum sequenti sec. 64. videantur diversi; et esse ii qui abjurata secta Waldensium vestem cruce insignitam, publicæ pœnitentiæ notam, induerint.

[a] Francisc. Pegn. in tractat. Calderini de hæretic. fol. 410. in Eymerici director. inquis. part. 3. quæst. 43. ad fin. comment. 92. disputat. de auctorit. extravag. fol. 187. a. edit. Rom. ann. 1584.

[b] de quibus supra cap. 8. sec. 2, 3. dictum.

a suo episcopo admoniti ad portandum assumpserint, aut assumptas authoritate sua propria deposuerint, aut, cum exterius super vestes extraque partem pectoris anterius prominentes portare debeant, eas celare infra vestes deprehensi fuerint, pœna simili puniantur. Item statuimus, quod intelleximus, quod credentes hæreticorum, cum proponunt se facere, secundum vitam[c] eorum detestabilem, hæreticos perfectos, ante præsedens tempus possessiones suas et hæreditatem in fraudem fisci vendunt, vel donant, vel pignori obligant, aut modis aliis alienant: hujusmodi contractibus in irritum revocatis, non obstantibus, prædicta bona confiscentur; si, consideratis circumstantiis dictorum contractuum et ipsorum contrahentium, nobis fuerit visum dicta bona translata causa fraudis extitisse."

65. Altero post anno, qui[a] tricesimus quintus fuit supra millesimum et ducentesimum, jurisperitorum Avinionensium de Waldensibus exterminandis editum est consilium. Illyricus, in catalogo[b] testium veritatis, habuisse se scribit "consultationes jurisperitorum Avinionensium, item archiepiscoporum Narbonensis, Arelatensis et Aquensis; item ordinationem Albanensis episcopi, de extirpandis Valdensibus, jam ante annos trecenos scriptas: ex quibus appareret, plurimos passim in tota Gallia fuisse." Easdem in vetusto libro manuscripto bibliothecæ Vaticanæ repertas significat Franciscus Pegna: a quo illa trium archiepiscoporum consultatio, Narbonensis concilii nomine, producitur. In utraque autem consultatione, tum Avinionensi tum Narbonensi, sigillatim traditas esse culpas notat, ex quibus credentes hæreticorum possint judicari: has, verbi gratia, in Avinionensi. "Eos dicimus credentes, qui, frequenter visitantes Valdenses, vel prædicationem eorum audientes, vel eos recipientes, seu alias benefacientes eisdem, pacis osculum receperunt." In Narbonensi vero, præter eas quæ alibi[c] a nobis commemoratæ sunt,

[c] *viam.*
[a] Francisc. Pegn. in director. inquisit. part. 2. comment. 75. a, b.
[b] Catal. test. edit. Argentin. ann. 1562. pag. 426.
[c] Vid. supr. cap. 8. sec. 40. et cap. 10. sec. 14.

hasce. "Si Valdensibus peccata sua confessi fuerint, ut solet et debet quis sacerdoti proprio confiteri. Si panem ab hæreticis, seu Valdensibus, vel panem ab eis benedictum a quocunque sibi missum vel datum, scienter et damnabiliter receperunt. Si crediderunt eos in sua secta salvari posse, vel esse bonos vel sanctos homines, vel Dei amicos, vel nuntios vel bonæ conversationis vel vitæ; vel eorum persecutores peccare: vel si eos taliter laudaverunt, vel si alio qualicunque signo seu verbo in eis se fidem et credentiam habuisse in jure vel alibi sunt professi. Si eos libenter et pluries receperunt, audierunt, visitaverunt, victualia seu alia dederunt seu miserunt eisdem; orationes ab eis, vel epistolas vel evangelia didicerunt. Hæc enim et similia, et si non probent singula, multa juvant. Præsertim cum Joannes dicat in epistola: Si quis venit ad vos, et hanc doctrinam non affert, nolite eum recipere in domo, nec Ave ei dixeritis; qui enim dicit illi, Ave, communicat operibus ejus malignis." Hæc ibi[d]: quæ a Johanne Calderino citantur, nomine Guidonis Fulcodii, non Tolosani, ut ille credit, sed Narbonensis præsulis. Is enim ipse est, qui, Romanus pontifex postea creatus, Clemens IV. vocatus est: et dum cardinalis esset, inquisitoribus de multis dubiis quæstionibus cum consulentibus responsa dedit; quæ una cum Albanensis[e] episcopi consultationibus, a Nicolao Eymerico et Johanne Calderino non semel producuntur. Unum tantum locum, de abjuratione generali, ex D. Albanensis ordinatione quadam a Calderino citatum, adscribam. "Abjuretur hæresis in terra communiter, prout statutum est in concilio Tolosano: et qui post abjurationem lapsi fuerint, et qui pœnitentiam injunctam non fecerint, juxta qualitatem et quantitatem delicti, pœna relapsis debita puniantur. Item præstetur

[d] Vid. Eymeric. director. inquisit. part. 2. quæst. 50. et Francisc. Pegnam ibid. comment. 75. part. 3. quæst. 72. et Pegnam, ibid. comment. 121. Calderin. tract. de forma procedend. contr. hæretic. tom. 11. tractat. doctor. part. 2. et Pegnam etiam ib.

[e] Albanensi huic episcopo, cujus hic et paulo ante fit mentio, nomen fuisse Petro ex constitutione ejus apud Jo. Calderinum intelligimus: fuitque proculdubio Petrus ille de collemedio, cujus mentio facta est supra sec. 62.

juramentum a communitatibus, baronibus, potestatibus, consulibus, rectoribus: sicut continent decretales, et continetur in pace Parisiensi."

66. Tertio post reconciliatam Tolosam anno, diem clausit extremum Fulco episcopus Tolosanus, qui annos amplius viginti sex in Albigensibus extinguendis desudarat. Successit Raimundus de Falguerio: qui "intravit," ut ait Nicolaus[a] Bertrandus "ubi decessor ejus desierat, hæreticos viriliter persequendo, et constanter jura ecclesiastica defendendo; comitem vero Raimundum ultimum, modo cum mansuetudine, modo cum rigore, ad bona dirigebat." Necdum enim antiqua[b] damna comitis Raimundi animo exciderant: et "dolor[c] paterni dominatus amissi, ac ususfructus tantum sibi relicti," pectori illius altius insederat. Quam vero viriliter hæreticos persecutus fuerit episcopus Raimundus, argumento esse potest, quod ipso primo pontificatus sui anno novemdecim[d] hæreticos, qui Albigensium scilicet doctrinam amplexati sunt, in diœcesi sua deprehensos, ultimo supplicio afficiendos curarit. Nec minus strenuum hic navavit operam frater Robertus, cognomento qui Bugarus sive Bulgarus dictus est: de quo Matthæus Parisiensis, in anni 1236. historia. "Circa dies illos invaluit hæretica pravitas eorum, qui vulgariter dicuntur Paterini et Bugares, in partibus transalpinis, de quorum erroribus malo tacere quam loqui; adeo quod fidei puritatem in finibus Franciæ et Flandriæ ausi sunt perturbando violare. Sed diligenti ministerio et indefessa prædicatione minorum et prædicatorum et theologorum, præcipue fratris Roberti de ordine prædicatorum (qui cognomento Bugre dicebatur, quia ab illo conversus habitum suscepit prædicatoris), qui malleus hæreticorum dicebatur, confusa est eorum superstitio, et error deprehensus. Quamplures autem ex utroque sexu ad fidem converti refutantes, fecit incendio con-

[a] Bertrand. gest. Tolosan. fol. 47. col. 2.

[b] Vid. Matt. Paris. hist. ann. 1240. pag. 511. et ann. 1242. pag. 577. edit. Tigur.

[c] Paul. Æmil. de gest. Franc. lib. 7. fol. 141. i. edit. Paris. ann. 1544.

[d] Nic. Vignier. hist. eccles. ann. 1232. Similiter Matthæus Westmonaster. in historia anni 1236. pag. 142.

flagrari: ita quod infra duos vel tres menses circiter quinquaginta fecit incendi, vel vivos sepeliri." Et postea, ad annum 1238. "Currentibus eorundem dierum curriculis, quidam monachus de ordine prædicatorum, nomine Robertus, cognomento Bugre, vir quidem competenter literatus et doctus, et in officio prædicationis efficax et expeditus, in regno Francorum multos comperit hæretica pravitate maculatos; præcipue tamen in Flandria, ubi de more solebant incolæ usurarum vitio plus cæteris nationibus diffamari. Quos omnes in fide diligenter examinatos, et vacillantes, vel exorbitantes, adjutus brachio seculari, et domino rege Francorum impendente subsidium, fecit idem frater Robertus incendiis incinerari. Ipsos autem nomine vulgari Bugaros[c] appellavit, sive essent Paterini, sive Joviniani, vel Albigenses vel aliis hæresibus maculati. Ipsemet enim Robertus memoratus, antequam habitum religionis suscepisset, Bugarus extiterat: quapropter omnes eorum complices noverat, et factus est eorum accusator, malleus, et inimicus familiaris. Tandem vero abutens potestate sibi concessa, et fines modestiæ transgrediens et justitiæ, elatus, potens, et formidabilis, bonos cum malis confundens involvit, et insontes et simplices punivit. Auctoritate igitur papali jussus est præcise ne amplius in illo officio fulminando desæviret. Qui postea, manifestius clarescentibus culpis suis, quas melius æstimo reticere quam explicare, adjudicatus est perpetuo carceri mancipari."

67. Circa annum 1239. bellum adversus Albigenses redintegratum esse, his verbis docet Guilielmus Nangiacus[a]. "Per idem ferme tempus accidit, quod pessimi apostatæ[b] de terra Albigensium insurrexerunt contra Chris-

[c] Vid. supr. cap. 8. sec. 20. et cap. 10. sec. 19.

[a] Nangiac. de gest. S. Ludovici, pag. 408, 409. edit. Francofurt. Vid. Rob. Gaguin. de gest. Francor. lib. 7. in D. Ludovic. et Nic. Vignier. hist. eccles. ann. 1240. ex chronico Montfort.

[b] Nam circa hoc tempus, postremis Gregorii IX. annis, Jacob de Pecoraria episcopus cardinalis Prænestinus a Gregorio IX. legatus ad Gallias, et cuncta Hispaniarum regna missus est; ut contra Albigenses crucem prædicaret, earumque provinciarum præsules ad concilium asciret, quod contra Fredericum imp. Laterani pontifex indixerat (Alphons. Ciacon. de cardinalibus pag. 556.): sed finita

tianos et gentes regis Franciæ Ludovici, qui ex præcepto ejus munitiones illius terræ propter ipsos apostatas conservabant. Unde eos sæpissime invadentes, castella, quæ ex parte regis custodiebant, ipsis auferre quotidie conabantur. Sed ipsi apostatarum videntes multitudinem, eorumque infidelitatem pessimam attendentes, inito consilio, ad regem excellentissimum Franciæ, dominum suum Ludovicum, nuntios transmiserunt; eidem significantes per ipsos, quot et quantas infestationes a prædictis apostatis sustinebant. Quibus auditis rex Franciæ christianissimus Ludovicus, ira nimia succensus, fidelem suum dominum Johannem de Bellomonte convocans, præcepit ei, ut adversus apostatas Albigenses iter arripere non differret. Qui confestim regis imperium cupiens adimplere, collecta multitudine armatorum, regnum Franciæ celeriter pertransiens, in proximo usque ad terram Albigensium devenit; qui protinus castrum fortissimum nomine Montem-regalem obsidens, erectis circumquaque petrariis, mangonellis, et aliis ad hoc aptis diversi generis instrumentis, illud infra paucos dies viriliter expugnans, peroptime tam gente quam victualibus confestim munivit: et ad alia castra, quorum hic nomina brevitatis gratia subticentur, se convertens, ipsa in fortitudine sua, non tamen sine labore maximo, regis Franciæ dominio subjugavit. Deinde terram illam adeo potentissime peragravit, ut de ipso veraciter posset dici; *In fremitu*[c] *hic conculcat terram, in furore obstupefaciens gentes.* Itaque Albigensibus apostatis perdomitis, ad dominum suum regem cum triumpho celeriter remeavit. Rex vero, de tanta adversus fidei christianæ inimicos lætus victoria, gratias retulit omnium Creatori."

legatione, Romam rediens, in manus imperatoris incidit (ibid. ann. viz. 1240.); quem ob hanc et alias causas pontifex excommunicavit. Vid. abbat. Stadens. in chronic. tom. 11. 5. 14. fol. 211. fac. 2. Matt. Paris. pag. 651, et 668. et Sigon. pag. 53. Vid. et Matt. Paris. pag. 754, 755. edit. Lond. Tho. Walsingham. ypodigm. Neustr. pag. 59. edit. Lond. Antonin. hist. part. 3. pag. 118. Blond. lib. 7. decad. 2. una cum Petro de Collemedio Albigensium persecutore, ut supr. ad sec. 63. annot. Vid. Vignier. ann. 1240. et de comite Tolosano. Matt. Paris. ann. 1240. et 1242. pag. 511, et 577. edit. Tigurin.

[c] Habac. cap. 3. ver. 12.

68. Anno 1240. die[a] Maii, vicesimo nono qui tum Ascensionis Dominica fuit, a Tolosanis morte mulctati sunt, qui quæsitorum in Albigenses munus exercuerunt, Stephanus Franciscanus cum socio suo fratre Richardo vel Raimundo, Guilielmus Avalus Dominicanus cum socio suo fratre ejusdem ordinis, et archidiaconus Tolosanus cum duobus aut tribus inquisitionis notariis. Eodem[b] anno in arce quadam Tolosanæ diœceseos, ex Albigensium doctrinæ sectatoribus ducenti circiter ab episcopis Narbonensi et Albiensi, ac seneschallo Carcassonensi, comprehensi sunt. Habebant hi, pro pastoribus et ministris suis, Bernardum Martinum Carthavallensem et Raimundum Agulhierum: qui, in sententia sua constanter permanentes, ignis supplicium pertulerunt. In alio horum temporum chronico MS. ad annum 1243. homines ducentos et viginti quatuor, Waldensium doctrinam profitentes, in castro quodam prope Tolosam capti et combusti memorantur. Atque, ut longam hanc tragœdiæ Albigensis narrationem aliquando concludamus, "illud valde dignum memoratu habendum esse, ex historiographis Tolosanis" notat Nicolaus Bertrandus[c]; "quod cœptum pro fide catholica defendenda, et pravitate hæretica (adversariorum hic, ut alibi semper, verbis utor) extirpanda in provincia Narbonensi, quam vulgo Linguam Occitanam appellamus, et Albiensi, Ruthenensi, Cadurcensi, Agenensi diœcesibus, et quibusdam terris ultra Rhodanum domini comitis Tolosani, vix intra septuaginta annorum spatium finem dignoscitur habuisse." Quem vero tandem finem tanti laboris negotium sortitum fuerit, ab amplissimo viro Jacobo Augusto Thuano[d] lector audiat. "Contra Valdenses cum exquisita supplicia parum proficerent, et remedio, quod intempestive adhibitum fuerat, malum exacerbaretur, numerusque eorum indies cresceret, justi tandem exercitus conscripti sunt; nec minoris molis bellum,

[a] Vignier. hist. eccles. ann. 1242. Specul. minorum, tractat. 1. fol. 61. a. edit. Rothomag. ann. 1509. Firmament. trium ordinum Francisci, part. 1. fol. 28. col. 2. edit. Paris. ann. 1512. Antonin. hist. part. 3. tit. 24. cap. 9. sec. 3. Bertrand. de gest. Tolosan. fol. 52. col. 3.

[b] Vignier. hist. eccles. ann. 1242, et 1243.

[c] Bertrand. gest. Tolosan. fol. 30. col. 4.

[d] Thuan. præfat. hist. sui temporis.

quam quod antea nostri adversus Saracenos gesserant, contra eosdem decretum est; cujus is exitus fuit, ut potius cæsi, fugati, bonis ac dignitatibus ubique spoliati, atque huc illuc dissipati sint, quam erroris convicti resipuerint. Itaque qui armis se initio tutati fuerant, postremo armis victi in Provinciam apud nos et Gallicæ ditiones Alpeis vicinas confugerunt, latebrasque vitæ ac doctrinæ suæ iis in locis repererunt: pars in Calabriam concessit, in eaque diu, atque adeo usque ad Pii IV. pontificatum se continuit: pars in Germaniam transiit, atque apud Boemos, in Polonia et Livonia larem fixit: alii, ad occidentem versi, in Britannia perfugium habuerunt."

ΔΟΞΑ ΕΝ ΥΨΙΣΤΟΙΣ ΘΕΩ.

A SERMON,

PREACHED BEFORE

THE COMMONS HOUSE OF PARLIAMENT,

IN

ST. MARGARET'S CHURCH, AT WESTMINSTER,

THE 18TH OF FEBRUARY,

1620.

FIRST PRINTED IN 1621.

A SERMON,

&c. &c.

---

1 Cor. Chap. 10. Ver. 17.

WE, BEING MANY, ARE ONE BREAD AND ONE BODY: FOR WE ARE ALL PARTAKERS OF THAT ONE BREAD.

Other entrance I need not make unto my speech at this time, than that which the apostle himself presenteth unto me, in the verse next but one going before my text: "I speak to wise men." The more unwise might I deem myself to be, who, being so conscious unto myself of my great weakness, durst adventure to discover the same before so grave and judicious an auditory; but that this consideration doth somewhat support me, that no great blame can light herein upon me, but some aspersion thereof must reflect upon yourselves, who happened to make so evil a choice: the more facile I expect you to be in a cause, wherein you yourselves are someways interested.

The special cause of your assembling at this time is, first, that you, who profess the same truth, may join in one body, and partake together of the same blessed communion: and then, that such as adhere unto false worship, may be discovered and avoided: you in your wisdom discerning this holy sacrament to be, as it were, *ignis probationis,* which would both *congregare homo-*

genea, and *segregare heterogenea*, (as in philosophy we use to speak) both conjoin those that be of the same, and disjoin such as be of a differing kind and disposition. And to this purpose have I made choice of this present text: wherein the apostle maketh our partaking of the Lord's table to be a testimony, not only of the union and communion which we have between ourselves, and with our Head (which he doth in the express words which I have read), but also of our disunion and separation from all idolatrous worship: as appeareth by the application hereof unto his main drift and intendment, laid down in the 14th and 21st verses.

The effect therefore of that, which St. Paul in express terms here delivereth, is the communion of saints: which consisteth of two parts, the fellowship which they have with the Body, laid down in the beginning; and the fellowship which they have with the Head, laid down in the end of the verse: both which are thus explained by St. John: "That[a], which we have seen and heard, declare we unto you, that ye also may have fellowship with us; and truly our fellowship is with the Father, and with his Son Jesus Christ." Let them therefore, that walk in darkness, brag as much as they list of their good-fellowship: this blessed apostle assureth us that such only, as do walk in the light, "have[b] fellowship one with another;" even as they have fellowship with God, and Jesus Christ his Son, whose blood shall cleanse them from all sin. And to what better company can a man come, than "to[c] the general assembly and church of the first born which are enrolled in heaven, and to God the judge of all, and to the spirits of just men made perfect, and to Jesus the mediator of the new covenant, and to the blood of sprinkling, which speaketh better things than that of Abel?" No fellowship doubtless is comparable to this communion of saints.

To begin therefore with the first part thereof; as the apostle in the third to the Galatians maketh our being "baptized[d] into Christ," to be a testimony that we "are

[a] 1 John, chap. 1. ver. 3. [b] Ibid. chap. 1. ver. 6, 7.
[c] Heb. chap. 12. ver. 23, 24. [d] Gal. chap. 3. ver. 27, 28.

all one in Christ:" so doth he here make our "partaking of that one bread," to be an evidence that we also are all "one bread and one body" in him. And to the same purpose, in the twelfth chapter following, he propoundeth both our baptism and our drinking of the Lord's cup, as seals of the spiritual conjunction of us all into one mystical body. "For[e] as the body is one," saith he, "and hath many members, and all the members of that one body being many are one body: so also is Christ. For by one Spirit are we all baptized into one body, whether we be Jews or Gentiles, whether we be bond or free: and have been all made to drink into one Spirit." Afterwards he addeth, that we "are[f] the body of Christ, and members in particular:" and in another place also, that "we[g], being many, are one body in Christ, and every one members one of another."

Now the use which he teacheth us to make of this wonderful conjunction, whereby we are made members of Christ, and members one of another, is twofold: 1. "That[h] there should be no schism in the body. 2. That the members should have the same care one for another." For preventing of schism, he exhorteth us in the fourth to the Ephesians, "to[i] keep the unity of the Spirit in the bond of peace:" and, to make this bond the firmer, he putteth us in mind of "one body, one spirit, one hope, one Lord, one faith, one baptism, one God and Father of all, who is above all, and through all, and in us all:" by this multiplication of unities declaring unto us that the knots, whereby we are tied together, are both in number more, and of far greater moment, than that matters of smaller consequence should dissever us: and therefore that we should "stand[k] fast in one spirit, with one mind, striving together for the faith of the Gospel, and in nothing terrified by our adversaries."

But howsoever God hath thus marshalled his Church

[e] 1 Cor. chap. 12. ver. 12, 13.
[f] Ibid. ver. 27.
[g] Rom. chap. 12. ver. 5.
[h] 1 Cor. chap. 12. ver. 25.
[i] Ephes. chap. 4. ver. 3—6.
[k] Phil. chap. 1. ver. 27, 28.

in a goodly order, "terrible[l] as an army with banners:" yet, such is the disorder of our nature, that many for all this break rank; and the enemy laboureth to breed division in God's house, that so his kingdom might not stand. Nay, oftentimes it cometh to pass, that the *watchmen*[m] themselves, who were appointed for the safeguarding of the Church, prove in this kind to be the smiters and wounders of her: and from among them who were purposely ordained in the Church, for the bringing of men "into[n] the unity of the faith and of the knowledge of the Son of God," even from among those some do arise, that "speak[o] perverse things, to draw away disciples after them."

Thus we find in the ecclesiastical history, that after the death of Julian the apostate, "questions[p] and disputes concerning matters of doctrine were freshly set afoot by those who were set over the Churches." Whereupon Sozomen maketh this grave observation: that "the[q] disposition of men is such, that when they are wronged by others, they are at agreement among themselves; but when they are freed of evils from abroad, then they make insurrections one against another." Which as we find to be too true by the late experience of our neighbour Churches in the Low Countries: so are we to consider with the wise man, that "what[r] hath been, is now, and that which is to be, hath already been:" and be not so inquisitive, why "the former days were better than these? for we do not enquire wisely concerning this[s]." When like troubles were in the Church heretofore, Isodo-

[l] Cant. chap. 6. ver. 4.

[m] Ibid. chap. 5. ver. 7. Veteres scripturas scrutans, invenire non possum, scidisse Ecclesiam, et de domo Dei populos seduxisse; præter illos qui sacerdotes a Deo positi fuerant et prophetæ. Hieron.

[n] Ephes. chap. 4. ver. 13.

[o] Act. chap. 20. ver. 30.

[p] *αἱ περὶ τῶν δογμάτων ζητήσεις τε καὶ διαλέξεις πάλιν ἀνεκινοῦντο τοῖς προεστῶσι τῶν ἐκκλησιῶν.* Sozomen. lib 6. hist. eccles. cap. 4.

[q] *οὕτω πῆ τοῖς ἀνθρώποις φίλον, παρ' ἑτερῶν μὲν ἀδικουμένοις, πρὸς τὸ ὁμόφυλον ὁμονοεῖν· ἀπηλλαγμένοις δὲ τῶν ἔξωθεν κακῶν πρὸς σφᾶς αὐτοὺς στασιάζειν.* Ibid.

[r] Eccles. chap. 3. ver. 15.

[s] Ibid. chap. 6. ver. 10.

rus Pelusiota, an ancient father, moveth the question, "What[t] a man should do in this case?" and maketh answer, that, "If it be possible we should mend it; but if that may not be, we should hold our peace."

The apostle's resolution, I think, may give sufficient satisfaction in this point, to all that have moderate and peaceable minds. "If[u] in any thing ye be otherwise minded, God shall reveal even this unto you: nevertheless, whereto we have already attained, let us walk by the same rule, let us mind the same thing." It is not to be looked for, that all good men should agree in all things: neither is it fit that we should, as our adversaries do, put the truth unto compromise, and to the saying of an Achitophel, whose counsel must be accepted, "as if a man had inquired at the oracle of God." We all agree that the scriptures of God are the perfect rule of our faith: we all consent in the main grounds of religion drawn from thence: we all subscribe to the articles of doctrine agreed upon in the synod of the year 1562, for the avoiding of diversities of opinions, and the establishing of consent touching true religion. Hitherto, by God's mercy, have we already attained; thus far therefore let us mind the same thing: let not every wanton wit be permitted to bring what fancies he list into the pulpit, and to disturb things that have been well ordered. "I[w] beseech you, brethren," saith the apostle, "mark them which cause divisions and offences, contrary to the doctrine which ye have learned, and avoid them."

If in some other things we be otherwise minded, than others of our brethren are, let us bear one with another, until God shall reveal the same thing unto us; and, howsoever we may see cause why we should dissent from others in matter of opinion, yet let us remember, that that is no cause why we should break the king's peace, and make a rent in the Church of God. A thing deeply

[t] Τὶ οὖν ποιητέον; φῄς. Εἰ μὲν δυνατὸν, διορθωτέον· εἰ δὲ μη, ἡσυχαστέον. Isidor. Pelus. lib. 4. epist. 133.

[u] Phil. chap. 3. ver. 15, 16.

[w] Rom. chap. 16. ver. 17.

to be thought of by the Ismaels of our time, whose "hand[x] is against every man, and every man's hand against them;" who "bite[y] and devour one another, until they be consumed one of another;" who forsake the fellowship of the saints, and by a sacrilegious[z] separation break this bond of peace. Little do these men consider, how precious the peace of the Church ought to be in our eyes, to be redeemed with a thousand of our lives; and of what dangerous consequence the matter of schism is unto their own souls. For howsoever the schismatic *secundum affectum*, as the schoolmen speak, in his intention and wicked purpose, taketh away unity from the Church, even as he that hateth God doth take away goodness from him, as much as in him lieth; yet *secundum effectum*, in truth and in very deed, he taketh away the unity of the Church only from himself: that is, he cutteth himself off from being united with the rest of the body; and being dissevered from the body, how is it possible that he should retain communion with the Head?

To conclude therefore this first use which we are to make of our communion with the Body: let us call to mind the exhortation of the apostle; "above[a] all things put on love, which is the bond of perfectness; and let the peace of God rule in your hearts, to the which also ye are called in one body." "Behold[b] how good and pleasant it is for brethren to dwell together in unity!" what a goodly thing it is to behold such an honourable assembly as this is, to be as a house that is "compact[c] together" in itself; holding fit correspondence with the other parts of this great body, and due subordination unto their and our Head! Such as wish not well to the public good,

[x] Gen. chap. 16. ver. 12. [y] Gal. chap. 5. ver. 15.

[z] Vos ergo quare separatione sacrilega pacis vinculum dirupistis? August. lib. 2. de baptismo contra Donat. *Λέγω καὶ διαμαρτύρομαι ὅτι τοῦ εἰς αἵρεσιν ἐμπεσεῖν, τὸ τὴν ἐκκλησίαν σχίσαι οὐκ ἔλαττόν ἐστι κακόν.* I say and protest, that to make schism in the Church is no less evil, than to fall into heresy. Chrysost. in Ephes. hom. 11. Op. tom. 11. pag. 88.

[a] Col. chap. 3. ver. 14, 15. [b] Psal. 133. ver. 1.

[c] Psal. 122. ver. 3.

and would rejoice at the ruin of our state, long for nothing more, than that dissensions should arise here, betwixt the members mutually, and betwixt them and the Head.

Hoc Ithacus velit, et magno mercentur Atridæ.

They know full well, that "every[d] kingdom divided against itself is brought to desolation; and every house divided against itself shall not stand:" nor do they forget the politician's old rule, *Divide et impera*, Make a division, and get the dominion. The more need have we to look herein unto ourselves; who cannot be ignorant how dolorous *solutio continui*, and how dangerous *ruptures* prove to be unto our bodies. If therefore there be any comfort of love, if any fellowship of the Spirit, fulfil our joy: "that[e] ye be like-minded, having the same love, being of one accord, of one mind; and doing nothing through strife or vain glory." Remember that as oft as we come unto the Lord's table, so oft do we enter into new bonds of peace, and tie ourselves with firmer knots of love together: this blessed communion being a sacred seal, not only of the union which we have with our Head by faith, but also of our conjunction with the other members of the body by love.

Whereby as we are admonished to maintain unity among ourselves, "that there be no schism or division in the body;" so are we also further put in mind, "that the members should have the same care one for another." For that is the second use which St. Paul teacheth us to make hereof, which he further amplifieth in the verse next following, by the mutual sympathy and fellow-feeling which the members of the same body have one with another. For "whether[f] one member suffer, all the members suffer with it; or one member be honoured, all the members rejoice with it." And then he addeth: "Now ye are the body of Christ, and members in particular:" shewing unto us thereby,

[d] Matt. chap. 12. ver. 25.
[e] Phil. chap. 2. ver. 1, 2, 3.
[f] 1 Cor. chap. 12. ver. 26.

that, as we are all *σύσσωμοι*[f] *καὶ συμμέτοχοι τῆς ἐπαγγελίας*, concorporated, as it were, and made copartners of the promise in Christ: so we should have one another in our hearts, *εἰς*[g] *τὸ συναποθανεῖν καὶ συζῆν*, to die and live together. And hereupon is that exhortation in the thirteenth to the Hebrews grounded: "Remember[h] them that are in bonds, as bound with them; and them which suffer adversity, as being yourselves also in the body:" it being a perilous sign that we be no lively members of that body, if we be not sensible of the calamities that lie upon our afflicted brethren. We know the woe that is pronounced against such as are at ease in Sion, and "are[i] not grieved for the affliction of Joseph:" with the judgment following: "Therefore now shall they go captive, with the first that go captive." We know the angel's bitter curse against the inhabitants of Meroz. "Curse[k] ye Meroz, said the angel of the Lord; curse ye bitterly the inhabitants thereof: because they came not to help the Lord, to help the Lord against the mighty." Not as if the Lord did stand in need of our help, or were not able, without our assistance, to maintain his own cause; but that hereby he would make trial of our readiness to do him service, and prove the sincerity of our love. If we hold our peace and sit still at this time, deliverance shall arise to God's Church from another place[l]: but let us look that the destruction do not light upon us and ours.

I need not make any application of that which I have spoken: the face of Christendom, so miserably rent and torn, as it is at this day, cannot but present itself as a a rueful spectacle unto all our eyes; and, if there be any bowels in us, stir up compassion in our hearts. Neither need I to be earnest in exciting you to put your helping hands to the making up of these breaches: your forwardness herein hath prevented me, and instead of petitioning (for which I had prepared myself) hath ministered unto me matter of thanksgiving. A good work is at all times

[f] Ephes. chap. 3. ver. 6.
[g] 2 Cor. chap. 7. ver. 3.
[h] Heb. chap. 13. ver. 3.
[i] Amos, chap. 6. ver. 1, 6, 7.
[k] Judg. chap. 5. ver. 23.
[l] Esther, chap. 4. ver. 14.

commendable: but the doing of it in fit time addeth much to the lustre thereof, and maketh it yet more goodly. The season of the year is approaching, wherein "kings[m] go forth to battle:" the present supply and offer of your subsidy was done in a time most seasonable: being so much also the more acceptable, as it was granted "not grudgingly, or of necessity," but freely, and with a willing mind. "God[n] loveth a cheerful giver: and he is able to make all grace abound towards you; that ye always having all sufficiency in all things, may abound to every good work."

And thus, being by your goodness so happily abridged of that which I intended further to have urged from the conjunction which we have with the Body, I pass now unto the second part of the communion of saints, which consisteth in the union which we all have with one Head. For Christ our Head is the main foundation of this heavenly union. Out of him there is nothing but confusion; without him we are nothing but disordered heaps of rubbish: but "in[o] him all the building, fitly framed together, groweth unto an holy temple in the Lord; and in him are we builded together for an habitation of God through the Spirit." Of ourselves we are but lost sheep, scattered and wandering upon every mountain. From him it is, that there is "one[p] fold, and one shepherd;" God having purposed in himself "to[q] gather together in one all things in Christ, both which are in heaven, and which are on earth, even in him." This is the effect of our Saviour's prayer, "That[r] they all may be one, as thou Father art in me, and I in thee, that they also may be one in us, &c. I in them, and thou in me, that they may be made perfect in one." And this is it which we find so oft repeated by Saint Paul: "we[s], being many, are one body in Christ." "Ye[t] are all one in Christ Jesus." And in the text we have in hand: "we, being many, are one bread and one body:"

[m] Sam. chap. 11. ver. 1.
[n] 2 Cor. chap. 9. ver. 7, 8.
[o] Ephes. chap. 2. ver. 21, 22.
[p] John, chap. 10. ver. 16.
[q] Ephes. chap. 1. ver. 10.
[r] John, chap. 17. ver. 21.
[s] Rom. chap. 12. ver. 5.
[t] Gal. chap. 3. ver. 28.

Why? because "we are all partakers of that one bread;" namely, of that bread, whereof he had said in the words immediately going before, "the[u] bread which we break, is it not the communion of the body of Christ?"

Under the name of bread therefore here is comprehended both *panis Domini*, and *panis Dominus;* not only the bread of the Lord, but also the Lord himself, who is that "living[w] bread which came down from heaven." For, as St. Peter, saying that "baptism[x] doth save us," understandeth thereby both the outward part of that sacrament, for he expressly calleth it a figure, and more than that too, as appeareth by the explication presently adjoined: "not the putting away of the filth of the flesh," even the inward purging of our consciences by virtue of the death and resurrection of Jesus Christ: so Saint Paul here, making the reason of our union to be our "partaking all of this one bread," hath not so much respect unto the external bread in the sacrament (though he exclude not that neither) as unto the true and heavenly bread figured thereby; whereof the Lord himself pronounceth in the sixth of John: "The[y] bread, that I will give, is my flesh, which I will give for the life of the world:" and to shew that, by partaking of this bread, that wonderful union we speak of is effected: "He[z] that eateth my flesh, and drinketh my blood, dwelleth in me, and I in him."

It is a lamentable thing to behold, how this holy sacrament, which was ordained by Christ to be a bond whereby we should be knit together in unity, is, by Satan's malice and the corruption of man's disposition, so strangely perverted the contrary way; that it is made the principal occasion of that woful distraction which we see amongst Christians at this day, and the very fuel of endless strifes, and implacable contentions. And forasmuch as these mischiefs have proceeded from the inconsiderate confounding of those things, which in their own nature are as different as may be; for the clearer distinguishing of

[u] 1 Cor. chap. 10. ver. 16.
[w] John, chap. 6. ver. 51.
[x] 1 Pet. chap. 3. ver. 21.
[y] John, chap. 6. ver. 32, 51.
[z] John, chap. 6. ver. 56.

matters, we are in the first place to consider that a sacrament, taken in its full extent, comprehendeth two things in it: that which is outward and visible, which the schools[a] call properly *sacramentum*, in a more strict acceptation of the word; and that which is inward and invisible, which they term *rem sacramenti*, the principal thing exhibited in the sacrament. Thus in the Lord's Supper, the outward thing, which we see with our eyes, is bread and wine; the inward thing, which we apprehend by faith, is the body and blood of Christ: in the outward part of this mystical action, which reacheth to that which is *sacramentum* only, we receive this body and blood but sacramentally; in the inward, that containeth *rem*, the thing itself in it, we receive them really: and consequently the presence of these in the one is relative and symbolical, in the other, real and substantial.

To begin then with that which is symbolical and relative: we may observe out of the Scripture, which saith, that "Abraham[b] received the sign of circumcision, a seal of the righteousness of the faith which he had being uncircumcised," that sacraments have a twofold relation to the things whereof they be sacraments: the one of a sign, the other of a seal. Signs, we know, are relatively united unto the things which they do signify; and in this respect are so nearly conjoined together, that the name of the one is usually communicated unto the other. "This[c] cup is the new Testament," or, the new Covenant, saith our Saviour in the institution of the holy Supper. "This[d] is my Covenant," saith God in the institution of circumcision in the old Testament: but how it was his Covenant, he explaineth in the verse immediately following: "Ye shall circumcise the flesh of your foreskin; and it shall be a SIGN of the Covenant between me and you." So words being the signs of things, no sooner is the sound of the

[a] P. Lombard. lib. 4. sentent. dist. 10. b. et Gratian. de consecrat. dist. 2. cap. 48. *Hoc est quod dicimus*. ex Augustino.

[b] Rom. chap. 4. ver. 11.

[c] Luke, chap. 22. ver. 20.

[d] Gen. chap. 17. ver. 10.

word conveyed to our ears, but the notion of the thing signified thereby is presented unto our mind: and thereupon in the speech of the Scripture nothing is more ordinary, than by the term of Word[e] to note a thing. We read in the fourth of the first of Samuel, that the Philistines were afraid and said, "God[f] is come into the camp," when the Israelites brought thither "the[g] Ark of the Covenant of the Lord of hosts, which dwelleth between the Cherubims," and yet was that no other but this relative kind of presence whereof now we speak: in respect whereof also the shew-bread is in the Hebrew named לחם הפנים the bread of faces, or, the presence bread. We see with us, the room, wherein the king's chair and other ensigns of state are placed, is called the chamber of presence, although the king himself be not there personally present. And as the rude and undutiful behaviour of any in that place, or the offering of any disrespect to the king's portraiture, or to the arms royal, or to any other thing that hath relation to his Majesty, is taken as a dishonour done unto the king himself: so here, he that eateth the bread and drinketh the cup of the Lord unworthily, is accounted guilty of offering indignity to the "body[h] and blood of the Lord."

In this sort we acknowledge sacraments to be signs; but bare signs we deny them to be: seals they are, as well as signs, of the covenant of grace. As it was therefore said of John the Baptist, that he was "a[i] prophet and more than a prophet:" so must we say of sacraments, that they be signs, and more than signs; even pledges and assurances of the interest which we have in the heavenly things that are represented by them. He, that hath in his chamber the picture of the French king, hath but a bare sign; which possibly may make him think of that king

[e] So the ten commandments are called *ten words*, Exod. chap. 34. ver. 28. with God no word shall be impossible, that is, *no thing*. Luke, chap. 1. ver. 37, &c.

[f] 1 Sam. chap. 4. ver. 7.

[g] Ibid. ver. 4.

[h] 1 Cor. chap. 11. ver. 27.

[i] Matt. chap. 11. ver. 9.

when he looketh on it, but sheweth not that he hath any manner of interest in him. It is otherwise with him that hath the king's great seal for the confirmation of the title that he hath unto all the lands and livelihood which he doth enjoy. And as here, the wax that is affixed to those letters patent, howsoever for substance it be the very same with that which is to be found every where, yet, being applied to this use, is of more worth to the patentee, than all the wax in the country beside: so standeth it with the outward elements in the matter of the sacrament. The bread and wine are not changed in substance, from being the same with that which is served at ordinary tables: but in respect of the sacred use whereunto they are consecrated, such a change is made, that now they differ as much from common bread and wine, as heaven from earth. Neither are they to be accounted barely significative, but truly exhibitive also, of those heavenly things whereto they have relation: as being appointed by God to be a means of conveying the same unto us, and putting us in actual possession thereof. So that in the use of this holy ordinance, as verily as a man with his bodily hand and mouth receiveth the earthly creatures; so verily doth he with his spiritual hand and mouth, if any such he have, receive the body and blood of Christ.

And this is that real and substantial presence, which we affirmed to be in the inward part of this sacred action. For the better conceiving of which mystery, we are to inquire, first, what the thing is which we do here receive; secondly, how and in what manner we are made partakers of it. Touching the first, the truth which must be held is this: that we do not here receive only the benefits that flow from Christ; but the very body and blood of Christ, that is, Christ himself crucified. For as none can be made partaker of the virtue of the bread and wine to his bodily sustenance, unless he first do receive the substance of those creatures: so neither can any participate in the benefits arising from Christ to his spiritual relief, except he first have communion with Christ himself.

We must "have the Son[k]," before we "have life:" and therefore "eat[l]" him we must, as himself speaketh: that is, as truly be made partakers of him, as we are of our ordinary food, if we will live by him. As there is a giving of him on God's part, for "unto[m] us a Son is given;" so there must be a receiving of him on our part: for "as[n] many as received him, to them gave he power to become the sons of God." And as we are "called[o] by God unto the communion of his Son Jesus Christ our Lord:" so, if we do hear his voice, and not harden our hearts by unbelief, we are indeed made "partakers[p] of Christ." This is that great mystery, for so the apostle termeth it, of our union with Christ, whereby we are made "members[q] of his body, of his flesh, and of his bones:" and this is that "eating of the flesh of the Son of man, and drinking of his blood," which our Saviour insisteth so much upon, in the sixth of John.

Where if any man shall demand (that I may now come unto the second point of our inquiry), "How[r] can this man give us his flesh to eat?" he must beware that he come not preoccupied with such dull conceits as they were possessed withal, who moved that question there; he must not think that we cannot truly feed on Christ, unless we receive him within our jaws: for that is as gross an imagination as that of Nicodemus, who could not conceive how a man could be born again, unless he should "enter[s] the second time into his mother's womb:" but must consider that the eating and drinking, which our Saviour speaketh of, must be answerable to the hungering and thirsting, for the quenching whereof this heavenly banquet is provided. Mark well the words which he useth, toward the beginning of his discourse, concerning this argument. "I[t] am the bread of life: he that cometh to me, shall never hunger; and he that believeth

[k] 1 John, chap. 5. ver. 12.
[l] Ibid. chap. 6. ver. 57.
[m] Isa. chap. 9. ver. 6.
[n] John, chap. 1. ver. 12.
[o] I Cor. chap. 1. ver. 9.
[p] Heb. chap. 3. ver. 14.
[q] Ephes. chap. 5. ver. 30, 32.
[r] John, chap. 6. ver. 52.
[s] John, chap. 3. ver. 4.
[t] Ibid. chap. 6. ver. 35, 36.

on me, shall never thirst. But I said unto you, that ye also have seen me, and believe not." And compare them with those in the end: "It[u] is the Spirit that quickeneth, the flesh profiteth nothing: the words that I speak unto you, they are spirit, and they are life. But there are some of you that believe not." Now observe, that such as our hungering is, such is our eating. But every one will confess, that the hunger here spoken of is not corporal, but spiritual: why then should any man dream here of a corporal eating? Again, the corporal eating, if a man might have it, would not avail any thing to the slaking of this hunger; nay, we are expressly told, that the flesh thus taken, for so we must understand it, profiteth nothing; a man should never be the better, nor one jot the holier, nor any whit further from the second death, if he had filled his belly with it. But that manner of feeding on this flesh, which Christ himself commendeth unto us, is of such profit, that it preserveth the eater from death, and maketh him to live for ever[w]. It is not therefore such an eating, that every man who bringeth a bodily mouth with him may attain unto: but it is of a far higher nature; namely, a spiritual uniting of us unto Christ, whereby he dwelleth in us, and we live by him.

If any do further inquire, how it is possible that any such union should be, seeing the body of Christ is in heaven, and we are upon earth: I answer, that if the manner of this conjunction were carnal and corporal, it would be indeed necessary that the things conjoined should be admitted to be in the same place: but it being altogether spiritual and supernatural, no local presence, no physical nor mathematical continuity or contiguity is any way requisite thereunto. It is sufficient for the making of a real union in this kind, that Christ and we, though never so far distant in place each from other, be knit together by those spiritual ligatures, which are intimated unto us in the words alleged out of the sixth of John: to wit, the quickening Spirit descending downward from the Head, to be in us a fountain of supernatural life; and a

[u] John, chap. 6. ver. 63, 64. [w] Ibid. chap. 6. ver. 50, 51, 54, 58.

lively faith, wrought by the same Spirit, ascending from us upward, to lay fast hold upon him, who, "having[x] by himself purged our sins, sitteth on the right hand of the Majesty on high."

First therefore, for the communion of the Spirit, which is the ground and foundation of this spiritual union; let us call to mind what we have read in God's book: that Christ, the second Adam, was made "a[y] quickening spirit:" and that he "quickeneth[z] whom he will:" that unto him "God[a] hath given the Spirit without measure:" and "of[b] his fulness have all we received:" that "he[c] that is joined unto the Lord, is one spirit:" and that "hereby[d] we know that we dwell in him, and he in us, because he hath given us of his Spirit." By all which it doth appear, that the mystery of our union with Christ consisteth mainly in this; that the selfsame Spirit which is in him, as in the Head, is so derived from him into every one of his true members, that thereby they are animated and quickened to a spiritual life. We read in the first of Ezekiel, of four living creatures, and of four wheels standing by them: "when those went," saith the text, "these went; and when those stood, these stood: and when those were lifted up from the earth, the wheels were lifted up over against them." He that should behold such a vision as this, would easily conclude by that which he saw, that some invisible bands there were, by which these wheels and living creatures were joined together, howsoever none did outwardly appear unto the eye: and the Holy Ghost, to give us satisfaction herein, discovereth the secret, by yielding this for the reason of this strange connexion; that "the[e] spirit of the living creature was in the wheels." From whence we may infer, that things may truly be conjoined together, though the manner of the conjunction be not corporal: and that things distant in

[x] Heb. chap. 1. ver. 3.
[y] 1 Cor. chap. 15. ver. 45.
[z] John, chap. 5. ver. 21.
[a] Ibid. chap. 3. ver. 34.
[b] John, chap. 1. ver. 16.
[c] 1 Cor. chap. 6. ver. 17.
[d] 1 John, chap. 4. ver. 13.
[e] Ezek. chap. 1. ver. 21.

place may be united together, by having the spirit of the one communicated unto the other.

Nay, if we mark it well, we shall find it to be thus in every of our own bodies: that the formal reason of the union of the members consisteth not in the continuity of the parts (though that also be requisite to the unity of a natural body): but in the animation thereof by one and the same spirit. If we should suppose a body to be as high as the heavens, that the head thereof should be where Christ our Head is, and the feet where we his members are: no sooner could that head think of moving one of the toes, but instantly the thing would be done, without any impediment given by that huge distance of the one from the other. And why? because the same soul that is in the head, as in the fountain of sense and motion, is present likewise in the lowest member of the body. But if it should so fall out, that this or any other member proved to be mortified, it presently would cease to be a member of that body; the corporal conjunction and continuity with the other parts notwithstanding. And even thus is it in Christ; although, in regard of his corporal presence, "the[f] heaven must receive him, until the times of the restitution of all things;" yet is he here "with[g] us alway, even unto the end of the world," in respect of the presence of his Spirit; by the vital influence whereof from him, as from the Head, "the[h] whole body is fitly joined together, and compacted by that which every joint supplieth, according to the effectual working in the measure of every part." Which quickening Spirit if it be wanting in any, no external communion with Christ or his Church can make him a true member of this mystical body: this being a most sure principle, that "he[i] which hath not the Spirit of Christ, is none of his."

Now, among all the graces that are wrought in us by the Spirit of Christ, the soul, as it were, of all the rest, and

[f] Act. chap. 3. ver. 21.
[g] Matt. chap. 28. ver. 20.
[h] Ephes. chap. 4. ver. 16.
[i] Rom. chap. 8. ver. 9.

that whereby "the[k] just doth live," is faith. "For[l] we through the Spirit wait for the hope of righteousness by faith," saith St. Paul to the Galatians. And again: "I[m] live; yet not I, but Christ liveth in me: and the life which I now live in the flesh, I live by the faith of the Son of God, who loved me, and gave himself for me." By faith it is, that we do "receive[n] Christ:" and so likewise "Christ[o] dwelleth in our hearts by faith." Faith therefore is that spiritual mouth in us, whereby we "eat the flesh of the Son of man, and drink his blood," that is, as the apostle expresseth it without the trope, "are[p] made partakers of Christ:" he being by this means as truly, and every way as effectually made ours, as the meat and drink which we receive into our natural bodies.

But you will say, If this be all the matter, what do we get by coming to the sacrament: seeing we have faith, and the quickening Spirit of Christ, before we come thither. To this I answer: that the Spirit is received in[q] divers measures, and faith bestowed upon us in different degrees; by reason whereof our conjunction with Christ may every day be made straiter, and the hold which we take of him firmer. To receive the Spirit "not[r] by measure," is the privilege of our Head: we that "receive[s] out of his fulness," have not our portion of grace delivered unto us all at once, but must daily look for "supply[t] of the Spirit of Jesus Christ." So also, while we are in this world, "the[u] righteousness of God is revealed unto us from faith to faith," that is, from one degree and measure of it to another: and consequently, we must still labour to

[k] Habak. chap. 2. ver. 4. Rom. chap. 1. ver. 17. Gal. chap. 3. ver. 11. Heb. chap. 10. ver. 38.

[l] Gal. chap. 5. ver. 5.

[m] Ibid. chap. 2. ver. 20.

[n] John, chap. 1. ver. 12.

[o] Ephes. chap. 3. ver. 17.

[p] Heb. chap. 3. ver. 14.

[q] Aliud est nasci de Spiritu, aliud pasci de Spiritu: saith S. Augustine, De verbis Domini, serm. 11. op. tom. 5. pag. 393. By the one we have life; by the other we *have it more abundantly*. John, chap. 10. ver. 10.

[r] John, chap. 3. ver. 34.

[s] Ibid. chap. I. ver. 16.

[t] Phil. chap. 1. ver. 19.

[u] Rom. chap. 1. ver. 17.

"perfect[w] that which is lacking in our faith;" and evermore pray, with the apostles, "Lord[x], increase our faith." As we have therefore "received[y] Christ Jesus the Lord, so must we walk in him; rooted and built up in him, and stablished in the faith:" that we "may[z] grow up into him in all things, which is the Head." And to this end God hath ordained public officers in his Church, "for[a] the perfecting of the saints for the work of the ministry, for the edifying of the body of Christ; till we all come in the unity of the faith, and of the knowledge of the Son of God, unto a perfect man, unto the measure of the stature of the fulness of Christ:" and hath accordingly "made[b] them able ministers of the Spirit that quickeneth," and "ministers[c] by whom we should believe, even as the Lord shall give to every man." When we have therefore received the[d] Spirit and faith[e], and so spiritual life, by their ministry, we are not there to rest; but "as[f] newborn babes we must desire the sincere milk of the word, that we may grow thereby:" and as grown men too, we must desire to be fed at the Lord's Table, that by the strength of that spiritual repast we may be enabled to do the Lord's work; and may continually be nourished up thereby in the life of grace, unto the life of glory.

Neither must we here with a fleshly eye look upon the meanness of the outward elements; and have this faithless thought in our hearts, that there is no likelihood a bit of bread, and a draught of wine, should be able to produce such heavenly effects as these. For so we should prove ourselves to be no wiser than Naaman[g] the Syrian was, who, having received direction from the man of God, that he should wash in Jordan seven times, to be cleansed of his leprosy, replied with indignation, "Are not Abana and Pharpar, rivers of Damascus, better than all the

[w] 1 Thess. chap. 3. ver. 10.
[x] Luke, chap. 17. ver. 5.
[y] Coloss. chap. 2. ver. 6, 7.
[z] Ephes. chap. 4. ver. 15.
[a] Ephes. chap. 4. ver. 12, 13.
[b] 2 Cor. chap. 3. ver. 6.
[c] 1 Cor. chap. 3. ver. 5.
[d] Gal. chap. 3. ver. 2.
[e] John, chap. 17. ver. 20.
[f] 1 Pet. chap. 2. ver. 2.
[g] 2 Kings, chap. 5. ver. 12, 13.

waters of Israel? May I not wash in them, and be clean?" But, as his servants did soberly advise him then, "if the Prophet had bid thee do some great thing, wouldst thou not have done it? how much rather then, when he saith to thee, Wash and be clean?" so give me leave to say unto you now: if the Lord had commanded us to do some great thing, for the attaining of so high a good; should not we willingly have done it? how much rather then, when he biddeth us to eat the bread, and drink the wine, that he hath provided for us at his own table; that by his blessing thereupon we may grow in grace, and be preserved both in body and soul unto everlasting life?

True it is indeed, these outward creatures have no natural power in them to effect so great a work as this is, no more than the water of Jordan had to recover the leper: but the work wrought by these means is supernatural; and God hath been pleased in the dispensation both of the word and of the sacraments so to ordain it, that these heavenly treasures should be presented unto us "in[h] earthen vessels; that the excellency of the power might be of God." As therefore in the preaching of the Gospel, the minister doth not *dare verba*, and beat the air with a fruitless sound, but the words that he speaketh unto us are Spirit and life; "God[i] being pleased by the foolishness of preaching to save them that believe:" so likewise in the administration of the Lord's Supper, he doth not feed us with bare bread and wine, but, if we have the life of faith in us (for still we must remember that this table is provided not for the dead, but for the living), and come worthily, "the[k] cup of blessing which he blesseth" will be unto us "the communion of the blood of Christ," and "the bread which he breaketh, the communion of the body of Christ:" of which precious body and blood we being really made partakers (that is, in truth and indeed, and not in imagination only), although in a spiritual and not a corporal manner, the Lord doth "grant[l] us, according to the

[h] 2 Cor. chap. 4. ver. 7.

[i] 1 Cor. chap. 1. ver. 21.

[k] 1 Cor. chap. 10. ver. 16.

[l] Ephes. chap. 3. ver. 16, 19.

riches of his glory, to be strengthened with might by his Spirit in the inner man, that we may be filled with all the fulness of God." For the sacraments, as well as the word, be a part of that "ministration[m] of the Spirit," which is committed to the "ministers of the New Testament:" forasmuch as "by[n] one Spirit (as before we have heard from the apostle) we have been all baptized into one body, and have been all made to drink into one Spirit."

And thus have I finished the first part of my task, my *congregatio homogeneorum*, as I call it, the knitting together of those that appertain to the same body, both with their fellow-members, and with their Head: which is the thing laid down in the express words of my text. It remaineth now that I proceed to the apostle's application hereof unto the argument he hath in hand, which is *segregatio heterogeneorum*, a dissevering of those that be not of the same communion; that the faithful may not partake with idolaters, by countenancing, or any way joining with them in their ungodly courses. For that this is the main scope at which St. Paul aimeth, in his treating here of the sacrament, is evident both by that which goeth before in the nineteenth verse, "Wherefore my dearly beloved, flee from idolatry;" and that which followeth in the twenty-first, "ye cannot drink the cup of the Lord, and the cup of devils; ye cannot be partakers of the Lord's table, and of the table of devils."

Whereby we may collect thus much, that, as the Lord's Supper is a seal of our conjunction one with another, and with Christ our Head; so is it an evidence of our disjunction from idolaters, binding us to disavow all communion with them in their false worship. And indeed, the one must necessarily follow upon the other; considering the nature of this heinous sin of idolatry is such, that it can no ways stand with the fellowship which a Christian man ought to have, both with the Head, and with the Body of the Church. To this purpose, in the sixth of the second to the Corinthians we read thus: "what[o] agreement hath

[m] 2 Cor. chap. 3. ver. 6, 8. [n] 1 Cor. chap. 12. ver. 13.
[o] 2 Cor. chap. 6. ver. 16, 17.

the temple of God with idols ? for ye are the temple of the living God ; as God hath said, I will dwell in them, and walk in them, and I will be their God, and they shall be my people. Wherefore come out from among them, and be ye separate, saith the Lord, and touch not the unclean thing; and I will receive you." And in the second chapter of the epistle to the Colossians: "Let[p] no man beguile you of your reward, in a voluntary humility, and worshipping of angels, intruding into those things which he hath not seen, vainly puffed up by his fleshly mind: and not holding the Head, from which all the Body, by joints and bands having nourishment ministered and knit together, increaseth with the increase of God." In which words the apostle sheweth unto us, that such as under pretence of humility were drawn to the worshipping of angels, did not hold the Head, and consequently could not retain communion with the Body, which receiveth his whole growth from thence. Answerably whereunto the fathers, assembled out of divers provinces of Asia in the synod held at Laodicea, not far from the Colossians, did solemnly conclude, that "Christians[q] ought not to forsake the Church of God, and go and invocate angels," and pronounced an anathema against any that should be found to do so, "because[r] (say they) he hath forsaken our Lord Jesus Christ, the Son of God, and given himself to idolatry:" declaring plainly, that by this idolatrous invocation of angels, a discession was made both from the Church of God, as they note in the beginning; and from Christ the Head of the Church, as they observe in the end of their canon.

For the further understanding of this particular, it will not be amiss to consider what Theodoret, a famous bishop

[p] Col. chap. 2. ver. 18, 19.

[q] Concil. Laodicen. Can. 35. *ὅτι οὐ δεῖ χριστιανοὺς ἐγκαταλείπειν τὴν ἐκκλησίαν τοῦ θεοῦ, καὶ ἀπίεναι, καὶ ἀγγέλους ὀνομάζειν*, that is, *τοῖς ἀγγέλοις προσεύχεσθαι*, or, *εὔχεσθαι ἀγγέλοις*, as Theodoret expoundeth these words of the canon, in 2, et 3. chap. epist. ad Coloss.

[r] *ὅτι ἐγκατέλιπε τὸν κύριον ἡμῶν Ἰησοῦν χριστὸν, τὸν υἱὸν τοῦ θεοῦ, καὶ εἰδωλολατρεία προσῆλθεν.*

of the ancient Church, hath written of this matter in his commentary upon the second to the Colossians: that is, "They that defended the law (saith he) induced them also to worship the angels; saying that the law was given by them. And this vice continued in Phrygia and Pisidia for a long time: for which cause also the synod, assembled in Laodicea the chief city of Phrygia, forbad them by a law to pray unto angels. And even to this day among them and their borderers, there are oratories of Saint Michael to be seen. This therefore did they counsel should be done, using humility; and saying, that the God of all was invisible, and inaccessible, and incomprehensible; and that it was fit men should get God's favour by the means of angels. And this is it which the apostle saith: *in humility, and worshipping of angels.*" Thus far Theodoret; whom cardinal Baronius discerning to come somewhat close unto him, and to touch the idolatry of the popish crew a little to the quick, leaveth the poor shifts wherewith his companions labour to obscure the light of this testimony, and telleth us plainly, that "Theodoret[s], by his leave, did not well understand the meaning of Paul's words:" and that those[t] oratories of Saint Michael were erected anciently by catholics, and not by those heretics which were condemned in the council of Laodicea, as he mistook the matter. As if any wise man would be persuaded upon his bare word, that the memory of things done in Asia so long since, should be more fresh in Rome at this day, than in the time of Theodoret, who lived twelve hundred years ago.

Yet must I needs confess, that he sheweth a little more modesty herein than Bellarmine his fellow-cardinal doth; who would make us believe, that the place in the nineteenth of the Revelation, where the angel saith to Saint John that would have worshipped him, "See thou do it

[s] Ex his videas (quod necessario dicendum est) Theodoretum haud feliciter (ejus pace sit dictum) assecutum esse Pauli verborum sensum. Baron. annal. tom. 1. ann. 60. sec. 20.

[t] Incaute nimis, quæ a catholicis essent antiquitus instituta, hæreticis, quorum nulla esset memoria, tribuens. Id. ibid.

not: I am thy fellow-servant, worship God," maketh for them: and demandeth very soberly, "why[u] they should be reprehended, who do the same thing that John did:" and, "whether the Calvinists knew better than John, whether angels were to be adored or no." And as for invocation of them, he telleth us, that Saint[w] Jacob plainly prayed unto an angel, in the forty-eighth of Genesis, when in blessing the sons of Joseph he said, "the angel, which delivered me from all evil, bless those children." Whom for answer we remit to Saint Cyril, in the first chapter of the third book of his Thesaurus, and intreat him to tell us, how near of kin he is here to those heretics of whom Saint Cyril there speaketh. His words be these: "that he doth not mean (in that place, Genesis, chapter 48. verse 16.) an angel, as the HERETICS understand it, but the Son of God, is manifest by this: that when he had said, *the angel,* he presently addeth, *who delivereth me from all evils.*" Which Saint Cyril presupposeth, no good Christian will ascribe to any but to God alone.

But to come more near yet unto that which is idolatry most properly: An idol, we must understand, in the exact propriety of the term, doth signify any image; but, according to the ecclesiastical use of the word, it noteth such an image as is set up for religious adoration. And in this latter sense we charge the adherents of the Church of Rome with gross idolatry: because that, contrary to God's express commandment, they are found to be worshippers of images[x]. Neither will it avail them here to say, that the idolatry forbidden in the Scripture is that only which was used by Jews and pagans. The apostle indeed in this place, dehorting Christians from idolatry, propoundeth the fall of the Jews in this kind before their eyes: "Neither[y] be ye idolaters," saith he, "as some of them

[u] Cur nos reprehendimur, qui facimus quod Joannes fecit? num melius Joanne norunt calvinistæ, sintne angeli adorandi? Bellarm. de sanctor. beatitud. lib. 1. cap. 14.

[w] Hic aperte S. Jacob angelum invocavit. Id. ibid. cap. 19.

[x] See for this the excellent homily Of the peril of idolatry.

[y] 1 Cor. chap. 10. ver. 7, 8.

were." And so doth he also add concerning another sin, in the verse following: "Neither let us commit fornication, as some of them committed." As well then might one plead, that Jewish or heathenish fornication were here only reprehended, as Jewish or heathenish idolatry. But as the one is a foul sin, whether it be committed by Jew, Pagan, or Christian: so, if such as profess the name of Christ, shall practise that which the word of God condemneth in Jews and pagans for idolatry, their profession is so far from diminishing, that it augmenteth rather the heinousness of the crime. "The[z] idols of the heathen are silver and gold, the work of men's hands," saith the Psalmist: and so the idols (of Christians, in all likelihood) mentioned in the Revelation, are said to be "of "gold[a], and silver, and brass, and stone, and of wood; which neither can see, nor hear, nor walk." The description of these idols, we see, agreeth in all points with popish images: where is any difference?

The heathen, say they, held the images themselves to be gods, which is far from our thought. Admit, some of the simpler sort of the heathen did so: what shall we say of the Jewish idolaters, of whom the apostle here speaketh, who erected the golden calf in the wilderness? Can we think that they were all so senseless, as to imagine that the calf, which they knew was not at all *in rerum natura*, and had no being at that time when they came out of Egypt, should yet be that "God[b], which brought them up out of the land of Egypt?" And for the heathen: did the Romans and Grecians, when they dedicated in several places an hundred images, for example, to the honour of Jupiter, the king of all their gods, think that thereby they had made an hundred Jupiters? Or, when their blocks were so old, that they had need to have new placed in their stead; did they think by this change of their images, that they made change also of their gods? Without question they must so have thought, if they did take the very

z Psal. 135. ver. 15.

a Rev. chap. 9. ver. 10.

b Exod. chap. 32. ver. 4.

images themselves to be their gods: and yet the prophet bids us consider diligently; and we shall find that the heathen nations "did[c] not change their gods." Nay, what do we meet with more usually in the writings of the fathers, than these answers of the heathens for themselves: "We[d] worship the gods by the images." "We[e] fear not them, but those to whose image they are made, and to whose names they are consecrated. I[f] do not worship that stone, nor that image which is without sense." "I[g] neither worship the image, nor a spirit in it: but, by the bodily portraiture, I do behold the sign of that thing which I ought to worship."

But admit they did not account the image itself to be God, will the papist further say: yet were those images set up to represent either things that had no being, or devils, or false gods; and in that respect were idols: whereas we erect images only to the honour of the true God, and of his servants the saints and angels. To this I might oppose that answer of the heathen to the Christians: "We[h] do not worship evil spirits: such as you call angels, those do we also worship; the powers of the great God, and the ministers of the great God:" and put them in mind of St. Augustine's reply: "I[i] would you did worship them; you should easily learn of them not to worship them." But I will grant unto them, that many of the idolatrous Jews' and heathens' images were such as they say they were: yet I deny that all of them were such, and confidently do avouch, that idolatry is committed by yield-

[c] Jerem. chap. 2. ver. 10, 11.

[d] Deos per simulacra veneramur. Arnob. lib. 6. advers. gentes.

[e] Non ipsa, inquiunt, timemus; sed eos, ad quorum imaginem ficta, et quorum nominibus consecrata sunt. Lact. lib. 2. divin. institut. cap. 2.

[f] Non ego illum lapidem colo, nec illud simulacrum quod est sine sensu. Augustin. in Psal. 96. op. tom. 4. pag. 1047.

[g] Nec simulacrum nec dæmonium colo; sed per effigiem corporalem ejus rei signum intueor, quam colere debeo. Idem in Psal. 113. conc. 2. pag. 1261.

[h] Non colimus mala dæmonia: angelos quos dicitis, ipsos et nos colimus, virtutes Dei magni, et ministeria Dei magni. Idem in Psal. 96. pag. 1049.

[i] Utinam ipsos colere velletis; facile ab ipsis disceretis non illos colere. Id. ibid.

ing adoration to an image of the true God himself. For proof whereof, omitting the idols of Micah[k], and Jeroboam[l], which were erected to the memory of Jehovah the God of Israel; as also the Athenians' superstitious worship of the unknown[m] god[n], if, as the common use of idolaters was, they added an image to their altar: I will content myself with these two places of Scripture; the one whereof concerneth the Jews, the other the heathen. That, which toucheth the heathen, is in the first chapter of the epistle to the Romans: where the apostle having said, that God had shewed unto them that which might be known of him; and that "the invisible things of him, that is, his eternal power and Godhead," was manifested unto them by the creation of the world, and the contemplation of the creatures; he addeth presently, that God was sorely displeased with them, and therefore gave them up unto vile affections: because "they changed the glory of that incorruptible God, into an image made like to corruptible man, and to birds, and four-footed beasts, and creeping things." Whereby it is evident, that the idolatry condemned in the wisest of the heathen, was the adoring of the invisible God, whom they acknowledged to be the Creator of all things, in visible images fashioned to the similitude of men and beasts.

The other place of Scripture, is the fourth of Deuteronomy: where Moses useth this speech unto the children of Israel: "The[o] Lord spake unto you out of the midst of the fire: ye heard the voice of the words, but saw no similitude; only ye heard a voice." And what doth he infer upon

[k] Judges, chap. 17. ver. 3, 13. [l] 2 Kings, chap. 10. ver. 16, 29, 31.

[m] Trebellius Pollio, in the life of Claudius, calleth the God of Moses, Incertum Numen: so doth Lucan the God of the Jews, Pharsal. lib. 2. et dedita sacris incerti Judæa Dei. As therefore the Jews, by the relation of Tacitus, lib. 2. hist. worshipped their God in mount Carmel, non simulacro aut templo, sed ara tantum; so it might be that the Athenians also did the like: especially if we consider that their ara misericordiæ (which possibly might be the same with this) is thus described by Statius. lib. 12. Thebaidos:

Nulla autem effigies, nulli commissa metallo
Forma Dei; mentes habitare et pectora gaudet.

[n] Acts, chap. 17. ver. 23. [o] Deut. chap. 4. ver. 12.

this? "Take ye therefore good heed unto yourselves; for ye saw no manner of similitude on the day that the Lord spake unto you in Horeb, out of the midst of the fire: lest ye corrupt yourselves, and make you a graven image, the similitude of any figure, the likeness of male or female, the likeness of any beast that is on the earth, the likeness of any winged fowl that flieth in the air, the likeness of any thing that creepeth on the ground, the likeness of any fish that is in the waters beneath the earth." Where we may observe: first, that God in the delivery of the law did purposely use a *voice* only; because that such a creature as that was not to be expressed by visible lineaments, as if that voice should have said unto the painter, as Echo is feigned to do in the poet[p].

Vane, quid affectas faciem mihi ponere, pictor?
Si mihi vis similem pingere, pinge sonum.

Secondly, that when He uttered the words of the second commandment in Mount Sinai, and forbad the making of the likeness of any thing "that is in heaven above, or in the earth beneath, or in the waters under the earth;" he did at that time forbear to shew himself in any visible shape, either of man or woman, either of beast in the earth, fowl in the air, or fish in the waters beneath the earth: to the end it might be the better made known, that it was his pleasure not to be adored at all in any such forms; and that the worshipping of images, not only as they have reference to the creatures whom they do immediately represent, or to false gods, but also as they have relation to himself (the true God, who was then speaking unto them in the mount), did come within the compass of the idolatry, which was condemned in that commandment.

In vain therefore do the Romanists go about to persuade us, that their images be no idols: and as vainly also do they spend time in curiously distinguishing the several degrees of worship; the highest point whereof, which

p Ausonius, epigram 11.

they call Latria, and acknowledge to be due only unto God, they would be loth we should think that they did communicate to any of their images. But here we are to understand, first of all, that idolatry may be committed by giving not the highest only, but also the lowest degree of religious adoration unto images: and therefore, in the words of the commandment, the very bowing down unto them, which is one of the meanest degrees of worship, is expressly forbidden. Secondly, that it is the[q] received doctrine of popish divines, that the image should be honoured with the same worship, wherewith that thing is worshipped, whose image it is: and therefore what adoration is due to Christ and the Trinity, the same by this ground they are to give unto their images. Thirdly, that in the Roman pontifical published by the authority of Clement the VIII. (to omit other testimonies in this kind) it is concluded, that the cross[r] of the pope's legate shall have the right hand, upon this very reason, *quia debetur ei latria*, because the worship proper to God is due to it. Now whether they commit idolatry, who communicate unto a senseless thing that worship which they themselves confess to be due unto God alone, let all the world judge.

They were best therefore from henceforth confess themselves to be idolaters: and stand to it that every kind of idolatry is not unlawful. Their Jesuit Gregorius[s] de Valentia will tell them for their comfort, that it is no absurdity to think that St. Peter, when he deterreth the faithful by name ab illicitis Idolorum cultibus (ἀθεμίτους εἰδωλολατρείας St. Peter calleth them, that is, abominable idolatries), doth insinuate thereby, that some[t] worship of images is lawful. John Monceye the Frenchman, in his Aaron Purgatus, dedicated to the late pope Paul V. and

[q] Constans est theologorum sententia, imaginem eodem honore et cultu honorari et coli, quo colitur id cujus est imago. Azor. institut. moral. part. 1. lib. 9. cap. 6.

[r] Crux legati, quia debetur ei latria, erit a dextris. Pontifical. edit. Rom. pag. 672.

[s] Gregor. Valent. lib. 2. apol. de idololatr. cap. 7.

[t] Some *idolatry* he should say: for that is St. Peter's word. 1 Peter, chap 4. ver. 3.

in his twenty questions propounded to Visorius, stretcheth yet a strain higher. For howsoever he cannot away with the name of idols and idolatry, yet he liketh the thing itself so well, that he undertaketh to clear Aaron from committing any error in setting up the golden calf; and laboureth to purge Laban, and Micah, and Jeroboam too from the imputation of idolatry: having found indeed, that nothing had been done by them in this kind, which is not agreeable to the practice of the Roman Church at this day.

And lest the poor people, whom they have so miserably abused, should find how far they have been misled; we see that the masters of that Church do in the service books and catechisms, which come unto the hands of the vulgar, generally leave out the words of the second commandment, that make against the adoration of images: fearing lest by the light thereof the mystery of their iniquity should be discovered. They pretend indeed that this commandment is not excluded by them, but included only in the first: whereas in truth they do but craftily conceal it from the people's eyes, because they would not have them to be ruled by it. Nay, Vasquez[u] the Jesuit doth boldly acknowledge, that it plainly appeareth, by comparing the words of this commandment with the place which hath been alleged out of the fourth of Deuteronomy, that the Scripture did not only forbid the worshipping of an image for God, but also the adoration of the true God himself in an image. He confesseth further, that he and his fellow catholics do otherwise. What saith he then to the commandment, think you? Because it will not be obeyed, it must be repealed, and not admitted to have any place among the moral precepts of God. It was (saith he) a positive[w] and ceremonial law: and therefore ought to cease in the time of the Gospel. And as if

[u] Gab. Vasquez, lib. 2. de adorat. disput. 4. cap. 3. sec. 74, 75.

[w] Cum fuerit juris positivi et cæremonialis illa legis Mosaicæ prohibitio, tempore legis evangelicæ debuit cessare ; atque id, quod alias jure naturali licitum et honestum est, ut imagines depingere, et illis etiam uti ad adorationem, in lege evangelica locum habere debet. Vasquez, ibid. cap. 4. sec. 84.

it had not been enough for him to match the Scribes and Pharisees in impiety, who "made[x] the commandment of God of none effect, that they might keep their own tradition:" that he might fulfil the measure of his fathers, and shew himself to be a true child of her, who beareth the name of being "the[y] mother of harlots and abominations of the earth," he is yet more mad, and sticketh not to maintain[z], that not only a painted image, but any other thing of the world, whether it be without life and reason, or whether it be a reasonable creature, may, in the nature of the thing, and if the matter be discreetly handled, be adored with God, as his image: yea, and counteth it no absurdity at all, that a very wisp of straw should be thus worshipped.

But let us turn yet again, and we shall "see[a] greater abominations than these." We heard how this blessed sacrament, which is here propounded by the apostle as a bond to unite Christians together in one body, hath been made the apple of strife, and the occasion of most bitter breaches in the Church: we may now observe again, that the same holy sacrament, which by the same apostle is here brought in as a principal inducement to make men "flee from idolatry," is by our adversaries made the object of the grossest idolatry that ever hath been practised by any. For their constant doctrine is, that in worshipping the sacrament they should give unto it "latriæ[b] cultum qui vero Deo debetur," as the council of Trent hath determined; "that kind of service which is due to the true God:" determining their worship in that very thing, which the priest doth hold betwixt his hands. Their practice also runs accordingly: for an instance whereof we need go no further than to Sanders's book of the Lord's Supper; before which he hath prefixed an epistle dedicatory, superscribed in this manner, "To the body and

[x] Matt. chap. 15. ver. 6. Mark, chap. 7. ver. 9.

[y] Rev. chap. 17. ver. 5.

[z] Vasquez, de adorat. lib. 3. disput. 1. cap. 2. sec. 5, 8, 10.

[a] Ezek. chap. 8. ver. 15.

[b] Concil. Trident. sess. 13. cap. 5.

blood of our Saviour Jesus Christ, under the forms of bread and wine, all honour, praise, and thanks, be given for ever;" adding further in the process of that blockish epistle: "Howsoever it be with other men, I adore thee my God and Lord really present under the forms of bread and wine, after consecration duly made: beseeching thee of pardon for my sins, &c."

Now if the conceit, which these men have concerning the sacrament, should prove to be false, as indeed we know it to be most absurd and monstrous, their own Jesuit, Coster, doth freely confess that they should be in such an error and idolatry, "qualis in orbe terrarum nunquam vel visus vel auditus fuit, as never was seen or heard of in this world. For[c] the error of them is more tolerable," saith he, "who worship for God a statue of gold or silver, or an image of any other matter, as the gentiles adored their gods; or a red cloth lifted up upon a spear, as it is reported of the Lappians; or living creatures, as did sometimes the Egyptians; than of those that worship a piece of bread." We therefore, who are verily persuaded that the papists do thus, must of force, if we follow their Jesuit's direction, judge them to be the most intolerable idolaters that ever were.

Nay, according to their own principles, how is it possible that any of themselves should certainly know, that the host which they worship should be any other thing but bread? seeing the change doth wholly depend upon "consecration duly made," as Sanders speaketh; and that dependeth upon the intention of the priest, which no man but himself can have notice of: Bellarmine, disputing against Ambrosius Catharinus, one of his own brethren, that a man hath no certain knowledge of his own justification, can take advantage of this, and allege for himself,

[c] Tolerabilior est enim error eorum, qui pro Deo colunt statuam auream aut argenteam, aut alterius materiæ imaginem, quo modo gentiles deos suos venerabantur; vel pannum rubrum in hastam elevatum, quod narratur de Lappis; vel viva animalia, ut quondam Ægyptii: quam eorum qui frustum panis. Coster. ench. chap. 12.

that one "cannot[d] be certain by the certainty of faith, that he doth receive a true sacrament; forasmuch as the sacrament cannot be made without the intention of the minister, and none can see another man's intention." Apply this now to the matter we have in hand; and see into what intricate labyrinths these men have brought themselves. Admit the priest's intention stood right at the time of consecration, yet, if he that baptized him failed in his intention when he administered that sacrament, he remaineth still unbaptized, and so becometh incapable of priesthood; and consequently, whatsoever he consecrateth is but bread still. Yea, admit he were rightly baptized too: if either the bishop that conferred upon him the sacrament of orders, for so they hold it to be, or those that baptized or ordained that bishop, missed their right intention; neither will the one prove bishop, nor the other priest; and so with what intention soever either the one or the other doth consecrate, there remaineth but bread still. Neither doth the inconvenience stay here, but ascendeth upward to all their predecessors: in any one of whom if there fall out to be a nullity of priesthood, for want of intention either in the baptizer, or in the ordainer, all the generation following, according to their principles, go without their priesthood too; and so deliver but bread to the people, instead of the body of Christ. The papists themselves therefore, if they stand unto their own grounds, must needs confess, that they are in no better case here than the Samaritans were in, of whom our Saviour saith, "Ye[e] worship ye know not what:" but we know that what they worship, be the condition or intention of their priest what it will be, is bread indeed; which while they take to be their God, we must still account them guilty of spiritual fornication, "and such fornication, as is not so much as named amongst the gentiles."

[d] Neque potest certus esse certitudine fidei, se percipere verum sacramentum cum sacramentum sine intentione ministri non conficiatur, et intentionem alterius nemo videre possit. Bellarmin. de justificat. lib. 3. cap. 8.

[e] John, chap. 4. ver. 22.

These then being the idolaters with whom we have to deal, let us learn first how dangerous a thing it is to communicate with them in their false worship. For if we will be partakers of Babylon's[f] sins, we must look to receive of her plagues. Secondly, we are to be admonished, that it is not sufficient that in our own persons we refrain worshipping of idols, but it is further required that we restrain, as much as in us lieth, the practice thereof in others; lest by suffering God to be dishonoured in so high a manner, when we may by our calling hinder it, we make ourselves partakers of other men's sins. Eli the high priest was a good man, and gave excellent counsel unto his lewd sons; yet we know what judgment fell upon him, "because[g] his sons made themselves vile, and he frowned not upon them," that is, restrained them not: which God doth interpret to be a kind of idolatry, in "honouring[h] of his sons above him." The Church of Pergamus did for her own part hold fast Christ's name, and denied not his faith: yet had the Lord something against her; "because[i] she had there them that held the doctrine of Balaam, who taught Balak to cast a stumbling-block before the children of Israel, to eat things sacrificed unto idols, and to commit fornication." So we see what special notice our Saviour taketh of the works, and charity and service, and faith, and patience of the Church of Thyatira: and yet for all this he addeth, "Notwithstanding[k], I have a few things against thee; because thou sufferest that woman Jezebel, which calleth herself a prophetess, to teach and to seduce my servants to commit fornication, and to eat things sacrificed unto idols."

In the second of Judges God telleth the children of Israel, what mischief should come unto them, by tolerating the Canaanitish idolaters in their land. "They[l] shall be thorns in your sides" saith he, "and their gods shall be a snare unto you." Which words contain in them the inti-

[f] Rev. chap. 18. ver. 4.
[g] 1 Sam. chap. 3. ver. 13.
[h] I Sam. chap. 2. ver. 29.
[i] Rev. chap. 2. ver. 14.
[k] Rev. chap. 2. ver. 20.
[l] Judges, chap. 2. ver. 3.

mation of a double danger: the one respecting the soul, the other the body. That which concerneth the soul is, that their idols should be a snare unto them. For God well knew that man's nature is as prone to spiritual fornication, as it is to corporal. As therefore for the preventing of the one, he would not have a common harlot tolerated in Israel, "lest[m] the land should fall to whoredom, and become full of wickedness:" so, for the keeping out of the other, he would have provocations taken away, and all occasions, whereby a man might be tempted to commit so vile a sin. The bodily danger, that followeth upon the toleration of idolaters, is, that "they should be in their sides," that is, as in another place it is more fully expressed, "they[n] should be pricks in their eyes, and thorns in their sides, and should vex them in the land wherein they dwelled." Now in both these respects it is certain, that the toleration of the idolaters, with whom we have to do, is far more perilous than of any other. In regard of the spiritual danger, wherewith simple souls are more like to be ensnared: because this kind of idolatry is not brought in with an open shew of impiety, as that of the pagans, but is "a mystery of iniquity," a wickedness covered with the veil of piety; and the harlot, which maketh the inhabitants of the earth drunk with the wine of this fornication, is both gilded herself, and presenteth also her abominations unto her followers in "a[o] cup of gold." If we look to our outward peril: we are like to find these men not thorns in our sides to vex us, but daggers in our hearts to destroy us. Not that I take all of them to be of this furious disposition (mistake me not: I know a number myself of a far different temper); but because there are never wanting among them some turbulent humours, so inflamed with the spirit of fornication, that they run mad with it; and are transported so far, that no tolerable terms can content them, until they have attained to the utmost pitch of their unbridled desires. For compassing

[m] Levit. chap. 19. ver. 29.
[n] Numb. chap. 33. ver. 55.
[o] Rev. chap. 17. ver. 2, 4.

whereof, there is no treachery, nor rebellion, nor murder, nor desperate course whatsoever, that, without all remorse of conscience, they dare not adventure upon.

Neither do they thus only, but they teach men also so to do: arming both pope, and bishops, and people, and private persons, with power to cast down even kings themselves from their thrones; if they stand in their way, and give any impediment to their designs. Touching the pope's power herein, there is no disputing: one of them telleth us, that "there[p] is no doubt, but the pope may depose all kings; when there is a reasonable cause so to do." For bishops; cardinal Baronius informeth us, by the example of Dacius the bishop of Milan, his dealing against the Arians; that[q] "those bishops deserve no blame, and ought to suffer no envy, who roll every stone" (yea and rather than fail, would blow up stones too), "that they may not live under an heretical prince." For the people; Dominicus Bannes, a Dominican friar, resolves that they need not, in this case, expect any sentencing of the matter by pope or other; but "when[r] the knowledge of the fault is evident, subjects may lawfully, if so be they have sufficient strength, exempt themselves from subjection to their princes, before any declaratory sentence of a judge." And that we may understand that the proviso which he inserteth, *of having strength sufficient*, is very material; he putteth us in mind, that "the[s] faithful (the papists he meaneth) of England are to be excused hereby, who do not exempt themselves from the power of their superiors,

[p] Dubium non est, quin papa possit omnes reges, cum subest causa rationabilis, deponere. Augustin. triumphus, de potest. ecclesiast. quæst. 46. art. 2.

[q] Quo exemplo satis intelligas, non mereri calumniam, neque invidiam episcopos illos pati debere, qui, ne sub hæretico principe degant, omnem lapidem volvunt. Baron. anno 538. sec. 89.

[r] Quando adest evidens notitia criminis, licite possunt subditi (si modo eis vires suppetant) eximere se a potestate suorum principum ante judicis sententiam declaratoriam. Bannes in Thom. 2. 2. quæst. 12. artic. 2.

[s] Ex hac conclusione sequitur esse excusandos Anglicanos et Saxonios fideles, qui non se eximunt a potestate superiorum, nec bellum contra illos gerunt. Quoniam communiter non habent facultatem ad hæc bella gerenda contra principes, et imminent illis gravia pericula. Id. Ibid.

nor make war against them: because that generally they have not power sufficient to make such wars against princes, and great dangers are imminent over them."

Lastly, for private persons: we may read in Suarez, that an heretical king, "after[t] sentence given against him, is absolutely deprived of his kingdom, so that he cannot possess it by any just title: and therefore from thenceforth may be handled altogether as a tyrant; and consequently, he may be killed by any private person." Only the Jesuit addeth this limitation: that. "if[u] the pope do depose the king, he may be expelled or killed by them only, to whom he shall commit that business. But if he enjoin the execution thereof to nobody, then it shall appertain to the lawful successor in the kingdom: or if none such be to be found, it shall belong to the kingdom itself." But let him once be declared to be a tyrant; Mariana, Suarez his countryman and fellow Jesuit, will tell you better how he should be handled. "That[w] a tyrant (saith he) may be killed by open force and arms, whether by violent breaking in into the court, or by joining of battle, is a matter confessed: yea, and by deceit and ambushes too, as Ehud did in killing Eglon the king of the Moabites. Indeed it would argue a braver mind to profess open enmity, and publicly to rush in upon the enemy of the commonwealth: but it is no less prudence to take advantage by fraud and ambushes, because it is done without stir, and with less danger surely, both public and private." His

[t] Post sententiam latam omnino privatur regno, ita ut non possit justo titulo illud possidere: ergo extunc poterit tanquam omnino tyrannus tractari; et consequenter a quocunque privato poterit interfici. Fr. Suarez, defens. fid. cathol. lib. 6. cap. 4. sec. 14.

[u] Si papa regem deponat, ab illis tantum poterit expelli, vel interfici, quibus ipse id commiserit. Quod si nulli executionem imperet, pertinebit ad legitimum in regno successorem; vel, si nullus inventus fuerit, ad regnum ipsum spectabit. Id. ibid. sec. 18.

[w] Itaque aperta vi et armis posse occidi tyrannum, sive impetu in regiam facto, sive commissa pugna, in confesso est. Sed et dolo atque insidiis exceptum: quod fecit Aiod, &c. Est quidem majoris virtutis et animi simultatem aperte exercere, palam in hostem reipublicæ irruere: sed non minoris prudentiæ, fraudi et insidiis locum captare, quod sine motu contingat, minori certe periculo publico atque privato. Jo. Mariana, de reg. instit. lib. 1. cap. 7.

conclusion is, that "it[x] is lawful to take away his life, by any art whatsoever: with this proviso only, that he be not constrained either wittingly or unwittingly to be the cause of his own death." Where the tenderness of a Jesuit's conscience is well worth the observing. He maketh no scruple at all to take away the man's life: only he would advise that he be not made away, by having poison conveyed into his meat or drink; lest in taking hereof, forsooth, he, which is to be killed, should by this means have some hand in procuring his own death. Yet[y] poison him you may, if you list, so that the venom be "externally applied by some other, he that is to be killed helping nothing thereunto: namely, when the force of the poison is so great, that a seat or garment being infected therewith, it may have strength to kill." And that such means of poisoning hath been used, he proveth by divers practices of the Moors; which we leave to be considered of by Fitzherbert, who, to prove that Squire's intention of poisoning queen Elizabeth in this manner was but a mere fiction, would persuade us that it is not agreeable to the grounds of nature and reason, that any such thing should be.

Thus we see what pestilent doctrine is daily broached by these incendiaries of the world: which, what pernicious effects it hath produced, I need not go far to exemplify; this assembly and this place cannot but call to mind the memory of that barbarous plot of the powder-treason. Which being most justly charged to have exceeded[z] all

[x] In ejus vitam grassari quacunque arte concessum; ne cogatur tantum, sciens aut imprudens, sibi conscire mortem. Id. ibid. in fine.

[y] Hoc tamen temperamento uti in hac quidem disputatione licebit, si non ipse qui perimitur venenum haurire cogitur, quo intimis medullis concepto pereat; sed exterius ab alio adhibeatur, nihil adjuvante eo qui perimendus est: nimirum cum tanta vis est veneni, ut, sella eo aut veste delibuta, vim interficiendi habeat. Id. ibid.

[z] At, inquies, omnem modum crudelitatis excessit ea conjuratio; cum et prolem, et regni ordines simul implicuisset. Id velim ne mireris. Nam malæ et perniciosæ herbæ et semina conterenda, et radices omnes evellendæ sunt, ne recrescant. Alias etiam, propter paucos sceleratos, multi sæpe naufragio pereunt. B. P. ἐξετασ. epistolæ, I. R. impress. anno 1609.

measure of cruelty; as involving not the king alone, but also his children, and the states of the kingdom, and many thousands of innocent people, in the same ruin; a wicked varlet, with whose name I will not defile this place, steppeth forth some four years after, and with a brazen forehead biddeth us not to wonder at the matter. "For of an evil and pernicious herb both the seeds are to be crushed, and all the roots to be pulled up, that they grow not again. And otherwise also, for a few wicked persons it falleth out oftentimes that many perish in shipwreck." In the latter of which reasons we may note these men's insolent impiety toward God: in arrogating unto themselves such an absolute power for the murdering of innocents, as he that is Lord of all hath over his own creatures; the best of whom, if he do enter into judgment with them, will not be found righteous in his sight. In the former, we may observe their deadly malice toward God's anointed; which they sufficiently declare will not be satisfied, but by the utter extirpation of him and all his royal progeny.

And whereas, for the discovery of such wicked spirits, his majesty in his princely wisdom did cause an oath of allegiance to be framed; by the tendering whereof he might be the better able to distinguish betwixt his loyal and disloyal subjects, and to put a difference betwixt a seditious and a quiet-minded Romanist: this companion derideth his simplicity, in imagining that that will serve the turn, and supposing that a papist will think himself any whit bound by taking such an oath. "See[a]" saith he,

[a] Sed vide in tanta astutia, quanta sit simplicitas. Cum omnem securitatem in eo juramento sibi statuisset, talem se modum juramenti tot circumstantiis connexuisse existimabat, qui, salva conscientia, nulla ratione a quoquam dissolvi posset. Sed videre non potuit, si pontifex juramentum dissolverit, omnes illius nexus, sive de fidelitate regi præstanda, sive de dispensatione non admittenda, pariter dissolutos fore. Immo aliud dicam admirabilius. Nosti, credo, juramentum injustum, si tale esse evidenter sciatur vel aperte declaretur, neminem obligare; sed ipso facto nullum esse. Regis juramentum injustum esse, ad ipso Ecclesiæ pastore sufficienter declaratum est. Vides igitur jam, in summum abiisse illius obligationem; ut vinculum, quod a tot sapientibus ferreum putabatur, minus sit, quam stramineum. Id. ibid.

"in so great craft, how great simplicity doth betray itself. When he had placed all his security in that oath, he thought he had found such a manner of oath, knit with so many circumstances, that it could not, with safety of conscience, by any means be dissolved by any man. But he could not see, that, if the pope did dissolve that oath, all the tyings of it, whether of performing fidelity to the king, or of admitting no dispensation, would be dissolved together. Yea, I will say another thing that is more admirable. You know, I believe, that an unjust oath, if it be evidently known or openly declared to be such, bindeth no man; but is void *ipso facto*. That the king's oath is unjust, hath been sufficiently declared by the pastor of the Church himself. You see therefore that the obligation of it is vanished into smoke: so that the bond, which by so many wise men was thought to be of iron, is become less than of straw."

If matters now be come unto this pass, that such as are addicted to the pope will account the oath of allegiance to have less force to bind them than a rope of straw; judge ye whether that be not true which hath been said, that in respect not of spiritual infection only, but of outward danger also to our state, any idolaters may be more safely permitted than papists. Which I do not speak, to exasperate you against their persons, or to stir you up to make new laws for shedding of their blood. Their blindness I do much pity: and my heart's desire and prayer to God for them is, that they might be saved. Only this I must say, that (things standing as they do) I cannot preach peace unto them. For, as Jehu said to Joram, "What[b] peace, so long as the whoredoms of thy mother Jezebel, and her witchcrafts are so many?" so must I say unto them: What peace can there be, so long as you suffer yourselves to be led by "the[c] mother of harlots and abominations of the earth, who by her sorceries hath deceived all nations, and made them drunk with the wine of her

[b] 2 Kings, chap. 9. ver. 22.

[c] Rev. chap. 17. ver. 2, 5. and chap. 18. ver. 23.

fornication:" Let[d] her put away her whoredoms out of her sight. and her adulteries from between her breasts; let her repent of her murders, and her sorceries, and her idolatries: or rather, because she is past all hope, let those that are seduced by her, cease to communicate with her in these abominable iniquities; and we shall be all ready to meet them, and rejoice with the angels in heaven for their conversion. In the mean time, they who sit at the helm, and have the charge of our Church and common-wealth committed to them, must provide by all good means, that God be not dishonoured by their open idolatries, nor our king and state endangered by their secret treacheries. Good laws there are already enacted to this purpose: which if they were duly put in execution, we should have less need to think of making new. But it is not my part to press this point. I will therefore conclude as I did begin: "I[e] speak as to wise men; judge ye what I say."

"Consider[f] what I say; and the Lord give you understanding in all things."

[d] Hos. chap. 2. ver. 2.
[e] 1 Cor. chap. 10. ver. 15.
[f] 2 Tim. chap. 2. ver. 7.

A SPEECH

DELIVERED IN

THE CASTLE CHAMBER AT DUBLIN,

THE

22D OF NOVEMBER,

ANNO 1622.

AT THE

CENSURING OF CERTAIN OFFICERS, WHO REFUSED TO TAKE THE OATH OF SUPREMACY.

FIRST PRINTED IN 1622.

A SPEECH,

&c. &c.

WHAT the danger of the law is for refusing this oath, hath been sufficiently opened by my lords the judges; and the quality and quantity of that offence hath been aggravated to the full by those that have spoken after them. The part, which is most proper for me to deal in, is the information of the conscience, touching the truth and equity of the matters contained in the oath: which I also have made choice the rather to insist upon, because both the form of the oath itself requireth herein a full resolution of the conscience (as appeareth by those words in the very beginning thereof; "I do utterly testify and declare in my conscience," &c.); and the persons, that stand here to be censured for refusing the same, have alleged nothing in their own defence, but only the simple plea of ignorance.

That this point therefore may be cleared, and all needless scruples removed out of men's minds: two main branches there be of this oath, which require special consideration. The one positive; acknowledging the supremacy of the government of these realms, in all causes whatsoever, to rest in the king's highness only. The other negative; renouncing all jurisdictions and authorities of any foreign prince or prelate, within his majesty's dominions.

For the better understanding of the former, we are in the first place to call unto our remembrance that exhortation of St. Peter, "Submit[a] yourselves unto every ordinance of man for the Lord's sake: whether it be unto the king, as having the preeminence; or unto governors, as unto them that are sent by him, for the punishment of evil doers, and for the praise of them that do well." By this we are taught to respect the king; not as the only governor of his dominions simply, for we see there be other governors placed under him, but ὡς ὑπερέχοντα, as him that excelleth, and hath the preeminence over the rest, that is to say, according to the tenor of the oath, as him that is the only supreme governor of his realms. Upon which ground we may safely build this conclusion; that whatsoever power is incident unto the king by virtue of his place, must be acknowledged to be in him supreme: there being nothing so contrary to the nature of sovereignty, as to have another superior power to overrule it.

Qui[b] rex est, regem, Maxime, non habeat.

In the second place we are to consider, that God, for the better settling of piety and honesty among men, and the repressing of prophaneness and other vices, hath established two distinct powers upon earth: the one of the keys, committed to the Church; the other of the sword, committed to the civil magistrate. That of the keys is ordained to work upon the inner man; having immediate relation to the remitting[c] or retaining of sins. That of the sword is appointed to work upon the outward man; yielding protection to the obedient, and inflicting external punishment upon the rebellious and disobedient. By the former, the spiritual officers of the Church of Christ are enabled to "govern[d] well," to "speak[e] and exhort" and "rebuke with all authority;" to "loose[f]" such as are penitent, to commit others unto the Lord's prison, until their

[a] 1 Pet. chap. 2. ver. 13, 14.
[b] Martial, lib. 2. epigr. 18.
[c] John, chap. 20. ver. 23.
[d] 1 Tim. chap. 5. ver. 17.
[e] Tit. chap. 2. ver. 15.
[f] Mat. chap. 16. ver. 19. and chap. 18. ver. 18.

amendment, or to bind them over unto the judgment of the great day, if they shall persist in their wilfulness and obstinacy. By the other, princes have an imperious power assigned by God unto them, for the defence of such as do well, and executing "revenge[g] and wrath" upon such as do evil; whether "by[h] death or banishment, or confiscation of goods, or imprisonment," according to the quality of the offence.

When St. Peter, that had the keys committed unto him, made bold to draw the sword, he was commanded to put[i] it up; as a weapon that he had no authority to meddle withal. And on the other side, when Uzziah the king would venture upon the execution of the priest's office, it was said unto him, "It[k] pertaineth not unto thee, Uzziah, to burn incense unto the Lord; but to the priests the sons of Aaron, that are consecrated to burn incense." Let this therefore be our second conclusion: that the powers of the sword and of the keys are two distinct ordinances of God; and that the prince hath no more authority to enter upon the execution of any part of the priest's function, than the priest hath to intrude upon any part of the office of the prince.

In the third place we are to observe, that the power of the civil sword, the supreme managing whereof belongeth to the king alone, is not to be restrained unto temporal causes only; but is by God's ordinance to be extended likewise unto all spiritual or ecclesiastical things and causes: that, as the spiritual rulers of the Church do exercise their kind of government, in bringing men unto obedience, not of the duties of the first table alone, which concerneth piety and the religious service which man is bound to perform unto his Creator, but also of the second, which respecteth moral honesty, and the offices that man doth owe unto man, so the civil magistrate is to use his authority also in redressing the abuses committed against the first table, as well as against the second: that is to

[g] Rom. chap. 13. ver. 4.
[h] Ezra, chap. 7. ver. 26.
[i] Matt. chap. 26. ver. 52.
[k] 2 Chron. chap. 26. ver. 18.

say, as well in punishing of an heretic, or an idolater, or a blasphemer, as of a thief, or a murderer, or a traitor; and in providing by all good means, that such as live under his government "may[l] lead a quiet and peaceable life" in all piety and honesty.

And howsoever by this means we make both prince and priest to be in their several places custodes utriusque tabulæ, keepers of both God's tables: yet do we not hereby any way confound both of their offices together. For though the matter wherein their government is exercised may be the same, yet is the form and manner of governing therein always different: the one reaching to the outward man only, the other to the inward: the one binding or loosing the soul, the other laying hold on the body and the things belonging thereunto; the one having special reference to the judgment of the world to come, the other respecting the present retaining or losing of some of the comforts of this life.

That there is such a civil[m] government as this in causes spiritual or ecclesiastical, no man of judgment can deny. For must not heresy (for example) be acknowledged to be a cause merely spiritual or ecclesiastical? and yet by what power is an heretic put to death? The officers of the Church have no authority to take away the life of any man: it must be done therefore *per brachium seculare;* and consequently it must be yielded without contradiction, that the temporal magistrate doth exercise therein a part of his civil government, in punishing a crime, that is of its own nature spiritual or ecc esiastical.

But here it will be said, the words of the oath being general, that the king is "the only supreme governor of this realm and of all other his highness's dominions and countries;" how may it appear that the power of the

[l] I Tim. chap. 2. ver. 2.

[m] As on the other side, that a spiritual or ecclesiastical government is exercised in causes civil or temporal. For is not excommunication a main part of ecclesiastical government, and forest laws a special branch of causes temporal? yet we see in Sententia lata super chartas, anno 12. R. H. 3. that the bishops of England pronounce a solemn sentence of excommunication against the infringers of the liberties contained in Charta de Foresta.

civil sword only is meant by that government, and that the power of the keys is not comprehended therein? I answer: first, that, where a civil magistrate is affirmed to be the governor of his own dominions and countries, by common intendment this must needs be understood of a civil government, and may in no reason be extended to that which is merely of another kind. Secondly I say, that, where an ambiguity is conceived to be in any part of an oath, it ought to be taken according to the understanding of him for whose satisfaction the oath was ministered. Now in this case, it hath been sufficiently declared by public authority, that no other thing is meant by the government here mentioned. but that of the civil sword only.

For in the book of articles, agreed upon by the archbishops and bishops and the whole clergy, in the convocation holden at London anno 1562, thus we read: "Where we attribute to the queen's majesty the chief government, by which titles we understand the minds of some slanderous folks to be offended, we give not to our princes the ministering either of God's word or of the sacraments; the which thing the injunctions also lately set forth by Elizabeth our queen do most plainly testify: but that only prerogative, which we see to have been given always to all godly princes in holy scriptures by God himself; that is, that they should rule all estates and degrees committed to their charge by God, whether they be ecclesiastical or temporal, and restrain with the civil sword the stubborn and evil doers."

If it be here objected that the authority of the convocation is not a sufficient ground for the exposition of that which was enacted in parliament; I answer, that these articles stand confirmed, not only by the royal assent of the prince (for the establishing of whose supremacy the oath was framed), but also by a special act of parliament; which is to be found among the statutes in the thirteenth year of queen Elizabeth, chapter 12. Seeing therefore the makers of the law have full authority to expound the law; and they have sufficiently manifested, that by the supreme government given to the prince they understand that kind of government only, which is exercised with the civil sword: I conclude that nothing can be more plain than this; that, without all scruple of conscience, the king's majesty may be acknowledged in this sense to be the only supreme governor of all his highness's dominions and countries, as well in all spiritual or ecclesiastical things or causes, as temporal. And so have I cleared the first main branch of the oath.

I come now unto the second; which is propounded negatively: that "no foreign prince, person, prelate, state or potentate, hath or ought to have any jurisdiction, power, superiority, preeminence or authority, ecclesiastical or spiritual, within this realm." The foreigner, that challengeth this ecclesiastical or spiritual jurisdiction over us, is the bishop of Rome; and the title, whereby he claimeth this power over us, is the same whereby he claimeth it over the whole world, because he is St. Peter's successor, forsooth. And indeed, if St. Peter himself had been now alive, I should freely confess, that he ought to have spiritual authority and superiority within this kingdom. But so would I say also, if St. Andrew, St. Bartholomew, St. Thomas, or any of the other apostles had been alive. For I know that their commission was very large; to "go[n] into all the world, and to preach the Gospel unto every creature." So that in what part of the world soever they lived, they could not be said to be out of their charge; their apostleship being a kind of an universal bishoprick. If therefore the bishop of Rome can prove himself to be one of this rank, the oath must be amended; and we must acknowledge that he hath ecclesiastical authority within this realm.

True it is, that our lawyers, in their year-books, by the name of the apostle do usually design the pope. But if they had examined his title to that apostleship, as they would try an ordinary man's title to a piece of land, they might easily have found a number of flaws and main defects therein. For first it would be inquired, Whether the apostleship was not ordained by our Saviour Christ as a

[n] Mark, chap. 16. ver. 15.

special commission; which, being personal only, was to determine with the death of the first apostles. For howsoever at their first entry into the execution of this commission, we find that Matthias[o] was admitted to the apostleship in the room of Judas, yet afterwards, when James the brother of John was slain by Herod, we do not read that any other was substituted in his place. Nay, we know that the apostles generally left no successors in this kind: neither did any of the bishops (he of Rome only excepted), that sat in those famous churches wherein the apostles exercised their ministry, challenge an apostleship or an universal bishoprick, by virtue of that succession.

It would secondly therefore be inquired, What sound evidence they can produce, to shew that one of the company was to hold the apostleship as it were in fee, for him and his successors for ever; and that the other eleven should hold the same for term of life only. Thirdly, if this state of perpetuity was to be cast upon one, how came it to fall upon St. Peter, rather than upon St. John; who outlived all the rest of his fellows, and so as a surviving feoffee, had the fairest right to retain the same in himself and his successors for ever? Fourthly, if that state were wholly settled upon St. Peter, seeing the Romanists themselves acknowledge that he was bishop of Antioch before he was bishop of Rome; we require them to shew, why so great an inheritance as this should descend unto the younger brother (as it were by borough-english) rather than to the elder, according to the ordinary manner of descents. Especially seeing Rome hath little else to allege for this preferment, but only that St. Peter was crucified in it: which was a very slender reason to move the apostle so to respect it. Seeing therefore the grounds of this great claim of the bishop of Rome appear to be so vain and frivolous, I may safely conclude, that he ought to have no ecclesiastical or spiritual authority within this realm: which is the principal point contained in the second part of the oath.

[o] Acts, chap. 1. ver. 25, 26.

A BRIEF
DECLARATION OF THE UNIVERSALITY
OF THE
CHURCH OF CHRIST,
AND THE
UNITY OF THE CATHOLIC FAITH PROFESSED THEREIN:
DELIVERED IN A SERMON

BEFORE THE KING'S MAJESTY, THE 20TH OF JUNE, 1624, AT WANSTED.

FIRST PRINTED IN 1624.

A SERMON,

&c. &c.

Ephes. Chap. 4. Ver. 13.

TILL WE ALL COME IN THE UNITY OF THE FAITH, AND OF THE KNOWLEDGE OF THE SON OF GOD, UNTO A PERFECT MAN, UNTO THE MEASURE OF THE STATURE OF THE FULNESS OF CHRIST.

When the Lord's ark was to set forward, the form of prayer used by Moses was, "Rise[a] up, Lord, and let thine enemies be scattered; and let them that hate thee flee before thee." The sweet psalmist of Israel, framing his descant to this ground, beginneth the psalm, which he prepared to be sung at the removing of the ark, after the same manner: "Let[b] God arise: let his enemies be scattered: let them also that hate him flee before him:" and then goeth on, till at length he hath raised his note unto his full height: "Thou[c] hast ascended on high: thou hast led captivity captive: thou hast received gifts for men." Which being by our apostle, in this[d] chapter, interpreted of the ascension of our Saviour Christ into heaven, and made the very spring from whence the matter of my present text is derived, leadeth us to the just application of

[a] Num. chap. 10. ver. 35.
[b] Psal. 68. ver. 1.
[c] Psal. 68. ver. 18.
[d] Ephes. chap. 4. ver. 8, 10.

the type to the truth, and putteth us in mind that the removing of the ark, which gave occasion to the penning of this psalm, was an adumbration of our Saviour's removal from the earth to heaven; and that by this absence of his we are no losers, but gainers, seeing he is ascended up on high, both to triumph over his and our foes, "he led captivity captive;" and to confer benefits upon his friends "he gave gifts unto men."

The ark[e] of the covenant, we know, was appointed to be a figure of Jesus[f] the Mediator of the new covenant: the great King, Prophet, and Priest of his Church. Therefore was it ordered, that the ark should have "a[g] crown of gold about it:" than which what could be more fit to set forth the state of our King? for thus "we[h] see Jesus crowned with glory and honour." Upon the ark stood the propitiatory or mercy-seat, whence God did use to deliver his oracles from betwixt the cherubins: than which what more lively representation could there be of the prophetical office of our Saviour? of whom it is written, "God[i] hath in these last days spoken unto us by his Son." The ark had both the rod and the tables of the law, by God's appointment placed within it: than which what could be more apt to express the satisfaction, which our High Priest was to make unto his Father's justice, as well by his passive as by his active obedience? for, as he felt the stroke of the rod for us, that, "the[k] chastisement of our peace being laid upon him, with his stripes we might be healed;" so "it[l] behoved him also to fulfil the law and all righteousness;" that so he might be "the[m] end of the law for righteousness to every one that believeth." The letter of the law being not more certainly to be found within the ark, than the accomplishment thereof within him: according to that which he spake by the holy proph-

[e] Heb. chap. 9. ver. 4.
[f] Ibid. chap. 12. ver. 24.
[g] Exod. chap. 37. ver. 2.
[h] Heb. chap. 2. ver. 9.
[i] Heb. chap. 1. ver. 2.
[k] Isa. chap. 53. ver. 5.
[l] Matt. chap. 3. ver. 15. and chap. 5. ver. 17.
[m] Rom. chap. 10. ver. 4.

et, "In[n] the volume of the book it is written of me, that I should do thy will, O God: yea, thy law is within my heart."

The ark had many removes from place to place, whilst it sojourned in the tabernacle: but was brought up at last into the temple, there to dwell upon God's holy hill; the place of which He himself had said, "This[o] is my rest for ever; here will I dwell, for I have a delight therein." Where, at first entry, king Solomon stood ready to entertain him with this welcome, "Arise[p], O Lord God, into thy resting-place, thou, and the ark of thy strength: let thy priests, O Lord God, be clothed with salvation: and let thy saints rejoice in goodness." Our blessed Saviour in the days of his flesh had no resting-place, but continually "went[q] about doing good:" until at length "he[r] was received up into heaven, and sat on the right hand of God." For when he had ended his progress upon earth, and "finished[s] there that work which his Father had given him to do;" he "left[t] the world, and went to his Father;" making his last remove unto the high court of heaven, where he is to reside "until[u] the time of the restitution of all things." "The[w] temple of GOD was opened in heaven, and there was seen in his temple the ark of his testament;" saith St. John in the Apocalypse. If we look to the corporal presence of our Saviour, in the temple of heaven must this ark be sought for; in no other place is it to be found: but if we look to the virtue coming from him, by the operation of his word and Spirit; so we shall find him in his temple upon earth, present with us, "always[x], even unto the end of the world:" for these were the gifts that, when he ascended into heaven, he did bestow upon men.

[n] Psal. 40. ver. 7, 8. Heb. chap. 10. ver. 7.
[o] Psal. 132. ver. 14. and 68. ver. 16.
[p] Psal. 132. ver. 8, 9, 16. 2 Chron. chap. 6. ver. 41.
[q] Acts, chap. 10. ver. 38. [r] Mark, chap. 16. ver. 19.
[s] John. chap. 17. ver. 4.
[t] John, chap. 16. ver. 28. and chap. 19. ver. 30.
[u] Acts, chap. 3. ver. 21. [w] Rev. chap. 11. ver. 19.
[x] Matt. chap. 28. ver. 20.

This the prophet layeth down thus; "Thou[y] hast ascended up on high: thou hast received gifts for men." The apostle citeth it thus: "when[z] he ascended up on high, he gave gifts unto men." The reconciliation is easy: he received those gifts, not to retain them with himself, but to distribute them for the behoof of his Church. So for the Spirit, St. Peter teacheth us, "Therefore[a] being by the right hand of God exalted;" there is his ascending up on high: "and having received of the Father the promise of the holy Ghost," there is his receiving: "he hath shed forth this which ye now see and hear," there is his giving of this gift unto men. And for the ministry of the word, he himself intimateth as much in his commission given to the apostles; "All[b] power is given unto me in heaven and in earth," there he receiveth: "go ye therefore, and teach all nations," there he giveth this gift unto men: "he[c] gave some apostles, and some prophets, and some evangelists, and some pastors and teachers, for the perfecting of the saints:" saith our apostle here. That herein also that might be fulfilled, which we heard to have been uttered, when the ark was brought to his resting-place: "Let[d] thy priests, O Lord God, be clothed with salvation, and let thy saints rejoice in goodness."

The work of the ministry, how meanly soever it be esteemed in the world, yet, in the estimation of our Saviour Christ, was one of the choicest gifts that, in this solemnity of his triumphant ascending[e] up far above all heavens, he thought fit to bestow upon his Church here upon earth: as that which tended both to the "perfecting[f] of the saints," and to "the edifying of his own Body." For, as it hath pleased the Father "that[g] in him all fulness should dwell:" so the Son is also pleased not to hold it any disparagement, that *his*[h] *Body*, the Church, should

[y] Psal. 68. ver. 18.
[z] Ephes. chap. 4. ver. 8.
[a] Acts, chap. 2. ver. 33.
[b] Matt. chap. 28. ver. 18, 19.
[c] Ephes. chap. 4. ver. 11, 12.
[d] 2 Chron. chap. 16. ver. 41. Psal. 132. ver. 9, 16.
[e] Ephes. chap. 4. ver. 10.
[f] Ibid. ver. 12.
[g] Col. chap. 1. ver. 19.
[h] Ephes. chap. 1. ver. 23.

be accounted "the fulness of him that filleth all in all." That, howsoever in himself he be most absolutely and perfectly complete, yet is his Church so nearly conjoined unto him, that he holdeth not himself full without it: but, as long as any one member remaineth yet ungathered and unknit unto this mystical body of his, he accounteth, in the mean time, somewhat to be deficicnt in himself. And therefore our apostle having, in the words immediately going before this text, declared, that the ministry was instituted "for the edifying of the Body of Christ;" addeth presently, "till we all come, in the unity of the faith, and of the knowledge of the Son of GOD, unto a perfect man, unto the measure of the stature of the fulness of Christ."

In which words we may observe as well the matter of this building, "we all," as the structure of it; and further also consider in the structure, first, the laying of the foundation, "in the unity of the faith, and of the knowledge of the Son of God;" secondly, the bringing of the work to perfection, and the raising of it to his just height, "unto a perfect man, unto the measure of the stature of the fulness of Christ."

The matter then of this spiritual edifice (that we may begin with that) are We ourselves. "Ye[i] also, as lively stones, are built up a spiritual house;" saith St. Peter. To this St. Paul doth here add a note of universality, *We All;* as suiting best with the nature of the catholic or universal Church, which is that Body of Christ, of the edifying whereof he here treateth: of which therefore he telleth us more plainly in another place, that "by[k] one Spirit we are all baptized into one Body, whether we be Jews or gentiles, whether we be bond or free." For the catholic Church is not to be sought for in any one angle or quarter of the world: but among "all[l] that in every place call upon the name of Jesus Christ our Lord, both their's and our's." Therefore to their Lord and our's was

[i] 1 Peter, chap. 2. ver. 5.

[k] 1 Cor. chap. 12. ver. 13.

[l] 1 Cor. chap. 1. ver. 2.

it said; "Ask[m] of me, and I will give thee the heathen for thine inheritance, and the uttermost parts of the earth for thy possession;" and to this mystical Body, the catholic Church, accordingly, "I[n] will bring thy seed from the east, and gather thee from the west: I will say to the north, give up; and to the south, keep not back: bring my sons from far, and my daughters from the ends of the earth; even every one that is called by my name."

Thus must we conceive of the catholic Church, as of one entire body, made up by the collection and aggregation of all the faithful unto the unity thereof: from which union there ariseth unto every one of them such a relation to, and a dependance upon the Church catholic, as parts use to have in respect of their whole. Whereupon it followeth, that neither particular persons, nor particular churches, are to work as several divided bodies by themselves, which is the ground of all schism; but are to teach, and to be taught, and to do all other Christian duties, as parts conjoined unto the whole, and members of the same commonwealth or corporation; and therefore the bishops of the ancient church, though they had the government of particular congregations only committed unto them, yet in regard of this communion which they held with the universal, did usually take to themselves the title of bishops of the catholic Church. Which maketh strongly as well against the new separatists, as the old Donatists: who either hold it a thing not[o] much material, so they profess the faith of Christ, whether they do it in the catholic communion or out of it; or else, which is worse, dote so much upon the perfection of their own part, that they refuse to join in fellowship with the rest of the body of Christians; as if they themselves were the only people

[m] Psal. 2. ver. 8. [n] Isa. chap. 43. ver. 5, 6, 7.

[o] Augustin. ep. 93. op. tom. pag. 238. "Quam multi nihil interesse credentes in qua quisque parte Christianus sit; ideo permanebant in parte Donati, quia ibi nati erant, et eos inde discedere, atque ad catholicam nemo transire cogebat." Et paulo post. "Putabamus quidem nihil interesse ubi fidem Christi teneremus: sed gratias Domino, qui nos a divisione collegit, et hoc uni Deo congruere, ut in unitate colatur, ostendit."

of God, and all wisdom must live and die with them and their generation.

And herein, of all others, do our Romanists most fearfully offend; as being the authors of the most cruel schism, that ever hath been seen in the Church of God. Those infamous schisms of the Novatians and Donatists were but petty rents, in comparison of this huge rupture, which hath pulled asunder east and west, north and south; and grown to such a head at home, that in our western parts, where this faction was so prevalent, it hath for divers ages past been esteemed catholic. In the seventeenth of the Revelation we have a *Woman* described unto us, sitting upon "seven mountains," and upon "many waters." The woman is there expounded to be "that[p] great city which reigneth over the kings of the earth." The seven mountains, upon which that city sat, needed not to be expounded: every child knew what was meant thereby. The waters are interpreted "peoples[q], and multitudes, and nations, and tongues." Which is that very universality and catholicism, that the Romanists are wont so much to brag of. For this woman is the particular Church of Rome, the city-church; which they call the mother-church, the Holy Ghost stileth "the[r] mother of harlots and abominations of the earth." Those "peoples, and multitudes, and nations, and tongues," are such as this proud city reigneth over: the catholic-Roman Church they are commonly called by themselves; but by the Holy Ghost, "the[s] beast upon which the woman sitteth."

This woman is the head of the faction, and the very mother of this schism: the beast, that is to say, they that suffer themselves to be thus ridden by her, are her abettors and supporters in it. For the particular Church of Rome, not being content to be a fellow-member with the rest of the Churches of Christ, and to have a joint dependance with them upon the whole body of the Church catho-

[p] Rev. chap. 17. ver. 18.
[q] Ibid. ver. 15.
[r] Rev. chap. 17. ver. 5.
[s] Ibid. ver. 3, and 7.

lic, "which[t] is the mother of us all," will needs go out of her rank; and, scorning any longer to be accounted one of the branches of the catholic Church, would fain be acknowledged to be the root of it: so that now all other Churches must hold their dependance upon it, or otherwise be cast forth as withered branches, which are fit only to be thrown into the fire, and burned. The wisdom of God foresaw this insolency long beforehand: and therefore caused a caveat to be entered against it, even in that epistle which was specially directed to the Church of Rome itself. The words are plain enough; "If[u] thou boast, thou bearest not the root, but the root thee." The Church of Rome therefore must know, that she is no more a root to bear up other Churches, than other Churches are to bear up her: she may not go beyond her line, and boast herself to be the root of the catholic Church; but be contented to be borne herself by the root, as well as other particular Churches are. For a stream to sever itself from the common fountain, that it may be counted a fountain itself, without dependance upon any other, is the next way to make an end of it, and dry it up. The Church of Rome may do well to think of this, and leave off her vain boasting, "I[w] sit a queen, and am no widow, and shall see no sorrow." Other Churches may fail, and the gates of hell may prevail against them: but it cannot fall out so with me. Whereas she might remember, that they were Romans, unto whom the apostle so long since gave this admonition; "Be[x] not high-minded, but fear. For, if God spared not the natural branches, take heed lest he also spare not thee. Behold therefore the goodness and severity of God: on them which fell, severity, but towards thee, goodness, if thou continue in his goodness: otherwise *thou also shalt be cut off*."

The Romans therefore by their pride may get a fall, as well as others; and the Church of Rome by infidelity may be cut off, as well as any other congregation: and yet the

[t] Gal. chap. 4. ver. 26.
[u] Rom. chap. 11. ver. 18.
[w] Rev. chap. 18. ver. 7.
[x] Rom. chap. 11. ver. 20, 21, 22.

catholic Church subsist for all that; as having for her foundation neither Rome, nor Rome's bishop, but Jesus Christ the Son of the living God. And yet this proud dame and her daughters, the particular Church of Rome I mean, and that which they call the catholic Roman (or the faction rather that prevaileth in them both), have in these latter ages confined the whole Church of Christ within themselves, and excluded all others that were not under the Roman obedience, as aliens from the common-wealth of Israel, and strangers from the covenants of promise. The Donatists were cried out against by our forefathers, for shutting up the Church within the parts of the south; and rejecting all others that held not correspondency with that patch of theirs: and could they think well then of them, that should conclude the Church within the western parts of the world, and exclude all other Christians from the Body of Christ, that held by the same root there that they did? It is a strange thing to me, that wise men should make such large discourses of the catholic Church, and bring so many testimonies to prove the universality of it, and not discern, that, while by this means they think they have gotten a great victory over us, they have in very truth overthrown themselves: for, when it cometh to the point, instead of the catholic Church which consisteth of the communion of all nations, they obtrude their own piece unto us: circumscribing the Church of Christ within the precincts of the Romish jurisdiction, and leaving all the world beside to the power of Satan; for with them it is a resolved case, that "to[y] every creature it is altogether of necessity to salvation, to be subject to the Roman bishop."

What must then become of the poor Moscovites and Grecians, to say nothing of the reformed churches, in Europe? What of the Ægyptian and Æthiopian churches in Africa? What of the great companies of Christians scattered over

[y] Subesse Romano pontifici omni humanæ creaturæ declaramus, dicimus, definimus, et pronunciamus, omnino esse de necessitate salutis. Bonif. VIII. in extravag. De majoritate et obedientia, cap. Unam sanctam.

all Asia, even from Constantinople unto the East Indies; which have and still do endure more afflictions and pressures for the name of Christ, than they have ever done, that would be accounted the only friends of Christ? Must these, because they are not the pope's subjects, be therefore denied to be Christ's subjects? Because they are not under the obedience of the Roman Church, do they thereupon forfeit the estate which they claim in the catholic Church, out of which there is no salvation? Must we give all these for gone, and conclude, that they are certainly damned? They who talk so much of the catholic Church, but indeed stand for their own particular, must of force sink as low in uncharitableness, as they have thrust themselves deep in schism: we who talk less of the universality of the Church, but hold the truth of it, cannot find in our hearts to pass such a bloody sentence upon so many poor souls, that have given their names to Christ. He, whose pleasure it was to spread the Church's seed so far, said to east, west, north, and south, Give: it is not for us then to say, Keep back. He hath given to his Son "the heathen for his inheritance, and the uttermost parts of the earth for his possession:" we for our parts dare not abridge this grant, and limit this great lordship, as we conceive it may best fit our own turns; but leave it to his own latitude: and seek for the catholic Church neither in this part nor in that piece, but, as it hath been before said in the words of the apostle, among "all[z] that in every place call upon the name of Jesus Christ our Lord, both their's and our's."

Yea, but how can this be, will some say, seeing the catholic Church is but one: and the principal reason, for which it is accounted one, is "the[a] unity of the faith" professed therein? How then can this unity of faith be preserved in all places, if one special church be not set as a mistress over all the rest; and one chief bishop appointed for a master over all others, by whom in matters

[z] 1 Cor. chap. 1. ver. 2.

[a] Ecclesia ex pluribus personis congregatur: et tamen una dicitur, propter unitatem fidei. Hieron. (si modo is horum commentariorum author) in Psal. 23.

of faith every one must be ruled? And out of such different professions, as are to be found among the divided Christians in those several parts of the world, how can there be fit matter drawn for the making up of one universal Church? To this I answer, and so pass from the matter of the building to the structure, that it is most true indeed, that in the Church there is "one[b] Lord, one faith, one baptism:" for so we are taught by the apostle in this chapter. But yet, in the first place, it is to be considered, that this unity of the faith must be compassed by such means, as God hath ordained for the procuring of it, and not by any politic tricks of man's devising. Now for the bringing of us all to this "unity of the faith," the apostle here telleth us, that Christ "gave[c] some apostles, and some prophets, and some evangelists, and some pastors and teachers." If he had thought that the maintenance of this unity did depend upon the singularity of any one apostle, or pastor, or teacher: is it to be imagined, that he would have overslipped such a singular person (even in that very place where, of all others, his presence was most requisite) and run altogether, as he doth, upon the plural number?

That the multitude of teachers dispersed over the world, without any such dependency or correspondency, should agree together in laying the foundations of the same faith, is a special work of God's Spirit. And it is "the[d] unity of the Spirit," which the apostle here speaketh of, and exhorteth us to "keep in the bond of peace." Whereas the unity, of which our adversaries boast so much (which is nothing else but a wilful suffering of themselves to be led blindfold by one man, who commonly is more blind than many of themselves), is no fruit of the Spirit, but of mere carnal policy: and may serve peradventure for a bond of peace betwixt themselves and their own party, such as the[e] priests of Antichrist were to have, and as many as would be content to yield themselves to the

[b] Ephes. chap. 4. ver. 5. [c] Ibid. ver. 11.

[d] Ephes. chap. 4. ver. 3.

[e] Pace sua, id est, impietatis suæ unitate se jactant; agentes se non ut Christi episcopos, sed ut antichristi sacerdotes. Hilar. contr. Auxentium.

conduct of such a commander; but hath proved the greatest block that ever stood in the way, for giving impediment to the peace and unity of the universal Church, which here we look after. And therefore Nilus, archbishop of Thessalonica, entering into the consideration of the original ground of that long continued schism, whereby the west standeth as yet divided from the east, and the Latin churches from the Greek, wrote a whole book purposely of this argument; wherein he sheweth, "that[f] there is no other cause to be assigned of this distraction, but that the pope will not permit the cognizance of the controversy unto a general council, but will needs sit himself as the alone teacher of the point in question, and have others hearken unto him as if they were his scholars: and that this is contrary both to the ordinances and the practice of the apostles and the fathers." Neither indeed is there any hope, that ever we shall see a general peace, for matters of religion, settled in the Christian world, as long as this supercilious master shall be suffered to keep this rule in God's house: how much soever he be magnified by his own disciples, and made the only foundation upon which the unity of the catholic Church dependeth.

Now in the next place, for the further opening of the unity of the faith, we are to call unto mind the distinction which the apostle maketh betwixt "the[g] foundation," and that which is builded thereupon: betwixt "the[h] principles of the doctrine of Christ," and that which he calleth perfection. The "unity of the faith and of the knowledge of the Son of God," here spoken of, hath reference, as we heard, to the foundation: as that which followeth of "a perfect man, and the measure of the stature of the fulness of Christ," to the superstruction and perfection. In the

[f] Λόγος ἀποδεικνὺς μὴ ἄλλο τὶ τὸ τῆς διαστάσεως τῆς Λατίνων ἐκκλησίας καὶ ἡμῶν μέχρι τοῦ παρόντος, αἴτιον εἶναι ἢ τὸ μὴ βούλεσθαι τὸν Πάπον οἰκουμενίκῳ συνόδῳ τὴν τοῦ ἀμφισβητημένου διάγνωσιν ἐπιτρέψαι. ἀλλ' αὐτὸν μόνον διδάσκαλον ἐθέλειν τοῦ ζητουμένου καθέζεσθαι, τοὺς δὲ ἄλλους, ἐν μαθητῶν μοίρᾳ ὑπακούοντας ἔχειν, καὶ ὅτι τὸ τοιοῦτον ἀλλότριον τῶν ἀποστολικῶν καὶ πατρικῶν νόμων καὶ πράξεων.

[g] 1 Cor. chap. 3. ver. 10, 11, 12.   [h] Heb. chap. 6. ver. 1.

former there is a general unity among all true believers: in the latter, a great deal of variety; there being several degrees of perfection to be found in several persons, "according[i] to the measure of the gift of Christ." So we see in a material building, that still there is but one foundation, though great disparity be observed in sundry parts of the superstruction: some rooms are high, some low, some dark, some lightsome, some more substantially, some more slightly builded, and in tract of time some prove more ruinous than others; yet all of them belong to one building, as long as they hold together, and stand upon the same foundation. And even thus is it in the spiritual building also; whether we respect the practical part of Christianity, or the intellectual.

In the practical we see wonderful great difference betwixt Christian and Christian: some by God's mercy attain to a higher measure of perfection, and keep themselves unspotted from the common corruptions of the world; others watch not so carefully over their ways, and lead not such strict lives, but are oftentimes overtaken and fall foully: that he, who looketh upon the one and the other, would hardly think that one heaven should receive them both. But although the one doth so far outstrip the other in the practice of new obedience, which is the Christian man's race, yet are there certain fundamental principles, in which they both concur; as a[k] desire to fear God's name, repentance[l] for sins past, and a sincere purpose[m] of heart for the time to come to cleave unto the Lord. Which whosoever hath, is under mercy, and may not be excluded from the communion of saints. In like manner for the intellectual part: the "first[n] principles of the oracles of God," as the apostle calleth them, hold the place of the common foundation, in which all Christians must be grounded: although some be "babes[o]," and for further knowledge are "unskilful in the word of righteousness;"

[i] Ephes. chap. 4. ver. 7. [k] Neh. chap. 1. ver. 11.
[l] Luke, chap. 13. ver. 3, 5. Heb. chap. 6. ver. 1.
[m] Acts, chap. 11. ver. 23. [n] Heb. chap. 5. ver. 12.
[o] Heb. chap. 5. ver. 13, 14.

other some are of "perfect age, who by reason of use have their senses exercised to discern both good and evil."

The oracles of God contain abundance of matter in them, and whatsoever is found in them is a fit object for faith to apprehend: but that all Christians should uniformly agree, in the profession of all those truths that are revealed there, is a thing that rather may be wished, than ever hoped for. Yet the variety of men's judgments, in those many points that belong to theological faith, doth not dissolve the unity which they hold together in the fundamental principles of the catholic faith. The unity of the faith commended here is a catholic unity; and such as every true Christian attaineth unto. "Till we *all* come in the unity of the faith," saith the apostle. As there is a "common[p] salvation," so is there a "common[q] faith;" which is "alike[r] precious" in the highest apostle and the meanest believer. For we may not think that heaven was prepared for deep clerks only: and therefore, beside that larger measure of knowledge, whereof all are not capable, there must be "a[s] rule of faith common to small and great;" which as it must consist but of few propositions, for simple men cannot bear away many, so is it also requisite, that those articles should be of so much weight and moment, that they may be sufficient to make a man wise unto salvation: that, howsoever in other points learned men may go beyond common Christians, and exceed one another likewise by many degrees, yet, in respect of these radical truths, which is the necessary and common food of all the children of the Church, there is[t] not an unity only, but such a kind of equality also, brought in among all sorts of Christians, as was heretofore among the congregation of the Israelites in the collection of their manna; where

[p] Jude, ver. 3. [q] Tit. chap. 1. ver. 4.

[r] 2 Pet. chap. 1. ver. 1.

[s] Regula fidei, pusillis magnisque communis. Aug. ep. 187. op. tom. 2. pag. 687.

[t] *Μιᾶς γὰρ καὶ τῆς αὐτῆς πίστεως οὔσης οὔτε ὁ πολὺ περὶ αὐτῆς δυνάμενος εἰπεῖν ἐπλεόνασεν, οὔτε ὁ τὸ ὀλίγον ἠλαττόνησε.* Irenæus, lib. 1. cap. 3.

"he[u] that gathered much had nothing over; and he that gathered little had no lack."

If then salvation by believing these common principles may be had, and to salvation none can come that is not first a member of the catholic Church of Christ: it followeth thereupon, that the unity of the faith, generally requisite for the incorporating of Christians into that blessed society, is not to be extended beyond those common principles. Which may further be made manifest unto us by the continual practice of the catholic Church herself, in the matriculation of her children, and the first admittance of them into her communion. For when she prepared her catechumeni for baptism, and by that door received them into the congregation of Christ's flock, we may not think her judgment to have been so weak, that she should omit any thing herein, that was essentially necessary for the making of one a member of the Church. Now the profession, which she required of all that were to receive baptism, was, for the agenda or practical part, an abrenunciation of the devil, the world, and the flesh, with all their sinful works and lusts; and for the credenda, the things to be believed, an acknowledgment of the articles of the creed: which being solemnly done, she then baptized them in this faith; intimating thereby sufficiently that this was that one faith, commended unto her by the apostles; as the other that one baptism, which was appointed to be the sacrament[w] of it.

This creed, though for substance it was the same every where, yet for form was somewhat different; and in some places received more enlargements than in others. The western churches herein applied themselves to the capacities of the meaner sort, more than the eastern did: using in their baptism that shorter form of confession, commonly called the apostles' creed, which in the more ancient times was briefer also than now it is. As we may easily perceive, by comparing the symbol recited by Mar-

[u] Exod. chap. 16. ver. 18.

[w] Sacramentum fidei. Aug. epist. 98.

cellus Ancyranus, in the profession[x] of the faith which he delivered to pope Julius, with the expositions of the apostles' creed written by the Latin doctors: wherein the mention of the Father's being Maker of heaven and earth, the Son's death and descending into hell, and the communion of saints, is wholly omitted. All which, though they were of undoubted verity, yet, for brevity's sake, seem at first to have been omitted in this short sum: because some of them perhaps were not thought to be altogether so necessary for all men, which is Suarez[y] his judgment touching the point of the descent into hell; and some, that were most necessary, either thought to be sufficiently implied in other articles, as that of Christ's death in those of his crucifixion and burial; or thought to be sufficiently manifested by the light of reason, as that of the creation of heaven and earth. For howsoever this, as it is a truth revealed by God's word, becometh an object for faith to apprehend[z], yet it is otherwise also clearly to be understood by the discourse of reason[a]; even as the unity and all the other attributes of the Godhead likewise are. Which therefore may be well referred unto those præcognita, or common principles, which nature may possess the mind withal, before that grace enlighteneth it; and need not necessarily to be inserted into that symbol, which is the badge and cognizance whereby the believer is to be differenced and distinguished from the unbeliever.

The creed, which the eastern churches used in baptism, was larger than this: being either the same or very little different from that which we commonly call the Nicene creed; because the greatest part of it was repeated and confirmed in the first general council held at Nice: where the first draught thereof was presented to the synod by Eusebius, bishop of Cæsarea, with this preamble: "As[b]

[x] Habetur apud Epiphanium in hæres. 72.

[y] Fr. Suarez, tom. 2. in 3. par. Thom. disp. 43. sec. 2.

[z] Heb. chap. 11. ver. 3.

[a] Rom. chap. 1. ver. 20.

[b] *Καθὼς παρελάβομεν παρὰ τῶν πρὸ ἡμῶν ἐπισκόπων, καὶ ἐν τῇ πρώτῃ κατηχήσει, καὶ ὅτε τὸ λουτρὸν ἐλαμβάνομεν, καὶ καθὼς ἀπὸ τῶν θείων γραφῶν μεμαθήκαμεν, καὶ ὡς ἐν τῷ πρεσβυτερίῳ, καὶ ἐν αὐτῇ τῇ*

we have received from the bishops that were before us, both at our first catechizing, and when we received baptism; and as we have learned from the holy Scriptures; and as we have both believed and taught, when we entered into the ministry, and in our bishoprick itself; so believing at this present also, we declare this our faith unto you." To this the Nicene fathers added a more clear explication of the Deity of the Son against the Arian heresy, wherewith the Church was then troubled; professing him to be "begotten, not made," and to be "of one substance with the Father." The second general council, which was assembled fifty-six years after at Constantinople, approving this confession of the faith as "most[c] ancient and agreeable to baptism," enlarged it somewhat, in the article that concerned the Holy Ghost especially, which at that time was most oppugned by the Macedonian heretics. And whereas the Nicene confession proceeded no further, than to the belief which we have in the holy Trinity, the fathers of Constantinople made it up, by adding that which was commonly professed touching the catholic Church and the privileges thereunto belonging. Epiphanius, repeating this creed at large, affirmeth[d] it to have been delivered unto the Church by the apostles. Cassanius[e] avoucheth as much, where he urgeth this against Nestorius, as the creed anciently received in the Church of Antioch, from whence he came. The Roman Church, after the days of Charles the Great, added the article of the procession of the Holy Ghost from the Son unto this symbol; and the council[f] of Trent hath now recommended

ἐπισκοπῇ ἐπιστεύομεν τε καὶ ἐδιδάσκομεν, οὕτω καὶ νῦν πιστεύοντες, τὴν ἡμετέραν πίστιν ὑμῖν προσαναφέρομεν. Euseb. ep. apud Socratem, lib. 1. hist. cap. 8. (al. 5.) et Theodoret. lib. I. cap. 12.

c Πρεσβυτάτην τε ὄυσαν καὶ ἀκόλουθον τῷ βαπτίσματι. Conc. Constant. epis. apud Theod. lib. 5. cap. 9.

d Epiphan. in 'Αγκυρωτ. pag. 518. edit. Græc.

e Jo. Cass. lib. 5. de incarnat. Verbi.

f Concil. Tridentin. (ses. 3.) Symbolum fidei, quo sancta Romana Ecclesia utitur, tanquam principium illud, in quo omnes, qui fidem Christi profitentur, necessario conveniunt, ac fundamentum firmum et unicum, contra quod portæ inferi nunquam prævalebunt, totidem verbis, quibus in omnibus ecclesiis legitur, exprimendum esse censuit.

it unto us, "as that principle in which all that profess the faith of Christ do necessarily agree; and the firm and *only foundation,* against which the gates of hell shall never prevail."

It is a matter confessed therefore by the fathers of Trent themselves, that in the Constantinopolitan creed, or in the Roman creed at the farthest, which differeth nothing from the other, but that it hath added filíoque to the procession of the Holy Ghost, and out of the Nicene creed, Deum de Deo, to the articles that concern the Son, that only foundation and principle of faith is to be found, in the unity whereof all Christians must necessarily agree. Which is otherwise cleared sufficiently, by the constant practice of the apostles and their successors, in the first receiving of men into the society of the Church. For in one of the apostles' ordinary sermons, we see, there was so much matter delivered, as was sufficient to convert men unto the faith, and to make them capable of baptism: and those sermons treated only of the first principles of the doctrine of Christ; upon the receiving whereof, the Church, following the example of the apostles, never did deny baptism unto her catechumeni. In these first principles therefore must the foundation be contained, and that common unity of faith which is required in all the members of the Church.

The foundation then being thus cleared: concerning the superstruction we learn from the apostle, that some "build[g] upon this foundation gold, silver, precious stones, wood, hay, stubble." Some proceed from one degree of wholesome knowledge unto another, increasing the main stock by the addition of those other sacred truths, that are revealed in the word of God: and these build upon the foundation gold, and silver, and precious stones. Others retain the precious foundation, but lay base matter upon it; wood, hay, stubble, and such other either unprofitable or more dangerous stuff: and others go so far, that they overthrow the very foundation itself. The first of these be wise, the second foolish, the third mad builders.

[g] 1 Cor. chap. 3. ver. 12.

When the day of trial cometh, the first man's "work[h] shall abide," and he himself shall receive a reward: the second shall lose his work, but not himself; "he[i] shall suffer loss," saith the apostle, "but he himself shall be saved:" the third shall lose both himself and his work together. And as, in this spiritual structure, very different kinds of materials may be laid upon the same foundation, some sound and some unsound; so, in either of them, there is a great difference to be made betwixt such as are more contiguous to the foundation, and such as be remoter off. The fuller explication of the first principles of faith, and the conclusions deduced from thence, are in the rank of those verities that be more nearly conjoined to the foundation: to which those falsities are answerable on the other side, that grate upon the foundation, and any way endanger it.

For that there be divers degrees both of truths and errors in religion, which necessarily must be distinguished, is a thing acknowledged, not by us alone, but by the learnedest also of our adversaries. "There[k] be some catholic verities," say they, "which do so pertain to faith, that, these being taken away, the faith itself must be taken away also. And these by common use we call not only catholic, but verities of faith also. There are other verities which be catholic also and universal; namely, such as the whole Church holdeth, which yet being overthrown, the faith is shaken indeed, but not overturned. And in the errors that are contrary to such truths as these, the faith is obscured, not extinguished; weakened, not perished." Nevertheless, "though[l] the faith be not alto-

[h] 1 Cor. chap. 3. ver. 14. [i] Ibid. ver. 15.

[k] Quædam sunt catholicæ veritates, quæ ita ad fidem pertinent, ut, his sublatis, fides quoque ipsa tollatur. Quas nos usu frequenti non solum catholicas, sed fidei veritates appellavimus. Aliæ veritates sunt etiam ipsæ catholicæ et universales; nempe quas universa Ecclesia tenet, quibus licet eversis, fides quatitur, sed non evertitur tamen. Atque in hujusmodi veritatum contrariis erroribus, dixi fidem obscurari, non extingui; infirmari, non perire. Has ergo nunquam fidei veritates censui vocandas, quamvis doctrinæ Christianæ veritates sint. Melch. Canus, loc. theolog. lib. 12. cap. 11.

[l] Necessario oportet distinguere alios gradus propositionum, per quas

gether destroyed by them, yet is it evil at ease, and shaken, and as it were disposed to corruption. For, as there be certain hurts of the body, which do not take away the life, but yet a man is the worse for them, and disposed to corruption either in whole or in part; as there be other mortal hurts, which take away the life: so likewise are there certain degrees of propositions, which contain unsound doctrine, although they have not manifest heresy." In a word, the general rule concerning all these superstructions is: that the more near they are to the foundation, of so much greater importance be the truths, and so much more perilous be the errors; as again, the farther they are removed off, the less necessary doth the knowledge of such verities prove to be, and the swerving from the truth less dangerous.

Now from all that hath been said, two great questions may be resolved, which trouble many. The first is: What we may judge of our forefathers, who lived in the communion of the Church of Rome? Whereunto I answer, that we have no reason to think otherwise, but that they lived and died under the mercy of God. For we must distinguish the papacy from the Church wherein it is; as the apostle doth Antichrist[m] from the temple of God, wherein he sitteth. The foundation upon which the Church standeth is that common faith, as we have heard, in the unity whereof all Christians do generally accord. Upon this foundation Antichrist raiseth up his new buildings; and layeth upon it not hay and stubble only, but far more vile and pernicious matter, which wrencheth and disturbeth the very foundation itself. For example: It is a ground of the catholic faith, that Christ was born of the virgin Mary: which in the Scripture is thus explained: "God[n]

etiamsi fides non destruatur omnino, tamen male habet, et quatitur, et quasi disponitur ad corruptionem. Sicut sunt quædam corporum læsiones, quæ non auferunt vitam, sed male habet homo per eas, et disponitur ad corruptionem aut in toto aut in parte; aliæ vero sunt læsiones mortales, quæ vitam eripiunt: ita sunt quidam gradus propositionum, continentes doctrinam non sanam, etiamsi non habeant hæresim manifestam. Dominic. Bannes, in 2dam. 2dæ. quæst. 11. art. 2.

[m] 2 Thess. chap. 2. ver. 4. [n] Gal. chap. 4. ver. 4.

sent forth his Son, made of a woman." This the papacy admitteth for a certain truth: but insinuateth withal, that upon the altar God sendeth forth his Son made of bread. For the transubstantiation, which these men would have us believe, is not an annihilation of the bread, and a substitution of the body of Christ in the stead thereof, but a real conversion of the one into the other: such as they themselves would have esteemed to be a bringing forth of Christ, and a kind of generation of him. For, to omit the wild conceits of Postellus in his book De nativitate Mediatoris ultima, this is the doctrine of their graver divines, as Cornelius a Lapide the Jesuit doth acknowledge in his Roman lectures, that "by[o] the words of consecration truly and really as the bread is transubstantiated, so Christ is produced, and as it were generated upon the altar, in such a powerful and effectual manner that, if Christ as yet had not been incarnate, by these words, *Hoc est corpus meum*, he should be incarnated, and assume an human body." And doth not this new Divinity, think you, shrewdly threaten the ancient foundation of the catholic belief of the incarnation?

Yet such as in the days of our forefathers opposed the popish doctrine of transubstantiation, could allege for themselves, that[p] the faith which they maintained was then preserved among the laity, and so had anciently been preserved. And of mine own knowledge I can testify, that, when I have dealt with some of the common people, that would be counted members of the Roman Church, and demanded of them what they thought of that, which I knew to be the common tenet of their doctors in this point: they not only rejected it with indignation, but wondered also that I should imagine any of their side to

[o] Per verba consecrationis vere et realiter uti transubstantiatur panis, ita producitur et quasi generatur Christus in altari; adeo potenter et efficaciter ut, si Christus necdum esset incarnatus, per hæc verba, *Hoc est corpus meum*, incarnaretur, corpusque humanum assumeret: ut graves theologi docent. Cornelius Cornelii a Lapide, comment. in Esai. cap. 7. ver. 14.

[p] Confitentur alii, quod fides sua, qua astruunt quod panis et vinum remanent post consecrationem in naturis suis, adhuc servatur laicis, et antiquitus servabatur. Jo. Tissington, in confessione contr. Jo. Wicliff. quam MS. habeo.

be so foolish, as to give credit to such a senseless thing. Neither may we account it to have been a small blessing of God unto our ancestors, who lived in that kingdom of darkness, that the ignorance wherein they were bred, freed them from the understanding of those things, which being known might prove so prejudicial to their souls' health. "For[q] there be some things, which it is better for a man to be ignorant of than to know:" and the not[r] knowing of those profundities, which are indeed "the depths of Satan," is to those, that have not the skill to dive into the bottom of such mysteries of iniquity, a good and an happy ignorance.

The ignorance of those principles of the catholic faith, that are absolutely necessary to salvation, is as dangerous a gulf on the other side: but the light of those common truths of Christianity was so great, and so firmly fixed in the minds of those that professed the name of Christ, that it was not possible for the power of darkness to extinguish it, nor the gates of hell to prevail against it. Nay, the very solemn days, which by the ancient institution of the Church were celebrated for the commemoration of the blessed Trinity, the nativity, passion, resurrection, and ascension of our Saviour Christ, did so preserve the memory of these things among the common people; that by the popish[s] doctors themselves it is made an argument of gross and supine ignorance, that any should not have explicate knowledge of those mysteries of Christ, which were thus publicly solemnized in the Church. And, which is the principal point of all, the ordinary instruction appointed to be given unto men upon their death-beds was, that[t] they should look "to come to glory, not by their own merits, but by the virtue and merit of the passion of our Lord Jesus Christ;" that they should "place their

[q] Sunt enim quædam, quæ nescire, quam scire sit melius. Aug. enchirid. ad Laurent. cap. 17. [r] Rev. chap. 2. ver. 24.

[s] Sylvest. in summa, verb. Fides. sec. 6. ex Thom. in 2da. 2dæ. quæst. 2. art. 7.

[t] See my treatise De Christianarum Ecclesiarum successione et statu, cap. 7. sec. 21, 22. pag. 212, 213.

whole confidence in his death only, and in no other thing; and that they should interpose his death between God and their sins, betwixt them and God's anger."

So that, where these things did thus concur in any, as we doubt not but they did in many thousands, the knowledge of the common principles of the faith, the ignorance of such main errors as did endanger the foundation, a godly life, and a faithful death; there we have no cause to make any question, but that God had fitted a subject for his mercy to work upon. And yet, in saying thus, we do nothing less than say, that such as these were papists, either in their life or in their death: members of the Roman Church perhaps they were; but such as by God's goodness were preserved from the mortality of popery that reigned there. For popery itself is nothing else but the botch or the plague of that Church; which hazardeth the souls of those it seizeth upon, as much as any infection can do the body. And therefore, if any one will needs be so foolhardy as to take up his lodging in such a pest-house, after warning given of the present danger; we in our charity may well say, Lord have mercy upon him: but he, in the mean time, hath great cause to fear, that God in his justice will inflict that judgment upon him, which in this case he hath threatened against such as will "not[u] believe the truth, but take pleasure in unrighteousness." And so much may suffice for that question.

The second question, so rife in the mouths of our adversaries, is: Where was your Church before Luther? Whereunto an answer may be returned from the grounds of the solution of the former question; that our Church was even there where now it is. In all places of the world, where the ancient foundations were retained, and these common principles of faith, upon the profession whereof men have ever been wont to be admitted, by baptism, into the Church of Christ: there we doubt not but our Lord had his subjects, and we our fellow-servants. For we bring in no new faith, nor no new church. That which in

[u] 2 Thess. chap. 2. ver. 12.

the time of the ancient fathers was[w] accounted to be truly and properly Catholic, namely, that which was believed *every where, always, and by all:* that in the succeeding ages hath evermore been preserved, and is at this day entirely professed in our Church. And it is well observed by a learned man, who hath written a full discourse of this argument, that, " whatsoever[x] the father of lies either hath attempted or shall attempt, yet neither hath he hitherto effected, nor shall ever bring it to pass hereafter, that this catholic doctrine, ratified by the common consent of Christians always and every where, should be abolished; but that in the thickest mist rather of the most perplexed troubles, it still obtained victory, both in the minds and in the open confession of all Christians, no ways overturned in the foundation thereof: and that in this verity that one Church of Christ was preserved, in the midst of the tempests of the most cruel winter, or in the thickest darkness of her wanings."

Thus if at this day we should take a survey of the several professions of Christianity, that have any large spread in any part of the world, as of the religion of the Roman and the reformed Churches in our quarters, of the Egyptians and Ethiopians in the south, of the Grecians and other Christians in the eastern parts; and should put by the points wherein they did differ one from another, and gather into one body the rest of the articles wherein they all did generally agree; we should find, that in those propositions, which without all controversy are universally received in the whole Christian world, so much truth is

[w] In ipsa catholica Ecclesia magnopere curandum est, ut id teneamus quod ubique, quod semper, quod ab omnibus creditum est: hoc est etenim vere proprieque catholicum. Vincent. Lirin. contr. hæres. cap. 3.

[x] Quicquid vel molitus sit vel moliturus sit mendacii pater, non tamen vel effecisse hactenus vel effecturum posthac, ut hæc doctrina catholica, omnium Christianorum consensu semper et ubique rata, aboleatur: quin potius illam in densissima maxime involutarum perturbationum caligine victricem extitisse, et in animis et in aperta confessione Christianorum omnium; in suis fundamentis nullo modo labefactatam. In illa quoque veritate unam illam Ecclesiam fuisse conservatam in mediis sævissimæ hyemis tempestatibus, vel densissimis tenebris suorum interluniorum. Jo. Serranus, in apparat. ad fidem cathol. edit. Paris. ann. 1607. pag. 172.

contained, as, being joined with holy obedience, may be sufficient to bring a man unto everlasting salvation. Neither have we cause to doubt, but that "as[y] many as do walk according to this rule," neither overthrowing that which they have builded by superinducing any damnable heresies thereupon, nor otherwise vitiating their holy faith with a lewd and wicked conversation, "peace shall be upon them, and mercy, and upon the Israel of GOD."

Now these common principles of the Christian faith, which we call *κοινόπιστα*, or things generally believed of all, as they have universality[z], and antiquity, and consent, concurring with them, which by Vincentius his rule are the special characters of that which is truly and properly catholic; so, for their duration, we are sure that they have still held out, and been kept as the seminary of the catholic Church in the darkest and difficultest times that ever have been: where if the Lord of Hosts had not in his mercy reserved this seed unto us, we should long since "have[a] been as Sodom, and should have been like unto Gomorrah." It cannot be denied indeed, that Satan and his instruments have used their utmost endeavour, either to hide this light from men's eyes by keeping them in gross ignorance, or to deprave it by bringing in pernicious heresies; and that in these latter ages they have much prevailed both ways, as well in the west and north, as in the east and south. Yet far be it, for all this, from any man to think, that "God[b] should so cast away his people," that in those times there should not be left "a remnant according to the election of grace."

The Christian Church was never brought unto a lower ebb, than was the Jewish synagogue in the days of our Saviour Christ: when "the[c] interpreters of the law had taken away the key of knowledge;" and that little knowledge that remained was miserably corrupted, not only with the leaven of the Pharisees, but also with the damn-

[y] Gal. chap. 6. ver. 16.

[z] Universitatem, antiquitatem, consentionem. Vincent. Lirin. contr. hæres. cap. 3.

[a] Isa. chap. I. ver. 9.

[b] Rom. chap. 11. ver. 2, 5.

[c] Luke, chap. 11. ver. 52.

able heresy of the Sadducees. And yet a man at that time might have seen the true servants of God standing together with these men in the selfsame temple: which might well be accounted, as the house of the saints in regard of the one, so a den of thieves in respect of the other. When the pestilent heresy of the Arians had polluted the whole world, the people of Christ were not to be found among them only who made an open secession from that wicked company; but among those also who held external communion with them, and lived under their ministry. Where they so learned the other truths of GOD from them, that they were yet ignorant of their main error; God in his providence so ordering matters, that, as it is noted by St. Hilary[d] "the people of Christ should not perish under the priests of Antichrist."

If you demand then, Where was God's temple all this while? the answer is at hand: there where Antichrist sat. Where was Christ's people? Even under Antichrist's priests: and yet this is no justification at all, either of Antichrist, or of his priests; but a manifestation of God's great power, who is able to uphold his Church, even there "where[e] Satan's throne is." Babylon was an infectious place, and the infection thereof was mortal: and yet God had his people there, whom he preserved from the mortality of that infection. Else, how should he have said: "Come[f] out of her, my people; that ye be not partakers of her sins, and that ye receive not of her plagues." If the place had not been infectious, he should not have needed to forewarn them of the danger wherein they stood, of partaking in her sins; and if the infection had not been mortal, he would not have put them in mind of the plagues that were to follow: and if, in the place thus mortally infected, God had not preserved a people alive unto himself, he could not have said, "Come out of her, my people."

[d] Et hujus quidem usque adhuc impietatis fraude perficitur; ut jam sub Antichristi sacerdotibus Christi populus non occidat. Hilar. contr. Auxentium. op. pag. 1266.

[e] Rev. chap. 2. ver. 13. [f] Ibid. chap. 18. ver. 4.

The enemy indeed had there sown his tares, but sown[g] them in the LORD's field, and among the LORD's wheat. And a field, we know, may so be overgrown[h] with such evil weeds as these, that at the first sight a man would hardly think, that any corn were there at all: even as in the barn itself, the mixture[i] of the chaff with the wheat is sometime such, as afar off a man would imagine that he did see but a heap of chaff, and nothing else. Those worthy husbandmen that in these last six hundred years have taken pains in plucking up those pernicious weeds out of the LORD's field, and severing the chaff from his grain, cannot be rightly said, in doing this, either to have brought in another field, or to have changed the ancient grain. The field is the same; but weeded now, unweeded then: the grain the same; but winnowed now, unwinnowed then. We preach no new faith, but the same catholic faith that ever hath been preached: neither was it any part of our meaning to begin a new Church in these latter days of the world, but to reform the old. A tree that hath the luxurious branches lopped off, and the noxious things that cleave unto it taken away, is not by this pruning and purging of it made another tree than it was before: neither is the Church reformed in our days another Church than that which was deformed in the days of our forefathers; though it hath no agreement, for all that, with popery, which is the pestilence that walked in those times of darkness, and the destruction that now wasteth at noon day.

And thus have I finished that which I had to speak, concerning the unity of the faith: for the further explication whereof the apostle addeth, "and of the knowledge of the Son of God." Wherein we may observe both the nature of this grace, and the object of it. For the former,

g Matt. chap. 13. ver. 24, 25.

h Infelix lolium, et steriles dominantur avenæ.

i Grana cum cœperint triturari, inter paleas jam se non tangunt, ita quasi non se noverunt, quia intercedit palea. Et quicunque longius attendit aream, paleam solummodo putat: nisi diligentius intueatur, nisi manum porrigat, nisi spiritu oris, id est, flatu purgante, discernat, difficile pervenit ad discretionem granorum. August. enarr. in Psal. 25. op. tom. 4. pag. 111.

we see that faith is here described unto us by knowledge: to shew unto us, that knowledge is that thing that is necessarily required in true believing; whereof this may be an argument sufficient, that in matters of faith the Scripture doth use indifferently the terms of knowing and believing. So Job[k], "I know that my Redeemer liveth." John[l], "This is life eternal, that they know thee the only true God, and Jesus Christ whom thou hast sent." Isaiah[m], "By his knowledge shall my righteous servant justify many." As therefore in the fundamental truths of the Christian religion, unity of faith is required among all those that belong to the catholic Church: so in those main grounds likewise there is unity of knowledge generally required, among all that profess the name of Christ.

For some things there be, the knowledge whereof is absolutely necessary, *necessitate*[n] *medii vel finis*, as the schoolmen speak; without which no man may expect, by God's ordinary law, to attain unto the end of his faith, the salvation of his soul. And in these a man may lose himself, not by heresy only, which is a flat denying; but by ignorance also, which is a bare not knowing of them: these things being acknowledged to be so necessary, that, although it lay not in our power to attain thereunto, yet this invincible ignorance should not excuse us from everlasting death. Even as, if there were one only remedy, whereby a sick man could be recovered, and freed from corporal death: suppose the patient and the physician both were ignorant of it, the man must perish, as well not knowing it, as if being brought unto him he had refused it. And therefore in this case it is resolved, that from the explicit

k chap. 19. ver. 25. l chap. 17. ver. 3.

m chap. 53. ver. 11.

n Necessarium necessitate medii appellant theologi illud, quod, ex lege ordinaria Dei, sic ad salutem necessarium est, ut quicunque etiam ob ignorantiam invincibilem, vel quacunque alia de causa, id non fuerit assecutus, is nequeat etiam consequi salutem. Greg. de Valentia, tom. 3. comm. theolog. quæst. 2. punct. 2. col. 299. Illa quæ sunt necessaria necessitate finis, si desint nobis etiam sine culpa nostra, non excusabunt nos ab æterna morte; quamvis non fuerit in nostra potestate illa assequi. Quemadmodum etiam, si non sit nisi unicum remedium, ut aliquis fugiat mortem corporalem, et tale remedium ignoretur et ab

faith[o], and actual knowledge of these things, nothing can excuse but only such an incapacity as is found in infants, naturals, and distracted persons; and that in all others which have the use of reason, although they want the means of instruction, this ignorance is not only perilous, but also damnable.

The danger then of this ignorance being, by the confession of the most judicious divines of both sides, acknowledged to be so great, the woful estate of the poor country wherein I live is much to be lamented, where the people generally are suffered to perish for want of knowledge; the vulgar superstitions of popery not doing them half that hurt, that the ignorance of those common principles of the faith doth, which all true Christians are bound to learn. The consideration whereof hath sometime drawn me to treat with those of the opposite party, and to move them: that, howsoever in other things we did differ one from another, yet we should join together in teaching those main points, the knowledge whereof was so necessary unto salvation; and of the truth whereof there was no controversy betwixt us. But what for the jealousies, which these distractions in matters of religion have bred among us, and what for other respects, the motion took small effect; and so betwixt us both the poor people are kept still in miserable ignorance, neither knowing the grounds of the one religion nor of the other.

Here the case, God be thanked, is far otherwise: where your Majesty's care can never be sufficiently commended, in taking order, that the chief heads of the catechism should, in the ordinary ministry, be diligently propounded and explained unto the people throughout the land.

infirmo et medico; sine dubio peribit homo ille. Dom. Bannes, in 2dam. 2dæ. quæst. 2. art. 8. col. 348.

o Sicut ad legis Christi habitualem fidem omnis viator obligatur sine ulla exceptione: sic ab ejus actuali fide nullus excusatur nisi sola incapacitate, &c. Parvulos autem et furiosos, cæterisque passionibus mente captos, seu alia naturali impossibilitate prohibitos, incapaces voco: etsi non simpliciter, tamen secundum quid; sc. dum his defectibus laborant. Petr. de Alliaco, in quæstione Vesperiarum.

Which I wish were as duly executed every where, as it was piously by you intended. Great scholars possibly may think, that it standeth not so well with their credit, to stoop thus low, and to spend so much of their time in teaching these rudiments and first principles of the doctrine of Christ. But they should consider, that the laying of the foundation skilfully, as it is the matter of the greatest importance in the whole building, so is it the very masterpiece of the wisest builder. "According[p] to the grace of God which is given unto me, as a wise master-builder, I have laid the foundation;" saith the great apostle. And let the learnedest of us all try it whenever we please; we shall find, that to lay this groundwork rightly, that is, to apply ourselves unto the capacity of the common auditory, and to make an ignorant man to understand these mysteries in some good measure, will put us to the trial of our skill, and trouble us a great deal more, than if we were to discuss a controversy, or handle a subtle point of learning in the schools. Yet Christ[q] did give as well his apostles, and prophets, and evangelists, as his ordinary pastors and teachers, to bring us all, both learned and unlearned, unto "the unity of this faith and knowledge:" and the neglecting of this is the frustrating of the whole "work of the ministry." For let us preach never so many sermons unto the people, our labour is but lost, as long as the foundation is unlaid, and the first principles untaught, upon which all other doctrine must be builded.

He therefore that will "study[r] to shew himself approved unto God, a workman that needeth not to be ashamed, dividing the word of God aright;" must have a special care to plant this kingdom both in the minds and in the hearts of them that hear him. I say, in the hearts as well as in the minds: because we may not content ourselves with a bare theorical knowledge, which is an information only of the understanding, and goeth no further than the brain; but we must labour to attain unto

[p] 1 Cor. chap. 3. ver. 10. [q] Ephes. chap. 4. ver. 11.
[r] 2 Tim. chap. 2. ver. 15.

a further degree both of experimental and of practical knowledge, in the things that we have learned. A young man may talk much of the troubles of the world, and a scholar in the university may shew a great deal of wit in making a large declaration upon that argument: but when the same men have afterwards been beaten in the world, they will confess that they spake before they knew not what; and count their former apprehension of these things to be but mere ignorance, in respect of that new learning which now they have bought by dear experience. The tree in Paradise, of which our first parents were forbidden to eat, was called "the[s] tree of knowledge of good and evil:" because it signified unto them, that as now, while they stood upon terms of obedience with their Creator, they knew nothing but good, so at what time soever they did transgress his commandment, they should begin to know evil also, whereof before they had no knowledge: not but that they had an intellecual knowledge of it before (for he that knoweth good cannot be ignorant of that which is contrary unto it, *rectum* being always *index sui et obliqui*); but that till then they never had felt any evil, they never had any experimental knowledge of it. So our apostle in this epistle boweth his knees unto the Father of our Lord Jesus Christ, that he would grant unto these Ephesians, "to[t] know the love of Christ which passeth knowledge;" shewing, that there is a further degree of knowledge in this kind, that may be felt by the heart, though not comprehended by the brain: and in the epistle to the Philippians, he counteth "all[u] things but loss for the excellent knowledge sake of Christ Jesus his Lord." Meaning hereby a knowledge grounded upon deep experience of the virtue of Christ's death and resurrection, in his own soul: as he expoundeth it himself in the words following; "that[w] I may know him, and the power of his resurrection, and the fellowship of his sufferings, and be made conformable unto his death.

There is an experimental knowledge then to be looked

[s] Gen. chap. 2. ver. 9, 17.
[t] Ephes. chap. 3. ver. 19.
[u] Phil. chap. 3. ver. 8.
[w] Ibid. ver. 10.

after, beside the mental: and so is there a practical knowledge likewise, as well as an intellectual. When Christ is said to have known no sin, we cannot understand this of intellectual knowledge; for had he not thus known sin, he could not have reproved it as he did; but of practical. So that, "he[x] knew no sin," in St. Paul, must be conceived to be the very same with "he[y] did no sin," in St. Peter. In the first to the Romans, they that "knew[z] God, because they glorified him not as God," are therefore said, "not[a] to have God in their knowledge." God made his ways and his laws known to the children of Israel in the desert; and yet he said of them: "It[b] is a people that do err in their heart, and they have not known my ways." For there is an error in the heart, as well as in the brain: and a kind of ignorance arising from the will, as well as from the mind. And therefore in the epistle to the Hebrews, all[c] sins are termed ἀγνοήματα, ignorances, and sinners[d] ἀγνοοῦντες καὶ πλανώμενοι, ignorant and erring persons: because, however in the general the understanding may be informed rightly, yet, when particular actions come to be resolved upon, mens' perverse wills and inordinate affections cloud their minds, and lead them out of the way. That therefore is to be accounted sound knowledge, which sinketh from the brain into the heart, and from thence breaketh forth into action; setting head, heart, hand, and all awork: and so much only must thou reckon thyself to know in Christianity, as thou art able to make use of in practice. For, as St. James saith of faith, "Shew[e] me thy faith by thy works;" so doth he in like manner of knowledge, "Who[f] is a wise man, and endued with knowledge amongst you? let him shew out of a good conversation his works with

[x] 2 Cor. chap. 5. ver. 21.
[y] 1 Peter, chap. 2. ver. 22.
[z] Rom. chap. 1. ver. 21.
[a] Ibid. ver. 18.
[b] Psal. 95. ver. 10. Heb. chap. 3. ver. 10.
[c] Heb. chap. 9. ver. 7. compared with Levit. chap. 16. ver. 16, 17.
[d] Heb. chap. 5. ver. 2. Aristot. ethic. lib. 3. cap. 2. Ἀγνοεῖ μὲν οὖν πᾶς ὁ μοχθηρὸς ἃ δεῖ πράττειν, καὶ ὧν δὴ ἀφεκτέον, καὶ διὰ τὴν τοιαύτην ἁμαρτίαν, ἄδικοι καὶ ὅλως κακοὶ γίνονται.
[e] James, chap. 2. ver. 18.
[f] James, chap. 3. ver. 13.

meekness of wisdom:" and St. John, much to the same purpose, "Hereby[g] do we know that we know him, if we keep his commandments. He that saith, I know him, and keepeth not his commandments, is a liar, and the truth is not in him."

He speaketh there of Jesus Christ the righteous, the Son of God; who is here in my text likewise made the object of this knowledge. "Thou[h] art Christ the Son of the living God" is by Christ himself made the rock upon which the whole Church is builded. And "other[i] foundation," saith St. Paul, "can no man lay, than that is laid, which is Jesus Christ." Not[k] that we should think, that there were no other fundamental doctrine to be acknowledged but this alone; for the articles of the Holy Ghost, forgiveness of sins, resurrection of the dead, eternal judgment, and such other like, have their place also in the foundation[l]: but because this is the most special object of faith, and the primary foundation of the other. For first. as God is made the coæquate object of the whole body of divinity, notwithstanding it treateth also of men and angels, heaven and hell, sin and obedience, and sundry other particulars; because all these are brought to God *reductively*, if not as explications of his nature, yet of his works and kingdom: so likewise may Christ be made the primary head of other fundamental articles, because they have all reference unto him; being such as concern either his Father, or his Spirit, or his incarnation, or his office of mediation, or his Church, or the special benefits which he hath purchased for it.

Secondly, howsoever this faith and knowledge, being taken in their larger extent, have for their full object whatever is revealed in the word of God; yet, as they build us upon the foundation, as they incorporate us into the mystical body, as they are the means of our justification and life, they look upon the Son of God, and him only. The Holy Scriptures, within the bounds whereof

g 1 John, chap. 2. ver. 3, 4.
h Matt. chap. 16. ver. 16, 18.
i 1 Cor. chap. 3. ver. 11.
k Vid. Aug. lib. de fide, et oper. cap. 9.
l Heb. chap. 6. ver. 1, 2.

the utmost extent of all our faith and knowledge must be contained, are able to make "us[m] wise unto salvation; but yet through faith which is in Christ Jesus." So, "by[n] his knowledge (or the knowledge of himself) shall my righteous servant justify many:" saith the Father of the Son. "And[o] the life which I now live in the flesh, I live by the faith of the Son of God, who loved me, and gave himself for me:" saith the apostle. The children of Israel in the wilderness, being stung with fiery serpents, were directed for their recovery to look upon the brazen serpent: which was a figure of the Son of man[p], lifted up upon the cross; "that whosoever did believe in him, might not perish, but have eternal life." Now as the Israelites with the same eyes, and with the same visive faculty wherewith they beheld the sands and the mountains in the desert, did look upon the brazen serpent also; but were cured by fastening their sight upon that alone, and not by looking upon any other object: so by the same faith and knowledge whereby we are justified, "we[q] understand that the world was framed by the word of God," and believe all other truths revealed; and yet *fides qua justificans*, faith as it doth justify us, doth not look upon these, but fixeth itself solely upon the Son of God, not knowing any thing here but Jesus Christ and him crucified. And thus hath our Saviour a special and peculiar place in that larger foundation: according to that of the apostle, "Ye[r] are built upon the foundation of the apostles and prophets, of[s] which (for so his words in the original may well bear it) Jesus Christ is the chief cornerstone."

It followeth now, that we should proceed from the foundation to the structure: and so "leaving[t] the principles of the doctrine of Christ, go on unto perfection," "unto a perfect man, unto the measure of the stature of the fulness of Christ:"

[m] 2 Tim. chap. 3. ver. 15.
[n] Isa. chap. 53. ver. 11.
[o] Gal. chap. 2. ver. 20.
[p] John, chap. 3. ver. 14, 15.
[q] Heb. chap. 11. ver. 3.
[r] Ephes. chap. 2. ver. 20.
[s] *ὄντος ἀκρογωνιαίου λίθου αὐτου* (sc. *θεμελίου*) Ἰησοῦ Χριστοῦ.
[t] Heb. chap. 6. ver. 1.

There is a time wherein Christ is but begun, and as it were a-breeding in us. "My[u] little children, of whom I travail in birth again until Christ be formed in you." After that he hath been formed in our hearts, he is at first but as a babe there; yet resteth not at that stay: but as in his natural body he "increased[w] in stature," so in every part of his mystical body he hath set for himself a certain measure of stature, and a fulness of growth; which being attained unto, a Christian is thereby made a perfect man. And for this end also doth the apostle here shew that the ministry was instituted; "that[x] we henceforth should be no more children," as it is in the words immediately following my text, "but that we might grow up into him in all things, which is the Head, even Christ." For the perfection, which the apostle here speaketh of, is not to be taken absolutely, as if any absolute perfection could be found among men in this life, but in comparison with childhood; as the opposition is more clearly made by him in the first to the Corinthians[y], "Brethren, be not children in understanding, howbeit in malice be you children, but in understanding be perfect;" that is to say, of man's estate. And in the fifth chapter to the Hebrews[z], "Every one that useth milk, is unskilful in the word of righteousness; for he is a babe: but strong meat belongeth to them that are perfect;" that is, that are of full age; as our interpreters have rightly rendered it.

Now as there is great difference among men in their natural growth, so is there no less variety among them also in respect of their spiritual stature; there being several degrees of this imperfect kind of perfection here spoken of; which, according to the diversity of times, places, and persons, may admit a greater or a lesser measure. For we may not think that the same measure of knowledge, for example, is sufficient for a learned man and an unlearned; for a pastor, and for an ordinary Christian; for those that lived in the time of darkness, and them that enjoy the light of the Gospel;

[u] Gal. chap. 4. ver. 19.
[w] Luke, chap. 2. ver. 52.
[x] Ephes. chap. 4. ver. 14, 15.
[y] chap. 14. ver. 20.
[z] ver. 13, 14.

for them that have the means, and them that want it. But according to the measure of the gift of God, we must know notwithstanding, that it is required generally of all men, that they "grow[a] in grace, and in the knowledge of our Lord and Saviour Jesus Christ." Not in knowledge only, but in grace: even "grow[b] up into him in all things, which is the Head;" as our apostle here admonisheth us. We must proceed "from[c] faith to faith," that is, from one measure and degree of it unto another; and this being the root, and other graces as it were the branches; if it grow apace, other graces also must hasten and ripen, and grow proportionably with it: else thou mayest justly suspect, that thy growth is not sound, and answerable to that which the apostle sheweth to be in the mystical body of Christ; which, "according[d] to the effectual working in the measure of every part, maketh increase of the body, unto the edifying of itself in love." The time will not permit me to proceed any further: and therefore here I end. "Now[e] the God of peace, that brought again from the dead our Lord Jesus, that great Shepherd of the sheep, through the blood of his everlasting covenant, make you perfect in every good work to do his will; working in you that which is well-pleasing in his sight, through Jesus Christ: to whom be glory for ever and ever. Amen."

[a] 2 Peter, chap. 3. ver. 18.
[b] Ephes. chap. 4. ver. 15.
[c] Rom. chap. 1. ver. 17.
[d] Ephes. chap. 4. ver. 16.
[e] Heb. chap. 13. ver. 20, 21.

END OF THE SECOND VOLUME.

CPSIA information can be obtained
at www.ICGtesting.com
Printed in the USA
LVHW111711260322
714493LV00002B/324

9 783752 585797